TAMI HOAG

Das Mädchen ohne Gesicht

Buch

Es ist Silvester: Mitten auf dem Highway öffnet sich der Kofferraum eines fahrenden Autos und schleudert eine junge Frau auf die Straße, direkt in den Verkehr. Ob das Mädchen zu diesem Zeitpunkt bereits tot war, lässt sich angesichts ihrer enormen Verletzungen nicht rekonstruieren. Doch es ist sein Anblick, der die Ermittler entsetzt: Das Mädchen hat kein Gesicht.

Sam Kovac and Nikki Liska untersuchen den Fall. Ist es möglich, dass das Mädchen Opfer des Serienkillers Doc Holiday wurde, der stets an Feiertagen Frauen entführt? Dann verschwindet das nächste Mädchen – und als die Ermittlung zu Nikki Liskas Sohn führt, beginnt ein schreckliches Spiel …

Autorin

Seit Beginn ihrer Schriftstellerkarriere erobern Tami Hoags Romane regelmäßig die Bestsellerlisten. Bislang hat sie über dreißig Bücher verfasst – darunter zahlreiche New-York-Times-Bestseller – und insgesamt mehr als fünfunddreißig Millionen Bücher verkauft. Tami Hoags Werk wird in über zwanzig Sprachen übersetzt. Die Autorin lebt in Palm Beach County, Florida.

Von Tami Hoag bei Blanvalet bereits erschienen:

Kaltherzig (37032)
Schwärzer als der Tod (37190)
Eine verräterische Spur (37984)
Schattennächte (38130)
Ich habe dich nie vergessen (37119)
Sein 1. Opfer (E-Book 16417)
Dunkles Paradies (E-Book 17709)
Tödlich ist die Nacht (E-Book 16418)
Sünden der Nacht * Engel der Schuld (E-Book 17703)

Tami Hoag

Das Mädchen ohne Gesicht

Thriller

Aus dem Amerikanischen
von Andrea Stumpf
und Gabriele Werbeck

blanvalet

Die englische Originalausgabe erschien 2013 unter dem Titel
»The 9th Girl« bei Dutton, New York.

MIX
Papier aus verantwortungsvollen Quellen
FSC® C014496
FSC
www.fsc.org

Verlagsgruppe Random House FSC® N001967
Das FSC®-zertifizierte Papier *Holmen Book Cream*
für dieses Buch liefert Holmen Paper, Hallstavik, Schweden.

1. Auflage
Deutsche Erstveröffentlichung August 2015
bei Blanvalet, einem Unternehmen der
Verlagsgruppe Random House GmbH, München.

Dieses Werk wurde im Auftrag der Rotrosen Agency LLC
vermittelt durch die Literarische Agentur
Thomas Schlück GmbH, 30827 Garbsen.

Umschlaggestaltung: © Johannes Wiebel | punchdesign,
unter Verwendung von Motiven von photocase.de
und Johannes Wiebel
Herstellung: sam
Satz: Buch-Werkstatt GmbH, Bad Aibling
Druck und Einband: GGP Media GmbH, Pößneck
Printed in Germany
ISBN: 978-3-7341-0138-0

www.blanvalet.de

Mit Dank an meine Freundinnen Susan und Tina, die mich mit Essen versorgt und meine Verbindung zur Welt aufrechterhalten haben, sodass sie wenigstens noch aus einem seidenen Faden bestand. Danke für die Anfeuerungsrufe auf der Zielgeraden.

Und mit Dank an Nick Tortora, der mich in die Welt der Kampfkunst eingeführt und mir geholfen hat, beim Ringen mit meinem Buch das Ziel im Auge zu behalten und bei Verstand zu bleiben (mehr oder weniger).

KAPITEL 1

Silvester. Für den Fahrer einer Partylimousine die schlimmste Nacht des Jahres. Allerdings konnte sich Jamar Jackson nicht daran erinnern, wann es jemals angenehm gewesen wäre, Fahrer einer Stretchlimousine zu sein. Die zwei Jahre, die er mittlerweile für den Chauffeurservice seines Cousins arbeitete, hatten ihn gelehrt, dass die große Mehrheit der Leute eine Stretchlimousine nur aus einem einzigen Grund mietete: um gnadenlos zu bechern oder sich sonst wie zuzudröhnen und so richtig die Sau rauszulassen, ohne Angst vor der Polizei haben zu müssen. Von A nach B zu kommen, war dabei nebensächlich.

Er saß hinter dem Lenkrad des »Wild Thing«, einer weißen Stretchlimousine der Marke Hummer mit Polstern im Zebramuster und Platz für zwanzig Personen. Ein rollender Nachtclub mit lila Beleuchtung, der mit einer sündhaft teuren Soundanlage, Satellitenfernsehen und einer gut bestückten Bar ausgestattet war. An Silvester musste man so viel dafür hinblättern wie sonst für einen ganzen Monat, einschließlich zwanzig Prozent Trinkgeld – was den Stress, diese Idioten herumzukutschieren, wieder wettmachte.

Jamar musste hart arbeiten für sein Geld. Seine Nächte bestanden aus kreischenden jungen Frauen, die sich immer mehr entblätterten, je später es wurde, und reichen Stinkern, die unabhängig von ihrem Alter nie den Spaß daran verloren, laut zu rülpsen und zu furzen. Bei jeder Partygesellschaft, die er fuhr, gab es mindestens eine heulende

Frau, eine verbale und/oder körperliche Auseinandersetzung zwischen den Gästen, Sex in irgendeiner Form und eine große Lache Erbrochenes am Ende der Fahrt. Und Jamar ertrug all das mit einem stoischen Lächeln.

Einschließlich zwanzig Prozent Trinkgeld war zu seinem Mantra geworden.

Und noch etwas Gutes hatte der Job: Er konnte all diese Erfahrungen für seine Abschlussarbeit in Soziologie an der University of Minnesota nutzen.

An diesem Silvesterabend fuhr er eine Gruppe junger Rechtsanwälte mit ihren Begleiterinnen, ordentlich in Feierlaune dank Unmengen Champagner und den zwei freien Tagen nach ihren üblichen Siebzigstundenwochen. Seine Anweisung lautete, sie in dieser Nacht so lange von einer Party zur nächsten zu fahren, bis sie entweder sturzbetrunken einschliefen oder mit einer Alkoholvergiftung ins Krankenhaus gebracht werden mussten.

Leider hatte der Abend gerade erst so richtig begonnen, schließlich war Silvester, der Alkohol floss in Strömen, und wenn er sich noch einmal »Moves Like Jagger« von Maroon 5 anhören musste, würde er die verdammte Karre in den nächsten Straßengraben setzen.

Einschließlich zwanzig Prozent Trinkgeld …

Seine Fahrgäste waren laut. Sie hielt nichts auf ihren Sitzplätzen. Mindestens einer von ihnen lümmelte immer auf dem Boden herum. Jedes Mal wenn Jamar in den Rückspiegel blickte, bekam er einen neuen Teil der weiblichen Anatomie zu sehen. Einer der Frauen verrutschte ständig das Oberteil, eine andere hatte keinen Slip an und ihr Rock war so kurz, dass sie eine lebende Reklametafel für den Salon war, in dem sie sich die Bikinizone enthaaren ließ.

Jamar versuchte, sich auf die Fahrbahn zu konzentrieren, aber er war schließlich fünfundzwanzig und ein Mann und hatte ungehinderte Sicht auf eine nackte Pussy hinter ihm.

Der Abend hatte für das Grüppchen auf einer Privatparty in Edina, einem schicken Vorort von Minneapolis, begonnen, anschließend waren sie in ein hippes Restaurant in Uptown weitergezogen und jetzt befanden sie sich auf dem Weg in einen angesagten Club in Downtown.

Auf den Straßen war ziemlich viel los und man musste sich vor angetrunkenen Autofahrern in Acht nehmen, die unkontrolliert herumkurvten. Hinzu kam, dass die Temperatur auf minus siebenundzwanzig Grad gefallen war und die Feuchtigkeit der Abgase sofort kondensierte und auf dem Asphalt zu einer dünnen, praktisch unsichtbaren Eisschicht gefror. Als hätte es nicht gereicht, dass sich dieser Straßenabschnitt sowieso schon in einem desolaten Zustand befand und mit Schlaglöchern übersät war, die groß genug waren, um einen Mann darin verschwinden zu lassen.

Einschließlich zwanzig Prozent Trinkgeld …

Jamars Nerven vibrierten im Takt der dröhnenden Musik. Der hämmernde Rhythmus hallte in seinem Kopf wider. Mit einem Auge hatte er die Frau im Rückspiegel im Blick, mit dem anderen die Straße, während sie sich einer unübersichtlichen Kreuzung näherten. Hennepin und Lyndale, Highway 55 und Interstate 94.

Die Frau mit dem verrutschten Top begann mit Miss Nackte Pussy rumzumachen. Das Gekreische und Gejohle der anderen Fahrgäste wurde derart laut, dass sie Adam Levine Konkurrenz machten.

… moves like Jagger … I got the moves like Jagger …

Aus dem Augenwinkel nahm Jamar wahr, dass ihn links ein Laster überholte und im gleichen Moment sich von rechts ein dunkler Pkw vor ihm einfädelte. Er dachte nicht darüber nach, wie lange es im Notfall dauern würde, seinen

Riesenschlitten zum Stehen zu bringen. Zu viele verschiedene Dinge beanspruchten gleichzeitig seine Aufmerksamkeit.

Und dann, im Bruchteil einer Sekunde, war es passiert. Viel zu dicht vor ihm leuchteten rote Bremslichter auf. Jamar brüllte »Scheiße!« und stieg reflexartig auf die Bremse.

»Wild Thing« rollte einfach weiter. Das dunkle Auto vor ihm schien wegzusacken, um im nächsten Moment wieder hochzufedern, wobei der Kofferraumdeckel aufflog.

Jetzt war Jamars Aufmerksamkeit laserscharf auf das gerichtet, was sich direkt vor ihm abspielte, eine Szene wie aus einem Horrorfilm im grellen weißen Licht von Xenon-Scheinwerfern. Aus dem offenen Kofferraum schoss eine Frau in die Höhe wie ein grotesker Kastenteufel. Jamar schrie auf, als die Frau aus dem Kofferraum geschleudert wurde, auf dem Asphalt aufschlug und wieder in die Höhe kam. Keine fünf Meter vor ihm.

Er würde noch jahrelang Alpträume davon haben. Sie sah wie ein Zombie aus – ein Auge weit geöffnet, der Mund zu einem Schrei aufgerissen, das Gesicht wie halb weggeschmolzen. Und von oben bis unten voll Blut.

Als »Wild Thing« den Zombie erfasste, setzte ein ohrenbetäubendes Geschrei ein – Jamar schrie, die Frauen hinter ihm schrien, die Männer schrien. Der Hummer geriet ins Schleudern und rutschte quer über die vereiste Straße. Die Fahrgäste wurden hin und her geworfen. Von hinten war ein lauter Knall und ein Aufprall zu hören und gleich darauf noch einer. Der Hummer kam schlingernd zum Stehen, während Jamars Blase nachgab und er sich in die Hose pinkelte.

Einschließlich zwanzig Prozent Trinkgeld …

Beschissenes frohes neues Jahr.

KAPITEL 2

»Frohes neues Jahr«, sagte Sam Kovac mit unüberhörbarem Abscheu.

Was für eine Sauerei. Die Unfallstelle wurde von Scheinwerfern und tragbaren Flutern in helles Licht getaucht, die Absperrleuchten und rot-blauen Warnlichter der Streifenwagen verliehen dem Ganzen eine festliche Note. Auch die Übertragungswagen der Nachrichtensender waren bereits eingetroffen und hatten sich strategisch verteilt. Die in Daunenjacken in den Farben ihres jeweiligen Teams gehüllten Reporter rangelten vor den Absperrungen um die Plätze mit dem bestem Blick.

Verfluchte Aasgeier. Kovac ging mit gesenktem Kopf und tief in die Stirn gezogenem Hut zur Unfallstelle.

Quer über zwei Fahrstreifen stand ein weißer Hummer von unglaublichen Ausmaßen. Das Heckfenster war zersplittert und gab den Blick auf das Innere frei: lilafarbene LED-Leuchten und Polster mit Zebramuster.

Einige jäh aus ihrer Feierlaune gerissene Partygänger drückten sich um den Hummer herum, alle extrem gestylt und viel zu dünn angezogen für das Wetter. Die meisten hatten ein Handy in der Hand und hielten es sich entweder ans Ohr oder tippten eine SMS. Die Frauen, die zu Beginn des Abends zweifellos allesamt als Topmodels durchgegangen wären, wirkten jetzt eher wie billige Prostituierte nach einer harten Nacht: strähnige Haare, verschmiertes Make-up, derangierte Kleidung. Sie trugen kurze Röcke. Eine von ihnen war in einen Pelzmantel gehüllt, eine andere in eine Smokingjacke. Sie hatten geweint oder weinten immer noch, während die Männer sich in dieser Krisensituation darum bemühten, einen gewichtigen und ernsthaften Eindruck zu machen.

Offenbar war ein Lexus Coupé auf den Partyschlitten aufgefahren, was ihm nicht gut bekommen war. Mit dem fast bis zur Windschutzscheibe eingedrückten Motorraum sah er aus wie ein Mops auf Rädern. Ein dritter Wagen war von hinten auf den Lexus geknallt. Ein Chevy Caprice, der mit eingedellter Motorhaube am Straßenrand stand.

Kovac war jedoch nicht hierhergekommen, um sich an Silvester wegen eines Auffahrunfalls den Hintern abzufrieren. Er war Detective im Morddezernat. Er befasste sich mit Mordfällen. Und es war ihm ein Rätsel, wie ein Mord in das Bild, das sich ihm hier bot, passen sollte. Vermutlich würde es ihn die halbe Nacht kosten, das herauszufinden.

Nicht, dass er irgendetwas Besseres vorgehabt hätte. Es gab keine tolle Frau, mit der er ins neue Jahr hätte feiern können, und er ging nicht auf Partys, um den anderen Gästen dabei zuzusehen, wie sie sich vollaufen ließen und sich zum Affen machten, bloß weil es mal wieder an der Zeit war, einen neuen Kalender zu kaufen.

»Frohes neues Jahr, Detective.«

Kovac sah den jungen uniformierten Polizisten finster an. »Was ist daran denn froh?«

»Äh … wahrscheinlich nichts.«

»Hier liegt offensichtlich eine Leiche. Ist das ein Grund, froh zu sein?«

»Nein, Sir. Tut mir leid, Sir.«

»Mensch, Kojak. Bloß weil dich heute Nacht niemand flachlegt, musst du das doch nicht an dem netten jungen Officer hier auslassen.«

Kovacs finsterer Blick traf jetzt seine Partnerin. Nikki Liska trug ihr Outfit für Polarexpeditionen – einen knielangen dicken Daunenparka und eine pelzgefütterte Elmer-Fudd-Mütze mit Ohrenklappen. Sie sah einfach lächerlich aus.

Liska brachte es durch schiere Willenskraft auf eins fünfundsechzig. Kovac hatte ihr den Spitznamen Tinks verpasst – eine Abkürzung für Tinker Bell auf Steroiden. Klein, aber oho. Wäre sie größer gewesen, hätte sie sicher inzwischen die Weltherrschaft übernommen. Aber jetzt sah sie aus wie der kleine Bruder aus *Fröhliche Weihnachten,* der darauf wartet, auf dem Weg zur Schule von jemandem umgerempelt zu werden und hilflos wie ein auf dem Rücken liegender Käfer die Beinchen in die Luft zu strecken.

»Woher willst du denn wissen, dass ich heute Nacht nicht flachgelegt werde?«, brummte er.

»Weil du hier bist und nicht irgendwo anders«, sagte sie. »Keiner von uns beiden läutet das neue Jahr mit einem Orgasmus ein. Und ich hatte immerhin ein Date, vielen Dank auch.«

»Ich will ja nicht deine Illusionen zerstören«, erwiderte Kovac. »Aber falls du bei dem Date das da anhattest, wärst du auch nicht flachgelegt worden.«

»Du hast ja keine Ahnung«, gab Liska zurück. »Unter der Jacke bin ich splitterfasernackt.«

Kovac lachte. Sie waren schon sehr lange Partner. Und auch wenn Liska es immer noch schaffte, dass er rot wurde, konnte ihn keine Bemerkung aus ihrem Mund mehr überraschen.

Der junge Officer wusste offenbar nicht, was er von dem Schlagabtausch halten sollte. Vielleicht hatte er sogar rote Ohren bekommen. Es konnte aber auch sein, dass das auf die Kälte zurückzuführen war.

»Also, was haben wir hier, Junior?«, fragte Kovac.

»Der Fahrer des Hummer sagt, dass aus dem Kofferraum des Autos vor ihm ein Zombie gesprungen ist«, antwortete der Junge todernst. »Er ist auf die Bremse gestiegen, konnte aber nicht mehr rechtzeitig anhalten. Der Hummer hat den Zombie erwischt. Dann ist der Lexus auf den Hummer aufgefahren, und der Caprice auf den Lexus. Es kamen keine Personen zu Schaden – abgesehen von dem Zombie.«

»Mit ›aus dem Kofferraum ist ein Zombie gesprungen‹ wollen Sie uns verscheißern, oder?«, sagte Liska.

»Ein Zombie«, wiederholte Kovac nüchtern.

Kopfschüttelnd ging er zu der kleinen Ansammlung von Menschen, die um die mitten auf der Straße liegende Leiche herumstanden. Die Leute der Spurensicherung waren dabei, Fotos zu machen. Einige Polizisten kümmerten sich um die Unfalldaten, vermaßen die Straße und die Entfernung zwischen den Fahrzeugen.

Steve Culbertson vom Institut für Rechtsmedizin entdeckte Kovac und steuerte auf ihn zu. Er war dünn, hatte die schmal geschnittenen, unruhigen Augen eines Kojoten und machte mit seinen graumelierten Bartstoppeln immer einen leicht verwegenen Eindruck. Er sah aus wie jemand, der gleich seinen Mantel zurückschlagen und einem eine geklaute Armbanduhr anbieten könnte.

»Wenn ich wegen eines Unfalltoten hierhergerufen wurde, dann kassiert dafür jemand einen Tritt in den Hintern, Steve«, sagte Kovac. »Für so einen Scheiß ist es viel zu kalt. Mir sind sogar schon die Nasenhaare gefroren.«

»Was du nicht sagst. Versuch mal, in einer solchen Nacht die exakte Temperatur einer Leiche festzustellen.«

»Verschon mich mit Geschichten über dein Liebesleben.«

»Sehr witzig.«

»Da fällt also ein Zombie aus dem Kofferraum eines Autos …?«

»Ich kann dir keine Pointe dazu liefern, falls du darauf spekulierst«, sagte Culbertson. »Aber ich zitier mal aus meinem Lieblingsfilm: Das hier ist kein Bootsunfall.«

Kovac zog eine Augenbraue hoch. »Das Opfer wurde von einem großen weißen Hai angegriffen?«

Culbertson warf einen spöttischen Blick zu dem riesigen weißen Hummer. »Von einem überfahren. Aber ich würde mal sagen, das war nicht ihr größtes Problem. Schau's dir an.«

Kovac hatte schon mehr Leichen gesehen, als er zählen konnte: Männer, Frauen, Kinder, Opfer von Schießereien, Messerstechereien, Strangulierungen, Prügeleien, frische Leichen und solche, die tagelang bei brütender Hitze im Kofferraum eines Autos gelegen hatten. Aber so etwas hatte er noch nie gesehen.

»Meine Fresse«, sagte er und atmete geräuschvoll aus.

Liska war neben ihn getreten. »Ich glaub, ich spinne … Das ist ja wirklich ein Zombie.«

Das Gesicht der Frau sah aus, als wäre es zur Hälfte weggeschmolzen. Haut und Fleisch schienen verbrannt zu sein, sodass die Muskeln und Knochen darunter zum Vorschein kamen, und an der Stelle, wo ihre Wange hätte sein sollen, sah man die Zähne. Das rechte Auge fehlte. Der Schädel war zertrümmert und aufgeplatzt wie ein Ei. Die ausgetretene Hirnmasse war bereits in den dunklen Haaren und auf dem Asphalt festgefroren.

»Der Wagen ist in einen dieser Krater gekracht, die man landläufig Schlaglöcher nennt, und die Leiche wurde aus dem Kofferraum geschleudert. Der Fahrer der Stretchlimousine sagt, sie hat aufrecht dagestanden und ihn angesehen, bevor er sie umgefahren hat«, erklärte Culbertson. »Dabei ist ihr Kopf auf die Straße geknallt und zerplatzt wie eine überreife Melone.«

»Der Hinterkopf«, sagte Kovac. »Und das Gesicht? Wie ist das passiert?«

»Das musst du den Chef fragen«, sagte Culbertson. »Für mich sieht das nach einer chemischen Verbrennung aus oder als wäre sie mit irgendeinem heißen Teil an der Limousine in Berührung gekommen. Keine Ahnung, aber schau dir das an.« Er deutete mit einem behandschuhten Finger auf die Brust des Opfers. »Der Hummer hat sicher nicht mehrfach auf sie eingestochen, daher tippe ich auf Mord.«

Kovac ging in die Hocke, um es sich genauer anzusehen. Die Verletzungen im Gesicht waren grauenvoll und sein Verstand akzeptierte nur mit Mühe, dass er ein menschliches Wesen vor sich hatte und keine Halloweenfigur aus einem Gruselfilm. Sie lag da wie eine kaputte Puppe, die Gliedmaßen befanden sich in einem unnatürlichen Winkel zum Körper. Jung, dachte er mit einem Blick auf ihren Arm und ihre Hand – die glatte Haut, der blaue Nagellack. Mehrere Fingernägel waren abgebrochen. Einige so gut wie ausgerissen. Die Fingerknöchel wiesen Kratzer und Schnitte auf, was auf Abwehrverletzungen hindeutete. Wer immer ihr das angetan hatte, sie hatte sich gewehrt.

Das ist gut, dachte er. *Ich hoffe, du hast ihm ordentlich wehgetan.*

Von der Taille abwärts war sie nackt. Das linke Bein war mehrfach gebrochen. Sie hatte zahlreiche Stichwunden an Brust und Hals. Ihr Oberteil war zerrissen und blutgetränkt.

Wer hat dich bloß so sehr gehasst?, dachte Kovac. *Wen hast du so wütend gemacht, dass er dir das angetan hat?*

»Hat man einen Ausweis bei der Leiche gefunden, Steve?«, fragte Liska.

»Nichts.«

»Na toll.«

Unter Protest seiner Knie und seines Rückens richtete Kovac sich wieder auf. Sogar die Gelenkflüssigkeit fror allmählich ein.

»Wie spät ist es?«, fragte Liska.

Er sah auf seine Uhr. »Elf Uhr dreiundfünfzig. Warum?«

»Wenn doch nur dieses Jahr endlich vorbei wäre.«

Für beide hatte dieses Jahr nur ein paar Kilometer entfernt von der Stelle, an der sie jetzt standen, begonnen. Am Neujahrsmorgen waren sie zum Fundort einer Leiche gerufen worden, einer jungen Frau, die brutal ermordet und aus einem Fahrzeug heraus in den Straßengraben geworfen worden war. Kein Ausweis. Eine nicht identifizierbare Leiche. Die erste dieses Jahres. Die Presse hatte sie »Neujahrstote« genannt. Es hatte Wochen gedauert, bis es ihnen gelungen war, eine Verbindung zu einer Vermisstenmeldung aus Missouri herzustellen. Der Fall war noch nicht abgeschlossen.

Und jetzt standen sie zwölf Monate später hier, neben der Leiche einer toten Frau ohne Ausweis. Die neunte in diesem Jahr.

Solche Mordopfer erhielten in der Regel schnell einen Namen. Oft stellte sich heraus, dass sie Außenseiter waren, Menschen, die am Rand der Gesellschaft lebten, wegen minderer Vergehen vorbestraft waren und die man anhand ihrer Fingerabdrücke identifizieren konnte oder auf die eine Vermisstenmeldung aus der näheren Umgebung passte. Ihr Tod stand in Zusammenhang mit ihrer risikoreichen Lebensweise. Sie starben an einer Überdosis oder durch Selbstmord oder weil sie dem falschen Gangster auf die Zehen getreten waren. Aber dieses Jahr war es anders gewesen. In diesem Jahr waren sie bei dreien dieser neun Leichen auf ein höchst beunruhigendes Muster gestoßen.

Bei der Toten Nummer eins handelte es sich um eine achtzehnjährige Collegestudentin aus Kansas, Rose Ellen Reiser. Die junge Frau war am 29. Dezember auf der Rückfahrt zu ihrem College in Columbia, Missouri, vor einem kleinen Supermarkt direkt neben der Interstate 70 entführt worden.

Die Tote Nummer vier – die man am 4. Juli gefunden hatte – war als dreiundzwanzigjährige Mutter aus Des Moines, Iowa, identifiziert worden, die am 1. Juli beim Joggen in einem Park neben der Interstate 25 verschwunden war.

Eine Tote, die am Labor-Day-Wochenende entdeckt worden war, hatte man bislang noch nicht identifizieren können. Da der Fundort der Leiche in der Nähe der Minnesota State Fairgrounds lag, war die Polizei von St. Paul für den Fall zuständig, wegen der offensichtlichen Parallelen zu den beiden vorherigen Fällen in Kovac' Zuständigkeitsbereich hatte man ihn jedoch um Unterstützung gebeten.

Er hatte den Mörder Doc Holiday getauft, und dieser Name war nicht nur von der Polizei in Minneapolis übernommen worden, sondern auch von den Detectives anderer Polizeibehörden im gesamten Mittleren Westen, wo junge Frauen entführt oder ermordet worden waren – immer kurz vor oder an einem Feiertag, immer in der Nähe eines Interstate Highway. Im Lauf der Monate war klar geworden, dass ein Serienmörder die Highways im Mittleren Westen patrouillierte.

»Sie ist aus dem Kofferraum eines Autos gefallen«, sagte Liska.

Man ging davon aus, dass Doc Holiday Fernfahrer war. Der Traumjob eines Serienmörders. Er verfügte über ein fahrbares Horrorkabinett. Er konnte ein Opfer in der einen Stadt entführen und es in einer anderen Stadt entsorgen, ohne dass seine Fahrten bei irgendjemandem Argwohn geweckt hätten. Entlang seiner Route hatte er praktisch die freie Auswahl.

»Dann ist er eben so was wie ein Handelsvertreter«, sagte Kovac. »Es ist mir egal, was für ein Auto er fährt.«

Nicht egal war ihm, dass er vor der Leiche einer weiteren jungen Frau stand, die keine Chance haben würde, alt zu werden. Wer immer sie war, sie würde keine Karriere in ihrem Beruf machen, nie heiraten, nie Kinder bekommen, sich nie scheiden lassen. Sie würde keine Möglichkeit haben, ein erfolgreiches Leben zu führen oder ihr Leben in einen Scherbenhaufen zu verwandeln, weil sie gar kein Leben mehr hatte.

Und ganz gleich, ob sie ein Engel oder ein Luder gewesen war, irgendjemand würde sie in dieser Nacht vermissen, sich fragen, wo sie steckte. Irgendwo gab es an diesem Silvesterabend Angehörige, die dachten, sie würden sie wiedersehen. Und Kovac war derjenige, der ihnen die schreckliche Wahrheit überbringen musste. Vorausgesetzt, er fand heraus, wer sie überhaupt war.

Die Reporter hinter den Absperrungen wurden langsam unruhig, sie wollten Einzelheiten erfahren. Einer von ihnen rief: »Hey, Detective! Wir haben da was von einem Zombie gehört. Stimmt das?«

Im Südwesten explodierte der Himmel plötzlich in einem Farbengewitter. Das Feuerwerk über den Vororten.

Kovac sah seine Partnerin an. »Frohes, irres neues Jahr.«

KAPITEL 3

»Ich konnte nicht anhalten. Ich konnte diesen Scheiß-Hummer einfach nicht rechtzeitig anhalten«, sagte Jamar Jackson. Er sah aus wie jemand, der einem Gespenst begegnet war und wusste, dass es ihn bis ans Ende seines Lebens jede Nacht heimsuchen würde.

»Dieses Ding ist wie die Titanic!«, fuhr er fort. »Man bringt es nicht so einfach zum Stehen! Ich bin voll auf die Bremse gestiegen. Aber es war zu spät. Sie flog aus dem Kofferraum und bumm! Ich hab sie voll erwischt. Ich hab sie umgebracht! Scheiße. Ich hab jemanden umgebracht!«

Er vergrub das Gesicht in den Händen, die Ellbogen auf den Tisch gestützt. Er schwitzte wie ein Pferd. So kalt es am Unfallort gewesen war, so heiß war es im Verhörraum. Mit der Heizung stimmte irgendwas nicht und beim Wartungsdienst ging an Neujahr keiner ans Telefon.

Liska fühlte sich, als würde sie immer noch in ihrem Daunenparka stecken, obwohl sie bereits zwei Kleiderschichten abgelegt hatte.

Jackson hatte seine Fliege gelockert und den Kragen seines Smokinghemds aufgeknöpft. Es war offensichtlich, dass die Bilder von dem Unfall sich wie in einer Endlosschleife in seinem Kopf abspielten. Liska versuchte es sich vorzustellen – man fuhr eine Straße entlang, plötzlich ging der Kofferraum des Autos vor einem auf und eine Leiche fiel heraus, wie in einem Horrorfilm.

»Was war das für ein Auto?«, fragte sie.

»Keine Ahnung«, erwiderte er gereizt, als wollte er in seiner makabren Erinnerungsschleife nicht unterbrochen werden. »Ein schwarzes.«

»Groß? Klein?«

»Groß. Glaub ich. Ich weiß es nicht.«

»Amerikanisches Fabrikat? Ausländisch?«

»Ich weiß es nicht!«, sagte er aufgebracht. »Ich hab nicht drauf geachtet!«

Liska sah ihn mit dem strengen Blick einer Mutter an. »Sie sind Chauffeur. Sie werden dafür bezahlt, Ihre Fahrgäste heil von einem Ort zum nächsten zu bringen, und Sie haben nicht aufgepasst?«

Jackson warf die Hände in die Luft. »Hey! Wissen Sie, was da hinter mir los war? Die waren betrunken, die haben gestritten, zwei halbnackte Frauen haben miteinander rumgemacht …«

»Sie waren abgelenkt.«

»Verdammt noch mal, ja! Das wären Sie auch gewesen!«

»So gern sich die Männer in meinem Leben dieser Fantasie auch hingeben, halbnackte Frauen, die miteinander rummachen, sind nicht mein Ding«, sagte Liska. »Also, woran können Sie sich denn erinnern, Mr. Jackson? Auf der Straße. Vor Ihnen.«

Er stieß einen Seufzer aus und blickte an die Decke, als könnte er das Geschehen dort noch einmal ablaufen lassen. »Auf der linken Spur neben mir war ein Laster.«

»Was für einer? Ein Pritschenwagen?« Der Laster interessierte sie nicht. Der Zeuge sollte anfangen, sich auf Einzelheiten zu konzentrieren. Er sollte die Szene möglichst deutlich vor sich sehen.

»Nein, eher eine Art Kastenwagen. Und dann ist plötzlich dieses Auto vor mir eingeschert.«

»Zweitürer? Viertürer?«

Jackson schüttelte den Kopf. »Ich weiß es nicht.«

»Konnten Sie sehen, wie viele Personen in dem Auto saßen?«

»Nein. Ich hab nicht hingesehen. Warum auch. Das war einfach irgendein Auto – bis der Zombie rausfiel.«

»Können Sie mir den Zombie beschreiben?«, fragte Liska, ohne eine Miene zu verziehen. Wenn es Jamar Jackson aus irgendeinem Grund leichter fiel, das Opfer als Zombie zu bezeichnen und nicht als Frau, dann sollte es ihr recht sein.

Die Frage war ihm sichtlich unangenehm. »Sie haben ihn doch gesehen.«

»Ich weiß, was ich gesehen habe«, sagte sie. »Ich will wissen, was Sie gesehen haben, bevor Sie die Frau überfahren haben. Der Kofferraumdeckel ging auf und …«

Er kniff die Augen zusammen, als bereitete es ihm Schmerzen, daran zu denken, gleich darauf riss er sie wieder auf, um das Bild, das hinter seinen geschlossenen Lidern erschien, nicht sehen zu müssen.

»Es war unheimlich. Sie schoss hoch und im nächsten Moment war sie direkt vor mir. Wie aus *The Walking Dead.*« Bei der Erinnerung verzog er den Mund. »Mann, ihr Gesicht war total zermatscht, als wäre es verfault oder verschmort oder so was. Sie war von oben bis unten voll Blut.«

Unter der Schweißschicht war sein Gesicht aschgrau. Er atmete durch den Mund. Liska beugte sich unauffällig vor und zog den Papierkorb etwas näher heran.

»Hatten Sie den Eindruck, dass sie bei Bewusstsein war? Waren ihre Augen geöffnet?«

Jackson schnitt erneut eine Grimasse. Der Schweiß lief ihm die Schläfen herunter. »Dieses eine Auge – es hat mich direkt angesehen! Und aus ihrem Mund kam Blut, und ich konnte den Hummer nicht anhalten, und dann hab ich sie überfahren, und – oh Mann, mir wird schlecht.«

Liska gab ihm den Papierkorb. »Ich lasse Sie kurz in Ruhe.«

Beim Verlassen des Verhörraums begleiteten sie Würgegeräusche.

»Bitte jemand vom Putzdienst in die Fleischabteilung!«, sagte sie, als sie den Aufenthaltsraum betrat.

Kovac goss sich gerade Kaffee ein, der wie flüssiger Teer aussah. Er hatte die Hemdsärmel hochgekrempelt und die Krawatte gelockert. Unter dem offenen Kragen war der Rand eines weißen T-Shirts zu sehen. Seine dichten Haare – seit er die vierzig überschritten hatte, zunehmend grau statt braun – sahen aus, als wäre er in den vergangenen fünf Stunden hundertmal mit den Händen durchgefahren.

»Und was hat er außer Kotze noch von sich gegeben?«, fragte er.

Er sah so müde aus, wie sie sich fühlte, die Falten und Narben schienen sich noch tiefer in sein Gesicht gegraben zu haben. Er hatte ein bisschen was von Harrison Ford für Arme: ein hageres Gesicht mit leicht asymmetrischen Zügen, schmale Augen und ein sarkastisches Lächeln. Vor Kurzem hatte er sich seinen Polizistenschnauzer abrasiert, nachdem sie monatelang darauf herumgeritten war, dass das voll Achtziger war.

Liska lehnte sich seufzend gegen den Tresen. »Nicht viel. Er hat sich in den Kopf gesetzt, dass er einen Zombie umgebracht hat.«

»Genau genommen ist es nicht möglich, einen Zombie umzubringen«, sagte Tippen. »Die sind schon tot.«

Tippen, groß und hager, hatte seinen Stuhl schräg gestellt, als säße er in einem französischen Straßencafé, die Beine übereinandergeschlagen, einen Arm lässig auf den Tisch gestützt. Er hatte ein schmales, freundliches Gesicht, und in seinen dunklen Augen blitzten Intelligenz und ein trockener Humor auf.

»Das ist nicht wahr«, widersprach ihm Elwood Knutson vom anderen Ende des Tisches. »Zombies sind *Un*tote. Das heißt, sie waren tot, kehren aber wieder ins Leben zurück, für gewöhnlich durch irgendeine Form von schwarzer Magie. Genau genommen sind sie also am Leben.«

Elwood hatte Größe und Statur eines Zirkusbären, gepaart mit dem Verstand eines elitären Rhodes-Stipendiaten und der Empfindsamkeit eines Poeten. Sie arbeiteten seit über sechs Jahren gemeinsam an Fällen, seit den sogenannten »Feuerbestatter-Morden«, für die sie eine Taskforce gebildet hatten, um einen Serienmörder zur Strecke zu bringen.

»Eigentlich müssten wir entsetzt sein, dass du so viel über Zombies weißt«, sagte Liska und nahm sich einen Donut von dem Tablett auf dem Tresen. »Sind wir aber nicht.«

»In Filmen werden dauernd Zombies erschossen, aber sie scheinen nie zu sterben«, sagte Tippen. »Meiner Meinung nach bedeutet das, dass man sie nicht umbringen kann, weil sie schon tot sind.«

»Um einen Zombie zu töten, musst du sein Gehirn zerstören«, erklärte Elwood. »So einfach machen sie's einem nicht.«

»Man kann ihm nicht einfach eine silberne Kugel ins Herz jagen?«

»Das gilt für Werwölfe.«

»Ein Pfahl ins Herz.«

»Vampire.«

»Elwood«, unterbrach ihn Kovac. »Leg dir ein richtiges Leben zu. Geh raus. Triff dich mit Leuten. Schau nicht so viel fern.«

»Du hast's gerade nötig, Sam«, sagte Liska tadelnd. »Du lebst doch wie ein Einsiedler.«

»Wir reden hier nicht über mich.«

Kovac trank einen Schluck von seinem Kaffee und machte ein Gesicht, als hätte ihm jemand die Faust in die Magengrube gerammt. »Himmel, wie lange steht die Brühe schon hier rum?«

»Seit letztem Jahr«, sagte Tippen.

»Auch in der klassischen Literatur spielen Vampire und Werwölfe eine Rolle«, sagte Elwood.

»Und Zombies?«

»Die sind momentan sehr beliebt in der Populärkultur. Ich versuche am Puls der Zeit zu bleiben.«

»Und ich versuche bei der Sache zu bleiben«, sagte Kovac. »Ich will nichts mehr von irgendwelchen bescheuerten Zombies hören. Hier laufen die Telefone heiß, weil ständig Reporter anrufen und über Zombies reden wollen.«

»Zombies sind interessant«, sagte Elwood.

»Zombies sind nicht real«, sagte Kovac. »Wir haben eine tote Frau. Das ist real. *Sie* war real. Das hier ist keine Fernsehserie.« Er wandte seine Aufmerksamkeit wieder Liska zu. »Hast du ihm gesagt, dass er sie vermutlich nicht umgebracht hat?«

»Nein«, antwortete sie. »Weil ich denke, dass er genau das vermutlich getan hat.«

»Sie hat ungefähr zwanzig Stichwunden in der Brust«, hielt er dagegen.

»Das heißt nicht, dass das die Todesursache war. Jackson sagt, dass der Kofferraum aufgegangen ist und sich das Opfer aufgesetzt hat.«

»Kann ja sein, dass er das gesehen hat«, räumte Kovac ein. »Das Auto ist in ein Schlagloch gekracht, der Kofferraumdeckel war nicht abgeschlossen und sprang auf, die Leiche wurde hochgeschleudert und deshalb sah es so aus, als würde sie sich aufsetzen. Das heißt nicht, dass die Frau noch am Leben war.«

»Sie war aufgerichtet, als er sie überfahren hat«, sagte Liska. »Wenn eine Leiche aus einem Kofferraum eines fahrenden Autos fällt, knallt sie aufs Pflaster wie ein Sack Kartoffeln.«

»Ich denke mal, wenn ich *lebend* aus dem Kofferraum eines fahrenden Autos fallen würde, würde ich auch wie ein Sack Kartoffeln aufs Pflaster knallen«, sagte Elwood. »Wer steht denn nach so was wieder auf?«

»Kommt darauf an, wie schnell das Auto gefahren ist«, sagte Tippen.

»Kommt darauf an, wie gern ich am Leben bleiben will«, sagte Liska. »Wenn ich es geschafft habe, lebend aus diesem Kofferraum rauszukommen, dann seh ich doch zu, dass ich so schnell wie möglich von der Straße verschwinde, da kannst du deinen Hintern drauf verwetten.«

»Du würdest dem Sensenmann die Sense abnehmen und ihm damit eins überziehen, Tinks«, sagte Kovac. »Aber so tickt nicht jeder.«

»Unser Zombie-Girl vielleicht schon«, hielt Liska dagegen. »Wir wissen nichts über sie. Der Pathologe wird uns mehr zu ihr sagen können.«

»Diese Diskussion bringt uns nicht weiter«, sagte Kovac. »Ich habe jedenfalls nicht vor, dem Fahrer des Hummer irgendwas anzuhängen. Für den Tod der Frau ist derjenige verantwortlich, der sie in den Kofferraum dieses Autos gelegt und wer weiß was sonst noch mit ihr gemacht hat.«

»Was hat der Fahrer über ihr Gesicht gesagt?«, erkundigte sich Tippen.

Sie hatten sich alle die Fotos angesehen, die Liska am Unfallort aufgenommen hatte. Kovac hatte Tip und Elwood wegen einer möglichen Verbindung zu den Doc-Holiday-Morden mit ins Boot geholt. Für die Ermittlungen in den beiden vorherigen Fällen, die in ihren Zuständigkeitsbereich gefallen waren, hatten sie vier eine inoffizielle Taskforce gebildet. Auf diese Weise war es ihnen möglich, an Fällen dranzubleiben, die sonst als ungelöst im Archiv landeten.

Im Morddezernat galt die Faustregel, dass bei einem Mordfall drei Tage lang intensiv ermittelt wurde. Konnte der Fall nicht innerhalb dieser drei Tage gelöst werden, wurde er zugunsten neuer Fälle – Morde und Körperverletzung mit Todesfolge – zurückgestellt und die Detectives bearbeiteten die alten Fälle je nach verfügbarer Zeit. Da sie zu viert waren, konnten sie leichter an alten Fällen dranbleiben. Es ging zwar nur im Schneckentempo voran, aber das war immer noch besser als gar nicht.

Wenn dieser neue Fall genügend Parallelen zu den beiden Morden in Minneapolis und dem in St. Paul aufwies, dann konnten sie ihre Vorgesetzten vielleicht von der Notwendigkeit überzeugen, eine richtige Taskforce zu bilden. In der Zwischenzeit taten sie ihr Möglichstes, um mit ihren Mitteln voranzukommen.

»Er sagt, sie sah schon so aus, bevor er sie überfahren hat«, sagte Liska. »Ihr Gesicht wird den armen Kerl noch jahrelang bis in den Schlaf verfolgen.«

»Aber an das Kennzeichen kann er sich nicht erinnern?«, fragte Kovac. »Marke, Modell? Eine Parklizenz? Irgendwas?«

»Er hat nicht aufgepasst. Er hat sich mehr für die beiden halbnackten Frauen interessiert, die hinten im Hummer miteinander rumgemacht haben.«

»Wo sind sie?«, fragte Tippen. »Ich biete mich freiwillig an, sie zu vernehmen.«

Liska brach ein Stück von ihrem Donut ab und warf es ihm an den Kopf. »Du bist echt pervers!«

Er hob eine seiner buschigen Augenbrauen. »Wusstest du das noch nicht?«

»Bleibt beim Thema, Leute!«, bellte Kovac. »Hier drin ist

es so heiß wie in Dantes Inferno. Ich will raus, bevor ich einen Hitzschlag kriege.«

»Er sagt, dass ihn auf der linken Spur gerade ein Laster überholt hat, als das Auto vor ihm einscherte«, sagte Liska.

Das ließ alle aufhorchen.

»Was für ein Laster?«, fragte Kovac.

»Allein um ihm das aus der Nase zu ziehen, musste ich ganz schön tief bohren«, sagte Liska. »Außerdem, was spielt das für eine Rolle? Der Laster war links von ihm. Das andere Auto fuhr von rechts auf seine Spur. Und das Opfer fiel aus dem Auto, nicht aus dem Laster. Das ist eins der wenigen Dinge, bei denen er sich ganz sicher ist. Das Opfer ist aus dem Auto gefallen.«

»Wäre er bereit, sich einer Hypnose zu unterziehen?«, fragte Elwood. »Im Augenblick ist er zu traumatisiert, um sich bewusst zu erinnern. Ein Hypnotiseur könnte vielleicht helfen.«

»Ich werde ihn fragen«, sagte Liska. »Schaden kann's ja nicht.«

»Tu das«, sagte Kovac. »Wenn er uns ein Kennzeichen liefern kann – oder wenigstens einen Teil davon –, dann finden wir womöglich raus, wer der Täter ist, noch bevor wir wissen, wer das Opfer ist.«

Liska nahm seinen Kaffee und spülte damit den Rest ihres Donuts hinunter. Er war so bitter, dass es sie schüttelte.

»Mein Gott! Das ist ja widerlich«, sagte sie. »Setzt um Himmels willen frischen Kaffee auf.«

»Davon wachsen dir Haare auf der Brust, Tinks«, sagte Kovac.

»Toll, dann hat Tip ja noch was, um seine Fantasie zu beflügeln«, sagte sie, bereits auf dem Weg zur Tür.

»Und Tinks?«

Sie drehte sich noch einmal um.

»Sag dem Jungen, dass er niemanden umgebracht hat.«

KAPITEL 4

Die Einwohner von Minneapolis starteten gerade in den ersten Tag des neuen Jahres, als Liska nach Hause fuhr. Um den Tag zu starten oder besser noch um erst einmal zu schlafen. Sie war seit vierundzwanzig Stunden auf den Beinen. Schlafen klang nach Luxus pur. Doch leider würde ihr dieser Luxus wohl nicht vergönnt sein.

Sie konnte sich glücklich schätzen, wenn sie zwei Stunden Schlaf abbekam, bevor die Jungs wach wurden. Kovac drängte darauf, dass die Obduktion an der unbekannten Toten so schnell wie möglich durchgeführt wurde. Falls er einen Rechtsmediziner dazu kriegen konnte, den Feiertag zu opfern und ihre Tote ganz oben auf die Liste zu setzen, dann würden sie noch vor Ende dieses Tages beim Zerlegen einer Leiche statt eines Festtagsbratens zusehen.

Sie bog in ihre Einfahrt und genoss das Gefühl, heimzukommen. Sie hatte das Haus vor eineinhalb Jahren gekauft – ein Doppelhaus in einem gewachsenen Viertel in der Nähe des Lake Calhoun. Es stammte aus den Vierzigerjahren des vorigen Jahrhunderts, war solide gebaut und bot nach einer gründlichen Renovierung vor ein paar Jahren alle Annehmlichkeiten, die der Mensch brauchte. Die eine Hälfte bewohnte sie selbst mit ihren beiden Söhnen, die andere hatte sie an die sechsundzwanzigjährige Schwester eines Kollegen von der Streife vermietet.

Liska hatte immer das Gefühl gehabt, zu früh erwachsen geworden zu sein, doch an dem Tag, an dem sie das Haus gekauft hatte, war es ihr vorgekommen, als würde sie den Schritt ins Erwachsenenleben noch einmal machen. Es war ihr erstes eigenes Haus. Irgendwie hatte das eine besondere Bedeutung für sie.

Nach ihrer Heirat hatten Speed Hatcher und sie das getan, was jungverheiratete Paare eben taten – sie zogen aus einer billigen Wohnung in eine bessere Wohnung und schließlich in ein richtiges Haus – ein Bungalow in einem gesichtslosen Viertel ein paar Blocks von der Grand Avenue in St. Paul entfernt. Sie hatte in diesem Haus glückliche Zeiten erlebt, vor allem als die Jungs noch klein gewesen waren. Sie hatte in diesem Haus viele nicht so glückliche Zeiten erlebt, als ihre Ehe in die Brüche gegangen war und nach der Scheidung.

Unter dem einen oder anderen fadenscheinigen Vorwand war sie noch viel zu lange in dem Haus wohnen geblieben. Es war ihr bei der Scheidung zugesprochen worden. Es war das einzige Zuhause, das ihre Söhne kannten. Es lag günstig, wenn ihr Vater sie besuchen wollte.

Speed war Drogenfahnder bei der Polizei von St. Paul. Sein Tagesablauf war im besten Fall unregelmäßig. Nikki hatte gedacht, es wäre gut, wenn er einfach vorbeikommen konnte, um seine Söhne zu sehen. Wenn sie mit ihnen in die Nähe ihrer Arbeitsstelle in Minneapolis zog, würden ihn die Besuche mehr Anstrengung kosten. Und sich anzustrengen war nicht gerade Speed Hatchers starke Seite, nicht einmal dann, wenn es um seine Kinder ging.

Er hatte die beiden jedoch so oft hängenlassen, dass Nikki allmählich zu der Ansicht gelangt war, dass es besser wäre, in Minneapolis zu wohnen. So war es leichter, sein Verhalten zu entschuldigen. Statt ihrem Vater Vorwürfe zu machen, weil er sich so wenig für sie interessierte, konnten die Jungs ihrer Mutter die Schuld geben, weil sie mit ihnen weggezogen war. Toller Kompromiss.

Der Umzug war alles andere als reibungslos abgelaufen. In den Augen eines Zwölfjährigen und eines Vierzehnjährigen war es einem Kindesmissbrauch gleichgekommen, sie aus ihrer gewohnten Umgebung zu reißen. Die Eingewöhnungsphase war sehr schwierig gewesen. Glücklicherweise hatte R. J. – der jüngere der beiden – den Charme seines Vaters geerbt und rasch neue Freunde gefunden, und Kyle – der fleißige – hatte sich auf die neue Schule konzentriert. Inzwischen, eineinhalb Jahre später, waren sie nicht mehr ganz so sauer auf ihre Mutter.

Sie hatten dieses Haus zu einem Heim für ihre geschrumpfte Familie gemacht. Hier ging kein Gespenst aus der Vergangenheit mit Speed um und verdarb ihnen die Feiertage. Es gab keine Erinnerungen an die seltenen Zeiten als glückliche Familie oder an die viel zu häufigen Streitereien, die mit Türenknallen endeten.

Wie sie es vorhergesehen hatte, kam Speed nur sporadisch vorbei, aber besser sporadisch mit der Begründung, es läge an der großen Entfernung, als sporadisch mit der Begründung, dass sie ihm einfach egal waren. Für Nikki war der kurze Weg zur Arbeit in die Stadt der Ausgleich für alles andere.

Im Haus war es still, als sie die Tür aufschloss. Wie immer, wenn sie nach einem Mordfall nach Hause kam, ging sie als Erstes ins Bad und stellte sich vor den Spiegel. Sie wollte wissen, wie sie aussah, ob der jüngste Mord irgendein unauslöschliches Zeichen an ihr hinterlassen hatte – eine Falte, eine Narbe. Wenn in den vergangenen Jahren jeder Mord eine sichtbare Narbe an ihr hinterlassen hätte, sähe sie inzwischen ebenso sehr wie ein Zombie aus wie ihre unbekannte Tote.

Sie musterte ihr Spiegelbild. Unter ihren blauen Augen, die ein paar Stunden zuvor bei der Aussicht auf einen fröhlichen Silvesterabend gestrahlt hatten, lagen dunkle Ringe. Vom Lidschatten war nur noch ein Strich in der Lidfalte übrig. Ihre hellblonde Igelfrisur, platt gedrückt von der Fellmütze, hatte sich halbherzig wieder aufzurichten versucht, als sie ein paarmal mit den Händen durchgefahren war. Sie sah ein bisschen so aus, als hätte sie im Lauf der Nacht den Finger in eine Steckdose gesteckt oder ein Gespenst gesehen … oder einen Zombie.

In Gedanken kehrte sie zurück zu der Szene auf dem Highway, zu der jungen Frau, die wie ein weggeworfenes Bündel Lumpen auf der Straße lag, zerfetzt und blutverschmiert und vergessen.

Vergessen wahrscheinlich nicht, korrigierte sie sich. Angenommen, der Mörder war der Fahrer des geheimnisvollen dunklen Autos, dann dürfte es eine unangenehme Überraschung für ihn gewesen sein, als er festgestellt hatte, dass sein Opfer irgendwie aus dem Kofferraum entkommen war.

Obwohl sich vermutlich mit irgendeinem physikalischen Gesetz erklären ließ, wie es möglich war, dass eine Leiche aus einem fahrenden Auto fiel und anschließend hochsprang, wurde Nikki den Gedanken nicht los, dass ihre unbekannte Tote noch gelebt hatte, als sie von dem Hummer überfahren worden war. Schreckliche Vorstellung. Weniger schrecklich wäre es, davon auszugehen, dass die junge Frau bereits tot gewesen war, aber Nikki tat es nicht. Der Gedanke, dass sie noch gelebt hatte, als sie aus dem Kofferraum geschleudert worden war, hatte sich inzwischen zu tief in ihre Hirnwindungen gegraben.

Sie ließ sich in eine der Sofaecken fallen und schloss die Augen, während langsam die Anspannung aus ihrem Körper wich. Man musste sich einmal in die Lage der Frau versetzen: eingesperrt im Kofferraum eines Autos, wahrscheinlich überzeugt, dass ihr Leben zu Ende war, dann auf einmal

Licht, als der Kofferraumdeckel aufsprang. Neue Hoffnung, die sie den Versuch unternehmen ließ, sich zu retten, ganz gleich, wie aussichtslos es erschien. Das Adrenalin hatte ihr die Kraft gegeben, sich aufzusetzen. Welche Motivation hatte sie angetrieben, sich aus diesem rollenden Sarg zu befreien? Mut? Angst? Nikkis Erfahrung nach waren das die beiden Hälften ein und derselben Empfindung. Man konnte keinen Mut aufbringen, wenn man keine Angst kannte.

Beim Gedanken an diesen Moment – in dem sich die Waagschale zum Mut hin senkte –, stiegen ihr Tränen in die Augen. In einem solchen Moment wurde ein gewöhnlicher Mensch zu einem Helden. Sie hatte keine Ahnung, wer die tote junge Frau war oder was dazu geführt hatte, dass sie zum Opfer eines Gewaltverbrechens wurde. Die Männer in Liskas Abteilung hatten ihr bereits den Namen Zombie-Girl gegeben. Aber im Grunde genommen war es egal, wer sie war. Der Überlebenstrieb war jedem Menschen angeboren und ließ ihn mit allen Mitteln um sein Leben kämpfen. Endete dieser Kampf erfolgreich, führte das zu einem regelrechten Glücksrausch. Endete er mit einer Niederlage … *kommt mein Auftritt,* dachte Liska.

Es war ihre Aufgabe, und die von Kovac, Zombie-Girl einen richtigen Namen zu geben, ihre Angehörigen ausfindig zu machen und ihnen die vernichtende Botschaft zu überbringen, was mit ihrer Tochter, ihrer Schwester, ihrer Nichte, ihrer Enkelin geschehen war.

Diese Lektion hatte Liska bereits vor langer Zeit gelernt – dass niemand im luftleeren Raum starb. Das Leben jedes Menschen berührte jemand anderen, ob im Guten oder im Schlechten. Fast jedes Menschen. Die wenigen, die allein und unbemerkt starben, wurden von der Stadt beerdigt und lediglich auf eine sehr abstrakte Weise von den Leuten betrauert, die sich um ihre Leiche kümmerten.

Unter der dicken dunkelroten Chenilledecke begann sich die Person zu regen, die schlafend die beiden anderen Drittel ihres Sofas in Besitz genommen hatte. Ein Bein bewegte sich, ein Arm wurde gestreckt, ein Kopf kam zum Vorschein, große braune Augen blinzelten sie an.

Mit einem Lächeln setzte Marysue Zaytoun sich auf, ihr hübsches Gesicht sah frisch und ausgeruht aus. »Hallo Nikki. Frohes neues Jahr.«

»Das hoffe ich«, sagte Liska. »Angefangen hat es schon mal gar nicht gut.«

Marysue runzelte die Stirn. »War das Date nichts?«

»Mörderisch. Und damit meine ich einen echten Mord«, sagte Liska. »Eine halbe Stunde vor ›Auld Lang Syne‹ wurde ich zu einem Leichenfundort gerufen. So viel zu meinem Date.«

Wenigstens war sie mit ihrem eigenen Auto zu der Party gefahren, weil sie Bereitschaft hatte und die Wahrscheinlichkeit, dass ihr Telefon klingeln würde, ziemlich groß war. Aus diesem Grund hatte sie auch immer Kleidung zum Wechseln im Auto.

»Und ich dachte schon, es wär was gelaufen«, sagte Marysue.

Sie hatte von Liska nur eine SMS mit der kryptischen Mitteilung *Wird spät. Kannst du bleiben?* bekommen.

»Ich weiß nicht, was ich ohne dich täte, Marysue. Vielen Dank, dass du bei den Jungs geblieben bist. Du hast was bei mir gut. Wieder mal.«

Marysue fuhr sich mit den Fingern durch ihre dunklen Haare und sie fielen von selbst in Form. Keine roten Knitterfalten vom Kissen im Gesicht. Keine verschmierte Mascara unter den Augen. Sie war einfach perfekt. Und zu allem Überfluss auch noch nett und freundlich und großzügig. Ein Engel in Gestalt von Officer Bobby Zaytouns jüngerer

Schwester. Liska hätte sich keinen besseren Mieter vorstellen können, es sei denn, es gab jemanden, der alle guten Eigenschaften von Marysue im Körper von George Clooney vereinte.

»Mach ich doch gern. Da Kevin nicht in der Stadt ist, hätte ich Silvester sowieso mit einem Buch auf der Couch verbracht. Ich kann darauf verzichten, mich unter Horden von betrunkenen Vollidioten zu mischen.«

In ihrer Stimme schwang ein leichter Südstaatenakzent mit. Die Zaytouns stammten aus North Carolina. Marysue war ihrem Bruder in den Norden gefolgt. Ihren Lebensunterhalt finanzierte sie sich als freiberufliche Webdesignerin und Contentmanagerin und die übrige Zeit verbrachte sie damit, eine eigene Modekollektion zu entwerfen. Mode war ihre Leidenschaft. Wobei es völlig egal war, was sie selbst trug. Marysue hätte den sprichwörtlichen Kartoffelsack mit einem hübschen Accessoire anziehen können und wäre als modische Sensation gefeiert worden. Ihr Verlobter Kevin Boyle konnte sich einen glücklichen Mann nennen.

»Und wie war's bei euch?«, fragte Liska. »Was habt ihr gemacht?«

»Pizza gegessen, Videospiele gespielt, uns einen Film über die Invasion von Aliens auf der Erde angesehen. Am Ende ist alles in die Luft geflogen.«

»Den muss R. J. ausgesucht haben.«

Waffen, Bomben, Transformer, Aliens, Schießereien, Explosionen – typisch R. J. Bei ihm musste immer Action sein. Für ihn spielte sich alles an der Oberfläche ab. Er trug das Herz auf der Zunge und seinem Gesicht sah man jede Regung an. Inzwischen war er dreizehn und wurde seinem Vater mit jedem Tag ähnlicher – strahlend blaue Augen, blonde Locken und ein schiefes Grinsen, bei dem jedes Mädchen dahinschmelzen würde. Doch im Gegensatz zu Speed war er geradezu übertrieben loyal.

»Und Kyle? Wann ist er von seiner Party nach Hause gekommen?«

Marysue runzelte die Stirn. »Kurz nach zehn. Ich glaube nicht, dass er besonders viel Spaß hatte. Er ist gleich nach oben in sein Zimmer.«

Liska seufzte. Kyle war fünfzehn, still, viel zu empfindsam, in sich gekehrt und verschlossen. Mit seiner ersten Freundin war Schluss gewesen, bevor Nikki überhaupt mitbekommen hatte, dass es sie gab. Und sie hätte es vielleicht nie erfahren, wenn sie nicht im Müll nach einer Bescheinigung hätte suchen müssen, die R. J. aus Versehen weggeworfen hatte. Nur deshalb hatte sie das zerrissene Foto von Kyle und einem lächelnden hübschen blonden Mädchen gefunden. Als sie versucht hatte, mit ihm darüber zu reden, hatte er sofort die Schotten dichtgemacht.

Sie machte sich Sorgen um ihn, was sie von ihrem jüngeren Sohn nicht kannte. Wenn R. J. Probleme hatte, bekam es die ganze Welt mit. Jedenfalls kam er damit sofort zu ihr gelaufen. Überhaupt waren R. J.s Probleme die eines typischen Dreizehnjährigen. Er zertrümmerte versehentlich eine Autoscheibe mit einem Baseball. Er wurde zum Schuldirektor zitiert, weil er während des Unterrichts mit seiner Achsel Furzgeräusche von sich gab. Er vermöbelte einen Raufbold, der nach der Schule auf einen seiner Freunde losging.

Kyle war das genaue Gegenteil. Er war überaus klug und künstlerisch veranlagt, was ihm ein Stipendium für das Performance Scholastic Institute eingebracht hatte, eine private Eliteschule, auf die Nikki ihn sonst niemals hätte schicken können. Seine Aufnahme am PSI hatte ihr die Entscheidung erleichtert, aus St. Paul wegzuziehen.

Im ersten Jahr hatte es so ausgesehen, als hätte er mit

der Schule das große Los gezogen. Es hatte ihm Spaß gemacht, intellektuell gefordert zu werden, und im Kunstunterricht hatte er zeigen können, was in ihm steckte. Das mit der Freundin war im Sommer gewesen. Danach hatte es begonnen, langsam, aber sicher bergab zu gehen. Sein Vertrauenslehrer hatte sie beim Elternsprechtag im Herbst beiseitegenommen, weil er sich Sorgen um Kyle machte. Kyles Noten hätten sich leicht verschlechtert. Neuerdings verhalte er sich den Lehrern gegenüber verschlossen und er habe Probleme mit einigen Mitschülern. Offenbar habe er nicht viele Freunde. Er habe sich nichts zuschulden kommen lassen, betonte der Vertrauenslehrer. Er stecke nicht in irgendwelchen Schwierigkeiten, aber …

Nikki war besorgt, dass sie, wie bei der heimlichen Freundin, erst dann etwas von Kyles Schwierigkeiten mitbekommen würde, wenn es zu spät war, wenn sie nichts mehr tun konnte, außer die Scherben zusammenzukehren.

Marysue schlug die Decke zurück und stand auf. Ihr dunkelbrauner Jogginganzug sah aus wie frisch gebügelt.

»Ich mache mal Frühstück«, verkündete sie. »Wie willst du deine Eier?«

»Ich glaube, wir haben keine Eier mehr.«

»Aber ich. Komm rüber und iss was, bevor du dich hinlegst. Mit ein bisschen Proteinnachschub kann man sich besser Sorgen machen.«

»Gib mir zwanzig Minuten.«

Nachdem Marysue gegangen war, stieg Nikki mit dem Gedanken an eine heiße Dusche die Treppe hoch. R. J.s Zimmertür stand offen. Er lag quer über seinem Bett, als wäre er wie ein Stein hineingefallen, ein Arm hing über der Bettkante. Leise ging sie zu ihm und deckte ihn mit der Minnesota-Vikings-Decke zu, die er zu Weihnachten bekommen hatte. Dann strich sie ihm lächelnd mit der Hand über den

Kopf. Er gab keinen Mucks von sich. Er schlief den Schlaf der Unschuldigen. Beneidenswert.

Kyles Zimmertür auf der anderen Seite des Flurs war geschlossen. Die Tür schmückte ein von ihrem Sohn erschaffenes Kunstwerk, eine surreale, schummrige Landschaft in Rot, Schwarz und Weiß mit einem detailliert ausgeführten lebensgroßen Samurai-Krieger im Vordergrund, der den Eingang mit seinem erhobenen Schwert bewachte.

Nikki drehte am Türgriff. Abgeschlossen. Einen Moment lang stand sie da, unschlüssig, was sie davon halten sollte. Es gab nur zwei Gründe, eine Tür abzusperren: um sich selbst einzuschließen und zu schützen oder um die anderen auszuschließen und fernzuhalten. Weder das eine noch das andere gefiel ihr.

Sie legte ein Ohr an die Tür und lauschte mit angehaltenem Atem in der Hoffnung, ihn herumlaufen oder schnarchen zu hören. Stille.

Sie klopfte vorsichtig. »Kyle?«

Nichts.

Wieder regte sich die mütterliche Sorge. In letzter Zeit hatte sich Kyle noch mehr zurückgezogen und kaum ein Wort gesagt. Und jetzt war er zu einer Silvesterparty zwei Straßen weiter gegangen und viel zu früh und schlecht gelaunt wieder nach Hause gekommen.

Sie klopfte ein bisschen fester, rief ein bisschen lauter. »Kyle? Bist du wach?«

Keine Antwort.

Ihr Herz begann schneller zu schlagen. Unwillkürlich dachte sie an kürzlich erschienene Berichte über Teenager-Selbstmorde. Sie machte sich Vorwürfe, weil sie zu viel arbeitete, nicht rund um die Uhr für die Jungs da war. Sie verfluchte ihren Exmann, der sich nicht um seine Söhne kümmerte. Und das alles ging ihr innerhalb von drei Sekunden durch den Kopf. Sie rüttelte erneut am Türgriff und rief noch lauter: »Kyle Hatcher, mach die Tür auf. Sofort!«

Mal wieder gewann ihr Ärger die Oberhand. Damit kam sie leichter klar als mit der Angst, dass ihr Sohn sich etwas angetan haben könnte. Sie überlegte, ob sie die verdammte Tür eintreten sollte.

Kyles verschlafene Stimme drang an ihr Ohr. »Ich schlafe!«

Nikki stieß einen erleichterten Seufzer aus. »Wenn du schlafen würdest, hättest du mir nicht geantwortet.«

»Ich würde schlafen, wenn du nicht gegen die Tür hämmern würdest.«

»Mach die Tür auf.«

»Ich bin nicht angezogen.«

»Dann zieh was an und mach auf.«

»Ich will aber meine Ruhe haben.«

»Kyle, du machst jetzt die Tür auf oder ich trete sie ein. Das meine ich ernst. Und rate mal, wer die Reparatur von seinem Taschengeld bezahlt?«

Sie hörte ihn rumoren und leise fluchen.

»Hör auf zu fluchen!«, blaffte sie.

»Machst du doch auch.«

»Nicht, wenn du mich hören kannst.«

»Du bist so eine Heuchlerin.«

»Ich bin erwachsen. Doppelmoral ist mein zweiter Vorname. Mach auf.«

Die Tür ging auf und in dem Spalt erschien das Profil ihres Erstgeborenen, das ihr die Sicht auf sein Zimmer versperrte. Sie musste zu ihm hochsehen, was sich irgendwie nicht richtig anfühlte, fand sie. Er war gerade mal eins siebzig, also eigentlich klein für seine fünfzehn Jahre, aber trotzdem größer als sie. Mit der karierten Schlafanzughose, dem T-Shirt und den verstrubbelten blonden Haaren sah er immer noch mehr wie ihr kleiner Junge aus als der Mann, zu dem er viel zu schnell heranwachsen wollte, aber es ließ sich nicht aufhalten.

»Alles in Ordnung?«, fragte sie. »Marysue hat gesagt, dass du gestern Abend früh nach Hause gekommen bist.«

»Geht schon«, murmelte er.

»Wie war die Party?«

»Langweilig.«

Bisher war er ihrem Blick ausgewichen. Das machte sie misstrauisch.

»Sieh mich mal an«, sagte sie.

Er sah sie von der Seite an.

»Dreh dich um und sieh mich an«, befahl sie. »Sofort.«

Er runzelte die Stirn, drehte sich zu ihr und blinzelte sie mit einem zugeschwollenen linken Auge an, auf der Wange hatte er eine Schürfwunde, die unverkennbar von den Knöcheln einer Faust herrührte.

Nikki blieb die Luft weg. »Was ist passiert?«

»Nichts.«

»Kyle …«

»Ich bin gestolpert und hingefallen.«

»In eine Faust?«

Sie drückte gegen die Tür, er gab seinen Widerstand auf und ging rückwärts in sein Zimmer. Nikki folgte ihm. Sie sah sich nicht um, um festzustellen, ob er etwas vor ihr zu verstecken versucht hatte. Wenn er das wollte, dann hatte er es längst getan. Vermutlich war nicht einmal die Library of Congress so geordnet wie das Zimmer ihres Sohnes. Wenn hier etwas versteckt war, dann war es gut versteckt. Um es zu finden, wäre ein Spurensicherungsteam nötig gewesen, das alles in seine Einzelteile zerlegte.

»Setz dich«, sagte sie.

Mit finsterem Gesicht setzte er sich auf die Bettkante und

versuchte, den Händen seiner Mutter auszuweichen, wie er es schon als Fünfjähriger getan hatte. Nikki packte mit einer Hand sein Kinn, und er zuckte zusammen, als sie dabei mit dem Daumen auf einen frischen blauen Fleck drückte.

»Aua!«

»Halt still!«

Mit der anderen Hand knipste sie die Nachttischlampe an und musterte sein Gesicht.

»Was ist passiert?«, wiederholte sie ihre Frage.

»Nichts!«

»Kyle! Verdammt noch mal, ich weiß, wie es aussieht, wenn jemand eine Faust ins Gesicht kriegt! Was ist passiert? Du wolltest doch auf eine Party. Ein paar Freunde bei den McEvoys, hast du gesagt. Aus der Physik-AG, hast du gesagt. Was war los? Seid ihr wegen der Relativitätstheorie in Streit geraten? Haben ein paar Kreationisten die Party gestürmt und eine Schlägerei angefangen? Ich verstehe nicht, wie du von einer Party mit ein paar Physikfreaks mit einem blauen Auge nach Hause kommen kannst.«

»Es ist nicht wichtig«, sagte er. »Vergiss es einfach, ja?«

»Ich rufe Mrs. McEvoy an …«

»Nein!«

Nikki trat einen Schritt zurück und stemmte die Hände in die Hüften. »Dann raus mit der Sprache. Und versuch erst gar nicht, mir was zu verheimlichen. Dein Pech, dass deine Mutter Polizistin ist.«

»Das nervt«, sagte er und blickte auf den Boden.

»Tja, es kann zehn Minuten nerven, es kann aber auch den ganzen Tag nerven. Deine Entscheidung. Ich rühr mich nicht vom Fleck, bis ich eine Erklärung von dir bekomme. Wo warst du, als das passiert ist?«

»Am See«, sagte er. »Wir waren Schlittschuhlaufen. Da sind noch ein paar andere Typen aufgetaucht, das ist alles.«

»Da sind noch ein paar andere Typen aufgetaucht und dann was?«

»Ich hab aus Versehen einen angerempelt, und er wurde sauer und hat mir eine gelangt. Das ist alles.«

Er log. Sie merkte es immer, wenn er log. Gott sei Dank hatte er darin noch nicht das Geschick seines Vaters entwickelt. Hoffentlich würde es auch nie so weit kommen. Während Speed ihr ruhig in die Augen gesehen hatte, wenn er log, dass sich die Balken bogen, wich Kyle ihrem Blick aus. Er sah nach links unten, als stünde dort ein Teleprompter, von dem er diesen Schwachsinn ablas.

Nikki stieß einen Seufzer aus und setzte sich neben ihn. Sie legte einen Arm um ihn und lehnte ihren Kopf an seine Schulter.

»Du machst dir das Leben schwerer als nötig.«

Sie konnte seine Gedanken geradezu hören: *Du hast doch keine Ahnung. Du weißt überhaupt nichts von mir.* Mit fünfzehn hatte sie dasselbe gedacht. Das Leben war ihr unerträglich kompliziert und schwierig erschienen, und niemand hatte sie verstanden, am allerwenigsten ihre Eltern. Sie hätten ihr Bambusstäbe unter die Fingernägel schieben können und sie hätte ihnen nichts erzählt.

Sanft legte sie ihre rechte Hand auf Kyles Linke, die er auf seinen Oberschenkel presste. Die Fingerknöchel an seiner rechten Hand waren geschwollen, der mittlere war aufgerissen. Er hatte sich gewehrt. Wer auch immer ihm das Veilchen verpasst hatte, er hatte ebenfalls etwas abbekommen.

»Lass mich mal dein Auge ansehen«, sagte sie und stand auf.

Vorsichtig tastete sie mit dem Daumen seine Augenbraue ab und überlegte, ob sie ihn zum Röntgen ins Krankenhaus fahren sollte. Im inneren Augenwinkel war eine Ader geplatzt und das Weiß des Augapfels war blutunterlaufen. Es sah zwar schlimm aus, aber aus eigener Erfahrung wusste sie, dass es, ohne bleibenden Schaden zu hinterlassen, von allein heilen würde.

»Hast du Kopfschmerzen?«

»Jetzt schon«, murmelte er.

»Spar dir den Sarkasmus. Ich kann dich auch in die Notaufnahme schleppen und wir können dort den ganzen Tag rumsitzen, während sie dir die gleichen Fragen doppelt und dreifach stellen. Folge mal mit den Augen meinem Finger«, wies sie ihn an und ließ ihren Finger von rechts nach links wandern und wieder zurück. Sein Blick folgte ihm.

»Ist dir schlecht?«

»Nein.«

»Siehst du doppelt?«

»Nein.«

»Warum hast du deine Tür abgesperrt?«

»Darum«, gab er stur zurück, schien sich dann jedoch eines Besseren zu besinnen. »Ich wollte allein sein. Ich hatte keinen Bock, von R. J. genervt zu werden.«

Verständlich, dachte sie. R. J. hatte manchmal etwas von einem Golden-Retriever-Welpen – neugierig und niedlich und nervtötend. Er war noch zu jung, um zu verstehen, was für eine ernste Sache es war, fünfzehn zu sein.

»Zieh dich an«, sagte sie und ging zur Tür. »Marysue macht Frühstück. Ich will, dass du was isst. Danach kannst du zwei Tylenol schlucken und den Rest des Tages vor dich hinbrüten. In Ordnung?«

Er zuckte die Achseln und sah weg, und auf einmal tat er ihr furchtbar leid. Wenn es möglich gewesen wäre, hätte sie mit Freuden all seinen Schmerz auf sich geladen.

Sie kehrte noch einmal um und gab ihm einen Kuss auf die Stirn. »Ich hab dich lieb«, sagte sie leise. »Es ist nie so schlimm, wie es auf den ersten Blick aussieht.«

Die Lüge einer Mutter, dachte sie, als sie sein Zimmer verließ und vor ihrem geistigen Auge das Bild einer jungen Frau erschien, die grausam zugerichtet auf der Straße lag.

Manchmal war es genauso schlimm, wie es aussah.

Manchmal war es sogar noch schlimmer.

KAPITEL 5

Der halbe Vormittag war vorbei, als Kovac seine müden Knochen endlich nach Hause schleppte. Er wohnte in einem ruhigen Viertel, das im Lauf der Jahre etwas heruntergekommen war. Die breiten Straßen wurden von riesigen alten Eichen und Ahornbäumen gesäumt, deren Wurzeln das Pflaster der Gehwege aufwarfen. Die aus den Vierziger- und Fünfzigerjahren des vorigen Jahrhunderts stammenden Häuser waren von einer soliden Einfachheit und ließen keinen besonderen Architekturstil erkennen. Es bestand keine Gefahr, dass diese Blocks jemals einer Gentrifizierung zum Opfer fallen würden. Einige der hässlicheren größeren Häuser waren zu Doppelhaushälften umgebaut oder in Apartments aufgeteilt worden. Sonst standen hier überwiegend Einfamilienhäuser. Seine Nachbarn waren Arbeiter und Rentner. Es war ein langweiliges Viertel, was ihm gerade recht war.

Auf dem Weg zu seinem Haus wanderte sein Blick wie immer zum Grundstück seines Nachbarn mit der ausufernden Weihnachtsdekoration, die der alte Knacker jedes Jahr um Halloween herum aufzubauen begann. Wie ein Kommandotrupp rückten dann Weihnachtsmänner auf dem Grundstück aus, krochen aus Büschen, kletterten aufs Dach und in den Schornstein, schlichen um die Heilige Familie herum. Links und rechts von der Krippe standen riesige Sperrholzsoldaten Wache. Nachts war alles dermaßen grell beleuchtet, dass man es wahrscheinlich sogar vom Weltraum aus sehen konnte.

Der reinste Schwachsinn. An einem Tag wie diesem, an dem er nach Hause kam, nachdem er eine tote Frau vom Asphalt gekratzt hatte, ging es Kovac noch mehr als sonst auf die Nerven. Was zum Teufel gab es in einer Welt zu feiern, in der junge Frauen ermordet wurden und auf der Straße landeten wie Abfall?

Sein Hirn baute die Bilder in den Garten seines Nachbarn ein: Rose Ellen Reiser, die Neujahrstote, wie sie vor Frosty dem Schneemann lag, das Gesicht mit einem Hammer zu einer blutigen Masse geschlagen; die neue unbekannte Tote wie eine zerfetzte Stoffpuppe zu Füßen der Heiligen Drei Könige, das Gesicht von wer weiß was zur Hälfte weggebrannt. Zombie-Girl.

Er betrat sein Haus, streifte an der Tür die Schuhe ab, warf die Jacke aufs Sofa und ging nach oben ins Bad. Dort drehte er die Dusche so heiß auf, wie er es gerade noch aushielt, zog sich aus und stellte sich darunter. Er hätte nicht sagen können, wie lange er unter dem heißen Wasserstrahl stand. Er fühlte sich dreckig und war verschwitzt von dem überheizten Büro, aber seine Füße schienen nach dem stundenlangen Herumstehen in der Eiseskälte am Unfallort noch nicht wieder aufgetaut zu sein.

Vom Bad ging er direkt ins Schlafzimmer und ließ sich nackt auf das zerwühlte Bett fallen. Er starrte an die Decke und versuchte, an nichts zu denken.

Er war seit dreiunddreißig Stunden auf den Beinen. Nachdem Liska nach Hause gefahren war, hatte er noch lange vor dem Computer gesessen und war auf der Suche nach verschwundenen jungen Frauen Vermisstenmeldungen durchgegangen, bei denen sich vielleicht eine Verbindung zu dem Fall herstellen ließ. Im vergangenen Jahr hatte er so viel Zeit auf den Websites zu vermissten Personen verbracht, dass er viele Fälle in- und auswendig kannte. Das Traurige daran war, dass die meisten davon niemals abgeschlossen werden würden. Junge Frauen verschwanden – die einen freiwillig, die anderen nicht. Es gab nicht für allzu viele ein Happy End.

Im National Crime Investigation Center, der zentralen Datenbank zur Verbrechensbekämpfung, waren mehr als fünfundachtzigtausend vermisste Personen erfasst. Wie viele weitere Leben wurden von diesen fünfundachtzigtausend Fällen berührt? Eltern, Ehepartner, Geschwister, Kinder, Freunde … die Ermittler, die diese Fälle bearbeiteten …

Er hatte Informationen zu einem halben Dutzend vermisster Frauen aus fünf Bundesstaaten ausgedruckt, die infrage kamen. Keine davon stammte aus den Twin Cities oder der näheren Umgebung. Wenn Doc Holiday die Finger im Spiel hätte, wäre das Opfer aber auch nicht von hier. Er hätte die Frau in Illinois oder Missouri oder Wisconsin oder irgendwo anders entführt. Sie wäre vor zwei Tagen verschwunden. Die letzten beiden Tage ihres Lebens hätte sie als seine Gefangene verbracht, er hätte sie vergewaltigt und gefoltert und schließlich umgebracht.

Kovac wusste nicht, was er schlimmer finden würde: dass ihre Tote eines der Opfer von Doc Holiday war oder dass alles, was man ihr angetan hatte, dem kranken Hirn eines anderen entsprang.

Er arbeitete jetzt schon seit vielen Jahren als Mordermittler. Er hatte mit eigenen Augen gesehen, dass die Grausamkeiten, die Menschen einander antaten, keine Grenzen kannten. Dass es ihm unter der dicken Haut, die er sich im Lauf der Zeit zugelegt hatte, immer noch zu schaffen machte, war gleichzeitig Segen und Fluch.

Er war immer noch ein Mensch mit Gefühlen. Er konnte immer noch Schmerz und Traurigkeit und Verzweiflung und Abscheu empfinden. Er konnte immer noch die Feiertage fürchten und die leere Wohnung, wenn er nach Hause kam.

Solche düsteren Gedanken überkamen ihn stets an solchen Tagen. Dreiunddreißig Stunden ohne Schlaf, ein brutaler Mord, der Umstand, dass er weder ausreichend Leute noch Ressourcen zur Verfügung hatte, um den Fall schnell aufzuklären. Gott allein wusste, wie lange es dauern würde, bis sie ihr Opfer zweifelsfrei identifiziert hatten, geschweige denn an eine Liste von Verdächtigen denken konnten. Wer hätte da keine Depressionen gekriegt? Wer würde nicht diese arme tote Frau ansehen und denken: *Was, wenn das meine Tochter wäre?*

Im vergangenen Jahr hatte er viel zu oft Anlass zu solchen Überlegungen gehabt.

Wenn man Sam Kovac fragte, sagte er immer, er hätte keine Kinder. Er hatte auch keine Kinder großgezogen. Er bekam keine Karten zum Vatertag. Er zahlte keinen Unterhalt. Die Wahrheit war jedoch viel komplizierter.

Er hatte eine Tochter in Seattle – zumindest hatte man ihn das vor einer halben Ewigkeit glauben lassen, dass er eine Tochter hatte. Sie war hier in Minneapolis auf die Welt gekommen, kurz bevor die Scheidung rechtskräftig geworden war. Seine zukünftige Exfrau hatte bereits andere Pläne für ihr Leben. Sie hatte sich in einen anderen Mann verliebt, wollte weg, wollte neu anfangen, wollte nichts mehr mit ihm zu tun haben. Er hatte auf alle seine Rechte verzichtet und sie war an die Westküste gezogen.

Seither hatte er das Mädchen nicht mehr gesehen. Er hatte keine Ahnung, wie sie aussah, ob sie ihm ähnelte – Gott steh ihr bei. Er hatte eine Menge Zeit damit verbracht, sich einzureden, dass die Kleine wahrscheinlich nicht einmal von ihm war, dass seine Ex nur wegen seiner Krankenversicherung so lange bei ihm geblieben war. Aber hundertprozentig überzeugt davon war er nie. Und deshalb musste er bei Fällen wie diesem immer wieder daran denken – dass er eine Tochter hatte, dass er eine Tochter verloren hatte, dass sie tot sein könnte und er es nicht einmal wüsste und auch nicht erfahren würde.

Was führst du doch für ein Scheißleben, Kojak.

Zweimal verheiratet, zweimal geschieden, keine Beziehung. Am Neujahrstag lag er allein in seinem Bett und dachte an eine tote junge Frau.

Das Telefon klingelte, als hätte seine Einsamkeit ein paar tausend Kilometer entfernt der letzten Frau, mit der er sich eine Beziehung hätte vorstellen können, das Zeichen zum Einsatz gegeben. Ihr Name erschien auf dem Display: *Carey.* Er starrte ihn an, während der Klingelton über seine blankliegenden Nervenenden kratzte. Er ließ die Voicemail antworten. Was konnte sie ihm sagen, was sie nicht schon hundertmal gesagt hatte? Dass sie ihn vermisste. Dass sie die Stelle beim Justizministerium hatte annehmen müssen, weil … die immer gleichen Erklärungen.

Er wollte es nicht hören. Was hatte es für einen Sinn, darüber zu reden? Sie hatte für ihre Entscheidung Gründe gehabt, von denen jeder einzelne wichtiger war als er.

Er hätte die Geschichte nicht so nah an sich heranlassen dürfen. Sie hatte viel durchgemacht. Einen Anschlag auf ihr Leben wegen eines Urteils, das sie als Richterin in einem aufsehenerregenden Mordprozess gefällt hatte. Eine Entführung durch einen gemeingefährlichen Irren. Kovac war nach wie vor der Meinung, dass ihr Exmann sie umbringen lassen wollte, auch wenn es tatsächlich nie zu dem konkreten Versuch gekommen war und Kovac ihm keine Verabredung zum Mord hatte nachweisen können. Als hätte das alles nicht gereicht, war dann auch noch ihr Vater gestorben und auf einmal war einfach alles zu viel.

Sie hatte einen Tapetenwechsel gebraucht. Man hatte ihr die Stelle im Justizministerium angeboten. Warum hätte sie sie nicht annehmen sollen? Warum hätte sie nicht ihre kleine Tochter nehmen und mit ihr wegziehen sollen? Noch einmal ganz von vorn anfangen, ohne an die Vergangenheit gefesselt zu sein.

Eigentlich waren sie sowieso nicht viel mehr als Freunde gewesen …

Das war jetzt fast eineinhalb Jahre her. Wenn sie zu Besuch in die Stadt kam, hatte er keine Zeit. Wenn sie anrief, nahm er nicht ab.

Wenn er schlief, erschien sie in seinen Träumen.

KAPITEL 6

Der stellvertretende Leiter der Rechtsmedizin Dr. Ulf Möller hatte sich angeboten, die unbekannte Tote am Neujahrstag zu obduzieren. Als Kovac ankam und sein Auto auf dem für den Chef reservierten Parkplatz abstellte, stand er vor dem Hinterausgang des Leichenschauhauses und rauchte eine Zigarette.

Das Leichenschauhaus hatte geöffnet, hier wurden das ganze Jahr über rund um die Uhr Leichen angeliefert. Im Augenblick stand ein Krankenwagen an der Rampe und lud seine traurige Fracht ab. Allerdings waren für heute keine Obduktionen vorgesehen gewesen. Der Tod gönnte sich keinen Feiertag, die Rechtsmediziner dagegen schon. Jeder, der an Neujahr tot war, würde es am zweiten Januar auch noch sein. Kovac hatte jedoch auf eine Ausnahme gedrängt. Es war wichtig, dass die unbekannte Tote so schnell wie möglich identifiziert wurde, um der Familie willen, die vielleicht nach ihr suchte, aber auch um der Ermittlungen willen. Ohne zu zögern, hatte Ulf Möller auf Kovac' Bitte hin Ja gesagt und auf den freien Nachmittag mit seiner Frau Eva und seinen beiden Töchtern verzichtet.

Möller war groß und schlank und hatte etwas Europäisch-Elegantes an sich, was sich selbst darin zeigte, wie er seine Zigarette hielt – zwischen Daumen und Zeigefinger. Er trug einen schicken schwarzen Ledertrenchcoat und hatte sich einen karierten Kaschmirschal um den Hals geschlungen. Trotz der Kälte trug er keine Mütze. Der eisige Wind spielte mit den Spitzen seiner feinen rötlich blonden Haare, ohne seine Frisur durcheinanderzubringen. Er sah Sam mit ernster Miene entgegen.

»Ich weiß das zu schätzen, Doc«, sagte Kovac.

Möller zog kaum merklich eine Augenbraue nach oben und bedachte ihn mit einem ironisch-amüsierten Blick. »Wie hätte ich diesem Angebot widerstehen sollen? Ich kriege schließlich nicht jeden Tag einen Zombie auf den Tisch. Maggie platzt bestimmt vor Neid.«

Pathologenhumor: genauso schwarz und sarkastisch wie der von Polizisten. Zivilisten wären von dieser Bemerkung vermutlich schockiert gewesen, aber bei Menschen, die tagtäglich mit Tod und Verderbnis zu tun hatten, war es ein notwendiges Laster.

»Sie hatte doch schon den Vampir an Halloween«, erinnerte ihn Kovac. »Und den Einbrecher, der wie der Weihnachtsmann durch den Kamin klettern wollte und dabei erstickt ist.«

»Sie kriegt den Hals einfach nicht voll«, sagte Möller milde. Er nahm einen tiefen Zug von seiner Zigarette und stieß den Rauch aus.

Maggie Stone, die Leiterin der Rechtsmedizin, die vor einem Jahr die Obduktion bei Rose Reiser durchgeführt hatte, war über Silvester mit ihrem neuesten etwas zwielichtigen Lover nach Las Vegas gefahren. Möller, der im vergangenen Jahr an Silvester seine Familie in Deutschland besucht hatte, hatte das Opfer vom 4. Juli obduziert.

»Was glauben Sie, Sam? Geht sie auf das Konto unseres Serienmörders?«

Kovac zuckte die Achseln. »Die Antwort auf diese Frage müssen schon Sie mir geben. Für meinen Geschmack sind es ein bisschen zu viele Zufälle: Feiertag, auf der Straße abgeladen, Stichverletzungen, Verstümmelungen … Ich will mir lieber nicht vorstellen, dass da draußen gleich mehrere Typen rumlaufen, die so was machen.«

»Irgendwelche Anhaltspunkte zur Identifizierung des Opfers?«

»Von den Beschreibungen zu den Vermisstenfällen hier in der Gegend passt keine auf sie. Jedenfalls noch nicht. Aber wenn jemand an Silvester verschwindet, kann es schon ein, zwei Tage dauern, bevor es bemerkt wird«, sagte Kovac. »Ich habe ein paar Vermisstenanzeigen für Frauen aus den angrenzenden Bundesstaaten ausgedruckt. Wer immer sie ist, ich bete zu Gott, dass sie aktenkundig ist und wir sie anhand ihrer Fingerabdrücke identifizieren können. Mit dem Gesicht ist nicht viel anzufangen. Haben Sie sie schon gesehen?«

»Soll ich die Party etwa ohne Sie und Ihre reizende Kollegin beginnen?«, erwiderte Möller. »Das würde mir doch nicht im Traum einfallen. Zigarette?«

Kovac nahm das Angebot automatisch an, so etwas stärkte die Freundschaft unter Männern. Offiziell hatte er die schlechte Angewohnheit ungefähr zweiunddreißig Mal aufgegeben – als Carey Moore in sein Leben getreten war und er Zeit mit ihrer kleinen Tochter Lucy verbracht hatte, hatte er tatsächlich ganz darauf verzichtet.

Vom Verstand her wusste er natürlich, dass Rauchen schlichtweg dumm war. Und Liska stauchte ihn jedes Mal zusammen, wenn sie ihn dabei erwischte. Vom Gefühl her war es ihm manchmal einfach egal. In seinen schlechteren Phasen tat er es absichtlich, als wollte er sein Schicksal herausfordern, ihn umzubringen. Kein Hahn würde danach krähen. Heute war einer dieser Tage.

Möller gab ihm Feuer und zündete sich selbst eine weitere Zigarette an. Dann standen sie beide in der eisigen Kälte und teerten ihre Lungen wie zwei Vollidioten. Kovac war merkwürdig zufrieden mit sich. Er erinnerte sich daran, wie gern er rauchte, was für eine beruhigende Wirkung es hatte; dass eine Zigarette einem alten Freund ähnelte, den man jedes Mal, wenn einem die Welt eins in die Fresse gab, anrufen konnte, um sich in einer Kneipe mit ihm zu betrinken und am nächsten Tag beschissen zu fühlen.

Wenig später bog Liska in die Einfahrt und stellte ihr Auto in der Ladezone ab. Ihr Gesichtsausdruck verhieß nichts Gutes, als sie ausstieg und auf sie zustapfte.

»Ihr seid zwei verdammte Dummköpfe, und wenn ihr einen langsamen, qualvollen Tod sterbt, dann kommt bloß nicht zu mir, um euch auszuheulen.«

Möller hob eine Augenbraue. »Die Freude ist ganz meinerseits, Sergeant Liska. Frohes neues Jahr.«

Liska sah ihn finster an.

Kovac besaß immerhin so viel Anstand, ein schlechtes Gewissen zu haben. Er ließ die Zigarette fallen und trat sie in dem Schnee aus, der sich über Nacht auf dem Gehweg angesammelt hatte. Dann hob er die Kippe auf und entsorgte sie in einem Abfalleimer. Liska mochte ihn als Dummkopf beschimpfen, aber zumindest verfügte er über Manieren.

Liska bedachte ihn mit dem zutiefst angewiderten Blick einer Mutter und ging an ihm vorbei in das Gebäude. Kovac sah Möller an und zuckte die Achseln.

Der Mund des Rechtsmediziners verzog sich zu einem Lächeln. »Sie beide wären wirklich ein reizendes Paar.«

»Ein Alptraum«, murmelte Kovac, während sie seiner Partnerin folgten. »Ich würde innerhalb kürzester Zeit den Verstand verlieren.«

»Das wäre zumindest kein großer Verlust«, gab Liska über die Schulter zurück. Typisch Tinks. Immer das letzte Wort.

Allerdings musste Kovac einräumen, dass ihre Partnerschaft schon länger funktionierte als eine seiner beiden

Ehen. Vermutlich gab es nicht viel, was sie nicht voneinander wussten. Liska machte sich einen Spaß daraus, ihn mit Einzelheiten über ihre Männerbekanntschaften zu quälen. Er wiederum tat regelmäßig seine Meinung über ihren Exmann kund und hatte gelernt, mit erstaunlicher Treffsicherheit ihre jeweilige Stimmung zu erkennen und zu deuten.

Im Augenblick war sie sauer, aber das hatte wenig damit zu tun, dass er geraucht hatte. Mit ihren raschen, abrupten Bewegungen erinnerte sie ihn an eine wütende Katze, die nach dem eigenen Schwanz schnappte.

»Speed?«, fragte er, während sie die gelben Kittel überstreiften.

»Geht nicht ans Telefon«, erwiderte sie barsch.

»Ist das schlimm? Macht es nicht genauso viel Spaß, ihm auf seiner Voicemail zu hinterlassen, dass er ein lahmarschiger, egoistischer Penner ist?«

Sie blieb stehen und sah ihn mit ernstem Gesicht an. »Kyle hat sich letzte Nacht geprügelt.«

»Kyle?«

»Ich weiß. Kyle ist nicht der Typ, der sich prügelt.«

»Hat er gesagt, warum?«

»Klar. Er hat mir irgendeinen Schwachsinn erzählt. Angeblich waren er und seine Freunde gestern Abend Schlittschuhlaufen, er hat einen Jungen angerempelt und Stress mit ihm bekommen.«

»Und du glaubst ihm nicht.«

»Wir hatten gestern Abend minus siebenundzwanzig Grad«, erinnerte sie ihn. »Da ist kein Mensch auf dem Lake Calhoun Schlittschuh gefahren. Die Knöchel an seiner rechten Hand sind aufgeschürft. Das heißt, er hatte keine Handschuhe an, als er sich mit wem auch immer geprügelt hat. Die waren nicht im Freien. Er lügt mich an.«

»Und du glaubst, dass er Speed die Wahrheit sagen

würde?«, fragte Kovac. »Speed gibt ihm eher noch Tipps. Erfolgreich lügen mit Speed Hatcher. Das Arschloch sollte Videokurse anbieten. Vielleicht könnte er von den Einnahmen den rückständigen Unterhalt zahlen.«

»Ich habe keine Ahnung, ob er irgendwas Nützliches tun kann«, gab Liska zu. »Ich will einfach, dass er sich auch Gedanken darüber machen muss.«

Kovac verkniff sich einen Kommentar und bückte sich, um die gelben Papierüberschuhe anzuziehen. Sich wegen irgendetwas Gedanken zu machen stand ebenso wenig auf Speed Hatchers Tagesordnung, wie seine Verantwortung als Vater zweier halbwüchsiger Jungen zu übernehmen.

»Ich weiß, was du denkst«, sagte Liska.

»Na, dann kann ich ja meine Stimmbänder schonen.«

»Ich mache mir Sorgen«, gestand sie.

»Das weiß ich.«

Er legte ihr die Hand auf die Schulter, die völlig verspannt war. Er drückte sie leicht. »Kyle ist ein toller Junge, Tinks, und du bist eine tolle Mutter. Aber Kyle und R. J. sind eben Jungs. Jungs machen Dummheiten und prügeln sich. Es ist ein Wunder, dass auch nur die Hälfte der männlichen Bevölkerung das Erwachsenenalter erreicht.«

»Wo du recht hast, hast du recht.« Ohne großen Erfolg versuchte sie, ihr übliches freches Grinsen aufzusetzen.

»Hey, es könnte viel schlimmer sein«, sagte Kovac. »Er könnte ein Zombie sein.«

Ulf Möller bei einer Obduktion zuzusehen war, als würde man bei einer Performance zusehen. Die Geräusche von Knochensägen und oszillierenden Sägen und das Klappern chirurgischer Instrumente auf rostfreiem Stahl wurden von leiser klassischer Musik untermalt. Die weißen Wände des Sezierraums hatten etwas von einer leeren Leinwand, sauber und streng. Möller und sein Assistent bewegten sich um den Seziertisch wie zwei Tänzer in blauen OP-Kitteln, elegant und perfekt aufeinander eingespielt.

Es wäre faszinierend gewesen, bei der Obduktion von Zombie-Girl zuzusehen, wäre mit ihrem Anblick nicht so viel Grauen verbunden gewesen. Vielleicht war sie der verzerrte Brennpunkt, durch den das Bild in die richtige Perspektive gerückt wurde. Sie war ein Wesen aus einer anderen Dimension, scharfe Kanten und grelle Farben, schmutzig und blutig und an zu vielen Stellen gebrochen. Ihr Gesicht war eine Maske aus rohem Fleisch und weißen Knochen. Die dunklen Haare waren auf einer Seite des Schädels bis zur Kopfhaut abrasiert, während die verfilzten Strähnen auf der anderen Seite an das Haupt der Medusa erinnerten.

»Jetzt weiß ich, was Sie gemeint haben«, sagte Möller und blickte vom Gesicht der jungen Frau zu Kovac. »Es wird nicht leicht sein, sie zu identifizieren.«

»Meine Rede«, sagte Kovac. »Wie sollen wir vorgehen? Wir können kein Foto veröffentlichen. Und was soll ein Zeichner mit dem Gesicht anfangen? Können Sie sagen, wie sie ausgesehen hat? Alles, was ein Zeichner zu Papier bringen würde, wäre bestenfalls geraten.«

»Eine schlechte Zeichnung ist schlimmer als gar keine«, sagte Liska.

Wenn Leute auf Websites zu vermissten Personen und nicht identifizierten Toten nach einem geliebten Menschen suchten, wollten sie die gesuchte Person finden und gleichzeitig wollten sie es nicht. Wenn sie sich die Zeichnungen ansahen, konzentrierten sie sich nicht nur auf die Ähnlichkeiten mit ihrer vermissten Tochter, Schwester, Freundin, sondern auch auf die Unterschiede. Vielleicht war es die hier [illegible] aber die Nase war zu schmal oder der Mund zu breit. Sie erinnerten sich an das ironische Lächeln ihres

Freundes, ihrer Mutter, ihres Bruders, doch kaum jemand starb lächelnd, und auf Zeichnungen wurden die Gesichter der Opfer ohne Gefühlsausdruck wiedergegeben, um die Gesichtszüge nicht zu verfälschen.

Kovac hatte selbst schon oft bis spät in die Nacht vor dem Computer gesessen, solche Fotos und Zeichnungen angestarrt und versucht, einem Opfer einen Namen zuzuordnen. Immer wieder hatte er die Zeichnung der nicht identifizierten Toten vom Neujahrstag (Nummer eins) mit dem Foto von Rose Reiser verglichen, ohne dass er mit Bestimmtheit hätte sagen können, dass es sich um ein und dieselbe Frau handelte. Jemand hatte seinem Opfer die Nase zu Brei geschlagen. Der Zeichner hatte ihr eine gerade Durchschnittsnase verpasst. Die Rose Reiser auf dem Foto hatte eine kurze Stupsnase.

»Der Zeuge sagt, ihr Gesicht sah schon so aus, als sie aus dem Kofferraum fiel«, sagte Liska. »Als wäre ihre eine Gesichtshälfte weggeschmolzen, meinte er.«

Mit gerunzelter Stirn blickte Möller auf die Leiche. »Säure.«

»Was für Säure?«, fragte Kovac.

»Das müssen die im Labor feststellen. Da kommen mehrere infrage. Salzsäure, Schwefel, Phosphor. Keine Flusssäure. Flusssäure schädigt die Haut nicht in dem Maß. Die ist eher zum Auflösen von Knochen geeignet. Sie reagiert auf Kalzium. Wenn Sie ein Skelett loswerden wollen, sollten Sie Flusssäure nehmen.«

»Warum kriege ich eine Gänsehaut davon, dass Sie so was wissen?«, fragte Liska.

Möller sah sie belustigt an. Zweifellos grinste er breit hinter seiner Gesichtsmaske.

»Um jemandem die Haut zu verätzen, würde ich Schwefelsäure nehmen«, fuhr er fort. »Leicht zu beschaffen.«

»Das ist Batteriesäure, oder?«, fragte Kovac.

»Oder ein Bestandteil von Rohrreiniger, Rostlöser und Flüssigdünger. Sie wird für alles Mögliche verwendet. Man kriegt sie auch in hoher Konzentration in jedem Haushaltswarenladen – und die hier muss hochkonzentriert gewesen sein, um solche Schäden bis tief ins Gewebe anzurichten«, erklärte Möller.

»Ab einer bestimmten Konzentration hydrolysiert sie nicht nur Proteine und Fette und verursacht primäre chemische Verbrennungen, sondern durch die Dehydratisierung von Kohlenhydraten kommt es darüber hinaus zu sekundären Hitzeverbrennungen«, fuhr er fort. »Und durch die Verbindung mit konzentriertem Wasserstoffperoxid erhält man eine Substanz, die als Piranha-Lösung bezeichnet wird. Die löst praktisch alles auf, einschließlich Kohlenstoff auf Glas.«

»Piranha-Lösung?«, sagte Kovac. »Hört sich nach einem alten James-Bond-Film an.«

»Stimmt.«

Vorsichtig untersuchte Möller das, was von Mund und Lippen des Opfers noch übrig war. Durch das Loch, das die Säure in die Wange gebrannt hatte, war ein Teil der Zunge zu sehen. Sie hatte große Ähnlichkeit mit einem rohen Hamburger.

»Verbrennungen im Mund …«, sagte er und drückte behutsam die Kiefer auseinander, »an der Zunge … Die Zunge zeigt tiefe Bissspuren.«

Kovac sagte nichts und knirschte nur leise mit den Zähnen. Er hatte einmal in einem Mordfall ermittelt, bei dem ein Zuhälter einer Prostituierten Abflussreiniger in den Hals geschüttet hatte. Es war ein grauenvoller Tod gewesen. Die Säure hatte die Speiseröhre bis hinunter zum Magen verätzt und dann noch einmal in umgekehrter Richtung, als der Körper der Frau sich dagegen gewehrt und sie erbrochen hatte.

Liska stellte die Frage, die allen durch den Kopf ging. »War sie noch am Leben, als ihr das angetan wurde?«

»Das werden wir bald wissen«, sagte Möller.

Er setzte die Untersuchung fort, zählte die Stichwunden an Brust und Hals, notierte Breite und Tiefe jeder Wunde. Insgesamt waren es siebzehn.

»Das Messer war kleiner als bei der anderen, die ich zur Obduktion hier hatte«, erklärte er. »Das hier sieht mir eher nach einem Gemüsemesser oder einem Taschenmesser aus. Die Wunden sind schmaler und auch nicht so tief.«

In den drei vorherigen Fällen – Rose Reiser, die junge Mutter aus Des Moines und die Tote vom Labor Day –, die vermutlich auf das Konto von Doc Holiday gingen, waren die Stichwunden wesentlich tiefer gewesen und der Täter hatte zielgerichtet und brutal zugestochen.

Möller deutete auf einige kleinere Schnitte auf der Brust des Opfers. »Möglicherweise hat der Angreifer gezögert. Oder er hat nach dem ersten Angriff weniger Kraft angewendet.«

»Zögern oder Folter?«, fragte Kovac. »Der Mörder hat nicht gezögert, ihr Säure ins Gesicht zu schütten. Warum sollte er da zögern, auf sie einzustechen?«

»Das herauszufinden ist Ihre Aufgabe, mein Lieber, habe ich recht? Wenn ich raten sollte – was ich natürlich niemals tun würde –, dann würde ich sagen, dass die Säure auf die Messerstiche folgte«, sagte Möller. »Vielleicht in der Absicht, eine Identifizierung zu erschweren. Die eigentliche Tat war ja bereits vollbracht.«

»Auf jemanden einzustechen hat etwas sehr Direktes«, sagte Liska. »Persönlicher und unmittelbarer, als einem anderen Menschen ein Messer in den Körper zu rammen, geht es wohl kaum.«

Möller hob eine Augenbraue. »Sie haben offenbar ausführlich darüber nachgedacht, was?«

»Sie wollen nicht wissen, wie ausführlich. Und was die Säure angeht ... Eine Flasche ist schnell geöffnet und ausgeschüttet.«

»In das Gesicht von jemandem?«

Sie zuckte die Achseln. »Warum nicht, wenn man wütend oder durchgeknallt genug ist, um siebzehn Mal auf jemanden einzustechen? Es ist jedenfalls viel einfacher, als jemanden zu zerstückeln.«

»Da hat sie recht«, pflichtete Kovac ihr bei. »Der Täter empfindet dabei dieselbe Befriedigung, das Opfer zu entmenschlichen, aber er muss sich nicht so anstrengen.«

Möllers junger Assistent meldete sich zu Wort. »Da kriegt man ja Gänsehaut, wenn man Ihnen zuhört.«

»Sie müssen neu sein«, sagte Liska. »Warten Sie erst mal ab, wenn wir hier stehen und Sandwiches mit Eiersalat essen, während Ihr Chef die Maden von einem abgetrennten Kopf pult.«

Der Assistent bemühte sich krampfhaft, nicht das Gesicht zu verziehen. Die erste Regel im Umgang mit Cops, dachte Kovac: Keine Angst zeigen.

Möller fuhr mit der Untersuchung der Leiche fort. Die Verletzungen, die die unbekannte junge Frau aufwies, waren verheerend – die Knochenbrüche, der zerschmetterte Schädel, die Stichwunden, die Verätzungen. Kovac wollte wissen, welche der Verletzungen dem Täter zuzurechnen waren und welche sie durch den Sturz aus dem Kofferraum sowie den Zusammenprall mit der Stretchlimousine erlitten hatte. Bei einigen war die Frage leicht zu beantworten, bei anderen nicht.

Doc Holiday hatte brutal auf seine Opfer eingeschlagen – es gab zahlreiche Spuren stumpfer Gewalteinwirkung auf den Schädel durch einen Hammer oder etwas Ähnliches. Da diese junge Frau mit dem Kopf auf der Straße aufgeschlagen war, ließ sich unmöglich sagen, ob irgendeine der Verletzungen an Kopf oder Gesicht auf das Konto des Täters ging.

Möller deutete auf übereinstimmende Blutergüsse an den Armen, jeweils knapp oberhalb der Ellenbogen und an den Handgelenken. Fingerabdrücke, keine Fesselspuren. Jemand hatte sie gepackt und festgehalten, vielleicht auf den Boden gedrückt.

Doc Holidays Opfer hatten ähnliche Blutergüsse aufgewiesen, aber außerdem auch Fesselspuren. Zu seinem bisherigen Folterinstrumentarium hatten auch brennende Zigaretten gehört. Diese junge Frau hatte keine Verbrennungen durch auf ihrer Haut ausgedrückte Zigaretten. Ihr Körper zeigte keine sichtbaren Spuren eines gewaltsamen Eindringens und es fand sich auch kein Sperma. Der Umstand, dass sie von der Taille abwärts nackt gewesen war, legte jedoch irgendeine Form von sexuellem Missbrauch nahe.

Möller und sein Assistent drehten den Körper behutsam um, achteten auf die gebrochenen Gliedmaßen und das zerfetzte Gewebe, den Kopf behandelten sie so vorsichtig, als hätten sie es mit einem Korb roher Eier zu tun. Die interessanteste Entdeckung auf dem Rücken der Leiche war ein kleines Tattoo an der linken Schulter, zwei chinesische Schriftzeichen, die keinem der Anwesenden etwas sagten. Liska machte mit ihrem iPhone ein Foto davon.

Nach Abschluss der äußeren Untersuchung wandte Möller sich zunächst dem Schädel zu und entfernte vorsichtig die Knochensplitter, um die Reste des Gehirns freizulegen, zu wiegen und zu untersuchen. Danach setzte er das Skalpell am Rumpf an und führte mit der Hand eines Künstlers den Y-Schnitt aus: von den Schultern zum Brustbein, vom Brustbein zum Schambein.

Ohne Erfolg versuchte Kovac, das Knacken der Gartenschere und das mechanische Kurbeln des Rippenspreizers auszublenden, als Möller die Rippen vom Brustbein trennte und die Brusthöhle öffnete. Obwohl er im Lauf seines Berufslebens buchstäblich Hunderten von Obduktionen beigewohnt hatte, machten ihm diese Geräusche immer noch mehr zu schaffen als alles andere, mit Ausnahme des Geruchs eines Brandopfers oder einer Wasserleiche vielleicht. Wenn er das Knacken beim Öffnen eines Brustkorbs hörte, sah er sich jedes Mal selbst auf dem Tisch liegen und fing an, über seine gelegentlichen Zigaretten nachzudenken.

Eines nach dem anderen entfernte Möller die inneren Organe, wog sie, untersuchte sie auf Anzeichen einer Krankheit und physische Verletzungen. Die Befunde wurden mit einem Diktiergerät aufgenommen.

Erstaunlicherweise hatte der Täter mit seinem Messer alle lebenswichtigen Organe und größeren Blutgefäße verfehlt. Das Opfer hatte massive innere Blutungen erlitten, aber der Blutverlust war nicht so groß, dass er zu einem raschen Tod geführt hätte.

»Sie könnte also noch am Leben gewesen sein, als sie aus dem Kofferraum fiel«, sagte Liska.

»Das halte ich eher für unwahrscheinlich, aber an den Stichverletzungen ist sie vermutlich nicht gestorben«, erwiderte Möller.

»Wenn sie nicht verblutet ist«, sagte Kovac, »was hat sie dann umgebracht?«

Möller ignorierte die Frage. Mordermittler waren für Rechtsmediziner das Gleiche wie Vierjährige für überarbeitete Mütter.

Er öffnete die Speiseröhre des Opfers und fand Spuren einer chemischen Verbrennung. Er hob die Lunge aus der Brusthöhle, legte sie auf die Waagschale und schüttelte den Kopf.

»Die Lunge ist schwer und nass«, sagte er. »Beim Einatmen säurehaltiger Dämpfe werden die Schleimhäute geschädigt und es bildet sich ein Lungenödem, also eine Ansammlung von Flüssigkeit.«

»Sie war noch am Leben, als das Schwein die Säure über sie gegossen hat«, sagte Kovac und die Wut brannte sich durch seinen Körper, wie sich die Säure durch die Haut der armen jungen Frau gebrannt haben musste.

»Schlimmer«, sagte Möller, während er seine Arbeit fortsetzte. »Sie hat nicht nur die Dämpfe, sondern die Säure selbst eingeatmet. Das hier ist zersetztes Lungengewebe.«

»Großer Gott«, murmelte Kovac.

Er stemmte die Hände in die Hüften und ging ein paar Schritte zur Seite. Bei dem Versuch, tief Luft zu holen, spürte er einen stechenden Schmerz in der Lunge. Schon vor langer Zeit hatte er gelernt, dass er sich nie an die Stelle eines Opfers versetzen durfte. Das war der erste Schritt auf dem Weg zum Alkoholiker. Aber es war schwierig, sich nicht vorzustellen, welches Grauen diese junge Frau in den letzten Minuten ihres Lebens durchgemacht haben musste – zu Boden gedrückt, mit einem Messer attackiert, mit Säure übergossen. Es war schwierig, sich nicht ihre Schreie vorzustellen, als ihre Haut verbrannte, und ihre Panik, als sie nach Atem rang und dabei die Säure in ihre Luftröhre sog.

Ohne ein Wort zu sagen, verließ er den Sezierraum und blieb draußen auf dem Flur stehen.

Jeder, der ihn kannte, einschließlich er selbst, hätte ihn als einen Mann beschrieben, der nicht so leicht zu erschüttern war, abgehärtet durch die vielen Jahre, die er auf Leichen geblickt und die perversen Dinge gesehen hatte, die Menschen einander antaten. Er brauchte einfach nur einen Moment, um sich wieder zu fangen, die Wut aus seinem Kopf zu verdrängen, die Ergebnisse dieser Obduktion zu erfassen und in dem richtigen Ordner in seinem Kopf abzulegen.

Er hörte, wie hinter ihm die Tür geöffnet wurde. Liska ging um ihn herum und lehnte sich gegen die Wand, die Arme vor der Brust verschränkt. Sie sagte ebenfalls nichts. Sie standen beide nur da, atmeten ein und aus und keiner von ihnen hatte das Bedürfnis, das Schweigen zu brechen.

Schließlich stieß Kovac einen Seufzer aus. »Wahrscheinlich war sie nicht bei Bewusstsein, als der Mörder die Säure über sie geschüttet hat. Die Stichverletzungen … Sie hatte eine Menge Blut verloren.«

»Wahrscheinlich. Ich hoffe es.«

»Wir haben Haut und Blut unter ihren Fingernägeln. Wir können ein DNA-Profil erstellen lassen.«

»Vielleicht ist es in einer Datenbank erfasst«, sagte Liska.

»Ja, vielleicht. Hoffen wir es mal«, sagte er und beschloss, wenigstens so zu tun, als würde er sich an diesen Strohhalm klammern.

Denn in diesem Moment war ein Strohhalm alles, was sie hatten.

KAPITEL 7

Statt die Obduktion mit einem Drink zu beschließen, fuhr Liska lieber nach Hause zu den Problemen, die dort auf sie warteten. Kovac fuhr lieber nicht nach Hause, da dort nicht einmal so etwas auf ihn wartete.

Die Polizei von Minneapolis war zusammen mit der Stadtverwaltung in einem riesigen neogotischen Kasten vom Ende des neunzehnten Jahrhunderts untergebracht, der die Farbe von Kalbsleberwurst hatte und von steilen grünspanigen Kupferdächern gekrönt wurde. Ursprünglich hatten sich in dem Gebäude mit den kleinen Türmchen, dem hohen Uhrenturm und der riesigen fünf Stockwerke hohen Rotunde auch das County-Gericht und die County-Verwaltung befunden, die mittlerweile in den protzigen modernen Hennepin-County-Regierungskomplex auf der anderen Seite der Fifth Street gezogen waren. Das Police Department und die Stadtverwaltung waren in dem alten Kasten zurückgeblieben.

Kovac stellte sein Auto auf einem für einen Deputy Chief reservierten Parkplatz ab, weil er wusste, dass kein Deputy Chief freiwillig am Neujahrstag ins Büro kam. Seine Schritte hallten von den Wänden der menschenleeren Flure wider, als er zu seinem Büro ging.

Die Heizung lief immer noch auf Hochtouren, sodass Kovac, kaum dass er durch die Tür war, anfing, sich aus seiner Kleidung zu schälen – Handschuhe, Jacke, Schal, Mütze. Er warf den Haufen auf Liskas Schreibtischstuhl.

»Mann, was für eine Bruthitze«, sagte er zu niemand speziell.

Zwei der jüngeren Detectives hatten den Kürzeren gezogen und mussten Dienst schieben. Sie saßen drei Schreibtische weiter und sahen sich auf einem iPad das Rose-Bowl-Football-Spiel an. Keiner der Chefs war da, der ihnen auf die Finger hätte klopfen können – was auch Kovac ausnutzte, um in seine untere Schreibtischschublade zu greifen und eine Flasche Glenmorangie herauszuziehen, die er dort lagerte. Er goss ein paar Schluck Whisky in einen schwarzen Kaffeebecher mit weißem Aufdruck: ARBEIT IST MORD.

Der Whisky floss durch seine Kehle wie geschmolzenes Gold, weich und warm, und sammelte sich in seinem Bauch, von wo aus er seine verknäulten Nervenstränge nach und nach glättete. Erst jetzt merkte Kovac, wie angespannt er gewesen war. Wie eine Sprungfeder, auf die der Druck nun langsam nachließ. Er hatte das Gefühl, seit drei Stunden das erste Mal wieder richtig durchatmen zu können, während sein Blick durch das mit Stellwänden abgeteilte Kabuff wanderte, das er sich mit Liska teilte.

Es war vollgestopft mit Büchern und Ordnern und abgegriffenen Akten. Jede verfügbare Oberfläche war mit Post-its beklebt – Notizen, um sie daran zu erinnern, sich nach Laborergebnissen zu erkundigen, sich mit Staatsanwälten wegen Gerichtsterminen abzusprechen, Zeugen zu kontaktieren. An die Schranktüren und die Stellwände waren mit Tesafilm Polizistenwitze aus dem Internet geklebt.

Seit Jahren machten sich er und Liska irgendwelche Juxgeschenke. Ihr Lieblingsgeschenk von ihm – der Stift mit dem Plastikaugapfel – ragte aus dem übervollen Stiftbecher neben ihrem Telefon. Sein Lieblingsstück – ein täuschend echt wirkender Gummifinger – steckte im Nasenloch eines menschlichen Schädels, der von einem Regalbrett über seinem Computer zu ihm heruntersah.

Das waren die netten Seiten seines zweiten Zuhauses. Dieses Zeug, das nur ihm etwas bedeutete. Oberflächliches Zeug, ohne tieferen Sinn. Liska hatte Fotos von ihren Kindern aufgestellt. Kovac hatte einen anonymen Schädel mit einem Gummifinger in der Nase.

Er hörte seine Voicemail ab, vor allem um sich von der aufkommenden Melancholie abzulenken. Er hatte ein Dutzend Nachrichten, zwei waren von Kollegen aus anderen Bundesstaaten, die an den Doc-Holiday-Fällen arbeiteten, die meisten aber von den hochverehrten Medienvertretern, die mehr über den toten Zombie wissen wollten. Scheißjournalisten.

Wie die meisten Cops hasste er die Medien. Ihre Nützlichkeit wurde weit übertroffen von ihrer Fähigkeit, zu nerven, zu desinformieren und einen Fall zu versauen. Sie handelten mit menschlichen Tragödien, je schrecklicher, desto besser. Eine namenlose tote junge Frau interessierte sie nicht. Bring die Frau um, und sie stellen die Ohren auf. Wirf sie aus einem fahrenden Auto, und sie kommen angehechelt. Nenn sie einen Zombie, und sie machen sich vor Aufregung in die Hose.

Das mediale Interesse an einem Fall bemaß sich an der Größe des Grauens. Deshalb, dachte er, sollte er wohl froh sein, dass irgendein krankes Arschloch die junge Frau derart verunstaltet und ihr Säure ins Gesicht geschüttet hatte, während sie noch atmete. Das würde das öffentliche Interesse länger wachhalten, als wenn sie bloß erstochen oder erschossen worden wäre.

»Aloha! Willkommen im Paradies!«

Tippen trug weite Khaki-Shorts und ein quietschbuntes Hawaiihemd, schwarze Socken und Sandalen. Seine knochigen Knie standen an den mageren, behaarten weißen Beinen wie Billardkugeln hervor. Mit einer Ray-Ban auf der Nase und einem Cocktail in der Hand schlenderte er auf Kovac zu.

»Du siehst aus wie eine Witzfigur«, sagte Kovac.

»Selbstironie ist ein Beweis geistiger Überlegenheit«, gab Tippen mit einem Grinsen zurück.

»Ach, Selbstironie nennt man das. Ich dachte, es heißt schlechter Geschmack. Was tust du überhaupt hier?«, fragte Kovac. »Haben die Striplokale an Neujahr geschlossen?«

Tippen lehnte sich gegen eine Stellwand und schob sich die Sonnenbrille auf den Scheitel. »Du bist nicht der Einzige, der kein Privatleben hat. Ich bin hier, weil ich mir einen der Besprechungsräume unter den Nagel reißen wollte. Ich dachte, wenn wir so tun, als hätten wir eine Taskforce, wird der Boss vielleicht mitziehen. Wir tun einfach so, als hätten wir schon seit Wochen eine. Dann ist es ihm bestimmt zu peinlich, uns zurückzupfeifen.«

»Eine gefakte Taskforce«, sagte Kovac. »Gute Idee. Haben wir auch gefaktes Geld zur Verfügung?«

»Klar, und wir bilden uns auch ein, sie würden die Überstunden bezahlen.«

»War das jemals anders?«

»Nicht in diesem System.«

»Ist ja auch ganz gut so«, sagte Kovac. »Wenn sie uns für die Überstunden echtes Geld geben würden, würden wir davon nur irgendwelches Zeug kaufen, mit dem wir nichts anfangen können, weil wir gar keine Zeit dafür haben, sondern ständig arbeiten, weil die Stadt es sich nicht leisten kann, genügend Cops einzustellen.«

Er schenkte sich Whisky nach und warf einen zweifelnden Blick auf das rosa Schirmchen in Tippens Drink, während sie zum Besprechungsraum gingen. »Was zum Teufel trinkst du da eigentlich?«

»Einen Mai Tai. Ich passe mich dem tropischen Milieu an.«

»So was trinken nur Mädchen.«

»Nicht weitersagen.«

»Wenn ich gefeuert werde, weil ich während der Arbeit trinke, dann wenigstens, weil ich trinke wie ein Mann«, sagte Kovac und hob seinen Becher.

»Und dazu rülpst und furzt du.«

»Worauf du einen lassen kannst.«

»Du bist eben ein richtiger Kerl. Eine Zierde unseres Geschlechts. Ich bin stolz, dich meinen Freund nennen zu dürfen. Wie war die Obduktion?«

Kovac trank einen Schluck von seinem Whisky und setzte sich an den Tisch, auf dem Tippen mehrere Pappkartons abgestellt hatte, alles Unterlagen zu den Doc-Holiday-Morden. Der Raum war klein und hatte kein Fenster und es war darin so heiß wie in einer Sauna.

»Für das Opfer nicht so gut«, sagte er und krempelte seine Hemdsärmel hoch. »Wie sich herausgestellt hat, ist es gestorben.«

»Woran?«

»Unklar. Möller will sich erst noch mal die Untersuchungsergebnisse ansehen und die Laborwerte abwarten. Aber wir wissen, dass sie wahrscheinlich nicht an den Stichverletzungen gestorben ist. Sie hat noch gelebt – theoretisch wenigstens –, als der Mörder ihr die Säure ins Gesicht geschüttet hat.«

»Wie nett.« Tippen setzte sich halb auf die Tischplatte. »Dann hat Tinks also recht? Sie könnte noch gelebt haben, als sie aus dem Kofferraum auf die Straße flog?«

»Kaum anzunehmen. Wenn das Messer sie nicht getötet hat, ist sie wahrscheinlich durch das Einatmen der Säure gestorben. Ihre Lunge ist verätzt. Und wenn deine Lunge weggefressen wird, kannst du nicht mehr atmen.«

»Wenn dir eine Stretchlimo die Hälfte des Hirns aus dem Schädel quetscht, auch nicht mehr.«

»Auch wieder wahr«, sagte Kovac. »Genauso gut könnte sie am Schock gestorben sein. Oder durch das Verschlucken der Säure – das Zeug hat ihr die Speiseröhre komplett verätzt. Oder der Mörder hat ihr mit einem Hammer den Schädel eingeschlagen, wie Doc Holiday es bei seinen Opfern getan hat. Wobei sich das nicht mehr feststellen lässt, nachdem die Stretchlimo ihr den Schädel zerschmettert hat.

Momentan ist es mir eigentlich auch egal, woran sie gestorben ist«, fuhr er fort. »Ich will erst mal wissen, wer sie ist. Wo sollen wir mit unseren Ermittlungen anfangen, wenn wir sie nicht identifizieren können? Mag ja sein, dass Doc Holiday unser Täter ist, aber wissen tun wir es nicht. Wir wissen nämlich gar nichts.

Sie könnte auch ein Arschloch als Freund gehabt haben«, sagte er. »Oder als Vater. Vielleicht hat sie auch einen Dealer oder einen Zuhälter verärgert. Vielleicht hat sich das Mädchen einen Haufen Feinde gemacht, die sie loswerden wollten. Könnte alles sein. Wir brauchen einen Anhaltspunkt. Wenn wir nicht wissen, wer sie ist, wissen wir auch nicht, warum sie ermordet wurde.«

»Was ist mit Gebiss- und Fingerabdrücken?«, fragte Tippen.

»Nichts. Von ihren Zähnen sind noch sieben an Ort und Stelle, zwei weitere hat Möller aus ihrer Luftröhre gepult. Damit lässt sich ein Abgleich machen, aber dazu bräuchten wir erst mal irgendwelche Zahnarztunterlagen«, sagte Kovac. »Sie hat eine Menge Piercings. Jeweils fünf an den Ohren, eins an der Nase und eins am Nabel. Und noch ein paar andere. Sämtlicher Schmuck ist jedoch verschwunden.«

»Den anderen Opfern hat Doc Holiday den Schmuck auch abgenommen.«

»Aber er hat keine Säure auf sie geschüttet«, sagte Kovac.

»Vielleicht wollte er ja mal was Neues ausprobieren, seinen Folterhorizont erweitern.«

»Vielleicht. Aber das Messer passt auch nicht. Zu klein. Siebzehn Stichwunden und keine davon tödlich. Wie erklärst du das?«

»Die perfekte Foltermethode«, sagte Tippen. »Jedes Mal, wenn er zusticht, sieht er ihr in die Augen, immer und immer wieder. Umso besser, wenn das Opfer dabei nicht stirbt.«

Kovac war nicht überzeugt. »So sehr weichen diese Arschlöcher nicht von ihrem gewohnten Modus Operandi ab. Entweder nimmt er ein anderes Messer oder er benutzt zusätzlich Säure. Aber beides?«

Tippen hob abwehrend die Hände. »Er hat eben Ambitionen. Er langweilt sich. Er hat zu viel Zeit. Er hat es bei *Dexter* gesehen. Was weiß denn ich. Willst du etwa, dass der Täter *nicht* Doc Holiday ist?«

»Ist doch egal, was ich will«, sagte Kovac. »Ich will den Weltfrieden. Ich will kein Sodbrennen von Pizza. Was ich will, interessiert keine Sau. Ich will die Wahrheit. Ich will wissen, wer dieses Mädchen ist und wer sie umgebracht hat.«

»Aber wenn wir die Theorie, dass Doc Holiday sie ermordet hat, weiterverfolgen, kriegen wir vielleicht unsere offizielle Taskforce, und vielleicht können wir dann die anderen beiden Fälle außerhalb unserer Freizeit bearbeiten, von der wir eigentlich gar keine haben«, erklärte Tippen. »Und vielleicht interessieren sich dann ja auch die Medien wieder für die anderen Fälle, und wir kommen bei einem davon einen entscheidenden Schritt weiter oder sogar bei allen.«

Kovac seufzte und rieb sich übers Kinn. Er musste sich dringend rasieren. »Mit der Taskforce hab ich kein Problem. Nur mit den Medien.«

»Die Medien sind aber wichtig. Wenn wir sie mit unserem Zombie-Girl ködern, erzeugen sie den öffentlichen Druck, den wir bei den Lamettaträgern brauchen«, sagte Tippen. »Ohne die Aufmerksamkeit der Öffentlichkeit kommen wir nicht weiter. Wenn die Leute glauben, dass sich hier in der Gegend ein Monster rumtreibt, wollen sie sehen, dass was getan wird. Nichts fesselt die Leute mehr als ein Serienmörder.«

»Du meinst, wir sollten laut ›Feuer‹ in einem vollbesetzten Kinosaal rufen?«

Tippen verzog das Gesicht. »Es wird schon keine Panik ausbrechen. Doc Holiday steigt ja schließlich nicht in Häuser ein und verschleppt Mädchen aus ihren Betten«, sagte er. »Die reale Bedrohung liegt für die meisten außerhalb ihres Lebensbereichs. Aber allein die Vorstellung, dass in der Nähe der Fernstraßen ein Killer unterwegs ist und unschuldige Schülerinnen, Studentinnen und junge Mütter verfolgt, wird genügend Ängste hervorrufen. Was wir brauchen, ist ein möglichst lauter Aufschrei der Öffentlichkeit.«

Kovac dachte über das, was Tippen gesagt hatte, nach und seufzte. »Meinetwegen.«

Die Kehrseite von so viel Öffentlichkeit wäre allerdings, dass sie von da an mit ihren Ermittlungen im Scheinwerferlicht stünden. Sie hatten ein Opfer ohne Namen und Gesicht. Die Ermittlungen würden auch so schon schwierig genug sein. Sie zusätzlich unter den Argusaugen der Medien zu führen, würde es nicht leichter machen. Er konnte bereits die Fragen hören: *Warum haben Sie ihn noch nicht erwischt? Welche Fortschritte haben Sie heute gemacht? Warum haben Sie das Opfer noch nicht identifiziert?* Jeder Depp, der jemals eine Folge von *CSI* gesehen hatte, glaubte doch, er würde sich mit Forensik und Polizeiarbeit auskennen.

Es war Kovac allerdings auch klar, dass die Medien

schnell wieder das Interesse verlieren würden, wenn die Polizei nicht mit dieser Art Ergebnissen aufwarten konnte, aber bis dahin hätten sie erreicht, was sie wollten.

»Die Aufregung ist nur am Anfang wichtig«, sagte Tippen, als hätte er seine Gedanken gelesen. »Wir können nichts dafür, wenn ihnen die Schlagzeilen ausgehen.«

»Das stimmt.«

»Gibt es irgendeinen Hinweis auf sexuellen Missbrauch?«

»Auf den ersten Blick nicht. Keine Spermaspuren.«

»Das passt. Die gab es bei den anderen Fällen auch nicht.«

»Es passt eine Menge«, gab Kovac zu. »Aber die anderen Opfer wurden offensichtlich sexuell missbraucht, während das hier ... Ich weiß nicht.«

Er lehnte sich auf seinem Stuhl zurück und sah auf die Wand, an der Tippen Fotos und Zeichnungen der mutmaßlichen Opfer von Doc Holiday befestigt hatte – die drei Leichen, deren er sich in den Twin Cities entledigt hatte, und die fünf anderen, die in Iowa, Illinois, Nebraska und Wisconsin entdeckt worden waren. Wenn die Übereinstimmungen zwischen Zombie-Girl und den anderen Opfern groß genug waren, würde sie als sein neuntes Opfer verbucht werden. Das neunte unbekannte Mordopfer des Jahres war sie sowieso schon. Damit läge sie in zwei unterschiedlichen Kategorien auf dem neunten Platz.

»Sie hat ein Tattoo auf der Schulter«, sagte er. »Irgendwelche chinesischen Schriftzeichen. Tinks hat ein Foto davon gemacht.«

»Das ist doch schon mal was. Wir können morgen anfangen, die Tattoo-Studios abzuklappern.«

»Und hoffen, dass sie von hier stammt. Wenn der Doc sie auf dem Gewissen hat, kann sie sonst wo gelebt haben.«

Bei diesem Gedanken seufzten beide laut auf und nahmen einen Schluck von ihren Drinks.

»Unter ihren Fingernägeln waren Haut und Blutspuren«, sagte Kovac.

»Genug für ein DNA-Profil?«, fragte Tippen. »Das wäre ein echter Fortschritt.«

»Stimmt. Aber seit wann haben wir so viel Glück? Der Typ hat bei acht Morden nichts falsch gemacht. Warum sollte er beim neunten unvorsichtig werden?«

»Wäre nicht das erste Mal«, sagte Tippen. »Irgendwann stellen sie sich immer selbst ein Bein. Sie werden arrogant. Sie werden nachlässig. Sie glauben, dass wir zu blöd für sie sind, also passen sie nicht mehr auf. Sie machen Fehler.«

»Er schafft es nicht, sein Opfer mit einem zu kurz geratenen Messer und einem Kanister Säure umzubringen«, sagte Kovac. »Sie plumpst mitten auf der Straße aus seinem Kofferraum. Und dann hat sie auch noch seine DNA unter den Fingernägeln. Sind das nicht eine Menge Fehler für einen Typen, der mit acht Morden davongekommen ist?«

»Egal. Wenn wir sagen, dass Zombie-Girl sein neuntes Opfer ist, kriegen wir unsere Taskforce«, wiederholte Tippen. »Wir müssen irgendwas den Medien stecken, das Ganze zum Laufen bringen.«

Die Polizei hatte einen eigenen Pressesprecher, aber offizielle Presseerklärungen liefen durch offizielle Kanäle, und ihr Inhalt wurde wieder und wieder umformuliert und abgeschwächt und geglättet von Leuten, die wenig mit den tatsächlichen Ermittlungen zu tun hatten – besonders, wenn es um Fälle mit großer öffentlicher Aufmerksamkeit ging. Wenn sie dagegen etwas durchsickern ließen, dann wäre es genau die Information, die sie verbreiten wollten, sie könnten damit den richtigen Nerv treffen. Die Polizei wäre gezwungen, auf die Öffentlichkeit zu reagieren, die genau hingucken und Antworten verlangen würde.

»Wer ist dein bester Kontakt?«

»Keiner«, sagte Kovac. »Ich kann sie alle nicht ausstehen.«

»Es sollte eine Frau sein«, sagte Tippen. »Die Empörung ist umso größer, je größer die persönliche Betroffenheit ist. Empörte Frauen machen eine Menge Lärm. Ich kenne zufällig eine empörte Frau.«

Kovac hob eine Augenbraue. »Nur eine?«

»Sehr witzig. Ich kenne zufällig eine empörte junge Frau, die viele andere empörte junge Frauen erreichen kann. Ich ruf sie an.«

»Na, darauf freu ich mich jetzt schon«, sagte Kovac wenig begeistert. »Warum hab ich bloß das Gefühl, dass mir dieser Schritt noch leidtun wird?«

»Weil du ein alter Miesepeter bist«, sagte Tippen und zog sein Handy aus der Brusttasche seines Hawaiihemdes. »Was auch seine Vorteile hat. Wenn man die Erwartungen niedrig hält, kann man nicht enttäuscht werden. In diesem Fall gilt allerdings, dass man einem geschenkten Gaul nicht ins Maul schaut, mein Bester.«

Kovac kippte den Rest seines Drinks hinunter und verzog das Gesicht, aber nicht wegen des Whiskys, sondern weil es ihm nicht schmeckte, mit Medienvertretern reden zu müssen.

»Das Einzige, was ich über Pferde weiß, ist, dass sie beißen«, sagte er.

KAPITEL 8

Beim Anblick des schwarzen Jeeps, der vor ihrem Haus stand, stöhnte Liska laut auf. Speed. Sie hatte zwar ihre Sorgen und Ängste wegen Kyle bei ihm abladen wollen, aber lieber übers Telefon. Sie wollte sich auskotzen und dann das Gespräch beenden. Kein Trara – wenigstens nicht ausgerechnet jetzt. Von Angesicht zu Angesicht fehlte ihr dazu die Kraft. Nachdem sie in den letzten anderthalb Tagen nur drei Stunden geschlafen hatte, war sie völlig fertig. Das Letzte, was sie an diesem beschissenen Tag brauchte, war ein Streit mit ihrem Ex.

Sie sagte sich, dass sie froh sein sollte, wenn er überhaupt auftauchte – um der Jungs willen. Egal wie oft er die beiden enttäuscht hatte, er war ihr Vater und sie liebten ihn. Selbst wenn es nur sporadisch geschah, war es wichtig, dass er an ihrem Leben teilnahm. Auch wenn sie im Anschluss immer einen emotionalen Preis dafür zu zahlen hatten – sowohl die beiden als auch sie selbst.

Als Nikki die Tür aufsperrte, hörte sie aus dem Wohnzimmer den Fernseher plärren, ein Footballspiel lief in voller Lautstärke. Drinnen war es warm und es roch nach Chili, das vor sich hin köchelte. Vergebens wünschte sie sich, dass sich ihre Anspannung lösen würde.

Sie schälte sich aus ihrem Parka und quetschte ihn zwischen die Sachen der Jungen in den winzigen Garderobenschrank, dann verschwand sie im Bad. Sie stellte fest, dass sie sich in den letzten drei Minuten nicht in ein schwedisches Bikini-Model verwandelt hatte. Gleich darauf ärgerte sie sich, dass sie überhaupt einen Gedanken an so etwas verschwendete. Eigentlich sollte es ihr egal sein, was Speed dachte, wenn er sie sah, aber offenbar wollte sie ihn immer noch beeindrucken.

Leider sah sie genau so aus, wie sie sich fühlte: älter, als sie sein wollte, abgekämpft und erschöpft von ihrem Alltag und vom Zusehen bei der Obduktion einer jungen Frau, deren schrecklicher Tod ihr den Namen Zombie-Girl eingebracht hatte. Möller hatte das Alter der Toten auf vierzehn bis achtzehn geschätzt – damit war sie nur ein wenig älter als Nikkis Söhne.

Sie spritzte sich kaltes Wasser ins Gesicht und rubbelte es kräftig ab, damit sie ein bisschen Farbe bekam, dann fuhr sie sich mit den Fingern durch die Haare und murmelte leise »Scheiß drauf.«

Speed und R. J. tobten mit einem NERF-Football durchs Wohnzimmer, während die Zuschauer im Fernseher dazu johlten. Speed, die Baseballkappe verkehrt herum auf dem Kopf, stürmte gerade grunzend und strumpfsockig los und warf den knallgrünen Ball mit aller Kraft durchs Zimmer. R. J. hechtete sofort hinterher, riss dabei einen Stuhl um, fiel auf das Sofa und sprang in der nächsten Sekunde mit dem Ball in der Hand wieder hoch. Vater und Sohn grölten und warfen bei ihrem abschließenden Siegestänzchen eine Stehlampe um.

Nikki sagte nichts. Sie würde sowieso die Spielverderberin sein, da musste sie wegen einer Lampe nicht noch mehr Punkte auf dem Minuskonto sammeln.

Weder Speed noch R. J. hatten sie bemerkt. Sie sah ihnen mit allzu vertrautem Neid zu. Keine Hollywood-Schnulze hätte ein rührenderes Vater-Sohn-Bild zustande gebracht: die identischen Football-Trikots, die identischen Kappen, das identische schelmische Grinsen, als sie sich aufeinanderstürzten und zu ringen anfingen.

R. J. war schon immer die Miniaturausgabe von Speed gewesen. Wenn man sie nebeneinander stehen sah, war es, als würde man eine verrückte Zeitmaschinenaufnahme betrachten. Bei R. J. hatte gerade die Metamorphose vom Jungen zum Mann eingesetzt. Für seine dreizehn Jahre war er immer noch recht klein, aber seine Schultern wurden langsam etwas breiter. Der pausbäckige kleine Junge von früher verlor allmählich seinen Babyspeck. Daneben stand der erwachsene Mann, zu dem er werden würde: breite Schultern, flacher Bauch, kantiges Kinn, attraktive Gesichtszüge.

Seit Neuestem trug Speed einen wie mit dem Lineal gezogenen Schnurrbart und ein Ziegenbärtchen, die seine scharf geschnittenen Züge noch betonten und ihm insgesamt eine gewisse Verwegenheit verliehen. Die Zeit und das Leben hatten Fältchen um seine blitzblauen Augen gegraben, aber sie ließen ihn weder älter noch müder aussehen – wie sie es bei ihr taten –, sondern gaben ihm etwas leicht Ramponiertes, das sehr sexy wirkte. Wie sie ihn dafür hasste.

»Oh, oh«, sagte Speed und sah zu ihr hoch. »Wir sind geliefert, Kumpel!«

»Ich freu mich auch, dich zu sehen, Speed«, sagte sie. »Ich dachte schon, du hättest dich über die Grenze abgesetzt. Du bist nicht ans Handy gegangen.«

»Das hab ich verloren«, sagte er und stand auf.

»Ach, schon wieder?«

Er zuckte unbekümmert die Achseln, ob wegen des Handys oder wegen der Lüge, war unklar, und schob die Ärmel seines Trikots hoch, sodass man das blaue Tattoo auf seinem linken Arm sehen konnte. Es war das Meisterwerk eines Tätowierers, das von der Schulter bis zum Handgelenk reichte und den ewigen Kampf von Gut und

Böse darstellte, inklusive eines gehörnten Dämons und eines Racheengels.

Nikki fragte sich immer wieder, welche der beiden Figuren Speed wohl darstellte. Letztlich kam sie jedes Mal zu dem Schluss, dass es alle beide waren. Speed Hatcher arbeitete als verdeckter Ermittler beim Drogendezernat, und in seiner Welt gab es kein Schwarz und Weiß, sondern nur Grau. Je nach Situation und Blickwinkel war er der Gute oder der Böse. Mit diesem Doppelspiel hatte er sich schon immer ein bisschen zu wohl gefühlt. Doch was ihn in seinem Job so erfolgreich machte, machte ihn gleichzeitig zu einem Verlierer in der Rolle des Ehemanns und Vaters.

»Ich rieche Chili«, sagte sie und entschied sich für Diplomatie. »Hast du Hunger, R. J.? Oder habt ihr den ganzen Nachmittag über Chips und Süßigkeiten gefuttert?«

»Beides«, sagte R. J. und warf den Ball wieder seinem Vater zu.

»Wo ist Kyle?«, fragte sie und drehte sich zur Küche.

»Mir doch egal«, maulte R. J. »Der ist sowieso dauernd mies drauf.«

»Er ist zu einem Freund«, sagte Speed.

Nikki drehte sich zurück. »Und das hast du ihm erlaubt?«

»Klar. Was ist denn dabei?«

»R. J., bitte geh Händewaschen, es gibt gleich Abendessen«, sagte sie mit scharfer Stimme.

Ihr Sohn verdrehte die Augen. »Ihr wollt doch nicht jetzt schon streiten. Echt, Mom. Du bist gerade erst gekommen.«

»Wir wollen uns nicht streiten, sondern miteinander reden«, sagte Nikki. »Aber nicht vor dir, du sollst ja nicht jeden Glauben an die Beziehung zwischen Mann und Frau verlieren. So, ab mit dir.«

Vater und Sohn tauschten achselzuckend einen Blick aus,

der besagte: *Weiber, was soll man machen?* R. J. stampfte die Treppe hoch.

Nikki warf ihrem Ex einen vielsagenden Blick zu und steuerte ihr kleines Arbeitszimmer an. Er folgte ihr und rollte seine Schultern dabei wie ein Boxer, der sich lockerte, bevor er in den Ring stieg. Sie schloss die Tür hinter ihm.

»Hast du meine Nachrichten wirklich nicht gekriegt?«, fragte sie. »Kyle hat sich gestern Abend geprügelt. Er hat wahrscheinlich eine leichte Gehirnerschütterung. Du hättest ihm nicht erlauben dürfen, rauszugehen.«

»Was hätte ich denn tun sollen? Ihn verhaften?«

Ihr Blutdruck schoss sofort in die Höhe, ihre Schläfen fingen an zu pochen. Sie musste sich schwer zurückhalten, um ihn nicht gleich zu beschimpfen. »Hast du mit ihm geredet?«

»Worüber?«

»Ich glaub's einfach nicht!«, fuhr sie ihn an. »Ich weiß nicht, was schlimmer ist – die Vorstellung, dass du ein komplettes Arschloch bist, oder die, dass du tatsächlich so begriffsstutzig bist, wie du tust.«

Speed verdrehte die Augen. »Mein Gott, Nikki, er ist fünfzehn. Er hat einen Kratzer im Gesicht. Das ist doch nicht das Ende der Welt.«

»Er hat mich belogen.«

»Hörst du eigentlich nicht zu? Er ist fünfzehn.«

»Kyle belügt mich sonst nie. Darin kommt er glücklicherweise nicht nach dir«, sagte sie. »Aber was diese Geschichte angeht, hat er mich nach Strich und Faden belogen. Selbst darüber, wo das Ganze passiert ist …«

»Hast du seine Geschichte denn überprüft?«

»Ich war den ganzen Nachmittag in der Rechtsmedizin.«

»Und dein Opfer wird noch ein bisschen toter, während du dir ein paar Minuten Zeit zum Telefonieren nimmst?«

Nikki schnappte nach Luft. »Was fällt dir ein, mir vorzuwerfen, ich würde mir keine Zeit zum Telefonieren nehmen? Du antwortest ja nicht mal, wenn ich dir eine Nachricht hinterlasse, dass dein Sohn in Schwierigkeiten steckt. Und spar dir die alberne Geschichte, dass du dein Handy verloren hast. Ich hab dich unter allen möglichen Nummern zu erreichen versucht. Das alles juckt dich einfach nicht, gib's doch zu.«

»Jetzt übertreib mal nicht, Nikki! Der Junge hat einen Pickel und du schickst mir eine Notfall-SMS! Dann hat er sich eben geprügelt. Dann hat er eben eins auf die Nase gekriegt. Dann hat er eben zurückgeschlagen. Na und?«

»Vielen Dank, dass du mich mal wieder daran erinnerst, warum ich nicht mehr mit dir verheiratet bin. Du kapierst nichts, oder?«

»Offenbar nicht. Ist ja auch egal, dass ich selbst mal ein fünfzehnjähriger Junge war.«

»Viel reifer bist du immer noch nicht«, fuhr Nikki ihn an. »Das ist die eine Hälfte des Problems.«

»Und die andere Hälfte?«, fragte er. »Du nicht, oder? Du musst doch aus jeder Mücke einen Elefanten machen.«

»Wann soll ich dich denn hinzuziehen, Speed?«, fragte sie. »Wann hast du denn mal Zeit, etwas mit mir zu besprechen? Dein Sohn hat plötzlich Probleme in der Schule – ein Junge, der noch nie Probleme in der Schule hatte. Er gerät mit anderen Jugendlichen aneinander – ein Junge, der sich noch nie geprügelt hat. Er belügt mich darüber, wo er hingeht und was er macht – ein Junge, der mich nie belogen hat. Wann ist es denn dem lieben Dad genehm, sich für solche Dinge zu interessieren? Wann soll ich dich anrufen? Nachdem er sich eine Automatikpistole besorgt hat und damit die Schule stürmt?«

Speed drückte sich die Hände an den Kopf, als würde er

sonst zerspringen. »Das ist doch wieder typisch, Nikki! Du denkst immer gleich das Schlimmste. Es ist ihm peinlich, dir zu sagen, dass er Prügel eingesteckt hat, und du denkst, er plant einen Amoklauf, Herrgott noch mal!«

»Und du findest das alles ganz normal, oder was?«, fragte sie. »Du Superdrogenfahnder. Ein Fünfzehnjähriger, dessen Noten plötzlich abrutschen. Der Probleme mit seinen Freunden hat. Der seine Eltern anlügt und alles Mögliche vor ihnen verbirgt. Das lässt deine Alarmglocken nicht wenigstens ein kleines bisschen läuten?«

»Kyle nimmt keine Drogen«, sagte er, und obwohl er entschieden klang, glaubte Nikki in seinen blauen Augen einen kurzen Moment Sorge aufblitzen zu sehen. »Dazu ist er viel zu schlau.«

»Er ist fünfzehn«, sagte Nikki und freute sich, ihm eine Retourkutsche verpassen zu können.

Speed trat einen Schritt zurück, stemmte die Hände in die Hüften und seufzte tief. »Ich rede mit ihm, wenn er heimkommt.«

»Danke.«

Sie standen beide schwer atmend da, als hätten sie sich nicht nur einen verbalen Schlagabtausch geliefert. Der Kampf war vorbei. Die Wut war verraucht. An ihre Stelle war Verlegenheit getreten. Schon merkwürdig, dachte Nikki. Sie hatten so viele Jahre miteinander gestritten, dass es eigentlich lächerlich war, hinterher immer noch diese Verlegenheit zu empfinden.

»Du würdest es wissen, wenn er Drogen nimmt«, sagte Speed leise. Seine Art, sie zu beruhigen.

»Meinst du? Ich weiß nicht, Speed. Ich kenne die Welt nicht, in der Jugendliche heute leben. Sie ändert sich von Tag zu Tag. Früher haben sie Hasch geraucht oder LSD genommen. Wenn sie Geld hatten, konnten sie sich Koks leisten.

Heute ist es synthetisches Marihuana und Badesalz – keine Ahnung, aus was das besteht. Sie fixen und brauen sich aus Erkältungsmedizin ihr eigenes Meth. Sie wissen mehr über rezeptpflichtige Medikamente als die meisten Ärzte. Mir macht das verdammt viel Angst.«

In solchen Momenten war es nur noch schlimmer, dass sie ein Cop war und somit Dinge wusste und gesehen hatte, von denen andere Eltern nur in der Zeitung lasen, sofern sie nicht das Pech hatten, dass ihre Kinder zu den Betroffenen gehörten.

»Ich hab den ganzen Nachmittag bei der Obduktion eines Mädchens in Kyles Alter zugesehen«, sagte sie. »Jemand hat siebzehn Mal auf sie eingestochen und Säure über ihr Gesicht gegossen, während sie noch lebte. Wie kann so etwas passieren? Wie gerät ein Mädchen in Kyles Alter in eine solche Situation? Wusste die Mutter nicht genug über das Leben ihrer Tochter?«

Zu ihrem Schrecken merkte sie, dass ihr Tränen in die Augen stiegen. Eigentlich warf sie nichts so schnell um, aber wenn es um ihre Söhne ging, war sie so verletzlich wie jede andere Mutter und hatte Angst vor allem, was die Welt ihren Kindern antun könnte.

»Wir wissen doch, wie es dazu kommt, Nikki«, sagte Speed ruhig. Er legte eine Hand auf ihre Schulter und strich ihr mit der anderen übers Haar. »Sie war ein Junkie oder eine Prostituierte oder hat auf der Straße gelebt. Ein solches Leben ist gefährlich, und irgendein Verbrecher hat sich ihre Situation zunutze gemacht. Du hast das doch schon hundertmal gesehen. Und ich auch.«

Sie war zu müde, um gegen ihr Bedürfnis nach Trost anzukämpfen, also umfasste sie seine Taille und legte ihr Gesicht an seine Schulter. Er nahm sie in die Arme.

Ja, sie hatte es hundertmal gesehen. Ja, sie wusste, wie es

dazu kam. Manchmal. Nicht immer. Aber das beantwortete die Frage nicht. Selbst wenn das neunte Opfer ein Junkie oder eine Prostituierte oder eine Ausreißerin war, blieb dennoch die Frage: Was wusste die Mutter nicht von ihrer Tochter, was ihr das Leben hätte retten können?

»Mein Leben«
von Gray

Ich will
nicht mehr
Ich will
nicht mehr als
Akzeptanz
will ich
dir geben
hingeben
ganz

KAPITEL 9

Sonya Porter war eine zornige junge Frau. Kaum dass sie Patrick's Bar betreten hatte, richtete sie ihre zu schmalen Schlitzen verengten Augen wie zwei schwarze Laser auf Tippen. Dann schoss sie mit der Zielgerichtetheit einer wärmesuchenden Rakete auf seinen Tisch zu und versetzte ihm einen leichten Schlag auf den Hinterkopf.

Tippen zuckte zusammen. »Aua! Wofür ist das denn?«

»Keine Ahnung«, sagte sie, genervt von der Frage. »Aber mich hat schon deine Stimme am Telefon sauer gemacht.«

»Du hast dich nur geärgert, weil du einen Kater hast«, sagte Tippen. »Aber dafür kann ich doch nichts.«

»Natürlich«, fuhr sie ihn an, um dann etwas ruhiger weiterzusprechen. »Gut, dieses Mal vielleicht nicht. Aber das letzte Mal hast du was dafür gekonnt, und das blieb damals ungestraft.«

»Gut, dann sind wir jetzt quitt.«

Sie warf ihm einen geringschätzigen Blick zu. »Wohl kaum.«

Kovac' Augen wanderten zwischen den beiden hin und her. Die junge Frau – er schätzte sie auf zweiundzwanzig – sah aus wie eine Figur aus einem postmodernen Film Noir. Pechschwarze glatte Haare, zu einem Bob geschnitten, der ihre klaren Züge betonte. Der dunkelrote Lippenstift auf dem großen Mund bildete einen harten Kontrast zu der Porzellanhaut.

Sie schlüpfte aus ihrem schweren Trenchcoat und hängte ihn an einen Haken neben dem Tisch. Aus dem V-Ausschnitt ihres Pullovers wuchsen farbige Tattoos. Auf der einen Seite ihres Halses rankte sich eine grüne Winde mit einer roten Blüte empor. Durch eine der streng geschwungenen Augenbrauen war eine winzige Stahl-Barbell gesteckt. Ein identischer Ring bohrte sich wie ein Angelhaken durch ihre volle Unterlippe.

Kovac wäre am liebsten aufgestanden und gegangen, für diesen Zirkus hatte er keine Nerven mehr. Er fühlte sich ausgelaugt und der letzte Rest seiner Geduld war inzwischen aufgebraucht. Er hatte bereits mit zwei Journalisten telefoniert und sie häppchenweise mit Informationen gefüttert, die an die Öffentlichkeit gelangen sollten. Ein paar Einzelheiten und Andeutungen, dass der jüngste Mord mit den anderen zu tun haben könnte. Nein, sie durften ihn nicht zitieren. Nein, er konnte ihnen nicht den Namen des Opfers nennen. Jetzt hoffte er, dass sie es nicht vermasselten oder ihn in die Bredouille brachten.

Und jetzt noch das hier: ein Familientreffen mit den Tippens.

»Na schön«, sagte Tippen. »Dann hab ich ja was, worauf ich mich freuen kann.«

»Eine kleine Verstümmelung zum Beispiel«, sagte die junge Frau.

Die Drohung ließ Tippen unbeeindruckt. »Sonya, darf ich dir meinen Kollegen Sergeant Sam Kovac vorstellen. Sam, meine Nichte Sonya Porter, Aktivistin, Feministin, Anarchistin und freiberufliche Journalistin.«

Die Frau sah Kovac mit zusammengekniffenen Augen an und schob sich auf die Bank. »Sie haben hoffentlich kein Problem damit?«

»Ich mag keine Journalisten«, sagte er. »Der Rest geht mich nichts an.«

»In Ordnung«, sagte sie. »Ich mag auch keine Cops.«

»Na prima, dann passt ja alles«, erwiderte Kovac sarkastisch.

Eine Kellnerin, die schlecht gelaunt war, weil sie an Neujahr arbeiten musste, kam zu ihnen und fragte, was sie wollten. Tippens Nichte bestellte einen Schnaps und ein Bier, Kovac bestellte seinen üblichen Burger mit Pommes, einmal verstopfte Arterien, bitte. Normalerweise aß Liska die Hälfte seiner Pommes frites, sodass er mit begrenztem Schaden rechnete.

Sie hatten sich unter anderem wegen der großen Portionen in Patrick's Bar verabredet. Eine Kneipe mit irischem Namen, die einem Schweden gehörte und von Cops frequentiert wurde. Sie lag genau zwischen dem Polizeigebäude und dem Büro des Sheriffs und war dreihundertfünfundsechzig Tage im Jahr von mittags bis zur Sperrstunde geöffnet – und manchmal auch länger.

Ein Ort, an dem man essen, Kollegen treffen und seinen Ärger und seine Nöte ersäufen konnte, für die der Rest der Gesellschaft kein Verständnis hatte. Selbst an Feiertagen war der Laden rappelvoll: Cops, die nach ihrer Schicht kamen, Streifenpolizisten, die vor der Nachtschicht noch schnell etwas aßen, und pensionierte oder aus einem anderen Grund nicht mehr im aktiven Dienst befindliche Polizisten, die nicht wussten, wohin sie sonst gehen sollten. Auf den riesigen Bildschirmen über dem Tresen und den Billardtischen liefen College-Footballspiele.

»Für wen arbeiten Sie?«, fragte Kovac.

»Für jeden, der zahlt. Das steckt in dem Begriff ›selbstständig‹, oder?«

»Meinetwegen können Sie sich den patzigen Ton sparen.«

Sie zuckte die Achseln. »Meinetwegen können wir uns das alles hier sparen. Sie brauchen mich vielleicht. Aber ich Sie nicht.«

Kovac warf Tippen einen Blick zu. »Und ich dachte, in deiner Familie wärst du derjenige, der nicht den geringsten Charme versprüht.«

»Aber nicht doch, ich bin ein richtiges Herzchen«, sagte Tippen.

»Es geht um den Zombie, oder?«, sagte Porter.

Kovac sah sie ernst an. »Es geht um den Mord an einer Unbekannten. Es gibt keinen Zombie. Auf einem Stahltisch im Leichenschauhaus liegt ein Mädchen, dessen Gesicht von Säure zerfressen ist. Sie hat einen Namen, den wir nur noch nicht kennen. Wir gehen davon aus, dass sie irgendwo eine Familie hat, aber auch von der wissen wir naturgemäß noch nichts.«

Sonya Porter starrte ihn an. »Der Zombie ist der Teaser. Wenn Sie wollen, dass die Leute sich anhören, was Sie zu sagen haben, müssen Sie sich mit dem Zombie abfinden. Wir leben in einer Gesellschaft egoistischer, uninteressierter Drohnen, die keine Empathie mehr empfinden können. Mit verbalen Samthandschuhen werden Sie deren Aufmerksamkeit nicht kriegen.«

Kovac überlegte. Es gefiel ihm, dass sie sich von ihm nicht einschüchtern ließ, das musste er zugeben. »Viel scheinen Sie ja nicht von der Menschheit zu halten.«

»Sie etwa?«

»Ich hab schon ein paar mehr Jahre auf dem Buckel. Ich darf misanthropisch sein. Sie sind dafür noch zu jung.«

»Aber ich bin nun mal von Natur aus misanthropisch«, sagte sie. »Misanthropisch und wütend.«

»Wegen was sind Sie denn wütend?«

»So gut wie allem, ausgenommen Hundewelpen und kleinen Kätzchen. Wegen der Wirtschaftspolitik, der Umweltpolitik, der Auslandspolitik, der Sozialpolitik, der Frauenrechte, der Schwulenrechte. Und damit ist die Liste noch nicht zu Ende. Man kann wegen einer Menge Sachen wütend sein, auch wegen des Fehlens von Wut beim Durchschnittsamerikaner.«

»Schön für Sie«, sagte Kovac. »Bleiben Sie dabei. Aber sagen Sie mir eins, Miss Wütend, was hab ich davon? Ich dachte immer, dass ›selbstständig‹ ein anderes Wort für arbeitslos ist. Aber ich will, dass meine Informationen verbreitet werden.«

»Warum berufen Sie dann nicht eine Pressekonferenz ein?«

»Die Sache ist heikel.«

Die gepiercte Augenbraue schnellte in die Höhe. »Aha. Heikel wie ›ungenannte Quellen‹?«

»Ja, so in der Art«, sagte er. »Haben Sie ein Problem damit?«

»Kommt drauf an. Entspricht das, was Sie mir erzählen, der Wahrheit?«

Kovac lehnte sich zurück und tat verwirrt. »Sind Sie nicht Journalistin? Seit wann geht's denn um Wahrheit?«

»Stimmt, Sie haben recht«, sagte sie. »Ich mach mir liebend gern meinen journalistischen Ruf kaputt, genauso gern, wie Sie Geständnisse aus Unschuldigen herausprügeln.«

»Ich habe noch nie ein Geständnis aus einem Unschuldigen herausgeprügelt.«

»Und ich belüge meine Leser nicht wissentlich.«

Die schlechtgelaunte Kellnerin kehrte mit den Getränken und Kovac' Burger zurück. Er schüttelte die Ketchupflasche, während Sonya Porter ihren Schnaps kippte. Dabei ließen sie sich keine Sekunde aus den Augen.

»Welche Leser sind das?«, fragte Kovac. »Tip hat mir erzählt, dass Sie im Internet schreiben. Was bedeutet das?«

»Online-Nachrichten. Twitter. Facebook. Mein Blog.«

»Und die Leute lesen dieses Zeug?«

Sie warf ihrem Onkel einen Blick zu, der sagte: *Ist das dein Ernst mit dem Typen?* Tippen zuckte die Achseln.

»Keiner unter dreißig liest noch Zeitung«, sagte sie. »Ernsthaft. Wie alt sind Sie eigentlich?«

Kovac fühlte sich plötzlich uralt. Was die technische Revolution anging, hatte er immer mehr das Gefühl, sich auf die falsche Seite geschlagen zu haben. Er brachte einen Computer dazu, das zu tun, was er von ihm wollte – was nicht viel war –, aber der raketenartige Aufstieg der sozialen Medien in den letzten Jahren war völlig an ihm vorbeigegangen und jetzt fand er den Anschluss nicht mehr. Tinks war durch ihre Söhne näher am Puls der Zeit, aber für Kovac war Post etwas, das der Briefträger brachte, und Tweet war die falsch geschriebene Bezeichnung für einen bestimmten Wollstoff.

»Wie alt ich bin, tut hier nichts zur Sache«, sagte er. »Es geht darum, wie alt das Opfer ist. Und die anderen Opfer, von denen keines älter als Anfang zwanzig war.«

Sie setzte sich auf. »Andere Opfer? Welche anderen Opfer?«

»Wir könnten es mit einem Serienmörder zu tun haben«, sagte Tippen. »Aber das Department wird versuchen, die Verbindung zwischen den Morden runterzuspielen. Vom PR-Standpunkt aus betrachtet, ist ein Serienmörder kein schöner Auftakt ins neue Jahr.«

Guter Trick, dachte Kovac. Gib ihrer Wut neues Futter. So kann sie sich über das Establishment aufregen oder über Männer unserer Generation. Was immer dazu führte, dass sie Worte auf Papier – oder den Bildschirm – brachte, spielte ihnen in die Hände.

»Das ist das dritte Opfer hier in Minneapolis«, sagte er. »Und in St. Paul gab es auch eines. Keine der Frauen stammte aus dieser Gegend. Der Killer hat sie in anderen Bundesstaaten entführt und hier abgeladen, wenn er mit ihnen fertig war.

In vier weiteren Bundesstaaten wurden ebenfalls Leichen gefunden«, fuhr er fort. »Mit der jetzigen sind es insgesamt neun. Wenn Sie über irgendetwas wütend sein wollen, dann seien Sie es darüber: junge Frauen, die entführt werden, vergewaltigt, gefoltert, entstellt, ermordet und dann wie ein Sack Müll am Straßenrand entsorgt. Das Gesicht dieses Mädchens ist so zerstört, dass man sich nicht im Entferntesten vorstellen kann, wie sie aussah, bevor sie dem Schwein in die Hände fiel.«

Er hielt inne, um ein paar Bissen zu essen und Porter die Informationen verdauen zu lassen. Sonya Porter, Anfang zwanzig, mit ihrem Lippen-Piercing und ihrem Zorn; Vertreterin einer Generation, die in seinen Augen von einem anderen Planeten stammen könnte.

»Was soll ich für Sie tun?«

»Die Leute, die das Opfer kannten, müssen von ihrem Schicksal erfahren. Mitschüler, Freunde, Bekannte. Geschwister, wenn es welche gibt. Alle. Alle, die etwas wissen könnten«, sagte er. »Außerdem müssen diese Informationen so weit verbreitet werden wie nur möglich, weil ich keine Ahnung habe, woher dieses Mädchen stammt.«

»Gibt es irgendwelche Merkmale, an denen man sie erkennen könnte?«

»Ein Tattoo.« Kovac nahm sein Handy vom Tisch und suchte das Foto heraus, das Tinks bei der Obduktion gemacht und ihm geschickt hatte. »Wissen Sie, was das bedeuten könnte?«

Sonya Porters Gesichtsausdruck wechselte in rascher Folge, während sie das Bild der chinesischen Schriftzeichen mit Daumen und Zeigefinger vergrößerte. Von Neugier über Verwirrung zu Wiedererkennen und Traurigkeit.

»Ja«, sagte sie leise. »Ich weiß, was es bedeutet.«

Sie legte das Handy zurück auf den Tisch und schob den Ärmel ihres Pullis hoch. Auf der Innenseite ihres Unterarms waren die gleichen beiden Schriftzeichen in die zarte Haut tätowiert.

»Es bedeutet Akzeptanz.«

KAPITEL 10

Kyle saß mit angezogenen Beinen auf seinem Bett, den Rücken gegen das Kopfteil gelehnt. Die Nachttischlampe verbreitete einen warmen Lichtschein und hielt die kalte schwarze Nacht hinter dem Fenster fern.

In dem schummrigen Licht bekamen die Zeichnungen an den Wänden etwas Finsteres. Seine Zeichnungen von Figuren aus bekannten Comics und Graphic Novels wie *300* und *Batman: Die Rückkehr des Dunklen Ritters* ragten über ihm in die Höhe. Leonidas, der wilde, bärtige König von Sparta. Xerxes I. von Persien, schön und grausam, mit kunstvollen Body-Piercings und glänzenden Augen. Batman und Joker.

Auch Figuren, die sich Kyle selbst ausgedacht hatte, sahen auf ihn herunter. Besonders Ultor stach hervor, Beschützer und Rächer der Unterdrückten und Entrechteten. Mit seinen Muskeln aus Stahl, dem kantigen Kinn und den schmalen Augen hatte Ultor eine gewisse Ähnlichkeit mit Georges St-Pierre, Kyles Lieblingskampfsportler.

Mit GSP, einem Mann, der wenige Worte machte und mit seinen Händen über ein präzises und schreckliches Werkzeug zum Strafen verfügte, sollte man sich besser nicht anlegen, er erlaubte keine Beleidigungen und keine Angeberei. Er war ein Mann der Ehre. Er war weder der Größte noch der Kräftigste. Mit seinen siebenundsiebzig Kilo auf einen Meter achtundsiebzig bestand er aus schieren Muskeln. Als Kind war er kleiner als die anderen gewesen und von älteren Schülern gehänselt und schikaniert worden. Heute, wo er weltberühmt war und Millionen von Fans hatte, sprach er sich öffentlich gegen ein solches Verhalten aus, wofür Kyle ihn nur noch mehr bewunderte.

GSP hatte einen schwarzen Gürtel in Kyokushin und brasilianischem Jiu-Jitsu und seine Siege verdankte er seiner Schnelligkeit im Kopf, seinem Können und seiner Kraft. Und wenn er siegte, dann zeigte er immer seine Dankbarkeit und seine Großzügigkeit. Ultor war genauso: ein Mann, der beim Kampf die Ehre nicht vergaß, ein Mann des Volkes und für das Volk. Diesen Mann hatte Kyle geschaffen, um eine Lücke in seinem Leben auszufüllen.

Er konnte sie unten hören: seine Mutter und seinen Dad. Sie redeten wahrscheinlich über ihn, auch wenn er kein Wort verstand, nur die lauter und leiser werdenden Stimmen hörte.

Er blieb lieber unter ihrem Radar. Sie hatten keine Ahnung von seinem Leben. Immer ging es ihnen nur um Drogen, was eine echte Beleidigung war. Hielten sie ihn etwa für so blöd, einen solchen Scheiß zu nehmen?

Einmal hatte er Hasch geraucht, aber es hatte ihm nicht gefallen. Jeder rauchte Hasch. Sein Vater auch – Kyle hatte die Utensilien in seiner Wohnung gesehen und es gerochen –, und der war bei der Drogenfahndung. Ein Drogenfahnder mit Doppelmoral. Er trank, er rauchte Zigaretten, er rauchte Hasch und er hatte Mom betrogen. Kyle hatte das damals alles nicht ganz verstanden, weil er noch zu klein war, aber dass es nicht richtig war, hatte er trotzdem gewusst. Er hatte die beiden streiten gehört, gehört, wie seine Mom heulte, wenn sein Dad wieder mal abgehauen war, und glaubte, er würde es nicht mitkriegen.

Speed Hatcher war kein guter Vater. Er log. Er ließ sie immer wieder im Stich. Wenn es ihm passte, tauchte er auf, die übrige Zeit erfand er irgendwelche Ausreden. Wenn Kyle oder R.J. bei irgendeinem Sportwettkampf mitmachten, schaffte er es immer, aber er war noch nie bei einer Kunstausstellung erschienen, an der Kyle beteiligt gewesen war. Er war nie gekommen, wenn Kyle irgendeinen Preis von der Schule gewonnen hatte.

Er nahm sie mit zu Spielen der Twins und der Vikings und der Timberwolves und der Wild, weil er da selbst gerne hinwollte und weil er dann der Superdaddy war. Natürlich machten solche Unternehmungen Kyle Spaß, aber er wusste, worum es seinem Vater eigentlich ging – einerseits Bestechung, andererseits das eigene Vergnügen. R.J. fiel auf den Scheiß rein, weil er noch zu jung war und weil er darauf reinfallen wollte, aber Kyle nicht.

Daher hatte es Kyle auch nicht besonders beeindruckt, als sein Dad mit ernster Miene in sein Zimmer gekommen war und mit ihm reden wollte. Als er am Nachmittag aufgekreuzt war, hatte es ihn nicht weiter interessiert, dass Kyles Gesicht malträtiert war. Auf Kyles Erklärung hin hatte er nur gesagt, er hoffe, der andere sehe schlimmer aus.

Dass er sich jetzt plötzlich dafür interessierte, hatte er Mom zu verdanken. Sie hatte Kyle seine Geschichte nicht abgenommen und schickte Dad los, damit der ihn sich vornahm. Guter Cop, böser Cop. Sie dachte wohl, Kyle würde seinem Vater eher etwas anvertrauen, so von Mann zu Mann. Aber sein Vater war kein Mann, den Kyle bewunderte oder sich zum Vorbild nahm. Er würde Kyles Geständnis nicht für sich behalten. Er würde zu Mom gehen und ihr alles brühwarm erzählen. Das konnte er sich abschminken.

Seine Eltern hatten keine Ahnung, in welcher Welt er lebte, sie wussten nichts von dem Druck, unter dem er stand. Er lebte in einer Welt der Extreme. Er war klug. Seine Lehrer und seine Mom wollten ständig gute Noten von ihm sehen. Er war talentiert. Seine Kunstlehrer waren hinter ihm her, dass er kommerzieller, traditioneller malte und nicht seine Zeit mit Tattoo-Entwürfen und Comic-Figuren »verschwendete«. Er war sportlich. Sein Dad erwartete, dass er Football und Hockey und Baseball spielte, irgendeinen Mannschaftssport machte, was für richtige Männer. Kyle wollte lieber Muay Thai lernen, Kickboxen und brasilianisches Jiu-Jitsu, Sachen, die ihm Spaß machten.

Weil er gut aussah und talentiert war, erwarteten alle, dass er auch cool und beliebt war und sich auf eine bestimmte Weise verhielt und bestimmte Mädchen mochte – und vor allem bestimmte Leute *nicht* mochte, vor allem Außenseiter. Aber er wollte nicht cool sein. Er wollte nicht zu der Clique gehören, die gerade das Sagen hatte. Und weil er sich für solche Sachen nicht interessierte, konnten ihn die Leute, die sich dafür interessierten, nicht ausstehen.

Er hatte gedacht, das würde sich ändern, wenn er ins PSI wechselte. Das Performance Scholastic Institute stand in dem Ruf, die Streberschule schlechthin zu sein. Hierher gingen die hochbegabten und künstlerisch veranlagten Kids – die Kids, die in den öffentlichen Schulen gehänselt und verprügelt wurden. Aber auf dem PSI war es kein bisschen anders. Auch hier bekriegten sich die Cliquen. Auch hier gab es die coolen Typen, die diejenigen mobbten, die sich nicht anpassten.

Eigentlich war es im PSI noch schlimmer, denn je schlauer jemand war, desto gemeiner konnte er sein. In den öffentlichen Schulen waren die Fieslinge wenigstens dumm. Dadurch waren auch die Gemeinheiten berechenbarer.

Kyle hatte sich gefreut, als er das Stipendium bekam. Er hatte sich gefreut, stärker gefordert zu werden und mehr Kunstunterricht zu haben. Aber jetzt wollte er nur noch möglichst schnell seinen Highschool-Abschluss machen und raus aus der Schule. Er glaubte nicht, dass er ein

Studium brauchte, um Künstler zu werden. Das Einzige, was zählte, war Talent. Den Rest konnte man vergessen.

Er wollte zeichnen, ohne sich dauernd irgendwelche Meinungen und Ratschläge anhören zu müssen. Er wollte nicht in eine Schablone gepresst werden, in die er sowieso nicht passte. Er wollte mit den Leuten zusammen sein, die er mochte, und sich keine blöden Kommentare über sich und seine Freunde anhören. Er träumte von einer eigenen Wohnung, wo er niemandem was erklären musste, wo er so sein konnte, wie er war, und leben konnte, wie er wollte.

Aber darüber konnte er mit seinen Eltern nicht reden … und auch sonst über nichts.

Er zog sein Handy unter dem Kissen hervor, öffnete seine Kontakte und tippte einen Namen an.

Am anderen Ende der Leitung klingelte und klingelte es, und dann schaltete sich die Mailbox ein. Wieder mal. Kyle legte auf, ohne eine Nachricht zu hinterlassen, und wechselte zum SMS-Menü. Die SMS, die er vorgestern Abend geschickt hatte und seither immer wieder, war unbeantwortet geblieben.

Wo bist du? Alles ok?

Sicherheitshalber schickte er sie noch einmal.

Keine Antwort.

Unten quatschten sie immer noch. Kyle stand auf und streckte den Kopf auf den Flur hinaus. R. J.s Tür war geschlossen, dahinter lief leise der Fernseher. Schnell ging er ins Badezimmer, schloss die Tür ab und drehte die Dusche so heiß auf, dass er es gerade noch aushielt.

Das Wasser brannte auf den Abschürfungen in seinem Gesicht und an seinen Fingerknöcheln, aber es linderte den Schmerz von den Prellungen. Beim Abtrocknen suchte er seinen Körper ab. Mittlerweile konnte man die blauen Flecken sehen. Mehr war es glücklicherweise nicht – blaue Flecken. Keine gebrochenen Knochen. Keine offenen Wunden, die er erklären müsste. Das Schlimmste war sowieso unsichtbar. Die Verletzungen, die er im Inneren davongetragen hatte. Die Wunden, die die gehässigen Bemerkungen verursacht hatten.

Warum waren die Menschen so voller Hass und Bosheit? Warum konnten sie andere nicht einfach in Ruhe lassen?

Er warf einen Blick über seine Schulter und sah im Spiegel die beiden kleinen Schriftzeichen auf seinem Rücken. An das Ideal, für das sie standen, glaubte er so sehr, dass er sein Taschengeld gespart hatte, um es sich in die Haut stechen zu lassen: *Akzeptanz.*

KAPITEL 11

»Wer von Ihnen ist die ›ungenannte Quelle‹?«

Captain Ullrich Kasselmann sah hinter seinem Schreibtisch wie ein Banker aus: gut geschnittener brauner Anzug, frisch gebügeltes weißes Hemd, modischer orangefarbener Schlips, leicht gelockert, akkurat frisiertes silbergraues Haar. Nur der dünne Schweißfilm auf seiner Stirn deutete darauf hin, dass auch er etwas von der Gluthitze im Büro mitbekam.

Kasselmann war kräftig gebaut und wirkte immer etwas steif und unbeweglich, was der körperliche Ausdruck seines inneren Wesens war. Er leitete die Kriminalabteilung inzwischen lange genug, um seine anfänglichen Vorbehalte bezüglich seiner Mitarbeiter bestätigt zu sehen.

»Mich brauchen Sie gar nicht so anzuschauen«, sagte Tinks gereizt. »Ich weiß nicht, wovon Sie reden.«

Kovac warf ihr einen Blick von der Seite zu. Sie sah aus, als hätte sie auf der Bank an einer Bushaltestelle zu schlafen versucht – die Haare noch zerzauster als sonst, dunkle Ringe unter roten Augen, teigige Haut.

»Die Aufmacher der Morgennachrichten, Kanal fünf und elf«, sagte Kasselmann. »›Zombie mögliches Opfer von Serienmörder!‹ Davon wollen Sie nichts mitgekriegt haben?«

Er richtete seinen stechenden Blick auf Kovac.

»Ja, klar war ich das«, sagte Kovac sarkastisch. »Weil ich ja so eine innige Beziehung zur Presse hab.«

Kasselmanns Gesicht blieb ausdruckslos. »Wer dann?«

»Woher soll ich das wissen?«, gab Kovac zurück. »Fragen Sie doch Culbertson«, sagte er lässig und brachte damit den Kollegen aus der Rechtsmedizin in die Schusslinie. Culbertson war Kasselmann nicht untergeordnet. Dem konnte er nichts anhaben. Und außerdem gab Steve Culbertson liebend gern den Rebellen. So war eigentlich allen gedient.

»Stimmt die Meldung denn?«, fragte der Captain.

»Könnte sein. Ja. Könnte wirklich sein«, sagte Kovac und widerstand der Versuchung, erneut zu seiner Partnerin zu sehen. Liska hatte Zweifel daran geäußert, dass Zombie-Girl eines von Doc Holidays Opfern war. Jetzt sagte sie nichts.

»Silvester, mehrere Stichverletzungen, Hinweise auf ein sexuelles Motiv, Entstellung des Gesichts«, sagte er. »Es spricht mehr dafür als dagegen.«

»Das Opfer fiel aus einem Kofferraum«, sagte Kasselmann. »Mitten auf einer vielbefahrenen Straße.«

»Offenbar ist das Auto über ein Schlagloch gebrettert, der Kofferraum ging auf und die Leiche wurde herausgeschleudert«, sagte Kovac. »Möller sagt, es besteht aber auch die Möglichkeit, dass das Mädchen zu dem Zeitpunkt noch gelebt hat. Vielleicht wollte sie fliehen. Sicherlich lag es nicht in der Absicht des Täters, sie auf diese Weise loszuwerden.«

»Haben wir das Kennzeichen?«

»Der Fahrer des Hummer war abgelenkt. Er kommt heute her, um sich hypnotisieren zu lassen.« Kovac zuckte mit den Achseln. »Vielleicht kommt ja was dabei raus.«

»Sie scheinen nicht damit zu rechnen.«

»Hinten in seiner Limousine saßen zwei halbnackte heiße Weiber, die miteinander rumgemacht haben. Was glauben Sie, wo er seine Augen hatte?«

Kasselmann seufzte laut auf, Missbilligung machte sich auf seinem faltenzerfurchten Gesicht breit. »Mich haben heute Morgen schon drei Deputy Chiefs angerufen. Und ich bin in zwanzig Minuten zu einem kurzfristig einberufenen Meeting beim Chief beordert. Er hat sicher keine gute Laune.«

»Ach so?«, zischte Liska wütend. »Ob er wohl besserer Laune wäre, wenn seine Tochter auf einem Seziertisch in der Rechtsmedizin läge, das Gesicht von Säure zerfressen, die ihr Mörder ihr einzuflößen versucht hat? Vielleicht sollte er mal darüber nachdenken.«

Kasselmanns silbergraue Augenbrauen kletterten seine Stirn hoch.

»Das Mädchen hat Eltern«, fuhr sie erregt fort. »Genau wie Rose Reiser Eltern hat und die Tote aus Iowa – die übrigens nicht nur Eltern hat, sondern auch selbst eine Tochter. Vielleicht sollte der Chief mal über all das nachdenken.«

»Regen Sie sich ab, Sergeant«, sagte Kasselmann.

»Ich bin Mutter. Ich bin eine Frau. Brauch ich mehr als eine Vagina, um mich darüber aufzuregen, dass wir einen Serienmörder frei herumlaufen und junge Frauen umbringen lassen, nur weil der Bürgermeister nicht will, dass seine Wähler glauben, sie würden in einer gefährlichen Stadt leben?«

Der Captain sah Kovac scharf an.

Kovac breitete die Arme aus. »Was denn? Denken Sie etwa, ich hätte sie im Griff? Wenn wir nicht achtgeben, wird sie uns beiden einen Tritt in die Eier verpassen.«

»Ich muss doch sehr bitten«, sagte Kasselmann und wandte sich wieder seiner wutschnaubenden Untergebenen zu.

Tinks sah aus, als könnte sie jeden Moment über den Schreibtisch hechten und ihm ein Ohr abbeißen. Kovac machte einen Schritt nach vorne, um sich ihr in den Weg zu stellen.

»Wir wollen ja, dass der Fall gelöst wird – und die beiden anderen selbstverständlich auch«, sagte Kasselmann. »Aber wir müssen genau überlegen, wie das geschehen soll und wie wir das der Öffentlichkeit gegenüber darstellen wollen. Es gibt Vorschriften, die einzuhalten sind. Solche Dinge müssen auf dem offiziellen Weg verbreitet werden. Sie beide sind schon lange genug dabei, um zu wissen, dass man bei einem derart aufsehenerregenden Fall erst nach Rücksprache mit ganz oben an die Öffentlichkeit gehen sollte.«

Niemand machte ihn darauf aufmerksam, dass es erst jetzt, nach der sensationsheischenden Schlagzeile, zu einem aufsehenerregenden Fall geworden war.

»Aber die Katze ist nun mal aus dem Sack«, sagte Kovac. »Damit müssen wir umgehen und uns die nächsten Schritte überlegen. Ich brauche mehr Leute. Wir müssen dringend das Opfer identifizieren, und unser einziger Anhaltspunkt ist ein Tattoo. Ich brauche Leute, die die hiesigen Tattoo-Studios abklappern. Dann müssen die anderen Fälle noch mal auf eine mögliche Verbindung hin durchgegangen werden.«

»Sie wollen also eine Taskforce.«

»Nennen Sie's, wie Sie wollen.«

»Es wird uns wohl nichts anderes übrigbleiben«, sagte Kasselmann. »Die Öffentlichkeit wird eine Taskforce erwarten. Die Medien werden uns an den Fersen kleben wie Hundescheiße. Sie wissen ja, wie das läuft. Sie kennen das alle von den Feuerbestatter-Morden. Haben Sie Lust auf eine Wiederholung?«

»So viel wie auf eine Darmspiegelung«, gab Kovac zu. »Ich will einfach nur meine Ermittlung machen. Und dazu brauche ich Zeit und Leute. Warum sollte jemand was dagegen haben?«

Kasselmann stand auf. »Weil es Geld kostet. Weil eine Taskforce, an der mehrere Behörden beteiligt sind, ein logistischer Alptraum ist. Weil man Aufmerksamkeit von der falschen Seite auf sich zieht …«

Liska mischte sich wieder ein. »Und ein totes Mädchen

ohne Gesicht ist kein Alptraum? Entschuldigung, Sir, aber das ist doch kompletter Blödsinn.«

Der Captain starrte sie an. Liska starrte zurück. Kovac hielt den Atem an, er fühlte sich, als stünde er zwischen einer Wölfin und einem wütenden Stier.

Kasselmann blinzelte zuerst. Er sah zu Kovac. »Bereiten Sie einen Raum vor. Für den Anfang kriegen Sie Tippen und Elwood. Der Rest wird sich zeigen. Ich muss jetzt in das Meeting.«

»Ja, Sir.«

»Und ich will nicht, dass irgendjemand mit der Presse spricht. Verstanden?«

»Verstanden.«

»Nachgeordnete Fälle, an denen Sie gerade arbeiten, reichen Sie weiter.«

»Ja, Sir«, sagte Kovac und fragte sich, welche der Morde, an denen er gerade dran war, nachgeordnet waren und wie er das den betroffenen Familien erklären sollte. Vielleicht würde er ein paar Tötungsdelikte auf die jüngeren Detectives abwälzen.

Er schob den Gedanken beiseite, zog Liska aus Kasselmanns Büro und dirigierte sie an den Schreibtischen vorbei in das Konferenzzimmer, das er und Tippen am Abend zuvor in Beschlag genommen hatten.

»Soll ich dir den Kaffee intravenös verpassen?«, fragte er und zog sein Jackett aus. »Oder willst du den Kater lieber mit einem Schnaps bekämpfen? Dann sollten wir nur besser das Gebäude verlassen, weil ich nicht gefeuert werden und meine Pension verlieren will, auch wenn ich immer wieder das Gegenteil beweise.«

»Ich hab keinen Kater.«

Kovac hob eine Augenbraue und krempelte seine Hemdsärmel hoch. »Wie lange kennen wir uns schon?«

»Na gut«, bekannte sie widerwillig, während sie aus ihrem Wollblazer schlüpfte und ihn über eine Stuhllehne hängte. »Ich hab einen kleinen Kater. Und ich habe seit zwei Nächten nicht geschlafen«, sagte sie und ließ sich auf einen Stuhl an dem langen Tisch sinken. »Ich habe gedacht, ein Glas Wein würde helfen.«

»Ein Glas?«

»Ein Glas … so groß wie eine Flasche. Rotwein ist gesund«, fügte sie rechtfertigend hinzu.

»Genau, du siehst auch aus, als würdest du vor Gesundheit strotzen. Beschäftigt dich immer noch die Sache mit Kyle?«

Sie holte tief Luft und stieß sie geräuschvoll wieder aus. »Ja. Speed hat gestern Abend versucht, mit ihm zu reden, aber er hat auch nichts aus ihm rausgekriegt.«

Kovac lehnte sich gegen den Tisch, bereit, ihr einen seiner klugen Ratschläge zu geben. »Was im Leben eines Teenagers alles vor sich geht, wirst du nie wissen, Tinks. Und glaub mir, du willst es auch gar nicht.«

Sie sah ihn an. »Das ist sehr beruhigend. Danke.«

»Ich will damit doch nur sagen, dass er kein kleiner Junge mehr ist. Er ist fünfzehn.«

»Aber erwachsen ist er auch noch nicht.«

»Er ist ein junger Mann. Und junge Männer haben Sachen am Laufen, in die sie ihre Mütter nicht einweihen wollen – es sei denn, sie sind zurückgeblieben oder schwul.«

»Das sagt ein echter Kerl.«

»Eben«, sagte er. »Ich würde dir von den Sachen, die ich am Laufen hab, auch nichts erzählen.«

»Weil du nichts am Laufen hast.«

»Darum geht's hier nicht.«

»Du hast keine Ahnung, Sam«, sagte sie. »Weißt du, womit die Kinder heutzutage ständig konfrontiert sind?

Drogen, Waffen, Sex. Jeder Tag ist wie ein neues Kapitel aus *Herr der Fliegen.*«

»Aber doch nicht auf dieser privaten Klugscheißer-Schule«, sagte Kovac. »Das PSI ist nicht gerade als Problemschule bekannt. Welche Banden gibt es denn da? Die Mathe-AG gegen die Physik-AG?« Er lehnte sich zurück und hob die Hände, als würde er einen Angreifer abwehren. »Oooooh … Aufpassen! Sie ziehen ihre Füller und Rechenschieber!«

Liska zwang sich zu einem Lächeln, aber es sah eher nach schlimmen Magenschmerzen aus.

»Rechenschieber sind zusammen mit den Dinosauriern ausgestorben, T. Rex.«

»Du weißt schon, was ich meine.«

»Ich will nur nicht, dass er irgendeinen nicht wiedergutzumachenden Fehler begeht«, bekannte sie. Tränen standen in ihren Augen, was er gar nicht von ihr kannte. »Er ist doch mein Junge, Sam. Wenn ich ihn ansehe, sehe ich den Zweijährigen vor mir, den Fünfjährigen, den Zehnjährigen. Ich will nicht, dass er erwachsen wird. Ich will nicht, dass ihm jemand wehtut.«

»Das wird sich wohl kaum verhindern lassen, Tinks«, sagte Kovac sanft. »Das gehört dazu. Wir werden erwachsen. Wir machen Fehler und wir lernen daraus. So läuft es eben.

Schau uns beide an«, sagte er. »Wir haben Gras geraucht und gesoffen, bis wir gekotzt haben, und wir hatten Sex und haben Mathe geschwänzt. Und es ist trotzdem was aus uns geworden. Wir sind nicht gestorben. Wir sitzen nicht im Gefängnis. Wir leben schon so lange, dass wir eine Million Gelegenheiten gehabt hätten, den Karren an die Wand zu fahren.

Er hat sich geprügelt. Es ist niemand dabei gestorben. Lass es gut sein. Auf Dauer wirst du seine Leine lockern müssen.«

»Das ist ganz schön schwer.« Sie stützte die Ellbogen

auf den Tisch und rieb sich über das Gesicht, wobei sie ihr Make-up verschmierte.

»Hör auf zu flennen!«, brummelte Kovac und versuchte hinter der Grobheit seine Sorge zu verbergen. Er zog ein sauberes Taschentuch aus seiner Hosentasche und reichte es ihr. »Du siehst aus wie der Joker. Hier, wisch dir die Wimperntusche ab, und dann reiß dich zusammen. Wir haben was zu tun.«

Sie nahm das Taschentuch und fuhr sich damit über Augen und Mund. Dann sah sie das erste Mal zu der Wand mit den Opferfotos, fast erleichtert über die Ablenkung. »Was ist das?«

»Die haben Tip und ich gestern Abend aufgehängt. Damit wir heute gleich loslegen können.«

Er trat an die Wand, um die Fotos zu betrachten.

»Dein Junge hat ein blaues Auge«, sagte er und klopfte mit dem Finger unter das grauenvolle Bild von dem, was von Zombie-Girls Gesicht übrig war. »Da draußen ist jemand, der eine Tochter hat, die so aussieht. Sei froh und konzentrier dich auf den Fall, Tinks.«

Tippen steckte den Kopf durch die Tür. »Sind wir im Geschäft?«

»Ja, mehr oder weniger«, sagte Kovac.

Der Detective trat ein, warf eine Tüte Bagels auf den Tisch und musterte Liska. »Hast du die Nacht in der Ausnüchterungszelle verbracht oder ist das dein neuer Look?«

Sie zeigte ihm den Mittelfinger.

»Der erste Schritt ist, anzuerkennen, dass du deinem Alkoholproblem gegenüber machtlos bist«, sagte er, dann wandte er sich Kovac zu. »Sonya hat mir ihren ersten Artikel geschickt. Sobald wir ihr das Okay geben, stellt sie ihn in ihrem Blog ein.«

»Wer ist Sonya?«, fragte Liska und schnappte sich einen

geeisten Kaffee von dem Papptablett, mit dem Elwood gerade hereinkam.

»Die Nichte von Tip«, sagte Kovac.

»Oje, die Arme«, murmelte Liska. »Aber seine Verwandtschaft kann man sich eben nicht aussuchen.«

»Sie ist eine Art Cyberjournalistin«, erklärte Kovac. »Unsere Verbindung zum Opferpool.«

»Sie hat eine Menge Leser«, sagte Tippen. »Und Kontakte. Sie ist mit allen möglichen Websites verlinkt, die Leute zwischen sechzehn und Mitte zwanzig lesen. Web-Nachrichten. Facebook. Twitter. Und sie will sich direkt an Leute wenden, die sie aus der Tattoo-Szene kennt.«

»Sie sagt, das Tattoo unseres Opfer ist das chinesische Schriftzeichen für Akzeptanz«, erklärte Kovac, während er die Nahaufnahme betrachtete, die er mit den anderen Obduktionsfotos an die Wand geklebt hatte. »Sie hat dasselbe Ding auf dem Arm. Offenbar ist es eine Art Statement unter den jungen Leuten.«

»In dem Alter ist das in diesem Bundesstaat nicht legal«, sagte Tippen. »Minderjährige dürfen sich nicht mal mit Erlaubnis der Eltern tätowieren lassen.«

»Gott sei Dank«, sagte Liska und fischte einen Zimt-Rosinen-Bagel aus der Tüte. »Kyle hat sich zum letzten Geburtstag ein Tattoo gewünscht. Ich hab ihm gesagt, dass er sich das gerne machen lassen kann, aber erst wenn er von zu Hause weggelaufen und zum Zirkus gegangen ist.«

»Es ist eine künstlerische Form der Selbstdarstellung«, sagte Elwood. »Tattoos sind für den Träger eine Art Straßenkarte seines Lebenswegs.«

»Der Junge, der abends an der Kasse in meinem Supermarkt sitzt, hat eine Schlange, die sich um seinen Hals windet«, sagte Kovac. »Offenbar hat sein Weg ihn auf einen kleinen Abstecher in die Hölle geführt.«

»Möglich«, sagte Elwood ernst.

»Meine Trainerin im Fitnesscenter hat einen Kobold auf dem Bauch«, sagte Liska. »Sie ist zweiundzwanzig und man könnte auf ihrem Bauch Trampolin springen. Sie findet den Kobold süß. Es würde mich mal interessieren, ob sie ihn immer noch süß findet, wenn sie zwei Kinder zur Welt gebracht und sich das Ding in ein Michelin-Männchen verwandelt hat.«

»Nicht jeder denkt über solche Entscheidungen genügend nach«, räumte Elwood ein. »Meine Tattoos haben alle eine tiefe persönliche Bedeutung für mich.«

Kovac verzog das Gesicht. »Ich will gar nicht wissen, wo genau du die hast.«

»Wie der Künstler wohl mit der Körperbehaarung fertig geworden ist?«, sagte Tippen.

Liska verzog die Nase. »Iiiih.«

»Ich war zuvor beim Waxing«, sagte Elwood mit ernster Miene und die anderen stöhnten alle gleichzeitig auf.

»Speed hat sich den einen Arm von oben bis unten volltätowieren lassen«, sagte Liska. »Mir ist schon klar, was es bedeutet, was es für ihn bedeutet. Der Kampf zwischen Gut und Böse, dass er selbst eine Kreuzung aus Racheengel und Teufel ist. Außerdem will er natürlich im Fitnesscenter als möglichst tough rüberkommen. Aber nun ja, laut Führerschein ist er erwachsen, wenn er also meint, aus sich ein Bilderbuch machen zu müssen, dann soll er. Kyle ist fünfzehn. Sollte ein Fünfzehnjähriger sich auf Dauer etwas in den Körper ritzen lassen?«

»Kommt drauf an, was es ist«, sagte Elwood.

»Er steht auf Comics und Samurai-Krieger. Wenn er erwachsen ist und in einer Anwaltskanzlei arbeitet, wird er mich dann nicht dafür verfluchen, dass ich ihm erlaubt habe, sich ein riesiges Spiderman-Tattoo machen zu lassen?«

»Was mich viel mehr irritiert, ist, dass du deinem Sohn erlauben würdest, Anwalt zu werden«, sagte Tippen. »Und du hältst mich für pervers?«

Kovac wechselte das Thema. »Die Frage ist also: Wenn sich von Rechts wegen Minderjährige in diesem Staat nicht tätowieren lassen dürfen und unser Opfer erst fünfzehn oder sechzehn ist, heißt das, dass das Mädchen aus einem anderen Staat stammt? Oder hat sie einfach einen gefälschten Ausweis vorgelegt? Oder gibt es in dieser Stadt Tattoo-Studios, denen es scheißegal ist, was der Gesetzgeber vorschreibt?«

»Wir reden hier nicht gerade von braven Spießbürgern«, sagte Tippen.

»Nein«, stimmte Elwood zu, »aber die Mehrheit unter den Tätowierern achtet doch sehr darauf, als Künstler ernst genommen zu werden und ihr Geschäft korrekt zu führen. Die Tätowierer, die ich kenne, sind froh über dieses Gesetz. Sie wollen, dass ihre Arbeit respektiert und nicht als irgendein idiotischer Spleen von Saufnasen abgetan wird.«

»Sonya hat uns gesagt, dass es bei diesem speziellen Tattoo um Akzeptanz und Toleranz geht«, sagte Tippen. »Ethnische Toleranz, religiöse Toleranz, Toleranz gegenüber sexuellen Neigungen. Es ist ein Bekenntnis, Teil einer sozialen Bewegung. Da kann man sich doch vorstellen, dass der eine oder andere Tätowierer bereit wäre, es mit den Gesetzen nicht ganz so genau zu nehmen und es einem Jugendlichen zu verpassen, der die frohe Botschaft weiterverbreiten will.«

»Um wie viele Tattoo-Studios geht es denn?«, fragte Kovac.

»Im Stadtgebiet von Minneapolis sind es um die zwanzig«, sagte Elwood. »Plus die in St. Paul, plus die in anderen Städten im Umkreis. Nicht mitgezählt die Tätowierer, die frei arbeiten. Es gibt immer den einen oder anderen Deppen, der Minderjährige tätowiert – irgendein junger Tattoo-Künstler, der ein paar Dollar nebenher verdienen will. Das hier ist ein einfaches, schlichtes Zeichen, für das man nicht besonders viel können muss und auch keine besonderen Geräte braucht.«

»Die Suche kann also eine Ewigkeit dauern«, sagte Liska. »Schneller ginge es, wenn wir einfach ein Foto davon an die Medien geben und fragen, ob jemand seine Tochter, die ein solches Tattoo hat, vermisst.«

»Was voraussetzt, dass die Eltern wissen, dass ihre Tochter unerlaubterweise ein Tattoo hat«, sagte Tippen.

Liska dachte darüber nach. »Gut, dann fragen wir eben, ob irgendjemand eine Freundin, eine Schwester, eine Mannschaftskollegin, eine Mitschülerin …«

»Und da kommt Sonya ins Spiel«, sagte Tippen. »Genau diese Leute erreicht sie.«

»In der Zwischenzeit wenden wir uns an die Schulen«, sagte Kovac. »Ich will über alle Schülerinnen im Großraum Minneapolis Bescheid wissen, die dem Schulunterricht ferngeblieben sind. Mädchen im Alter von vierzehn bis achtzehn, nur um sicherzugehen.«

»Wie viele Leute kriegen wir?«, fragte Elwood.

»Das werden wir noch sehen«, sagte Kovac. »Kasselmann hat gerade ein Meeting mit denen da oben. Erfreut war er nicht, aber er wird schon darüber wegkommen. Und wenn nicht, ist es auch egal.

Fürs Erste sind es wir vier. Und ich hab irgendwie das Gefühl, dass wir keine komplette Taskforce kriegen, was mir aber ganz recht ist. Ich will keine Zeit mit Kompetenzgerangel und einem blödsinnigen Papierkrieg verschwenden, mit dem wir es automatisch zu tun kriegen, wenn mehrere Behörden beteiligt sind. Mir reicht es, wenn wir noch ein paar Kollegen von der Sitte oder woandersher kriegen.

Bis dahin müssen wir so zurechtkommen. Um uns die ersten beiden Doc-Holiday-Fälle noch mal vorzunehmen, brauchen wir unbedingt mehr Leute, deshalb sollten wir uns erst mal daranmachen, das neue Opfer zu identifizieren.«

Alle Augen wanderten zu dem Horrofilmfoto des Gesichts von Zombie-Girl, Herzstück der makabren Collage an der Wand.

»Gott steh uns bei«, murmelte Tinks.

»Das will ich ihm raten«, sagte Kovac. »Bei ihr hat er's ja schon vermasselt.«

KAPITEL 12

Gerald Fitzgerald verpasste eigentlich nie die Nachrichten. Was typisch war für Minnesota. Von Kindesbeinen an sahen die Einwohner von Minnesota täglich die Nachrichten. Es wäre ihm überhaupt nicht in den Sinn gekommen, dass daran etwas ungewöhnlich sein könnte, bis er Garrison Keillor in dessen Radiosendung *A Prairie Home Companion* darüber einen Witz machen hörte. Wobei er immer noch nicht begriff, was daran lustig sein sollte.

Eine seiner frühesten Kindheitserinnerungen war, wie er im Wohnzimmer auf dem Boden saß und Walter Cronkite im Fernsehen sah, während seine Mutter in der Küche mit den Töpfen klapperte. Seit er erwachsen war, stellte er jeden Morgen nach dem Aufwachen als Erstes den Fernseher an, um die neuesten Nachrichten zu erfahren. Mittags und abends sah er zum Essen die Regionalnachrichten. Der Tag endete offiziell mit den Zehn-Uhr-Nachrichten.

Die Nachrichten gaben dem Tag einen Rhythmus und sagten ihm, ob Ruhe im Land herrschte oder ob es drunter und drüber ging. Die Leute vertrauten den Nachrichten und sie vertrauten den Leuten, die sie überbrachten. Die Nachrichten zeigten die Wahrheit. Jedenfalls war das zu Cronkites Zeiten so gewesen.

Heute konnte man den Nachrichten nicht mehr trauen. Früher wurden einem in den Nachrichten Fakten präsentiert. Heute musste man alles überprüfen, was über den Äther kam. Die Nachrichtenleute hatten keine Bedenken, die Fakten im Sinne derer zurechtzubiegen, auf deren Gehaltsliste sie standen. Cronkite drehte sich bestimmt im Grab um. Es war beschämend.

Die Schlagzeile auf dem Bildschirm zog seine Aufmerksamkeit auf sich.

ZOMBIE-MORD.

Schnell griff er nach der Fernbedienung auf seinem Nachttischchen und stellte den Ton lauter. Die kesse Blondine schien ihm beim Sprechen direkt in die Augen zu sehen.

»Zuverlässigen Quellen zufolge besteht die Möglichkeit, dass der Mord, der sich an Silvester in Minneapolis ereignete, das Werk eines Serienmörders ist, den die Polizeibehörden Doc Holiday getauft haben.

Die halb entblößte Leiche der bislang nicht identifizierten Frau fiel am Silvesterabend unweit des Loring Parks aus dem Kofferraum eines fahrenden Autos. Aufgrund des Zustands des völlig entstellten Leichnams beschrieb ein Zeuge die Tote als *Zombie!*«

Es folgten Aufnahmen vom Ort des Geschehens. Ein riesiger weißer Hummer stand quer über der Straße, darum herum Rettungsfahrzeuge mit eingeschaltetem Blaulicht. Uniformierte liefen hin und her.

»Die Polizei von Minneapolis hat bislang noch keine Erklärung zum Opfer oder zu der Möglichkeit, dass ein Serienmörder im Großraum Minneapolis sein Unwesen treibt, abgegeben. Weder bestätigte noch verneinte der verantwortliche Detective eine Verbindung zu einer Reihe ähnlicher Verbrechen im letzten Jahr, bei denen die Opfer jeweils an einem Feiertag entdeckt worden waren.«

Er entdeckte den Detective. Kovac. Er kannte ihn. Er war ihm schon begegnet und hatte mit ihm gesprochen. Anständiger Kerl, dieser Kovac. Geradlinig, ganz die alte Schule. Weder allzu misstrauisch noch allzu vertrauensselig, ein gewissenhafter Arbeiter. Aber wie alle Polizisten nicht gerade eine Denkernatur. Er machte immer schön einen Schritt nach dem anderen.

Und da war seine Kollegin, die kleine Blonde. Liska. Die war eine echte Nummer. Sie gefiel ihm, nur war sie zu alt für seinen Geschmack. Wenn man versuchte, sich an eine wie die ranzumachen, war das bestimmt so, als würde man versuchen, eine Wildkatze am Schwanz zu packen. Da kam nichts Gutes dabei raus. Ein bisschen Kampfgeist mochte er ja beim weiblichen Geschlecht, aber eine, die ihm tatsächlich Paroli bieten konnte? Nein, danke. Vielleicht wenn sie achtzehn oder neunzehn gewesen wäre …

Die Nachrichtensprecherin war eher seine Kragenweite – blond, große Augen, jung, idealistisch. Die konnte er sich gut vorstellen. Er konnte sehen, wie diese großen Augen noch größer wurden und ihr Grauen widerspiegelten. Er spürte, wie ihm heiß wurde. Sie könnte eine für Doc Holiday sein.

Doc Holiday. Der Name gefiel ihm, nettes Wortspiel.

Als Kind war er ein großer Western-Fan gewesen – *Rauchende Colts* und *Bonanza,* dazu die alten Kinofilme. *Schießerei am O.K. Corral* war einer seiner Lieblingsfilme gewesen. Wyatt Earp und Doc Holliday. Er besaß DVDs von zwei Remakes aus den Neunzigern – *Wyatt Earp* und *Tombstone. Tombstone* mit Kurt Russell gefiel ihm besser als *Wyatt Earp* mit Kevin Costner, aber Dennis Quaid hätte den Oscar für seinen Doc Holliday in dem Costner-Film kriegen sollen. Val Kilmers Darstellung des Zahnarztes/Revolverhelden hatte er viel zu weibisch gefunden.

Nicht dass der historische Doc Holliday irgendeine Ähnlichkeit mit dem Doc Holiday hatte, der die toten Mädchen am Straßenrand zurückließ.

Das war sein Werk.

Doc Holiday. Gerald Fitzgerald.

Er hatte nicht annähernd die Publicity bekommen, die er für seine Taten verdient hätte. Es war nicht mal bekannt, wie fleißig er war. Aber man musste Kompromisse machen. Man konnte vorsichtig und erfolgreich sein oder man konnte achtlos sein und erwischt werden.

Er hatte nicht vor, sich erwischen zu lassen. Von niemandem. Niemals. Er verstand sein Handwerk. Er war intelligent. Er war ein Profi. Er machte keine Fehler. Er nahm nur kalkulierbare Risiken in Kauf. Er hatte immer einen Plan.

So wie jetzt.

KAPITEL 13

»Wann haben Sie das letzte Mal etwas gegessen?«, fragte Liska.

Der Polizeizeichner war ein klein gewachsener, dicklicher junger Mann Mitte zwanzig namens Nam Pham, der eigentlich als Computerspezialist in ihrem Rechenzentrum angestellt war.

Wie die Polizeibehörden vieler Städte konnte sich auch die Polizei von Minneapolis keinen eigenen forensischen Zeichner leisten. Solche Extravaganzen waren im städtischen Budget nicht drin, und so viel Arbeit fiel für einen Zeichner auch gar nicht an, um die Kosten zu rechtfertigen. Die Vollzeitstellen für Polizeizeichner, die es landesweit gab, konnte man an einer Hand abzählen. Es war üblich – und wesentlich billiger –, einen Mitarbeiter, der halbwegs begabt war und bereits für eine andere Tätigkeit bezahlt wurde, für diese Aufgabe heranzuziehen.

Pham hatte auf dem College im Hauptfach Politikwissenschaft und im Nebenfach Kunst studiert. Die Polizei hatte dann die Kosten für einige seiner Kurse in forensischem Zeichnen übernommen. Die anderen hatte er aus eigener Tasche bezahlt, damit er diesen Job bekam. Neben seiner üblichen Arbeit hatte er im letzten Dreivierteljahr schon eine ganze Reihe Phantombilder angefertigt.

Er sah Liska verwirrt an.

»Wann haben Sie das letzte Mal etwas gegessen?«, wiederholte sie.

»Vor einer Stunde ungefähr«, sagte er und begann offenbar etwas zu ahnen. »Warum wollen Sie das wissen?«

Liska erwiderte nichts. In Anbetracht ihres gestrigen Alkoholkonsums hätte sie sich Sorgen um ihren eigenen Mageninhalt gemacht, aber dafür war sie im Augenblick zu genervt. Außerdem machte ihr die Entwicklung in diesem Fall zu schaffen. Es trieb sie auf die Palme, dass sich bei jeder wichtigen Ermittlung die Politik einmischte. Um politische Erwägungen sollte es dabei zuletzt gehen, und doch mussten sie und ihre Kollegen mitspielen, damit sie bekamen, was sie brauchten, um ihren Job erledigen zu können.

Sie folgten Möller den Flur hinunter zu dem Raum, in dem die Tote Nummer neun auf sie wartete. Pham sah sich um und versuchte sich nicht anmerken zu lassen, wie unbehaglich ihm hier im Leichenschauhaus zumute war.

»Haben Sie schon mal eine Leiche gesehen?«, fragte Liska. In diesem Moment nervte sie alles an Pham. Seine zu dünnen Haare. Sein zu grünes Hemd. Bestimmt hatte er kalte, feuchte Hände.

»Ja«, sagte er vorsichtig.

»Ich meine nicht Ihre hübsch aufgebahrte Oma.«

»Ach so, ja dann, äh, nein.«

»Na toll«, murmelte sie.

»Ich kann doch mit Fotos arbeiten«, sagte Pham. »Nein, ehrlich, ich *muss* mit Fotos arbeiten. So was dauert seine Zeit. Ich muss es mir aus jeder Perspektive genau ansehen. Sie hätten mir einfach die Fotos geben können. Ich muss die Leiche wirklich nicht in echt sehen.«

Liska nahm einen eingepackten Kittel von dem Rollwagen, der auf dem Flur stand, und drückte ihn Pham nicht besonders sanft in die Hand.

»Ziehen Sie das an und versuchen Sie, nicht in die Maske zu kotzen.«

Der Raum, in den Möller sie brachte, war kalt und roch stark nach verbranntem Fleisch und einem grauenvollen Tod, ein Geruch, der sie wie eine Faust traf und sich in ihren Magen bohrte. Liska schaute böse, als würde das helfen. Nam Pham wurde grün im Gesicht.

Möller hatte schon längst seinen Kittel übergestreift, um mit der Arbeit zu beginnen, jetzt zuckte er entschuldigend die Achseln, während er darauf wartete, dass sie sich fertig machten.

»Hausbrand in Whittier«, sagte er und deutete auf die verkohlten Überreste dessen, was einmal ein Mensch gewesen war und jetzt wie eine grotesk verdrehte Treibholzskulptur auf einem Tisch lag. »Da hat jemand fürs Silvestermenü Meth gekocht.«

»Und das Meth hat den Koch gekocht«, bemerkte Liska. »Der ist gut durch, echt. Lieber wälze ich mich in einem madenzerfressenen Tierkadaver, als das hier zu riechen. Ihren Job könnte ich nicht machen, Doc.«

»Was gefällt Ihnen denn an dem Geruch nicht, Sergeant?«, fragte Möller. »Die Barbecue-Note?«

Pathologenhumor.

Nam Pham presste sich die Maske aufs Gesicht und unterdrückte ein Würgen.

»Schon irgendwelche Hinweise bezüglich unseres Mäd chens?«, fragte Möller und ging auf eine andere Tür zu.

»Nichts«, sagte Liska. »Falls jemand sie vermisst, müsste er mittlerweile ziemlich besorgt sein. Wir können nur hoffen, dass ihre Angehörigen, so sie denn welche hat, hier in der Gegend leben.

Wir wollen die Zeichnung über Internet, Fernsehen und Zeitungen verbreiten«, fügte sie hinzu.

Möller führte sie in einen Kühlraum, wo mehrere zugedeckte Leichen lagen. Er sah Pham an.

»Haben Sie schon einmal eine Rekonstruktionszeichnung gemacht, Mr. Pham?«

»Ich habe einen Kurs dazu besucht«, sagte Pham leise und starrte die zugedeckte menschliche Gestalt an, neben der der Rechtsmediziner stehen geblieben war.

Möller hob eine Augenbraue und zog eine Ecke des Tuchs zurück. »Dann wird das hier Ihr nächster.«

Als Nam Pham den ersten Blick auf Zombie-Girl warf, wich selbst das Grün aus seinem Gesicht.

Liska zählte leise: »Drei … zwei … eins …«

Phams Knie wurden weich. Er riss sich die Maske ab, drehte sich um, umklammerte einen Wäschewagen und übergab sich hinein.

Möller seufzte. Liska verdrehte die Augen.

»Kann es sein, dass unser Künstler ein wenig zartbesaitet ist?«, sagte Möller.

Liska trat an Pham heran und packte seine Schulter. »Reißen Sie sich zusammen. Ich brauche Sie. Und sie braucht Sie auch.«

Sie zog ihn wie einen aufsässigen Drittklässler zum Tisch zurück. »Verstehen Sie jetzt, warum ich darauf bestanden habe, dass Sie hierherkommen und sich das selbst ansehen?«

»Damit ich mich übergebe?«, fragte er kläglich. Er starrte links am Kopf des Opfers vorbei, bemüht, es *nicht* anzusehen.

»Hier geht's nicht um Sie. Hier geht's um das Mädchen. Sehen Sie sie an«, befahl Liska und riss an seinem Kragen, als wäre es ein Hundehalsband. »Sehen Sie sie an!«

Pham holte tief Luft, als wollte er unter Wasser tauchen, und blickte auf die entstellte Fratze, die einmal das Gesicht des Opfers gewesen war.

»Wenn ich Ihnen ein Foto vom Gesicht des Mädchens zeigen würde, was würden Sie dann sehen?«, fragte Liska. »Sie würden ein Monster sehen. Sie würden eine Figur aus *The Walking Dead* sehen. Sie würden etwas sehen, von dem Ihnen Ihr Gehirn sagen würde, dass es das nicht gibt.

Aber das gibt es. Das Mädchen ist real«, sagte sie. »Sie ist kein Zombie. Sie ist keine Filmfigur. Das hier war einmal eine junge Frau, die gelebt und geatmet hat. Das müssen Sie begreifen. Sie hat gelebt, bis ihr jemand dieses Leben genommen hat.

Ich möchte, dass Sie es ihr wieder zurückgeben, Nam«, sagte sie. »Ich brauche die Zeichnung eines realen, lebenden Mädchens. Verstehen Sie das?«

»Wie?«, fragte er schwach und schüttelte ihre Hand ab. »Wie soll ich das machen? Ihr halbes Gesicht fehlt! Sie hat nicht mal eine Nase!«

Liska hatte dasselbe Argument Kovac gegenüber vorgebracht. Eine schlechte Zeichnung konnte schlimmer sein als überhaupt keine. Aber sie hatten so wenig in der Hand, da mussten sie dieses Wenige nutzen. Irgendwo mussten sie anfangen.

»Konzentrieren Sie sich auf das, was da ist, und nicht auf das, was fehlt«, sagte sie. »Nehmen Sie die intakte Wangenpartie und das unverletzte Auge und machen Sie jeweils zwei daraus. Überlegen Sie sich, wie die Haare ausgesehen haben. Sie hatte Piercings. Zeichnen Sie den Schmuck.«

»Wenn ich eine Zeichnung mache, die dem Mädchen zu Lebzeiten überhaupt nicht ähnelt, würde das nicht mehr Schaden anrichten als Nutzen bringen?«, fragte Pham. »Ihre Familie würde sie nicht wiedererkennen.«

»Ich setze einfach auf Ihr Talent, Nam. Mir bleibt nichts weiter übrig, als zu hoffen, dass jemand ihre Frisur oder den Bogen ihrer Augenbraue wiedererkennt«, sagte Liska. »Dass jemand genug Ähnlichkeiten in ihren Gesichtszügen entdeckt und sich an die Tätowierung an ihrer Schulter erinnert und uns dann einen Namen liefert.«

»Die Fingerabdrücke haben nichts gebracht?«, fragte Möller.

Liska schüttelte den Kopf.

»Das gesamte Gesicht muss rekonstruiert werden«, wandte Pham ein. »Ich werde bestenfalls eine Annäherung zustande bringen. Können Sie nicht den Schädel rekonstruieren?«

»Das lässt sich machen«, sagte Möller. »Ich kann den Kopf vom Körper trennen. Dann kann ich den Kopf in Säure legen und Haut und Muskeln von den Knochen entfernen. Der Schädel selbst ist allerdings auch übel zugerichtet und wird zum Teil nur noch von der Haut zusammengehalten. Die Arbeit gleicht einem Puzzlespiel. Man muss ihn dann wieder zusammenkleben.«

»Und wenn wir ihre Familie finden, muss ich ihr erklären, warum wir ihre geliebte Tochter enthauptet und den Rest ihres Gesichts in Säure aufgelöst haben«, sagte Liska.

»Wenn man sie nicht identifizieren kann, wird es nicht mal eine Familie geben, der man irgendetwas erklären müsste«, gab Möller zurück.

Liska stellte sich vor, wie sie das Captain Kasselmann erläuterte. Sie konnte ihn nicht mal in ihrer Vorstellung dazu bewegen, Verständnis dafür aufzubringen.

»Sie brauchen einen forensischen Bildhauer«, sagte Nam Pham.

»Stimmt«, erwiderte Liska. »Nur hab ich leider keinen. Ich hab Sie. Und ich brauche eine Zeichnung. Heute.«

Nam Pham machte einige Fotos von Zombie-Girl. Das musste Liska ihm lassen. So zimperlich er war und so schlimm das Gesicht des Opfers aussah, er schlug sich tapfer und machte aus jedem möglichen Blickwinkel Aufnahmen. Und Möller, der eigentlich genug zu tun hätte, assistierte ihm, legte den geschundenen Kopf in die richtige Position und ordnete die Haare des Mädchens mit der Zärtlichkeit eines Mannes, der selbst Töchter hat.

Genau so mussten sie vorgehen, dachte sie. Genau das war nötig. Sie mussten zur Familie des Mädchens werden. Weder wussten sie ihren Namen noch unter welchen Umständen sie gelebt hatte und gestorben war, aber sie mussten zu ihrer Familie werden. Sie mussten die Verbindung zur Welt der Lebenden für sie aufrechterhalten, sonst würde sie einfach aufhören zu existieren und das Universum würde die kleine Lücke schließen, die durch das Verlöschen ihres Lebenslichts entstanden war, so als habe sie nie etwas bedeutet. Niemand sollte so sterben, als habe sein Leben nie etwas bedeutet. Bis sie eine Familie fanden, die um sie trauerte, würden sie ihre Familie sein.

Als Liska zum Morddezernat gekommen war, hatte Kovac ihr eingebläut, dass sie nicht für ihren unmittelbaren Vorgesetzten arbeiteten, nicht für den Polizeichef, nicht für die Einwohner von Minneapolis. Sie arbeiteten für das Opfer. Sie mussten den Stummen eine Stimme geben, diejenigen rächen, die sich nicht mehr rächen konnten. Das galt mindestens genauso, wenn das Opfer keinen Namen hatte.

Rächer klang viel dramatischer und beeindruckender als Cop. Der Begriff Rächer beschrieb einen Comic-Helden, nicht einen öffentlichen Angestellten. Einen wie Ultor, die Figur, die Kyle für seine Comic-Geschichten erfunden hatte. Rächer hatten solche Namen wie Ultor, sie hießen nicht Sam oder Nikki. Sie sahen aus wie muskelbepackte Götter und verfügten über übermenschliche Kräfte und Fähigkeiten.

Wenn Liska gekonnt hätte, hätte sie die Fähigkeit gewählt, in die Vergangenheit zu blicken, damit sie sehen könnte, wer das Mädchen war und was ihr passiert war. Aber sie besaß diese Fähigkeit nicht. Sie musste sich mit dem zufriedengeben, worüber sie verfügte, vor allem Zähigkeit und Entschlossenheit. Für Comic-Helden war ihr Sohn zuständig.

KAPITEL 14

Alles ok?

Kyle tippte die Frage in sein Handy und sah der Empfängerin seiner SMS eindringlich ins Gesicht. Sie saß in der nächsten Reihe, zwei Tische weiter, und tat so, also würde sie in ihrem Geschichtsbuch lesen. Brittany Lawler: blond, hübsch, beliebt, mit großen blauen Augen, die an zwei Seen an einem wolkenlosen Sommertag erinnerten.

Sie waren in der Bibliothek. Reden verboten. Handys auch, trotzdem hatte jeder eins dabei, stellte es auf lautlos und verbrachte die Stunde damit, auf Facebook oder Twitter zu posten oder SMS zu schreiben. Den Bibliothekaren war es egal, solange sie keinen Lärm machten.

Ihre zusammengezogenen Augenbrauen sagten ihm, dass sie seine Nachricht gelesen hatte. Sie blickte finster vor sich hin. Sie wusste ganz genau, wo er saß, aber sie sah nicht zu ihm her.

Bis später, tippte er und drückte auf Senden.

Die Falten auf ihrer Stirn wurden noch tiefer. Ihre Daumen bewegten sich über den Touchscreen.

Sein Handy vibrierte.

Hör auf mich zu stalken

Tu ich nicht, tippte er. *Mach mir sorgen*

Dann hör damit auf

Will dir helfen

Brauch dich nicht

Klar. Hast ja auch so gute freunde. Stimmts

Sie hielt ihr Handy hoch, sodass er es sehen konnte, schaltete es aus und legte es mit dem Display nach unten auf den Tisch. Dann nahm sie ihr Geschichtsbuch und begann demonstrativ darin zu lesen.

Kyle seufzte und wandte sich wieder seinem Skizzenblock zu. Seine fiktionale Welt war für ihn viel verständlicher als die reale. Ultor, sein Alter Ego, zeigte Entschlossenheit und hatte alles unter Kontrolle. Er sah ein Problem und kümmerte sich darum. Er erkannte, wenn jemand Hilfe brauchte, und übernahm die Rolle des Beschützers. Ultor wurde gemocht, gebraucht, respektiert. Nur die Bösen kämpften gegen ihn – und die verloren immer. Ultor kam nicht bei jedem Kampf mit heiler Haut davon, aber er ging immer als Sieger daraus hervor. Er war ein Held und die Menschen liebten ihn dafür.

Im realen Leben – zumindest in der Highschool – wollten die Leute manchmal einfach nicht, dass man ihnen half. Das reale Leben war viel komplizierter.

Kyle nahm seinen Stift und fügte der Zeichnung weitere Details hinzu. Ultor war kräftig und muskulös, mit breiten Schultern und schmalen Hüften. Seine Arme und Beine waren wie aus Marmor gemeißelt. Sein Bauch war flach und fest, durch das hautenge T-Shirt zeichnete sich der Sixpack ab. Er hatte tief liegende, schmale Augen und ein kantiges Kinn mit Bartschatten.

Auf dieser Zeichnung hatte sich Ultor zwischen das unter seinem Schutz stehende Mädchen und einen Typen aus dem Schlägertrupp des Schurken gestellt. Einen Arm hatte er nach hinten gestreckt, um das Mädchen zu schützen, den anderen Arm nach vorne, um den starken Energiestrahl, der aus seiner Handfläche kam, auf das Gesicht des Angreifers zu richten. Ultor war der Mittelpunkt der Szene und die Quelle der Kraft. Durch diese Kraft hielt er alles von sich fern. Die energischen Striche, mit denen Kyle Ultor gezeichnet hatte, betonten dieses Bewusstsein von Stärke und die daraus herrührende Kraft.

Kyle war sehr zufrieden mit der Zeichnung. Er ließ den Stift einen Moment sinken, um sie genauer zu betrachten, und da begriff er, was sie tatsächlich über seinen Helden aussagte: dass er mit seiner Kraft die Schwachen beschützte und das Böse bekämpfte, sich dadurch aber gleichzeitig von allen anderen abgrenzte. Letzten Endes war Ultor in seinem Heldentum allein.

Bei diesem Gedanken überkam Kyle ein Gefühl von Leere. War das der Preis des Heldentums? Die Taten eines Helden reichten weit über die eines gewöhnlichen Menschen hinaus, deshalb war er ja ein Held. Doch das hieß, dass er sich von anderen Menschen absonderte, um sie zu retten. Er hob sich ab. Das mochte ihm die Bewunderung und die Verehrung derjenigen, die er rettete, einbringen, aber gleichzeitig zeigte er damit deutlich, dass er anders war als sie.

Kyle wusste, wie sich das anfühlte, auch ohne ein Held zu sein. Er gehörte nicht dazu. Anders als Brittany wollte er auch gar nicht dazugehören. In der Clique, die sie so toll fand, drehte sich alles um Beliebtheit, Aussehen und Angeberei. Und auch wenn man als Außenseiter ziemlich einsam war, wusste Kyle, dass er sich noch viel einsamer und leerer fühlen würde, wenn er versuchen würde, sich solchen Leuten anzupassen. Brittany erfuhr das gerade am eigenen Leib und trotzdem weigerte sie sich, ihn irgendwie an sich heranzulassen. Sie behandelte ihn so, als wäre er der Feind, obwohl es in Wirklichkeit ihre sogenannten Freunde waren, die ihr schadeten.

Er wandte sich wieder der Zeichnung zu und musterte das Mädchen, das Ultor zu retten versuchte. Sie war hübsch und blond. Wenn er die Zeichnung kolorieren würde, dann bekämen ihre Augen die Farbe von Seen an einem wolkenlosen Sommertag.

Mit ein paar schnellen Strichen veränderte er ihren Gesichtsausdruck, aus Erleichterung über die Rettung wurde etwas, das eher Ärger ähnelte. Jetzt stand Ultor wirklich ganz allein da, der Held mit seinem Ideal.

Es läutete. Kyle schob das Handy in die Bauchtasche seines Kapuzenpullis, klappte den Skizzenblock zu und sammelte die übrigen Sachen ein. Als Brittany nach ihrem Handy griff, fiel es ihr auf den Boden und beim Aufheben schüttete sie den halben Inhalt ihrer Tasche aus. Mit rotem Kopf stopfte sie hastig alles zurück und ging schnell zum Ausgang. Kyle hielt ihr höflich die Tür auf. Sie bedankte sich nicht einmal.

»Was hat Christina gleich noch mal über dich getwittert?«, fragte er, als sie den Flur entlanggingen.

Brittany sah ihn nicht an. »Das war doch bloß ein Witz.«

»Klar. Lesbische Schlampe. Echt witzig«, sagte er, ohne eine Miene zu verziehen.

»Du verstehst das nicht.«

»Jedenfalls braucht man keine Feinde mehr, wenn man solche Freunde hat.«

Sie stieß einen Seufzer aus und verdrehte die Augen. »Kyle, misch dich einfach nicht ein. Es ist nicht hilfreich, was du machst.«

»Ich dachte, du brauchst gar keine Hilfe«, sagte Kyle. »Du willst *meine* Hilfe nicht, weil ich ein Freak bin. Ich bin ein Loser, weil ich es nicht lustig finde, andere zu mobben und Mädchen auf Twitter als Huren zu beschimpfen. Nee, du hast lieber Freunde, die dich wie Dreck behandeln. Das ist echt krank, Britt.«

Sie presste Tasche und Bücher an die Brust und schob sich

mit eingezogenen Schultern neben ihm durch das Gedränge auf dem Flur. »Warum lässt du mich nicht einfach in Ruhe?«

»Weil ich weiß, dass du nicht wie Christina bist. Du bist so viel besser als sie und die anderen. Du hast es nicht nötig, dich mit denen abzugeben.«

Brittany seufzte erneut, während sie sich im Strom ihrer Mitschüler die Treppe hinaufkämpften wie flussaufwärts schwimmende Lachse. Sie gab ihm keine Antwort. Kyle war sich nicht sicher, ob sie nicht glaubte, dass sie es nicht nötig hatte, oder ob sie nicht glaubte, dass sie anders als Christina Warner war.

Christina war der Star der Schule. Alle Mädchen wollten so sein wie sie, suchten ihre Nähe, wollten zum Kreis ihrer engsten Freundinnen gehören. Sie war Jahrgangssprecherin und saß in den richtigen AGs. Die Lehrer liebten sie. Die Leute, die sie mochte, sahen, wie erfolgreich und klug sie war, immer perfekt gestylt. Die Leute, die sie nicht mochte, bekamen ein anderes Gesicht von ihr zu sehen, das der Superzicke.

»Hast du was von Gray gehört?«, fragte Kyle, als sie den Treppenabsatz erreichten und in den Flur zu ihren Spinden bogen. Brittany blieb vor ihrem Spind stehen und begann die Kombination an ihrem Zahlenschloss einzustellen.

»Nein. Warum hätte ich was von ihr hören sollen? Sie hasst mich. Das war das Letzte, was sie zu mir gesagt hat, bevor sie abgehauen ist. Dass sie mich hasst und es nicht erwarten kann, hier rauszukommen und keinen von uns jemals wiederzusehen.«

»Das kann ich ihr nicht übelnehmen«, sagte Kyle und lehnte sich an den Spind neben dem von Brittany.

Christina Warners Lachen klang durch den Flur. Kyle sah sie kommen: Christina, ihre beste Freundin Jessie Cook und ihren Wachhund/Freund Aaron Fogelman. Fogelman hatte eine geschwollene Lippe und das Wissen, dass er sie ihm verdankte, erfüllte Kyle mit Genugtuung.

Fogelman war über eins achtzig und ein ziemliches Muskelpaket, so als schlucke er Steroide oder wäre in Wirklichkeit schon fünf Jahre älter. Seine Noten waren gut genug fürs PSI – oder seine Eltern reich genug, um ihm die Aufnahme zu erkaufen –, aber Kyle hielt ihn für strohdumm. Die Mädchen fanden, dass er gut aussah, aber seine Augen waren ein bisschen zu klein und gemein und sein Mund stand immer leicht offen. Und in Christinas Nähe verhielt er sich wie ein Volltrottel. Er trottete ihr überallhin nach und tat alles, was sie sagte. Kyle hatte ihm den Spitznamen »Lakai« verpasst, sagte es aber nicht laut zu ihm. Leute öffentlich zu beschimpfen verstieß gegen seine Prinzipien.

Brittany hörte sie ebenfalls kommen. Sie stieß einen weiteren genervten Seufzer aus und warf Kyle aus dem Augenwinkel einen finsteren Blick zu. »Kannst du mich jetzt endlich in Ruhe lassen?«

»Hast du Angst, dass sie denken, du machst gemeinsame Sache mit dem Feind?«, fragte er. »Was wird Christina dann auf Twitter posten? Letzte Woche warst du eine lesbische Schlampe. Vielleicht bist du jetzt eine normale Schlampe?«

Brittany kniff die Augen zusammen und gab sich alle Mühe, ihn gehässig anzusehen. »Es hat einen Grund, warum dich niemand mag, Kyle.«

»Ja«, sagte er. »Weil ich die Wahrheit sage.«

»Hey Brittany«, sagte Aaron Fogelman. »Nervt dich der Schwächling?«

Kyle stieß sich vom Spind ab und stellte sich mit leicht gespreizten Beinen vor Fogelman. Seine Bücher hielt er mit beiden Händen vor sich, sodass er sie schnell fallen lassen und in Kampfhaltung gehen konnte. Als sie das letzte Mal aneinandergeraten waren, hatte Fogelman als Erster zugeschlagen, aber weil Kyle der Lehre von Bruce Lee folgend immer wachsam und auf der Hut war, hatte er rechtzeitig ausweichen können und Fogelmans Knöchel hatten bloß seine Wange gestreift.

»Meinst du mich? Den Schwächling, der dich in den Arsch getreten hat?«, sagte Kyle. »Was bist dann du, Fogelman?«

»Du hast mich nicht in den Arsch getreten, Hatcher«, sagte Fogelman wütend. »Du hast wohl 'ne Gehirnerschütterung?«

»Wovon?«

Wenn er ehrlich war, tat ihm immer noch alles weh. Fogelman hatte Riesenfäuste und setzte sie grob unsportlich ein. Es ging ihm nicht um einen fairen Kampf mit seinem Gegner, er schlug zu, um ihn zu verletzen, ihm Schaden zuzufügen. Allerdings würde Kyle niemals zugeben, dass Aaron Fogelman ihn verletzt hatte. Vielleicht war ihm Fogelman in physischer Hinsicht überlegen, aber was Mut und psychologische Kriegsführung betraf, würde Kyle ihn immer schlagen.

Christina hielt ihr Handy hoch und machte ein Foto von Kyles blauem Auge. »So sieht ein Loser aus«, sagte sie und tippte. »Hashtag ›Loser‹ auf Xtina W.«

Dann warf sie ihre langen blonden Haare zurück und sah Brittany an. Ihre perfekt geschminkten Lippen zogen sich nach unten und die Missbilligung in ihren dunklen Augen war unverkennbar. »Was willst du eigentlich von dem, Brittany?«

»Ich will gar nichts von ihm«, protestierte Brittany. »Er lässt mich einfach nicht in Ruhe.«

»Du bist so lästig wie ein Popel am Finger, Hatcher«, sagte Fogelman.

»Damit kennst du dich ja aus«, sagte Kyle.

Fogelman bekam rote Ohren. Es ärgerte ihn, dass Kyle

schlagfertiger war als er. Ihm fiel nichts Besseres ein als eine billige Beleidigung. »Wieso läufst du eigentlich einem Mädchen hinterher? Weiß doch jeder, dass du schwul bist.«

Kyle kniff die Augen zusammen und widerstand dem Drang, Fogelman eine aufs Maul zu geben. Nicht weil er was gegen Schwule hatte, sondern weil Fogelman ein Schwulenhasser war und sich deshalb toll fühlte. Kyle dachte an seinen Helden Georges St-Pierre und daran, was GSP über den Umgang mit Typen wie Fogelman sagte. Steh aufrecht da, schau ihm in die Augen, reagiere nicht mit Gewalt, sei selbstsicher und sag die Wahrheit.

»Besser schwul als ein Schwachkopf«, sagte er.

Fogelman machte einen Schritt auf ihn zu und sah wütend auf ihn herunter. Kyle erwiderte seinen Blick, ohne auch nur einen Millimeter zurückzuweichen. Sein Herz begann ein bisschen schneller zu schlagen. Als er tief Luft holte, erinnerten ihn seine schmerzenden Rippen wieder daran, wie hart der andere zuschlagen konnte.

Statt zu einem Schlag auszuholen, streckte Fogelman jedoch die Hand nach Kyles Büchern aus, griff sich den Skizzenblock und trat rasch ein paar Schritte zurück. Auf seinem dümmlichen Gesicht erschien ein breites Grinsen. Christina lachte hell, als fände sie ihn unglaublich süß.

»Was hast du denn da, Schwächling?«, fragte Fogelman.

Kyle versuchte ihm den Block wieder abzunehmen, aber Fogelman hielt ihn hoch, außerhalb seiner Reichweite.

»Gib her«, sagte Kyle.

»Bilder von deinem Freund?«

»Fick dich, Aaron, meine Sachen gehen dich gar nichts an. Gib her.«

Erneut griff er nach dem Block und erneut hielt ihn Fogelman hoch. Kyle änderte seine Strategie, er trat einen Schritt zurück, stemmte die Hände in die Hüften und wartete. Er blickte nach links den Flur hinunter. Mrs. Arness kam aus ihrem Klassenzimmer, sah kurz in ihre Richtung und verschwand wieder.

Fogelman schlug das erste Blatt des Blocks auf und lachte grunzend, als er die drei Skizzen von Ultor sah, mit denen Kyle versucht hatte, verschiedene Formen von Energie durch Bewegung darzustellen.

»Sollst du das sein?«, fragte Fogelman und hielt den Block so, dass Christina die Zeichnungen sehen konnte.

Sie lachte. »O mein Gott! Das ist echt schwul!«

»Hältst du dich für einen Superhelden, Schwächling?«, fragte Fogelman.

Kyle trat auf ihn zu und streckte die Hand aus. »Gib her.«

»Zu blöd, dass du nicht so ausgestattet bist, Schwächling, sonst würd ich sagen, hol ihn dir doch.«

»Vielleicht tu ich das auch so«, sagte Kyle.

Fogelman drehte sich um und rief zwei seiner Kumpel am anderen Ende des Flurs zu: »Hey, schaut mal, was der Schwächling glaubt, wie er aussieht!«

Noch mehr Gelächter. Kyle merkte, dass er rot wurde. Das Blut rauschte in seinen Ohren.

»Da fehlt noch was«, sagte einer von Fogelmans Kumpeln und griff nach dem Block.

Kyle wollte an Fogelman vorbei. Fogelman versperrte ihm den Weg. Kyle wich nach rechts aus und versuchte einen Ausfall nach vorne, wurde diesmal jedoch gleich von mehreren aufgehalten. Als er es endlich geschafft hatte, sich an ihnen vorbeizudrängen, hatte wieder Fogelman den Block in der Hand und hielt ihn hoch, damit es alle sehen konnten. Jemand hatte jeder der Skizzen von Ultor eine riesige Erektion verpasst, sodass es aussah, als hätte der erste Analsex mit dem zweiten und der zweite mit dem dritten, der seinerseits masturbierte.

»Gib her!«, schrie Kyle Fogelman an. Zu seinem Entsetzen brach ihm die Stimme, was bei den größeren Jungen noch mehr Gelächter hervorrief. Wut kochte in ihm hoch. Entschlossen trat er auf Aaron Fogelman zu.

»Gib her!«

Fogelman lachte, den Block über seinem Kopf schwenkend. »Sonst was?«

»Sonst das«, sagte Kyle.

Er hakte sein rechtes Bein um das linke von Fogelman und rammte ihm die Schulter in den Solarplexus. Zischend wich die Luft aus Fogelmans Lunge, er taumelte nach hinten und fiel um wie ein gefällter Baum. Kyle wurde mitgerissen und rammte ihm das Knie zuerst in den Schritt und dann in den Magen, als er versuchte, sich den Skizzenblock zu greifen, der inzwischen auf dem Boden lag.

Im selben Moment, in dem er die Hand danach ausstreckte, erschien in seinem Blickfeld ein Paar auf Hochglanz polierter Lederschuhe. Kyle wurde flau, als er den Kopf hob und Direktor Rodgers zornigem Blick begegnete.

Rodgers beugte sich nach unten, hob den Skizzenblock auf und musterte finster die Zeichnungen. »Mr. Hatcher, Mr. Fogelman. Sie kommen beide in mein Büro. Sofort.«

Fogelman stöhnte, rollte sich zur Seite und legte die Hände in den Schritt. Kyle rappelte sich hoch und warf Brittany, die mit weit aufgerissenen Augen dastand, einen bösen Blick zu.

»Nette Freunde hast du, Britt«, sagte er. »Jetzt verstehe ich, warum du lieber mit denen rumhängst.«

KAPITEL 15

»Sind Sie nervös, Jamar?«, fragte Liska. »Dazu besteht kein Grund.«

»Ich bin noch nie hypnotisiert worden«, gestand Jackson und seine Augen schossen von Liska zu der zweiten Polizistin im Verhörraum.

»Sie müssen wirklich keine Angst haben«, sagte sie. »Versprochen.«

Die zweite Polizistin war Detective Valerie Edgar aus der Abteilung für Sexualverbrechen. Sie sah aus wie die nette Frau von nebenan – glatte, schulterlange brünette Haare, ein freundliches, offenes Gesicht, vertrauenerweckend. Sie hatte eine Zusatzausbildung in Hypnose absolviert, um Opfern zu helfen und die verschütteten Erinnerungen von Zeugen zutage zu fördern, und war mittlerweile sehr gut darin. Ihr Auftreten hatte etwas Beruhigendes.

Jamar Jackson wirkte jedoch nicht beruhigt. Die Schweißperlen auf seiner Stirn glänzten im harten Neonlicht. Er wischte sie mit der Hand weg und schob die Ärmel seines Pullovers nach oben.

»Mann, ist das heiß hier drin«, sagte er und rutschte auf seinem Stuhl hin und her. »Warum ist es so heiß hier?«

»Tut mir leid«, sagte Liska. »Wir haben ein Problem mit der Heizung. Der Wartungsdienst scheint es nicht auf die Reihe zu kriegen.«

»Draußen sind's minus zwanzig Grad und hier drin hat man das Gefühl, mitten in einem beschissenen Dschungel zu sitzen«, sagte Jackson. Dann riss er sich zusammen. »Entschuldigung.«

»Sie haben schon recht«, sagte Liska. »Es ist wie in der Sauna. Wir kommen hier alle vor Hitze um. Wenn die das nicht endlich in Ordnung bringen, erscheine ich morgen im Badeanzug zur Arbeit. Kann ich Ihnen was zu trinken holen, Jamar? Wasser? Cola?«

Jackson sah sie misstrauisch an, als hätte sie vor, ihm heimlich etwas einzuflößen.

Kovac beobachtete ihn durch den Einwegspiegel und rieb sich den verspannten Nacken. Neben ihm stand Tippen und kaute an einer Lakritzstange.

»Mein Gott«, murmelte Kovac. »Man könnte meinen, dass er das Mädchen mit seinen eigenen Händen umgebracht hat. Ich habe noch nie erlebt, dass ein Zeuge dermaßen nervös ist.«

»Wahrscheinlich glaubt er, dass sie ihn willenlos macht und gackern lässt wie ein Huhn«, sagte Tippen.

Jackson bemühte sich vergeblich, cool zu wirken. »Nee, danke, im Moment nicht.« Er blickte zu Edgar und zwang sich zu einem Lächeln, so als sei das Nächste, was er sagte, ein Witz. »Sie bringen mich doch nicht dazu, wie ein Huhn zu gackern oder so?« Er lachte gepresst.

Valerie Edgar lächelte freundlich. »Nein, keine Sorge. Ich tu nichts weiter, als Ihnen dabei zu helfen, sich zu entspannen, damit Sie sich leichter erinnern können. Ihnen passiert überhaupt nichts. Sie werden sich völlig ruhig und sicher fühlen und nichts von dem Stress während des Unfalls spüren. Sie behalten die ganze Zeit die Kontrolle über alles.«

»Bin ich nicht weggetreten? Bewusstlos?«

»Nein, überhaupt nicht. So, jetzt atmen Sie einfach tief ein und durch den Mund langsam wieder aus.«

Sie machte diese Übung mindestens fünf Minuten lang

mit ihm, bevor sie ihn bat, die Augen zu schließen. Er kniff die Augenlider zusammen wie ein Fünfjähriger, der sich schlafend stellte. Edgar fuhr mit den Atemübungen fort, wobei ihre Stimme immer leiser wurde.

Nach weiteren fünf Minuten öffnete Jackson ein Auge. »Bin ich weg? Ist es das?«

Kovac fluchte und verdrehte die Augen zur Decke. »Das können wir komplett vergessen.«

»Jetzt wart's doch ab«, sagte Tippen. »Valerie ist gut. Ich hab mal zugesehen, wie sie ein Vergewaltigungsopfer hypnotisiert hat, die Frau war so traumatisiert, dass sie es nicht mal fertiggebracht hat, die Augen zu schließen. Sie schafft das schon.«

Wieder lächelte Valerie Edgar freundlich. »Ihnen geht es gut, oder? Sie haben alles unter Kontrolle.«

»Ja«, sagte Jackson erleichtert. »Mir geht's gut. Alles ist gut.«

»Mehr steckt nicht dahinter. Entspannen Sie sich, schließen Sie die Augen, atmen Sie tief und gleichmäßig ein und aus.«

Kovac konnte sehen, wie die Anspannung aus Jamar Jacksons Körper wich. Der Junge wurde ruhiger. Seine Atemzüge wurden tiefer. Beeindruckend.

Nachdem er den geheimnisvollen Zustand des unbewussten Bewusstseins erreicht hatte, stellte Edgar ihm zunächst ein paar einfache Fragen und führte ihn dann langsam an den Kern der Sache heran: die entscheidenden Sekunden vor und nach dem Unfall am Silvesterabend.

Jackson erinnerte sich lebhaft daran, was hinten in seiner Limousine abgegangen war, bis hin zur Farbe der Schamhaare der Frau ohne Slip – keine echte Blondine. Seine Erinnerung an die Geschehnisse vor ihm auf der Straße war wesentlich verschwommener.

Der Laster auf der Spur links neben ihm war weiß gewesen, mit einer Aufschrift in Orange und Schwarz. Genauer erinnerte er sich nicht mehr daran. Wahrscheinlich ein Umzugswagen von U-Haul, dachte Kovac. In den Twin Cities gab es vermutlich Hunderte davon, ganz zu schweigen von denen, die von sonst woher nach Minneapolis gefahren waren.

Die Leiche von Rose Reiser war vom Fahrer eines Lasters entdeckt worden. Aber sie hatten das Fahrzeug gründlich durchsucht und der Fahrer war ausgesprochen kooperativ gewesen. Er war als Verdächtiger ausgeschieden. Wahrscheinlich spielte auch der Laster im Fall von Zombie-Girl keine Rolle.

Wozu Jamar Jackson sich dagegen ganz klar äußerte, war das Aussehen der Frau, die aus dem Kofferraum des Autos vor ihm geschleudert worden war. Dieses Bild hatte offenbar alles andere ausgeblendet. Selbst in hypnotisiertem Zustand konnte er nichts zu Marke und Modell des Autos sagen, und ebenso wenig konnte er sich an das Kennzeichen erinnern.

»Wahrscheinlich aus Minnesota«, sagte Tippen. »Was anderes wäre ihm vermutlich aufgefallen.«

»Dann bin ich ja beruhigt«, sagte Kovac. »Das grenzt die Suche ein auf – wie viel? Eine Million Fahrzeuge? Zwei Millionen?«

»Vermutlich bloß dreißig- oder vierzigtausend.«

»Dann setz ich dich am besten gleich mal darauf an.«

Die Tür wurde geöffnet und Elwood kam herein, ein paar Blatt Papier in der Hand.

»Im Großraum Minneapolis sind heute siebenundsechzig Mädchen zwischen vierzehn und achtzehn nicht zum Unterricht erschienen. Die Liste lässt sich ziemlich schnell abarbeiten. Zwei Leute am Telefon, zwei oder drei Stunden, mit etwas Glück.«

»Gut, dann fangen wir damit an«, sagte Kovac. »Kasselmann hat sich zu unserer Unterstützung zwei Uniformierte abgerungen. Du und Tip macht mit den beiden zusammen die Anrufe, dann dauert es nur halb so lange, und anschließend geht ihr eventuellen Hinweisen nach. Vielleicht haben wir bis dahin auch die Zeichnung.«

Mit enttäuschtem Gesicht betrat Liska das Zimmer. »Ich hatte gehofft, dass er sich wenigstens an einen Teil des Kennzeichens erinnert«, sagte sie und stieß einen tiefen Seufzer aus. »Valerie meint, wir könnten es in ein, zwei Tagen noch mal versuchen. Jetzt wo Jamar weiß, dass wir ihm nicht seine Unterhose über den Kopf stülpen und ihn wie einen Hund bellen lassen, wird er nächstes Mal ein bisschen entspannter sein. Vielleicht kommt ja noch irgendetwas an die Oberfläche.«

»Ja«, sagte Kovac ohne große Hoffnung. »Zum Beispiel, ob die Tussi auf der Rückbank ein Intimpiercing hatte. Der hat doch nichts anderes gesehen.«

»Wir können uns unsere Zeugen nicht aussuchen, Kojak«, erwiderte Liska. »Und du hättest übrigens auch nichts anderes gesehen.«

»Ich seh's auch gerade vor mir«, warf Tippen ein.

Liska warf ihm einen genervten Blick zu. »Du bist widerlich.«

»Ich bin ehrlich.«

»Du bist ehrlich widerlich.«

»Du hast wirklich ein Talent dafür, das Offensichtliche zu betonen, Tinks«, sagte Elwood.

Kovac hob die Hände. »Können wir uns darauf einigen, dass Tippen ein Ferkel ist, und weitermachen? Ich will hier raus, bevor ich einen Hitzschlag kriege.«

»Wohin gehen wir?«, fragte Liska auf dem Weg zurück zu ihren Schreibtischen.

»Wir treffen uns mit Tips Nichte in einem Tattoo-Studio«, antwortete Kovac und nahm seine schwere Jacke vom Haken, machte jedoch keine Anstalten, sie anzuziehen. Die Vorstellung, hinaus in die Kälte zu gehen, war im Moment geradezu verlockend. »Ist der Zeichner bis heute Abend fertig?«

»Angeblich ja, aber er hat Angst vor mir, deshalb versucht er vielleicht, Zeit zu schinden, um sich über die Grenze abzusetzen. Am liebsten hätte er sich ganz davor gedrückt«, sagte sie, als sie die Kriminalabteilung verließen. Auf dem Flur war es nur unwesentlich kühler. »Er hat das Gleiche gesagt wie ich: Eine schlechte Zeichnung ist unter Umständen schlimmer als gar keine.«

»Schon gut«, sagte Kovac, »nur dass dieses Mädchen ein paar besondere Kennzeichen hat. Wie viele junge Frauen wird es wohl geben, die mit einem Dutzend Piercings, einem halb geschorenen Kopf und einem chinesischen Tattoo herumlaufen?«

»So spricht ein Mann, der keine Kinder im Teenageralter hat«, sagte Liska. »Diese Beschreibung trifft wahrscheinlich auf ein Viertel aller Kids zu, die Kyle kennt – Jungs *und* Mädchen. Ich kann von Glück sagen, dass er noch kein Piercing hat.«

»Vielleicht hat er ja eins. An einer Stelle, wo du es nicht siehst.«

»Manchmal bist du wirklich ein Idiot.«

Die Beleidigung prallte an Kovac ab. »Ich fahre.«

»Prima. Dann habe ich ja gute Chancen, nicht mehr lange genug zu leben, um herauszufinden, dass mein Sohn ein Prinz-Albert-Piercing hat.«

»Tu mir nur einen Gefallen«, sagte Kovac, während sie hinaus in die Kälte traten. »Falls du herausfindest, dass sich dein Sohn den Schwanz hat piercen lassen, erzähl es mir nicht.«

»Muss ich gar nicht. Du wirst an den Fundort der Leiche gerufen werden.«

Die Markise über dem Eingang des »Helm of Awe Social Club« war kaum groß genug, dass der Name Platz darauf fand. Das Tattoo-Studio lag eingeklemmt zwischen einem Café und einem Laden mit ausgefallenen Vintage-Klamotten in einer heruntergekommenen Seitenstraße in der Nähe des Campus der Universität von Minnesota. Die ein- und zweistöckigen Backsteinhäuser beherbergten Geschäfte und winzige Restaurants mit Wohnungen darüber, vermutlich meistens Studentenbuden.

Die Straße war kaum passierbar – nur halb vom Schnee geräumt, tiefe Spurrillen, halb auf der Fahrbahn geparkte verdreckte Autos. Es war ein Wunder, wenn auch nur ein Auto den Winter in Minneapolis ohne Schrammen und Dellen überstand. Kovac parkte am Ende der Straße gegen die Fahrtrichtung im Parkverbot. Fluchend stapften sie durch die Furchen, während ihnen der Schneematsch die Schuhe durchweichte und die kalte Nässe ihre Hosenbeine hochkroch.

Ein Glöckchen bimmelte über der Tür, als sie den Laden betraten. Die Wände waren in einem kräftigen glänzenden Rot gestrichen, der alte Linoleumboden hatte ein Schachbrettmuster. Es roch wie in einem Krankenhaus. An den Wänden hingen Fotos – Nahaufnahmen von kunstvollen Tattoos, Bilder der Tattookünstler zusammen mit Kunden. Kovac erkannte den einen oder anderen Profisportler. Einige sahen so aus, als würden sie in einer Rockband spielen. Andere wie die nette ältere Dame von nebenan, die mit stolzem Lächeln ihre Körperkunst präsentierte.

Sonya Porter saß auf einem der hohen Hocker am Ladentisch und quatschte mit einem riesigen glatzköpfigen

Kerl. Er drehte sich um und griff nach etwas in einem Regal. Seinen kahlen Schädel zierte das furchterregende schwarzgraue Gesicht eines »Foo Dog«, eines chinesischen Wächterlöwen. Wenn er nickte, bewegten sich die Speckfalten an seinem Nacken und das Tier erwachte zum Leben.

Er drehte sich zurück und sah sie aus schmalen, leicht asiatisch wirkenden Augen an, sein Gesicht um nichts weniger furchteinflößend als das Tattoo. Seinen nach unten gezogenen Mund rahmte ein dichter, drahtiger weißblonder Fu-Manchu-Bart ein, der ihm das Aussehen eines schlechtgelaunten Walrosses verlieh. Auf der Stirn trug er wie ein drittes Auge ein Tattoo des »Helm of Awe«, des nordischen Symbols, das dem Laden als Namensgeber diente. In seinen Ohrläppchen steckten schwarze Scheiben von der Größe eines Zehncentstücks. Alles in allem meinte man einen wikingischen Sumoringer vor sich zu haben.

Liska beugte sich zu Kovac und flüsterte: »Ich wette, der hat einen Prinz Albert.«

»Er könnte dein nächster Liebhaber sein, Tinks«, flüsterte Kovac zurück.

Sonya richtete sich auf, während sie den schmalen Raum durchquerten. Heute trug sie eine lila-weiße Schmetterlingsbrille und hatte blaue Strähnen in ihren glänzenden schwarzen Haaren, in denen sich das Licht fing wie im Gefieder einer Amsel. Ihr Lippenstift war königsblau.

»Da ist ja der gute Sam«, sagte sie. »Sie sind spät dran.«

»Tut mir leid«, sagte er, ohne es so zu meinen. »Ich hab meine Zeit damit vertrödelt, Donuts zu essen und in einem Mordfall zu ermitteln, und dabei ganz vergessen, dass ich einen wichtigen Termin hab.«

Er deutete auf Liska – »Meine Partnerin, Sergeant Liska« –, dann nickte er in Sonyas Richtung – »Sonya Porter, Tippens Nichte.«

Liska nickte. »Mein Beileid.«

Sonya Porter kicherte, ein heiserer, sexy klingender Laut. »Ich versuche, mich nicht hängen zu lassen.«

»Das sagt er auch immer, aber er meint damit was ganz anderes.«

Die junge Frau brach in lautes Lachen aus. »Ich mag Sie!«

Kovac wandte sich dem großen Mann zu. »Sam Kovac. Mordkommission.«

»Das ist Pooch«, sagte Sonya. »Der Laden gehört ihm.«

»Pooch Halvorsen.« Er streckte eine kunstvoll tätowierte Hand von der Größe eines Klodeckels aus. Kovac schüttelte sie und fragte sich, ob die Buchstaben auf den Fingern von einem Gefängnisaufenthalt stammten. Auf der rechten Hand stand *BIST*, auf der linken *DRAN*. Die Fingernägel waren sorgfältig manikürt. »Sonya hat gesagt, es geht um ein ermordetes Mädchen mit 'nem Akzeptanz-Tattoo.«

»Ja, das hat sie mir auch gesagt«, antwortete Kovac. »Ich muss mich drauf verlassen. Ich kann kein Chinesisch.«

»Ich schon«, sagte Pooch Halvorsen. »Zumindest kenne ich das eine oder andere Schriftzeichen. Hier kommen ständig Leute an, die irgendwas auf Chinesisch wollen. Ich geb das alles meiner Oma mütterlicherseits zu lesen. Sie stammt aus Hongkong.«

»Das hab ich mich schon immer gefragt«, sagte Liska. »Woher wissen die Leute eigentlich, was sie sich da auf den Körper schreiben lassen, wenn sie kein Chinesisch verstehen? Es könnte ja auch *Ich bin ein Vollidiot* heißen.«

»Das muss man eben recherchieren«, sagte Halvorsen. »So ein Tattoo hat man für den Rest seines Lebens, da sollte man sich besser die Zeit nehmen herauszufinden, was es heißt.«

»Sie sind also sicher, dass das Tattoo unseres Opfers *Akzeptanz* bedeutet?«, fragte Liska.

»Hundert Pro. Ich hab damit angefangen.« Er zog den V-Ausschnitt seines schwarzen T-Shirts nach unten und zeigte ihnen die Symbole, die Teil eines verschlungenen Bildes auf seiner Brust waren. »Ich wollte ein Statement machen und sehen, wie viele Leute es aufgreifen würden. Um die Botschaft weiterzuverbreiten.«

»Meins ist auch von Pooch«, sagte Sonya und schob den Ärmel ihres lilafarbenen Pullovers hoch, um es Liska zu zeigen.

»Ich hab mindestens zweihundert davon gemacht«, erklärte der Künstler stolz. »Die Studenten stehen drauf. Die Leute denken alle, dass die Jugend total egoistisch ist, aber das stimmt nicht. Für viele von ihnen ist Akzeptanz eine wichtige Botschaft. Akzeptanz von Rasse, Geschlecht, Religion, sexuellen Vorlieben.«

»Was ist mit Teenagern?«, fragte Kovac.

Halvorsen zeigte auf ein großes Schild an der Wand hinter ihm:

MINDESTALTER FÜR TATTOOS 18 JAHRE
AUSWEIS MIT BILD ERFORDERLICH
KEINE AUSNAHMEN

»Nehmen wir mal an, ein Jugendlicher will es unbedingt haben«, sagte Liska.

Der große Mann zuckte die Achseln. »So jemand lässt sich nicht so leicht aufhalten. Wenn er es sich in den Kopf gesetzt hat, dann findet er auch jemanden, der es für den entsprechenden Preis macht.«

»Kennen Sie zufällig einen von diesen Jemanden?«

»Ich höre das eine oder andere«, gab Halvorsen zu. »Junge Tätowierer, die gerade erst anfangen. Typen, die dringend Kohle brauchen und deshalb Sachen außer der Reihe machen. Leute, die keinen eigenen Laden haben, denken, sie könnten es lernen, indem sie es an ihren Freunden ausprobieren.

Im Augenblick boomt das Geschäft«, fuhr er fort. »Jeder will ein Tattoo. Die Nachfrage regelt das Angebot. Grundkurs Wirtschaftslehre. Als ich anfing, gab es in den Twin Cities gerade mal eine Handvoll Läden. Jetzt schießen sie wie Pilze aus dem Boden – und genauso schnell gehen sie wieder ein. Wenn man hierzulande ein Geschäft betreiben will, muss man wissen, was man tut. Die Leute fangen damit an, weil sie denken, dass es Spaß macht. Sie finden es cool, 'nen Tattooladen zu betreiben, so wie Leute es cool finden, 'ne Kneipe zu haben.«

Das Surren von Tätowiermaschinen und die gedämpften Stimmen, die aus dem hinteren Teil des Ladens zu ihnen drangen, belegten seine Behauptung, dass das Geschäft boomte. Ein schmaler Flur neben der Ladentheke führte zu den Hinterzimmern, in denen das Zauberwerk stattfand.

»Das Tattoo unseres Opfers ist nicht von Ihnen?«, fragte Kovac.

»Nein. Das stammt nicht aus meinem Laden. Sonya hat mir das Foto gezeigt. Das war keiner von meinen Leuten.«

»Irgendeine Idee, wer es gemacht haben könnte?«

Er schüttelte den Kopf. »Es ist zu einfach, um einen speziellen Stil erkennen zu lassen. Bei echter Kunst könnte ich Ihnen sagen, von wem eine Arbeit stammt.«

Sonya zog den Ausschnitt ihres Pullovers nach unten und enthüllte ein farbiges, von einem Leopardenmuster eingefasstes Herz mit kunstvollen Flügeln, das quer über ihre Brust reichte. Im Zentrum des Herzens befand sich ein reich verziertes goldenes Vorhängeschloss mit den Worten *Streng dich an*, die einen Bogen über dem Schlüsselloch bildeten. Ein Meisterwerk mit scharfen Konturen und wunderbaren

Farbschattierungen. Je länger Kovac das Tattoo betrachtete, desto mehr sah er.

»Das ist von Pooch«, sagte sie. »Jeder hier, der eine Ahnung von Tattoos hat, sieht sofort, dass das Pooch gemacht hat.«

Halvorsen nickte stolz. »Mein Foo Dog ist das Werk von 'nem Freund aus Florida. Er hat sich auf traditionelle chinesische und japanische Kunst spezialisiert. Shanes Arbeiten sind in der ganzen Szene bekannt.«

»Es dauert Jahre und man muss ein echter Künstler sein, um einen eigenen Stil zu entwickeln. Die meisten Leute – selbst wenn sie die Technik beherrschen – kommen nie dahin.«

»So wie derjenige, der das Tattoo unserer Toten gemacht hat«, sagte Kovac.

»Ja, das ist die Arbeit eines Amateurs. Die Konturen sind viel zu unscharf. Nichts Künstlerisches, keine Schattierungen. Das kann jeder Anfänger gemacht haben.«

»Wissen Sie, ob dieses Symbol auch in anderen Teilen des Landes verwendet wird?«, fragte Liska.

»Klar doch. Das sieht man jetzt überall. Fünf oder sechs von uns haben gleichzeitig damit angefangen – Ostküste, Westküste, Mittlerer Westen.«

»Das heißt, das Mädchen könnte von überall her sein«, sagte Kovac.

Liskas Handy klingelte und sie kramte es aus ihrer Jackentasche und blickte mit gerunzelter Stirn auf das Display, bevor sie sich entschuldigte und ein paar Schritte zur Seite ging.

Pooch Halvorsen breitete die Arme aus. »Da kann ich Ihnen leider nicht weiterhelfen. Aber ich hör mich mal um, frag ein paar Leute, vielleicht weiß ja jemand was.«

»Das wär gut, danke«, sagte Kovac. Er seufzte, nicht sicher, worauf er eigentlich gehofft hatte. Auf ein Foto von Zombie-Girl an der Wand des Helm of Awe Social Club vielleicht.

Er drehte sich zu Sonya. »Sie treffen sich nachher mit Tip und gehen die Kommentare durch, die Sie auf Ihre Story bekommen haben, stimmt's?«

Während er das fragte, wanderte sein Blick zu Liska, die mit angespanntem Gesicht telefonierte. Schließlich steckte sie das Handy mit zusammengepressten Lippen zurück in ihre Jackentasche und sah ihn an.

»Ich muss los«, sagte sie. »Jetzt gleich. Ich muss einen Kindesmord begehen.«

KAPITEL 16

Wie bei jedem guten Verhör hatte man die Verdächtigen voneinander getrennt und in verschiedene Zimmer gesetzt, damit sie ihre Geschichten nicht absprechen konnten. Der Nachteil war, dass Liska nicht beide Verhöre leitete, und dass sie deshalb nur eine Version der Geschichte zu hören bekam. Das gefiel ihr nicht. Sie hatte keinerlei Hintergrundinformation und sie konnte sich nicht beide Versionen anhören und entscheiden, welche Teile brauchbar waren, sodass am Ende so etwas wie die Wahrheit herauskam.

Hätte ihr jüngerer Sohn R. J. vor ihr gesessen, wäre er sofort mit der Sprache herausgerückt und hätte ihr offen und ehrlich gesagt, wie viel Schuld er an dem Vorfall trug. Kyle dagegen saß stumm und trotzig da und vermied jeden Blickkontakt.

»Du musst mir sagen, was los ist, Kyle«, sagte Nikki nachdrücklich, während sie mit verschränkten Armen auf und ab ging. »Direktor Rodgers kommt gleich und ich kann dir nicht helfen, wenn ich nicht weiß, was passiert ist.«

»Gar nichts«, sagte er und starrte auf die Tischplatte. »Wir haben bloß rumgeblödelt.«

»›Rumblödeln‹ endet nicht mit einer Prügelei.«

»Das war keine Prügelei«, sagte er. »Keiner hat sich geprügelt.«

»Dir ist doch klar, wie ernst die Sache ist, oder?«, fragte sie. »Die verfolgen hier eine Nulltoleranzstrategie, was körperliche Auseinandersetzungen angeht. Das heißt, dass du von der Schule fliegen könntest.«

»Ich hab mich nicht geprügelt!«, wiederholte er hartnäckig und sah sie endlich an. »Du könntest mir zur Abwechslung echt mal was glauben!«

»Wie soll ich dir glauben, wenn du mir nicht sagst, was passiert ist? Ich muss es mir aus dem zusammenreimen, was mir andere Leute erzählen, Kyle. Ich kann keine Gedanken lesen. Ich war nicht dabei. Ich weiß nicht, was passiert ist.«

Die blauen Augen ihres Sohnes füllten sich mit Tränen und er starrte wieder auf die Tischplatte, als wollte er mit seinem Blick ein Loch hineinbohren. Sein Gesicht war rot von der Anstrengung, seine Gefühle tief in sich zu verschließen.

So wütend Nikki auch war, am liebsten wäre sie zu ihm gegangen und hätte ihn in die Arme genommen, wie sie es gemacht hatte, als er ein kleiner Junge gewesen war. Es tat ihr körperlich weh zu sehen, wie er litt. Aber sie wusste, dass er sich ihrer Berührung entziehen würde, gerade hier, gerade jetzt, wo er sich so sehr bemühte, sich wie ein Erwachsener zu geben und tapfer alles zu ertragen, was das Schicksal ihm auferlegte.

Sie atmete einmal tief durch, um etwas von ihrer eigenen Anspannung loszuwerden, zog sich einen Stuhl heran und setzte sich ihm gegenüber, nahe genug, dass sich ihre Knie unter dem Tisch berührten. Vielleicht vertraute er sich ihr eher an, wenn sie sich auf gleicher Augenhöhe befanden. Vielleicht ging er nicht gleich in Verteidigungsstellung, wenn sie ihre Autorität nicht physisch unterstrich. Fortgeschrittenenkurs Verhörtechnik.

»Also, was ist mit diesem Fogelman?«, fragte sie. »Hast du Streit mit ihm?«

Er hob den Kopf, sah sie jedoch nicht an. »Der ist ein Vollpfosten.«

»Inwiefern?«

»Er ist es eben.«

»Hast du ihn geschlagen?«

»Nein.«

»Hast du ihn zu Boden geworfen?«

Zögern. Er war im Begriff, die Wahrheit so zurechtzubiegen, dass sie halbwegs akzeptabel war. »Ich bin mit ihm zusammengestoßen und er ist gestolpert und hingefallen, und ich auf ihn drauf.«

»Kyle …«, sagte Nikki. »Was glaubst du, mit wem du redest? Ich bin diejenige, die deine Jiu-Jitsu-Stunden bezahlt. Du hast ihn niedergeschlagen.«

Er stritt es nicht ab. »Er hatte meinen Skizzenblock. Ich wollte ihn mir bloß zurückholen. Er ist größer als ich. Ich kam nicht ran.«

»Er hat dir deinen Skizzenblock weggenommen«, sagte Nikki. Allmählich fügten sich die einzelnen Teile zu einem Bild. »Du wolltest ihn wiederhaben.«

»Das sind meine Zeichnungen«, sagte er mit ernstem Gesicht.

»Ich weiß.« Sie wusste außerdem, dass es sich dabei nicht nur um die Arbeiten für den Kunstunterricht drehte. Die Zeichnungen waren für Kyle dasselbe wie für einen Schriftsteller seine Notizen oder für ein Schulmädchen sein Tagebuch. In diesen Zeichnungen steckte ein Teil von ihm – seine Gefühle, seine inneren Kämpfe. Er mochte sparsam mit Worten sein, dafür erzählten seine Bilder umso mehr. Kyle empfand es als persönliche Beleidigung, wenn ihm jemand seinen Block wegnahm, ihn betatschte, herumgab, sich darüber lustig machte.

Beim Elternsprechtag hatte ihr der Vertrauenslehrer gesagt, dass Kyle Schwierigkeiten mit einigen seiner Mitschüler hatte. Er war nicht näher darauf eingegangen, hatte keine besonderen Zwischenfälle erwähnt, es sei ihm nur zu Ohren gekommen, sagte er. Und Kyle war dem Thema beharrlich ausgewichen.

»Ist das derselbe Junge, mit dem du dich an Silvester geprügelt hast?«

»Ich hab mich nicht geprügelt.«

»Ach ja, richtig. Du bist mit dem Gesicht gegen seine Faust gerannt und hast dir zufällig die Knöchel an seinen Zähnen aufgeschürft.«

Schweigen.

»Warum kommst du mit ihm nicht aus?«, fragte sie.

»Weil er ein Arschloch ist.«

Sie verzichtete darauf, ihn wegen seiner Ausdrucksweise zu rügen. Er hätte sich nur die Ablenkung zunutze gemacht, und abgesehen davon konnte sie sich Schlimmeres vorstellen, als dass ihr fünfzehnjähriger Sohn die gleichen Kraftausdrücke benutzte, die sie tagtäglich von sich gab. Im Moment ging es nicht um Manieren und gutes Benehmen.

»Inwiefern ist er ein Arschloch?«, fragte sie. »Und sag jetzt nicht, weil er dir deinen Block weggenommen hat. Ich kann wohl davon ausgehen, dass er schon vorher ein Arschloch war. Warum kommst du nicht mit ihm klar?«

»Weil er dauernd so was macht.«

»Mit dir?«

»Mit vielen.«

Jetzt näherten sie sich langsam dem Kern des Problems. Aaron Fogelman machte es Spaß, andere zu drangsalieren.

Solche Typen hatten Kyle von jeher auf die Palme gebracht. Er war schon immer klein für sein Alter gewesen, was ihn oft zur Zielscheibe für größere Kinder machte. Aber er war auch stark und zäh, und das hieß, dass es niemand so leicht schaffte, ihn allein durch körperliche Überlegenheit einzuschüchtern. Und weil er wusste, wie es war, schikaniert zu werden, übernahm er häufig die Beschützerrolle für schwächere Kinder, denen dasselbe passierte.

Dieses Thema spielte auch eine wichtige Rolle in seinen Zeichnungen. Sein Held Ultor war der Beschützer der Schwachen und Außenseiter. Und Aaron hatte Kyle den Block mit den Zeichnungen von Ultor weggenommen.

So kam eins zum anderen.

»Mir doch egal, wenn sie mich rausschmeißen«, sagte er trotzig und kratzte mit dem Fingernagel an einem unsichtbaren Fleck auf der Tischplatte. »Ich find's hier sowieso ätzend.«

»Du findest nicht die Schule ätzend«, erwiderte Nikki ruhig, »du findest solche Erlebnisse ätzend.«

»Ist das ein Unterschied? Ich will nicht hier sein. Am liebsten würde ich wieder in meine alte Schule gehen.«

»Du kannst nicht einfach abhauen, nur weil du mit jemandem nicht auskommst.«

»Das hast du doch auch gemacht«, sagte er und warf ihr einen bösen Blick zu. »Mit Dad. Deswegen sind wir doch hierhergezogen.«

Nikki war, als hätte er ihr eine Ohrfeige gegeben. Sie versuchte, sich nichts anmerken zu lassen, es wegzustecken. Er hatte genau ihren wunden Punkt getroffen.

»Hast du beschlossen, jetzt auch wie diese Typen zu werden?«, fragte sie. »Du wolltest mich mit dieser Bemerkung verletzen. Das ist doch genau das, was die machen, oder?«

Sie sah, dass ihm erneut Tränen in die Augen stiegen, auch wenn er es zu verbergen versuchte, indem er sich nach vorne beugte und das Gesicht in den Armen vergrub. Es entsprach nicht seiner Art, zu anderen gemein zu sein. Es war ihm zuwider, auf diese Weise auszuteilen. Er fühlte sich bestimmt schlecht deswegen.

»Hast du Direktor Rodgers gesagt, dass dieser Fogelman andere mobbt?«, fragte sie.

Ein tiefer Seufzer, der sich in diesem Fall mit einem klaren *Nein* übersetzen ließ.

»Und woher soll er es dann wissen?«, fragte sie. »Wie soll er was dagegen tun?«

»Das macht der doch sowieso nicht«, sagte Kyle.

»Die Schule hat sich auf die Fahne geschrieben, gegen Mobbing vorzugehen.«

Er hob den Kopf und verdrehte die Augen, als könnte er es nicht fassen, dass sie so dumm war, an so etwas zu glauben.

»Sein Vater hat die neuen Computer für die Bibliothek gespendet«, sagte er.

Auf dem Flur draußen waren Stimmen zu hören. Nikki stand auf, bereit, für ihr Kind in den Kampf zu ziehen.

Nach einem flüchtigen Klopfen trat Direktor Rodgers ins Zimmer, mit angemessen ernster Miene, in der Hand Kyles Skizzenblock.

»Mrs. Hatcher«, sagte er zur Begrüßung.

»Liska«, verbesserte Nikki ihn. Ihre Nackenhaare begannen sich aufzustellen. »Ich heiße Liska.«

Rodgers ließ sich nicht zu einer Entschuldigung herab. Als Mann, der den Umgang mit reichen, aufgeblasenen Eltern gewohnt war, hatte er seine Reizschwelle entsprechend hoch gesteckt. Er nahm am Kopfende des Tisches Platz wie ein König, der sich die banalen Klagen seiner Untertanen anhören musste. Rodgers war Afroamerikaner, Ende vierzig, von einer würdevollen und gepflegten Erscheinung und stets tadellos gekleidet. Im Vergleich zu ihm kam sich Nikki zerknittert und verschwitzt vor. Sie widerstand dem Drang, sich mit den Fingern durch die Haare zu fahren.

»Ich habe mir Kyles Erklärung und die von Mr. Fogelman

angehört«, sagte er, »und ich habe das Gefühl, das mir keiner die volle Wahrheit sagt.«

Mr. Fogelman, dachte Nikki verärgert, als ob dieser andere Junge eine höflichere Anrede verdienen würde.

»Brittany stand direkt daneben«, sagte Kyle. »Sie hat alles gesehen. Sie kann es Ihnen sagen.«

»Sie hat mir gesagt, dass sie nicht genau weiß, wie die Sache angefangen hat«, erwiderte Rodgers.

Kyle sah ihn ebenso fassungslos wie verletzt an.

»Mr. Fogelman sagt, es sei alles nur ein Scherz gewesen«, sagte Rodgers.

Kyle schwieg. Er würde nicht widersprechen, denn wenn er die Situation ernster erscheinen ließ, würde das ein noch schlechteres Licht auf ihn werfen. Aber genauso wenig würde er es herunterspielen, das entsprach einfach nicht seiner Art. Nikki konnte spüren, wie frustriert er war.

»Das ist nicht das erste Mal, dass Sie und Mr. Fogelman aneinandergeraten sind, nicht wahr, Kyle?«, fragte Rodgers.

Auch darauf gab Kyle keine Antwort.

»Ich denke, Sie wissen sehr gut, wie wir am PSI auf Gewalt reagieren.«

»Soweit ich weiß«, sagte Nikki, »hat *Mr. Fogelman* meinem Sohn seinen Skizzenblock weggenommen und nicht zurückgegeben.«

Sie war stehen geblieben. Dass Rodgers sich gesetzt hatte, betrachtete sie als grobe Unhöflichkeit. Inzwischen nervte sie alles an dem Mann. Die manikürten Fingernägel, die Art, wie er die Unterlippe vorschob, der alberne doppelte Windsorknoten an seiner angeberischen gestreiften Privatschulkrawatte.

»Es gibt keine Entschuldigung dafür, einen anderen Schüler zu attackieren.«

»Ich kann bis jetzt nichts erkennen, was darauf hindeutet«, sagte Nikki. »Behauptet Mr. Fogelman denn, dass Kyle ihn attackiert hat?«

»Nun ja, nicht direkt. Er sagte, Ihr Sohn könne keinen Spaß vertragen.«

»Ach? Für ihn ist das also ein Spaß?«, sagte sie, trat einen Schritt vor und deutete auf den Skizzenblock auf dem Tisch. »Kyle besucht diese Schule mit einem Stipendium, das er in erster Linie seinem künstlerischen Talent verdankt. Diese Zeichnungen sind kein Spaß für ihn.«

»Trotzdem, Gewalt wird hier nicht toleriert.«

»Ich denke, wir haben gerade festgestellt, dass keine Gewalt im Spiel war«, sagte sie und trat noch einen Schritt näher. »Niemand wurde attackiert. Es war nur ein Spaß. Das haben Sie selbst gesagt. Jungs sind eben Jungs. Und mit Diebstahl haben Sie offenbar kein Problem …«

»Niemand hat etwas *gestohlen* …«, sagte Rodgers abwehrend.

»Und niemand wurde *attackiert*«, gab Nikki zurück und starrte auf ihn hinunter. Sie stand jetzt so dicht vor ihm, dass er den Kopf heben musste, um sie anzusehen. Das ging ihm gegen den Strich, aber aufstehen wollte er auch nicht.

Stattdessen wechselte er das Thema und wandte sich dem Skizzenblock zu. »Dann wäre da noch die Sache mit dem Motiv der Zeichnungen.«

Er schlug die Seite mit den drei Skizzen von Ultor und den riesigen, stümperhaft gezeichneten Penissen auf, die sie miteinander verbanden.

»Das hat Ihr Sohn herumgezeigt«, sagte der Direktor.

»Stimmt doch gar nicht«, widersprach Kyle.

»Und als Mr. Fogelman ihm den Block weggenommen hat, fing der Streit an.«

»Das ist nicht wahr!«, sagte Kyle mit zitternder Stimme.

»Ich weiß nicht, wie Sie dazu stehen, Mrs. Hatcher, aber ich finde das äußerst abstoßend.«

Als würde er annehmen, dass sie sich zum Zeitvertreib Schwulenpornos ansah und es völlig in Ordnung fand, wenn ihr Sohn muskulöse Männer beim Analsex zeichnete.

Kyle drehte sich zu ihr. »Das ist nicht von mir, Mom! Du weißt, dass ich so was nicht machen würde!«

»Ja, ich weiß«, versicherte sie ihm.

Rodgers sah sie mit einem herablassenden Blick an. »Sicherlich möchte sich keine Mutter gern vorstellen, dass ihr Sohn so etwas zeichnet …«

»Mein Sohn hat es ja auch nicht gezeichnet«, sagte sie mit Nachdruck.

»Mrs. Hat…«

»*Direktor* Rodgers«, unterbrach sie ihn, mit ihrer Geduld am Ende. »Wenn Sie mit meiner richtigen Anrede Schwierigkeiten haben, nennen Sie mich einfach Sergeant Liska, vielleicht fällt Ihnen das ja leichter, aber hören Sie auf, mich Mrs. Hatcher zu nennen. Und reden Sie bitte nicht mit mir, als wäre ich eine dumme kleine Hausfrau. Ich bin Detective beim Morddezernat. Ich weiß genau, wozu Menschen fähig sind. Und ich kenne meinen Sohn. Ich weiß, wie wichtig ihm seine Kunst ist.

Sehen Sie sich das doch mal genauer an«, fuhr sie fort, beugte sich über den Tisch und tippte mit dem Finger auf die Zeichnung. »Wenn Sie auch nur eine Sekunde lang glauben, dass ein Künstler, der sich zuerst bei jedem einzelnen Strich so viel Mühe gibt, seine Zeichnung anschließend mit ein paar hingekritzelten Penissen ruiniert, dann haben Sie nicht die geringste Ahnung von Kunst. Wenn mein Sohn pornographische Bilder von Männern beim Sex hätte zeichnen wollen, wären die Penisse anatomisch korrekt und richtig proportioniert, das können Sie mir glauben.«

Rodgers sah sie an, als wäre sie einem seiner schlimmsten Alpträume entstiegen. Er wusste nicht, was er sagen sollte.

»Das heißt, dass jemand Kyles Bild verschandelt hat«, sagte sie. »Ich finde das nicht lustig. Für mich ist das ein aggressives und abstoßendes Verhalten an einer Schule, die sich so viel auf ihren hohen Standard einbildet. Wenn andere Schüler meinem Sohn seinen Skizzenblock wegnehmen und stattdessen seine Arbeit verschandeln, wenn sie ihm so lange zusetzen, bis er sich nicht mehr anders zu helfen weiß, als zu drastischeren Mitteln zu greifen, dann sollten Sie meiner Meinung nach mal den wahren Ursachen des Problems auf den Grund gehen, Mr. Rodgers.«

Ihre Standpauke gefiel ihm offensichtlich überhaupt nicht. Seine Miene war säuerlich und verkniffen. Er klappte den Block zu und schob ihn von sich weg.

»Da die Umstände dieses Zwischenfalls nicht eindeutig zu klären sind«, sagte er, »belasse ich es für dieses Mal bei einer Verwarnung, Kyle. Aber es gibt einen Vermerk in deiner Schülerakte, und wenn sich etwas in der Art wiederholen sollte, werde ich nicht mehr so nachsichtig sein.«

»Und in Aaron Fogelmans Schülerakte kommt der gleiche Vermerk«, sagte Nikki. Es war keine Frage, sondern eine Feststellung.

Rodgers wich ihrem Blick aus. Er brauchte einen Moment zu lange, um zu antworten. »Ja, es gibt einen Vermerk.«

Sie waren entlassen wie zwei Dienstboten. Nikki war dermaßen wütend, dass sie das Gefühl hatte, ihr Kopf würde jeden Moment platzen. Sie versuchte, sich nichts davon anmerken zu lassen, als sie das Schulgebäude verließen und über den Parkplatz gingen. Wenn es galt, ihren Nachwuchs zu verteidigen, wurde sie zur Tigerin. Andererseits sollte Kyle nicht denken, sie würde es gutheißen, wie er sich Aaron Fogelman gegenüber verhalten hatte – selbst wenn sie sich am liebsten auf die Suche nach dem Jungen gemacht hätte, um ihm eigenhändig eine Tracht Prügel zu verpassen.

Die widersprüchlichen Empfindungen schwirrten in ihrem Kopf herum wie ein Schwarm aufgebrachter Bienen und verursachten ihr Kopfschmerzen. In solchen Augenblicken verfluchte sie Speed noch mehr als sonst. Sie hätten in schwierigen Phasen die Last der Elternschaft gemeinsam tragen sollen. Aber wie gewöhnlich bekam sie den schwereren Teil ab. Wenn Speed in ein paar Tagen dann wieder auf der Bildfläche erschien, würde er Kyle wahrscheinlich noch auf die Schulter klopfen, weil er es Aaron Fogelman gezeigt hatte.

Sie blickte zu ihrem Sohn, der mit seinem schweren Rucksack über einer Schulter neben ihr hertrottete. Zum Schutz gegen die Kälte hatte er beide Schultern bis zu den Ohren hochgezogen und die Hände in den Jackentaschen vergraben. Jetzt wäre der Moment gewesen, ein paar kluge, mütterliche Worte von sich zu geben, aber ihr fiel beim besten Willen nichts ein. Und wenn sie schon so aufgebracht war, wie musste es ihm dann erst gehen?

Schweigend stiegen sie ins Auto, sie ließ den Motor an und stellte die Heizung auf die höchste Stufe. Dann sah sie zu ihrem Sohn und seufzte.

»Ich fand es grässlich, fünfzehn zu sein«, sagte sie. »Ich hatte das Gefühl, nirgends dazuzugehören. Jeden Tag habe ich mit angehaltenem Atem darauf gewartet, dass mich jemand durchschaut und alle über mich herfallen. Irgendwann hab ich dann kapiert, was das Beste an der Highschool ist: Sie dauert nicht ewig. Und wenn sie vorbei ist, spielt das, was einem vorher so wichtig erschien, keine Rolle mehr.«

Kyle sagte nichts, aber sie wusste, was er dachte. Er dachte, dass er erst in der zehnten Klasse war und der Schulabschluss ein winziges, weit entferntes Licht am Ende eines Tunnels, und dass dieser noch dazu für einen Jungen, der ein bisschen zu sensibel war und sich ein bisschen zu viel Gedanken machte, täglich neue Horrorszenarien offenbarte.

Sie dachte an das bislang nicht identifizierte tote Mädchen, im gleichen Alter wie Kyle, mit ihren Piercings und dem halb geschorenen Kopf und dem Tattoo, das für Akzeptanz gegenüber allen Menschen stand, und fragte sich, ob sie auch so gewesen war – provozierend, während sie doch nur versucht hatte, sich darüber klarzuwerden, wer sie eigentlich sein wollte. Dieses Mädchen war nicht alt genug geworden, um es herauszufinden.

»Ich hab dich lieb«, sagte Nikki leise, als sie den Gang einlegte und losfuhr. »Und ich verspreche dir, die Highschool bringt dich nicht um.«

KAPITEL 17

»Was würdest du heute Abend machen, wenn du nicht arbeiten würdest?«, fragte Elwood.

Elwood hatte sich die Autoschlüssel geschnappt und erklärt, er würde die heutige Nacht gern überleben. Kovac hatte nicht weiter protestiert. Erschöpft und ausgebrannt saß er auf dem Beifahrersitz, während sie auf der Suche nach Schulmädchen, die an diesem Tag nicht zum Unterricht erschienen waren, auf holprigen, vereisten Straßen ein Viertel nach dem anderen abklapperten und an Türen klingelten.

Zu Hause wäre er vermutlich auf dem Sofa eingeschlafen und hätte auf das Kissen gesabbert, während im Hintergrund der »Travel Channel« lief und all die exotischen Orte zeigte, an denen er noch nie gewesen war und die er wahrscheinlich auch nie sehen würde.

»Na ja, ich würde zuerst zwei Stunden im Fitnessstudio trainieren und auf der Bank ein paar Zementsäcke stemmen, dann würde ich in einem Gourmetrestaurant zu Abend essen, anschließend an einem Tanzwettbewerb teilnehmen und zum Abschluss mit meiner Freundin, dem Supermodel, wild vögeln«, sagte er. »Und du?«

»Bikram Yoga.«

»Lieber Gott«, sagte Kovac und wand sich in seinem Sitz. »Ich hätte den Rest meines Lebens gut ohne dieses Bild im Kopf verbringen können.«

Doch jetzt stand es ihm in lebhaften Farben vor Augen:

Elwood, der wie Bigfoot im Gymnastikanzug aussah und seinem Körper widernatürliche Verrenkungen abzwang.

»Es ist sehr gesund«, erklärte Elwood. »Durch die Hitze öffnen sich die Poren und der Körper kann so mit dem Schweiß Giftstoffe ausscheiden.«

»Das wird ja immer besser, herzlichen Dank für die Geruchsbeigabe. Halt an. Ich muss mich übergeben.«

»Du solltest es mal versuchen, Sam. Yoga würde dir guttun.«

»Yoga würde mir zu einem Krankenhausaufenthalt verhelfen«, gab Kovac zurück. »Ich begnüge mich mit einer Spur in diesem Fall und ein paar Stunden Schlaf.«

Tippen hatte sich mit seiner Nichte getroffen, um sich mit ihr zusammen anzusehen, was junge Leute im Internet schrieben, und festzustellen, ob es irgendwelche interessanten Reaktionen auf die Story gab, die Sonya gepostet hatte. Kovac hatte mit Elwood zusammen die Aufgabe übernommen, die Familien aufzusuchen, deren Töchter heute nicht in der Schule erschienen waren. Es hatte etwas von der Suche nach der Nadel im Heuhaufen, gespickt mit widersprüchlichen Gefühlen.

Sie wollten herausfinden, wer ihr Opfer war, und das bedeutete, bei Familien zu klingeln und zu hoffen, dass eine davon ein Kind vermisste, um unangenehm enttäuscht zu sein, wenn es ihnen nicht gelang, das Leben eines Elternpaars zu zerstören.

Es war immer schlimm, wenn es sich bei dem Opfer um ein Kind oder einen Jugendlichen handelte. Bei einer Mordermittlung gab es nie Gewinner, aber es war besonders schlimm, wenn das Opfer jung war. Und wenn sie die unglücklichen Eltern heute Abend nicht fanden, dann würde Kovac nach Hause fahren, irgendein Fertiggericht in die Mikrowelle schieben und es vor dem Computer runterschlingen, während er weiter Websites mit Tausenden von Vermisstenmeldungen aus dem ganzen Land durchsuchte. Elend, wohin man sah. Verzweiflung von einer Küste an die andere.

Im Augenblick fuhren sie durch ein hübsches Viertel auf der Westseite des Lake Harriet. Gediegene Häuser im Stil der Vierziger- und Fünfzigerjahre des letzten Jahrhunderts und dazwischen die eine oder andere protzige moderne Villa. Die hohen Bäume, welche die Gärten und Straßen das halbe Jahr über in Schatten tauchten, standen jetzt in den langen Wintermonaten da wie nackte, knorrige Wächter. Nachdem die Sonne längst verschwunden war, hoben sich ihre Stämme dunkel vom hellen Schnee ab und sie reckten ihre Äste in den nächtlichen Himmel, als wären es Finger, mit denen sie verzweifelt nach den Sternen griffen.

Die Adresse, nach der sie suchten, gehörte zu einer Villa im Tudorstil mit einem spitzen Giebeldach und bunten Lichterketten in den Büschen des Vorgartens. Hinter dem Fenster war ein beleuchteter Weihnachtsbaum zu sehen.

Frohes neues Jahr. Vermissen Sie vielleicht Ihre Tochter? Wir haben möglicherweise ihre Leiche gefunden …

Das Haus war das letzte in einer Sackgasse, hinter der sich ein Park erstreckte, und seine zurückgesetzte Lage auf dem Grundstück sicherte den Bewohnern eine beneidenswerte Privatheit. Elwood bog in die schmale Einfahrt und hielt hinter einem schwarzen Lexus.

»Auf welche Schule geht die hier?«, fragte Kovac.

»Performance Scholastic Institute.«

»Da ist Tinks' Sohn auch.«

»Herausragendes akademisches und künstlerisches Niveau«, sagte Elwood. »Das ist deren Motto.«

Sie stiegen aus dem warmen Auto, gingen zur Haustür und läuteten.

Die Frau, die ihnen öffnete, sah aus wie die typische Vorortmutter – blonder Bob, große braune Augen, freundliches Lächeln, Pullover mit weihnachtlichem Norwegermuster und ein weißer Rollkragenpullover darunter. Sie öffnete die Tür, als wäre ihr noch nie in den Sinn gekommen, dass man vielleicht nicht so ohne weiteres Fremde ins Haus lassen sollte, was sich aber sofort änderte, als sie feststellte, dass sie die beiden Männer vor ihr nicht kannte.

»Mrs. Gray?«, fragte Kovac und hielt seinen Ausweis hoch. »Ich bin Sergeant Kovac. Das ist Sergeant Knutson. Entschuldigen Sie die Störung, Ma'am.«

Jetzt wirkte sie etwas beunruhigt. »Worum geht es?«

»Haben Sie eine Tochter namens Penelope?«

»Ja«, antwortete sie vorsichtig, leicht abwehrend. »Was hat sie angestellt?«

Nicht: Geht es ihr gut? Sondern: Was hat sie angestellt?

»Ist sie zu Hause?«, fragte Kovac. »Sie war heute nicht in der Schule.«

»Und deswegen kommt jetzt gleich die Polizei?«, fragte Julia Gray mit einem nervösen Lachen.

Kovac lächelte. »Ist Ihre Tochter zu Hause?«

»Nein. Nein, sie ist nicht da. Was ist denn los?«

»Wissen Sie, wo sie ist?«

»Sie machen mir langsam Angst, Sergeant.«

»Tut mir leid, Ma'am. Wir wollen Sie nicht beunruhigen ...«

»Das tun Sie aber«, sagte sie. »Penny ist bei einer Freundin.«

»Haben Sie heute mit ihr gesprochen?«

»Nein.«

»Dürfen wir reinkommen?«, fragte Kovac. »Ich weiß nicht, wie es bei Ihnen ist, Ma'am, aber meine Heizungsrechnung ist schon hoch genug, ohne dass ich die Tür bei minus zwanzig Grad offen stehen habe.«

Sie wirkte nicht gerade erfreut, machte aber trotzdem einen Schritt zur Seite. Kovac und Elwood traten in eine hübsche kleine Diele. Im Haus roch es nach Putzmittel, Tannenzweigen, Zimt und Kaffee. Zu ihrer Linken führte eine geschwungene Treppe in den ersten Stock. Rechts lag das Wohnzimmer, in dem der Weihnachtsbaum stand – ordentlich aufgeräumt, hübsche Möbel und ein von Bücherregalen flankierter kleiner offener Kamin. Von der Diele ging ein Flur in den hinteren Teil des Hauses ab. Aus den anderen Zimmern fiel Licht in den dunklen Durchgang. Es war ein leises Murmeln zu hören, das ebenso gut von Besuchern wie aus einem Fernseher irgendwo weiter hinten kommen konnte.

»Haben Sie in den vergangenen beiden Tagen etwas von Ihrer Tochter gehört?«, fragte Kovac. Der Deckenlüster ließ Julia Grays Gesicht farblos und müde aussehen. Auf ihrer linken Wange schimmerte ein blauer Fleck durch das Make-up, das sie wahrscheinlich am Morgen aufgetragen hatte. Ihre rechte Hand und das Handgelenk steckten in einem elastischen Stützverband, der an einen Handschuh ohne Finger erinnerte.

»Natürlich«, sagte sie. »Sie hat mir heute eine SMS geschickt.«

»Aber Sie haben nicht mit ihr gesprochen?«, fragte Kovac.

»Julia?«, rief eine Männerstimme. »Alles in Ordnung?«

Der Besitzer der Stimme kam in die Diele und trocknete sich die Hände an einem Geschirrtuch ab. Er war groß und gutaussehend wie ein Schauspieler aus einer Seifenoper, seine blonden Haare waren an den Schläfen distinguiert ergraut. Zu einer schwarzen Hose und einem Hemd mit Button-down-Kragen trug er einen beigen Kaschmirpullover. Er hätte der Werbeanzeige eines eleganten Herrenmodengeschäfts entstiegen sein können.

Julia Gray drehte sich zu ihm um. »Die Herren sind von der Polizei. Sie fragen nach Penny.«

Er runzelte die Stirn. »Hat sie was angestellt?«

»Nicht dass wir wüssten«, sagte Elwood. »Wir wollen Sie nicht beunruhigen, aber wir versuchen eine junge Frau zu identifizieren, deren Leiche an Silvester gefunden wurde.«

Julia Gray sah ihn entsetzt an. Sie drückte die Hand mit dem Stützverband auf die Brust, als wollte sie ihr Herz daran hindern herauszuspringen.

»Mein Gott«, sagte der Mann. »Das ist ja furchtbar.«

»Sind sie Penelopes Vater?«, fragte Kovac.

»Nein, nein. Ich bin Dr. Michael Warner.«

»Michael ist mein Verlobter. Wir haben uns gerade erst verlobt«, erklärte Julia Gray mit der leichten Verlegenheit, die Leute oft an den Tag legten, wenn sie Fremden etwas Persönliches erzählten – oder zumindest wenn sie es der Polizei erzählten. Unbewusst drehte sie den Diamantring an ihrer linken Hand. »Pennys Vater und ich sind geschieden.«

»Wenn Sie uns dann bitte die Telefonnummer Ihrer Tochter geben würden«, sagte Kovac, »und Namen und Adresse der Person, bei der sie sich aufhält. Das wäre sehr hilfreich.«

Julia Gray sah ihn mit einem gleichermaßen nervösen wie verwirrten Lächeln an. »Es geht ihr gut«, sagte sie, mehr zu sich selbst als zu ihm. »Das habe ich Ihnen doch gerade gesagt. Sie hat mir eine SMS geschickt.«

»Woher wissen Sie, dass sie von ihr war?«, fragte Kovac.

»Was?«

»Die SMS. Woher wissen Sie, dass es Ihre Tochter war, die sie Ihnen geschickt hat?«

»Von wem sollte sie denn sonst sein? Ihr Name stand auf dem Display. Sie war von Penny.«

»Die SMS kam vom Handy Ihrer Tochter«, erklärte Elwood. »Das heißt nicht unbedingt, dass Ihre Tochter sie geschickt hat.«

»Haben Sie ein Foto von Ihrer Tochter, Mrs. Gray?«, fragte Kovac.

»Das ist lächerlich«, murmelte Julia Gray. »Meine Tochter wird nicht vermisst.«

»Warum rufen Sie sie nicht an?«, schlug Elwood vor. »Dann wäre diese Frage ganz schnell geklärt.«

Julia Gray stieß einen Seufzer aus, ging zu einem Tischchen und begann mit ihrer unverletzten Hand in der Handtasche zu kramen, die darauf lag. Sie zog ihr Handy heraus, tippte eine Nummer ein und hielt sich das Handy ans Ohr, während sie ins Wohnzimmer ging und ein zwölf mal fünfzehn Zentimeter großes gerahmtes Foto aus einem der Regale nahm. Sie reichte es Elwood und sagte gleichzeitig:

»Penny, ich bin's, Mom. Rufst du mich bitte zurück? Und zwar gleich. Es ist sehr wichtig.«

»Das war die Mailbox«, sagte sie überflüssigerweise. Ihr Atem ging schneller, was zeigte, dass sie doch nicht ganz so gelassen war, wie sie sich nach außen hin gab. »Meine Tochter ist sechzehn. Haben Sie eine Tochter in dem Alter, Sergeant?«

»Nein, Ma'am«, sagte Kovac.

»Die Mädchen glauben, sie wüssten alles, sobald sie sechzehn sind«, erklärte sie und in ihrer Stimme schwang unverkennbar ein frustrierter Unterton mit. Sie blickte auf das Handy und tippte mit den Daumen eine SMS. »Als Letztes wollen sie es hören, wenn man sie daran erinnert, dass sie immer noch ihren Müttern gehorchen müssen.«

»Penny ist ein schwieriges Mädchen«, sagte Michael Warner, als hätte ihn jemand gefragt.

Kovac ignorierte ihn und betrachtete das Schulfoto, das Julia Gray Elwood gegeben hatte. Das Mädchen darauf sah jünger als sechzehn aus. Ihre in der Mitte gescheitelten schulterlangen Haare waren von einem unauffälligen Braun. Sie hatte keine seltsamen Piercings. Sie sah nicht aus wie ein Mädchen, das sich unerlaubterweise ein Tattoo stechen lassen würde.

Stattdessen wirkte sie ein bisschen traurig, ein bisschen verloren, ein bisschen genervt.

Sie hatte nicht viel Ähnlichkeit mit Zombie-Girl.

Natürlich mussten sie noch abwarten, wie die Tote nach Ansicht des Zeichners ausgesehen hatte, bevor ihr Schädel zertrümmert worden war. Vor Kovac hatte der Zeichner nicht so viel Angst wie vor Liska, und Liska war unterwegs, um sich um ihren eigenen Teenager zu kümmern.

»Wann haben Sie das letzte Mal richtig mit Ihrer Tochter gesprochen, Mrs. Gray?«, fragte Elwood.

Sie schnaufte ungeduldig. »Penny hat seit Tagen nicht mit mir gesprochen. Wir hatten Streit und zur Strafe werde ich dann gerne mal angeschwiegen. Aber auf SMS-Nachrichten reagiert sie normalerweise, und sei es auch nur mit einem Ja oder Nein auf eine Frage.«

»Vielleicht reagiert sie ja eher auf einen Anruf der Polizei«, sagte Michael Warner.

»Das ist so peinlich«, murmelte Julia Gray und starrte auf ihr stummes Handy, als wollte sie das Display durch reine Willenskraft dazu bringen, etwas anzuzeigen.

»Wenn Sie uns einfach ihre Telefonnummer geben und die Adresse, wo sie gerade ist, dann sorgen wir dafür, dass sie sich bei Ihnen meldet«, sagte Elwood. Diplomatisch wie immer. Er zog einen kleinen Spiralblock und einen Stift aus seiner Jackentasche und hielt Mrs. Gray beides hin.

Sie drehte den Stift verlegen in ihrer unverletzten Hand hin und her und ihre Wangen röteten sich.

»Ich kenne die genaue Adresse des Mädchens nicht«,

gestand sie. »Es ist eine Schulfreundin. Sie heißt Lawyer – nein – Lawler. Sie wohnt ganz in der Nähe. Nur ein paar Straßen weiter. Ecke Washburn und Forty-Sixth? Forty-Fifth? Ich kann mich momentan nicht erinnern. Aber ich kenne die Mutter des Mädchens«, fügte sie rasch hinzu. »Eine sehr nette Frau. Ich glaube, sie ist Buchhalterin. Oder ihr Mann ist Buchhalter.«

Sie sah hoch, offenbar wollte sie feststellen, wie ihre erbärmliche gestammelte Erklärung aufgenommen wurde. Kovac erwiderte ihren Blick, ohne eine Miene zu verziehen.

»Das klingt bestimmt so, als wäre ich keine gute Mutter«, sagte sie und brachte ein schwaches Lächeln zustande. »Wenn Sie Kinder in dem Alter hätten, würden Sie es verstehen.«

Ihre Hände zitterten, als sie Elwood den Block zurückgab.

»Was ist denn mit Ihrem Handgelenk passiert?«, fragte Elwood.

»Ach das«, sagte sie und blickte auf ihre Hand, als wäre sie in dieser Sekunde aus dem Ärmel ihres Pullovers gewachsen. »Ich bin gefallen. Ich habe mir das Handgelenk verstaucht. Ich bin auf dem Eis ausgerutscht und gestürzt. Berufsrisiko«, sagte sie mit einem nervösen Lachen.

»Was machen Sie beruflich?« erkundigte sich Kovac.

»Ich bin Pharmareferentin. Zu dieser Jahreszeit muss ich dauernd über vereiste Parkplätze laufen. Schnee, Eis, hohe Absätze, den Musterkoffer im Schlepptau.«

»Vielleicht sollten Sie sich das mit den Absätzen noch mal überlegen«, sagte Kovac.

Julia Gray nickte und versuchte sich erneut an einem Lächeln.

»Ich bin sicher, dass es Penny gut geht«, wiederholte sie, mit ihren Gedanken zu der Tochter zurückkehrend, die sie seit Tagen nicht gesehen hatte. Ein ganz normaler Streit nahm plötzlich eine unheilvolle Dimension an. Eine harmlose Übernachtung bei einer Schulfreundin bekam plötzlich etwas Bedrohliches.

»Ja, bestimmt«, sagte Elwood freundlich. »Wir gehen einfach nur allen Möglichkeiten nach.«

»Es hat doch nichts damit zu tun, was in den Nachrichten kam?«, fragte Michael Warner und runzelte besorgt die Stirn. »Das Mädchen auf dem Freeway?«

»Danke für Ihre Zeit«, sagte Kovac und ging bewusst nicht auf die Frage ein, eine Angewohnheit, die er sich vor Jahren antrainiert hatte. Keine Informationen preiszugeben war ihm in Fleisch und Blut übergegangen. In diesem Moment kam noch Mitgefühl mit einer Mutter dazu, die nicht das Schlimmste denken sollte, aber auch der boshafte Gedanke: Sollen sie ruhig ein bisschen brüten. Er hatte das Gefühl, dass Julia Gray beides verdiente.

»Dann wollen wir Sie mal nicht länger stören«, sagte er. »Bitte lassen Sie es uns wissen, sobald Sie etwas von Ihrer Tochter hören.«

Julia Gray und Michael Warner sahen ihnen verunsichert nach, als sie das Haus verließen.

»Wenn du heutzutage eine sechzehnjährige Tochter hättest«, sagte Elwood, »würdest du dann nicht ein bisschen mehr darüber wissen wollen, wer ihre Freunde sind und wo sie sich aufhält?«

»Wenn ich eine sechzehnjährige Tochter hätte«, sagte Kovac, während sie zum Auto gingen, »hätte ich ihr schon längst einen Mikrochip mit GPS implantieren lassen.«

KAPITEL 18

»Mom, darf Alex rüberkommen und mit mir auf der Wii spielen?«

R. J. stellte den letzten Teller auf die Arbeitsplatte über der Geschirrspülmaschine und sah mit hoffnungsvoll funkelnden Augen und einem schiefen Lächeln zu ihr hoch.

»Bist du mit den Hausaufgaben fertig?«

Er nickte heftig, bereits den Sieg witternd. Sein Blick wanderte zu der Uhr an der Mikrowelle.

»Hast du Kyle gefragt, ob er spielen will?«, fragte Liska.

R. J. verdrehte die Augen. »Der ist oben und tut sich selber leid.«

»Vielleicht kommt er ja später runter«, sagte sie und wusste, dass das R. J. völlig egal war. Es war vielmehr ihr vergeblicher Wunsch. Kyle hatte keine zehn Worte gesprochen, seit sie nach Hause gekommen waren.

Marysue war mit ihren Spaghetti Bolognese und ihrem gewohnten sonnigen Gemüt die Retterin in der Not gewesen. Beim Essen hatte sie mit R. J. geschwatzt, während Nikki in ihren Nudeln herumgestochert und Kyle dabei zugesehen hatte, wie er auf seinen Teller starrte.

R. J. zuckte die Achseln. »Na und.«

Nikki runzelte die Stirn. »Dein Bruder hat gerade Probleme. Du könntest ruhig ein bisschen netter zu ihm sein.«

»Kyle ist ein Nerd«, erklärte R. J. gnadenlos. »Er ist ein Nerd und das findet er toll und deshalb hat er auch nur Nerds als Freunde.«

»Er ist dein Bruder«, sagte Nikki streng. »Und es ist mir egal, ob er ein Nerd ist. Man hält zu seinem Bruder. Eine Familie hält zusammen.«

»Der verzieht sich doch dauernd in sein Zimmer«, erklärte R. J. und nahm sich einen Schokoladenkeks aus einer Schüssel. Er biss ein Stück ab. »Er will überhaupt nichts mit mir zusammen machen.«

»Warum sollte er auch was mit jemandem machen wollen, der ihn als Nerd bezeichnet«, gab Nikki zurück. »Und sprich nicht mit vollem Mund.«

Er schluckte geräuschvoll und sah erneut auf die Uhr. »Darf Alex jetzt kommen oder nicht?«

Nikki seufzte. »Na gut, aber nur wenn seine Mutter nichts dagegen hat. Und er geht Punkt zehn wieder nach Hause. Morgen ist Schule.«

R. J. drehte sich grinsend in Richtung Tür. Sein Danke kam den Bruchteil einer Sekunde bevor es klingelte und er losflitzte.

»Und da ist Alex auch schon«, sagte Nikki.

Mit einem Seufzer wandte sie sich Marysue zu. »Ich hoffe, du wirst nicht unfruchtbar, weil du zu viel mit uns zusammen bist.«

Marysue lächelte freundlich, sie wirkte viel zu lebensklug für ihre sechsundzwanzig Jahre. »Ich hab die beiden sehr gern. Das weißt du. Sie sind gute Jungs, Nikki. Du hast im Moment einfach viel um die Ohren, das ist alles.«

»Ich habe seit fünfzehn Jahren viel um die Ohren. Es scheint nicht besser zu werden. Und mit den beiden wird auch alles immer noch komplizierter.«

Sie ging zur Kaffeemaschine, legte ein Pad ein und drückte auf den Knopf, der das Ding dazu brachte, unter lautem Zischen Kaffee in die krumme Tasse zu spucken, die R. J. – mit Marysues Hilfe – in einer Töpferwerkstatt in der Nachbarschaft zu Weihnachten für sie gemacht hatte. Sie würde einen kräftigen Schuss Baileys Irish Cream hineinkippen und sich dazu einen der Kekse gönnen, die Marysue am Nachmittag gebacken hatte.

Die schmerzhafte Wahrheit war: Marysue war eine bessere Mutter als sie und dabei hatte sie noch nicht einmal ein Kind auf die Welt gebracht.

»Ich habe auf einmal das Gefühl, als wüsste ich nicht das Geringste über Kyle«, gestand Liska und noch während sie es sagte, spürte sie eiskalte Angst in sich aufsteigen. Wie war es so weit gekommen? Wie konnte es sein, dass sie ihr eigenes Kind nicht kannte?

»Gestern war er noch mein kleiner Junge, er ist auf Bäume geklettert und hat sich die Knie aufgeschlagen und für die Science Fair einen Dinosaurier aus Pappe gebastelt«, sagte sie. »Und plötzlich ist er ein Teenager und alles in seinem Leben ist ein Geheimnis. Im Sommer hatte er eine Freundin und ich hab es nicht einmal mitbekommen! Jetzt wird er in der Schule gemobbt. Er prügelt sich. Und mir ist klargeworden, dass ich nicht einmal mehr weiß, wer seine Freunde sind, geschweige denn seine Feinde.«

Sie goss großzügig Baileys in ihren Kaffee und ließ sich auf einem der Hocker am Küchentresen nieder. Marysue schob ihr die Schale mit den Keksen hin und setzte sich auf einen der anderen Hocker.

»Wie konnte das passieren?«, fragte Nikki. »Habe ich einfach nicht aufgepasst? Er war immer so pflegeleicht, selbstständig, geriet nie in Schwierigkeiten. Habe ich mich nicht genug um ihn gekümmert? Ich verstehe es einfach nicht.

Früher habe ich mir immer vorgestellt, wie toll es ist, eine eigene Familie zu haben«, sagte sie und sah einen Moment lang ihr jüngeres Ich vor sich – naiv und voller romantischer Vorstellungen von der Liebe und einem Leben, das frei von den Fehlern und Enttäuschungen ihrer Eltern sein würde.

»All die wunderbaren Dinge, die wir zusammen unternehmen würden«, fuhr sie fort. »Die Zeit, die ich mit meinen Kindern verbringen würde – ich wollte stundenlang mit ihnen spielen und ihnen Geschichten vorlesen und Ausflüge mit ihnen machen und in ihre staunenden kleinen Gesichter sehen, wenn ich ihnen wieder etwas Neues beibrachte.«

Sie sah das alles vor sich wie eine alberne Traumsequenz in einem Kitschfilm. Wie unglaublich naiv.

»In Wirklichkeit habe ich die meiste Zeit damit verbracht, Geld zu verdienen, damit sie ein Dach über dem Kopf haben, Kleider am Leib und Schuhe an den Füßen«, sagte sie, und sie fühlte sich plötzlich bleischwer. »Ich bin ja schon froh, wenn wir es schaffen, gemeinsam zu essen. Wenn wir miteinander reden, dann gerade mal fünf Minuten hier und zehn Minuten da und meistens im Auto, wenn ich sie zu irgendeiner Veranstaltung kutschiere, von der ich mittendrin zu einer Leiche gerufen werde. Wir laufen durchs Leben wie Hamster im Rad.«

Sie trank einen Schluck von ihrem Kaffee und betrachtete den Becher, den R. J. getöpfert hatte, und das Herz tat ihr weh vor Liebe beim Anblick all der Unebenheiten und Schönheitsfehler und der kindlichen Schrift: FÜR MOM ♥R. J.

»Manchmal denke ich darüber nach, was wäre, wenn ich einen anderen Beruf hätte«, sagte sie. »Was, wenn ich einer normalen Arbeit nachgehen würde. Aber wäre es dann wirklich anders? Ist es überhaupt für irgendjemanden anders – für irgendeine *alleinerziehende* Mutter?

Also … was tun? Ich sollte mir ein passenden Ehemann suchen, oder? Aber wann? Wo soll ich ihn finden? Ein kleiner Blechschaden auf dem Parkplatz? Ein Zusammenstoß mit seinem Einkaufswagen im Supermarkt? So was passiert mir nicht. Mein Leben ist kein Film und kein Liebesroman. Statistisch gesehen ist die Wahrscheinlichkeit, dass ich von einem Terroristen umgebracht werde, größer, als dass ich noch mal heirate. Außerdem will ich gar nicht wieder heiraten.

Und überhaupt, wie groß ist die Chance, dass die Jungs jemanden mögen, den ich hier anschleppe? Gleich null, würde ich sagen. Sie sind ihrem Vater gegenüber loyal – sogar Kyle, auch wenn er glaubt, dass er ihn hasst, was er natürlich nicht tut. Er ist von ihm enttäuscht. Das ist was anderes. Wenn man die Grenze zum Hass überschritten hat, spielt Enttäuschung keine Rolle mehr, das ist Fakt. Wenn man jemanden hasst, ist man geradezu froh darüber, wenn er einen enttäuscht. Es bestätigt einem, dass man recht hat.

Außerdem würde er jetzt sowieso keine Vaterbeziehung mehr zu einem anderen Mann aufbauen«, fuhr sie fort. »Er ist fünfzehn. Er sieht bereits das Licht am Ende des Tunnels. Noch drei Jahre, dann geht er aufs College und führt sein eigenes Leben. Und das war's dann. Ich hatte meine Chance, und die war schneller vorbei, als ich gucken konnte.«

Sie stieß einen tiefen Seufzer aus und sah Marysue an – jung und unverbraucht mit ihrer glatten Haut, den großen braunen Augen, den rosigen Lippen. Nikki kam sich uralt vor, wenn sie sie nur ansah. Sie zwang sich zu einem Lächeln.

»Du merkst schon, es gibt einiges, worauf du dich freuen kannst, Marysue«, sagte sie. »Stimmt's?«

»Was stimmt, ist, dass du zu viel Koffein zu dir nimmst«, erwiderte Marysue.

Ihr Lachen löste die Spannung, zumindest für den Moment.

»Da hast du wahrscheinlich recht«, sagte Nikki. Was sie

jedoch nicht daran hinderte, ein paar weitere Schluck von ihrem Kaffee zu trinken und den rauchig-süßen Geschmack des Likörs zu genießen. »Danke, dass du dir das alles anhörst.«

»Schon gut«, sagte Marysue mit einem sanften Lächeln.

»Wir haben da dieses tote Mädchen«, sagte Nikki leise. »Sie ist in Kyles Alter. Wir wissen nicht, wer sie ist. Wir haben ihre Familie noch nicht ausfindig gemacht. Niemand hat sie bis jetzt vermisst. Und ich will wütend darüber sein. Ich will sagen: Wie kann jemand nicht mal merken, dass die eigene Tochter verschwunden ist? Und dann sehe ich meinen Sohn an. Ich habe ihn zwar hier bei mir und ich kenne ihn trotzdem nicht.«

Auf einmal schien die Verzweiflung über ihr zusammenzuschlagen und sie zu ersticken. Die Luft wich aus ihrer Brust und sie vergrub das Gesicht in den Händen, presste die Finger auf die Augen, um die Tränen zurückzuhalten.

Marysue Zaytoun legte ihr den Arm um die Schultern.

Nach dem Essen war Kyle bei der erstbesten Gelegenheit in sein Zimmer geflüchtet. Seine Mutter hatte gebohrt, um Einzelheiten über seine Probleme in der Schule und mit Aaron Fogelman aus ihm rauszuholen. Das war eins der Dinge, die einfach nervten, wenn man eine Polizistin als Mutter hatte. Sie verdiente ihren Lebensunterhalt damit, Leute zu verhören. Aber er war es gewohnt. Er hatte gelernt, nichts preiszugeben. Wie bei einem Gegenschlag in einem Kampf oder beim Rollen im Jiu-Jitsu, bei dem man die Energie des Gegners für sich nutzte, war Verteidigung der beste Angriff.

Seine größte Angst war, dass seine Mutter die höchste Trumpfkarte ziehen und Aaron Fogelmans Eltern anrufen könnte, um der Sache auf den Grund zu gehen. Es gab nichts, was schlimmer oder peinlicher gewesen wäre. Da würde er sich lieber einen Monat lang jeden Tag von Fogelman und seinen bescheuerten Freunden verprügeln lassen. Was natürlich ebenfalls passieren würde, wenn seine Mutter Fogelmans Mutter anrief.

Er konnte sich ungefähr vorstellen, was die anderen dann über ihn sagen würden, wie sie ihn beschimpfen und welche Gerüchte die Runde machen würden.

Er zog sein Handy aus der Tasche seines Kapuzenpullis und rief seinen geheimen Twitter-Account auf.

Er hatte eine Facebook-Seite und einen Twitter-Account, die auch auf dem Computer im Wohnzimmer zugänglich waren. Aber die gab es eigentlich nur zum Schein. Seine »Freunde« waren die Seiten von Mixed-Martial-Arts-Kämpfern, denen er folgte, und Bands, die ihm gefielen, niemand aus der Schule.

In diesem Haus war Privatsphäre praktisch ein Fremdwort. R. J. und er mussten sich den Computer teilen und seine Mutter hatte auf alles Zugriff. Sie checkte regelmäßig ihre Seiten. R. J. kriegte ständig Ärger mit ihr, weil er sich mit Leuten befreundete, die er nicht kannte, und Seiten likte, die seiner Mutter nicht gefielen. Über Kyles Aktivitäten verlor sie hingegen nie ein Wort.

Unter einem Alias hatte er separate Accounts auf seinem Smartphone eingerichtet. Niemand bei Twitter wusste, dass er sich hinter @PSIArtGeek verbarg. Leute, die auf Kunst standen, gab es am PSI jede Menge. Sie alle folgten einander praktisch automatisch. Das Foto, das er für sein Profil verwendet hatte, zeigte das PSI-Maskottchen, eine grimmig dreinblickende Comic-Eule. Er twitterte allgemeines Zeug – meistens ReTweets von albernen Memen und Karikaturen und Kunst. Hauptsächlich nutzte er den Account aber, um zu sehen, was die anderen so absonderten. Die Tweets, denen er folgte, quollen über vor Gemeinheiten von Leuten wie Aaron Fogelman und Christina Warner und ihrem Gefolge.

Unter der Oberfläche der vielen schwachsinnigen Kommentare zu Musik und Filmen und Bemerkungen darüber, was es zum Abendessen gab, war das Twitterversum ein Sumpf an Bösartigkeiten, aus der Luft gegriffenen Gerüchten und unverhohlenen Lügen. Die vermeintliche Anonymität gab den Leuten die Freiheit, auf eine Weise Schläge auszuteilen, wie sie es von Angesicht zu Angesicht niemals gewagt hätten. Auf Twitter wurden sogar Feiglinge zu Attentätern, weil sie glaubten, dass niemand wusste, wer sie waren.

Heute Abend waren Fogelman und seine Handlanger besonders aktiv und verbreiteten den üblichen einfallslosen Schrott, Kyle wäre schwul, eine Tunte, dass er eine Abreibung verdiente, und sie versprachen, sie ihm zu verpassen. Christina Warner tauchte dort ebenfalls auf, bestätigte die Version ihres Lakaien zum Vorfall auf dem Schulflur und hackte gleichzeitig auf Brittany herum, weil sie sich mit ihm abgab.

@XtinaW: Pass auf @lilBritt sonst denken die leute noch, dass du in den psychostalker verknallt bist! Du willst doch nicht mrs loser sein

Was Christina von ihm hielt, war Kyle egal. Weh tat der Tweet, der auf ihren folgte.

@lilBritt: Ich doch nicht!!! Du bist widerlich, stalker. Such dir einen lover loser! LOL!

Er wollte nicht glauben, dass sie ihn widerlich fand. Er glaubte es nicht. Sie war nicht so. Zumindest war sie v. Chr. nicht so gewesen – vor Christina.

Brittanys Familie war im Frühjahr nach Minneapolis gezogen, zum Ende des Schuljahrs. Die Brittany, die Kyle in Englisch kennengelernt hatte, war nett gewesen und ein bisschen schüchtern. Er hatte sich für einen Schreibworkshop in den Sommerferien angemeldet – obwohl Schreiben nicht zu seinen Lieblingsbeschäftigungen gehörte –, damit er sie näher kennenlernen konnte.

Sie waren Freunde geworden, mit der Option auf mehr, wenigstens der kleinen Möglichkeit. Zumindest hatte er das gedacht. Nach dem Workshop hingen sie miteinander ab, saßen am Lake Calhoun und redeten über alles Mögliche – er und Britt und Gray und noch ein paar andere, die nicht auf ihre Schule gingen. Sie sprachen über Gedichte und Kunst und über Selbstdarstellung und darüber, dass man jeden Menschen so akzeptieren sollte, wie er war.

Kyle kannte Gray nicht besonders gut. Aber wahrscheinlich kannte niemand sie richtig. Sie war nachdenklich, nahm alles sehr ernst und hatte ziemliche Probleme mit sich selbst. Akzeptanz war ihr Ding. Warum konnten die Leute einander nicht einfach akzeptieren? Warum dachte jeder, er müsste sich ändern, eher so wie jemand anders sein? Warum fühlten sich die Leute so bedroht, wenn jemand sein Leben auf seine Weise leben wollte?

Das Tattoo war Grays Idee gewesen, aber sie hatten es alle gemacht – auch Brittany.

Aber dann hatte die Schule wieder angefangen und Brittany war in Christinas Dunstkreis geraten.

Für Kyle war Christina so etwas wie die böse Königin in einem Märchen und Brittany die unschuldige, reine Heldin, die von Christina mit einem Fluch belegt worden war. Je stärker Christina sie in ihren Bannkreis zog, desto weniger blieb von der Brittany übrig, die sie im Sommer gewesen war.

Kyle wollte sie befreien. Wahrscheinlich nahm er damit automatisch die Rolle des Helden ein. Er selbst sah sich nicht so. Er war kein Ultor. Er wollte, er wäre es. Er wollte, er hätte Ultors Kraft und würde über den mächtigen Energiestrahl verfügen, den Ultor mit den Händen aussenden konnte, um seine Feinde zu bekämpfen. Aber Ultor entstammte einer Fantasiewelt und die Highschool war die reale Welt. Und vielleicht war es in Wahrheit so, dass die reale Brittany die war, die ihn als Loser bezeichnete und ihm riet, sich einen Lover zu suchen, und die Brittany, die an ihrem Körper das Tattoo mit den chinesischen Schriftzeichen für Akzeptanz trug, war die Fälschung.

Wenn er das in seine Comic-Geschichte übernahm, dann könnte er das Tattoo jedes Mal brennen lassen, wenn Brittany etwas tat, das nicht der dahinterstehenden Philosophie entsprach.

Angetrieben von diesem Gedanken ging Kyle zu seinem kleinen Schreibtisch und schlug den Skizzenblock auf. Beim Anblick der verschandelten Zeichnung von seinem Superhelden verzog er das Gesicht. All die Zeit und die Mühe, die er in die drei Skizzen von Ultor gesteckt hatte, die Überlegung und die Sorgfalt, mit der er versucht hatte, durch Linienführung und Schattierung ein unterschiedliches Maß an Kraft zum Ausdruck zu bringen, zerstört von ein paar Vollidioten, die meinten, sie selbst würden irgendwie besser dastehen, indem sie andere runtermachten.

Er starrte auf die Zeichnung und versuchte, sich emotional davon zu distanzieren, etwas anderes darin zu sehen als einen persönlichen Angriff. Was würde sein Superheld an seiner Stelle tun? Es war schwierig, sich den UFC-Champion Georges St-Pierre in einer solchen Situation vorzustellen, aber Kyle wusste, dass GSP als Kind auch von anderen schikaniert worden war.

Er kam zu dem Schluss, dass GSP versucht hätte, die Situation gegen seine Feinde zu verwenden. Auf seiner Website gab er Jugendlichen den gleichen Rat, wie ihn alle Erwachsenen Kindern erteilten, er sagte, sie sollten einen Erwachsenen um Hilfe bitten. Kyle stellte sich jedoch vor, dass der erwachsene GSP das getan hätte, was er bei seinen Kämpfen im Octagon tat. Er hätte eine Möglichkeit gefunden, die Kraft seines Gegners für sich zu nutzen und ihn damit zu besiegen.

Das war genau das, was er getan hätte.

Kyle setzte sich und holte einen Radiergummi aus der Schublade, während die Idee in seinem Kopf Form anzunehmen begann. Er setzte den Radiergummi an, doch statt der lächerlichen riesigen Penisse, die Fogelmans Idiotenfreunde auf das Papier gekritzelt hatten, radierte er die sorgfältig gezeichneten Profile von Ultors Gesicht aus. Er enthauptete seinen Superhelden und begann dann in einer Art wachsender freudiger Aufregung die leeren Stellen mit seinem Bleistift wieder zu füllen.

Im Gegensatz zu den realistischen, anatomisch perfekten Körpern der drei Ultors waren die neuen Gesichter, die Kyle zeichnete, Karikaturen, überdimensionierte Köpfe mit übertriebenen Gesichtszügen. Er musste grinsen, als sie nach und nach Gestalt annahmen – als er seinen Gegnern die Kraft nahm und sie in etwas anderes verwandelte.

Als er fertig war, blickte er nicht mehr auf drei Zeichnungen von Ultor. Er blickte auf zwei von Aaron Fogelmans Handlangern – Idiot eins und Idiot zwei – und auf Fogelman selbst, der schwachsinnig grinste. Der Idiotenanführer an der Spitze des Idiotendreiers.

Kyle bewunderte sein Meisterwerk, zuerst lächelnd und schließlich laut lachend, und zum ersten Mal seit Tagen fühlte er sich leicht und glücklich.

Das war cool. Das war genial. Aaron Fogelman würde total ausrasten, wenn er das sah.

Er nahm sein Handy und machte ein Foto von der Zeichnung. Und bevor er genauer überlegen konnte, was er da eigentlich tat und welche Konsequenzen es nach sich ziehen würde, postete er es via @PSIArtGeek auf Twitter.

Jetzt war die Kacke am Dampfen.

KAPITEL 19

Brittany saß in ihrem hübschen gelb gestrichenen Zimmer auf dem Bett, das iPad auf dem Schoß, den iPod mit der Musik auf dem Nachttischchen, und fühlte sich wie eine gemeine Verräterin, die in einem hübschen Mädchenzimmer nichts zu suchen hatte.

Als sie von Duluth nach Minneapolis gezogen waren, hatte ihre Mutter gedacht, dass ihr die Eingewöhnung leichter fallen würde, wenn sich nicht alles auf einmal änderte. Brittany war der gleichen Ansicht gewesen. Sie mochte keine Veränderungen. Sie hatte auch nicht umziehen und ihre Freunde zurücklassen wollen. Die vertrauten Sachen in ihrem Zimmer hatten sie ein bisschen getröstet.

Die Wände ihres neuen Zimmers waren in demselben Gelb wie in ihrem alten gestrichen. Sie hatte noch dasselbe weiß lackierte schmiedeeiserne Bett mit der Patchworkdecke, die ihre Großmutter genäht hatte. Über der weiß gestrichenen Kommode mit der Sammlung Parfümfläschchen darauf hing derselbe Spiegel mit dem weißen Rattanrahmen.

Es war ein richtiges Prinzessinnenzimmer. Sie hatte an diesem Abend kein Recht, darin zu sein, fand Brittany.

Am liebsten hätte sie die Uhr zurückgedreht, auf die Zeit vor dem Umzug nach Minneapolis. Sie wollte zurück nach Duluth und zu den Freunden, mit denen sie aufgewachsen war. Hier hatte sie das Gefühl, in einem Haifischbecken gelandet zu sein.

Sie glaubte nicht, dass sie für das PSI intelligent oder

begabt genug war. Sie war eine gute Schülerin, aber dafür musste sie viel tun. Sie schrieb gerne Kurzgeschichten und Gedichte und Songtexte, aber sie flossen ihr nicht gerade aus der Feder, und sie fand das, was sie schrieb, auch nicht besonders gut. Außerdem kam sie sich unter ihren Mitschülern wie ein richtiges Landei vor. Duluth war zwar kein Dorf, aber auch keine Großstadt wie Minneapolis.

Brittany wollte keine Außenseiterin sein. Sie wollte dazugehören. Sie wollte nicht auffallen. Ganz man selbst sein, sein eigenes Ding machen, sich selbst zum Ausdruck bringen wie Gray, das klang aufregend und bewundernswert, aber dazu war Brittany nicht mutig genug. Sie wollte keine Rebellin sein. Sie wollte akzeptiert werden. Sie wollte beliebt sein. Daran war nichts falsch.

Gray tat so, als wäre es ein Zeichen von Schwäche, wenn man gemocht werden wollte, aber das fand Brittany überhaupt nicht – und eigentlich glaubte sie auch nicht, dass Gray selbst davon überzeugt war. Gray wollte auch akzeptiert werden. In ihren Gedichten ging es ständig darum, sich wie ein Außenseiter zu fühlen, aber dazugehören zu wollen. Das Akzeptanz-Tattoo war Grays Idee gewesen.

Es war völlig normal, wenn man dazugehören wollte, dachte Brittany. Dazuzugehören war ein schönes Gefühl. Man fühlte sich dann … sicher. Sie war immer beliebt gewesen – keine Anführerin, keine Trendsetterin, einfach … eine Dazugehörerin, dachte sie, auch wenn es das Wort gar nicht gab. Aber es sollte es geben. Es drückte genau das aus, was sie meinte. Sie wollte dazugehören.

Das war vermutlich paradox. Sie wollte akzeptiert werden. Sie hatte sich zusammen mit Gray und Kyle das Tattoo stechen lassen. Sie hatte sich ein Tattoo stechen lassen, das für Akzeptanz stand, damit sie von denen akzeptiert wurde, die sich absonderten. Jetzt wollte sie in der Schule von denen akzeptiert werden, die andere ausschlossen und verachteten.

Ständig hatte sie Angst, dass Christina das Tattoo entdecken könnte, und sie war froh, dass sie es sich auf der Hüfte hatte stechen lassen, wo es leicht zu verbergen war. Sie bereute inzwischen, dass sie es sich überhaupt hatte stechen lassen. Erstens hatte es furchtbar weh getan. Zweitens durfte ihre Mutter nichts davon wissen. Vor allem aber fühlte sie sich wie eine Lügnerin und Verräterin, weil sie ein Zeichen für Akzeptanz trug. Manchmal stellte sie sich vor, es würde anfangen zu brennen, wenn sie etwas sagte oder tat, das der Idee hinter dem Zeichen widersprach.

Wie jetzt, nachdem sie das über Kyle getwittert hatte. Sie fühlte sich gemein und schäbig und ihr war übel. Sie wollte keine Gemeinheiten verbreiten. Sie hatte ein schlechtes Gewissen, weil sie ihn Loser genannt hatte und weil sie genau wusste, dass er nicht schwul war – und wenn er schwul wäre, würde das auch niemanden was angehen.

Akzeptanz. Am liebsten hätte sie das Tattoo weggekratzt. Sie hatte geschworen, andere Menschen zu akzeptieren, egal welcher sexuellen Orientierung. An der Schule waren einige Schwule und Lesben. Gray hatte behauptet, sie sei bisexuell, was Brittany irgendwie nervös machte, weil es … mutig war? Furchtlos? Unheimlich? Sie wusste nicht, welches Wort es am besten traf.

Sie gehörte nun mal zu den Menschen, die Angst davor hatten, die ausgetretenen Pfade zu verlassen, die am sichersten erschienen. Es hatte sie einigen Mut gekostet, sich mit einem Mädchen wie Gray zu befreunden. Sie glaubte nicht, dass Gray das klar war. Nicht, dass es jetzt noch darauf ankäme. Nach dem, was im Rock & Bowl passiert war, waren sie wahrscheinlich sowieso keine Freundinnen mehr.

Sie bekam sofort wieder ein schlechtes Gewissen, während im Hintergrund Beyoncé sang.

Die Clique, mit der sie jetzt rumzog, benutzte das Wort schwul als üble Beleidigung. Und Brittany machte mit – das Mädchen mit dem Akzeptanz-Tattoo. Und was hatte sie gerade über Kyle getwittert? *Such dir einen Lover.*

Christina hatte ihr erklärt, sie brauche nur Gemeinheiten über Kyle zu verbreiten, dann würde sie ihn schon loswerden. Wenn er sie nicht in Ruhe ließe, müsse sie eben deutlich werden. Mit solchen Typen sollte sie sich nicht abgeben – sagte Christina. Er sei komisch. Er würde allen auf den Wecker gehen – außer Spastis wie ihm. Die ganze Zeit würde er Comics lesen und blöde Superhelden zeichnen.

Wenn er sie wirklich mögen würde, dachte Brittany, dann hätte er sie heute Nachmittag nicht in diese Situation gebracht. Er hätte sie in Ruhe gelassen. Immer tat er so supersensibel, aber wenn er sie immer wieder anquatschte, obwohl sie ihm sagte, er solle verschwinden, und sie nervte wegen der Leute, mit denen sie zusammen sein wollte – was war das? Jedenfalls nicht sensibel.

Es war seine eigene Schuld, wenn Aaron und Christina und alle anderen ihn nicht mochten, dachte sie wütend. Sie konnte nichts dafür, wenn jeder auf Twitter und Facebook über ihn herzog. Er forderte das doch praktisch heraus. Bei diesem Gedanken bekam sie erneut Gewissensbisse. Sie hatte den Vorwurf und die Enttäuschung auf seinem Gesicht gesehen, als er sie heute auf dem Flur angestarrt hatte.

Nette Freunde hast du, Britt. Jetzt versteh ich, warum du lieber mit denen rumhängst.

Sie hatte das Gefühl, ihn betrogen zu haben, und war sauer auf ihn, weil er ihr dieses Gefühl vermittelte.

Ihr Handy auf dem Nachttischchen gab ein leises *Pling* von sich, das den Eingang einer neuen Nachricht anzeigte.

Xtina: Geht's dir gut?

Brittany antwortete nicht. Sie hatte keine Lust, sich mit jemandem auszutauschen – am allerwenigsten mit Christina. Und auch nicht mit Kyle. Sie hatte den Eindruck, die beiden stritten sich um sie wie um eine Puppe, der eine zog am linken Arm, der andere am rechten.

Kyle tat gerade so, als wäre Christina der totale Kotzbrocken, was einfach nicht stimmte. Manchmal führte sie sich zwar wie eine Diva auf, aber sie konnte auch nett und großzügig sein und außerdem kümmerte sie sich um ihre Freunde. Sie hatte Brittany am Anfang in Chemie geholfen und sie außerdem ins Jahrbuch-Komitee geholt. In Christinas Augen hatten Kyle und Gray einen schlechten Einfluss auf sie. Sie versuchten, Brittany ihre Freunde mieszumachen und sie von den Dingen abzuhalten, die sie eigentlich machen wollte.

Grays und Christinas Verhältnis wurde nicht gerade besser dadurch, dass Christinas Vater was mit Grays Mutter angefangen hatte. Gray fühlte sich dadurch bedroht. Sie glaubte, dass Christina die Tochter war, die ihre Mutter sich immer gewünscht hatte. Gray konnte Christina nicht ausstehen, sie konnte es nicht ausstehen, wie sie aussah und sich anzog. Dass sie so beliebt war.

Brittany hatte das Gefühl, zwischen die Fronten geraten zu sein – und von beiden Seiten benutzt zu werden.

Aber sie hatte keine Lust mehr, darüber nachzudenken, und um sich abzulenken, ging sie auf die Websites, die sie jeden Abend checkte. Sie hatte keine Lust, über Kyle Hatcher oder Gray oder Christina oder sonst was nachzudenken. Sie rief »TeenCities« auf. Seit sie hierhergezogen war, las sie diese Online-Zeitschrift regelmäßig. Sie war an Leute ihres Alters gerichtet, und es standen lauter witzige und interessante Sachen darin, die man in den Twin Cities unternehmen konnte. Nicht zu vergessen die tollen Artikel über Mode und Stars und die Musikszene.

So etwas las Brittany gern, besonders nach einem solchen Tag. Die ernsteren Artikel klickte sie erst gar nicht an. Sie wollte nichts über Bulimie lesen oder Ritzen und auch keine langweiligen Warnungen vor den neuesten Drogen, die auf dem Markt waren. Und erst recht hatte sie keine Lust, eine Kolumne über Cybermobbing zu lesen.

Sie verfolgte Sonya Porters Blog zu aktuellen Themen. Sie fand, die Frau schrieb toll, ziemlich cool und unterhaltsam und mit einem schrägen Sinn für Humor. Die Texte schienen ihr mühelos aus der Feder zu fließen – so würde Brittany auch gerne schreiben können. Und Sonya Porters Profilbild passte perfekt dazu – hip und cool, souverän und gleichzeitig jung.

Brittany wäre gerne so cool wie Sonya Porter gewesen. Aber sie war ja nicht einmal mutig genug, um sich ein Nabel-Piercing machen zu lassen. Um so cool wie Sonya Porter zu sein, musste man mutig sein.

Sie wechselte zu Porters Blog und hoffte, dass sie wieder einen ihrer witzigeren Texte geschrieben hatte. Aber der neueste Eintrag war total deprimierend. Es ging um junge Frauen, die auf die schrecklichste Weise ermordet und deren Leichen am Straßenrand entsorgt worden waren.

So etwas konnte Brittany heute Abend überhaupt nicht brauchen. Sie war sowieso schon deprimiert genug. Sie wollte nicht wissen, dass an Silvester ein Mädchen ihres Alters tot aufgefunden worden war.

Unten klingelte es an der Tür. Brittany ignorierte es. Ihre Mutter hatte heute Abend ihren Lektürekreis bei sich zu Gast. Es hatte schon ein halbes Dutzend Mal geklingelt. Hin und wieder hörte sie Gesprächsfetzen und Lachen.

Sie scrollte durch die virtuellen Seiten der Zeitschrift, entdeckte aber nichts, was ihre Aufmerksamkeit länger als ein paar Zeilen fesselte. Ihre Gedanken kehrten immer wieder zu Kyle zurück und zu dem, was sie über ihn geschrieben hatte, und sie wusste, dass er verletzt sein würde, wenn er es las. Und er würde es natürlich lesen. Er war dauernd auf Twitter und Facebook und las die ganzen fiesen Sachen, die die Leute übereinander schrieben, sodass er sich moralisch überlegen fühlen konnte.

Als es an ihrer Tür klopfte, schrak sie zusammen.

»Britt?«, sagte ihre Mutter. »Darf ich reinkommen?«

Brittany legte das iPad zur Seite und ging zur Tür, wahrscheinlich wollte ihre Mutter, dass sie die Musik leiser stellte. Aber als sie öffnete, war ihre Mutter nicht allein. Zwei Männer in Anzügen und dicken Jacken standen hinter ihr.

»Schätzchen, diese beiden Herren sind von der Polizei«, sagte ihre Mom und sah besorgt aus. »Sie suchen nach Gray.«

»Gray?« Brittany starrte die Männer an. Polizei? Der eine war älter als der andere, der dafür größer war. Beide machten ihr mit ihrem ernsten Gesichtsausdruck Angst. »Warum? Hat sie Ärger wegen irgendwas?«

Der ältere Cop hielt ihr Ausweis und Dienstmarke hin. Er war schlank und hatte ein hartes Gesicht, seine dichten Haare waren schon ziemlich grau. Sein Blick schien sich tief in sie hineinzubohren.

»Ich bin Sergeant Kovac, Brittany. Das ist Sergeant Knutson. Die Mutter von Penny Gray hat uns gesagt, dass sie bei dir übernachtet«, sagte er.

»Sie war ein paar Tage hier«, sagte sie. »Dann ist sie weg.«

»Wohin ist sie?«

Brittany schüttelte den Kopf. »Keine Ahnung. Ich dachte, sie ist wieder heim.«

Polizei. In ihrem Zimmer. Die nach Gray fragte. Eine Gänsehaut lief ihr über den Rücken.

»Wann hast du sie zuletzt gesehen?«

»Äh, das war am Abend vor Silvester.«

»Hast du seither was von ihr gehört?«, fragte dieser Kovac.

Ihr Herz klopfte schneller. Unter seinem bohrenden Blick fühlte sie sich wie eine Kriminelle. Schrecklich. Sie war nervös, obwohl sie überhaupt nichts Falsches gemacht hatte. Ihre Hände wurden feucht.

»Nein«, sagte sie.

»Hast du eine Ahnung, wo sie sein könnte?«

»Nein.«

»Sie hat dir also nicht gesagt, wohin sie wollte?«

»Nein.«

Der Cop sah seinen Partner an und seufzte laut.

»Britt«, sagte ihre Mutter, »wenn du weißt, wo Gray ist, musst du es den Herren sagen.«

»Ich weiß aber nicht, wo sie ist«, fuhr Brittany sie an. »Wir sind auf eine Party und sie ist wütend geworden und gegangen, das ist alles. Ich weiß nicht, wo sie hin ist. Ich dachte, sie ist heim.«

»Wo war diese Party?«, fragte Kovac.

Brittany kaute auf ihrer Unterlippe und wich dem Blick ihrer Mutter aus. Das würde Stress geben.

»Brittany ...«, sagte ihre Mutter in einem Ton, der nichts Gutes verhieß.

»Es ist wichtig, Brittany«, sagte Kovac. »Ich kann natürlich nicht für deine Mom sprechen, aber ich an ihrer Stelle wäre großzügig, was die Party angeht, wenn du uns etwas zum Verbleib deiner Freundin Gray sagen könntest. Sie ist verschwunden. Sie könnte in ernsthaften Schwierigkeiten sein. Wir müssen sie finden.«

Das ist alles so verrückt. Das kann nicht sein, dachte sie. In ihrem Zimmer standen Cops, die nach Gray fragen. Gray verschwunden? Gray war nicht verschwunden. Gray war einfach Gray.

»Brittany Anne Lawler«, zischte ihre Mutter.

»Wir waren im Rock & Bowl«, gestand Brittany.

Ihre Mutter schnappte nach Luft. »Brittany! Du hast gesagt, du gehst zu Christina!«

»Bin ich ja auch! Aber dann sind alle ins Rock & Bowl …«

»Du weißt genau, dass ich nicht will, dass du da hingehst!«

Brittany verdrehte die Augen und seufzte. »Mom. Da geht jeder hin!«

»Aber die Gegend ist gefährlich!«

»Das stimmt doch gar nicht. Es ist praktisch neben der ›Mall of America‹.«

»Die Mall hat aus gutem Grund eine eigene Polizeistation«, erwiderte ihre Mutter.

»Wie ist sie von dort weg?«, fragte Kovac.

Brittany sah ihn an. »Was meinen Sie damit?«

»Wie ist Gray von dort weg? Mit dem Taxi? Mit dem Bus? Ist sie bei jemandem mitgefahren?«

»Sie hat ein Auto«, sagte Brittany. »Sie ist einfach weggegangen.«

Ihre Mutter sah aus, als würde sie sie am liebsten erwürgen. Die Augen sprangen ihr fast aus dem Kopf. »Du hast mir gesagt, dass euch Aarons Vater abholen wollte.«

Sie sah zu den Cops, ihre Wangen glühten vor Scham und Wut. »Mein Mann und ich waren abends eingeladen«, sagte sie beinahe entschuldigend, so als müssten die Detectives sie für eine schlechte Mutter halten, weil ihre Tochter sich im Rock & Bowl herumtrieb.

Sie wandte sich wieder Brittany zu. »Und du weißt genau, dass ich nicht will, dass du dich zu ihr ins Auto setzt. Sie hat gerade erst den Führerschein gemacht!«

»Na und?«, gab Brittany zurück. »Sie musste immerhin eine Prüfung machen, um ihn zu kriegen. Sie fährt auch nicht schlechter als andere.«

»O Gott«, murmelte ihre Mutter und blickte zur Decke.

»Um welche Zeit hast du sie das letzte Mal gesehen, Brittany?«, fragte der große Cop.

Brittany zuckte die Achseln. »Keine Ahnung. So gegen halb zehn vielleicht? Oder zehn. Kann auch halb elf gewesen sein. Ich erinnere mich nicht mehr.«

»Brittany …«, sagte ihre Mutter.

»Sie ist bestimmt nicht verschwunden«, sagte Brittany trotzig. »Gray wird manchmal sauer. Dann haut sie für ein paar Tage ab. Aber sie taucht bestimmt bald wieder auf.«

»Dann ist sie also nicht zum ersten Mal verschwunden?«, fragte Kovac.

»Sie ist nicht verschwunden«, sagte Brittany störrisch.

Es erschien ihr wichtig, es zu sagen, es zu glauben.

»Sie wird sauer und haut ab und übernachtet bei irgendeinem Freund oder einer Freundin.«

»Kannst du uns irgendwelche Namen nennen?«

»Nein. Sie hat Freunde außerhalb der Schule. Musiker, Dichter, Leute, die ein bisschen älter sind. Ich kenn sie nicht.«

Ihr Blick fiel auf das iPad auf ihrem Bett und ihr wurde plötzlich kalt. Sonya Porters Artikel auf »TeenCities« … Ein Mädchen, das an Silvester tot aufgefunden worden war … Zwei Polizisten, die in ihrem Zimmer standen und sich nach Gray erkundigten …

Schreckliche Angst überkam sie.

»Hat sie dich vielleicht angerufen?«, fragte Kovac. »Oder eine SMS geschickt?«

»Posts auf Facebook?«, fragte der Größere. »Twitter?«

Brittany stiegen Tränen in die Augen. »Sie machen mir Angst. Hören Sie auf.«

Kovac entschuldigte sich nicht. Er sah sie nur weiter mit diesem bohrenden Blick an. »Hast du irgendwelche Fotos von Gray, Brittany?«

Mit zitternden Händen nahm sie das iPad vom Bett und rief die Fotos auf. Die Bilder verschwammen vor ihren Augen.

Sie sagte sich, dass nichts passiert war. Es war albern, gleich loszuheulen. Es gab überhaupt keinen Grund dafür. Nur weil da zwei Polizisten in ihrem Zimmer standen … Nur weil sie nicht wussten, wo Gray war … Nur weil so eine dumme Journalistin von irgendwelchen schrecklichen Dingen schrieb … Deswegen musste man noch lange nicht anfangen zu heulen.

Tränen liefen ihr über die Wangen, als sie eines der Fotos antippte und vergrößerte. Sie und Gray in Filmstar-Pose, die Lippen gespitzt, als würden sie der Kamera ein Küsschen zuwerfen.

»Es geht ihr bestimmt gut«, sagte sie und klang dabei eher ängstlich als überzeugt.

Das Foto stammte vom Sommer, als sie zusammen den Schreibworkshop besucht hatten. Gray hatte gesagt, sie würde gern so reden können wie Dorothy Parker und schreiben wie Sylvia Plath. Wenn man sie nebeneinander sah, wirkten sie so unterschiedlich wie Tag und Nacht. Brittany mit ihren blonden Haaren und dem frischen Gesicht. Gray mit ihren vielen Piercings, die dichten dunklen Haare auf eine Seite gestrichen. Sie stand mit dem Rücken zur Kamera und sah über die Schulter zurück.

Die Polizisten betrachteten das Foto mit undurchdringlicher Miene. Kovac streckte einen Finger aus und berührte den Bildschirm, berührte Grays nackte Schulter genau unter dem Tattoo und murmelte ein Wort: »Akzeptanz.«

In diesem Moment wusste Brittany, dass etwas Schreckliches passiert war. Und obwohl sie in ihrem eigenen Zimmer stand, mit drei Erwachsenen um sich, fühlte sie sich auf einmal ganz allein. Das erste Mal glaubte sie zu verstehen, was Gray mit dem Gefühl von Vereinsamung meinte, von dem sie in ihren Gedichten schrieb.

Noch nie hatte sie sich so verloren gefühlt.

KAPITEL 20

»Was soll das heißen, sie ist nicht da?«

Julia Gray sah sie mit einem Blick an, den Kovac schon viele, viele Male gesehen hatte, wenn er schlechte Nachrichten überbringen musste. Es war eine gewollte Verwirrung, hinter der sich Sorge verbarg, hinter der sich wiederum eine Urangst verbarg.

Sie standen wieder in der kleinen Diele im Haus der Grays, in dem es nach dem Weihnachtsbaum und Duftkerzen roch. Kovac und Elwood, die in ihren dicken Jacken schwitzten; Julia Gray und ihr Freund, der adrette Michael Warner, die wie viele brave Bürger, wenn sie es mit der Polizei zu tun bekamen, einen schutzlosen Eindruck machten. Wie Hasen vor einem Rudel Wölfe.

Warner hatte inzwischen den Kaschmirpullover ausgezogen, sodass man die eingestickten Initialen auf der Brusttasche seines hellblauen Hemdes mit dem Button-down-Kragen sah. Den Pulli hatte er sich über die Schultern gelegt – etwas, das Kovac schon immer irritiert hatte. Was ging in so einem Typen vor? Welches Signal wollte er damit aussenden? Für Kovac bedeutete ein um die Schultern geschlungener Pulli »schwul«. Nicht dass er was gegen Schwule hatte. Das war nur eine Beobachtung. Andererseits gab es da diese Metro-Männer oder wie auch immer man sie heutzutage nannte. Um die Schultern geschlungener Pulli, Maniküre, Gesichtsmaske. Komplett zweideutige Botschaften. Einem Mann, der zweideutige Botschaften aussandte, traute er einfach nicht über den Weg. Such dir einen Mann oder eine Frau. Entscheide dich.

»Laut der Freundin Ihrer Tochter sind die beiden ins Rock & Bowl gegangen. Dort kam es zu einem Streit. Ihre Tochter wurde wütend und ist gegangen«, sagte Kovac.

»Und wohin?«, fragte Julia Gray etwas dümmlich. Sie war wahrscheinlich nicht dumm. Sie wollte einfach nur, dass er ihr eine leicht zu begreifende Antwort gab. Sie wollte, dass er ihr sagte, wo ihre Tochter war – lebendig und wohlauf, natürlich, nicht im Kühlraum des Leichenschauhauses von Hennepin County.

Kovac seufzte und kratzte sich am Ohr. »Mrs. Gray, wollen wir uns nicht vielleicht erst mal hinsetzen?«

Natürlich wollte sie nicht, dass sie sich hinsetzten. Sie wollte nicht mal, dass sie überhaupt da waren. Sie verschränkte die Arme vor der Brust und sah sich in der Diele um, als wollte sie sich bei einem unsichtbaren Publikum die Erlaubnis holen, sie wegzuschicken, sodass sie weiterhin so tun könnte, als wäre alles in Ordnung.

»Sie haben recht, Julia«, sagte Michael Warner ruhig. Er legte eine Hand auf ihre Schulter, wie um ihr Standfestigkeit zu verleihen. »Wir sollten uns hinsetzen und in Ruhe darüber reden.«

»Mein Gott, das ist – ist – das ist einfach so …«, murmelte sie und schüttelte aufgebracht den Kopf, als Warner sie zu einem Stuhl am Esszimmertisch führte. »Warum tut sie so etwas?«

Kovac warf Elwood einen Blick zu, der mit der Schulter zuckte. Julia Gray schien nicht zu begreifen, dass ihre Tochter im besten Fall verschwunden und im schlimmsten Fall Opfer eines brutalen Mordes geworden war und dass es sich nicht um eine Unfreundlichkeit handelte, die ihre Tochter ihr antat, um sie mit Absicht schlecht dastehen zu lassen.

»Sie hat mir eine SMS geschrieben«, sagte sie und ging zurück in die Diele. Sie nahm ihr Handy von dem Tischchen und rief die Nachricht auf. »Erst vor einer Stunde. Es geht ihr gut. Sie spielt nur mal wieder die beleidigte Leberwurst.«

Sie streckte Kovac das Handy hin. Die SMS lautete: *Lass mich endlich in ruhe!*

Das bewies lediglich, dass die Person, die Penelope Grays Handy hatte, klug genug war, eine SMS zu beantworten.

»Welche Art Handy besitzt Ihre Tochter?«, fragte Elwood.

»Ein iPhone. Das neueste Modell. Ich habe es ihr zum Geburtstag geschenkt.« Sie schüttelte den Kopf. »Es ist verrückt, was die Kinder heute alles haben müssen. iPhones, iPads, iPods …«

»Wissen Sie, ob auf dem Handy eine Tracking-App installiert ist?«

»Ich weiß nicht einmal, was das ist. Ich kenne mich mit diesem technischen Kram nicht aus.«

»Wenn das Handy eingeschaltet und die Software aktiviert ist, können wir das Gerät damit orten«, erklärte Elwood. »Wir müssen uns nur Zugang zu ihrem Apple-ID-Account verschaffen, was allerdings heißt, ein paar Datenschutzbestimmungen zu umgehen – es sei denn, Sie haben ihr Passwort.«

Sie lachte bitter. »Nein. Ich habe auch sonst keinen Zugang zum Leben meiner Tochter.«

Schlagartig wurde ihr bewusst, welche zusätzliche Bedeutung dieser Satz hatte, und Tränen traten ihr in die Augen. Sie hielt sich eine Hand vor den Mund.

Michael Warner legte einen Arm um sie und führte sie zurück ins Esszimmer. »Setz dich, Julia. Lass uns gemeinsam nachdenken. Uns Klarheit verschaffen.«

»Haben Sie die Freunde Ihrer Tochter zu erreichen versucht?«, fragte Elwood.

Sie ließ sich auf einen Stuhl am Esstisch sinken und schloss die Augen, als litte sie unter fürchterlichen Kopfschmerzen. »Ich kenne die Freunde meiner Tochter nicht.«

»Mädchen in diesem Alter legen großen Wert auf ihre Unabhängigkeit«, sagte Michael Warner. »Besonders gegenüber ihren Müttern.«

Kovac warf ihm einen Wer-hat-dich-denn-gefragt-Blick zu.

»Ich bin Psychotherapeut«, sagte Warner, wie um sich zu rechtfertigen. »Ich habe viele Patientinnen im Alter von Penny. Und ich habe selbst eine Tochter. Die Hormonschwankungen und die sich verändernde Chemie im Gehirn machen Mädchen in diesem Alter im besten Fall launisch.«

»Und wir haben es hier nicht mit dem besten Fall zu tun, verstehe ich Sie richtig?«, fragte Kovac.

»Ihr Vater und ich haben uns scheiden lassen, als Penny zwölf war«, sagte Julia Gray, halb auf ihr Handy blickend, um in ihren Kontakten eine Nummer zu suchen. »Die vier Jahre, die seither vergangen sind, waren … schwierig, um es diplomatisch auszudrücken.«

Sie hielt das Handy ans Ohr und hörte zu, wie es am anderen Ende klingelte.

»Sie ist ein kluges, begabtes Kind«, sagte Warner. »Aber sie bringt sich nicht ein, will sich nicht anpassen, sie ist trotzig …«

»Tim? Hier ist …« Sie hielt inne, ihre Augenbrauen zogen sich frustriert zusammen. Dann seufzte sie und wartete, bis die Aufforderung zum Sprechen kam. »Ich bin's. Ist Penny bei dir? Hast du sie in den letzten Tagen gesehen oder hat sie sich bei dir gemeldet? Ruf mich bitte sofort zurück.«

»Ist Ihre Tochter jemals mit dem Gesetz in Konflikt geraten?«, fragte Kovac. In diesem Fall könnten sie sie als mögliches Opfer ausschließen. Die Fingerabdrücke der unbekannten Toten waren nicht im System gewesen.

Noch während er das dachte, sah er Brittany Lawlers Foto vor sich und das Tattoo auf Penelope Grays Schulter.

Pooch Halvorsen hatte gesagt, dass viele Jugendliche dieses Tattoo hatten …

»Nein, Gott sei Dank.«

»Hat sie einen Freund?«

»Nicht dass ich wüsste.«

Elwood zog sein kleines Notizbuch und einen Stift heraus. »Welches Auto fährt Ihre Tochter, Mrs. Gray?«

»Einen schwarzen Toyota, einen …«

»Camry«, ergänzte Michael Warner. »Baujahr 2004.«

»Ist er auf Penelopes Namen zugelassen?«

»Nein, auf meinen«, sagte Julia. »Michael hat ihn ihr zum sechzehnten Geburtstag geschenkt, aber es war günstiger, ihn auf mich zuzulassen – wegen der Versicherung.«

Kovac griff in seine Innentasche, zog das Foto heraus, das Brittany Lawler von ihrem iPad für sie ausgedruckt hatte, und legte es auf den Tisch.

»Das scheint jüngeren Datums zu sein als das Foto, das Sie uns gezeigt haben«, sagte er.

Julia Gray verzog das Gesicht. »Das hat sie alles im Sommer machen lassen«, sagte sie verbittert. »Die Piercings, das Tattoo. Ich ertrage diesen Anblick nicht.«

»Penny hat das Bedürfnis, ihre selbstzerstörerischen Impulse nach außen zu tragen«, sagte Michael. »Als eine Manifestation ihres inneren Schmerzes. Sie fühlt sich emotional isoliert, weil ihr Vater sie verlassen hat. Das ist völlig normal.«

»Wenn es so normal ist, warum hat dann Christina ihr Gesicht nicht durchlöchert?«, fragte ihn Julia, die Bitterkeit in ihrer Stimme klang müde. Dieses Thema kam nicht zum ersten Mal zur Sprache.

»Ich habe Christina nicht verlassen«, antwortete er. »Der

Tod ihrer Mutter hat uns einander nähergebracht. Deine Trennung von Tim hat einen Keil zwischen dich und Penny getrieben. Das ist eine völlig andere Situation.«

»Es ist also meine Schuld«, sagte Julia.

»Tim hat dich verlassen. Die Schuld liegt bei ihm.«

»Das sieht Penny aber anders«, sagte sie. »Ich habe ihn vertrieben. Das glaubt sie. Es ist allein meine Schuld, dass ihr Vater eine Affäre mit seiner sechsundzwanzigjährigen Sprechstundenhilfe angefangen hat.«

»Hat Penny noch andere Tattoos?«, fragte Kovac und tippte mit dem Finger auf den grob gerasterten Ausdruck.

»Ich glaube nicht«, sagte sie. »Das hätte sie garantiert nicht vor mir verheimlicht. Sie weiß genau, dass ich Tattoos nicht ausstehen kann. Es sollte verboten sein, dass Mädchen in ihrem Alter sich tätowieren lassen.«

»Das ist es«, sagte Elwood.

»Als letzten Akt der Rebellion hat sie sich den halben Kopf kahl rasiert«, sagte sie.

Diese Aussage traf Kovac wie ein elektrischer Schlag. Er warf Elwood einen Blick von der Seite zu.

Tinks hatte gesagt, dass es unter den Mädchen Mode war, sich die Haare abzurasieren. Sich überall zu piercen und Tattoos stechen zu lassen. Wie viele machten alle drei Dinge und verschwanden dann?

»Sie behauptet, es wäre ein Statement zu ihrer sexuellen Orientierung«, fuhr Julia Gray verärgert fort. »Das ist das Neueste – sie behauptet, sie wäre bisexuell. Ich hätte sie erwürgen können. Sie sieht aus, als wäre sie aus einem Arbeitslager geflohen.«

»Ich schlage vor, Sie geben eine Vermisstenanzeige auf, Mrs. Gray«, sagte Kovac ruhig. »Dann können wir die Daten Ihrer Tochter sofort in das System einspeisen.«

Sie könnten eine landesweite Suchmeldung herausgeben, was ihnen die maximale Aufmerksamkeit der Medien sichern würde. Selbst wenn sich herausstellen sollte, dass Penelope Gray Zombie-Girl war, würde es eine Weile dauern, das zu bestätigen, und sie bräuchten diese Information ja auch nicht sofort weiterzugeben. Bis dahin würde die Berichterstattung über ein vermisstes Mädchen die Aufmerksamkeit der Bürger erhöhen, sie würden sich darüber unterhalten und sich nach Penny Grays Auto umsehen. Vielleicht würde sich jemand daran erinnern, sie gesehen zu haben.

»O Gott«, murmelte Julia Gray und legte ihre Hand gegen die Stirn, als wollte sie fühlen, ob sie Fieber hatte. Als das Display ihres Handys aufleuchtete und den Eingang einer SMS verkündete, griff sie hektisch danach. Tränen traten ihr in die Augen und auf ihrem Gesicht erschienen rote Flecken, die sich mit ihrem Norwegerpullover bissen. »Tim hat nichts von ihr gehört.«

»Sie glauben doch nicht etwa, dass sie es ist«, sagte Michael Warner zu Kovac. »Dieses tote Mädchen. Sie glauben nicht, dass es Penny ist. Wenn Sie sagen, dass wir eine Vermisstenanzeige aufgeben sollen …«

Kovac sah ihn an, Dr. Pulli-über-den-Schultern, und fragte sich, ob Michael Warner jemals eine Leiche gesehen hatte, die aus dem Kofferraum eines fahrenden Autos gefallen war, oder das Gesicht einer jungen Frau, das von Säure zerfressen war. Wahrscheinlich nicht. Ein solches Privileg war Leuten wie ihm vorbehalten … und den Eltern ermordeter Kinder.

»Es ist noch zu früh, Schlüsse zu ziehen«, sagte er.

»Aber Sie haben doch das Foto von Penny gesehen«, beharrte Warner. »Und Sie haben das Opfer gesehen. Ist sie es oder ist sie es nicht?«

»So einfach lässt sich diese Frage nicht beantworten, Dr. Warner«, erwiderte Kovac. »Dabei würde ich es gerne belassen. Wir müssen heute Nacht nicht alle von demselben Alptraum gequält werden.«

Warner runzelte die Stirn angesichts der möglichen Bedeutung dieser Worte. »Werden Röntgenbilder vom Gebiss benötigt?«

»Nein, normale Röntgenbilder«, erwiderte Kovac.

»Hat sich Penny jemals etwas gebrochen?«, fragte Elwood.

Jetzt wich aus Julia Grays Gesicht jede Farbe und sie blickte von einem zum anderen. »O Gott«, flüsterte sie, als ihr klar wurde, welche Richtung das hier möglicherweise für sie nahm – und für ihre Tochter. »Sie … sie …«

Sie wollte den Satz nicht beenden. Wenn sie den Satz beendete, dann stand es im Raum und sie konnte es nicht mehr zurücknehmen und so tun, als wäre es nicht wahr. Sie fragten sie das aus einem bestimmten Grund, einem realen Grund, einem ernsten Grund. Und sie gaben ihr zu verstehen, dass ihre Tochter womöglich tot war, und dass sie in diesem Fall nicht wiederzuerkennen war, dass sie auf brutalste Weise getötet worden war. Und das wollte Julia Gray nicht wissen.

Sie fing an zu weinen. Zuerst waren es nur vereinzelte Tränen, die ihr langsam über die Wangen rollten; dann brach in ihr ein Damm und in einer Flut aus Tränen, Rotz und Spucke bahnte sich die Panik ihren Weg.

»Si-si-sie ha-ha-hat si-si-sich da-da-das Handgelenk gebrochen! O Gott!«

Dr. Pulli-über-den-Schultern sah sie entsetzt an, so wie viele Männer eine heulende Frau ansahen.

Kovac stand seufzend auf, er war todmüde. »Wir müssen einen Blick auf die Röntgenbilder werfen.«

Julia Gray gab einen schrecklichen Urschrei von sich wie ein verwundetes Tier. Tiere, das sind wir doch eigentlich alle, dachte Kovac. Nimm die Weihnachtsbeleuchtung weg und das hübsche Haus, die schicken Kleider und die Statussymbole, und übrig bleiben Tiere, die versuchen, in einer grausamen Welt zu überleben.

Julia Gray war jetzt nur noch eine Mutter, die um das Kind fürchtete, das sie zur Welt gebracht hatte und das sie instinktiv schützen wollte. Bevor die Cops vor ihrer Haustür aufgetaucht waren, hatte sie zwar gekämpft, aber immer noch die Hoffnung gehabt, dass sich alles wieder zum Guten wenden würde. Wenn ihr Kind tot war, dann hatte sie versagt. Dann gab es keine zweite Chance.

Kovac und Elwood drehten sich diskret weg, während Michael Warner versuchte, Julia Gray zu beruhigen und zu trösten. Kovac zog sein Handy heraus und schickte Liska eine SMS mit der Adresse der Grays und einem *Hol mich ab.* Elwood würde zurück ins Büro fahren und sich um den Papierkram kümmern.

»Mrs. Gray«, sagte Kovac, als sie sich wieder etwas beruhigt hatte. »Wir würden uns gerne im Zimmer Ihrer Tochter umsehen.«

So als hätte sie unter dem Gewicht der Ereignisse plötzlich jede Kraft verloren, half ihr Michael Warner vom Stuhl hoch und stützte sie, als sie langsam die Treppe hinaufgingen.

Im Gegensatz zu Brittany Lawlers sonnengelbem Zimmer war Penny Grays Zimmer düster und dunkel, die Wände und Decke ein dunkles Blaugrau, das das Licht schluckte, statt es ins Zimmer zurückzureflektieren. Die Poster an den Wänden zeigten ernste, grimmig dreinschauende junge Leute. Sänger und Schauspieler, vermutete Kovac, wenn er auch keinen einzigen erkannte. Sie sahen allesamt so aus, als ließe sich ihre Laune durch eine anständige Mahlzeit und einen leichten Schlag auf den Hinterkopf ungeheuer verbessern.

Jemand hatte mit silberner Farbe das Akzeptanz-Tattoo an die Wand über dem Bett gemalt, darunter standen die Worte: »Sei, wer du bist«. Das Bett war ungemacht. Auf dem Stuhl daneben lag ein Haufen Klamotten und auf der Kommode waren alle möglichen Sachen verstreut, ohne die Mädchen nicht leben konnten – Schmuck und Schminkzeug, Bürsten und Parfümfläschchen. In einem Regal stapelten sich Bücher und Zeitschriften und Notizbücher. Alte Stofftiere und irgendwelcher Kleinkram – was Mädchen eben so aufbewahrten.

Was er dagegen in Penny Grays Zimmer nicht entdeckte, während er es in Brittany Lawlers Zimmer zur Genüge gesehen hatte: Fotos von ihr und ihren Freunden. Es gab kein einziges – weder im Regal noch auf der Kommode oder an den Wänden.

Kovac hatte vor langer Zeit gelernt, sich anhand der Dinge, mit denen sich ein Mensch umgab, ein Bild von ihm zu machen, der Dinge, die ihm wichtig waren, die er *nicht* besaß und die er versteckte. Während er das Zimmer des Mädchens, das seine Freundin Gray nannte, durchsuchte, ergänzte er dieses Bild durch das, was er auf dem Foto von ihr gesehen hatte und was die Leute über sie gesagt hatten.

Ihre Mutter nannte sie Penny – ein Name, der hell und fröhlich klang. Sie selbst nannte sich Gray – Grau, eine düstere, diffuse Farbe. Ihr Zimmer spiegelte das wider – ein schwieriges, widersprüchliches Mädchen, das sich alle Mühe gab, sich abzusondern, und gleichzeitig Akzeptanz predigte.

Während er sich umsah, ging ihm der Gedanke durch den Kopf, dass er am anderen Ende des Landes selbst eine Tochter hatte. Er fragte sich, wie ihr Zimmer aussah und was es über sie aussagte, und er überlegte, dass er auf ähnliche Weise wie bei Penny Gray Informationen über sie zusammenstückeln müsste, weil er nicht das Geringste über sie wusste.

Diese Überlegungen gingen ihm durch den Kopf, während er versuchte, sich ein Bild von Penny Gray zu machen. Julia Gray und Michael Warner standen in der Tür und sahen ihm zu.

»Suchen Sie nach etwas Bestimmtem?«, fragte Warner.

»Führt Ihre Tochter einen Kalender oder ein Tagebuch, Mrs. Gray?«, fragte Elwood.

»Ich weiß nicht. Sie hat alles in ihrem Handy und auf ihrem Laptop.«

»Ist der Laptop hier irgendwo?«

»Das glaube ich nicht. Sie schleppt ihn eigentlich immer mit sich herum. Sie will Schriftstellerin werden. Dichterin. Wer liest heutzutage noch Gedichte?«

»Ich«, bekannte Elwood.

Kovac ging die Sachen auf Penny Grays Schreibtisch durch – Schulbücher, ein abgegriffener Vampir-Roman, eine völlig unleserliche Mathe-Hausaufgabe. Vor nicht allzu langer Zeit hätte das Mädchen noch einen dieser riesigen Rechner gehabt und die Dateien wären auf Disketten gespeichert gewesen, die er hätte mitnehmen und einem Fachmann übergeben können. Jetzt war alles tragbar und die Dateien wurden in einer Cloud irgendwo im Äther gespeichert.

Ein Vorteil der neuen Technologien war allerdings, dass sie es ihnen ermöglichten, ihr Handy zu orten – vorausgesetzt, es war eingeschaltet. Dazu mussten sie das Signal auffangen, das an die Sendemasten ging. Sobald das Mädchen als vermisst gemeldet war, die landesweite Suchmeldung draußen war und sie sich einen Gerichtsbeschluss für die Herausgabe der Daten durch die Telefongesellschaft besorgt hatten …

»Hatte sie einen eigenen Handyvertrag?«, fragte er. »Oder haben Sie einen Familientarif?«

»Wir haben einen Familientarif.«

Elwood sah ihn an. »Das erleichtert doch einiges«, sagte er leise.

Die Telefongesellschaften hatten sich in der Vergangenheit oft genug rundweg geweigert, Daten von Vermissten herauszugeben. Sie hatten sich mehr Sorgen gemacht, wegen einer Verletzung des Persönlichkeitsrechts angezeigt zu werden, als darum, polizeiliche Ermittlungen zu behindern.

»Ich will trotzdem einen Gerichtsbeschluss«, sagte Kovac leise. »Um auf Nummer sicher zu gehen. Nicht, dass am Schluss irgendein schmieriger Anwalt den Fall deswegen zum Kippen bringt.«

Er sah auf seine Uhr. Er fühlte sich jetzt schon völlig erschöpft und hatte noch eine lange Nacht vor sich.

»Sind das Gedichte Ihrer Tochter?«, fragte Elwood und deutete auf die Wand über dem kleinen unordentlichen Schreibtisch, wo Ausdrucke und Zeichnungen und Bilder aus Zeitschriften zu einer Collage zusammengesetzt waren, in der die Ängste und Nöte eines Teenagers zum Ausdruck kamen.

»Ja, ich glaube schon«, sagte Julia Gray.

Sie kannte die Gedichte ihrer Tochter nicht. Sie kannte die Freunde ihrer Tochter nicht. Sie wusste nicht, wo ihre Tochter hinging, wusste nicht, warum sie was machte. Kovac hatte den Eindruck, dass diese Frau nicht viel mehr über ihre Tochter wusste als er über seine. Obwohl sie unter demselben Dach lebten, lebten sie in völlig unterschiedlichen Welten.

Der Titel eines der Gedichte stach ihm ins Auge. Er holte seine Lesebrille aus der Tasche und trat näher. Eine tiefe Traurigkeit machte sich in ihm breit, als er das Gedicht las.

Er dachte an das Mädchen, das Julia Gray gerade beschrieben hatte: trotzig, respektlos, in jeder Hinsicht eine Enttäuschung. Er dachte an das Mädchen, das dieses Gedicht geschrieben hatte, das Mädchen mit dem Tattoo: ein Mädchen, das versuchte, sein Innerstes zum Ausdruck zu bringen, das versuchte, herauszufinden, wer es war und wer es sein wollte und das sich wie jeder Teenager missverstanden fühlte. Er dachte an das Mädchen, über das er sich am Neujahrstag auf der kalten, vereisten Straße gebeugt hatte: misshandelt und wie Abfall weggeworfen. Tot. Verloren. Ausgelöscht.

Es war seine Aufgabe als Detective, sie als das zu akzeptieren, was sie wirklich gewesen war, mit all ihren Facetten, mochte er auch der Einzige sein, der das tat. Er durfte kein Urteil über sie fällen, denn dann würde er automatisch nur noch selektiv wahrnehmen. Es war seine Aufgabe, sie so zu sehen, wie sie war, sie einfach zu akzeptieren, und von diesem Punkt aus in alle Richtungen zu ermitteln, die sich ergaben.

Das dürfte Penny Gray allerdings nicht im Sinn gehabt haben, als sie sich das Tattoo hatten stechen lassen oder das Gedicht verfasst hatte.

»Verloren«

Auf der Suche nach mir
Bin ich
Wen sehen sie?
Mich nicht
Ich will
Ich sein
Sie wollen mich
Auslöschen
Ich bin verloren

KAPITEL 21

»Das Rock & Bowl?«, fragte Liska.

Kovac sah sie vom Beifahrersitz aus an, während er sich anschnallte. »Kennst du es?«

»Ich war da schon mal mit den Jungs.«

Sie war schon mehr als einmal dort gewesen – zu mehreren Geburtstagspartys und bei einer Feier von R. J.s Hockeyteam. Es gehörte zu den Orten, die eine Mutter, die zufällig Polizistin war – oder eine Polizistin, die zufällig Mutter war –, verrückt machten. Es war viel zu groß und es fanden dort zu viele Sachen auf einmal statt und es sprach zu viele verschiedene soziale Gruppen an. Es gab Bowlingbahnen, eine Spielhalle, eine Pizzeria à la »Chuck E. Cheese«, und im ersten Stock war ein Club, von dem aus man die Bowlingbahnen übersehen konnte. Das Publikum umfasste Familien, Kinder, Jugendliche und junge Erwachsene. An einem solchen Ort witterte sie automatisch Pädophile und Kleindealer, die in der Menge unbehelligt Haschisch an Jugendliche verkaufen konnten.

»Und dieses Mädchen geht aufs PSI«, sagte sie mit tonloser Stimme und fragte sich, ob das alles wahr sein konnte. Vielleicht lag sie ja im Bett und träumte. Vielleicht waren die letzten Tage nur Teil eines langen, seltsamen Alptraums. Weiß Gott, müde genug war sie. Vielleicht schlief sie und träumte, dass sie völlig erledigt war und ihr Leben im Chaos versank.

»Ja, auf den ersten Blick ein merkwürdiger Zufall«, sagte

Kovac, »aber im Grunde kann sie genauso gut auf diese Schule gehen wie auf irgendeine andere. Jeder muss irgendwo auf die Schule gehen.«

»Glaubst du wirklich, sie ist unsere Tote?«, fragte Liska und fuhr los, die hübsche Villa mit dem fröhlichen Weihnachtsbaum hinter dem Wohnzimmerfenster zurücklassend.

»Es passt zu viel zusammen«, sagte er. »Das Tattoo, die Piercings, die Haare, dass sie verschwunden ist. Das Mädchen hat sich letzten April das Handgelenk gebrochen. Die Mutter kümmert sich darum, dass wir ein Röntgenbild für einen Abgleich kriegen.«

Er musterte sie. »Kennst du die Familie eigentlich?«

»Nein«, erwiderte sie und fühlte sich scheußlich deswegen.

Sie hätte alle Mitschüler ihres Sohnes kennen sollen. Sie hätte auch deren Eltern kennen sollen. Sie hätte mit der Mutter dieses Mädchens im Elternbeirat sitzen sollen. Sie sollten zusammen in einem Lektürekreis sein. Da war es egal, dass mehr als hundert Kinder in Kyles Altersstufe waren und wahrscheinlich keine Mutter alle von ihnen kannte. Da war es egal, dass sie sich am schulinternen Drogenpräventionsprogramm beteiligte. In diesem Moment zählte all das nicht.

»Das Mädchen ist sechzehn«, sagte Kovac. »Ihre Freunde nennen sie Gray. Sie ist künstlerisch veranlagt, schreibt Gedichte. Klingt so, als könnte Kyle sie kennen.«

Liska seufzte, als sie um die Ecke bog und in Richtung des Interstate 35W fuhr. »Vielleicht kennt Kyle sie. Vielleicht ist sie seine Freundin. Ich hab keine Ahnung, was in seinem Leben passiert. Ich tauche nur gelegentlich darin auf, um ihn irgendwohin zu fahren und ihm einen Teller mit Essen hinzustellen.«

»Du bist nicht die einzige Mutter, die arbeiten muss, Tinks.«

»Nein«, sagte sie. »Aber ich bin die einzige Mutter, die meine Söhne haben.«

»Selbst wenn ihr die perfekte Kleinfamilie mit Mommy und Daddy wärt, wüsstest du nicht über jedes Detail im Leben deiner Kinder Bescheid.«

»Darum geht's doch gar nicht.«

»Nein, es geht darum, dass du ein Kontrollfreak bist.«

»Und du nicht?«

»Wir reden hier aber nicht über mich«, sagte er. »Ist Kyle heute von der Schule geflogen?«

»Nein.«

»Läuft gerade eine Anzeige gegen ihn?«

»Nein.«

»Hat er jemanden umgebracht?«

»Nein.«

»Dann krieg dich wieder ein«, sagte er. »Solange du nicht im Lotto gewinnst oder dir einen Millionär angelst, wirst du weiterhin eine berufstätige Mutter sein.«

»Vielleicht muss ich mir einfach was anderes suchen«, sagte sie und nahm die Ausfahrt auf den Freeway in Richtung Süden. Es hörte sich bedrohlich an. Es laut ausgesprochen zu haben, machte ihr Angst. Sie fühlte sich wie Pandora, die die Büchse öffnete. Sie traute sich nicht einmal, zu ihrem Partner hinüberzusehen. Sie spürte seine Reaktion auch so.

»Was soll das heißen?«, fragte er in herausforderndem Tonfall. Geradezu einschüchternd, so als wollte er sie zwingen, zurückzunehmen, was sie gerade gesagt hatte.

Sie holte tief Luft. »Das heißt, dass es ein Riesenunterschied ist, ob ich eine Mutter bin, die geregelte Arbeitszeiten hat, oder ob ich eine Mutter bin, die zu allen Tages- und Nachtzeiten rausgeklingelt wird und ständig Überstunden macht – wie lange sind wir jetzt schon an dieser Sache dran? In den letzten drei Tagen hab ich nicht mehr als vier, fünf Stunden geschlafen. Marysue verbringt mehr Zeit mit meinen Kindern als ich.«

»Du bist ein Cop«, sagte Kovac, irritiert, was für Gedanken ihr plötzlich durch den Kopf gingen. Er war Cop mit Leib und Seele. Er kannte nichts anderes und wollte auch nichts anderes kennen. »Du bist Mordermittlerin. Das hast du selbst so gewollt.«

»Das meine ich doch. Ich wollte als Mordermittlerin arbeiten. Es war meine freie Entscheidung. Das heißt, es gibt noch andere Möglichkeiten. Ich könnte in die Betrugsabteilung wechseln. Ich könnte zur Dienstaufsicht.«

»Dienstaufsicht. Gerade du. Warum schraubst du deine Ansprüche nicht noch ein bisschen höher?«, sagte er sarkastisch. »Warum nicht gleich zur Graffiti-Einheit? Oder noch besser, werd Polizeiseelsorgerin.«

»Red nicht so einen Blödsinn«, fuhr sie ihn an. »Ich meine es ernst, Sam. Ich habe mir einen Job ausgesucht, in dem ich völlig irre Arbeitszeiten hab.«

»Du bist verdammt gut in dem Job.«

»Ich mag ihn ja«, gestand sie. »Ach was, ich liebe meine Arbeit. Aber meine Kinder liebe ich noch mehr. Wenn ich mich zwischen beiden entscheiden müsste, würde ich keine Sekunde überlegen.«

Und doch hatte sie diese Entscheidung in all den Jahren nicht getroffen.

»Du musst dich doch gar nicht entscheiden«, sagte er stur. »Solche Fälle wie diesen kriegen wir nur ab und zu, und klar, die Arbeitszeiten nerven, aber …«

»Ab und zu?«, rief sie ungläubig. »Wie viele Fälle haben wir gerade auf dem Tisch? Wie viele Fälle sind nicht abgeschlossen? Mord- *und* Totschlagsfälle?«

Er antwortete nicht, was hätte er auch sagen sollen? Sie waren alle permanent überarbeitet. Dauernd beklagte er sich bei Kasselmann darüber und forderte mehr Personal.

»Vielleicht solltest du dich auf Kasselmanns Posten bewerben«, sagte er nicht ganz unernst.

»Das würden die da oben nie durchwinken«, sagte sie. »Die befördern doch keine einfache Mordermittlerin zur Leiterin der Abteilung. Was denkst du, wie viele schon mit den Hufen scharren, um dahin zu kommen? Die würden mich erst mal irgendwohin verfrachten, wo ich mir den Hintern plattsitze und mich zu Tode langweile. Ich müsste irgendeinem Schwachkopf in der Büromaterialausgabe zuarbeiten.«

»Du meinst es ernst«, sagte Kovac. »Du denkst ernsthaft über einen Wechsel nach.«

Sie setzte den Blinker, sah in den Rückspiegel und vermied es, ihn anzusehen. Sie antwortete nicht.

»Himmel, Tinks.«

Nicht zum ersten Mal überlegte sie, sich zu verändern. Sie hatte schon öfter darüber nachgedacht, aber nie konkret. Nachdem sie es endlich ins Morddezernat geschafft hatte, hatte es immer einen Grund gegeben, zu bleiben, wo sie war. Sie hatte gute Arbeit geleistet, war in die nächste Gehaltsstufe aufgestiegen, hatte Dienstjahre gesammelt. Im Morddezernat konnte man sich einen Ruf erwerben. Theoretisch war es das ideale Sprungbrett, wenn man Höheres anstrebte.

Aber eigentlich hatte sie nie Höheres angestrebt. Sie mochte ihre Arbeit. Sie mochte die Leute, mit denen sie zusammenarbeitete. Sie waren eine Einheit, eine Familie. Sie konnte sich nicht vorstellen, ins Büro zu gehen und dort nicht Kovac vorzufinden, er war ihre Stütze, er tickte wie sie. Seit Jahren waren sie Partner. Er hatte sie praktisch zum

Detective ausgebildet. Von Schülerin und Lehrer waren sie zu ebenbürtigen Kollegen geworden. Sie führten eine Art Ehe ohne Sex. Der Gedanke, das aufzugeben, war schrecklich.

Die Neonschrift des Rock & Bowl tauchte vor ihnen auf und sie fuhr vom Freeway ab.

»Na, egal, heute Abend bist du jedenfalls noch da«, grummelte Kovac. »Und morgen und übermorgen wirst du mich auch noch nicht verlassen.«

»Nein.«

»Also konzentrier dich auf das, was ansteht. Wir haben ein verschwundenes Mädchen. Wir haben ein totes Mädchen. Wir haben einen Mörder, der frei rumläuft. Während du dir überlegst, ob du deine Abende lieber im Elternbeirat verbringst, ist er vielleicht gerade auf der Suche nach einem neuen Opfer. Er verbringt seine Abende damit, junge Frauen zu foltern und umzubringen. Was beschissenes Verhalten angeht, ist er dir um Längen voraus.«

So war Kovac – wenn er unsicher war, wurde er boshaft. Aber recht hatte er trotzdem.

»Danke für die aufmunternden Worte«, sagte sie und hielt in der Ladezone vor dem riesigen Gebäude.

»Du weißt, ich bin da, wenn du mal wieder einen Tritt in den Hintern brauchst.«

Sie stellte den Motor ab und sah zu ihm. »Manchmal wäre mir eine Umarmung lieber.«

Er verzog den Mund zu seinem typischen sarkastischen Lächeln.

»Das trau ich mich nicht«, gab er zu. »Wahrscheinlich würdest du mir aus Rache für meine Gemeinheiten eine reinhauen.«

»Könnte gut sein. Ich würde gerade gerne jemandem eine reinhauen.«

Er seufzte und löste seinen Gurt. »Ach, waren das noch

Zeiten, als man einen Verdächtigen grün und blau schlagen konnte, nur weil er einen schief angesehen hat.«

Sie verdrehte die Augen. »Du redest heute wirklich nur Scheiß. So was würdest du nie machen.«

»Stimmt«, sagte er. »Aber ich hab es mal in einem Film gesehen. Schien Spaß zu machen.«

Sie stiegen aus und Liska sah sich um, musterte das Gebäude, als wäre sie noch nie da gewesen. Sie sah, wie nah es am Freeway lag, und blickte zu der riesigen Tankstelle neben dem Zubringer.

Allgemein ging man davon aus, dass Doc Holiday auf den Highways des Mittleren Westens unterwegs war, womöglich als Lastwagenfahrer. Seine Opfer waren alle in unmittelbarer Nähe zu einer der Hauptverkehrsadern verschwunden. Rose Reiser, die »Neujahrstote«, war buchstäblich von der Türschwelle eines kleinen Supermarkts an einem der großen Highways in Columbia, Missouri, verschwunden. Ihr Auto war unweit des Tatorts gefunden worden – ihr Entführer hatte es dorthin gebracht.

Kovac schien ihre Gedanken zu lesen. »Ich habe schon veranlasst, dass sich alle Streifen in der Gegend nach ihrem Auto umsehen. Sobald wir hier fertig sind, fahren wir zur Tankstelle und besorgen uns die Aufnahmen von den Überwachungskameras.«

Sie gingen über den schlecht beleuchteten Parkplatz des Rock & Bowl und ließen die Augen auf der Suche nach Penny Grays Toyota an den geparkten Autos entlangwandern, in der ziemlich aussichtslosen Hoffnung auf einen schnellen Erfolg. Der Parkplatz erstreckte sich über die gesamte vom Zubringer abgewandte Seite des Gebäudes, was die Zahl möglicher Zeugen erheblich verringerte. Er wurde begrenzt von einem Maschendrahtzaun, hinter dem sich ein weiterer Parkplatz mit Straßenbaumaschinen befand. Die gigantischen Maschinen ragten zwischen den Schneewehen empor wie übriggebliebene Dinosaurierskelette.

Eine kleine Gruppe von Gästen aus dem Rock & Bowl hatte sich neben einem Seiteneingang zur Rückseite des Gebäudes hin in der Kälte versammelt und rauchte. Ihre Stimmen ebbten auf und ab. Jedes Mal, wenn sich die Tür öffnete, war hämmernde Musik zu hören, die sofort wieder abbrach, sobald sie sich schloss.

Obwohl es ein Abend unter der Woche war, war viel los. Es waren noch College-Ferien, nur die Highschool hatte schon wieder angefangen. Keiner der draußen Stehenden schenkte Kovac und Liska Beachtung, als sie an ihnen vorbei zu der schmalen dunklen Straße hinter dem Rock & Bowl gingen. Die Läden hier schlossen früh – eine Autowerkstatt, eine Glaserei, ein Reifengeschäft. Um diese Zeit hing niemand auf dem Bürgersteig herum oder sah zufällig aus einem der Fenster.

»Zeugen gibt's hier wohl kaum«, sagte Kovac. »Ein guter Fluchtweg.«

»Wo ist dann ihr Auto?«, fragte Liska. »Wenn jemand sie von hier verschleppt hat, muss doch irgendwo ihr Auto stehen.«

»Er könnte ihr vom Parkplatz gefolgt sein. Vielleicht hat sie auch zum Tanken angehalten oder ihr Auto ist nicht angesprungen oder sie ist zum nächsten ›Starbucks‹ gefahren und er hat sie dort überfallen.«

Liska sah die dunkle, verlassene Straße hinunter. Bei dem Gedanken, dass sich eine Frau allein und nichtsahnend aus dem Schutz eines Vergnügungspalastes wegbewegte und dabei verfolgt wurde, kroch ihr die Angst den Nacken hoch.

Das würden Männer nie nachvollziehen können – dieses Gefühl von Verletzlichkeit, wenn eine Frau merkte, dass ihr von einem Mann mit bösen Absichten womöglich Gefahr drohte. Sie hatte die geheime Hoffnung, dass Mordopfer wie dieses Mädchen nichts mehr mitbekamen, dass es vorbei war, bevor sie begriffen, was für ein Grauen auf sie wartete. Und dabei wusste sie natürlich, dass es in der Realität fast nie so war.

Tätern wie Doc Holiday bedeutete das Töten an sich viel weniger als das, was ihm vorausging. Für einen sadistischen Sexualmörder waren die Angst und der Schrecken des Opfers das schönste Vorspiel. Er genoss die Verfolgung, das Katz-und-Maus-Spiel, die Lust, Herr über Leben und Tod zu sein. Das Höchste aber war es für ihn, das nackte Grauen in den Augen der Frau zu sehen, wenn ihr schließlich klar wurde, dass er die Macht hatte, alles mit ihr anzustellen, was sein krankes Hirn sich ausdachte – und ihre Gewissheit, dass er ihren Schmerz wollte … und ihr Leben.

Bei der Vorstellung, dass eine Sechzehnjährige so etwas durchgemacht hatte, wurde Liska schlecht.

Dass sie selbst wiederum mithelfen konnte, ein solches Schwein hinter Gitter zu bringen, hielt sie davon ab, ihren Job zu kündigen. Ihre Arbeit war wichtig. Oft genug kamen sie zu spät für das Opfer, aber wenn sie ihre Arbeit gut machten, dann brachten sie einen Mörder hinter Schloss und Riegel, bevor er noch ein Leben nehmen konnte und noch eines und noch eines.

»Lass uns herausfinden, ob es eine Überwachungskamera für den Parkplatz gibt«, sagte Kovac und ging zurück zum Gebäude. »Vielleicht haben wir ja Glück.«

Liska zwang sich zu einem Lachen. »Das wär mal was Neues. Das letzte Mal, als ich Glück hatte, hat eine Tankfüllung zwanzig Dollar gekostet.«

Der Manager des Rock & Bowl war ein kleiner, nervöser Mann Anfang dreißig mit beginnender Glatze und runden braunen Augen. Als er erfuhr, dass er Besuch von zwei Detectives hatte, guckte er so verschreckt wie eine Maus, die sich plötzlich zwei hungrigen Katzen gegenübersieht.

»Wir hatten hier noch nie irgendwelche Probleme«, sagte er und ging ihnen voraus einen Flur hinunter, der von der lauten Bowlingbahn wegführte. »Das hier ist ein anständiges Unternehmen, familiengeführt. Ich möchte nicht, dass die Leute auf die Idee kommen, das Rock & Bowl könnte nicht sicher sein. Hier ist noch nie etwas vorgefallen. Gut, hin und wieder eine kleine Rauferei. Aber nichts Gravierendes.«

»Ist am Abend des Dreißigsten etwas vorgefallen?«, fragte Kovac.

»Da hatte ich frei. Aber mir wurde nichts gemeldet. Sie glauben doch nicht etwa, dass dieses Mädchen hier entführt wurde?«, fragte er und warf ihnen einen besorgten Blick über die Schulter zu. »Das hätte doch bestimmt jemand mitbekommen, oder? Die Leute dürfen auf keinen Fall denken, dass so etwas bei uns passieren könnte. Das wäre furchtbar.«

»Wir versuchen den möglichen Tathergang zu rekonstruieren«, sagte Liska. »Wir brauchen den zeitlichen Ablauf. Die Freundin, bei der sie übernachtet hatte, hat sie das letzte Mal im Rock & Bowl gesehen, deshalb fangen wir hier an. Wir wissen nicht, was passiert ist, nachdem sie von hier weg ist.«

»Zuletzt gesehen im Rock & Bowl«, sagte der Geschäftsführer. »Na prima. Das macht sich richtig gut in den Nachrichten.«

»Haben Sie auf dem Parkplatz Überwachungskameras?«, fragte Kovac.

Sie betraten das unordentliche, vollgestopfte Büro. Der Geschäftsführer drehte sich um und sah sie mit einem Blick an, als wären sie ein Erschießungskommando. »Normalerweise schon. Aber leider ist die Kamera kurz nach Weihnachten kaputtgegangen. Hinter der Linse hat sich Feuchtigkeit gebildet, die dann bei der Kälte natürlich gefroren ist. Das Ding ist im Arsch. Die Sicherheitsfirma wollte kommen und sie auswechseln, aber wegen der Feiertage und so … jedenfalls ist sie immer noch kaputt.«

»Ach ja, warum sollten wir es dieses Mal auch leicht haben?«, murmelte Kovac. »Wissen Sie, ob in den letzten paar Tagen Autos von hier abgeschleppt wurden? Wir suchen nach einem schwarzen Toyota Camry.«

Der Mann schüttelte den Kopf. »Bei der Kälte sind ein paar Autos nicht angesprungen, aber wir haben sie alle wieder zum Laufen gebracht. Nichts, was sich nicht mit einer kleinen Starthilfe beheben ließ.«

»Wie viele Kameras haben Sie hier im Gebäude?«, fragte Liska.

»Eine im Eingangsbereich, eine an der Bowlingbahn, eine in der Spielhalle, eine im Club.«

»Sind das Digitalkameras oder nehmen sie auf Band auf?«

»Band. Das System ist alt. Wie gesagt, wir führen einen anständigen Laden. Hier passiert so gut wie nie was. Es gab nie einen Grund, das Sicherheitssystem zu erneuern.«

»Wir würden uns gern die Bänder vom Abend des Dreißigsten ansehen«, sagte Kovac. »Und wenn es Ihnen nichts ausmacht, würden wir sie uns gerne hier anschauen, jetzt gleich.«

»Brauchen Sie dazu nicht einen Gerichtsbeschluss oder so was?«, fragte der Geschäftsführer.

Kovac sah ihn ernst an. »Wollen Sie mich auf den Arm nehmen? Es wird eine Sechzehnjährige vermisst, die zuletzt im Rock & Bowl gesehen wurde, und Sie sagen mir, ich soll nach Downtown fahren, einen Antrag stellen, einen Richter suchen und Zeit verschwenden, während das Mädchen misshandelt und Gott weiß was noch wird?«

»Nein! Nein, nein«, sagte der Mann hastig und hob die Hände, als müsste er einen Angriff abwehren. »Ich, äh, schau wohl nur zu viel fern.«

»Machen Sie sich keine Sorgen«, schaltete sich Liska ein. »Die Leute, die hierherkommen, wissen, dass sie sich an einem öffentlichen Ort befinden. Die Bänder gehören dem Rock & Bowl. Sie können damit machen, was Sie wollen.«

»Okay. Dann ist es ja gut«, sagte er, ging zu einem Schrank und nahm ein paar Videokassetten heraus. »Hier, bitte. Fühlen Sie sich ganz wie zu Hause. Wenn Sie noch irgendwas brauchen, rufen Sie mich.«

»Wir könnten ein kleines Wunder brauchen«, sagte Kovac. »Aber fürs Erste reicht mir eine Tasse Kaffee, wenn Sie so was haben.«

Der Geschäftsführer eilte davon und sie setzten sich vor einen uralten 13-Zoll-Bildschirm mit eingebautem Videorekorder. Das Bild war körnig und schlecht. Wahrscheinlich waren die Bänder schon zigmal überspielt worden. Die Kameras waren fest montiert, sodass sie nur einen Ausschnitt des Bereichs, in dem sie hingen, zeigten. Die Leute an den Rändern des Bildes waren geisterhaft verschwommen. Diejenigen, die näher an der Kamera standen, waren verblasst und verzerrt.

»Was ist das denn für ein Scheiß«, schimpfte Liska. Ihre Augen brannten jetzt schon von dem angestrengten Starren auf den kleinen Bildschirm. Wenn sie den Blick abwandte, sah sie immer noch schwarz-weiße Pixel wie einen Mückenschwarm vor ihren Augen tanzen. »Darauf würde ich ja mein eigenes Kind nicht erkennen.«

Kaum hatte sie das gesagt, beugte Kovac sich mit zusammengekniffenen Augen vor. »Meinst du?«, sagte er. »Da ist Kyle nämlich.«

»Was?«

Liska schnappte sich die Fernbedienung, hielt das Bild an, spulte zurück und spielte es noch einmal ab. Das wiederholte sie zwei Mal, in der vergeblichen Hoffnung, dass sich das Bild ändern würde, dass der Blickwinkel schlecht war, dass sie nicht sah, was sie meinte zu sehen.

Die Gestalten auf dem Bildschirm flitzten rückwärts, gingen vorwärts, flitzten rückwärts, gingen vorwärts. Die Aufnahme zeigte den Eingangsbereich des Gebäudes, Leute, die hinein- oder hinausgingen, am Einlass stehen blieben, um Tickets zu kaufen. Und da war Kyle, der auf die Tür zulief, den Kopf leicht gebeugt, die Hände in den Taschen der alten Collegejacke seines Vaters vergraben.

»Das ist dein Sohn, Tinks«, sagte Kovac.

Sie hielt das Band an, ließ es noch einmal ein Stück rückwärts laufen und drückte auf Play. Kurz bevor Kyle erschien, bewegte sich eine weitere Gestalt durch das Bild und ging auf die Tür zu. Eine junge weiße Frau mit halb rasiertem Kopf.

Liska blieb das Herz stehen.

»Und da ist unser Opfer.«

KAPITEL 22

Fitz saß in seinem Auto und beobachtete den Parkplatz des Apartmenthauses auf der anderen Straßenseite, er aß ein Schinkensandwich und hörte eine Radiosendung mit Hörerbeteiligung über Entführungen durch Aliens. Er kam zu zwei Schlussfolgerungen: Es gab nichts Besseres als Miracle Whip auf einem Schinkensandwich, und die Welt war rammelvoll mit Irren.

Der aktuelle Anrufer ließ sich ausgiebig darüber aus, dass ihm die Aliens eine Sonde in den Hintern gesteckt hätten, so als hätten sie nach irgendwelchen versteckten Schätzen gegraben. Unfassbar! Wenn es da draußen im Universum Wesen gab, die intelligent genug waren, um hochentwickelte Raumschiffe zu bauen, was sollten sie dann im Dickdarm eines Volltrottels suchen?

Diesen Verrückten zuzuhören war allerdings ein netter Zeitvertreib. Es bestand immer die Möglichkeit, dass der nächste Anrufer noch bekloppter als der letzte war. Das wollte er nicht verpassen, und einschlafen durfte er auch nicht. Dana Nolan würde bald aus ihrer Wohnung kommen.

Die weiblichen Anrufer erzählten ausnahmslos, dass die Aliens sie auf Untersuchungstische geschnallt und irgendwelche Sexexperimente mit ihnen angestellt hatten. Damit konnte er sich identifizieren. Er versetzte sich dann in die Rolle des Aliens. Er wusste, wie es war, sich über eine hilflose Frau zu beugen. Das Allmachtsgefühl, das ihn dann erfüllte, war berauschend. In die angsterfüllten Augen eines Opfers zu sehen, wissend, dass das Leben dieser Frau – und ihr Tod – in seiner Hand lag, war ein unbeschreibliches Gefühl.

In dieser Situation – nackt, gefesselt, hilflos – war eine Frau völlig seiner Gnade ausgeliefert. Sie spürte seine Macht. Sie machte sich nicht lustig über ihn, verhöhnte ihn nicht. In dieser Situation war er Gott und Teufel in einer Person – was ihm mehr Macht verlieh, als die beiden jeder für sich hatten.

Eine Frau in dieser Situation interessierte sich nicht dafür, dass er klein und dick war. Es war ihr egal, dass er allmählich eine Glatze bekam und eher wie ein Hausmeister als ein Teenie-Idol aussah.

Eine Frau in dieser Situation interessierte ausschließlich, dass er die Macht hatte, Schmerzen zu bereiten oder zu nehmen, Leben zu schenken oder zu nehmen.

Eine Frau in dieser Situation musste ihn akzeptieren. In jeder Hinsicht.

Fitz wusste genau, was er war, und er wusste, warum, und er war gut darin. Sein ganzes Leben war auf seine Hobbys ausgerichtet. Er reiste quer durch Amerika und kaufte und verkaufte Antiquitäten und Trödel. Die Straße war sein Jagdrevier. Er hatte Glück. Er würde niemals zu diesen Trotteln gehören, die mitten in der Nacht bei einem Radiosender anriefen und irgendwelchen Mist von Aliens erzählten, die ihnen eine Sonde in den Hintern steckten.

Dana Nolan trat um 3 Uhr 7 aus dem Apartmenthaus. Die Leute, die beim Lokalfernsehen für die Frühnachrichten arbeiteten, hatten wirklich grausame Arbeitsstunden – und das sicherlich bei mieser Bezahlung. Das Apartmenthaus, in dem sie wohnte, war wahrhaftig kein Luxusschuppen – eine riesige Schuhschachtel in einer Reihe riesiger Schuhschachteln aus den Siebzigern. Weder gab es einen Portier noch einen Sicherheitsdienst.

Fitz war ihr vom Fernsehsender hierher gefolgt und hatte alles ausgekundschaftet. Dann war er nach Hause gefahren, hatte an zwei alten Motorrädern herumgeschraubt, die er in Illinois aufgestöbert hatte, und ein Nickerchen gehalten. Gegen zwei Uhr morgens hatte er Handwärmer in seine Stiefel und seine Manteltaschen gesteckt und war mit seinem unauffälligen Lieferwagen hierhergefahren, um auf sie zu warten.

Das entsprach nicht seiner üblichen Vorgehensweise. Lieber ging er auf der Straße auf die Jagd, schnappte sich eine Frau, die ihm zufällig über den Weg lief, und fuhr weiter. Das funktionierte inzwischen reibungslos. Aber jetzt ging es darum, etwas zu beweisen. Er hatte beschlossen, den Einsatz zu erhöhen, damit die Leute kapierten, mit wem sie es zu tun hatten.

Der Parkplatz des Apartmenthauses war nur spärlich beleuchtet. Um diese Zeit war es hier menschenleer. Dana Nolan wohnte in einem ruhigen Mittelschichtviertel. Die Bewohner gingen früh zur Arbeit und früh zu Bett. Nach dem Aufstehen sahen sie sich die Nachrichten mit ihrer niedlichen Nachbarin an.

Dana Nolan war vierundzwanzig – laut der Website des Senders und ihrer Facebook-Seite – und sah so aus, als käme sie frisch vom College. Mit den Gedanken sicher bei ihrem ersten großen Job für einen Fernsehsender, verließ sie jede Nacht ihre Wohnung und ging allein über den einsamen Parkplatz.

Heute Nacht war sie schwer bepackt – eine Handtasche, die ihr ständig von der Schulter rutschte, ein Kleidersack, eine Einkaufstasche. Sie versuchte, alles mit einer Hand festzuhalten, während sie mit ihren Autoschlüsseln hantierte. Auf ihre Umgebung achtete sie dabei nicht.

Fitz beobachtete, wie sie in ihren netten kleinen grünen Mini Cooper stieg. Dann wartete er, bis sie den Motor angelassen hatte und vom Parkplatz auf die Straße gebogen war. Als sie etwa einen Block entfernt war, startete er den Lieferwagen und fuhr ihr hinterher.

Der Alien war wieder auf Jagd.

Er hielt einen angemessenen Abstand und fuhr ohne Licht. Die Straßenbeleuchtung reichte ihm. Er wollte nicht, dass sie Scheinwerfer hinter sich bemerkte, dass sie nervös wurde.

Er folgte ihr auf die Interstate 494, wo er die Scheinwerfer einschaltete und sich sicher genug fühlte, um ein wenig aufzuholen. Als sie vor ihrer Ausfahrt blinkte und vom Freeway abfuhr, ließ er sich wieder etwas zurückfallen. Der Fernsehsender lag nur einige Blocks entfernt. Aber am Ende der Ausfahrt blinkte Dana Nolan plötzlich links statt rechts.

Ein Lächeln stahl sich auf seine Lippen, als er ihr hinterherfuhr. Sie bog auf den Parkplatz einer Holiday-Tankstelle mit Shop. Bei dem Namen musste Fitz laut auflachen. Holiday – so nannten die Nachrichtenleute ihn doch gerne. Doc Holiday. Wie passend.

Er fuhr daran vorbei und umrundete den Block.

Die Tankstelle war hell erleuchtet, und es war mehr los, als er zu dieser Zeit vermutet hätte. Ein großer bärtiger Mann in einem Schneeanzug tankte einen Geländewagen mit Schneeräumschild auf. Vor dem Shop standen außer Dana Nolans Mini noch zwei weitere Autos.

Fitz stellte seinen Lieferwagen in ausreichendem Abstand ab und ging hinein. Der Mann hinter der Kasse, ein großer, hagerer Schwarzer, warf ihm einen misstrauischen Blick zu. Somali, dachte Fitz. Seine Haut war pechschwarz, sodass das Weiß seiner Augen in dem langen, schmalen Gesicht geradezu leuchtete.

Fitz lächelte breit und schlug einige Male seine behandschuhten Hände aneinander.

»Himmelherrgott, ist das kalt draußen«, sagte er. »Blöde Idee, sich gerade Minneapolis als Wohnort auszusuchen, was?«

Der Somalier fühlte sich nicht bemüßigt zu antworten, obwohl er sich diese Frage seit seiner Ankunft in Minnesota wahrscheinlich selbst schon tausendmal gestellt hatte. Viele der hiesigen lutherischen Kirchen waren von dem Gedanken beseelt, Leute aus jedem Scheißloch auf dieser Welt zu retten, in das Gott sie geworfen hatte – die Hmong in den Achtzigern, die Somalier in den Neunzigern. Das war echt ein Witz: Leute aus den heißesten Gegenden der Welt nach Minnesota zu verfrachten, wo sie sich sechs Monate im Jahr den Arsch abfrieren mussten.

Dana Nolan schenkte sich an der Selbstbedienungstheke einen Becher Kaffee ein und gab Kaffeeweißer und Süßstoff dazu.

»Dieses Zeug wird Sie umbringen!«, sagte Fitz fröhlich, nahm sich einen Becher und goss sich aus einer der Kannen die französische Mischung ein.

Die junge Frau sah ihn freundlich an und lachte. Dabei kniff sie die Augen zusammen wie diese Schauspielerin, Renée Zellweger, bis sie nur noch schmale Schlitze über den von der Eiseskälte geröteten Wangen waren.

»Ich weiß, ich weiß«, sagte sie. »Kaffee ist schrecklich ungesund, aber ich brauch ihn einfach, um wach zu werden.«

»Kenn ich«, sagte er, riss ein rosa Papiertütchen auf und ließ den Inhalt in die widerlich ölige Brühe rieseln. »An manchen Tagen müsste ich mir Kaffee eigentlich intravenös verabreichen lassen.«

»Meine Rede! Mir geht's genauso!«

»Sagen Sie mal …«, er sah sie mit perfekt gespielter Verwirrung an – ein wenig überrascht, ein wenig unsicher, ein kleines Lächeln. Dann hob er einen Finger. »Sie sehen aus … Sie sind doch nicht etwa …«

Dass er sie wiedererkennen könnte, gefiel ihr. Das war ein Grund, warum sie zum Fernsehen wollte – wenn man in der Öffentlichkeit erkannt wurde, fühlte man sich auf einmal wichtig.

»Sie sind die Frau aus den Nachrichten«, rief er erfreut. »Stimmt doch! Oder?«

Sie strahlte und wieder verschwanden ihre Augen. »Ja, das stimmt.«

»Dana. Oder? Das muss ich meiner Frau erzählen!«, sagte er. »Wir sehen Sie jeden Morgen! Ich arbeite nachts für die Verkehrsbetriebe, müssen Sie wissen. Wenn ich nach Hause komme, steht meine Frau gerade auf. Sie ist Grundschullehrerin an der St. Ann. Wir frühstücken gemeinsam und sehen dabei die Nachrichten.«

»Ach, das freut mich«, sagte sie. »Wir fangen so früh an, dass ich mich manchmal frage, ob da überhaupt schon jemand wach ist und uns sieht.«

»Doch, doch, wir sehen Sie, das können Sie mir glauben.«

»Ich muss dann mal los«, sagte sie und drehte sich zur Kasse. »Sonst komme ich noch zu spät.«

»Freut mich, Sie kennengelernt zu haben, Dana«, sagte Fitz und grinste. »Das muss ich unbedingt meiner Frau erzählen!«

Sie lachte, die Verkörperung der netten, unschuldigen Jugend. »Hat mich auch gefreut.«

Er streckte eine behandschuhte Hand aus. »Frank Fitzpatrick«, sagte er. »Für Sie Fitz.«

Sie schüttelte seine Hand, ein wenig zögernd, schüchtern. Die würde sich nicht lange wehren.

»Schönen Tag noch, Fitz«, sagte sie. Sie winkte ihm kurz zu, als sie zur Kasse ging. Er winkte breit lächelnd zurück.

Seht her, so geht's, dachte er und sah zu, wie sie dem Somalier das Geld für den Kaffee gab und wieder hinaus in die Kälte eilte. *Ein potentielles Opfer aussuchen. Eine harmlose Begegnung mit dem potentiellen Opfer auf neutralem Grund herbeiführen. Es freundlich ansprechen, sodass das potentielle Opfer sein Misstrauen verliert.*

Wenn er Dana Nolan das nächste Mal begegnete, würde sie ihn als den netten Mann von der Tankstelle wiedererkennen, den freundlichen Herrn, der sie jeden Morgen beim Frühstück mit seiner Frau in den Nachrichten sah. Niemand, vor dem sie Angst haben musste.

Diese Annahme würde der schlimmste Fehler sein, den sie in ihrem jungen Leben jemals machte.

Er legte zwei Donuts auf das Tablett mit dem Kaffee und trug es zur Kasse. Der Somalier tippte die Beträge in die Kasse und nahm ohne ein Lächeln das Geld entgegen.

»Schönen Tag, Sir«, sagte Fitz fröhlich. »Und warm anziehen!«

Und damit ging er hinaus in die klirrende frühmorgendliche Kälte, stieg in seinen Lieferwagen und fuhr heim, um seine Donuts zu essen und Dana Nolan in den Nachrichten zu sehen … und sich auszumalen, wie er sie umbringen würde.

KAPITEL 23

Er schlief tief und fest und träumte. In seinem Traum kämpfte er. Sidekick links, rechts, Frontkick, Spinning Back Fist. Er keuchte und schwitzte, sämtliche Muskeln waren angespannt. Er konnte seinen Gegner nicht erkennen, nur eine schwarze Gestalt, die größer und stärker war als er und von allen Seiten auf ihn zuzukommen schien. Er wirbelte herum, trat, schlug.

Dann umklammerte etwas seine Handgelenke und er konnte sich nicht mehr befreien. Mit einem Ruck wachte er auf und schnappte nach Luft.

»Kyle!« Die Stimme seiner Mutter. »Kyle, wach auf! Du hast einen Alptraum.«

Kyle setzte sich auf, wich vor ihr zurück, entwand sich ihrem Griff. Das Gefühl der Bedrohung aus dem Traum hatte ihn noch nicht verlassen. Er konnte es nicht abschütteln.

»Was ist los?«, fragte er und sah sie an. Sie saß auf seiner Bettkante. Die Nachttischlampe war an. Der Ausdruck auf ihrem Gesicht machte ihm Angst. Ernst. Besorgt. Es war mitten in der Nacht.

»Stimmt was nicht?«, fragte er und eine Gänsehaut lief ihm über den Rücken. »Ist Dad was passiert?«

Sein Vater war verdeckter Ermittler bei der Drogenfahndung. Es war ein gefährlicher Job. Er war dabei mehr als einmal verletzt worden. Kyle hatte insgeheim Angst, sein Dad könnte in dem Glauben sterben, dass er ihn hasste. Panik und Schuldgefühle stiegen in ihm auf.

»Nein, nein«, sagte seine Mutter. »Dad geht's gut.«

»Warum weckst du mich dann? Du hast mich tierisch erschreckt!«, sagte er mit brechender Stimme.

»Ich muss dir ein paar Fragen stellen, Kyle«, sagte sie.

Erst jetzt bemerkte er, dass noch jemand in seinem Zimmer war, an der Tür. Der Partner seiner Mutter, Sam Kovac, auch er mit todernster Miene. Kyle sah von einem zum anderen.

»Was ist denn?«

»Kyle, kennst du ein Mädchen namens Penelope Gray?«, fragte seine Mutter.

»Penelope?« Er sagte den Namen, als hätte er ihn noch nie gehört. Welcher Idiot nannte sein Kind Penelope? Er kannte keine Penelope.

»Gray«, sagte Sam Kovac und trat näher. »Ihre Freunde nennen sie Gray.«

»Gray?« Er kapierte überhaupt nichts. Vielleicht schlief er doch noch und hatte einen Traum im Traum.

»Sie geht auf deine Schule«, sagte seine Mutter. »Dunkle Haare – zur Hälfte abrasiert, mehrere Piercings.«

»Gray«, sagte er. »Ja klar kenn ich Gray. Warum? Warum weckst du mich deswegen auf? Was ist denn los?«

Sam zog den Stuhl unterm Schreibtisch hervor und setzte sich.

»Kyle«, sagte Kovac. »Gray wird vermisst.«

»Vermisst?« Er kam sich vor wie ein Idiot, weil er alles, was sie sagten, wiederholte. Aber er kapierte gerade gar nichts. Sie fragten ihn aus, als wäre er ein Verdächtiger oder so.

»Sie ist seit dem Abend vor Silvester nicht mehr gesehen worden«, sagte seine Mutter.

»Ich hab sie auch nicht gesehen.«

»Hast du vielleicht etwas von ihr gehört?«, fragte Kovac. »Ein Anruf? Oder eine SMS? Irgendwas?«

»Nein.«

»Was hast du im Rock & Bowl gemacht?«, fragte seine Mutter mit ihrer Cop-Stimme. Kyle holte schon tief Luft, um zu antworten, da hob sie warnend einen Finger. »Und probier gar nicht erst, mich anzulügen. Ich hab dich auf den Aufnahmen der Überwachungskamera gesehen. Das hier ist sehr ernst, Kyle. Ich erinnere mich nicht, dir erlaubt zu haben, da hinzugehen. Das wüsste ich. Und weißt du, warum? Weil ich nie im Leben Ja gesagt hätte.«

»Ich hab dich überhaupt nicht gefragt«, sagte Kyle trotzig. »Weil du nämlich nicht da warst. Du bist ja nie da.«

Seine Mutter sprang auf, als hätte sie einen Schlag bekommen.

»Du hast ein Handy«, sagte sie mit bebender Stimme. »Du weißt, dass du mich anrufen sollst, bevor du irgendwo hingehst. Ich erwarte, dass du dich verantwortlich verhältst, Kyle. Wie bist du dort hingekommen?«

»Ist doch egal«, sagte er streitlustig. Er fühlte sich in die Ecke gedrängt und musste sich von seiner Mutter ausschimpfen lassen, als wäre er ein kleines Kind. Er war fast sechzehn. Er wollte mit Respekt behandelt werden, aber gleichzeitig wusste er, dass er keinen Respekt verdiente, wenn er sich nicht an die Regeln hielt.

»Ich habe dich etwas gefragt.«

»Ich bin bei einem Freund mitgefahren.«

»Welchem Freund?«

»Einem Freund halt!«, rief er.

»Du hast gesagt, dass du an dem Abend ins Kino wolltest.«

»Dann haben wir es uns eben anders überlegt. Na und?«

»Warum streitet ihr denn?«, fragte R. J. und tapste im Schlafanzug ins Zimmer. Seine Haare standen in allen Richtungen ab, als hätte er einen Finger in eine Steckdose gesteckt.

»Es ist nichts«, sagte Liska und schob ihn an den Schultern zurück in den Flur.

»Und warum schreit ihr dann so rum?«

Kovac beugte sich auf dem Stuhl vor und stützte die Unterarme auf die Oberschenkel. »Kyle«, sagte er ruhig. »Deine Mutter regt sich nur auf, weil sie sich Sorgen um dich macht. Sie hat schon genug schlimme Sachen gesehen. Sie weiß, dass manchmal ein falscher Schritt reicht, um in der Scheiße zu landen.

Wir ermitteln gerade in einem Mordfall, und ich kann dir versichern, dass das Opfer zu Beginn des Abends nicht damit gerechnet hat, am Ende tot zu sein. Verstehst du? Niemand glaubt, dass ihm so etwas passieren könnte, aber es passiert. Ständig. Also sei nicht sauer auf deine Mom, okay?«

Kyle blickte nach unten und kratzte sich am Hosenbein, um Kovac' Blick auszuweichen. Jetzt hatte er ein schlechtes Gewissen. Er hatte seine Mom lieb. Er wusste, dass sie es schwer hatte mit ihrer Arbeit und weil sie ihn und R. J. mehr oder weniger allein großziehen musste. Die meiste Zeit gab er sich Mühe, es nicht noch schwerer für sie zu machen.

»Also«, sagte Kovac und kam auf das Thema zurück, »es ist mir egal, wie du ins Rock & Bowl gekommen bist, ich will nur wissen, ob du Gray dort gesehen hast. Hast du mit ihr gesprochen?«

»Ja, ich hab sie gesehen.«

»Ist dir aufgefallen, dass sie jemand bedrängt oder verfolgt hat?«

»Nein.«

»Die Freundin, bei der sie übernachtet hat, hat gesagt, dass Gray irgendwann sauer wurde und gegangen ist. Weißt du was darüber?«

Kyle zuckte die Achseln. »Sie versteht sich nicht gerade mit vielen Leuten.«

»Warum?«

»Weil sie keine Lust auf diese Poser hat.«

Seine Mutter kam zurück und schloss die Tür hinter sich.

»Wie ist sie denn so?«

»Weiß nicht. Irgendwie … anders.«

Was sollte er darauf schon antworten? Dass sie durchgeknallt war? Dass sie eine Schlampe war? Er glaubte selbst nicht, dass irgendwas davon zutraf. Er hielt nichts davon, Leute in Schubladen zu stecken, außer solche Idioten wie Aaron Fogelman.

»Nimmt sie Drogen?«, fragte Kovac.

»Nein«, sagte Kyle und wurde langsam ungeduldig. »Ich weiß es nicht! Vielleicht raucht sie ab und zu was. Warum glaubt ihr eigentlich immer, dass Jugendliche Drogen nehmen? Nicht jeder nimmt Drogen!«

»Ist sie an dem Abend mit jemandem in Streit geraten?«, fragte Kovac ruhig.

»Kann schon sein.«

»Mit wem? Weswegen?«

»Christina Warner«, sagte er. »Sie haben gestritten.«

»Worüber?«, fragte Kovac.

»Gray schreibt Gedichte. Christina hat sich über ihre Gedichte lustig gemacht und dann auch noch über Gray selbst. Die anderen haben gelacht. Gray ist sauer geworden und gegangen.«

»Bist du ihr nach draußen gefolgt?«, fragte Kovac.

»Ja, aber ich hab sie nur noch wegfahren sehen.«

»Du hast also nicht mehr mit ihr gesprochen.«

»Nein.«

»Hast du gesehen, wohin sie gefahren ist?«

»Zur Tankstelle.«

»Ist ihr jemand gefolgt?«

»Keine Ahnung, ich glaub nicht«, sagte Kyle.

Er sah, wie sie schweigend einen Blick wechselten. Kovac hatte gesagt, sie würden in einem Mordfall ermitteln. Das Opfer war eine Frau. Gray war verschwunden.

»Sie glauben doch nicht, dass sie tot ist, oder?«, fragte er. »So was macht sie dauernd, dass sie sauer wird, meine ich, abhaut und bei einem ihrer komischen Freunde unterkriecht.«

»Kennst du diese Freunde?«, fragte seine Mutter.

Kyle schüttelte den Kopf. »Das sind Musiker und Dichter und so, Leute, die ständig in Cafés rumsitzen. Ich kenn sie nicht. Sie sind älter. Gray ist nicht tot, oder?«

»Wir wissen es nicht«, antwortete seine Mutter. »Das können wir noch nicht sagen.«

»Du glaubst, dass sie tot ist«, sagte Kyle. Er merkte, dass seine Arme und Beine anfingen zu zittern, als wäre er einen steilen Berg hinaufgeradelt. Er hatte noch nie jemanden gekannt, der dann ermordet worden war. Das war völlig irre, das konnte nicht sein. Leute in seinem Alter starben nicht, höchstens bei einem Autounfall oder so, oder wenn sie in einer Gang waren. Und solche Leute kannte er nicht.

»Bist du mit Gray auf Facebook befreundet, Kyle?«, fragte Kovac.

»Ja.«

»Dürfen wir uns das mal ansehen?«

Sie gingen hinunter ins Wohnzimmer, Kyle setzte sich an den Schreibtisch und fuhr den Computer hoch. Er loggte sich bei Facebook ein. Es war ihm peinlich, dass ihm seine Mutter und Kovac dabei über die Schulter blickten. Sein Profilbild war ein Foto von der Tür zu seinem Zimmer, der Samurai-Krieger, den er daraufgemalt hatte. In seinem Newsfeed erschienen Posts von Seiten, denen er folgte, Seiten über asiatische Kampfsportarten und brasilianisches Jiu-Jitsu, Tattoos und Comics. Er klickte in das Suchfenster und gab *GrayMatter* ein.

Grays Seite erschien. Ihr Profilbild war eine Zeichnung, die Kyle für sie gemacht hatte: sie selbst als Comic-Figur. Er hatte ihr mit schnellen schwarzen Strichen ein wütendes Gesicht mit scharf geschnittenen Zügen und großen blitzenden schwarzen Augen gegeben. Sie hatte nur siebzehn Freunde. Sie hatte zweiundzwanzig Seiten gelikt. Ihr letzter Post war vier Tage alt – von dem Tag, an dem Kyle sie zuletzt gesehen hatte. Es war ein Gedicht.

»Lügner«

Verlogenes Schwein
Du legst alle rein
Machst sie klein
Aber ich weiß, was du bist
mich täuschst du nicht
Ich werd dich kriegen
werd dich besiegen.
Immerzu redest du von Ehrlichkeit
Aber für dich gilt das nicht
Die Maske reiß ich dir vom Gesicht
Wart's nur ab
Ich hab Zeit
Irgendwann ist es so weit
Spießer
fallen tiefer

KAPITEL 24

Drei Stunden Schlaf. Duschen. Rasieren. Ein Becher schlechter Kaffee von 7-Eleven. Tage wie dieser, ein Fall wie dieser, eine Stimme in seinem Hinterkopf murmelte: *Du bist allmählich zu alt für so was.*

Kovac ignorierte die Stimme, weil gleichzeitig seine Nebennieren einen Adrenalinstoß durch seinen Körper jagten, der ihm dabei half, sich zu konzentrieren und weiterzumachen. Das war sein Lebensinhalt. Das war seine Berufung: ein Fall, an dem er dranbleiben musste. In dieser Hinsicht ähnelte er einem Jagdhund, der Witterung aufgenommen hatte. Er bekam einen Tunnelblick, der die Welt um ihn herum ausschloss. Die Rädchen in seinem Kopf drehten sich wie das Uhrwerk einer Schweizer Uhr.

Er liebte seine Arbeit. Auf den Grund, warum es sie gab, hätte er verzichten können, aber er konnte sich nicht vorstellen, irgendetwas anderes zu tun.

Er dachte an Tinks und daran, was sie über einen möglichen Berufswechsel gesagt hatte. Für ihn war das unvorstellbar. Im Lauf seines Berufslebens hatte er in verschiedenen Abteilungen gearbeitet, aber nirgends hatte er so sehr das Gefühl gehabt, am richtigen Platz zu sein, wie im Morddezernat.

Irgendwann würde er in Ruhestand gehen müssen, insgeheim machte ihm dieser Gedanke Angst. Wie jeder andere Cop meckerte er zwar über den Job und machte Witze über eine vorzeitige Pensionierung. Und er wusste auf den Tag genau, wann er seine dreißig Jahre voll hatte. Aber konkret wollte er sich damit lieber nicht auseinandersetzen. Die meisten anderen Cops rissen ihre zwanzig Jahre runter und stiegen dann aus. Diesen Meilenstein hatte er bereits passiert. Was sollte er mit sich anfangen, wenn er nicht mehr arbeitete? Es fiel ihm nichts ein. Er überlegte auch gar nicht erst.

Während er sein Auto in dem Parkhaus abstellte, das vor zwanzig Jahren nach einem ermordeten Polizisten benannt worden war, ging er im Kopf noch einmal seine Checkliste durch. Er hatte bereits einen jungen Detective zu Liska geschickt, der den Auftrag hatte, alle verfügbaren Informationen von Penelope Grays Facebook-Seite herunterzuholen. Es erschien ihm sinnvoller, das dort zu machen, wo sie bereits Zugang zu ihrer Seite hatten, statt Zeit damit zu verschwenden, im Büro noch einmal von vorn anzufangen.

Er wollte so viele Informationen wie möglich über die Facebook-Freunde des Mädchens sammeln – Namen, Kontaktdaten, in welcher Beziehung sie zu Gray standen. Er wollte, dass sich jemand ihre Posts ansah und auf alles achtete, was irgendwie wütend, gewalttätig, beunruhigend klang. Hatte jemand Gray bedroht? Gab es da irgendetwas, das möglicherweise zum Tod des Mädchens geführt hatte?

Er wollte wissen, wer der Lügner in dem Gedicht war, das sie als Letztes gepostet hatte. Die nächstliegende Vermutung wäre gewesen, dass es jemand in ihrem Alter war, ein Mitschüler oder eine Mitschülerin, jemand aus ihrem sozialen Umfeld. Aber er war klug genug, keine Vermutungen anzustellen. Genauso gut konnte sie von einem Erwachsenen gesprochen haben, einem Lehrer, einer Autoritätsperson, jemandem, dessen Leben durch die Enthüllung ruiniert gewesen wäre. Hatte ihre Drohung, jemanden bloßzustellen, ausgereicht, um diese Person zum Mörder zu machen? Vielleicht.

Sie mussten mit den anderen Jugendlichen aus der Gruppe sprechen, die im Rock & Bowl gewesen war, herausfinden, was genau das Mädchen an diesem Abend so wütend gemacht hatte. Sie brauchten möglichst schnell Penelope Grays Verbindungsdaten. Sie mussten sich ihre medizinischen Unterlagen besorgen und die Röntgenaufnahmen von ihrem gebrochenen Handgelenk an Möller schicken, damit er feststellen konnte, ob sie zu dem Opfer passten. Natürlich würden sie eine DNA-Analyse anfertigen lassen, um hundert Prozent sicherzugehen, aber so etwas dauerte seine Zeit, und Zeit war ein Luxus, den sie sich nicht leisten konnten.

In seiner Abteilung wimmelte es inzwischen von Detectives, die Kasselmann für die Ermittlungen abgestellt hatte und die Anrufe entgegennahmen, Notizen machten, Hinweisen folgten.

Kasselmann erschien in der Tür seines Büros, in seinem marineblauen Anzug sah er wie ein Wall-Street-Broker aus, jedes einzelne silbergraue Haar auf seinem Kopf saß exakt an seinem Platz. Er gab Kovac ein Zeichen, als wäre er ein Taxifahrer.

»Sie glauben also, dass es sich bei dem Opfer um diese Gray handelt?«, fragte er, während er sich hinter seinen Schreibtisch setzte.

Kovac ließ sich auf einen Stuhl fallen. »Ja. Es gibt zu viele Übereinstimmungen. Wir müssen heute Vormittag noch bei ihrem Arzt die alten Röntgenaufnahmen von ihr abholen und sie Möller bringen, damit er sie mit einem verheilten Bruch vergleichen kann, aber ich gehe jede Wette ein, dass sie es ist.«

»Warum wurde sie nicht als vermisst gemeldet?«

»Die Mutter dachte, sie wäre bei einer Freundin, und die Freundin dachte, sie wäre wieder nach Hause gegangen. Wie es aussieht, ist das Mädchen schon öfter mal für ein paar Tage abgetaucht, deshalb hat sich niemand was dabei gedacht, dass sie nichts von ihr gehört haben. Außerdem hat die Mutter zwei oder drei SMS-Nachrichten bekommen, von denen sie dachte, sie wären von ihrer Tochter. Insofern hatte sie keinen Grund, sich Sorgen zu machen. Wir durchforsten gerade die Facebook-Seite des Mädchens nach ihren Freunden. Und nachher bekommen wir auch noch ihre Verbindungsdaten.«

»Wie sieht's innerhalb der Familie aus?«

»Schwierig. Es ist offensichtlich, dass die Mutter gewaltige Probleme mit ihrer Tochter hat und enttäuscht von ihr ist. Das Mädchen lehnt die Mutter ab. Sie hat heftig gegen sie rebelliert. Der Vater ist die meiste Zeit abwesend. Die Mutter hat eine Beziehung mit einem Psychotherapeuten, und das Mädchen kommt nicht besonders gut mit dessen Tochter aus. An dem fraglichen Abend haben die beiden im Rock & Bowl miteinander gestritten. Unser Mädchen ist stinksauer abgezogen und wurde danach nicht mehr gesehen.«

»Mit Ihrer landesweiten Suchmeldung haben Sie viel Aufmerksamkeit auf ein Mädchen gezogen, von dem Sie glauben, dass es in einem Kühlfach im Leichenschauhaus liegt.«

Kovac zuckte die Achseln. »Ich weiß es nicht sicher. Und in der Zwischenzeit meldet sich daraufhin vielleicht jemand, der was gesehen hat. Vielleicht finden wir das Auto des Mädchens.«

»Ich gehe nachher vor die Presse«, sagte Kasselmann. »Ich hätte gern, dass die Mutter dabei ist. Sie kann sich mit einem Aufruf an die Öffentlichkeit wenden.«

»Das kann Elwood übernehmen«, sagte Kovac. »Ich wollte sie sowieso herkommen lassen. Wir müssen den genauen Zeitablauf rekonstruieren, wer wann wo gewesen ist.«

»Die Suchmeldung hat noch einen Vorteil: Ich denke, ich kriege von oben grünes Licht, Ihnen noch ein paar Leute zur Verstärkung Ihres Team zuzuteilen«, sagte Kasselmann.

»Gut. Die nehme ich gern.«

»Die State Patrol hat einen Hubschrauber in der Luft. Das BCA hat seine Unterstützung angeboten.«

»Ich würde gern noch John Quinn dazuholen, um seine Meinung zu diesem Fall zu hören. Ob er das für das Werk von Doc Holiday hält.«

Quinn war ein ehemaliger Spitzenprofiler des FBI, den sie mithilfe finanzieller Unterstützung und politischen Einflusses vor ein paar Jahren im Feuerbestatter-Fall hatten hinzuziehen können. Bald danach war er in Ruhestand gegangen und hatte sich in einem Vorort von Minneapolis niedergelassen, um im Privatsektor zu arbeiten und eine Familie zu gründen.

»Ich werde sehen, was ich machen kann«, sagte Kasselmann.

Kovac stand auf. »Tun Sie das. Er kommt um neun her.«

Der Captain murmelte etwas vor sich hin.

Ohne weiter darauf zu achten, verließ Kovac das Büro und ging in den Raum, in dem sie die Kommandozentrale für diesen Fall eingerichtet hatten. Die Fotogalerie an der Wand war um das neue Foto von Penelope Gray ergänzt worden, zusammen mit dem Porträt des Zeichners. Keine exakte Übereinstimmung, aber in Anbetracht der Umstände war es gar nicht mal so schlecht.

Kovac betrachtete das Bild, das ihm Brittany Lawler gegeben hatte. Er hatte es vergrößert und Brittany weggeschnitten. Das Mädchen, das von seinen Freunden Gray genannt wurde, sah ihn über die Schulter kokett an. Die Menschen, die sie kannten, hatten sie als zorniges junges Mädchen beschrieben, aber auf diesem Foto wirkte sie nicht zornig. Sie wirkte fröhlich und übermütig. Ihre dunklen Augen funkelten.

Kovac fragte sich, ob sie mit dem halb geschorenen Kopf und den Piercings ein Statement hatte abgeben wollen. Oder war das alles nur eine Maske, die von ihrem wahren Wesen ablenken sollte – der sensiblen, missverstandenen Lyrikerin? Wahrscheinlich war es von beidem etwas.

Jugendliche in diesem Alter wurden von tausend Unsicherheiten geplagt. Sie waren Kinder, die erwachsen sein wollten, aber gleichzeitig Angst davor hatten, sich von ihren Teddys und Puppen zu trennen. Sie wollten individuell sein, dabei klammerten sie sich an ihre Peergroup und suchten verzweifelt nach Anerkennung. Penelope Gray sah aus wie der personifizierte Widerspruch.

Liska und Tippen kamen herein, Tippen hatte sich eine Seidenkrawatte mit einer aufgemalten Palme umgebunden und hielt einen Eiskaffee in der Hand. Liska umklammerte einen Becher Kaffee, als hoffte sie, dass das Koffein direkt durch die Haut in ihre Venen dringen würde.

»Mein Gott«, murmelte sie. »Wann kriegen die das mit der Heizung endlich in den Griff? Ich komm mir hier drin vor wie im neunten Kreis der Hölle.«

»Allmählich fang ich an, es zu mögen«, sagte Tippen. »Es hat was von einem Besuch bei meinen Eltern in Boca Raton. Die stellen ihr Thermostat auch immer auf den neunten Kreis der Hölle.«

Während Kovac seine Hemdsärmel hochkrempelte, musterte er seine Partnerin. »Mensch, Tinks, du siehst aus wie eine Heroinsüchtige.«

Sie kniff die blutunterlaufenen Augen zusammen. »Vielen Dank. Da fühle ich mich doch gleich viel besser. Du solltest ein Motivationsvideo drehen und übers Internet verkaufen.«

»Hast du überhaupt geschlafen?«

»Schlafen kann ich noch, wenn ich tot bin.«

»So wie du aussiehst, könnte das nicht mehr lange dauern.«

»Halt die Klappe«, fuhr sie ihn an. »Was steht als Nächstes auf dem Programm?«

»Wir müssen mit den Kids reden, die im Rock & Bowl waren. Vielleicht können wir das direkt in der Schule machen«, schlug er vor. »Das geht schneller und einfacher, als wenn wir jeden einzeln hier antanzen lassen.«

Tippen hob die Augenbrauen. »Verwöhnte Sprösslinge aus einer Privatschule? Eltern, die ihre Anwälte mit einem Pauschalhonorar entlohnen? Ich kann mir nicht vorstellen, dass da irgendwas einfach sein wird.«

»Dann sollten wir sofort anfangen«, sagte Kovac. »Tinks, du hast doch bestimmt einen guten Draht zum Direktor.«

Sie verdrehte die Augen. »Aber sicher. Er ist ein aufgeblasener Arsch, der sich meinen Namen nicht merken kann und meinen Sohn für einen Schläger hält, der Schwulenpornos zeichnet. Den wickle ich um den kleinen Finger.«

»Dann lass doch einfach deinen bewährten Charme spielen«, schlug Tippen vor. »Pack ihn bei den Eiern und drück zu.«

»Gute Idee …«

»Ich fahre mit«, unterbrach sie Kovac. »Um dir eine Anzeige zu ersparen.«

»Spielverderber«, sagte sie schmollend.

»Dafür darfst du dann später einen Junkie verkloppen, nur so zum Spaß.«

»Das ist doch keine Herausforderung.«

»Wenn du eine Herausforderung suchst, dann fang mit

Cage Fighting an«, sagte er. »Da kannst du deinen Gegner so richtig vermöbeln und wirst sogar noch dafür bezahlt.«

»Klingt gut.«

»Ich rede noch kurz mit Quinn und bitte ihn, sich alles, was wir haben, mit Blick auf Doc Holiday anzusehen; danach können wir uns auf die Socken machen. Tip, du stattest Penelope Grays Vater einen Besuch ab. Mal sehen, wie der so drauf ist.«

Er drehte sich um und musterte die Horrorfotos von der Obduktion.

»Im Leben dieses Mädchens gab es jemanden, der sie so gehasst hat, dass er ihr das angetan hat. Finden wir heraus, ob es eine persönliche Geschichte war.«

»Das kommt überhaupt nicht infrage«, erklärte Direktor Rodgers. Sein Ton hatte etwas Endgültiges, als würde eine eiserne Tür ins Schloss fallen. »Ich lasse nicht zu, dass Sie meine Schüler vernehmen.«

Sie standen in seinem Büro, in dem alles penibel aufgeräumt und blitzblank herausgeputzt war – einschließlich Rodgers selbst. Die Schreibunterlage auf seinem Schreibtisch war blütenweiß. Papierstapel und Formulare waren exakt ausgerichtet, die Bücher in den Regalen nach der Größe sortiert. Bei so viel Ordnung drängte sich Liska die Frage auf, ob der Mann eigentlich auch arbeitete.

Sie warf ihrem Partner einen Blick zu. Kovac hatte sein Pokerface aufgesetzt, aber sie spürte, dass es in ihm brodelte. Sie hob leicht die Augenbrauen, als wollte sie sagen: *Siehst du jetzt, dass er ein Idiot er ist?*

»Wir haben nicht vor, jemanden zu vernehmen«, sagte Kovac. Er nahm einen Briefbeschwerer vom Schreibtisch, eine massive Glaskugel mit einem eingravierten banalen Motivationsspruch, und ließ ihn von einer Hand in die andere fallen. Rodgers griff hastig danach und legte ihn wieder an die Stelle, wo er vorher gelegen hatte. »Wir müssen mit Ihren Schülern nur darüber sprechen, was sie an dem fraglichen Abend und in den Tagen davor vielleicht gesehen oder gehört haben, ob ihnen etwas aufgefallen ist. Wir versuchen, uns ein Bild von den Ereignissen vor Penelope Grays Verschwinden zu machen.«

»Wir müssen den zeitlichen Ablauf rekonstruieren, Mr. Rodgers«, sagte Liska. »Wir wissen, dass diese Jugendlichen an dem Abend, an dem Penny Gray verschwunden ist, im Rock & Bowl waren. Es ist wichtig, dass wir mit ihnen sprechen.«

»Ich kann Ihnen nicht gestatten, meine Schüler zu befragen, ohne dass ich vorher die Zustimmung der Eltern eingeholt habe.«

Kovac trat zum Sideboard und versetzte dem Globus, der dort stand, einen kleinen Schubs, sodass er anfing, sich zu drehen. Rodgers legte die Hand darauf und hielt ihn an.

»Darf ich Sie bitten, meine Sachen nicht anzufassen, Detective?«

»Tut mir leid.«

Kovac ging um den Schreibtisch herum und hob ein Foto in einem Silberrahmen hoch. »Haben Sie Kinder, Mr. Rodgers?«

Rodgers beugte sich über den Schreibtisch und nahm ihm das Foto aus der Hand. »Ich habe eine Nichte und einen Neffen«, sagte er und rieb mit einem Brillenputztuch über das Glas.

»Wenn einer von den beiden vermisst würde, würden Sie die Sache bestimmt anders sehen«, sagte Kovac.

»Dann wäre es etwas anderes«, sagte Rodgers. »Und ich würde es aus rein persönlichen Gründen anders sehen. Aber in diesem Fall kann ich das nicht erlauben. Ich habe meinen Schülern und ihren Eltern gegenüber eine Verpflichtung.«

»Penny Gray ist auch Ihre Schülerin«, sagte Liska. »Fühlen Sie sich ihr gegenüber nicht verantwortlich, gegenüber ihrer Familie?«

Rodgers machte ein Gesicht, als hätte er auf seinem Teppich einen Hundehaufen entdeckt. »Selbstverständlich tue ich das. Ich verbitte es mir, dass Sie meine Sorge um das Wohlergehen dieser jungen Menschen infrage stellen.«

»Tatsächlich? Dann erzählen Sie mir doch mal was von Penelope Gray«, sagte Liska provozierend. »Wer sind ihre Freunde? Wer sind ihre Feinde? Hat sie eine Beziehung? Wofür interessiert sie sich? Gibt es einen Lehrer oder einen älteren Schüler, der ihr Mentor ist? Hatte sie vor den Ferien Streit mit jemandem?«

»Ich habe hier über fünfhundert Schüler«, verteidigte er sich. »Sie können nicht von mir erwarten, dass ich über sämtliche Einzelheiten ihres Lebens Bescheid weiß.«

»Nein, aber bisher sieht es so aus, als wüssten Sie überhaupt nichts«, sagte Kovac. »Wissen Sie wenigstens, wie das Mädchen aussieht, Mr. Rodgers?«

»Sie hat dunkle Haare, die sie sich vor Kurzem auf einer Seite abrasiert hat. Sie hat mehrere Piercings – was gegen die Regeln am PSI verstößt.«

»Sie wissen, was Sie an ihr auszusetzen haben«, sagte Liska. »Sie wissen, dass sie nicht Ihren Vorstellungen von einem perfekten PSI-Schüler entspricht.«

»Das ist ungerecht.«

»Das würde ich auch sagen.«

»Es ist mir gegenüber ungerecht«, präzisierte Rodgers. »Miss Gray tut alles, um negativ aufzufallen. Wenn sie eine herausragende Schülerin wäre oder sich durch besonderes soziales Engagement hervortun würde, dann würde ich mich daran erinnern.«

»Wenn sie so wie Christina Warner wäre, zum Beispiel«, warf Kovac ein.

»Christina ist eine vorbildliche Schülerin.«

»Soweit wir wissen, kamen die beiden Mädchen nicht miteinander aus.«

»Christinas Vater hat mir davon berichtet«, sagte Rodgers. »Penelope ist eifersüchtig auf Christina und sie hat etwas gegen die Beziehung zwischen Dr. Warner und ihrer Mutter. Er wollte, dass ich darüber informiert bin und es berücksichtige, falls Miss Gray sich irgendwie auffällig verhalten sollte.«

»Und, hat sie?«, fragte Kovac.

»Sie hat nichts getan, was auffälliger als sonst gewesen wäre.«

»Mir wurde berichtet, dass Penny Gray von einer bestimmten Clique schikaniert wurde«, sagte Liska. »Sie haben sich über ihre Gedichte lustig gemacht und sie wegen ihres Aussehens und ihrer sexuellen Orientierung gehänselt.«

»Das erscheint mir übertrieben«, sagte Rodgers.

»Aber so genau wissen Sie's nicht, oder?«, sagte Kovac und griff nach einem dicken Mont-Blanc-Füller, der neben der makellosen Schreibunterlage lag. »Was man aus der Ferne als ›so sind Jugendliche eben‹ bezeichnet, sehen die Jugendlichen selbst vielleicht ganz anders. Deshalb müssen wir mit ihnen reden.«

Rodgers starrte auf den Füller, den Kovac zwischen den Fingern drehte, und kämpfte sichtlich gegen den Drang an, ihn ihm wegzunehmen.

»Ich kann Ihnen nichts versprechen, aber ich werde versuchen, für heute Nachmittag etwas zu arrangieren. Wir müssen uns hier an gewisse Vorschriften halten, Detective«, sagte Rodgers. »Ich muss die Eltern anrufen und es mit ihnen besprechen. Ich werde ihnen raten, bei diesen Befragungen dabei zu sein. Der eine oder andere möchte vielleicht seinen Anwalt hinzuziehen …«

»Und während Sie hier streng nach Vorschrift vorgehen, wird Penny Gray nach wie vor vermisst und befindet sich möglicherweise in der Gewalt eines Psychopathen«, sagte Liska.

Sie glaubte selbst nicht daran. Sie glaubte, dass das Mädchen tot im Leichenschauhaus lag, aber Rodgers sollte etwas anderes denken. Sie wollte, dass er sich verantwortlich fühlte und ein schlechtes Gewissen bekam.

»Ich könnte mir vorstellen, dass Julia Gray eine andere Meinung zu Ihrer Hinhaltetaktik hat, Mr. Rodgers«, fuhr sie fort. »Ihre Tochter ist verschwunden. Vielleicht sollten Sie sich mal Gedanken darüber machen, dass Mrs. Gray *ihren* Anwalt hinzuziehen könnte. Wäre es mein Sohn, der vermisst wird, würde ich vor den Kameras jedes Nachrichtensenders in Minnesota laut Ihren Namen nennen. Wie würde das PSI dann dastehen?«

»Mir sind die Hände gebunden«, sagte Rodgers steif. »Ich melde mich bei Ihnen, sobald ich mit den Eltern gesprochen habe.«

Kovac legte den Füller zurück, gerade so weit außerhalb der Reichweite des Direktors, dass er sich über den Schreibtisch beugen musste, um ihn wieder neben der Schreibunterlage zu platzieren.

»Offen gestanden«, fuhr Rodgers fort und sah Liska an, »halte ich es in Anbetracht der besonderen Umstände Ihren Sohn betreffend nicht gerade für angebracht, dass Sie diese Kinder befragen.«

»Und was für Umstände wären das?«, fragte Liska.

»Ihr Sohn steht in einer gewissen Beziehung zu Miss Gray.«

»Die beiden kennen sich. Das würde ich nicht als besondere Umstände bezeichnen.«

»Und da wäre auch noch der neueste Vorfall, was die anderen Schüler auf der Liste angeht.« Er blickte zu Kovac und machte eine theatralische Pause.

»Was für ein Vorfall?«, fragte Liska.

Rodgers seufzte gequält. »Ich wollte Sie heute Vormittag deswegen anrufen.«

»Das können Sie sich jetzt ja sparen. Also, was ist los?«

Rodgers blickte erneut zu Kovac.

»Kein Problem«, sagte Kovac. »Ich bin ihr Vater. Es bleibt alles in der Familie.«

Rodgers verzog missbilligend den Mund. Er nahm sein Smartphone von der Ladestation. »Das hier hat mir heute Morgen noch vor Schulbeginn Aaron Fogelmans Vater geschickt.«

Er rief ein Foto auf und hielt das Telefon Liska hin. »Das Bild wurde gestern Abend auf Twitter gepostet. Ich weiß nicht, wer es gepostet hat, aber es kann meiner Ansicht nach kaum ein Zweifel daran bestehen, von wem das Kunstwerk stammt.«

Sie blickte auf das Foto und spürte, wie eine Hitzewelle durch ihren Körper schoss. Es zeigte Kyles drei Skizzen von Ultor, die die anderen Schüler verschandelt hatten. Die Köpfe Ultors waren durch Karikaturen ersetzt worden. In einer davon erkannte sie auf Anhieb Aaron Fogelman, der idiotisch grinsend an sich herumspielte.

»Wollen Sie abstreiten, dass Ihr Sohn das gezeichnet hat?«, fragte Rodgers.

»Für Sie steht also automatisch fest, dass er es war«, gab sie zurück.

Es stand außer Frage, dass das Kyles Werk war. Trotzdem würde sie ihn gegen diesen Hampelmann bis zum Letzten verteidigen. Getreu dem Motto der Familie Liska/Hatcher: Nie kampflos das Feld räumen.

»Das ist nicht Kyles Twitter-Account«, sagte sie.

»Mrs. Hatcher …«

»Sergeant Liska.«

»Diese Zeichnung ist meines Erachtens äußerst besorgniserregend«, sagte Rodgers. »Ich kenne mich mit Twitter nicht aus, aber ich glaube, dass sie von Ihrem Sohn ist. Ich werde ihn erst einmal für den Rest der Woche vom Unterricht ausschließen. Ich habe bereits mit ihm gesprochen. Er wartet im Konferenzzimmer auf der anderen Seite des Flurs auf Sie.«

Wut und Enttäuschung machten sich in ihr breit. Wut und Enttäuschung über Rodgers, Wut und Enttäuschung über ihren Sohn. In ihren Ohren begann es immer lauter zu rauschen, bis sie schließlich nichts anderes mehr hörte.

Kovac trat zwischen sie und den Direktor und schob sie mit sanfter Gewalt rückwärts zur Tür.

»Nimm das Auto«, sagte er leise und drückte ihr den Schlüssel in die Hand. »Hol Kyle und fahr mit ihm nach Hause. Brumm ihm Hausarrest auf oder verpass ihm eine Tracht Prügel oder kette ihn im Keller an. Das ist mir völlig egal, aber ich brauche dich downtown.«

Sie nahm den Schlüssel und verließ das Zimmer, sie fühlte sich gedemütigt und hilflos und erschöpft. Zu ihrem Entsetzen stiegen ihr Tränen in die Augen. Sie kam sich wie eine Totalversagerin vor.

Als sie den Konferenzraum betrat, sah ihr Kyle vom anderen Ende des Tisches entgegen. Vermutlich spiegelte sein Gesichtsausdruck den ihren wider. Er war verstört und wütend und er kämpfte mit den Tränen.

»Hol deine Sachen«, sagte sie. »Wir fahren nach Hause, und du hast für den Rest deines Lebens Hausarrest.«

KAPITEL 25

Kasselmann war der König der Presseauftritte. Er hatte genau das richtige Aussehen: kräftig wie ein Bulle, ernst wie ein Bestattungsunternehmer, eine gepflegte Erscheinung. Er besaß genau die richtige autoritäre Stimme. Er drückte sich klar und präzise aus.

Kovac sah es sich auf dem Fernseher im Besprechungsraum an. Er konnte darauf verzichten, von Reportern gelöchert zu werden. Sie stellten immer wieder dieselben dummen Fragen. Den Platz auf dem Podium überließ er mit Freuden Kasselmann.

Neben dem Captain stand Julia Gray und blickte verwirrt in die Kameras. Sie war so bleich wie ein Gespenst und der blaue Fleck auf ihrer Wange war trotz ihres Versuchs, ihn unter geschickt frisierten Haaren zu verbergen, deutlich zu sehen. Als sie mit ihrem Aufruf an die Öffentlichkeit an der Reihe war, sah es einen Moment lang so aus, als würde sie gar nichts sagen. Sie starrte auf das Podium und schien in Gedanken ganz woanders zu sein.

Kovac fragte sich, ob ihr der gute Dr. Warner etwas zur Beruhigung gegeben hatte. Wahrscheinlich – und dagegen war auch nichts einzuwenden. Er hatte in seinem Leben mit genug Entführungsfällen zu tun gehabt, um zu wissen, unter was für einem Druck die Eltern standen. Sie mussten eine furchtbare Mischung aus Angst, Wut, Ungewissheit und Schuld aushalten. Was hätten sie tun können, um das Grauen zu verhindern? Warum hatte ihr Kind nicht vorsichtiger sein können, weniger eigensinnig? Was passierte gerade mit ihrem Kind? War es noch am Leben oder schon tot, hatte es Angst oder Schmerzen?

Neben Kovac stand John Quinn und sah mit verschränkten Armen und nachdenklich gerunzelter Stirn zu, wie Julia Gray sich schließlich zusammenriss und mit den üblichen Worten um die Rückkehr ihrer Tochter bat oder um Hinweise, die dazu beitragen könnten, ihr Verschwinden zu klären.

Falls das Leben von John Quinn jemals verfilmt werden würde, wäre George Clooney die erste Wahl für seine Rolle. Quinn hatte dieses gewisse Etwas – dunkle Haare mit grauen Strähnen, dunkle Augen, ein markantes Kinn. Jeder Mann wäre gern so gewesen wie er und jede Frau geriet bei ihm ins Schwärmen. Er nutzte all das zu seinem Vorteil, wenn es ging, aber er verließ sich nicht darauf. Er hatte einen scharfen Verstand und er beherrschte seinen Job vermutlich besser als jeder andere auf diesem Gebiet.

»Was ist mit ihrem Gesicht passiert?«, fragte er, ohne den Blick vom Bildschirm zu wenden.

»Sie behauptet, sie sei auf dem Eis ausgerutscht«, sagte Elwood. »Dabei habe sie sich auch das Handgelenk verstaucht.«

»Womit verdient sie ihr Geld?«

»Sie ist Pharmareferentin.«

»Wo ist der Ehemann?«

»Sie sind seit vier Jahren geschieden. Er ist Kieferchirurg. Inzwischen ist er wieder verheiratet, mit einer jüngeren Frau, die früher in seiner Praxis gearbeitet hat.«

»Und Mom hat eine Beziehung mit einem Seelenklempner«, sagte Kovac.

»Wie ist er?«

»Der typische Seelenklempner. Weiß alles, kann alles und

redet mit anderen so, als wären sie debil. Schlingt sich seinen Pullover um die Schultern«, sagte Kovac verächtlich.

»Ich hab ihn gegoogelt«, sagte Elwood. »Wie es scheint, ist er hier in der Gegend ziemlich bekannt.«

Kovac runzelte die Stirn. »Ich hab noch nie was von ihm gehört.«

»Weil du keinen Kontakt zur Außenwelt hast«, erklärte Elwood. »Er hat eine Radiosendung bei einem der lokalen Sender, in der er Eltern Ratschläge für den Umgang mit Teenagern gibt. Zwei Stunden am Samstagvormittag. Und im Frühstücksfernsehen auf Kanal zwölf hat er jeden Montagmorgen einen fünfminütigen Gastauftritt.«

»Großartig«, murmelte Kovac. »Eine richtige Berühmtheit. Er wird mir immer sympathischer.«

»Wie verhält er sich gegenüber der Mutter?«, wollte Quinn wissen.

»Gestern Abend hat er sich bemüht, ihr zur Seite zu stehen«, sagte Elwood. »Und heute Vormittag ist er auch dabei.«

Auf dem Bildschirm war Julia Gray inzwischen weinend an Kasselmanns Brust gesunken. Kasselmann stützte sie und beendete die Pressekonferenz mit einem weiteren Aufruf an die Zuschauer, sich bei sachdienlichen Hinweisen mit der Polizei in Verbindung zu setzen. Dann wurde zurück ins Studio zu Dana Nolan geschaltet, die alle bisherigen Ereignisse noch einmal zusammenfasste.

»Also John, Sie haben sich inzwischen ja alles angesehen, was wir zu den Doc-Holiday-Fällen haben«, sagte Kovac, ging zur Kaffeemaschine und schenkte aus der Kanne etwas in seinen Becher, das wie gebrauchtes Motoröl aussah. »Und Sie konnten auch einen Blick auf unseren Zombie-Fall werfen. Was halten Sie davon?«

Quinn stemmte die Hände in die Hüften und betrachtete die Fotos, die an die Wand gepinnt waren.

»Kommt darauf an, an welchem Punkt seiner Laufbahn sich Doc Holiday befindet«, sagte er. »In den Fällen, die ihm zugeschrieben werden, hat er mehr Leichen im Gebiet der Twin Cities abgelegt als irgendwo anders – soweit wir wissen jedenfalls. Wenn wir dieses Mädchen mitzählen, dann waren das innerhalb eines Jahres vier Leichen. Mir sagt das, dass er sich hier wohl fühlt, die Gegend kennt. Könnte sein, dass er hier wohnt und ein bisschen faul wird. Wenn er die Opfer sozusagen in Hinterhof entsorgt, kann er nach Lust und Laune dorthin zurückkehren und seine Tat noch mal durchleben. Allerdings ist es auch riskant.

Die anderen Opfer, die man hier gefunden hat, kamen aus anderen Bundesstaaten. Wenn Zombie-Girl und Penelope Gray ein und dasselbe Mädchen sind, dann hat er sie in derselben Stadt entführt und entsorgt. Das heißt, er wird langsam unvorsichtig und sein Verhalten eskaliert möglicherweise.«

Er drehte sich um und sah sie ernst an.

»Einige Täter implodieren gegen Ende ihrer Laufbahn«, erklärte er. »Sie fangen an, Dinge zu tun, die sie normalerweise nicht tun, und weichen von dem Muster ab, das sie perfektioniert haben.

Das klassische Beispiel dafür ist Bundy. Nachdem er jahrelang dem gleichen Muster gefolgt ist, es geschafft hat, nicht geschnappt zu werden, die Überreste seiner Opfer versteckt hat, ging er nach Florida und flippte völlig aus. In einer einzigen Nacht überfiel er in einem Studentinnenwohnheim gleich mehrere junge Frauen, er ließ die Leichen einfach liegen, sodass man sie finden würde, statt sie wegzuschaffen, er ließ mögliche Zeugen zurück, dann ging er ins nächste Haus und überfiel eine weitere junge Frau. Zwei Tage später entführte er ein Mädchen, das wesentlich jünger war als seine bisherigen Opfer. Er verhielt sich wie ein fressgieriger Hai.«

»Was, meinen Sie, war der Grund dafür?«, fragte Elwood.

»Wir wissen nicht genau, was bei manchen Tätern zu dieser Form von Selbstzerstörung führt«, erwiderte Quinn. »Der einen Theorie zufolge entwickeln sie ein Gefühl von Unbesiegbarkeit, das immer stärker wird, bis schließlich die Grenze zum Wahnsinn überschritten wird. Einer anderen Theorie nach denken sie, dass sie immer mehr die Kontrolle über ihre anomalen Begierden verlieren, und das macht ihnen Angst und weckt in ihnen den Wunsch, dass jemand sie aufhält.«

»Doc scheint dieses Spiel viel zu sehr zu genießen, als dass ihn sein Gewissen aufhalten könnte«, sagte Kovac.

»Das sehe ich auch so«, erwiderte Quinn. »Aber man kann nie wissen. Wir können nicht in ihren Kopf sehen. Einige meiner Kollegen waren der Ansicht, dass Bundy am Ende nach Florida gegangen ist, weil er wusste, dass er dort höchstwahrscheinlich hingerichtet wird, wenn man ihn erwischt. Aber nach seiner Verurteilung hat er dann alles in seiner Macht Stehende getan, um die Vollstreckung aufzuschieben und den Staat daran zu hindern, ihn auf den elektrischen Stuhl zu schicken. Er hat bis zum Schluss seine Spielchen mit den Justizbehörden getrieben und jede Sekunde davon genossen.«

»Doc Holiday könnte einer von den Typen sein, die allmählich die Kontrolle verlieren«, sagte Elwood.

Quinn nickte. »Das ist richtig. Wenn dieses Mädchen eins seiner Opfer ist, lassen sich eindeutig Abweichungen von seinem gewohnten Muster feststellen. Die Säure ist etwas Neues. Die Stichwunden sind anders. Es war ein anderes Messer, weniger wirkungsvoll.«

»Tippen meinte, dass er mit dem Opfer gespielt und es über einen längeren Zeitraum gequält haben könnte, indem er ein kleineres Messer benutzt hat«, sagte Kovac.

Quinn dachte mit schief gelegtem Kopf und hochgezogenen Augenbrauen darüber nach. »Wäre möglich. Oder es ist überhaupt nicht der Doc und wir haben es mit einem unerfahrenen Mörder zu tun, der sich die erstbeste Waffe gegriffen hat, ohne zu wissen, dass er sein Ziel damit nicht so schnell erreicht.

Man kann also genauso gut zu dem Schluss kommen, dass dieses Gemetzel auf das Konto eines Amateurs geht. Das Messer hat nicht gereicht, also hat der Täter versucht, das Mädchen zu erschlagen, er hielt sie für tot und hat ihr die Säure ins Gesicht geschüttet, um eine Identifizierung zu erschweren, aber sie hat immer noch gelebt.«

»Na toll«, sagte Kovac. »Es könnte also der Doc sein oder jemand anderes. Vielen Dank für die Eingrenzung des Täterfelds, John.«

Quinn zuckte die Achseln. »Das ist eben keine exakte Wissenschaft.«

»Nehmen wir mal an, es ist Doc Holiday«, sagte Elwood. »Was würden Sie vorschlagen? Sollen wir versuchen, ihn aus der Reserve zu locken?«

»Dass er seine Opfer da liegen lässt, wo man sie leicht findet, zeigt eindeutig, dass er Anerkennung für seine Arbeit will«, sagte Quinn. »Ich könnte mir vorstellen, dass er eine Art Album angelegt hat, in dem er die Berichte über seine Morde sammelt. Aber bis jetzt hat er nicht versucht, mit den Behörden oder den Medien Kontakt aufzunehmen, oder?«

»Nein«, sagte Kovac.

»Wahrscheinlich würden Sie ihn zu einer Reaktion veranlassen, wenn Sie *nicht* über ihn reden würden, wenn weder in den Nachrichten noch in den Zeitungen sein Name erwähnt würde, aber dafür ist es jetzt zu spät.«

»Ich musste diese Karte ausspielen, um Leute zur Verstärkung zu kriegen«, sagte Kovac.

»Ja, es ist alles eine Sache der Abwägung«, räumte Quinn ein. »Sie könnten die Idee forcieren, dass er nachlässig wird, dass Sie ihm auf den Fersen sind, dass es nur eine Frage der Zeit ist …«

»Aber ich habe nichts, um das zu untermauern.«

»Und Sie könnten ihn zu einer großen Geste veranlassen«, gab Quinn zu bedenken. »Sie machen ihn wütend und er lässt es Sie büßen – indem er ein unschuldiges Opfer dafür büßen lässt.«

Kovac nahm die Fernbedienung und schaltete Dana Nolan mitten im Satz aus.

»Dieses Risiko will ich nicht eingehen.«

Er griff nach einer Videokassette, die neben dem Fernseher lag, und schob sie in den Videorekorder.

»Soweit wir wissen, wurde Penelope Gray hier zum letzten Mal gesehen«, sagte er und drückte auf Play. »Sie hat das Rock & Bowl um neun Uhr siebenundzwanzig nach einem Streit mit Christina Warner – der Tochter des Seelenklempners – verlassen, und auf dieser Aufnahme sieht man sie ein paar Minuten später in dem Tankstellenshop. Sie kauft einen Sixpack, vermutlich mit einem gefälschten Ausweis.«

Das Mädchen ging zur Tür, auf die Kamera zu, dann blieb sie stehen und sprach mit jemandem, der vor der Tür stehen musste – und außerhalb der Reichweite der Kamera. Es gab keinen Ton. Es ließ sich nicht feststellen, was sie gesagt hatte und in welchem Ton. Es ließ sich nicht feststellen, was die andere Person zu ihr gesagt hatte.

Das Mädchen machte ein paar Schritte in den Shop zurück, drehte den Kopf und blickte zum Tresen, wo mehrere Leute an der Kasse anstanden. Einer der anderen Kunden sah ohne großes Interesse kurz in ihre Richtung und drehte sich wieder weg. Dann verließ Penelope Gray den Shop und verschwand in der Nacht.

Kovac ließ das Standbild stehen.

»Gibt es draußen eine Kamera?«, fragte Quinn.

»An den Zapfsäulen, aber die ist nicht auf den Shop gerichtet.«

Er spulte zurück und spielte die letzten Sekunden noch einmal ab, ihn ließ das Bild nicht los, wie Penny Gray aus dem Sichtfeld der Kamera verschwand. Ging sie auf eine Freundin zu? Auf einen Fremden? Einen Mörder?

Tippen kam mit ein paar Ausdrucken in der Hand ins Zimmer. »Die Verbindungsdaten der Grays.«

Kovac griff mit einer Hand nach den Listen und holte mit der anderen seine Lesebrille aus der Brusttasche seines Hemds. »Hast du sie schon durchgesehen?«

»Nein. Die sind frisch aus dem Drucker«, sagte Tippen. »Ich komme gerade von Dr. Timothy Gray, Wurzelkanalspezialist für die schönen und reichen Beißwerkzeuge in Edina.«

»Seine Tochter ist verschwunden, wahrscheinlich ist sie tot, und er arbeitet?«, sagte Elwood.

»Die Zahnarzt-Show muss weitergehen.«

»Dann können wir wohl davon ausgehen, dass sich Vater und Tochter nicht besonders nahestehen«, sagte Quinn.

»Dr. Gray sagt, früher hätten sie ein sehr enges Verhältnis gehabt, aber das Mädchen hätte einfach nicht verstanden, was für massive Probleme es in der Ehe gab«, erklärte Tippen. »Zum Beispiel sein Bedürfnis, mit einer zwanzigjährigen Sprechstundenhilfe namens Brandi in die Kiste zu steigen.«

»Armes Mädchen«, murmelte Kovac. »Dad lässt sie und ihre Mutter für einen knackigen Hintern sitzen. Sie gibt Mom die Schuld, weil sie sich nicht genug angestrengt hat, ihren Vater zu halten. Mom ist sauer auf die Tochter, weil die negativ darauf reagiert, dass die Familie auseinanderbricht. Das Mädchen hat's von beiden Seiten abgekriegt.«

»So macht man das heute«, erklärte Tippen. »Erfüllung der eigenen Wünsche auf Kosten der Familie. Dad macht, was er will. Scheiß auf die anderen. Die Beziehung zu seiner Tochter besteht schließlich nur noch darin, dass er die Schecks für den Unterhalt ausstellt und sich darüber ärgert, dass sie ihn nicht in Ruhe sein schönes neues Familienleben genießen lässt. Er scheint eher genervt als besorgt darüber, dass sie verschwunden ist.«

»Ein wiederkehrendes Thema bei den Eltern Gray«, warf Elwood ein.

»Er sagt, Penny ist schon früher manchmal verschwunden. Sie ist eigensinnig und streitlustig und wahrscheinlich lacht sie sich jetzt irgendwo ins Fäustchen, dass sich ihre Eltern ihretwegen Sorgen machen.«

»Ja, zum Beispiel im Leichenschauhaus«, sagte Kovac. »Wann hat er das letzte Mal was von ihr gehört?«

»Am ersten Feiertag, während er seinen Weihnachtsurlaub in seinem Ferienhaus in Aspen genoss. Sie hat ihm eine SMS geschickt, ein Gedicht.«

»Hatte er es noch auf seinem Handy?«

»Ja. Er sagt, er hebt sie auf, ›für alle Fälle‹.«

Quinn runzelte die Stirn. »Was soll das denn heißen?«

»Die junge Mrs. Gray hat Angst vor Penelope«, erklärte Tippen. »Dr. Gray zufolge befürchtet seine Neue, dass Penny versuchen könnte, ihr oder ihrer dreijährigen Tochter etwas anzutun.«

»Ist das Mädchen schon mal gewalttätig geworden?«, fragte Quinn.

»Offenbar kam es unter Alkoholeinfluss zu einem Streit bei der Einweihungsfeier für Dr. Grays neue Praxis vor acht oder neun Monaten«, sagte Tippen. »Gegenseitige Beschimpfungen, eine Ohrfeige, ein bisschen Haareziehen. Nichts richtig Schlimmes, aber der Frau machte es Angst und dem guten Doktor war es peinlich. Er ist immer noch sauer.«

Er zog sein Handy aus der Tasche und rief eine SMS auf. »Das ist das Letzte, was sie ihrem Vater geschrieben hat:

Fröhliche Weihnachten
für die kleine Familie und dich
Vergiss das verlassne Kind
Dein Zuhause, deine Frau und mich
Du nimmst, was dir gefällt
Das ist alles, was zählt
Lass die Glöckchen klingen
Die Kasse klingeln
Fröhliche Weihnachten
Meinem Dad, dem herzallerliebsten
Wünscht das unbedeutende Töchterlein

»Wow«, sagte Kovac. »Sie sollte sich bei einem Grußkartenverlag bewerben. Die könnten eine ganz neue Serie Weihnachtskarten für vom Leben Enttäuschte auf den Markt bringen.«

»Ich würde die kaufen«, sagte Tippen. »Aber das Entscheidende für uns ist, dass der abtrünnige Vater sich außerhalb dieses Bundesstaats befunden hat, als Penny Gray verschwunden ist. Das heißt, er ist aus dem Schneider – zumindest in dieser Hinsicht. Allerdings fielen ihm ein paar wenig schmeichelhafte Bemerkungen zu seiner Exfrau ein.«

Kovac hob eine Augenbraue. »Trifft das nicht auf jeden Mann zu?«

»Insbesondere dazu, wie sie ihre Tochter behandelt. Er behauptet, wenn sie etwas mütterlicher und herzlicher wäre und nicht nur immer an sich denken würde, dann würde sich das Mädchen auch besser benehmen und wäre nicht ständig sauer auf Gott und die Welt.«

»So wie das Mädchen auch eine positivere Einstellung zu Beziehungen haben würde, wenn er etwas väterlicher wäre und nicht so ein Arsch?«, sagte Kovac.

»Dieser Gedanke ist ihm offenbar noch nicht gekommen. Er meinte, das Mädchen hätte absolut keinen Respekt vor der Mutter als Mutter oder als Frau oder was auch immer. Sie kriegt sich dauernd mit ihr in die Wolle und das Schlimmste für sie ist der neue Mann im Leben ihrer Mutter.«

»Das Mädchen mag den Freund nicht?«, fragte Kovac, dann zuckte er die Achseln. »Ich auch nicht.«

»Schade, dass sie nicht deine Tochter ist.«

»Ja. Mich würde sie auch nicht mögen.«

»Sie ist ein Teenager«, sagte Tippen. »Die können niemanden leiden. Außer Rockstars und Channing Tatum.«

»Wer ist Channing Tatum?«

Tippen sah ihn an. »Hast du eigentlich die leiseste Ahnung von Popkultur?«

Kovac erwiderte seinen Blick finster. »Nein. Warum sollte ich?«

»Deshalb bist du Single.«

»Nein, nicht deshalb«, sagte Kovac gereizt. »Ich bin Single, weil ich meine gesamte Zeit mit euch Blödmännern verbringe.

Was ist eigentlich mit deiner Nichte?«, fuhr er fort. »Hat sie irgendwelche Rückmeldungen auf dieses Internetzeugs?«

»Jede Menge«, sagte Tippen. »Ob irgendwas davon irgendwohin führt, ist eine andere Frage. Ich hab mir zwei Leute aus der Abteilung für Sexualverbrechen ausgeliehen, damit sie den interessanteren nachgehen.«

Kovac stieß einen Seufzer aus. »Diese Sache läuft in so

viele verschiedene Richtungen, dass ich allmählich das Gefühl habe, mit einem bescheuerten Oktopus zu ringen.«

»Sie müssen herausfinden, was passiert ist, nachdem sie diesen Tankstellenshop verlassen hat«, sagte Quinn. »Das ist momentan am wichtigsten. Mit wem hat sie gesprochen? Ist sie mit dieser Person weggegangen? Ist die ihr gefolgt? Irgendjemand muss was gesehen haben.«

Kovac nickte. »Wir geben das Video an die Fernsehsender und weisen noch einmal darauf hin, dass wir jede Information brauchen können. Wenn sich jemand daran erinnert, sie in dieser Nacht gesehen zu haben, dann will ich mit ihm reden, egal, ob er meint, Informationen zu haben oder nicht.

In der Zwischenzeit«, sagte er, bereits auf dem Weg zur Tür, »reden Elwood und ich mit der Mutter und hören uns mal an, was sie über ihren Ex zu sagen hat.«

KAPITEL 26

Julia Gray ging in dem schmalen Verhörraum auf und ab, die Arme eng um sich geschlungen, als würde sie sonst auseinanderfallen. Ihr Kopf zuckte in Kovac' Richtung, als er den Raum betrat. In dem harten Neonlicht sah sie verhärmt und zehn Jahre älter aus als am Abend zuvor. Der blaue Fleck auf ihrer Wange war noch dunkler geworden.

Michael Warner saß an dem kleinen runden weißen Tisch, er wirkte gefasst, allerdings hatte er bereits seine Jacke ausgezogen und die Ärmel seines schwarzen Pullovers nach oben geschoben. Auf seiner Stirn glänzten Schweißperlen. Er stand auf und schüttelte Kovac die Hand.

»Detective Kovac.«

»Dr. Warner. Mrs. Gray.«

»Haben Sie etwas gehört?«, fragte sie. »Captain Kasselmann hat gesagt, Sie hätten einige Hinweise erhalten. Es hätten Leute angerufen, die Penny gesehen haben. Stimmt das?«

Elwood zog ihr einen Stuhl heran. »Setzen Sie sich doch, Mrs. Gray. Wir werden über alles in Ruhe sprechen.«

Sie warf Michael Warner einen Blick zu, als bäte sie ihn um Erlaubnis. Kovac setzte sich, schob sich die Lesebrille auf die Nase und blickte auf die Liste mit den Verbindungsdaten, die er in eine Aktenhülle gesteckt und mitgebracht hatte. Elwood setzte sich auf den vierten Stuhl, vor sich einen gelben Block. An dem kleinen Tisch wirkte er wie ein Bär, der sich auf einem Kindergeburtstag verirrt hatte. Julia

Gray rutschte auf ihrem Stuhl unruhig hin und her. »Warum ist es so warm hier drin?«

»Tut uns leid, Ma'am«, sagte Elwood. »Mit der Heizung stimmt was nicht.«

»Das ist ja kaum auszuhalten«, klagte sie, hielt jedoch weiterhin die Arme um sich geschlungen.

Michael Warner beugte sich zu ihr und legte ihr die Hand auf die Schulter. »Versuch dich zu entspannen, Julia. Tief ein- und ausatmen.«

»Ein paar Leute haben auf der Hotline angerufen«, sagte Elwood. »Wir werden jedem Hinweis nachgehen. Aber das Auto Ihrer Tochter ist immer noch nicht aufgetaucht, es wurde nachweislich das letzte Mal am Abend des Dreißigsten an einer Holiday-Tankstelle gesehen.«

Kovac hob den Kopf. »Dürfte ich bitte kurz Ihr Handy haben, Mrs. Gray? Ich möchte mir nur die SMS-Nachrichten Ihrer Tochter ansehen, vielleicht enthalten sie ja irgendeine Information, die uns weiterhilft.«

Julia Gray wuchtete ihre Handtasche auf den Tisch. Sie war fast so groß wie ein Seesack und mit Designerlogos bedruckt. Sie hielt sie mit ihrer verletzten rechten Hand auf und wühlte mit der linken nach dem Handy.

»Sind Sie Linkshänderin oder Rechtshänderin, Mrs. Gray?«, fragte Kovac.

Sie blickte auf. »Rechtshänderin. Warum?«

»Ich hab mir mal die rechte Hand gebrochen. Ich konnte nicht schreiben, nicht tippen, keinen Türgriff drehen. Ausgesprochen lästig.«

»Ja, das ist es«, sagte sie geistesabwesend und sah in ihre Tasche. »Ich habe es nicht dabei. Mein Handy. Ich muss es im Auto liegen gelassen haben.«

Kovac warf Elwood einen Blick zu. Welche Mutter, deren Kind verschwunden war, vergaß ihr Handy im Auto?

Selbst wenn man annehmen musste, dass das Mädchen tot war, würde sich eine Mutter doch an jeden Strohhalm klammern, und wäre er noch so dünn, solange es nicht bestätigt war.

»Sie haben keine SMS mehr vom Handy Ihrer Tochter bekommen, seit wir gestern Abend miteinander gesprochen haben?«

»Nein.«

»Offenbar wurde es ausgeschaltet«, sagte Elwood. »Oder der Akku ist leer. Ich habe mich mit Apple in Verbindung gesetzt. Ihre Tochter hat die App ›Mein iPhone suchen‹ installiert, aber bei diesem Modell funktioniert sie nur, wenn das Handy eingeschaltet ist.«

»Das heißt, es lässt sich nicht orten«, sagte Michael Warner.

»Nein«, sagte Kovac und sah auf die Listen. »Aber wir können das Gebiet eingrenzen, in dem sich das Handy befand, als es benutzt wurde. An dem Abend, an dem sie verschwunden ist, wurden die Anrufe von einem Sendemast in der Nähe des Rock & Bowl weitergeleitet. Seither ist das Handy in zwei Sendebereichen gewesen. In dem einen steht der Sendemast an der Pleasant Avenue South, westlich des Interstate 35W und nördlich des Highway 62. Im anderen steht ein AT&T-Mast in der Stevens Avenue, das ist nur ein kleines Stück östlich Ihrer Adresse, Mrs. Gray.«

Sie wirkte verwirrt. »Und was sagt uns das?«

Kovac ließ sie auf ihrer Frage sitzen und fuhr fort. »Wann haben Sie Penny das letzte Mal gesehen, Mrs. Gray?«

»Am Achtundzwanzigsten. Abends. Ich war gerade von der Arbeit nach Hause gekommen.«

»Sie sagten, Sie hätten sich gestritten. Worum ging es bei diesem Streit?«

Sie warf Warner einen Blick zu, holte tief Luft und stieß

sie mit einem Seufzer wieder aus. »Sie war wütend. Sie war verletzt. Sie hatte Weihnachten nichts von ihrem Vater gehört und hat sich deswegen zwei Tage lang aufgeregt. Sie war sauer auf mich wegen – wegen – *allem*. Weil sie ihren Vater verloren hat, weil ich nicht so bin, wie sie es gern hätte, wegen meiner Beziehung zu Michael.«

»Penny ist mit Ihrer Beziehung nicht einverstanden?«, fragte Elwood.

»Penny wäre mit keiner Beziehung ihrer Mutter einverstanden«, sagte Michael Warner. »Es sei denn, Julia und ihr Exmann kämen wieder zusammen – und nicht einmal dann. Sie hat sich in eine Fantasie verrannt. Alles soll wieder so sein wie früher, als sie ein kleines Mädchen war, wie sie sich in ihrer Erinnerung die Beziehung zwischen ihren Eltern vorstellt.«

»Behandeln Sie Penny, Dr. Warner?«, fragte Kovac.

»Nicht mehr. Ich war eine Zeit lang ihr Therapeut. So haben Julia und ich uns kennengelernt. Natürlich sind wir keine Beziehung eingegangen, bevor ich die Behandlung von Penny beendet hatte«, fügte er hastig hinzu.

»Haben Sie deshalb die Behandlung abgebrochen?«

»Nein, nein«, sagte er und schüttelte den Kopf. »Nachdem ich Penny begutachtet hatte und sie zu ein paar Sitzungen bei mir war, kam ich zu dem Schluss, dass sie bei einer Therapeutin besser aufgehoben wäre. Wegen der Situation mit ihrem Vater hat sie ein starkes Bedürfnis entwickelt, Männer zu manipulieren. Das erschwert einem männlichen Therapeuten die Arbeit um das Zehnfache.«

»Bei wem ist sie jetzt?«

»Bei niemandem«, sagte Julia. »Ich habe Penny zu der Therapeutin geschickt, die Michael empfohlen hat, und sie ging hin und hat die ganze Zeit kein Wort gesagt und sie nicht einmal angesehen. Ich hatte keine Lust, dafür zu zahlen, und sie hatte keine Lust hinzugehen. Also konnte sie es genauso gut bleiben lassen.«

Und wieder einmal war Julia Gray im Umgang mit ihrer Tochter den Weg des geringsten Widerstands gegangen. Penny Gray mochte im Leben ihrer Mutter physisch präsent gewesen sein, aber sie hatte keinerlei Halt von ihr bekommen.

»Penny hat also an diesem Abend Streit mit Ihnen angefangen?«, fragte Kovac.

»Ja.«

»Ist sie Ihnen gegenüber jemals gewalttätig geworden?«

»Nein! Natürlich nicht!«, erwiderte Julia Gray ein bisschen zu heftig. »Warum fragen Sie mich das?«

»Ihr Exmann hat einen Zwischenfall erwähnt, bei dem Ihre Tochter auf seine Frau losgegangen ist«, sagte Elwood.

Sie verdrehte die Augen. »Das ist alles maßlos übertrieben.«

»Sie waren dabei?«

»Nein, natürlich war ich nicht dabei«, gab sie schroff zurück. »Tims Sekretärin hat es mir erzählt. Ich kenne sie seit Jahren. Sie sagte, Brandi hätte völlig überreagiert. Sie macht aus allem gleich ein Drama. Ich habe nie verstanden, dass Tim das nicht durchschaut. Jeder sonst tut es.«

»Sie und Ihre Tochter haben sich also gestritten, aber es kam nicht zu Tätlichkeiten«, sagte Kovac.

»Nein!« Sie hob genervt die Hände, hielt dann aber abrupt inne, als ihr Blick auf den Stützverband an ihrem Handgelenk fiel und ihr der Grund für die Frage dämmerte. »Ich habe Ihnen doch gesagt, dass ich ausgerutscht und hingefallen bin.«

»Wo ist das passiert, Mrs. Gray?«, fragte Elwood.

»Auf einem Parkplatz in St. Louis Park«, sagte sie gereizt. »Ich kam von einem Termin in der Four-Seasons-Frauenklinik.«

»Wenigstens hatten Sie da schnell medizinische Hilfe«, sagte er.

»Ich bin nicht zurück in die Klinik. Es war mir peinlich, und ich dachte auch nicht, dass es so schlimm ist. Außerdem, was hätte ein Haufen Gynäkologen mit meinem Handgelenk machen sollen? Ich habe es später in einem anderen Krankenhaus in der Notaufnahme untersuchen lassen.«

»Wann war das?«

»Am gleichen Tag. Am Achtundzwanzigsten.«

»Da ist ja einiges passiert«, bemerkte Kovac. »Und nach dem Streit hat Penny das Haus verlassen?«

»Ja«, sagte sie. Ihre Augen füllten sich mit Tränen. Sie straffte die Schultern und bemühte sich, die Haltung zu bewahren. »Sie schrie mich an, dass sie mich hasst, dass sie mich nicht mehr sehen will und dass sie lieber zu Leuten geht, bei deren Anblick sie nicht am liebsten kotzen würde.«

Die arme leidende Mutter.

»Und wohin ist sie gegangen?«, fragte Kovac.

Frustriert presste sie die Lippen aufeinander, was die Falten um ihren Mund herum hervortreten ließ. »Ich weiß es nicht genau. Ich habe erst am nächsten Tag wieder etwas von ihr gehört. Aber ich weiß, dass sie schließlich bei ihrer Freundin Bethany gelandet ist.«

»Brittany«, verbesserte Elwood sie. »Brittany Lawler.«

Julia Gray schloss die Augen und rieb sich den Nasenrücken, als hätte sie Kopfschmerzen, ihr war klar, dass sie im Wettbewerb um den Titel »Mutter des Jahres« wieder mal versagt hatte.

Sie bedachte Kovac mit einem finsteren Blick. »Warum reden wir überhaupt über all das? Wir wissen doch, wo sie zuletzt gesehen wurde. Was spielt es für eine Rolle, wo sie vorher war?«

Kovac ignorierte die Frage. »Wo waren Sie am Abend des Dreißigsten, Mrs. Gray?«

»Michael und ich waren bei einer Aufführung im Orpheum und danach sind wir noch etwas essen gegangen.«

»In welchem Restaurant?«, fragte Elwood und notierte die Adresse.

Michael beugte sich mit ernster Miene vor. »Es gefällt mir nicht, in welche Richtung das hier geht, Detective. Sie können doch nicht ernsthaft glauben, dass Julia mit dem, was Penny passiert ist, irgendetwas zu tun hat.«

Kovac lächelte höflich. »Es ist wichtig, dass wir uns ein möglichst genaues Bild von den Geschehnissen in der Zeit vor Pennys Verschwinden machen. Eine Ermittlung hat etwas von einer Schachpartie. Wir müssen wissen, wo jede Figur stand, bevor der Täter – wer immer das auch ist – seinen entscheidenden Zug gemacht hat. Wir müssen das große Ganze im Blick haben, und dazu brauchen wir auch diese Details.«

»Wann sind Sie nach Hause gekommen?«, fragte Elwood.

»Ich habe einen Bericht darüber im Fernsehen gesehen!«, sagte Julia Gray aufgebracht. »Ein Kind verschwindet und die Polizei vergeudet wertvolle Zeit damit, die Eltern zu drangsalieren. Ich habe meiner Tochter nichts angetan! Wie können Sie so etwas auch nur denken?«

»Wir kennen Sie nicht, Mrs. Gray«, sagte Elwood in beschwichtigendem Ton. »Wir können es uns nicht leisten, Vermutungen über die Menschen im Leben Ihrer Tochter anzustellen. Wir werfen Ihnen nichts vor, aber es ist wichtig, dass wir für alle Möglichkeiten offen bleiben.«

»Braucht Julia einen Anwalt?«, fragte Warner.

»Das ist kein Verhör, Dr. Warner«, sagte Kovac. »Niemand ist verhaftet. Wir versuchen nur, so viele Informationen wie möglich zusammenzutragen, die uns in die richtige Richtung führen könnten.«

»Nachdem meine Tochter am Achtundzwanzigsten das Haus verlassen hat, habe ich sie nicht mehr gesehen«, sagte Julia Gray gepresst.

»Und um welche Zeit sind Sie am Dreißigsten nach Hause gekommen?«, wiederholte Elwood seine Frage.

»Ungefähr um halb eins.«

»Und Sie, Dr. Warner?«

»Kurz danach.«

»War Ihre Tochter da zu Hause?«

»Nein. Christina kam gegen eins.«

»Hat sie irgendetwas davon erzählt, was im Rock & Bowl vorgefallen ist?«, fragte Kovac.

»Sie sagte nur, sie hätte den Abend mit ihren Freunden verbracht.«

»Von Penny hat sie nichts gesagt?«

»Nein.«

»Laut Aussage der anderen Jugendlichen, die dort waren, kam es zwischen Christina und Penny zu einem Streit, der damit endete, dass Penny ging.«

»Wie Sie gerade gehört haben, ist ein Streit, der mit einem Abgang von Penny endet, nichts Außergewöhnliches«, sagte Warner. »Penny ist ein zutiefst unglückliches Mädchen, Detective. Sie ist unglücklich über ihr Leben. Sie ist unglücklich über sich selbst. Sie ist unglücklich über ihre Mutter und über die Beziehung zwischen ihrer Mutter und mir. Sie ist eifersüchtig auf Christina. Sie ist eifersüchtig auf meine Beziehung zu meiner Tochter, weil sie selbst keine Beziehung zu ihrem Vater hat. Ich habe versucht, diese Lücke ein bisschen zu füllen, und das nimmt sie mir übel.«

»Ich habe gehört, dass die Abneigung zwischen den beiden Mädchen auf Gegenseitigkeit beruht«, sagte Kovac. »Laut Aussage eines Jugendlichen hat Christina an diesem Abend auf Penny herumgehackt, sie hat sich über ihre

Gedichte lustig gemacht – das kam offenbar nicht zum ersten Mal vor.«

Warner stieß einen Seufzer aus. »Ich will nicht behaupten, dass meine Tochter ein Engel ist, Detective. Aber reden Sie mit Christinas Lehrern, mit ihren Freunden. Sie ist eine ausgezeichnete Schülerin. Sie ist Klassensprecherin. Sie ist die Mentorin jüngerer Schülerinnen.

Sie hat die Freundschaft mit Penny gesucht. Penny hat sie abblitzen lassen. Dass Christina hin und wieder zurückschlägt, wenn Penny austeilt, ist doch normal.«

»Mädchen sind eben so.«

»So könnte man sagen, ja. Als ich Christina gestern Abend erzählt habe, dass Penny vermisst wird, hat sie jedenfalls sofort ihre Hilfe angeboten.«

»Sehr löblich«, sagte Elwood. »Vielleicht kann sie uns ja tatsächlich helfen. Wir sprechen nachher noch mit den Jugendlichen. Vielleicht können sie etwas Licht in das Dunkel bringen. Den Leuten ist nicht immer klar, was sie wissen. Manchmal ist ein vermeintlich unwichtiges Detail von allergrößter Bedeutung.«

»Die Gedichte Ihrer Tochter zum Beispiel«, sagte Kovac an Julia Gray gewandt. »Ihr letzter Facebook-Post war ein Gedicht. Es scheint an eine bestimmte Person gerichtet zu sein.«

Er zog einen Ausdruck des Gedichts mit dem Titel »Lügner« aus der Akte und schob ihn über den Tisch genau zwischen Julia Gray und Michael Warner. Dann lehnte er sich auf seinem Stuhl zurück und sah ihnen mit halb geschlossen Lidern, als würde er jeden Moment wegdösen, dabei zu, wie sie es lasen.

Julia Gray wirkte frustriert, weil sie mit dem Gedicht ihrer Tochter offenbar nichts anfangen konnte – so wenig wie mit ihrer Tochter selbst. Michael Warners Gesicht blieb ausdruckslos.

»Irgendeine Idee, wen sie damit meinen könnte?«, fragte Kovac.

»Eindeutig ihren Vater«, sagte Warner. »Sie war wütend auf ihn. Er hat sie praktisch aus seinem Leben ausgeschlossen. An Feiertagen wurde ihr das immer ganz besonders schmerzlich bewusst.«

»Aber was ist das für eine Lüge?«, fragte Kovac. »Es ist vier Jahre her, dass Ihr Mann Sie und Penny verlassen hat, Mrs. Gray. Es ist kein Geheimnis, dass er Sie betrogen hat, dass er Sie wegen einer Jüngeren verlassen hat. In Anbetracht der Neigung Ihrer Tochter zu dramatischen Auftritten kann ich mir nicht vorstellen, dass es irgendjemanden gab, der nicht mitbekommen hat, was sie davon hielt. Also was ist das für eine Lüge? Was ist das für ein Geheimnis? Wer ist es, dem sie die Maske vom Gesicht reißen will?«

Michael Warner schob das Blatt zurück und sagte: »Wir können nur hoffen, dass wir die Chance haben werden, sie das selbst zu fragen.«

»Nur der Ordnung halber, Mrs. Gray«, sagte Elwood, »wo waren Sie an Silvester?«

»Wir waren aus«, sagte sie und dann verlor sie endgültig die Fassung. Michael Warner legte einen Arm um ihre Schultern, um sie zu trösten, während sie die verletzte Hand über den Mund legte.

Kovac stellte sich vor, wie sie sich an den fröhlichen Abend erinnerte, wie sie schick angezogen das neue Jahr begrüßte, während ihre Tochter tot auf der Straße lag, ein Spektakel im grellen Licht der Scheinwerfer, vor Fernsehkameras, die hin und her geschwenkt wurden, versuchten, einen Blick auf das Gemetzel einzufangen.

Der Alptraum jeder Mutter.

Hoffte er jedenfalls.

KAPITEL 27

»Du wirst das Haus *nicht* verlassen. Hast du mich verstanden?«, sagte Nikki. »Und selbst wenn es brennt, es ist mir egal. Du wirst das Haus *nicht* verlassen.«

Kyle sah sie nicht an. Er ließ den Kopf hängen und sagte mit kaum hörbarer Stimme ja.

Sie waren in düsterem Schweigen nach Hause gefahren. Nikki sagte nichts, weil sie sich selbst nicht über den Weg traute. Sie ertrug weder die Musik im Radio noch das Geplapper irgendeines Sprechers, der seine Zuhörer mit seiner aufgesetzten Fröhlichkeit anstecken wollte. Selbst das Geräusch des Blinkers war kaum auszuhalten. Kyle kroch auf dem Beifahrersitz in sich zusammen und versuchte sich unsichtbar zu machen.

Abgesehen vom Brummen des Kühlschranks in der Küche war es im Haus genauso still. Die Stille schien auf ihr Trommelfell zu drücken. Jedes noch so kleine Geräusch – als sie ihre Handtasche auf dem Tisch abstellte, als Kyle den Reißverschluss seiner Kapuzenjacke aufzog – schien zehnfach verstärkt.

Er setzte sich an den Tisch. Er sah verzweifelt aus. Sie verbot sich jedes Mitleid mit ihm.

»Ich kann jetzt nicht mit dir darüber reden«, sagte sie. »Ich bin so wütend und so enttäuscht von dir, ich kann jetzt nicht darüber reden.«

Er senkte den Kopf. »Wirst du es Dad sagen?«

»Warum sollte ich mir die Mühe machen?«, fuhr sie ihn

an. »Er ist genauso unreif, wie du es offenbar bist. Wahrscheinlich fände er es sogar noch lustig. Aber es ist *nicht* lustig. Es ist *überhaupt nicht* lustig.

Du könntest deswegen dein Stipendium verlieren. Du könntest von der Schule fliegen. Darüber kannst du nachdenken, wenn du den ganzen Tag hier sitzt. Kein Fernsehen, kein Internet. Und wenn ich herausfinde, dass du auf Facebook warst oder über deinen *geheimen* Account getwittert hast, dann nehm ich dir dein Handy weg und zertrümmere es vor deinen Augen mit einem Hammer.

Ich muss jetzt los, weil ich arbeiten muss, um für dich und deinen Bruder zu sorgen, damit ich euch was zu essen kaufen kann und was anzuziehen und um euch eure Wünsche zu erfüllen – was für dich offenbar alles völlig selbstverständlich ist.«

Er versuchte seine Tränen vor ihr zu verbergen. Sie musste gegen den übermächtigen Drang ankämpfen, zu ihm zu gehen und ihn in die Arme zu nehmen. Ihr Herz tat so weh, dass es sich anfühlte, als hätte ihr jemand einen Eispickel hineingerammt.

Als sie wieder hinaus in die Kälte ging und in die Schrottkiste aus der Polizeigarage stieg, hatte sie das Gefühl, als könnte sie jeden Moment in eine Million Stücke zerspringen. Im Auto roch es abgestanden nach mexikanischem Fastfood. Sie ließ das Fenster einen Spalt offen, als sie losfuhr.

Jetzt wo sie allein war, konnte sie die Tränen nicht länger zurückhalten. Dieser Fall und die Schwierigkeiten mit Kyle raubten ihr die letzte Kraft. An Tagen wie diesen verspürte sie unwillkürlich den sinnlosen Wunsch, jemand, der stärker war als sie, würde ihr einen Teil der Last von den Schultern nehmen, damit sie sich ausruhen konnte. Es war ein grausamer Traum, einer, der sich vermutlich niemals erfüllen würde. Aber trotzdem schlich er sich immer wieder hinterrücks ein.

Sie fuhr zu der Gemeinschaftspraxis, wo Penny Grays gebrochenes Handgelenk behandelt worden war, und holte die Röntgenaufnahmen ab, die dort für sie bereitlagen, dann fuhr sie weiter nach Downtown zum Rechtsmedizinischen Institut.

Am Empfang erklärte man ihr, dass Möller gerade mitten in einer Obduktion sei.

»In welchem Raum?«, erkundigte sie sich.

Die Empfangsdame blinzelte verwirrt. »Sie können in seinem Büro auf ihn warten. Er ist mitten in einer Obduktion.«

»Ja, das habe ich schon beim ersten Mal verstanden.« Sie hielt den großen braunen Umschlag mit Penny Grays Namen darauf in die Höhe. »Es ist wichtig, dass er sich diese Röntgenaufnahmen sofort ansieht. Es ist mir egal, ob er bis zu den Ellbogen in einer halbverwesten Leiche steckt. In welchem Raum ist er?«

Die junge Frau sah sie erschrocken an, hin- und hergerissen zwischen Pflichtbewusstsein und Verunsicherung.

»Hören Sie, Schätzchen«, sagte Nikki schroff. »Sie können Dr. Möller anrufen und ihn stören oder Sie können mir sagen, wo er ist, und ich störe ihn selbst. Ich muss wissen, ob die nicht identifizierte Tote das vermisste Mädchen in meinem Fall ist. Ich will die Mutter nicht länger im Ungewissen lassen.«

Noch immer zögernd schluckte die junge Frau und sagte: »Er ist in der zwei.«

Als Nikki sich umdrehte und den Flur hinunterging, hatte die Empfangsdame bereits den Telefonhörer in der Hand, um dort anzurufen und sich abzusichern.

Beim Betreten des Sezierraums traf Nikki der Geruch wie ein Schlag mit einem Baseballschläger.

»Heilige Muttergottes!«, entfuhr es ihr und sie geriet leicht ins Schwanken. Ihr drehte sich der Magen um und vor ihren Augen verschwamm alles.

Möller hob den Kopf und sah sie an, seine Augen über der Maske funkelten. »Ah, willkommen, Sergeant Liska! Gefällt Ihnen der Empfang nicht? Das tut mir aber leid. Der pikante Geruch unseres Neuzugangs ist nichts für empfindliche Nasen, fürchte ich.«

Liska hielt sich mit Daumen und Zeigefinger die Nase zu und versuchte durch den Mund zu atmen. Ihre Augen tränten, als hätte sie gerade eine Zwiebel geschält. »Was zum Teufel ist das?«

»Ein unzufriedener Kunde aus einem Bestattungsinstitut im Norden von Minneapolis. Einer von mehreren. Offenbar wurde der Lagerraum knapp, während sie auf besseres Wetter warteten, um die Leute beerdigen zu können«, erklärte er. »Und die Balsamierflüssigkeit ist ihnen auch ausgegangen, wie es scheint. Sieben in einem Schrank gestapelte Leichen.«

»Mir wird schlecht«, sagte sie und drehte sich im nächsten Moment auch schon um, um ihr Frühstück in einen Wäschebehälter zu würgen.

Möller ging unbeirrt seiner Arbeit nach, bis sie sich einigermaßen erholt hatte.

»Okay«, sagte sie, immer noch keuchend durch den Mund atmend. »Der hier wird nicht mehr toter. Ich habe die Röntgenaufnahmen für einen Vergleich mit unserer nicht identifizierten Toten. Können wir irgendwohin gehen, wo der Würgefaktor etwas geringer ist, und einen Blick darauf werfen?«

»Natürlich«, sagte Möller zuvorkommend und trat vom Seziertisch zurück. »Wenn Sie der Dame am Empfang erlaubt hätten, mich vorher anzurufen, wäre ich rausgekommen.«

Er streifte Handschuhe, Maske und Kittel ab und warf alles in den Wäschebehälter, bevor er sich die Hände an einem der großen Edelstahlbecken wusch.

Liska wartete nicht, bis er damit fertig war, sondern verließ den Raum hastig und sog draußen tief die frische Luft in ihre Lunge. Möller trat auf den Flur und hielt ihr ein Pfefferminzbonbon hin, das sie im Austausch gegen die Röntgenbilder nahm.

Sie gingen in sein Büro und er klemmte die Aufnahmen von Penny Grays gebrochenem Handgelenk an einen Leuchtkasten. Dort hingen bereits die Aufnahmen, die er bei der Obduktion gemacht hatte. Dann stand er schweigend da und betrachtete die Röntgenbilder.

»Was meinen Sie?«, fragte Liska. »Sind unsere Aufnahmen die von dem verheilten Handgelenk?«

»Ja«, sagte Möller. »Wie soll das angeblich passiert sein?«, fragte er und deutete auf die alten Aufnahmen.

»Die Mutter sagte, das Mädchen ist vom Rad gefallen. Warum?«

»Nein. Wenn man vom Rad fällt, dann streckt man die Hände aus, um den Sturz abzufangen. So«, er streckte einen Arm aus, die Hand nach oben gebogen. »Wenn die Hand auf dem Boden aufprallt, ist die Fraktur hier«, er fuhr sich mit der anderen Hand übers Handgelenk. »Das war bei diesem Mädchen hier nicht der Fall.«

Liska musterte den Bruch, den spitzen Winkel.

»Das«, sagte Möller, »ist eine Spiralfraktur. So etwas wird durch eine Drehbewegung verursacht.«

Er nahm ihr Handgelenk und drehte es langsam.

»Und das, meine Liebe …«, setzte er an.

Liska beendete den Satz für ihn. »Ist Misshandlung.«

KAPITEL 28

Hast du was von Gray gehört?

Brittany sah auf das Display ihres Handys. Kyle. Warum ließ er sie nicht endlich in Ruhe? Das war ihr erster Gedanke. Ihr zweiter war, dass sie sich tief in ihrem Inneren tatsächlich irgendwie wünschte, sie könnte sich mit ihm treffen und mit ihm reden. Er wusste immer, was zu tun war, was richtig war. Sie war nicht immer einer Meinung mit ihm, aber im Augenblick hätte sie gerne etwas von seiner Entschiedenheit gehabt.

Sie sah sich um, ob jemand sie beobachtete, dann simste sie zurück. *Sie ist verschwunden. Cops sind da. Wo bist du?*

Sie saßen an einem auf Hochglanz polierten großen Holztisch in einem der Büroräume des Direktors. Christina und Aaron und die anderen, die an diesem Abend im Rock & Bowl gewesen waren – Jessie und Emily, Eric und Michael, der harte Kern der Clique. Die Polizei wollte mit ihnen reden.

»Woher wissen die überhaupt, dass wir da waren?«, fragte Aaron.

Brittany schwieg, am liebsten hätte sie sich in einem Loch verkrochen. Würden sie sauer auf sie sein? Würden sie sie hassen? Sie hatte ja auch nicht darum gebeten, dass die Polizei zu ihr nach Hause kam.

Sie spürte Christinas durchdringenden Blick auf sich. Sie musste es ihnen sagen. Sie würden es sowieso rauskriegen.

»Sie waren gestern Abend bei uns zu Hause«, sagte sie. »Grays Mom hat ihnen gesagt, dass sie bei mir war.«

Emily riss die Augen auf. »Die Polizei war bei dir? O mein Gott.«

»Das hast du davon«, sagte Christina missbilligend. »Das passiert, wenn du dich mit ihr abgibst, Britt. Ständig hat sie Ärger. Sie *macht* Ärger. Hab ich's dir nicht tausendmal gesagt?«

»Ich weiß, ich weiß«, sagte Brittany. »Aber ihre Mom hat sie rausgeworfen. Sie musste irgendwo schlafen …«

»Soll sie doch bei einem ihrer komischen Dichterfreunde schlafen. Du bist nicht für sie verantwortlich, Brittany. Du schuldest ihr nichts.«

Brittany schwieg. Für Christina war immer alles so einfach und klar, und wenn es nicht so war, half sie eben nach. Für sie dagegen waren die Dinge nicht immer so eindeutig. Sie war mit Gray befreundet gewesen, bevor sie sich mit Christina angefreundet hatte. Und obwohl sie Gray nie so richtig verstanden hatte, glaubte sie doch, ihr etwas zu schulden, wenn nicht Loyalität, dann wenigstens Freundlichkeit.

Gray tat ihr furchtbar leid. Ihr Vater hatte sie aus seinem Leben ausgeschlossen. Ihre Mutter war eine egoistische Kuh, der es egal wäre, wenn Gray nie wieder auftauchte. Es war einfach traurig. Brittany hatte tolle Eltern. Sie waren zwar nicht immer einer Meinung, aber sie wusste, dass ihre Eltern sie liebten. Nie im Leben würden sie sie aus dem Haus werfen, sie behandeln, als wäre sie ein Stück Dreck.

»Vielleicht gab es ja einen Grund, warum sie wollte, dass Gray bei ihr schläft«, sagte Jessie gehässig. »Habt ihr ein bisschen gefummelt, Britt?«

Brittany sah sie an und bemerkte das bösartige Glitzern in ihren Augen. Jessie betrachtete Christina als ihre beste

Freundin und wurde schnell eifersüchtig. Wenn jemand lesbische Neigungen hatte, dann Jessie, aber Brittany traute sich nicht, das laut zu sagen.

»Vielleicht bin ich ja einfach nur ein netter Mensch«, erwiderte sie stattdessen. »Wenn deine Mom dich rauswerfen würde, wärst du vielleicht auch froh, wenn jemand dich aufnimmt.«

»Lass sie in Ruhe, Jess«, sagte Christina scharf und hatte offenbar verdrängt, dass sie vor dem Abend im Rock & Bowl die gleichen hässlichen Bemerkungen von sich gegeben hatte. Aber das war jetzt alles vergessen und vergeben.

»Was hast du den Cops erzählt?«, fragte Aaron.

»Dass wir im Rock & Bowl waren und dass Gray wegen irgendwas sauer war und gegangen ist.«

»Und du hast ihnen erzählt, dass wir alle da waren«, sagte er. »Vielen Dank auch, Britt.«

»Was spielt das für eine Rolle?«, sagte sie sich verteidigend. »Was spielt es für eine Rolle, wer da war? Gray ist gegangen. Das ist das Einzige, was wichtig ist.«

»Hast du ihnen erzählt, dass dieser Warmduscher Hatcher auch da war?«

»Ich habe ihnen von niemandem was erzählt!«, beharrte Brittany. »Hör auf, mir einzureden, ich hätte was falsch gemacht. Die sind von der Polizei, Aaron. Meinst du, die kriegen nicht sowieso raus, was sie rauskriegen wollen?«

Er kniff argwöhnisch die Augen zusammen. »War Hatchers Mom dabei?«

»Nein.«

»Warum sitzt er dann nicht hier?«

»Woher soll ich das wissen?«

»Er ist doch dein Freund.«

»Ist er nicht! Warum soll er denn auf einmal mein Freund sein? Du behauptest doch ständig, dass er schwul ist.«

»Sei still, Aaron«, fuhr Christina ihn an. »Britt kann nichts dafür. Wahrscheinlich hat ihnen Kyle gesagt, dass wir alle da waren. Wer weiß, was er sonst noch gesagt hat.«

»Dieser Loser«, murmelte Aaron und starrte auf seine geballten Fäuste auf dem Tisch. Er zog mal wieder einen Flunsch, die volle Unterlippe leicht vorgeschoben, die Augen zu schmalen Schlitzen verengt.

Als Brittany Aaron Fogelman das erste Mal gesehen hatte, hatte sie ihn wie alle Mädchen an der Schule süß gefunden. Er war groß und sportlich und sah gut aus, ein bisschen wie Channing Tatum, nur jünger. Sie hatte ein bisschen herumgesponnen, dass er sich für sie interessierte, aber das hatte nicht lange gedauert. Erstens war er Christinas Freund. Und außerdem war sein gutes Aussehen immer mehr in den Hintergrund getreten, als sie ihn näher kennenlernte und feststellte, dass er eingebildet war und unfreundlich und sich den meisten Leuten gegenüber ziemlich fies verhielt.

Sie mochte es nicht, wie er Kyle behandelte – die Gemeinheiten, die Andeutungen, er wäre schwul –, auch wenn Kyle manchmal geradezu darum bettelte. Als sie ihn jetzt ansah, konnte sie Kyles Stimme hören: *Nette Freunde hast du, Britt …*

Das Handy vibrierte in ihrer Hand. Sie versteckte es in ihrem Schoß und warf verstohlen einen Blick auf die SMS.

Zu Hause. Suspendiert.

»Habt ihr gesehen, was er auf Twitter gepostet hat?«, fragte Eric Owen in die Runde. Grinsend rief er das Bild auf und hielt sein Handy so, dass jeder es sehen konnte. Er lachte, obwohl eine der Karikaturen eindeutig ihn darstellte.

Aaron fluchte, streckte die Hand aus und nahm seinem Kumpel das Handy ab.

»Hey!«

»Findest du das vielleicht komisch, Blödmann?«, sagte Aaron.

Es war nicht komisch, wenn Kyle so was mit Aaron machte, aber es war wahnsinnig komisch gewesen, als Aaron es mit Kyle gemacht hatte. Brittany wünschte, sie hätte den Mumm, das zu sagen, aber sie tat es nicht.

»Was meinst du, wo Gray steckt?«, fragte Christina sie.

»Keine Ahnung.«

»Du hast nichts von ihr gehört?«

»Nein, warum auch?«, fragte Brittany. »Sie denkt, ich hätte sie gelinkt.«

»Hast du ja auch«, sagte Jessie Cook hämisch.

Brittany blickte auf Kyles SMS – *Zu Hause. Suspendiert* – und dachte: *Da wäre ich auch gern.*

Sie hätte Jessie gern widersprochen, aber wozu? Sie hätte gern behauptet, dass sie nicht wissen konnte, dass Christina sich an diesem Abend rächen würde. Niemand hatte es ihr offen gesagt. Christina hatte ihr eine SMS geschickt – sie hatte genau gewusst, dass Gray bei ihr war –, dass sie ins Rock & Bowl kommen sollte. Brittany hatte Gray dazu überredet.

Jetzt schämte sie sich dafür, dass sie mitgespielt und nicht den Mut aufgebracht hatte, etwas zu sagen.

»Sie hat es nicht anders gewollt«, sagte Emily Peters.

Das stimmte. Gray hatte den Ärger herausgefordert – das hatte sie immer getan. Sie hatte über Christina ein gemeines Gedicht mit dem Titel »Königin der Schule« verfasst und es bei der einmal im Monat stattfindenden »Open-Mike-Night« unmittelbar vor den Weihnachtsferien vorgelesen. Brittany sah es vor sich wie eine Szene aus einem Film: Gray am Mikrofon, wie sie mit einem Gesichtsausdruck, der nie etwas Gutes bedeutete – halb boshaft, halb aufgeregt –, zu lesen begann

Unsere Königin

Finstere Fürstin der Highschool
Immer schön und immer cool
Meerjungfrauenhaare bis sonst wohin
Die unangefochtene Anführerin
Immer ganz oben und unbesiegt
Glaubt sie, dass jeder sie liebt
Doch alle haben die Nase voll
So zu tun, als wäre sie toll
Die ersten Wetten laufen schon
Wann sie endlich stürzt vom Thron
Denn hart und grausam ist das Leben
Zu denen, die sich mit falschem Glanz umgeben
Es lässt sie fallen, eins, zwei, drei
Und mit der Herrschaft ist's vorbei
Jeder, über den sie gelacht
Jeder, den sie kleingemacht
Sieht zu, wie die Krone zerbricht
Und sagt es ihr ins Gesicht
Der Glanz ist dahin
Möchtegernkönigin

Gray war stolz auf sich gewesen. Es machte ihr Spaß, andere Leute in Verlegenheit zu bringen, wenn sie fand, dass sie es verdienten. Niemand hatte Christina in die Augen sehen können. Alle wussten, dass es in dem Gedicht um sie ging. Christina hatte mit versteinertem Gesicht dagestanden.

»Die glauben, sie ist das tote Mädchen, das an Silvester aus dem Auto gefallen ist«, sagte Aaron. »Der Zombie.«

Brittany sah ihn finster an. »Sag so was nicht.«

»Es stimmt. Emily, hast du nicht gesagt, du hast auf ›TeenCities‹ was darüber gelesen?«

Emily nickte. »In Sonya Porters Blog. Es ging um diesen Serienmörder, der Frauen umbringt und irgendwelche widerlichen Sachen mit ihnen macht.«

»Das heißt nicht, dass es Gray ist«, sagte Christina.

»Also, so wie die das tote Mädchen in den Nachrichten beschrieben haben«, erwiderte Jessie, »klang es schon nach Gray. Mein Gott, wie krass wäre das denn – jemanden zu kennen, der von so einem kranken Psycho umgebracht worden ist?«

Irgendwie schien sie diese Vorstellung aufregend zu finden.

»Wenn es Gray ist, hat sie der Mörder erwischt, nachdem sie aus dem Rock & Bowl weg ist«, sagte Brittany. »Und sie ist wegen uns weg.«

»Deshalb sind wir doch nicht schuld daran«, hielt Christina dagegen. »Es ist doch nicht unsere Schuld, dass ein Irrer herumrennt und Leute umbringt. Ich wollte ihr nur dieses blöde Gedicht heimzahlen. Ich wollte nicht, dass sie irgend so ein kranker Typ entführt und quält! Mein Gott, Britt, denkst du das wirklich?«

»Nein!«, sagte Brittany. »Aber wenn sie das ist, würde ich mich schuldig fühlen, du nicht?«

»Ich würde mich schrecklich fühlen«, sagte Christina, »aber nicht verantwortlich. Ich hab sie schließlich nicht umgebracht.«

Emily kaute nervös an ihrem Fingernagel. »Was meint ihr, was uns die Cops fragen?«

»Was haben sie dich denn gefragt, Britt?«, wollte Christina wissen.

Brittany rutschte auf ihrem Stuhl hin und her. »Sie wollten nur wissen, wohin Gray gegangen ist. Ob ich was von ihr gehört habe. Ob sie zusammen mit jemandem weg ist. Das war alles.«

»Du hast ihnen erzählt, dass sie sauer war und abgehauen ist«, sagte Christina, beugte sich etwas vor und senkte die Stimme. »Hast du ihnen auch erzählt, warum sie ausgerastet ist?«

»Nein.«

»Sie haben nicht danach gefragt?«

»Nein.«

Christina beugte sich noch ein bisschen näher zu Brittany und warf ihre eindrucksvolle blonde Mähne nach hinten. »Du hast ihnen nicht erzählt, was sie zu mir gesagt hat, oder?«

»Nein!«, flüsterte Brittany. »Warum hätte ich das denn machen sollen? Das würde ich nie machen.«

»Du bist die Einzige, die es gehört hat«, flüsterte Christina zurück. »Und es ist sowieso eine Lüge, aber du weißt ja, wie gemein die Leute sein können.«

Sie sagte das mit ernstem Gesicht und sah sie aus ihren großen braunen Augen unschuldig an, so als wäre sie selbst noch nie gemein zu jemandem gewesen.

»Du wirst doch auch nichts sagen, oder?«

Brittany schüttelte den Kopf. »Nein.«

Als würde sich die Polizei für die gehässigen Bemerkungen von Teenagern interessieren.

Christina streckte die Hand aus und drückte die von Brittany kurz. »Du bist wirklich eine gute Freundin, Britt.«

Gray sah das wahrscheinlich anders, dachte Brittany.

»Hatcher ist doch an dem Abend gleich nach Gray abgehauen«, sagte Aaron, »er ist derjenige, mit dem die Cops reden sollten.«

»Am liebsten würde ich diesem kleinen Angeber eins hinter die Löffel geben.«

»Das wäre nicht richtig«, sagte Tippen und seufzte gelangweilt. »Befriedigend, aber nicht richtig.«

Sie standen im Zimmer nebenan und verfolgten das Gespräch der Jugendlichen über die Videoüberwachungsanlage. Schüler konnten in der Schule keine Privatsphäre erwarten. Sie wurden den ganzen Tag im wahrsten Sinne des Wortes ausspioniert, in den Klassenzimmern, auf den Fluren, in der Cafeteria und auch in dem Konferenzraum, wo sie darauf warteten, von der Polizei befragt zu werden.

Kovac musterte einen nach dem anderen, achtete auf die Körpersprache, den Gesichtsausdruck. Brittany Lawler fühlte sich von allen zweifellos am unwohlsten. Man konnte sehen, dass sie am liebsten aufgestanden und gegangen wäre. Sie rutschte auf ihrem Stuhl hin und her, versuchte dem Mädchen neben ihr – Christina Warner – auszuweichen.

Christina beugte sich mit besorgter Miene zu ihr, legte ihr eine Hand auf die Schulter und murmelte etwas, das er nicht verstehen konnte. Aufmunterung, Trost. Irgendetwas in der Art.

Christina war eindeutig die Anführerin. Hübsch, stylish, sich ihrer erotischen Ausstrahlung sicher, autoritär. Die anderen hörten auf sie. Sie war sich ihrer Position und ihrer Macht eindeutig bewusst.

Man konnte sich gut vorstellen, dass es zwischen ihr und einem Mädchen wie Penny Gray, der ewigen Außenseiterin, Spannungen gegeben hatte. Sie waren so gegensätzlich wie Tag und Nacht, die eine manipulierte, die andere ging auf Distanz. Weil ihre Eltern eine Beziehung hatten, mussten sie beide um die Gunst von Julia Gray buhlen. Julia Gray, die gegenüber ihrem einzigen Kind nichts als Missbilligung und Enttäuschung zu empfinden schien. Kovac konnte sie förmlich sagen hören: *Wieso kannst du nicht so wie Christina sein?*

Er drehte sich zu Tippen. »Lass uns anfangen. Die beiden Clowns zuerst«, sagte er und deutete auf Aaron Fogelmans Handlanger. »Danach die beiden Mädchen. Fogelman lassen wir noch eine Weile zappeln, mal sehen, ob wir es nicht schaffen, ihn ein bisschen nervös zu machen. Dann nehmen wir uns die kleine Warner vor und anschließend noch mal Brittany Lawler. Sie zuletzt. Sollen sich die anderen ruhig fragen, warum.«

»Dr. Warner wird langsam ungeduldig«, sagte Tippen.

»Gut. Lass ihn schmoren.«

Direktor Rodgers hatte die Eltern, darunter auch Michael Warner, in seinem Büro versammelt. Sie durften bei den Befragungen ihrer Sprösslinge dabei sein. Wenigstens hatte keiner von ihnen einen Anwalt mitgebracht.

Man musste für alles dankbar sein, dachte Kovac. Er übernahm einen von Fogelmans Kumpels und Tippen den anderen. Keiner der beiden hatte viel zu sagen. Sie behaupteten, sie hätten Penelope Gray nicht besonders gut gekannt. Sie behaupteten, sie hätten während des Streits zwischen Gray und Christina Warner in der Spielhalle Skeeball gespielt. Wie vorauszusehen war, gingen die Eltern in Verteidigungsstellung und taten das, was Eltern eben taten: sich vor ihre Kinder stellen.

Die Befragungen von Emily Peters und Jessica Cook verliefen mehr oder weniger genauso.

Kovac knöpfte sich Jessica Cook vor. Cooks Mutter war groß und stämmig und sah aus, als würde sie für einen Wrestling-Veranstalter in den Ring steigen, wenn sie sich nicht gerade mit Twinset und Perlenkette als Vizedirektorin einer Bank verkleidete. Mit vor der Brust verschränkten fleischigen Armen und säuerlichem Gesichtsausdruck saß Mama Bär da. Das Gesicht des Mädchens zeigte diesen leicht verkniffenen Zug, der auf eine gewisse Streitlust hindeutete.

Kovac setzte sich den beiden gegenüber an den Tisch und begann mit dem verbalen Tauziehen.

»Also Jessica, hast du Gray an diesem Abend im Rock & Bowl gesehen?«

Sie verdrehte die Augen. »Das wissen Sie doch. Sonst wäre ich ja nicht hier, oder?«

»Dann lass uns gleich zum Punkt kommen. Was ist zwischen Gray und Christina vorgefallen?«

»Gray wurde sauer und nannte Christina …«, sie warf einen Blick zu ihrer Mutter, »… sie hat sie beschimpft und dann ist sie gegangen.«

»Ist ihr jemand gefolgt?«

»Ja. Kyle Hatcher.«

»Sonst noch jemand?«

Sie stieß einen Seufzer aus. »Ich hab nicht drauf geachtet. Ich mag Gray nicht. Es interessiert mich nicht, was sie macht.«

»Sie wird vermisst«, sagte Kovac knapp. »Sie könnte tot sein.«

»Was wollen Sie denn von mir hören?«, sagte sie in dem nörgelnden Ton, bei dem sich ihm sämtliche Nackenhaare aufstellten. »Ich hab nichts gesehen!«

Mama Bär hob ihr hässliches Haupt. »Was hat das alles mit meiner Tochter zu tun? Jessica ist nicht verantwortlich dafür, was diese Penny Gray macht. So wenig wie sonst jemand.«

»Wir versuchen nur, ein vollständiges Bild zu gewinnen, Mrs. Cook. Jede Einzelheit, und mag sie zunächst auch noch so unbedeutend erscheinen, könnte uns bei den Ermittlungen helfen.« Er wandte seine Aufmerksamkeit wieder dem Mädchen zu.

Sie legte gelangweilt den Kopf schief und kratzte mit einem glänzenden roten Fingernagel an der Armlehne ihres Stuhls. »Ich hab nichts gesehen.«

»Gut gemacht, Jessica«, sagte Kovac sarkastisch. Er stützte

die Ellbogen auf den Tisch und beugte sich vor. »Sag mir eins. Wenn du statt Gray vermisst werden würdest, wie fändest du es dann, wenn deine Freunde nichts täten, um dir zu helfen?«

Sie sah ihn mit kaltem Blick an. »Sie ist nicht meine Freundin. Das Ganze ist sowieso hirnrissig. Gray ist abgehauen. Keiner von uns hat sie umgebracht.«

Mama Bär richtete sich auf. »Versuchen Sie, meine Tochter einzuschüchtern?«

»Nein«, sagte Kovac. »Ich versuche, sie an ihr Gewissen zu erinnern.«

Mrs. Cook erhob sich mit der drohenden Gebärde eines Tiers, das in Angriffsstellung geht. »Wenn Jessica sagt, dass sie nichts gesehen hat, dann hat sie nichts gesehen. Wir sind hier fertig. Falls Sie noch Fragen haben, Detective, können Sie sich an unseren Anwalt wenden.«

Kovac folgte ihnen auf den Flur und sah zu, wie die Mutter ihre Tochter in Richtung Ausgang dirigierte. Tippen kam aus dem Raum mit dem Überwachungsmonitor.

»Das lief ja prima.«

Kovac verdrehte die Augen. »Ich kann froh sein, dass Mama mich nicht niedergeschlagen und mir den Arm ausgekugelt hat. Wie war's bei dir?«

»Meine war nicht dabei, als der Streit losging. Sie war auf dem Klo oder hat sich was zu trinken geholt oder in die andere Richtung geschaut. Aber wahrscheinlich war es Grays Schuld, weil sie nun mal so ist, wie sie ist.«

»Nett.«

»Die Teenager von heute. *Herr der Fliegen* in Designerklamotten.«

»Wie machen sich die anderen drei?«, fragte Kovac.

Sie gingen zurück in den Überwachungsraum. Brittany saß immer noch mit unglücklichem Gesicht da und starrte auf das Handy in ihrem Schoß. Aaron Fogelman war inzwischen aufgestanden und ging auf und ab, die Hände in die Hüften gestemmt.

»Warum dauert das so scheißlang?«, fragte der Junge. »Worüber reden die denn die ganze Zeit?«

Christina stand auf, ging zu ihm und legte ihm die Arme um die Taille. Junge Liebe.

»Jetzt bleib mal locker«, sagte sie.

»Was, wenn das in unseren Akten vermerkt wird?«, jammerte er. »Wegen dieser Schlampe von der Polizei verhört? Mein Dad ist bestimmt stinksauer! Er will, dass ich auf die Northwestern gehe!«

»O mein Gott«, sagte Christina und ließ ihn los, damit er seine Wanderung fortsetzen konnte. »Jetzt reg dich wieder ab.«

»Klar, dir ist das alles egal«, sagte er. »Daddys kleines Mädchen. Dein Vater hält ja sogar deine Scheiße für Gold.«

»Jetzt verstehe ich, warum alle Mädchen auf ihn stehen«, sagte Kovac. »Ein richtiger Charmeur.«

»Ein zorniger weißer Junge«, sagte Tippen. »Rebelliert gegen die Unterdrückung, der das Großbürgertum in diesenدreckslöchern von Vorstadtvillen ausgesetzt ist.«

»Der braucht einen Tritt in den Hintern«, erklärte Kovac.

Er ging zu dem Raum, in dem die Schüler warteten, öffnete die Tür und nickte mit versteinerter Miene Aaron Fogelman zu. Der Junge versuchte sich tough zu geben, konnte seine Unsicherheit und seine Angst vor einem Eintrag in seiner Akte aber nur schlecht verbergen. Bevor er das Zimmer verließ, warf er noch einen Blick zu Christina.

Sein Vater, Wynn Fogelman, gesellte sich im Konferenzraum zu ihnen. Kovac registrierte den eleganten, teuren Anzug, die konservative Krawatte, die zurückgekämmten Haare, die selbstbewusste Haltung und dachte: *über-*

hebliches reiches Arschloch, eine Einschätzung, die sich in dem Moment bestätigte, in dem Fogelman den Mund aufmachte.

»Ihnen ist hoffentlich klar, Detective, dass ich die Zukunft meines Sohnes nicht auf die leichte Schulter nehme. Ich werde nicht zulassen, dass der Name Fogelman – meiner oder der meines Sohnes – in irgendeiner Weise mit diesem vermissten Mädchen in Zusammenhang gebracht wird.«

Kovac forderte die beiden mit einer Geste auf, sich zu setzen. »Ihr Name interessiert mich nicht, Mr. Fogelman. Ich kenne Sie nicht. Es ist mir egal, wer Sie sind. Ich bin hier, weil eine Mitschülerin Ihres Sohnes vermisst wird, und weil ich weiß, dass er einer der Letzten war, die sie gesehen haben, bevor sonst was mit ihr passiert ist. Wenn er uns helfen kann zu klären, was an diesem Abend passiert ist, prima. Wenn nicht, dann nicht.«

»Er weiß nicht, was mit diesem Mädchen geschehen ist«, sagte der Vater. »Wenn ich es richtig verstanden habe, ist sie ein Problemfall und es ist nicht ungewöhnlich, dass sie einfach verschwindet.«

Kovac sah ihn einen Moment lang nur an und mahlte mit den Backenzähnen. Er hätte Wynn Fogelman gern erklärt, dass Penelope Gray ein sechzehnjähriges Mädchen war, und nicht etwas, dem man einfach das Etikett Ärgernis verpasste und das war's. Aber das schien ja nicht einmal ihre eigene Mutter zu begreifen.

Und wenn er ehrlich war, musste er zugeben, dass er den Leuten ja auch ein Etikett verpasste. Er hatte nur einen Moment Zeit, um Menschen, denen er bei seiner Arbeit begegnete, einzuschätzen. Innerhalb von ein paar Sekunden musste er sie beurteilen, einordnen und ihnen ein Etikett verpassen. Das tat jeder. Es ärgerte ihn nur, wenn es die Opfer betraf, für die er die Rolle des Verteidigers/Rächers übernahm. Darin unterschied er sich vermutlich nicht von diesen Eltern, die versuchten, ihre Kinder zu beschützen.

Er blickte den Jungen an, der mit verschränkten Armen und trotziger Miene auf seinem Stuhl lümmelte. »Wem hast du die Lippe zu verdanken?«

Der Junge hob die Hand und berührte seine geschwollene Lippe, als hätte er bis zu diesem Moment überhaupt nicht mehr daran gedacht. »Niemandem. Ich bin gestolpert und hingefallen.«

»In eine Faust. Was es nicht alles gibt«, sagte Kovac. »Aaron, wie gut kennst du Penny Gray?«, fragte er dann.

Der Junge hob eine Schulter, blickte jedoch weiter auf den Tisch. »Nicht besonders gut.«

Er nuschelte beim Reden. Er wich Kovac' Blick aus, aber seinen Vater sah er auch nicht an. Er wusste, dass er in Schwierigkeiten steckte. Sein alter Herr war nicht gerade erfreut darüber, dass er sich von seinem ungemein wichtigen Job hatte freinehmen müssen, um in die Schule zu kommen und mit der Polizei zu reden. Vom Junior wurde erwartet, dass er die Tradition fortsetzte und in jeder Hinsicht so erfolgreich wie sein Vater war, und doch saß er hier …

»Du hast verschiedene Kurse mit ihr zusammen«, sagte Kovac. Er setzte seine Lesebrille auf und öffnete den Aktendeckel, der vor ihm auf dem Tisch lag. »Drama, Englisch, etwas, das sich Visuelle Medien nennt. Du verbringst einen Großteil des Tages mit ihr, ihr habt gemeinsame Bekannte – du musst sie ein bisschen kennen.«

»Sie ist nervig. Sie ist eine nervige, jähzornige Schl- Person«, sagte Aaron und warf aus dem Augenwinkel einen Blick zu seinem Vater. »Keiner mag sie.«

»Deine Freundin Brittany mag sie«, sagte Kovac.

»Brittany, klar«, nuschelte er. »Die mag jeden.«

»Was für eine schreckliche Eigenschaft«, sagte Kovac spöttisch. »Und Gray und Christina sind schon fast so was wie Schwestern, oder? Wo doch jetzt Christinas Vater mit Grays Mutter zusammen ist. Und du bist ganz eng mit Christina …«

»Worauf wollen Sie eigentlich hinaus?«, fragte Wynn Fogelman scharf.

Kovac beachtete ihn nicht. »Was ist zwischen den beiden im Rock & Bowl vorgefallen? Ich habe gehört, dass Christina sich über eins von Grays Gedichten lustig gemacht hat.«

Einseitiges Schulterzucken. »Keine Ahnung.«

»Du warst dabei, Aaron. Ich habe einen Zeugen, der sagt, dass du direkt daneben gestanden hast«, log Kovac.

Der Junge fuhr auf seinem Stuhl in die Höhe, gleichermaßen erschrocken und wütend. »Dieses Arschloch Hatcher!«

»Aaron!«, bellte sein Vater.

»Und wir haben das Band von der Überwachungskamera«, fuhr Kovac fort.

Natürlich hatte er das nicht. Die Aufnahmen waren grottenschlecht und zeigten lediglich einen Teil der Halle aus einem Winkel, der es praktisch unmöglich machte zu sagen, was da ablief, ganz zu schweigen davon, dass man einzelne Personen hätte erkennen können, sofern sie nicht direkt vor der Kamera standen. Aber das wusste Aaron Fogelman ja nicht.

»Ich hab nichts getan!«, protestierte der Junge. »Sie ist auf Christina losgegangen! Ich hab mich nur zwischen die beiden gestellt! Ich hab sie nicht geschlagen! Hat Hatcher behauptet, dass ich sie geschlagen hab? Hab ich nicht! Das hat vielleicht so ausgesehen, aber ich hab's nicht getan!«

Kovac lehnte sich zurück und überlegte kurz. Er sah zu Wynn Fogelman, der wiederum wütend seinen Sohn anstarrte.

»Nein«, sagte Kovac. »Ich bin sicher, dein Vater hat dir beigebracht, dass man Mädchen nicht schlägt.«

Fogelman senior drehte sich zu ihm. »Sie können nichts davon gegen meinen Sohn verwenden.«

»Nicht vor einem öffentlichen Gericht«, erwiderte Kovac einschränkend. »Ihr Sohn ist nicht verhaftet. Er steht auch nicht unter Verdacht. Es verstößt nicht gegen das Gesetz, ein kleines Arschloch zu sein, sonst würden unsere ohnehin überfüllten Gefängnisse aus allen Nähten platzen.«

Fogelman richtete sich auf. »Darf ich Sie bitten, mir gegenüber einen anderen Ton anzuschlagen, Detective.«

»Warum?«, fragte Kovac. »Es ist mir völlig egal, was Sie von mir halten. Sie werden es vielleicht nicht glauben, aber hier geht es nicht um Sie.«

»Worum geht es denn?«, fragte Fogelman und sein Gesicht war starr vor unterdrücktem Zorn.

»Um die Wahrheit«, sagte Kovac ruhig. »Schlicht und einfach. Ich will wissen, wie ein sechzehnjähriges Mädchen in eine Situation geraten konnte, in der sie möglicherweise einem Gewaltverbrecher ausgeliefert war.«

»Sie wissen doch nicht einmal genau, ob sie tatsächlich verschwunden ist«, sagte Mr. Fogelman.

»O doch, das weiß ich«, sagte Kovac. »Und heute Abend erhalte ich wahrscheinlich die Bestätigung, dass sie tot ist und auf einem Stahltisch im Leichenschauhaus liegt.«

»Damit hat Aaron ganz bestimmt nichts zu tun!«

»Er war an diesem kleinen Hinterhalt beteiligt, in den Penny Gray an diesem Abend im Rock & Bowl gelockt wurde und der sie dazu veranlasst hat, allein wegzugehen, Mr. Fogelman. Und seitdem ist sie verschwunden. Sie können also nicht einfach sagen, dass der Junior nichts damit zu tun hatte. Wenn man einen Stein in einen Teich wirft, gibt es Wellen, ob man will oder nicht.«

Wynn Fogelman stand auf, bemüht, sich seine Verwirrung nicht anmerken zu lassen. »Ich denke, wir sollten jetzt gehen, Aaron.«

»Kyle Hatcher ist ihr gefolgt«, sagte Aaron, froh, die Schuld jemand anderem zuschieben zu können.

»Kyle Hatcher hat kein Auto«, gab Kovac zurück.

»Er ist zusammen mit ihr gekommen«, erwiderte der Junge. »Warum sollte er also nicht auch wieder mit ihr gegangen sein?«

Kovac reagierte nicht darauf. »Wann hast *du* denn an diesem Abend das Rock & Bowl verlassen, Aaron?«

Fogelman senior legte seinem Sohn eine Hand auf die Schulter. »Aaron. Wir gehen. Jetzt.«

Der Junge sah von seinem Vater zu Kovac, unsicher, welcher Autorität er sich beugen sollte. »Ich bin später gegangen. Nach den beiden.«

»Und wohin bist du?«

»Nach Hause«, sagte sein Vater mit Nachdruck. »Er kam nach Hause.«

»Na, da haben Sie ja wesentlich mehr Glück als Penny Grays Mutter, was?«, sagte Kovac.

Er sah zu, wie die Fogelmans den Raum verließen – der Vater kerzengerade mit vorgerecktem Kinn, der Sohn mit hängenden Schultern, den Blick auf den Boden gerichtet, die Hände in den Taschen seiner Kapuzenjacke vergraben. Er folgte ihnen hinaus auf den Flur und sah zu, wie sie zum Ausgang gingen. Tippen trat zu ihm.

»Was findest du schlimmer?«, fragte Tippen. »Zu wissen, dass du der Sohn eines Arschlochs bist, oder zu wissen, dass du eins gezeugt hast?«

»Wirf 'ne Münze«, sagte Kovac und im gleichen Augenblick begann das Handy in seiner Tasche zu vibrieren. Er zog es heraus und sah auf das Display. Liska.

»Brauchst du Hilfe, um die Leiche zu vergraben?«, fragte er statt einer Begrüßung.

»Nein. Aber ich bin gerührt von dem Angebot.«

»Na ja, nach der letzten Stunde verstehe ich besser, warum Tiger ihre Jungen fressen.«

»Diese Erkenntnis könnte vielleicht nützlicher sein, als du denkst«, sagte sie. »Penny Gray ist tot.«

KAPITEL 29

Liska marschierte in die schicke Praxis von Dr. Bob Iverson. Die Empfangsdame hinter dem eleganten Kirschholztresen sah auf und erkannte sie wieder, doch Liskas Gesichtsausdruck verunsicherte sie. Das höfliche Lächeln, mit dem Liska die Empfangsdame beim Abholen der Röntgenbilder bedacht hatte, war einem harten, finsteren Ausdruck gewichen.

»Haben wir etwas vergessen?«, fragte die Frau vorsichtig.

»So kann man das sagen. Ich muss mit Dr. Iverson sprechen.«

»Er hat den ganzen Nachmittag über Termine. Ich fürchte, er wird Sie erst nach vier empfangen können«, sagte sie mit einem einstudierten entschuldigenden Gesichtsausdruck.

Liska zückte ihren Ausweis und hielt ihn ihr unter die Nase. »Ich ermittle in einer dringenden Vermisstensache. Dr. Iverson wird mich sofort empfangen.«

Sämtliche Angestellten auf der anderen Seite des Tresens drehten sich um und starrten Liska mit aufgerissenen Augen an, eine kleine Gazellenherde, die auf einmal eine Löwin in ihrer Mitte entdeckt hatte.

Die Empfangsdame wandte sich an eine der Arzthelferinnen im rosa Kittel. »Angie, sag doch bitte Dr. Iverson …«

Die Arzthelferin eilte in Richtung der Untersuchungszimmer, bevor sie den Satz beenden konnte.

Liska warf einen Blick zum Wartebereich, wo auf dem riesigen Fernsehbildschirm bei gedimmtem Licht ein Reiseberich über die Tropen lief. Auf den Lederstühlen saßen mehrere Patienten, unterschiedlich stark leidend, hustend und schniefend. Einige davon sahen zu ihr her. Andere waren mit ihren Zeitschriften oder Handys beschäftigt.

Die Tür zu den Untersuchungszimmern öffnete sich und die Arzthelferin in Rosa streckte den Kopf heraus.

»Der Doktor kann Sie jetzt empfangen«, sagte sie leise.

Liska folgte ihr den Flur hinunter in das Privatbüro von Iverson. Der Arzt, ein gutaussehender Mann Mitte fünfzig, hatte sich bereits hinter seinem wuchtigen Schreibtisch verschanzt. Er erhob sich von seinem Stuhl und streckte die Hand aus.

»Bob Iverson.«

»Sergeant Liska, Mordkommission«, sagte sie und hielt ihm statt ihrer Hand ihren Dienstausweis hin.

»Mordkommission?«, sagte er und runzelte die Stirn. »Geht es noch um denselben Fall? Penny Gray? Ich habe heute Morgen mit ihrer Mutter gesprochen. Ich dachte, das Mädchen wird vermisst.«

»Das wurde sie.« Liska legte den Umschlag mit Penny Grays Röntgenbildern auf den feinsäuberlich aufgeräumten Schreibtisch.

»Das klingt nicht gut«, sagte er. »Bitte nehmen Sie Platz, Sergeant.«

Liska setzte sich auf die Stuhlkante, die Schultern gestrafft. Der Arzt ließ sich auf seinen weich gepolsterten Chefsessel sinken, die Hände auf der Schreibtischplatte, als wappnete er sich gegen schlechte Nachrichten.

»Wollen Sie damit sagen, dass Penny Gray tot ist?«, fragte er.

»Ich darf Ihnen leider gar nichts sagen, Dr. Iverson. Es gibt allerdings noch einige Fragen bezüglich Ihrer Behandlung von Penny im April des letzten Jahres.«

Iverson runzelte die Stirn. »Die ärztliche Schweigepflicht ist Ihnen sicher bekannt, Sergeant.«

»Und Ihnen ist sicher bekannt, dass Ärzte gesetzlich verpflichtet sind, Kindesmissbrauch den betreffenden Stellen zu melden.«

»Penny wird doch nicht missbraucht«, sagte er empört.

»Sind Sie sicher? Unser Rechtsmediziner hat sich nämlich auf meine Bitte hin die Röntgenbilder angesehen, die Sie letzten April in Ihrer Praxis von dem Mädchen gemacht haben, und er sagte, dass diese Verletzung eine Spiralfraktur ist, ein Torsionsbruch, der entsteht, wenn ein Arm verdreht wird. Das ist eine häufige Verletzung in Fällen körperlichen Missbrauchs. Aber weder bei der Polizei noch beim Jugendamt ist diesbezüglich eine Meldung zu Penelope Gray eingegangen.«

»Weil Penny nicht missbraucht wurde«, beharrte er. »Sie fiel unglücklich vom Rad und verdrehte sich dabei den Arm. Es gab keinen Grund, den Unfall zu melden. Ich kenne Julia Gray seit Jahren. Sie ist eine nette, anständige Frau.«

»Sind Sie Pennys Hausarzt?«, fragte Liska.

»Nein. Bis dahin war sie noch beim Kinderarzt.«

»Haben Sie hier in der Praxis einen Kinderarzt?«

»Ja.«

»Und ist Penny Gray Patientin bei diesem Kinderarzt?«

»Das müssen Sie ihre Mutter fragen.«

»Nach dem Datum auf den Röntgenbildern geschah der Unfall an einem Samstag. Die meisten Leute, denen so etwas an einem Wochenende passiert, gehen in die Notaufnahme«, sagte Liska. »Sie rufen nicht ihren Hausarzt an.«

»Das hier ist eine privatärztliche Praxis mit Notfallbereitschaft«, erklärte Iverson. »Wie Sie vielleicht auf dem Schild am Eingang gelesen haben, verfügen wir über eine Ambulanz und eigene Labors. Wir bieten unseren Patienten eine Rundumversorgung. Daher musste Julia ihre Tochter an diesem schönen Frühlingswochenende nicht in ein Krankenhaus bringen, wo sie stundenlang hätten warten müssen, bevor sich endlich jemand das Mädchen angesehen hätte.«

»Und Sie haben an diesem Samstag alles stehen und liegen gelassen und sind in die Praxis gefahren, obwohl sich der Arzt, der Bereitschaft hatte, das Mädchen genauso gut hätte ansehen können.«

»Ja«, sagte er leicht trotzig. »Wie gesagt, ich kenne Julia seit Jahren. Natürlich komme ich in die Praxis, wenn sie mich darum bittet.«

»Und die Geschichte mit dem Fahrrad haben Sie ihr abgenommen.«

»Warum sollte ich nicht?«

»Wenn Sie so gut mit Mrs. Gray befreundet sind, wissen Sie vielleicht auch, dass die Beziehung zwischen Mutter und Tochter schwierig ist.«

»Ich weiß nicht, was das mit dem Fahrradunfall zu tun haben soll.«

»Und als Sie Pennys Verletzung gesehen haben, hat Sie das nicht stutzig gemacht?«

»Nein.«

»Ernsthaft? Wie viele Spiralfrakturen sehen Sie denn so im Lauf einer Woche, Dr. Iverson?«, fragte sie. »Wie viele Knochenbrüche sehen Sie überhaupt? Sie sind kein Orthopäde, oder?«

»Nein.«

»Und trotzdem hatten Sie kein Problem damit, einen ungewöhnlichen Knochenbruch zu behandeln?«

»Ich habe zu Beginn meines Berufslebens in der Notfallmedizin gearbeitet«, sagte er. »Dort habe ich alle Arten von Knochenbrüchen versorgt. Penny hatte keinen besonders komplizierten Bruch, er ließ sich leicht richten und schienen. Dafür war kein Spezialist nötig.«

»Da hatte Penny ja Glück, wenn man bedenkt, welcher Art die Verletzung war«, sagte Liska.

»Ja, da hatte sie Glück. Manchmal hat man eben Glück.«

»Jetzt hatte sie kein Glück mehr.«

»Es ist schlechterdings nicht vorstellbar, dass Julia ihrer Tochter etwas angetan hat«, sagte er.

»Sagen Sie, Dr. Iverson, wenn Sie Julia Gray nicht gekannt hätten, wenn sie eine Fremde gewesen wäre und ihre Tochter wäre mit derselben Verletzung zu Ihnen gekommen …?«

Iverson zuckte mit den Achseln und seufzte ungeduldig. »Diese Frage erübrigt sich. Ich kenne Julia nun einmal. Ich gehe davon aus, dass Sie mit ihr gesprochen haben. Kommt sie Ihnen wie eine Frau vor, die körperliche Gewalt anwendet?«

»Ich bin schon lange bei der Polizei, Dr. Iverson«, sagte Liska. »In meiner ersten Woche dort habe ich gelernt, die Menschen nicht nach ihrem Äußeren zu beurteilen. Aber gehen wir einfach mal davon aus, dass nicht Julia Gray ihrer Tochter den Arm gebrochen hat. Sagen wir mal, es war ihr Vater oder Julias Freund …«

»Michael? Das ist doch lächerlich!«

»Oder einer von Pennys Freunden oder eine der zweifelhaften Gestalten, mit denen sie sich herumgetrieben hat, oder ein Fremder, der zufällig ihren Weg gekreuzt hat.«

»Sie hat keine Andeutung gemacht, dass sie angegriffen worden ist«, sagte Iverson.

Liska nickte, stand auf und nahm den Umschlag mit den Röntgenbildern wieder an sich. »Opfer wollen keine Opfer sein, Dr. Iverson – insbesondere Missbrauchsopfer. Oft schämen sie sich … es ist ihnen peinlich … sie geben sich selbst die Schuld. Sie wollen sich nicht eingestehen, dass es jemanden gibt, der sie so wenig achtet oder so sehr hasst. Oder sie gehen davon aus, dass ihnen sowieso niemand glauben würde, weil derjenige, der sie missbraucht, über jeden Verdacht erhaben ist. Deshalb gibt es die Anzeigepflicht für Ärzte. An Ihrer Stelle würde ich mich auf einen Anruf gefasst machen.«

KAPITEL 30

Christina Warner sah mit dunkel glänzenden großen Augen und der Miene eines Unschuldsengels zu Kovac auf. Ihre langen weißblonden Haare waren der Traum jeder Meerjungfrau – in Wellen rahmten sie ihr Gesicht ein und fielen ihr lang über Schultern und Rücken. Ihr Teint war eine Mischung aus Pfirsich und Sahne, wie mit dem Weichzeichner gemalt, ergänzt durch einen rosa Rollkragenpullover aus Kaschmir.

»Ich will alles tun, damit Sie Gray finden«, sagte sie.

»Warum, Christina?«, fragte Kovac unverblümt. »Nach allem, was ich weiß, habt ihr beide euch nicht ausstehen können.«

Die großen Augen blinzelten. Sie hatte erwartet, dass er von ihrer Großmut beeindruckt sein würde, aber sie fasste sich schnell wieder.

»Ja … das stimmt«, gab sie zu. »Aber ich will trotzdem nicht, dass ihr etwas Schlimmes passiert.«

»Warum kommt ihr beide nicht miteinander aus?«

»Reine Eifersucht«, sagte sie schlicht. »Ich bin beliebt und sie nicht. Ich habe Freunde und sie nicht. Ich verstehe mich gut mit meinem Vater, und sie und ihre Mutter streiten sich die ganze Zeit.«

»Hört sich so an, als würde man nicht gern mit ihr tauschen«, sagte Kovac. »Wie verstehst du dich mit Mrs. Gray?«

»Super«, sagte sie lächelnd – eine ehrliche Reaktion. »Julia ist echt nett. Wir haben total viel Spaß.«

»Und du glaubst, dass Penny das vielleicht auch nicht passt – dass du dich mit ihrer Mutter verstehst und sie nicht?«

»Auf jeden Fall.«

»Gut. Aber wie soll das gehen, wenn dein Vater und Mrs. Gray heiraten? Alle verstehen sich – außer Penny, die sich mit niemandem versteht.«

»Daran müssen wir offensichtlich noch arbeiten«, sagte Michael Warner. »Aber es besteht ja kein Grund zur Eile. Julia und ich haben noch keinen Termin festgelegt. Wir hoffen, dass Penny sich an den Gedanken gewöhnen wird.«

Er saß dicht neben seiner Tochter, seine Hand lag beruhigend auf ihrem Rücken.

»Sie nervt mich, aber gleichzeitig tut sie mir auch ziemlich leid«, sagte Christina.

»Ich habe nicht den Eindruck, dass du an dem Abend im Rock & Bowl Mitleid mit ihr hattest«, sagte Kovac. »Mehrere Leute haben mir erzählt, dass du dich über Gray und ihre Gedichte lustig gemacht hast und dass ihr beide dann angefangen habt zu streiten.«

Sie neigte den Kopf und sah ihn unter unglaublich langen schwarzen Wimpern zerknirscht an. »Das tut mir inzwischen natürlich leid. Ich wusste ja nicht, dass sie verschwinden würde oder was auch immer. Ich war einfach stinksauer auf sie …«

»Weswegen?«

»Wegen ein paar Sachen, die sie in einem von ihren albernen Gedichten über mich gesagt hat. Sie hat es praktisch vor der halben Schule vorgetragen. Es war total peinlich und gemein.«

»Penny hat Talent zum Schreiben«, mischte sich Michael Warner ein. »Sie weiß genau, wie man jemanden mit Worten verletzt und wütend macht. Sie benutzt Worte wie Waffen.«

»Na ja«, sagte Kovac und ließ ihn nicht aus den Augen, »sie ist ja auch nicht groß und stark genug, um jemandem den Arm zu brechen.«

Warners Augen verengten sich. »Was soll das heißen?«

»Wir haben alle ab und zu das Bedürfnis zuzuschlagen«, sagte Kovac. »Wenn wir wütend sind oder hilflos oder uns in die Ecke gedrängt fühlen. Instinktiv will man demjenigen, der einen verletzt, eins drüberhauen. Stimmt doch, oder, Doktor?«

»Im übertragenen Sinne ja. Aber …«

»Wissen Sie, was passiert ist, als Penny sich letztes Frühjahr den Arm gebrochen hat?«

»Sie hatte einen Fahrradunfall«, sagte Warner. »Ja, ich erinnere mich daran. Sie war damals noch meine Patientin.«

Kovac seufzte und rieb sich das Kinn. »Ich bin mir natürlich bewusst, dass Sie durch die ärztliche Schweigepflicht gebunden sind, aber hat sie jemals etwas gesagt, das darauf hingedeutet hätte, dass es kein Sturz vom Fahrrad war?«

»Nein. Warum?«

»Und du, Christina? Hast du mitbekommen, dass sie mal was darüber erzählt hat? Wurde darüber getratscht? Trieb sich Gray vielleicht mit irgendwelchen Schlägertypen rum? Hatte sie einen gewalttätigen Freund? Etwas in der Art?«

Er beobachtete sie genau, während sie über die Frage nachdachte. »Sie hängt mit ziemlich schrägen Leuten ab – das sagt sie zumindest. Ich habe sie nie zusammen mit einem Freund gesehen.«

»Glauben Sie, dass sie von jemandem geschlagen wurde?«, fragte Michael Warner.

»Wie sieht's mit einer Freundin aus?«, fragte Kovac. »Soweit ich gehört habe, ist sie zu dem Schluss gekommen, bisexuell zu sein.«

Christina verdrehte die Augen. »Das ist ihr neuestes Ding.

Sie hat die Schnauze voll von Männern und ist jetzt lesbisch oder so. *Sei so, wie du bist.* Das verkündet sie andauernd.«

»Glaubst du nicht, dass sie es ist? Oder gefällt dir nicht, was dahintersteht?«

»Wenn sie lesbisch ist, warum ist sie dann nicht mit den entsprechenden Leuten an der Schule zusammen?«, fragte Christina zurück. »Und warum muss sie ständig damit angeben? Erst baggert sie alle Typen an, dann steht sie plötzlich auf Mädchen …«

»Wen hat sie denn alles angebaggert? Eric? Jacob? Deinen Freund Aaron?«

»Aaron interessiert sich nicht für sie«, sagte sie bestimmt. »Er kann sie nicht ausstehen.«

»Ach, ich weiß nicht«, sagte Kovac. »Ich war auch mal sechzehn. Wenn einen in dem Alter ein Mädchen anbaggert, übersieht man doch gerne einiges.«

Sie zwang sich zu einem kleinen Lachen, tat selbstsicher. »Glauben Sie mir, Aaron interessiert sich nicht für Gray und Gray interessiert sich nicht für Aaron.«

»Hat sie sich vielleicht für dich interessiert, Christina?«

Michael Warner platzte der Kragen. »Halten Sie diese Fragen wirklich für angemessen?«

»Was ist angemessen?«, fragte Kovac und hob die Hände. »Doch alles, was uns bei unseren Ermittlungen weiterhilft. Die Fragen müssen Ihnen ja nicht gefallen. Wenn Gray behauptet, bisexuell zu sein, muss ich der Sache nachgehen.«

Er wandte sich wieder an Christina. Sie machte ein empörtes Gesicht.

»Nein!«

»Jessica? Emily? Brittany?«

»Nein!«, sagte sie. Sie wurde nervös, ihre Wangen liefen unter dem perfekten Make-up rot an. »Ich weiß nicht mal, ob sie wirklich auf Mädchen steht. Vielleicht sagt sie das ja bloß, um zu provozieren. Das macht sie doch dauernd. Sie ist einfach so, so …«

»Antagonistisch«, sprang ihr Vater ihr bei. »Und manipulativ. Das hast du gut beobachtet, Christina.« Er wandte sich wieder Kovac zu. »Penny hat ständig das Bedürfnis, die Aufmerksamkeit auf sich zu ziehen. Wenn sie es dann geschafft hat, verhält sie sich den Betreffenden gegenüber antagonistisch, bis sie sich wieder von ihr abwenden. Es ist eine sich selbst erfüllende Prophezeiung. Sie glaubt, dass sie nicht liebenswert ist, also tut sie alles, um das zu beweisen, indem sie die Leute vor den Kopf stößt.«

»Demnach wären Sie nicht überrascht, wenn ihr jemand das Handgelenk gebrochen hätte«, sagte Kovac.

»Das ist nicht passiert«, sagte Warner insistierend.

»Waren Sie dabei? Haben Sie gesehen, wie sie vom Rad fiel?«

»Nein, aber ich bin sicher, dass es ein Unfall war. Julia sagte …«

»Es könnte ein Unfall gewesen sein«, räumte Kovac ein. »Im Eifer des Gefechts kann so was schon mal passieren, oder, Christina? Gray ist auf dich losgegangen, du bist auf sie losgegangen – so was passiert eben. Wir sind alle nur Menschen. Menschen reagieren. Und manchmal eskaliert es dann eben.«

»Ich habe ihr nicht das Handgelenk gebrochen!«, rief sie erschrocken darüber, dass er ihr das unterstellen wollte. »Ich habe ihr nichts angetan!«

»Nein, natürlich nicht«, sagte Kovac und lächelte sie onkelhaft freundlich an. »Ich glaube auch nicht, dass du ihr das Handgelenk gebrochen hast, nur habe ich Grund zu der Annahme, dass es jemand getan hat. Und ich werde herausfinden, wer es war. Du hast gesagt, du willst uns helfen, wenn du also irgendwas hörst, wenn du jemanden kennst, der jemanden kennt, der gesagt hat, dass er etwas weiß, musst du mich anrufen.«

Er hielt ihr eine seiner Visitenkarten hin. Sie nahm sie und betrachtete sie. Ihre Fingernägel waren in einem schimmernden Rosarot lackiert.

»Zurück zu dem Abend im Rock & Bowl«, sagte Kovac. »Ich habe gehört, dass euer Streit aus dem Ruder gelaufen ist und dass Aaron Gray etwas härter angefasst hat. Macht er das öfter mal? Mädchen schlagen?«

»Nein! Er hat mich nur beschützt!«, sagte sie mit bebender Stimme. »Gray ist über mich hergefallen! Sie hat mich geschlagen und gekratzt!«

Sie zog den Rollkragen ihres Pullis nach unten und präsentierte ihm drei rote Striemen an ihrem Hals.

»Aaron wurde gestern zu eurem Direktor zitiert, weil er sich mit einem Mitschüler geprügelt hat«, sagte Kovac.

»Das war nicht seine Schuld!«

»Da hab ich aber was anderes gehört.«

»Kyle Hatcher hat *ihn* zu Boden geschlagen«, sagte sie. »Und getreten hat er ihn auch. Und er hat Aaron an dem Abend im Rock & Bowl ins Gesicht geschlagen. *Er* ist derjenige, der gewalttätig ist.«

Michael Warner beugte sich vor. »Sie nehmen doch wohl nicht ernsthaft an, dass eines dieser Kinder etwas damit zu tun hat, was mit Gray geschehen ist? Da draußen läuft ein Serienmörder frei rum! Den sollten Sie suchen, statt hier herumzusitzen und Kinder zu verdächtigen, statt Julia zu verdächtigen!«

Kovac schenkte ihm ein mildes Lächeln. »Ich werde dafür bezahlt, jeden zu verdächtigen, Dr. Warner. Das dürfen Sie nicht persönlich nehmen.«

»Und in der Zwischenzeit rennt ein Irrer durch die Stadt und entführt junge Frauen.«

»Daran arbeiten wir.«

»Tatsächlich?«, fragte Warner. »Wie viele unaufgeklärte Morde werden diesem Mann zugerechnet? Acht? Neun? Ist das nicht die Zahl, die ich gelesen habe? Penny könnte das neunte Mädchen sein, das diesem Killer zum Opfer fällt, und Sie sitzen hier und verhören Kinder? Sie verhören Pennys Mutter? Das ist doch absurd!«

»Stellen Sie sich vor, Ihre Tochter wäre verschwunden, würden Sie dann nicht wollen, dass wir jeden Stein umdrehen?«, fragte Kovac.

»Ich würde jedenfalls nicht wollen, dass Sie wertvolle Zeit verschwenden«, sagte Michael Warner und stand auf. »Und ich lasse nicht zu, dass Sie weiter meine Zeit verschwenden. Komm, Christina. Wir fahren nach Hause.«

»So viel Animosität und Ablehnung nagt echt an meinem Selbstwertgefühl«, sagte Kovac, als er ihnen nachsah. Er ließ seine Schultern kreisen, um sie zu lockern, und legte gegen die Verspannung im Nacken den Kopf zur Seite.

»Ich hab gerade mit Elwood gesprochen«, sagte Tippen. »Noch immer keine Spur vom Auto des Mädchens. Er ist dabei, ihre Facebook-Freunde aufzuspüren. Bislang hat sich aber auch da noch nicht viel ergeben. Mit zwei von ihnen hat er gesprochen. Sie behaupten, sie würden sie kaum kennen.«

»Überrascht uns das? Die Leute, die sie von klein auf kannten, wissen schließlich auch nichts über sie.«

»Das sind manchmal diejenigen, die uns am wenigsten kennen«, bemerkte Tippen. »Die haben so viel Zeit, sich ein Bild davon zu machen, wie wir sein sollten, dass wir sie immer wieder enttäuschen können. Du musst nur mal meine Mutter fragen.«

»Oder jede andere Frau in deinem Leben«, sagte Kovac.

»Nach allem, was wir bislang wissen, war dieses Mädchen jedem ein Dorn im Auge und enttäuschte alle, die sie kannten. Wo sie doch nur akzeptiert werden wollte.«

»Das Leben steckt voller Ironie.«

»Stimmt. Schrecklich«, sagte Kovac mit einem lauten Seufzer. »Du knöpfst dir als Nächstes die Lehrer vor. Ich schau, was ich aus Brittany Lawler herauskriege. Wir können beide froh sein, dass wir nicht an Tinks' Stelle sind. Sie ist gerade auf dem Weg zu Julia Gray, um ihr mitzuteilen, dass ihre Tochter tot ist.«

Liska bog in Julia Grays Straße ein, wo sich ihr der allzu vertraute Anblick von Übertragungswagen mit ausgefahrenen Satellitenantennen und Kameraleuten bot, die auf der Suche nach interessanten Blickwinkeln und Aufnahmen von neugierigen Nachbarn herumliefen. Sie kam nur im Schritttempo voran und ließ das Fenster herunter, um ihren Ausweis zu zeigen – ihre Eintrittskarte zu der Sackgasse und zum Haus der Grays.

Die Lage des Hauses am Ende der Straße war Fluch und Segen zugleich. Ein Segen für Julia Gray, die sich in ihrem Haus verkrochen hatte, und ein Fluch für die Ermittler. Man konnte die Einfahrt oder das Garagentor praktisch von keinem der Nachbarhäuser aus einsehen. Das hieß, dass wahrscheinlich niemand etwas zu irgendwelchen Autos, die an dem fraglichen Abend vor dem Haus der Grays gestanden haben könnten, sagen konnte.

Sie hielt in der Einfahrt neben einem Streifenwagen, der hinter Julia Grays schwarzem Lexus stand, und blieb einen Moment sitzen, dachte an Jamar Jacksons dürftige Beschreibung des Autos, aus dem Penny Gray am Silvesterabend gefallen war. Ein dunkles Auto. Keine Marke. Kein Modell.

Julia Gray fuhr ein dunkles Auto. Penny Gray fuhr ein

dunkles Auto. Wahrscheinlich fuhr halb Minnesota ein dunkles Auto. Sie hoben sich im Winter besser gegen den Schnee ab. Weiße Autos – die in allen südlicheren Bundesstaaten weit verbreitet waren – waren hier im Winter prozentual an mehr Unfällen beteiligt und daher weniger beliebt.

Trotzdem … Liska konnte auf derartige Zufälle gut verzichten.

Sie stieg aus, ging zu dem Streifenwagen, zückte ihren Ausweis und hielt ihn dem Polizisten hin, der hinter dem Steuer saß. Er ließ das Fenster herunter.

»Wie war's bislang?«, fragte sie und sah zur Straße. Die Reporter kamen an wie hungrige Tiere zur Fütterungszeit. Ein paar von ihnen erkannte sie. Der etwas zu kurz Geratene von Kanal elf, die kecke Blonde von den Morgennachrichten, Dana Nolan.

»Ruhig«, sagte der Streifenpolizist. »Seit wir das Gesindel vom Grundstück gejagt haben.« Er warf einen Blick in den Rückspiegel und schüttelte den Kopf. Dann drückte er einen Schalter auf dem Armaturenbrett, nahm das Mikrofon in die Hand und brüllte einen Befehl, der wie Donnerhall durch die Straße fegte. »Weg da, Leute. Das ist ein Privatgrundstück! Verschwindet!«

Er schüttelte noch einmal den Kopf und sah zu Liska. »Wie die Aasgeier.«

»Ist jemand bei Mrs. Gray im Haus?«

»Ich glaube nicht. Seit ihr Freund sie hier abgeliefert hat, habe ich niemanden kommen sehen. Haben Sie gute oder schlechte Nachrichten?«

»Schlechte.«

»Scheiße. Ich hab selbst eine Tochter«, sagte er. »So was will ich mir nicht mal vorstellen. Ich beneide Sie nicht um Ihren Job, Sarge.«

»Lieber überbringe ich die Nachricht, als dass ich sie überbracht bekomme«, sagte Liska.

Sie ging zur Haustür, klingelte und wartete. Und wartete. Und wartete.

Vielleicht hatte Julia Gray ein Beruhigungsmittel geschluckt und schlief, überlegte sie. Aber welche Mutter konnte schlafen, wenn sie auf Nachrichten über ihr vermisstes Kind wartete?

Kovac hatte erzählt, dass Julia Gray ihr Handy im Auto gelassen hatte, während sie den halben Vormittag bei ihm im Büro verbracht hatte. Dabei hatte sie am Abend zuvor angeblich eine SMS von ihrer Tochter erhalten.

Sie klingelte noch einmal, ihr Gedankenkarussell drehte sich immer schneller. Wer sammelte sein Kind nach einem Fahrradunfall auf und brachte es nicht sofort in die Notaufnahme? Eine Pharmareferentin mit guten Beziehungen zur Ärzteschaft? Vielleicht.

Sie klingelte zum dritten Mal, langsam war sie genervt. Was musste die Mutter eines vermissten Kindes empfinden, deren letzte Worte an dieses Kind im Zorn gesprochen worden waren? Auch wenn sie sauer auf Kyle war, hatte sie doch ein schlechtes Gewissen, weil sie an diesem Morgen so streng mit ihm gewesen war. Als er bei ihren scharfen Worten mit den Tränen gekämpft hatte, war es, als drehte ihr jemand ein Messer im Herz um. Wenn das ihre letzten Worte an ihn gewesen wären, hätte Nikki nicht weiterleben können.

Vielleicht ging es Julia Gray ja nicht anders. Vielleicht würde sie zu viele Tabletten schlucken. Vielleicht würde sie sich die Pulsadern aufschneiden.

Gerade als sie überlegte, ob sie den Streifenpolizisten holen sollte, damit er die Haustür eintrat, öffnete sie sich einen Spalt und Penny Grays Mutter sah sie mit geröteten Augen an.

Liska zeigte ihren Ausweis vor. »Mrs. Gray? Ich bin Sergeant Liska. Darf ich reinkommen?«

Julia trat von der Tür weg. Sie sah aus, als hätte sie seit einer Woche weder gegessen noch geschlafen. Ihre blonden Haare waren zu einem nachlässigen Pferdeschwanz zusammengebunden. Sie trug Yogahosen und ein Sweatshirt. Ihre Hände waren rot und rissig, der Nagellack abgesplittert. Der Stützverband an ihrer verletzten Hand war nass. Sie trocknete sich die Hände an einem zerknitterten weißen Geschirrhandtuch ab.

»Tut mir leid«, sagte Julia Gray. »Ich war in der Küche. Ich versuche, mich zu beschäftigen. Ich habe keine Ahnung, was ich mit mir anfangen soll.«

»Das ist bestimmt eine schwere Zeit für Sie. Ich habe selbst zwei Söhne. Ich weiß nicht, wie es mir an Ihrer Stelle ginge.«

Julia Gray starrte sie nur an. Nikki konnte die Frage in ihren Augen sehen – *Wissen Sie etwas Neues über meine Tochter?* – und sie konnte auch die Angst davor sehen, diese Frage zu stellen. Wenn sie sie stellte, könnte sie eine Antwort bekommen, die sie nicht hören wollte.

»Können wir uns setzen, Mrs. Gray?«

Julia Grays verschwollene Augen weiteten sich alarmiert. »Nein«, sagte sie und schüttelte den Kopf. »Nein, das will ich nicht. Bitte gehen Sie.«

Schlechten Nachrichten ging immer ein *Können wir uns setzen* voraus. Oder ein *Ich muss Ihnen etwas sagen.* Wenn sie sich nicht setzten, konnte sie weiterhin denken, dass ihre Tochter vielleicht noch nach Hause kommen würde. Wenn sie sich setzten, würde die schlechte Nachricht jedoch ausgesprochen werden und dann gäbe es kein Entkommen mehr.

»Ich muss Ihnen ein paar Fragen stellen«, sagte Nikki und schob damit das Unausweichliche auf. Sobald sie es gesagt hatte, würde sie keine Gelegenheit mehr haben, Antworten auf ihre Fragen zu bekommen. »Über Pennys Armbruch.«

»Sie fiel vom Fahrrad.«

»Waren Sie dabei, als es passierte?«

»Nein. Sie hat mich angerufen. Sie hatte an diesem Vormittag einen Termin bei Michael. Sie ist mit dem Fahrrad hingefahren. Es ist ja nicht weit. Es war einer der ersten schönen Frühlingstage. Sie war auf dem Heimweg. Und … und sie ist gestürzt. Sie ist durch den Park gefahren. Sie hat mich angerufen und ich habe dann Michael Bescheid gegeben. Er war ja näher dran.«

»Warum haben Sie sie nicht in die Notaufnahme gebracht?«, fragte Liska.

Julia Gray sah sie verwirrt an. »Wir haben Bob Iverson angerufen. Seine Praxis ist dort gleich um die Ecke.«

»Aber es war ein Samstag. Er arbeitet samstags normalerweise nicht, oder?«

»Nein. Aber ich kenne ihn ganz gut. Michael auch. Er ist sofort gekommen.« Sie sah sie mit zusammengekniffenen Augen und gerunzelter Stirn an. »Ich verstehe nicht, warum Sie das alles fragen. Er hat Ihnen doch die Röntgenbilder gegeben, oder nicht?«

»Ja«, sagte Liska. »Es kommt mir nur ein bisschen merkwürdig vor – die Umstände. Es war ein ungewöhnlicher Bruch. Der Rechtsmediziner sagt, dass solche Brüche normalerweise nicht durch einen Sturz verursacht werden, sondern dadurch, dass der Arm verdreht wird.«

»Aber sie ist nun mal gestürzt«, beharrte Julia Gray. Dann wurde sie sehr still, als die Bedeutung des Wortes Rechtsmediziner zu ihr vordrang. Sie hob die verletzte Hand und rieb sich die Kehle, als hätte sie plötzlich Schwierigkeiten zu schlucken. »Was hat er sonst noch gesagt?«

Nikki seufzte. »Bitte, Mrs. Gray«, sagte sie leise und drängte sie sanft in Richtung Wohnzimmer, wo immer noch der geschmückte Weihnachtsbaum stand. »Wir sollten uns hinsetzen.«

Julia Gray erstarrte. »Nein.«

Diese Nachricht ließ sich nie auf schonende Art überbringen, und es fiel einem auch nicht leichter, wenn man sie schon vielen Eltern überbracht hatte. »Der Rechtsmediziner hat genaue Untersuchungen vorgenommen und die Röntgenbilder vom Handgelenk Ihrer Tochter mit denen der jungen Frau verglichen …«

»Nein!«, sagte Julia Gray noch einmal, dieses Mal eindringlicher. Nicht abwehrend, sondern eher wütend, weil Nikki ihr offenbar nicht zugehört hatte.

»Es bestehen keine Zweifel mehr, Mrs. Gray«, sagte sie mit fester Stimme. »Ihre Tochter ist tot. Es tut mir sehr leid.«

Die Augen von Julia Gray schossen durch die Diele, als suchte sie Hilfe oder einen geheimen Fluchtweg. Liska spürte die Energie, die in Wellen von ihr ausging. Sie fing an zu zittern, zuerst ihre Hände, dann ihre Schultern, ihr Körper verkrampfte, als bekäme sie einen Anfall. Ihr Gesicht war kreidebleich.

Liska legte eine Hand auf ihre Schulter. »Bitte, Mrs. Gray, setzen Sie sich.«

Julia wich zurück, die Augen schmerzerfüllt. »Fassen Sie mich nicht an! Gehen Sie! Verlassen Sie sofort mein Haus!«

Wie ein vor Angst und Schmerz blindes Tier schoss sie vor, holte mit ihrer verletzten Hand aus und erwischte Liska mit voller Wucht an der linken Augenbraue.

Viel zu spät, erst als ihr das Blut aus der Platzwunde über das Auge rann, hob Nikki die Hände, um den Angriff abzuwehren. Sie taumelte zurück und krachte mit dem Hinterkopf gegen die Tür.

»Raus hier! Raus hier! Raus hier!«, schrie Julia halb von

Sinnen und schlug dabei schluchzend um sich wie ein tobendes Kleinkind.

Nikki packte ihr Handgelenk. Sie drückte Julias Arm nach unten, trat einen Schritt zur Seite und machte eine rasche Drehung, sodass ihre Positionen vertauscht waren und jetzt Julia Gray mit dem Rücken zur Tür stand. Dort nagelte Nikki sie mit ihrer Schulter fest.

Pennys Mutter wehrte sich noch einen kurzen Moment, dann erschlaffte sie, das Adrenalin versickerte wie Wasser im Wüstensand und nahm alle Energie mit sich.

»O Gott, o Gott, o Gott!«, murmelte sie und fing an zu weinen. »Ich glaube das nicht! Wie kann so etwas passieren? Wie kann mir so etwas passieren?«

»Es tut mir leid«, sagte Nikki und verringerte den Druck, sodass Julia Gray sich gegen sie lehnen konnte. Sie legte einen Arm um die Frau, stand da und hielt sie fest – eine Mutter, die eine andere tröstete.

Sie wollte Julia Gray sagen, dass es ihr bald besser ginge, dass alles wieder gut werden würde, aber das wäre albern, ein leeres Versprechen. Egal was in den kommenden Tagen passierte, egal wie sich der Fall entwickelte, egal wer verantwortlich für den Tod des Mädchens war, sie wusste, dass es Julia Gray nicht besser gehen und dass für sie nie wieder alles gut werden würde.

KAPITEL 31

»Hier ist Dana Nolan mit einem Sonderbericht, live vor dem Haus der Familie des vermissten Teenagers Penelope Gray aus Minneapolis. Von einer zuverlässigen Quelle aus dem Institut für Rechtsmedizin von Hennepin County haben wir erfahren, dass das Zombie-Girl genannte Mordopfer, das man in der Silvesternacht fand, als die vermisste Schülerin vom Performance Scholastic Institute identifiziert wurde. Gestern Abend wurde eine landesweite Suchmeldung für das vermisste Mädchen ausgegeben und heute Morgen wandte sich die Mutter gemeinsam mit dem Leiter der Kriminalabteilung, Ullrich Kasselmann, mit einem Aufruf an die Öffentlichkeit.

Die Polizei von Minneapolis hat die Identität des Mädchens noch nicht offiziell bestätigt. Aber es kursieren Gerüchte, denen zufolge Zombie-Girl ein weiteres Opfer des Serienmörders ist, den die Polizei Doc Holiday getauft hat, da er seine Verbrechen vorzugsweise an einem Feiertag oder in unmittelbarer zeitlicher Nähe dazu begeht.«

»Doug Irwin hier, Dana.« Der Nachrichtensprecher schaltete sich ein. »Bei dir scheint einiges los zu sein. Kannst du uns sagen, was in den letzten Minuten passiert ist?«

»Ja, Doug. Gerade ist eine mit dem Fall betraute Mordermittlerin eingetroffen und hat das Haus betreten, vermutlich um Julia Gray eine Nachricht zu überbringen. Sobald sich etwas Neues ergibt, melde ich mich live bei *NewsWatch*. Bis dahin gebe ich zurück ins Studio, Doug.«

Fitz lächelte wie ein stolzer Onkel. Er empfand eine Verbundenheit mit Dana Nolan, die tatsächlich etwas Familiäres hatte. Er hatte sie schließlich sehr sorgsam ausgesucht, ähnlich wie seine Flohmarktfunde. Sie war ein kleines Juwel, das darauf wartete, zum Funkeln gebracht und angemessen präsentiert zu werden.

Er war sehr froh, sie ausgewählt zu haben, erst recht nachdem sie jetzt die Gelegenheit hatte, sich durch die Berichterstattung über diesen Fall einen Namen zu machen. Das hatte etwas wunderbar Poetisches. Er hatte sie wegen ihres ersten Berichts über die Geschichte von Zombie-Girl ausgesucht, angeblich das »neunte Opfer«. Durch eine glückliche Fügung geriet sie dadurch in den Blick der Öffentlichkeit. Endgültige Berühmtheit würde sie erlangen, wenn sie selbst zum Opfer wurde. Was für eine wunderbare Ironie! Er war stolz, der Architekt dieser Geschichte zu sein.

Jetzt stand sie vor der Kamera, ernst und mit großen Augen, die Wangen rosig von der Kälte. So jung. So … gesund. Sie hatte keine Erfahrung mit tragischen Ereignissen. Sie wusste nicht, was echter Schmerz bedeutete oder echter Verlust. All das versuchte sie an den Gesichtern anderer abzulesen. Oder sie versuchte ihre eigenen kleinen Katastrophen hochzurechnen. Vielleicht war, als sie noch ein kleines Mädchen gewesen war, eins ihrer Kätzchen überfahren worden. Vielleicht war ihre alte Oma gestorben.

Sie musste noch viel lernen über echtes Leid.

Und er würde es ihr beibringen.

Bald.

KAPITEL 32

»Ich hatte das eigentlich als Witz gemeint, als ich gesagt habe, du sollst mit Cage Fighting anfangen«, sagte Kovac und musterte seine Partnerin.

Ihre linke Augenbraue war rot angeschwollen. Die Platzwunde, die sie Julia Gray zu verdanken hatte, war mit ein paar kleinen Stichen genäht worden.

Liska verzog das Gesicht. »Vielleicht sollte mich Kyle mal mit zum Kickboxen nehmen.«

»Muay Thai«, sagte Tippen und nahm eine Kampfpose ein. »Die tödliche Kunst der acht Arme und Beine.«

»Tinks ist schon mit vier tödlich genug«, sagte Kovac. »Ihre Zunge nicht mitgezählt.«

»Leck mich, Kovac.«

»Was sag ich.«

Sie hatten sich wieder im Besprechungsraum versammelt. Jemand hatte Essen vom Chinesen geholt und die Behälter standen verteilt auf dem großen Tisch herum. Kovac schnappte sich den mit Rind und Brokkoli. Er konnte sich nicht erinnern, wann er das letzte Mal richtig gegessen hatte.

Er sah Liska an. »Sie ist also richtig ausgeflippt?«

»Sie war schon kurz davor, als ich bei ihr ankam. Sie ahnte, dass ich schlechte Nachrichten hatte, und wollte sie nicht hören.«

»Alle Versäumnisse, die sie sich hatte zuschulden kommen lassen, werden ans Licht gezerrt, und das auch noch vor den Augen der Öffentlichkeit«, sagte Kovac. »Ihre Tochter verschwindet. Ihre Tochter ist peinlich. Ihre Tochter lässt sie wie eine schlechte Mutter aussehen. Und jetzt ist ihre Tochter auch noch tot.«

»Das ist nicht gerecht«, sagte Liska. »Du hast nie ein Kind zur Welt gebracht. Du weißt nicht, wie das ist. Du bringst dieses perfekte kleine Wesen zur Welt, dann vergehen die Jahre und plötzlich hast du das Gefühl, die Dinge entgleiten dir. Du baust Scheiße und dein Kind baut Scheiße, aber das ändert nichts daran, dass es dein Kind ist. Ich will nicht wissen, was Julia Gray gerade empfindet. Ich bin sicher, sie erinnert sich gerade an jeden Fehler, den sie jemals gemacht hat.«

»Fehler, die nicht wiedergutzumachen sind«, sagte Kovac und fragte sich, ob er den Karren auch in den Dreck gefahren hätte, wenn sein Kind bei ihm aufgewachsen wäre. Wahrscheinlich war es besser, das nicht zu wissen.

Er sah zu einem der ausgeliehenen Streifenpolizisten, einen stämmigen jungen Mann namens Adams. »Was haben die Nachbarn gesagt?«

»Wir haben die Straße zweimal abgegrast – heute Morgen und dann noch mal am Spätnachmittag. Niemand hat irgendetwas Ungewöhnliches bemerkt. Selbst die unmittelbaren Nachbarn können die Einfahrt der Grays nicht richtig einsehen, weil das Haus zurückgesetzt ist. Einer der Nachbarn hat eine Überwachungskamera an seiner Garage, die etwas aufgenommen haben könnte, aber der ist verreist. Die Sicherheitsfirma braucht eine Genehmigung des Besitzers, bevor sie uns das Video geben. Sie kümmern sich drum. Außerdem hat einer der Nachbarn eine Silvesterparty veranstaltet, und die Gäste haben die ganze Straße zugeparkt. Daran hat sich jeder erinnert, aber nicht an die Nacht davor.«

»Wie sieht's mit den Facebook-Freunden des Mädchens aus, Elwood?«

»Ich habe mit ein paar gesprochen, die im Großraum Minneapolis wohnen. Aber offenbar kannten sie sie nicht besonders gut. Sie sagten, sie wäre ab und zu in einem der Cafés aufgetaucht, die sie auch frequentieren. Sie mochten ihre Gedichte, aber sie ist sehr viel jünger als die meisten von ihnen.«

»Also hat sie vor ihren Mitschülern mehr aus diesen Beziehungen gemacht, damit es so aussieht, als hätte sie außerhalb der Schule tolle Freunde«, sagte Liska.

Elwood nickte. »So in etwa. Zwei, drei ließen sie bei sich übernachten, wenn sie Zoff mit ihrer Mutter hatte. Aber sie haben Alibis für Silvester.«

»In meinem nächsten Leben möchte ich lieber als Kanalratte wiedergeboren werden, als noch mal ein Teenager sein zu müssen«, murmelte sie.

Kovac setzte seinen Teller ab und seufzte. »Und das Auto des Mädchens ist nach wie vor verschwunden?«

»Wissen Sie, wie viele schwarze Toyota Camrys es in der Stadt gibt?«, fragte einer der jungen Detectives. »Nicht zu reden von den anderen Autos, die ähnlich aussehen. Die meisten Leute scheinen sowieso keine zwei Automarken voneinander unterscheiden zu können. Sämtliche Kollegen sind informiert, die Augen offen zu halten. Das ist keine Suche nach der Nadel im Heuhaufen. Das ist die Suche nach der Nadel in einem Nadelhaufen.«

Es war frustrierend, dass sie nicht vorankamen. Der gewaltige Einsatz an Energie und Zeit hatte sich bisher noch nicht gelohnt. Kovac hatte die Gelegenheit nutzen wollen, um die anderen Doc-Holiday-Fälle noch einmal neu aufzurollen, aber dafür reichten ihre Ressourcen nicht. Einige der Detectives gingen zwar die alten Fälle mit frischem Blick durch, aber jetzt hätte er lieber mehr Unterstützung in dem aktuellen Fall gehabt. Ein Fall, der bei den Akten lag, konnte gut noch ein bisschen länger dort liegen, aber bei einem aktuellen Mordfall musste man die Spuren verfolgen, solange sie frisch waren.

Man sollte wirklich aufpassen, was man sich wünschte, dachte er.

Fluch und Segen bei den vorherigen Doc-Holiday-Fällen war, dass die Opfer aus verschiedenen Bundesstaaten stammten. Das erschwerte die Ermittlungen, ersparte einem allerdings auch, dass man zu viel im Leben der Familie des Opfers herumstochern musste – zumindest was seine Tätigkeit anging.

Wenn Penny Gray das jüngste Opfer von Doc Holiday war, hätte er ihnen wenigstens den Gefallen tun können, sie in Iowa zu entsorgen.

Kasselmann trat in den Raum – er sah immer noch frisch und ausgeruht aus und wollte auf den neuesten Stand gebracht werden.

Mit aus Salz und Glutamat gewonnener neuer Energie erhob sich Kovac und ging zur Tafel, an der er Kasselmann erklärte, was sie hatten, was sie nicht hatten, was sie wollten und was sie tun mussten.

Kurz zusammengefasst: Sie hatten einen Verdächtigen Nummer eins, aber nichts in der Hand.

Der Captain legte die Stirn in Falten und seufzte. »Kommen Sie bitte in mein Büro, bevor Sie gehen, Sam.«

Die Falten vertieften sich, als er Liska ansah. »Was ist denn mit Ihnen passiert?«

»Die Mutter des Opfers hat beschlossen, den Überbringer der Nachricht zu töten«, sagte sie.

»Dafür ist Julia Gray verantwortlich?«

»Sie hat mehr Kraft, als man denken würde.«

»Interessant«, sagte Kovac, nachdem Kasselmann und die meisten anderen gegangen waren.

»Was ist interessant?« Liska machte sich daran, die Essensbehälter und Pappteller wegzuräumen.

»Dass Julia Gray dir einen solchen Schlag versetzt. Du kannst von Glück sagen, wenn du morgen kein blaues Auge hast.«

»Ich an ihrer Stelle hätte wahrscheinlich genauso reagiert.«

»Hat sie mit der rechten Hand zugeschlagen?«, fragte er. »Der mit dem Verband?«

»Ja«, sagte sie. »Entweder hat sie in dem Moment nicht nachgedacht oder sie wollte den Schmerz spüren. Kannst du das nicht verstehen? Ich würde mir auch eher mit einem Hammer auf den Daumen hauen, als wegen meiner Kinder zu leiden.«

»Erinner mich bitte daran, dass ich dich nach Hause begleite und alle Hämmer einsammle.«

Sie streckte den Mittelfinger aus.

Kovac wandte sich an Tippen und Elwood. »Ich glaube ihr die Geschichte nicht, dass sie auf dem Eis ausgerutscht ist. Hört sich nach einem arg großen Zufall an.«

Liska warf die Reste des Essens in den Abfalleimer. »Ich glaube auch die Geschichte von Pennys Fahrradunfall nicht und dass die Mutter ihren Arztfreund an einem Samstag angerufen haben will. Der barmherzige Samariter, der einen äußerst merkwürdigen Bruch versorgt, statt das Mädchen zu einem Spezialisten zu schicken. Warum sollte er das Risiko eingehen, wegen Verletzung der ärztlichen Sorgfaltspflicht angezeigt zu werden?«

»Was hat die Mutter dazu gesagt?«, fragte Tippen.

»Das Mädchen wäre auf dem Heimweg von ihrer Therapiesitzung bei Michael Warner gewesen. Sie hätte eine Abkürzung durch den Park genommen und da wäre sie dann gestürzt.«

»Keine Zeugen«, sagte Elwood.

Liska zuckte die Achseln.

Kovac runzelte die Stirn. »Das ist merkwürdig. Ich habe Michael Warner danach gefragt. Er erwähnte nichts davon, dass das Mädchen an dem Tag, an dem es passiert sein soll, einen Termin bei ihm hatte.«

»Bei Julia Gray hörte es sich so an, als wäre es eine gemeinsame Entscheidung von ihnen beiden gewesen, das Mädchen zu Iverson zu schicken«, sagte Liska.

»Das war im Frühling, oder?«, sagte Elwood. »Hat sie uns nicht erzählt, dass ihre Tochter im Laufe des Sommers immer störrischer wurde?«

»Wenn das Mädchen keinen Fahrradunfall gehabt hat, was ist dann passiert? Gab es irgendeinen Auslöser für ihre Rebellion?«, fragte Tippen. »Ich habe mit Penny Grays Vertrauenslehrerin in der Schule gesprochen. Sie sagte, dass die Gedichte des Mädchens in diesem Schuljahr einen deutlich wütenderen Ton bekamen. Das Mädchen sei immer eine Außenseiterin gewesen und habe Schwierigkeiten gehabt, Anschluss zu finden, aber bis dahin sei sie ihr eher schüchtern als aggressiv vorgekommen.«

Kovac stand auf, ging zu der Tafel und betrachtete die bisherige Zeitleiste. Er nahm einen Marker, verlängerte die Linie nach links und schrieb das Datum des angeblichen Fahrradunfalls dazu. Dann machte er eine Notiz zu den Veränderungen im Erscheinungsbild des Mädchens im Laufe des Sommers und vermerkte das Datum des Zusammenstoßes mit der neuen Frau des Vaters bei der Einweihungsfeier. Schließlich notierte er noch den angeblichen Unfall von Julia Gray, bei dem sie sich das Handgelenk verletzt hatte.

Er trat einen Schritt zurück und besah sich das Ganze. Eine verdächtige Verletzung. Eine radikale Veränderung im Erscheinungsbild. Zunehmend gewalttätige Ausbrüche. Er dachte an die Bemerkung von Christina Warner über Penny Grays sexuelle Hinwendung zu Mädchen – dass sie gesagt hatte, sie hätte die Schnauze voll von Männern ... Ein Mädchen, das seines Wissens nicht einmal einen Freund gehabt hatte.

»Ihr wisst, wonach das aussieht«, sagte er.

»Dass der Auslöser ein sexueller Missbrauch gewesen sein könnte«, sagte Tippen.

»Was können wir über unseren Seelenklempner sagen?«

»Dass er über jeden Tadel erhaben ist«, antwortete Elwood.

»Dann hat er ganz sicher Dreck am Stecken«, murmelte Kovac.

»Die Zeitungen haben nur das Beste über ihn zu berichten. Er hat alle möglichen Auszeichnungen gekriegt für seine Verdienste um die Allgemeinheit und so weiter und so fort.«

»Dann hat er viel zu verlieren«, sagte Kovac. »Viel Ehre, viel Ehrgeiz. Buddelt noch ein bisschen tiefer. Und ich will mich noch mal mit ihm unterhalten – am besten in Anwesenheit von Julia Gray. Wir werden die Daumenschrauben mal ein bisschen fester anziehen.«

Es klopfte an der Tür und Sonya Porter steckte den Kopf herein, eine kleine ovale strassbesetzte Brille auf der Nase.

»Willkommen in der Irrenanstalt«, sagte Kovac und winkte sie herein. »Nehmen Sie Platz. Ich glaube, Elwood kennen Sie noch nicht. Elwood Knutson, das ist Sonya Porter – die Nichte von Tip.«

Elwood sprang auf und verbeugte sich leicht. »Mein Beileid.«

Tippen verzog das Gesicht. »Warum hat eigentlich niemand Mitleid mit mir? Sie ist bösartig!«

Sonya schenkte Elwood ein reizendes Lächeln und ließ sich aus dem Mantel helfen. Sie trug einen knallblauen Pulli mit einem Schlüsselloch-Ausschnitt, der einen neckischen Blick auf ihr Tattoo gewährte.

»Haben Sie was für uns, Sonya?«, fragte Kovac. »Etwas aus der Blogosphere oder dem Twitterversum oder wie sich das nennt? Am liebsten wäre mir ein Geständnis, aber mit einem Augenzeugen wäre ich auch schon zufrieden.«

»Damit kann ich leider nicht dienen«, sagte sie und setzte sich. Elwood hatte ihr den Stuhl neben seinem herausgezogen. »Nur mit einer Menge sensationsgeiler Gerüchte über den Zombie. Und einigen hässlichen Kommentaren über das Opfer.«

»Zum Beispiel?«

»Sie war eine Schlampe. Sie war eine Lesbe. Sie war eine lesbische Schlampe«, sagte sie im Plauderton. »Keiner konnte sie leiden und keinen interessiert es, dass sie tot ist.«

»Da haben Sie aber eine nette Leserschaft«, sagte Kovac.

»Die Kids fällen schnell ein Urteil«, sagte sie. »Und sie verbreiten es ohne ein Wimpernzucken in den sozialen Medien.«

»Es erinnert mich eher an eine Haifischfütterung«, sagte Tippen. »Gemeinheiten und Rücksichtslosigkeit hinter der gesichtslosen Maske der Anonymität. Cybermobbing greift um sich. Die körperliche Distanz zum Opfer gibt den Tätern das Gefühl, sie dürften sagen, was sie wollten.«

»Der Computer schlägt einem eben nicht ins Gesicht, wenn man was Gemeines schreibt«, sagte Liska.

»Na ja, nur weil die Leute das Recht haben, sich frei zu äußern, heißt das nicht, dass sie Nettigkeiten von sich geben«, sagte Sonya. »Letztlich gibt es eine Menge Arschlöcher. Und in den sozialen Medien kann man sie eben auf den ersten Blick erkennen.«

»So kenn ich meine Nichte«, sagte Tippen. »Den Blick immer fest auf den Silberstreifen am Horizont gerichtet.«

»Da ist kein Silberstreifen«, erwiderte sie. »Nur der Widerschein geistiger Brandstiftung.«

»Ich würde es vorziehen, darin das Licht zu sehen, das in der Finsternis leuchtet«, sagte Elwood edelmütig. Sonya sah ihn mit zur Seite geneigtem Kopf an, wie ein neugieriger kleiner Vogel.

»Ich bin derselben Meinung wie Sonya«, sagte Kovac. »Die Leute sind schlecht. Lass dein Licht mal darauf leuchten, Elwood. Setz dich mit Sonya zusammen und finde raus, wer diese Cybermobber sind.«

»Ich habe überlegt, ob wir uns nicht einen klareren Eindruck von Penny Grays Innenleben verschaffen können, indem wir uns ihre Gedichte mal genauer ansehen«, schlug Elwood vor. »Gedichte sind doch so etwas wie der Fingerabdruck der Seele.«

Tippen nahm einen Aktendeckel vom Tisch. »Die Vertrauenslehrerin des Mädchens hat mir alles zur Verfügung gestellt, was Penny Gray in diesem Schuljahr abgegeben hat. Sie hat mir die Datei gemailt. Ich hab die Gedichte ausgedruckt. Es gibt auch ein paar Videos von ihr, auf denen sie sie rezitiert.«

»Wenn sie es mit visuellen Medien hatte, ist sie auch auf YouTube und Vimeo zu finden«, sagte Sonya.

Elwood nahm Tippen die Akte ab und schlug sie auf. Kovac sah, wie er die Brauen zusammenzog, als er das erste der Gedichte von Penny Gray überflog.

»Na komm, Elwood, sag uns, was dich bewegt.«

Elwood räusperte sich und las das Gedicht laut vor, die Worte eines Mädchens, das glaubte, niemand höre ihm zu. Sie hatte sich gewiss nicht vorgestellt, dass sie einmal ein Publikum in den Leuten finden würde, die den Mord an ihr aufzuklären versuchten.

»Schweigen«

Sie sagen, Schweigen ist Gold der reinsten Sorte
Aber dann verrotten in mir die Worte
Und vor ungehörtem Schmerz
fängt mein Herz
an zu eitern
Am liebsten würden sie mir den Mund,
Sich die Ohren verkleistern
Deshalb bin ich jetzt still und brav
Sag nichts mehr, was sie wecken könnte
aus ihrem selbstgerechten Schlaf
Und doch bin ich lästig
seit meiner allerersten Stunde
Bin ein Stachel in ihrem Fleisch
der juckende Schorf auf ihrer Wunde

KAPITEL 33

»Kannst du fahren?«, fragte Kovac.

Sie gingen zum Auto, Schneeflocken rieselten auf sie herab wie Puderzucker. Es war später geworden, als sie befürchtet hatte. Wieder einmal. Sie hatte pochende Kopfschmerzen. Ihr war kalt, sie war müde und der Fall und ihr Leben lasteten auf ihren Schultern. Sie fühlte sich schwer wie Blei.

»Kein Problem«, sagte sie. Sie spürte seinen Blick auf sich.

»Ehrlich? Hast du sicher keine Gehirnerschütterung?«

»Nein. Es ist nur eine Platzwunde. Ich hab einen Schlag von einer Frau abgekriegt, nicht von Mike Tyson.«

»Du bist auch eine Frau«, sagte er. »Trotzdem möchte ich dir nicht vor die Faust laufen.«

»Hahaha ... Was wollte Kasselmann eigentlich?« Sie hatte gesehen, wie er nach der Besprechung ins Büro des Chefs gegangen und mit einem finsteren Gesichtsausdruck wieder herausgekommen war.

»Nichts Wichtiges«, er schüttelte den Kopf, dann sagte er: »Ich begleite dich nach Hause.«

Sie sah ihn überrascht an. »Was? Warum denn? Mir geht's gut.«

Sein Mund zuckte auf die Art, die ihr sagte, dass er an etwas kaute, was ihm nicht gefiel.

»Ich muss deine Hämmer konfiszieren, falls du dich erinnerst.«

Sie wartete.

»Außerdem muss ich noch mal mit Kyle reden«, fügte er hinzu. »Ich hab den Eindruck, dass er uns noch nicht alles erzählt hat, was im Rock & Bowl passiert ist.«

Nikki zog misstrauisch die Brauen zusammen. »Du verschweigst mir doch was?«

»Nein, keine Sorge, mehr ist da nicht«, entgegnete er. »Ich will nur das eine oder andere klarstellen, das ist alles. Seine Mitschüler haben da so ein paar Bemerkungen gemacht, die ich weiterverfolgen will.«

»Du weißt, dass Kyle mit ihnen nicht auskommt.«

»Ja, das weiß ich.«

»Dieser Fogelman zum Beispiel«, sagte sie mit neu erwachtem Beschützerinstinkt. »Er ist ein dummes verwöhntes arrogantes Arschloch.«

»Ich weiß.«

»Hat er Kyle irgendwas unterstellt?«, fragte sie.

Kovac sah sie genervt an. »Entspann dich doch mal.«

»Nein«, sagte sie und blieb stehen. »Das tu ich nicht. Sag mir, was los ist.«

Kovac drehte sich zu ihr und seufzte. »Aber flipp nicht gleich aus.«

»Ich flipp aus, wenn du es jetzt nicht sofort ausspuckst.«

»Kasselmann hat mich antanzen lassen, um mir zu sagen, dass Fogelman senior Beziehungen hat und sich bei einem der Lamettaträger beschwert hat, Kyle würde eine Vorzugsbehandlung bekommen, weil er heute Nachmittag nicht befragt worden ist.«

»Arschloch!«, zischte Nikki. »Und Kasselmann ist auch ein Arschloch! Warum hat er *mich* nicht kommen lassen? Warum hat er *mir* das nicht gesagt?«

»Keinen blassen Schimmer«, sagte Kovac ironisch. »Vielleicht weil er Angst um sein Leben hat? Oder wegen des Interessenkonflikts? Such dir was aus. Ich hab ihm versichert, dass es kein Problem gibt. Ich hab ihm die Situation erklärt. Fürs Erste ist die Sache vom Tisch. Ich will einfach nur auf Nummer sicher gehen. Also lass es uns hinter uns bringen.«

Trotz Kovac' beruhigender Worte machte sie sich den ganzen Heimweg über Sorgen. Das wurde langsam zur Gewohnheit – dass sie sich Sorgen wegen der Jungs machte, weil sie sie vernachlässigte, weil sie ihnen nicht gab, was sie brauchten; besonders wegen Kyle machte sie sich Sorgen, dass er sein Stipendium verlieren und von der Schule fliegen könnte, dass er in irgendetwas verwickelt war und es zu spät sein könnte, wenn sie es herausfand.

Marysue saß am Esstisch und adressierte Umschläge für ihre Hochzeitseinladungen, während R. J. über seinen Mathe-Hausaufgaben brütete. Nikki beugte sich über ihn und gab ihm einen Kuss auf seinen Wuschelkopf. Sie tauschten kurz Belanglosigkeiten aus, der übliche Smalltalk, der ihr gerade jetzt, mitten in einer Mordermittlung, absolut lächerlich vorkam. Kovac spielte bei diesem absurden Schauspiel mit wie alle anderen.

An der Tür zu Kyles Zimmer begrüßte sie der Samurai-Krieger. Liska ließ sich nicht von ihm einschüchtern und klopfte.

»Kyle? Ich bin's. Ich muss mit dir reden. Sam muss mit dir reden.«

Kein einziges Geräusch drang aus dem Zimmer, kein Fernseher, keine Musik. Sie hielt die Luft an und lauschte, widerstand dem Drang, gleich noch einmal zu klopfen. Sie hörte eine Bewegung. Dann öffnete Kyle die Tür und sein Blick wanderte vom einen zum andern, ohne dass er etwas sagte. Er wirkte müde und traurig. Der blaue Fleck an seiner Wange hob sich dunkel von seiner blassen Haut ab.

»Hallo, Kyle«, sagte Kovac. »Tut mir leid, wenn ich dich

nerve, aber ich muss dir noch ein paar Fragen zu dem Abend im Rock & Bowl stellen.«

»Gray ist tot, oder?«, fragte er emotionslos.

Kovac nickte. »Ja, sieht so aus. Es tut mir leid.«

Kyle ging zurück in sein Zimmer, setzte sich auf den Schreibtischstuhl, die Unterarme auf die Oberschenkel gestützt, und ließ den Kopf sinken.

»Woher weißt du das?«, fragte Nikki und widerstand dem Drang, ihn zu berühren.

»Ich hab eine SMS gekriegt.«

Sie sagte nichts dazu, dass er sein Handy benutzt hatte. Was heute Morgen so wichtig zu sein schien, kam ihr jetzt lächerlich und unbedeutend vor. Egal was er angestellt und in welche Schwierigkeiten er sich gebracht hatte, er lebte wenigstens.

Kovac setzt sich ans Bettende und nahm bewusst oder unbewusst Kyles Haltung ein.

Er fing mit einem Seufzer an. »Ich habe mit allen geredet, die an dem Abend, an dem Gray verschwunden ist, da gewesen sind. Aber ein paar Lücken und Widersprüche gibt es noch, und ich hoffe, du kannst mir bei der Klärung helfen, Kyle. Können wir uns darauf einigen, dass du keine Ausflüchte mehr machst? Wenn ich dich etwas frage, will ich eine ehrliche Antwort hören, okay? Du biegst nichts zurecht und du lässt nichts aus. Klare Frage, klare Antwort, okay?«

»Ich werde nichts, was du sagst, gegen dich verwenden«, sagte Nikki und Kyle sah kurz zu ihr hoch.

»Also, Kyle, bist du an diesem Abend mit Gray und Brittany zum Rock & Bowl gefahren?«

Er nickte.

»Erzähl mir, was zwischen Gray und Christina vorgefallen ist.«

»Christina hatte dieses blöde Gedicht über verlogene Lesben geschrieben und dass Gray eine wandelnde Freakshow ist und so. Gray ist sauer geworden und hat sie auch beschimpft.«

»Was hat sie gesagt?«

»Dass Christina ganz schön dumm ist, wenn sie glaubt, dass alle sie mögen, weil sie nämlich niemand mag, und zwar deswegen, weil sie eine falsche, egoistische Fotze ist.« Er sah auf. »Tschuldigung, Mom. Sam hat gesagt, ich soll nichts auslassen.«

»Ist in Ordnung.«

»Sie sagte so was wie, dass Christina wohl glaubt, in ihrem Barbiepuppen-Leben wäre alles perfekt«, fuhr er fort. »Und dass sie ihren Dad wohl für den beschissenen Ken hält. Solche Sachen halt.«

»Und irgendwann ist es dann nicht mehr bei Worten geblieben«, sagte Kovac.

Kyle nickte. »Ja. Gray beugte sich vor und sagte was, das ich nicht richtig mitgekriegt hab, und daraufhin ist Christina total ausgerastet und auf sie losgegangen.«

Kovac starrte ihn an. »Christina ist auf Gray losgegangen?«

»Ja.«

»Bist du sicher?«

»Ja. Gray hat sich gewehrt, aber Christina hat angefangen. Dann hat sich Aaron Fogelman eingemischt und hat Gray geschlagen, hier ungefähr«, sagte er und schlug sich mit der Faust auf die linke Brust.

»Und dann?«

»Und dann bin ich dazwischen. Man kann doch ein Mädchen nicht schlagen!«, rief Kyle empört. »Ich hab ihn weggestoßen. Dann hat er mich mit der Faust erwischt«, sagte er und zeigte, wo Fogelman ihn an der Wange getroffen hatte. »Und ich hab ihm einen Schlag auf den Mund verpasst und seine Lippe ist aufgeplatzt«, er ließ seine Rechte durch die Luft sausen.

»Und wo waren die Sicherheitsleute währenddessen?«, fragte Nikki, die nicht mehr an sich halten konnte.

Kyle zuckte die Achseln. »Das ging alles ziemlich schnell. Und bis ich mich wieder umgedreht hab, war Gray verschwunden. Ich bin zum Ausgang gelaufen und hab sie gerade noch wegfahren sehen.«

»Hast du gesehen, wie die anderen gegangen sind?«, fragte Kovac.

»Nein.«

»Wie bist du nach Hause gekommen?«, fragte Nikki.

»Mit dem Bus, ein paar Straßen weiter ist eine Haltestelle.«

»Und du hast seither nicht mehr mit Gray gesprochen oder was von ihr gehört?«

Er schüttelte den Kopf. »Ich hab sie dauernd angesimst, aber sie hat nicht geantwortet. Ich hab sogar versucht, sie anzurufen, bin aber immer nur bei der Voicemail gelandet.« Er dachte kurz nach und begriff, was das bedeuten könnte. »War sie da schon tot?«

Kovac seufzte. »Vielleicht, ja.«

»Britt hat geschrieben, dass ein Serienmörder sie umgebracht hat. Ist das echt wahr?«, fragte er ungläubig. »Das glaub ich nicht! Das ist ja wie in einem beschissenen Horrorfilm!«

»Wir wissen nicht, was passiert ist«, sagte Nikki. »Das ist eine von mehreren Möglichkeiten.«

»Ich verstehe das nicht«, sagte Kyle mit bebender Stimme. »Warum macht jemand so was? Das ist doch krank! Sie hat nie jemandem was getan. Sie wollte nur, nur … sie wollte nur, dass die Leute sie akzeptieren. Warum macht jemand so was?«

Nikki strich mit der Hand über seinen gebeugten Kopf und zog ihn sanft an sich. Sie sah zu ihm hinunter, sah den blauen Fleck auf seiner Wange. Sie dachte über das nach, was er gerade erzählt hatte.

Penny Gray war am Abend des Dreißigsten verschwunden. Zur gleichen Zeit hatte Kyles Auseinandersetzung mit Aaron Fogelman stattgefunden. Aber sie hatte die Verletzung ihres Sohnes erst an Neujahr bemerkt. Wie war das möglich?

Sie dachte zurück, versuchte Ordnung in das Durcheinander der langen Arbeitstage und Überstunden zu bringen. Sie hatten am Abend des Dreißigsten einen Fall reingekriegt, einen Ehestreit mit tödlichem Ausgang. Die Sache war kompliziert und hatte sich hingezogen, und deshalb war sie erst spät nach Hause gekommen. Die Jungs waren zu der Zeit schon im Bett gewesen. Als sie am nächsten Morgen, am Einunddreißigsten, zur Arbeit gefahren war, hatten die beiden noch geschlafen, und als sie vom Unfallort mit Penny Grays Leiche zurückgekommen war, schon wieder.

Sie hatte einen ganzen Tag verloren, ohne es mitzukriegen. Ihr Sohn war einen Tag lang mit einer Verletzung im Gesicht herumgelaufen, ohne dass sie es bemerkt hatte.

Sie dachte an Julia Gray, die nicht gewusst hatte, dass ihre Tochter verschwunden war. Wie unverantwortlich das klang. Wie gleichgültig. Was für eine Rabenmutter.

Sie dachte an Penny Gray und dass sie vielleicht auf der Straße entführt worden war, während ihre Mutter sich mit ihrem Freund vergnügte und nicht dafür interessierte, wo ihre Tochter war.

Vor ihrem geistigen Auge lief das Video von der Holiday-Tankstelle ab. Penny Gray – ein Mädchen im Alter von Kyle –, allein, auf dem Weg zur Tür, sie sieht jemanden außerhalb der Reichweite der Kamera, zögert, dreht sich um, und dann geht sie in die Nacht hinaus und wird nie wieder lebend gesehen.

Sie überließ Kyle seinen Gedanken und begleitete Sam die Treppe hinunter. Marysue und R.J. waren in ihrer jeweiligen Sofaecke eingeschlafen. Der Fernseher unterhielt sich leise selbst.

Nikki schwieg, als sie an der Haustür stehen blieben und Kovac Kyles Darstellung des Ablaufs der Ereignisse wiederholte und überlegte, was er noch überprüfen wollte und mit wem sie noch sprechen sollten. Er wollte sich das Video aus dem Rock & Bowl ein weiteres Mal ansehen, genau wie das von der Tankstelle. Er wollte noch einmal mit Christina Warner reden, aber er wusste, dass Michael Warner das nicht erlauben würde. Er wollte wissen, womit Penny Gray Christina Warner zum Ausrasten gebracht hatte.

Für sie waren das alles Hintergrundgeräusche. Sie hatte den Eindruck, seine Stimme von ganz weit her zu hören. Eine seltsame Taubheit machte sich in ihr breit, als hätte man ihr ein Anästhetikum verabreicht.

Schließlich streckte Kovac die Hand aus und hob ihr Kinn an. Sie erwartete, dass er verärgert war, aber das war er kein bisschen. Sie sah nur Besorgnis.

»Hey«, sagte er sanft. »Es tut mir leid, dass Kyle in das alles mit reingezogen wird, Tinks.«

Schmerz durchdrang die Taubheit. »Es ist schlimm«, flüsterte sie.

»Ich weiß«, sagte er. »Willst du immer noch umarmt werden?«

Und sie legte den Kopf an seine Brust und er hielt sie lange schweigend in den Armen.

Nachdem Sam weg war, ging Nikki wieder nach oben und klopfte an Kyles Tür.

Schnell schob er das Handy unter das Kissen, als sie ins Zimmer trat. Er saß auf dem Bett, den Rücken an das Kopfteil gelehnt und sah verloren aus. Nikki setzte sich auf die Bettkante.

»Es tut mir so leid um deine Freundin«, sagte sie leise.

»Wir waren keine richtigen Freunde«, sagte er. »Gray hatte keine Freunde so wie andere. Sie war irgendwie … einsam … verschlossen.«

So wie du, dachte Nikki. In sich gekehrt, niemanden an sich heranlassend.

»Ich kannte sie aber ganz gut«, sagte er. »Manchmal sind wir zusammen unterwegs gewesen. Sie war cool.«

»Ja? Inwiefern?«

»Mit ihren Gedichten und weil sie wollte, dass die Leute sind, wie sie sind, und ihr eigenes Ding machen.«

So etwas sprach Kyle natürlich an, dachte sie. Er war schon als kleines Kind eigensinnig gewesen. Dabei hatte er aber immer die Gefühle anderer geachtet und war nachdenklich und verträumt gewesen.

Jetzt griff er unter sein Kopfkissen und zog sein Handy hervor, tippte auf den Touchscreen und öffnete die Seite, die er suchte.

»Sie hat mit ihrem Handy ständig Videos gemacht«, sagte er. »Das hier hat sie beim Schreibworkshop aufgenommen und mir geschickt.«

Er tippte auf Play und hielt Nikki das Handy hin. »Wir sollten uns gegenseitig befragen, warum wir schreiben wollten.«

Zuerst war Gray zu sehen, die sich vorstellte und den Zweck des Interviews erklärte. Dann richtete sie die Kamera auf Kyle und er beantwortete die Fragen. Er zappelte herum, sah weg und verzog das Gesicht, er hatte es noch nie leiden können, fotografiert oder gefilmt zu werden. Gray kam wieder ins Bild, während sie auf seine Fragen antwortete. Sie sprach davon, was sie dabei empfand, wenn sie ein Gedicht schrieb – es öffnete ein Fenster zu ihrer Seele, entließ ihre Gefühle in die Freiheit. Manchmal waren es schöne Gefühle und manchmal nicht. Dann fühlte es sich an, als würde sie eine Ader aufschlitzen und die Worte bluteten aus ihr heraus.

Nikki sah mit schwerem Herzen zu, sie wünschte, sie hätte das Mädchen gekannt, wünschte, dass irgendein Erwachsener aus Penny Grays Umgebung sich für sie interessiert und ihr geholfen, ihr zugehört und Verständnis entgegengebracht hätte. Sie erinnerte sich, wie sie selbst mit sechzehn gewesen war, wie verloren und missverstanden sie sich gefühlt hatte. Dieses Alter war schlimm, die kleinste Kleinigkeit schien lebensentscheidend zu sein und die Zukunft war so weit entfernt, dass alle Probleme noch unüberwindlicher erschienen. Ihre eigene Mutter hatte kein Verständnis für sie gehabt, so wenig wie Julia Gray für Penny.

Als das Video zu Ende war, gab sie Kyle das Handy zurück. »Ich bin sehr stolz auf dich, dass du sie an dem Abend im Rock & Bowl verteidigt hast.«

Er zuckte mit den Achseln, senkte den Blick. »Man darf Mädchen nicht schlagen. Das geht gar nicht.«

»Dieses andere Mädchen, Brittany, kennst du sie gut?«

»Das hab ich gedacht.« Er seufzte. »Aber die hat mich auch nur enttäuscht.«

»Ja, manchmal wird man enttäuscht. Es ist nicht immer leicht, das Richtige zu tun. Manchmal weiß man nicht einmal, was das Richtige ist. Wir können uns immer nur darum bemühen, die richtigen Entscheidungen zu treffen.«

Er schüttelte den Kopf. »Manchmal tun die Leute einfach nur das, was bequem ist oder was die anderen von ihnen erwarten. Selbst wenn es ganz falsch ist.«

Da konnte sie ihm nicht widersprechen.

»Ich wünschte, ich hätte Gray an dem Abend aufhalten können«, sagte er und seine Augen füllten sich mit Tränen. »Wenn ich sie erwischt hätte, bevor sie wegfuhr, dann würde sie vielleicht noch leben.«

Nikki legte eine Hand auf seinen Arm und drückte ihn. »So etwas darfst du nicht denken, Kyle. An diesem Abend ist vieles passiert. Das war bloß das Letzte, was du mitbekommen hast.

Das ist wie bei einem Footballspiel, wenn der Kicker in der letzten Sekunde ein Feldtor verschießt und ihm jeder die Schuld gibt, wenn seine Mannschaft das Spiel verliert. Aber davor sind tausend andere Dinge passiert, die genauso entscheidend waren. Daran denkt nur niemand. Ein verfehlter Ball, ein schlechtes Tackling, ein Foul, das nicht hätte passieren dürfen. All diese Dinge waren genauso entscheidend. Sie waren nur nicht das Letzte, was passiert ist.

Wenn du Gray also noch erwischt hättest, bevor sie davongefahren ist, wenn du zu ihr ins Auto gestiegen wärst, ja, vielleicht wäre sie dann jetzt noch am Leben – aber genauso gut könntet ihr beide tot sein. Und es gibt noch viele andere Wenns. Wenn die Mädchen nicht in Streit geraten wären. Wenn deine Freundin Brittany eine bessere Entscheidung getroffen hätte. Wenn, wenn, wenn.

Und es geht noch weiter«, sagte sie. »Wenn wir den ersten oder zweiten Mord hätten aufklären können. Wenn der Mörder an der Kreuzung nach links statt nach rechts abgebogen wäre, wäre Gray ihm nie begegnet. Es geht nicht nur darum, was du getan oder nicht getan hast, oder ich, und nicht einmal, was Gray getan oder nicht getan hat.

Wir versuchen uns einen Reim auf Dinge zu machen, auf die man sich keinen Reim machen kann. Wir können nur versuchen, unser Bestes zu geben. Alles andere liegt nicht in unserer Macht. Und wenn unser Bestes nicht gereicht hat, dann müssen wir uns beim nächsten Mal mehr Mühe geben.«

»Für Gray gibt es kein nächstes Mal«, sagte er leise.

»Nein. Wir können uns nur noch bemühen, ihren Mörder zu finden«, sagte Nikki. »Du hast gesagt, du hättest Gray ein paarmal angesimst und sie zu erreichen versucht. Nur an dem Abend, an dem sie verschwand, oder auch noch danach?«

»Auch noch danach«, sagte er. Er rief auf seinem Handy die Nachrichten auf, die er Gray geschickt hatte. »Zuletzt hab ich ihr heute Morgen eine SMS geschickt. Ich dachte, dass sie abgehauen ist, weil sie allein sein wollte, und dass sie mir irgendwann antworten würde, wenn ich nicht lockerlasse.«

Nikki speicherte die Information in ihrem Kopf ab, zu müde, um im Augenblick darüber nachzudenken. Sie dachte nur, dass sie einen wirklich guten Jungen großzog und dass das ein echtes Wunder war, wenn man bedachte, wie wenig Zeit sie darauf verwandte.

»Ich hab dich so lieb«, sagte sie und umarmte ihn.

Kyle erwiderte die Umarmung. »Ich dich auch, Mom. Es tut mir leid wegen heute Früh.«

»Mir auch«, sagte sie und drückte ihn fest an sich. »Morgen kriegen wir das besser hin, ja?«

Mit diesem Gedanken legte sie sich ins Bett. Dass sie morgen alles besser hinkriegen würden. Und das bedeutete hoffentlich auch, dass sie Penny Grays Mörder fanden.

KAPITEL 34

Wie abgefuckt war das denn heute? Cops! :O

Brittany saß auf ihrem Bett, den Rücken gegen das Kopfteil gelehnt, die Beine angezogen, sich unbewusst klein machend. Sie blickte auf die SMS von Christina und mochte nicht antworten. Seit dem Nachmittag war ihr schlecht, seit sie noch einmal mit den Cops reden musste.

Sie konnte nicht glauben, dass das alles wirklich gerade passierte. Wie konnte jemand, den sie kannte, ermordet worden sein? Wie konnte sie mit etwas so Abgedrehtem, Grässlichem zu tun haben? Sie hatte doch bloß zu einem Mädchen, das ihr leidtat, nett sein wollen. Sie war ein guter Mensch. Sie versuchte, immer das Richtige zu tun. Meistens jedenfalls. Manchmal war das viel schwerer, als es sein sollte.

Sie fühlte sich noch immer verantwortlich für das, was Gray passiert war. Es war ihre Schuld, dass sie an diesem Abend ins Rock & Bowl gegangen waren. Sie hätte einfach Nein zu Christina sagen sollen. Oder, besser noch, sie hätte Christinas SMS-Nachrichten ignorieren sollen.

Sie war so dumm, jede SMS zu beantworten, als würde sie jemand beobachten und wissen, dass sie ihr Handy nicht ausgeschaltet oder irgendwo liegengelassen hatte oder so. Das war einfach kindisch. Sie wollte unbedingt von Christina gemocht werden, sodass sie jedes Mal sprang, wenn Christina Hopp sagte. Warum war sie so schwach? Warum war sie nicht mehr wie Kyle?

Kyle war es egal, dass keiner aus der Clique ihn mochte. Und selbst wenn es ihm nicht egal war, war es ihm wichtiger, anständig und ehrlich zu sein. Er hatte sie gedrängt, auch so zu sein, aber sie war eben nicht wie Kyle. Sie war nicht stark. Sie war nicht mutig. Die Vorstellung, nicht gemocht zu werden, nicht beliebt zu sein, erschreckte sie. Und wo hatte sie das hingebracht?

Wieder vibrierte das Handy in ihrer Hand. Eine neue Nachricht von Christina.

Wo bist du? Geht's dir gut?

Gegen ihren Willen bewegten sich ihre Daumen auf dem Touchscreen.

Ja.

Unglaublich! Ein Serienmörder! Hätt jeden von uns erwischen können!

Nein, hätte es nicht, dachte Brittany wütend. Es hätte keinen von ihnen erwischen können. Sie waren nämlich zusammengeblieben. Nur Gray war allein weggegangen. Ihretwegen. So etwas würde Christina Warner nie passieren, weil sich immer alle um sie scharten, sie war dauernd von Leuten umgeben, die sie fürchteten und bewunderten.

Nein. So etwas passierte Gray, die niemanden hatte, der es verhinderte, und niemanden, der sich hinterher dafür interessierte. Gray, die Brittany für ihre Freundin gehalten hatte. Eine der wenigen. Sie waren nicht eng gewesen, nicht so eng, wie Brittany es mit anderen war. Sie vertrauten sich keine Geheimnisse an, wie das gute Freundinnen normalerweise taten. Und doch war Gray nach dem letzten Streit mit ihrer Mutter zu ihr gekommen.

Und was hatte sie getan?

Brittany sah hinüber zu dem Sessel in der Zimmerecke, wo Grays Reisetasche auf dem Boden lag, halb hinter einer Menagerie von Stofftieren versteckt. Sie sollte sie Grays Mutter zurückbringen, überlegte sie. Bei der Vorstellung, Grays Mutter gegenüberzutreten, fing sie an zu zittern.

Hallo, Mrs. Gray. Ich bin Brittany. Meinetwegen ist Ihre Tochter jetzt tot. Hier sind ihre Sachen.

Wieder vibrierte ihr Handy. Am liebsten hätte sie es gegen die Wand gepfeffert, aber sie ließ es bleiben. Gray hätte es getan. Nein. Gray hätte *Fick dich* getippt und es dann gegen die Wand gepfeffert. Brittany las die Nachricht.

Was haben sie gefragt? Was hast du gesagt?

Ich hab ihnen gesagt, dass du ein Kotzbrocken bist, dachte Brittany. *Ich hab ihnen gesagt, dass du gemein bist. Ich hab ihnen gesagt, dass es meine Schuld ist, dass Gray umgebracht wurde, weil sie meinetwegen dort war.* Natürlich hatte sie nichts dergleichen gesagt. Sie hatte dem Detective das Gleiche wie alle gesagt. Es war doch sowieso egal. Gray war allein weggegangen und danach von niemandem mehr gesehen worden. Nichts anderes zählte.

Sie sah auf ihr Handy und tippte *Nichts.*

Ihr Magen zog sich zusammen. *Ich finde dich zum Kotzen,* dachte sie, auch wenn sie nicht wusste, ob sie damit Christina oder sich selbst meinte.

Christina machte sich nur darüber Sorgen, wie sie jetzt dastand. Dass sie sich dieses schreckliche Gedicht ausgedacht hatte, war für sie natürlich Grays Schuld. Natürlich war Gray die Böse, weil sie den Streit zwischen ihnen angefangen hatte. Natürlich war Gray als Erste auf Christina losgegangen, weil Christina nie die Beherrschung verlieren und so etwas tun würde, Gott bewahre. Dabei hatte sie genau das getan.

Christina hatte angefangen an diesem Abend. Es war Christina, die die ganze Sache geplant hatte, Christina, die Gray beleidigt hatte, Christina, die ausgeflippt war und Gray geschlagen hatte.

Es war Christina, die dann alle aufgefordert hatte, sie sollten sagen, Gray hätte sie angegriffen. Sie wollte nicht schlecht dastehen. Sie wollte keine Probleme kriegen. Sie wollte nicht, dass ihr toller, gruseliger Vater dachte, sein kostbares Töchterchen könnte irgendetwas falsch gemacht haben. Und da Gray sowieso tot war, war es doch egal, wenn sie schlecht dastand, oder? Sie war ja schließlich auch schlecht.

Wenigstens war sie keine Heuchlerin, dachte Brittany, *so wie du, Christina. So wie ich.*

Wieder vibrierte das Handy.

Hast du erzählt, was sie gesagt hat?

Ob ich ihnen erzählt habe, dass Gray dich als falsch und als Lügnerin bezeichnet hat, und alles andere, was sie über dein gekünsteltes verlogenes Barbiepuppen-Leben gesagt hat? Dass niemand dich wirklich mag, dass sie dich insgeheim alle verabscheuen, sich aber nicht trauen, es zu sagen?

Hab ich ihnen die Wahrheit gesagt?

Sie schrieb zurück: *Nein.*

Brittany hätte am liebsten geschrien. Sie stellte sich vor, wie es wäre, so zu sein wie Gray an diesem Abend – Christina ins Gesicht zu schreien. *Es geht hier nicht um dich, Christina! Es interessiert keine Sau, wie du jetzt dastehst. Es interessiert keine Sau, ob Gray mit deinem Freund oder deinem Vater oder dir oder überhaupt mit jemandem Sex gehabt hat.*

Wieder vibrierte das Handy in ihrer Hand.

Du bist die beste britt. <3

<3, tippte sie. Dann schaltete sie das Handy aus, ging ins Bad und übergab sich.

KAPITEL 35

Fitz' Mutter war alleinerziehend gewesen und hatte ihre gesamte Freizeit in der Veteranenkneipe um die Ecke verbracht, wo sie Billard gespielt, gesoffen und Männer aufgerissen hatte. Als Ausgleich zu ihrem Lebensstil hatte sie Fitz bei den Pfadfindern angemeldet.

Ihm war natürlich klar gewesen, was sie in erster Linie damit bezweckte: an Männer rankommen, die nicht in der Veteranenkneipe abhingen. Dennoch war er mit Leib und Seele Pfadfinder gewesen, weil er dabei lauter interessante Dinge lernen konnte, zum Beispiel wie man Knoten knüpfte, ein Messer und eine Axt benutzte und vor allem: allzeit bereit zu sein.

Er ließ sich Zeit, achtete darauf, dass alles an seinem Platz war, dass er nichts vergaß. Weil er von seinem üblichen Vorgehen abwich, musste er besonders sorgfältig planen und diese Strategie ganz genau verfolgen. Es unterlief einem allzu leicht ein Fehler, wenn man nicht vorsichtig war.

Er würde den kleinen Lieferwagen nehmen. Den benutzte er sonst nie. Wenn er von der Straße aus agierte, nahm er den großen Laster, den er eigens für diesen Zweck hergerichtet hatte. Akribisch checkte er den Lieferwagen, prüfte die Sicherungsgurte, rückte die Decke zurecht, achtete darauf, dass das Klebeband da war, wo es sein sollte.

Auch die kleine Werkzeugtasche auf dem Beifahrersitz prüfte er noch einmal: Handwerkszeug, Messer, Kabelbinder. Es konnte losgehen.

Langsam stieg sein Adrenalinspiegel. Er konnte nicht mehr stillsitzen. Wie ein Hai auf Raubzug bewegte er sich hin und her und stellte sich vor, was heute Nacht passieren würde. Er spürte die kalte Luft auf seinem Gesicht, die seine Nasenhaare gefrieren ließ. Er konnte Dana Nolans Gesicht sehen – den kurzen Moment der Verwirrung, dann das Wiedererkennen, dann das Aufblitzen von Angst und Panik.

Er spürte das plötzliche Gefühl der Macht, die sexuelle Erregung. Wieder und wieder ging er die Szene in seinem Kopf durch.

Auch das war anders als sonst. Er hatte seine Opfer sonst immer nach dem Zufallsprinzip ausgesucht, eine Gelegenheit, die sich ihm bot, spontan ergriffen. Der Adrenalinkick war schnell und plötzlich gekommen. Diese sich jetzt langsam aufbauende Erregung war kaum auszuhalten.

Er sah auf seine Uhr.

Los geht's.

Auf dem Weg zu Dana Nolans Adresse achtete er darauf, die Höchstgeschwindigkeit nicht zu überschreiten und auch alle anderen Verkehrsregeln penibel zu befolgen. Er wollte nicht zu früh da sein. Er parkte rückwärts auf dem Stellplatz neben ihrem Auto ein und machte es sich bequem, um im harten Licht der Parkplatzbeleuchtung zu warten.

Die Sekunden krochen dahin wie Minuten. Er versuchte, Radio zu hören, aber er ertrug die Musik nicht, ertrug das Gequatsche der Leute nicht. Er konzentrierte sich darauf, seinen Herzschlag zu verlangsamen, atmete langsam und tief ein und aus. Er hatte einmal gelesen, dass Shaolin-Mönche ihren Herzschlag verlangsamen konnten, bis er praktisch nicht mehr messbar war.

Er sah auf die Uhr.

Er versuchte es noch einmal mit den Radio-Hits der Achtziger. Hits der Neunziger. Hits von heute, National Public Radio. Die Sendung von Delilah.

Er war ein Riesenfan von Delilah. Egal, wo er gerade war, Delilah war überall zu empfangen, was er sehr beruhigend fand. Es war, als würde man in Begleitung einer Freundin reisen.

Delilah hatte eine weiche Stimme. Was sie über die Liebe sagte, war zwar ziemlich abgedroschen, aber auch irgendwie schön. Er glaubte allerdings kein Wort davon – zumindest traf es auf ihn nicht zu. Er würde sogar behaupten, dass der Glaube an die wahre Liebe die Leute bloß schwach und unglücklich machte. Trotzdem hörte er Delilah gerne zu.

Sie sprach gerade davon, dass Liebe eher eine Handlung als ein Gefühl sei, als Dana Nolan aus dem Apartmenthaus trat.

Fitz zog das Fläschchen mit Chloroform aus seiner Jackentasche und schüttete ein bisschen davon auf einen Waschlappen, während er zusah, wie sie näher kam. Dann steckte er den Waschlappen in die Tasche, stieg mit gesenktem Kopf aus und öffnete die Motorhaube, als hätte er Probleme mit dem Motor. Als sie in Hörweite war, brummte er: »O Mann! Nicht schon wieder!«

Er trat einen Schritt zurück und ließ hilflos die Arme sinken.

»Das darf doch nicht wahr sein!«

Aus dem Augenwinkel beobachtete er sie. Sie war langsamer geworden, kam aber immer noch auf ihn zu. Er seufzte tief und schüttelte den Kopf über sein vermeintliches Pech, dann drehte er sich in ihre Richtung und machte ein paar Schritte in Richtung des Apartmenthauses, die Hände in den Jackentaschen vergraben, die Schultern gegen die Kälte hochgezogen.

»Mistbatterie!«, schimpfte er.

Sie würde direkt an ihm vorbeigehen. Mittlerweile hatte sie ihren Schritt beschleunigt, beunruhigt darüber, jemandem zu dieser Zeit auf dem Parkplatz zu begegnen.

Fitz wurde langsamer. »Könnten Sie mir vielleicht Starthilfe geben, Miss? Ich habe Kabel im Auto. Meine Frau reißt mir sonst den Kopf ab!«

Sie sah ihn an, verlangsamte ihren Schritt. Sie wirkte genervt und zugleich ein bisschen unsicher. Dann war er da – der Funken des Wiedererkennens.

»Nein!«, rief er aus und tat überrascht. »Ist das denn zu glauben? Dana! Na, so was! Erinnern Sie sich? Fitz. Von der Holiday-Tankstelle.«

Sie entspannte sich ein wenig, blieb stehen. »Ja … klar.«

Sie standen nur ein paar Schritte von dem Lieferwagen entfernt.

»Das gibt's doch gar nicht«, sagte Fitz und lachte. Er ging zum Lieferwagen zurück. »Ich will Sie ja nicht aufhalten, Dana, aber vielleicht dürfte ich Sie bitten, mir Starthilfe …«

Sie zögerte. »Oje, das tut mir leid«, sagte sie. »Aber ich muss zur Arbeit.«

»Es dauert nur eine Minute«, sagte Fitz und öffnete die Schiebetür seines Lieferwagens. Er beugte sich hinein, so als wollte er die Starthilfekabel herausholen.

»Ich habe Sie gestern Nachmittag in den Nachrichten gesehen«, sagte er. »Sie haben über den Fall des vermissten Mädchens berichtet. Schlimme Sache, was? Weiß man denn inzwischen, ob sie dieses tote Mädchen ist? Zombie-Girl?«

»Sieht so aus«, sagte sie und trat näher.

Selbst wenn sie ihm nicht helfen wollte, musste sie an ihm vorbei, um zu ihrem Auto zu kommen. Sie war nur noch ein paar Schritte entfernt.

»Schreckliche Geschichte«, sagte Fitz. »Irgendein Irrer, der herumstreift und junge Frauen ermordet. Was ist nur aus dieser Welt geworden?«

Im selben Moment drehte er sich um, machte einen Satz auf sie zu, und die erwartete Panik trat in ihre Augen. Sie versuchte wegzulaufen. Er packte ihren Pferdeschwanz, zog sie nach hinten und presste sie gegen die Seitenwand des Lieferwagens. Sie wollte Luft holen, um zu schreien, und in dieser Sekunde drückte er ihr den chloroformgetränkten Waschlappen auf Mund und Nase.

Der Kampf war schnell vorbei. Er musste sich nur umdrehen und sie in den Lieferwagen stoßen. Dann kletterte er selbst hinein und schob die Tür zu.

Klebeband über ihren Mund.

Kabelbinder um die Hände.

Fesseln. Fixieren.

Die Decke über sie legen.

Er stieg aus und machte die Motorhaube zu, dann ging er neben Dana Nolans Auto in die Hocke und warf einen Blick auf die Sachen, die sie während des kurzen Kampfes fallen gelassen hatte: Handtasche und Kosmetiktäschchen, eine Einkaufstasche, aus der ein Packen Papier quoll. Er nahm eines der Blätter und lächelte zufrieden. Es war ein Flyer mit dem Foto einer jungen Frau: WER HAT DIESES MÄDCHEN GESEHEN? Eine Suchanzeige zu Penelope Gray.

Einer plötzlichen Eingebung folgend, zog Fitz einen Marker aus dem Seitenfach der Einkaufstasche, schrieb etwas auf den Flyer und klemmte ihn unter den Scheibenwischer des Mini Cooper. Dann setzte er sich hinter das Lenkrad des Lieferwagens und fuhr in aller Ruhe vom Parkplatz. Im Rückspiegel sah er, wie ein Windstoß die aus Dana Nolans Tasche gefallenen Flyer davonflattern ließ.

Er lächelte, drehte das Radio auf und summte mit.

KAPITEL 36

Drei Stunden Schlaf. Duschen. Rasieren. Ein Eimer Kaffee von 7-Eleven. Zwei Donuts, um das Klischee zu bestätigen. Zurück ins Büro.

Kovac stand vor der Tafel und betrachtete die Zeitleiste und die dazugehörigen Notizen. Dabei spielte er im Kopf die verschiedenen Möglichkeiten durch. Doc Holiday. Michael Warner. Ein Freund. Ein Feind. Ein Fremder. Die Mitschüler, die Penny nicht mochten. Die Mutter, gegen die sie sich auflehnte. Kaum zu glauben, dass eine Sechzehnjährige so viele Leute kannte, die ihr womöglich den Tod wünschten.

Er ergänzte die Notizen auf der Tafel: Kyles Version der Ereignisse im Rock & Bowl, wonach Christina Gray angegriffen und Aaron Fogelman das Mädchen geschlagen hatte, und der Umstand, dass sowohl Christina als auch Aaron Fogelman erklärt hatten, Gray habe angefangen. Kovac wusste, wem er glaubte.

Vielleicht bedeutete das auch gar nichts. Zwei Jugendliche, die einem toten Mädchen die Schuld in die Schuhe schoben, damit sie selbst besser dastanden. Na und? Es störte ihn trotzdem.

Christina Warner und Penny Gray waren verfeindet. Irgendetwas, das Gray zu Christina gesagt hatte, hatte eine gewalttätige Reaktion ausgelöst. Jetzt war Penny Gray tot und Christina Warner und ihr Freund belogen die Polizei. Keine große Lüge. Sie verdrehten nur ein bisschen die Wahrheit.

Deuteten das Geschehen nur ein bisschen um. Keiner hätte sich dafür interessiert, wenn Penny Gray danach nicht verschwunden wäre. Sie hatte eine Auseinandersetzung mit ihrer Intimfeindin, dann verschwand sie.

Nicht, dass es etwas Neues für Kovac gewesen wäre, belogen zu werden. Alle belogen die Polizei – nicht nur die Schuldigen. Auch Unschuldige, die sich aus einer Sache raushalten wollten, belogen die Polizei. Leute, die niemanden reinreißen wollten, belogen die Polizei. Leute, die Angst vor Rache hatten, belogen die Polizei, Kinder und Erwachsene und alte Damen mit blaugefärbten Haaren tischten ihnen aus allen möglichen Gründen alle möglichen Lügen auf. Eiskalte Lügen und Notlügen, geschönte Wahrheiten und Unterlassungssünden.

Videoaufnahmen dagegen sagten die Wahrheit. Er legte die Kassette in den Videorekorder und sah zum x-ten Mal zu, wie Penny Gray das Rock & Bowl verließ – und Kyle gleich nach ihr. Die anderen sah er nicht gehen. Er spulte das Band vor und zurück, aber er sah keinen von ihnen gehen. Das bedeutete, dass sie den Seiteneingang genommen haben mussten, und das wiederum bedeutete, dass der Zeitpunkt nicht zu bestimmen war.

Die kleine Lawler war das schwächste Glied in der Kette. Sie war nicht gerade glücklich über ihre sogenannten Freunde und die Situation, in die sie geraten waren. Heute Nachmittag bei der Vernehmung war sie teilweise ziemlich vage geblieben und hatte nach Ausflüchten gesucht. Sie könnte sich nicht erinnern, wer womit angefangen hatte. Sie hätte woanders hingesehen, als der Streit losging.

Dabei hatte sie den Kopf gesenkt und auf ihren Schoß geblickt.

»Du bist eine miserable Lügnerin, Brittany«, hatte er ruhig gesagt.

Ihre blauen Augen hatten sich mit Tränen gefüllt, aber sie war bei der Geschichte geblieben.

Brittany war zusammen mit Gray zum Rock & Bowl gefahren. Gray hatte bei ihr übernachtet. Immerhin waren sie so gut miteinander befreundet, dass Penny Gray nach dem Streit mit ihrer Mutter bei ihr Zuflucht gesucht hatte. Und doch hatte Brittany Gray dazu überredet, zum Rock & Bowl zu fahren, wo Christina Warner und ihre Entourage auf der Lauer lagen.

Das lastete jetzt auf Brittany, was bedeutete, dass sie ein Gewissen hatte. Und das wollte Kovac ausnutzen.

Er sah sich noch einmal das Band aus der Überwachungskamera an der Holiday-Tankstelle an. Penny Gray kaufte Bier und ging zur Tür, zögerte, bevor sie hinausging, offenbar hätte sie sich beinahe umgedreht und wäre zurück in den hell erleuchteten und gut besuchten Tankstellenshop gegangen. Wen hatte sie dort gesehen, außerhalb der Reichweite der Kamera? Einen Fremden? Einen Feind? Doc Holiday? Die Mitschüler, mit denen sie sich gerade gezofft hatte?

Er spulte das Band zurück an eine Stelle, fünf Minuten bevor Penny Gray in den Shop gekommen war. Leute kamen, kauften etwas, gingen wieder. Frauen, Jugendliche, Männer. Normale Leute. Auffällige Leute. Ein paar nicht besonders vertrauenerweckend aussehende Typen.

Ein Mann stach ihm ins Auge, nicht weil er sich verdächtig verhielt, sondern weil er ihm irgendwie bekannt vorkam – klein, untersetzt, dünner werdende dunkle Haare, gestutzter Vollbart. Er holte sich etwas von der Selbstbedienungstheke, plauderte mit der Kundin vor ihm in der Schlange, ging hinaus. Kovac kam nicht darauf, wo er ihn schon mal gesehen hatte. Er begegnete Tag für Tag so vielen Leuten, da kam einem irgendwann jeder bekannt vor.

Wenig später betrat Penny Gray den Shop. Kovac spulte

vor, bis sie wieder gegangen war. Andere Leute kamen und gingen. Fünf Minuten nachdem Gray weg war, betrat Aaron Fogelman den Shop zusammen mit seinem Kumpel. Fogelman kaufte Zigaretten. Der Kumpel ließ ein paar Schokoriegel in seiner Tasche verschwinden. Gut gelaunt verließen sie den Shop wieder.

Wo war Penny Gray in diesem Moment? Weggefahren? Von Doc Holiday gekidnappt? Im Kofferraum von Aaron Fogelmans Auto?

Kovac stand auf, ging zur Zeitleiste, notierte etwas. Dann trat er einen Schritt zurück, fuhr sich mit der Zunge über die Zähne und rieb sich mit den Handballen den Schlaf aus den Augen. Es war kurz vor fünf.

Sein Hirn brauchte dringend eine Pause, deshalb schaltete er den Videorekorder aus und wechselte zu einem Fernsehkanal. Er wollte sehen, was in den Lokalnachrichten über den Fall gebracht wurde. Nebenbei überlegte er, was passieren würde, wenn in Zusammenhang mit dem Fall wie zufällig Dr. Michael Warners Name genannt werden würde.

Eine Anzeige und der Verlust seines Arbeitsplatzes und seiner Pensionsansprüche wahrscheinlich.

Der Mann hatte eine blütenweiße Weste. Elwood hatte sämtliche Verbände und Ethikkommissionen angerufen, denen Warner beruflich Rechenschaft schuldig war, aber bisher war nichts dabei herausgekommen.

Warner hatte behauptet, er habe Pennys Therapie wegen ihres Verhaltens gegenüber Männern und ihrer wiederholten Versuche, ihn zu manipulieren, abgebrochen. Es sei seine Entscheidung gewesen, nicht ihre. Wenn er das Mädchen missbraucht hätte, dann hätte sie doch die Therapie beendet und sich über ihn beschwert.

Nur, bei wem hätte sie sich beschweren sollen? Bei ihrer Mutter? Der Mutter, die ihre Tochter provozierend und anstrengend fand? Der Mutter, die inzwischen mit Michael Warner verlobt war?

Elwood hatte die Gedichte von Penny Gray an die gegenüberliegende Wand geheftet. Kovac überflog sie, bis sein Blick an einem Gedicht hängenblieb, das mit »Ungeliebt« überschrieben war.

Ich bin eine Last
Eine Bürde
Und Lügnerin
Verschließ nur die Augen
Dann musst du's nicht sehen
Nicht ertragen
Oder gar glauben
Halt den Mund
Sie will's nicht hören
Ich bin nicht dein Traum
Ich bin dein Alptraum
Steh dir im Weg
Wie ein räudiger Hund
Ich sollt an erster Stelle stehn
Und bin doch nur ein Problem
Unlösbar
Ungeliebt, ungehört, ungesehn

Wohin sollte sich Penny Gray wenden, wenn ihr Therapeut sie missbrauchte und ihre Mutter nichts davon wissen wollte? Keiner mochte sie. Warner selbst hatte gesagt, dass das Mädchen andere Leute nur an sich heranließ, um sie dann vor den Kopf stoßen zu können. Wie oft machte jemand das mit, bevor er sich endgültig abwandte?

Oder hatte sich Warner das Schweigen des Mädchens mit einem Auto erkauft? Leute verkauften sich für weniger. Der

Tochter der Verlobten zum Geburtstag ein Auto zu schenken, kam ihm ein bisschen sehr großzügig vor. Allerdings war sie mit einem Auto auch eher aus dem Weg. Vielleicht hatte Warner das im Sinn gehabt, weil er Julia öfter für sich allein haben wollte.

Kovac ging zurück zum Fernseher und schaltete erneut um. Bislang waren die Berichte von drei Lokalsendern fast identisch gewesen. Beim vierten Sender erwartete er, die niedliche kleine Dana Nolan zu sehen – das Mädchen, das er jeden Morgen angrummelte, wenn er aufwachte und den Fernseher einschaltete.

Auch wenn ihn die Nachrichten eigentlich nervten, war er es einfach gewohnt, den Tag damit zu beginnen und zu beenden. Normalerweise schaltete er morgens Dana Nolan ein, weil sie so fürchterlich fröhlich und optimistisch war. Ihre penetrant gute Laune veranlasste ihn dazu, zu seiner Griesgrämigkeit zurückzukehren, noch bevor er das Bett verlassen hatte.

Er wurde jedoch nicht von Dana Nolans Puppengesicht begrüßt, nachdem er auf ihren Sender umgeschaltet hatte. Eine etwas ältere Frau mit dicken braunen Haaren und einem besorgten Gesichtsausdruck saß auf Danas Stuhl hinter dem Tisch. Sie wirkte nervös und unkonzentriert.

Gerade als Kovac dachte, dass da irgendetwas nicht stimmen konnte, erschien in einer Ecke des Bildschirms ein Foto von Dana Nolan. Er stellte den Ton lauter.

»Wir unterbrechen für eine dringende Meldung: Hinter dem Verschwinden von Dana Nolan von *NewsWatch3* wird ein Verbrechen vermutet«, erklärte die Frau. »Da Dana Nolan heute nicht im Sender erschien und weder auf Anrufe noch auf SMS-Nachrichten reagierte, fuhr die Polizei vor einer Stunde zu ihrer Wohnung in Minneapolis.«

Kovac sah die Angst im Gesicht der Frau. In ihren Augen

schimmerten Tränen. Man hörte ein Zittern in ihrer Stimme, als sie weitersprach.

»Auf dem zu ihrem Apartmenthaus gehörenden Parkplatz wurden unweit des verlassenen Fahrzeugs von Miss Nolan persönliche Gegenstände von ihr gefunden, was Anlass zu der Vermutung gibt, dass sie entführt wurde.«

Jetzt füllte das Bild der vermissten Reporterin den gesamten Bildschirm aus.

»In den letzten Tagen war sie verantwortlich für die Berichterstattung über das Verschwinden der sechzehnjährigen Penelope Gray aus Minneapolis und eine mögliche Verbindung zwischen dem jüngsten in Minneapolis entdeckten Mordopfer, das die Medien Zombie-Girl getauft haben, und dem Serienmörder Doc Holiday, wie er von Polizeibehörden im gesamten Mittleren Westen genannt wird. Wir bitten jeden, der Informationen zum Verbleib von Dana Nolan hat, bei der unten eingeblendeten Nummer anzurufen. Bitte«, flehte die Frau und konnte sich offensichtlich kaum noch zusammenreißen, »bitte, wenn einer von Ihnen irgendwelche Informationen hat, soll er so bald wie möglich diese Nummer anrufen.

Dana, wenn du das sehen kannst, dann sollst du wissen, dass wir alle nach dir suchen und dafür beten, dass du gesund nach Hause kommst.«

Als die Frau weinend den Kopf senkte, schaltete der Sender zur Werbung um.

Kovac fluchte, packte seine Jacke und rannte zur Tür.

»Warum zum Teufel bin ich nicht sofort informiert worden, als die Meldung reinkam?«, fuhr Kovac den jungen Detective an, der den Anruf entgegengenommen hatte. »Ich war zwei Türen weiter!«

Sie standen auf dem Parkplatz von Dana Nolans Apartmenthaus. Die Scheinwerfer des Spurensicherungsteams bannten die frühmorgendliche Dunkelheit, unterstützt von den Scheinwerfern der sieben, acht Übertragungswagen, die den Tatort umlagerten.

Der Detective – Dickson – sah aus, als wäre er gerade erst konfirmiert worden. Kovac war schon älter als er auf die Welt gekommen, und dennoch versuchte der Milchbart den starken Macker zu geben.

»Seit wann müssen wir Sie informieren, wenn wir irgendwohin gerufen werden? Sie haben ja nicht mal Dienst.«

»Aha. Ich hab also keinen Dienst.« Kovac' Kopf fühlte sich an, als würde er jeden Augenblick explodieren. Er war sich bewusst, dass sich massenhaft Kameras und Mikrofone auf sie richteten, und trat daher etwas näher zu dem Kollegen. »Das ist eine Entführung, verflucht noch mal! Meine halbe Abteilung arbeitet Tag und Nacht an einem Entführungs- und Mordfall, der dauernd in den Nachrichten kommt, und Sie glauben, Sie bräuchten mich nicht anzurufen, wenn eine neue Entführung gemeldet wird, Sie Idiot!? So schlau wäre selbst der bescheuerte Hausmeister! Wie kann man nur so blöd sein? Und wo ist eigentlich Ihr Partner? Der ist genauso ein Idiot wie Sie.«

Einer der Streifenpolizisten, die auf den Notruf hin als Erste hergekommen waren, trat zwischen die beiden Kampfhähne.

»Sarge, die Nachrichtenleute werden unruhig. Sie wollen ein Statement von Ihnen.«

»Sie wollen ein Statement von mir?«, fragte Kovac mit erschrocken aufgerissenen Augen. »Hier haben sie mein Statement: Die Kacke ist am Dampfen. Das ist mein Statement. Mehr gibt's nicht. Ich bin eben erst gekommen. Ich weiß noch nicht mal, was der kleine Schwachkopf hier in meiner Abwesenheit vermasselt hat.«

Dickson schüttelte den Kopf. »Sie können mich mal, Kojak.«

Kovac drehte sich um und besah sich den Tatort: ein dunkelgrüner Mini, der neben einer Laterne stand. Dana Nolan hatte genau dort geparkt, wo junge Frauen aus Sicherheitsgründen parken sollten – in der Nähe einer Lichtquelle, damit sie sehen konnten, wenn Gefahr drohte.

Ein Parkplatz nach Mitternacht war ein gefährlicher Ort. Es war unwahrscheinlich, dass es Augenzeugen gab. Das hier war eine ruhige Wohngegend. Die Sachen von Dana Nolan lagen immer noch über den Boden verstreut, wo sie sie fallen gelassen hatte. Wahrscheinlich hatte sie die Gefahr bemerkt. Sie hatte nur nichts dagegen machen können.

Kovac trat zu dem Auto und ging in die Hocke, um sich die Sachen näher anzusehen. Eine Handtasche. Ein Kosmetiktäschchen. Eine Einkaufstasche, aus der ein Stapel Blätter gerutscht war. Er nahm eines und betrachtete es – die Suchanzeige zu Penny Gray.

Er richtete sich auf und musterte Nolans Auto. Sein Blick fiel auf das Blatt, das hinter dem Scheibenwischer steckte. Ihn überkam eine ungute Vorahnung.

Vorsichtig zog er das Blatt an einer Ecke unter dem Scheibenwischer hervor.

WER HAT DIESES MÄDCHEN GESEHEN?

Penny Gray blickte ihn über die Schulter an. Das Foto, das er von Brittany Lawler bekommen hatte.

Unten auf der Seite waren mit schwarzem Marker zwei Wörter und ein Smiley hingekritzelt.

HAPPY HOLIDAY.

☺

KAPITEL 37

»Das ist nicht sein Modus Operandi«, sagte Liska.

»Jetzt schon.«

Mit gerunzelter Stirn betrachtete John Quinn eine Fotokopie der Nachricht, die jemand an Dana Nolans Windschutzscheibe zurückgelassen hatte. Er war unrasiert. Kovac hatte ihn noch vom Parkplatz aus angerufen und gebeten, ins Büro zu kommen. Quinn hatte Jeans und irgendeinen Pullover angezogen und war von seinem gemütlichen Haus in der Vorstadt nach Downtown gefahren, um sich erneut mit dem Wahnsinn zu befassen.

Kovac wollte vermeiden, dass die Medienvertreter Quinn sahen. Oder genauer gesagt, er wollte nicht, dass Quinn in den Nachrichten zu sehen war. Die ersten Spekulationen würden sowieso nicht lange auf sich warten lassen. Er wollte nicht zusätzlich Öl ins Feuer gießen. Bestimmt verfolgte Doc Holiday die Nachrichten. Er hatte Dana Nolan nicht zufällig ausgesucht. Kovac wollte so gut es ging die Kontrolle darüber behalten, was die Medien verbreiteten. Wenn Quinn es für sinnvoll hielt, dass sein Name erwähnt wurde, würde das geschehen. Wenn er es für besser hielt, öffentlich nicht in Erscheinung zu treten, würden sie es so handhaben.

»Ich denke mal, wir können davon ausgehen, dass er die Aufmerksamkeit genießt«, sagte Kovac.

»Er badet darin«, erwiderte Quinn.

Sie saßen im Besprechungsraum, in dem sie alles zusammengetragen hatten, was in Verbindung mit Penny Grays

Fall stand. Für Dana Nolan würden sie einen zweiten Raum brauchen. Sie würden die verfügbaren Leute neu verteilen müssen, um in beiden Fällen gleichzeitig ermitteln zu können. Penny Gray war tot. Soweit sie wussten, war Dana Nolan noch am Leben. Es bestand die Möglichkeit, dass sie es mit ein und demselben Täter zu tun hatten. Wenn es so war, kamen die Ermittlungen in dem einen Fall auch der Arbeit am anderen zugute. Sie mussten ihre Leute so einsetzen, dass es dem Opfer, das möglicherweise noch am Leben war, nutzte.

Quinn lehnte sich auf seinem Stuhl zurück und verschränkte die Arme vor der Brust. »Er hat ein völlig neues Level erreicht. Bei den anderen Opfern hat es ihm gereicht, sie irgendwo abzulegen und dann die Berichte in den Zeitungen zu lesen. Jetzt wird er großspurig. Die Medien haben ihm einen Namen gegeben. Er entwickelt Starallüren.«

»Deshalb wollte ich ihn nicht zusätzlich herausfordern«, sagte Kovac. »Ich hatte Angst, dass er darauf einsteigen könnte.«

»Was machen wir jetzt? Reagieren wir auf ihn?«, fragte Kasselmann. Zum ersten Mal seit Beginn der Ermittlungen wirkte er gestresst. »Behalten wir die zurückgelassene Nachricht für uns? Wenn die Medien Wind davon bekommen und Einzelheiten weiterverbreiten, bricht unter der Bevölkerung eine Panik aus. Das will ich nicht, und ich garantiere Ihnen, es kommt auch oben nicht gut an.«

»Es ist schon schlimm genug, wie es ist«, sagte Liska. »Zuerst ein toter Zombie, dann ein vermisstes Mädchen und jetzt das. Eine Kollegin wird direkt vor unseren Augen entführt. Die Medienleute werden eins und eins zusammenzählen und auch ohne unsere Hilfe auf Doc Holiday kommen. Sind sie ja schon. Dazu müssen sie nicht erst diesen Zettel sehen.«

»Wenn Sie ihn ignorieren, frustriert ihn das bestimmt«, sagte Quinn. »Das könnte gut sein.«

»Nicht für Dana Nolan«, gab Liska zu bedenken.

»Dana Nolan ist tot«, sagte Quinn schonungslos. »Ich will ja keinen Pessimismus verbreiten, aber davon müssen wir ausgehen. Wenn Sie sie nicht innerhalb der nächsten vierundzwanzig Stunden finden, ist sie tot. Er hat sie entführt, um sie umzubringen. Das ist sein Plan. Es geht ihm allein darum. Alles andere ist nur ein Vorspiel.

Dieses Mal zögert er es vielleicht ein bisschen länger hinaus, weil er Publikum hat«, fuhr er fort. »Auf mehr würde ich nicht setzen.«

»Dann haben wir ja allen Grund, optimistisch zu sein«, murmelte Kovac. »Wenn wir Glück haben, lässt er sich mehr Zeit damit, sie zu foltern, bevor er sie ersticht und ihr mit einem Hammer den Schädel einschlägt.«

»Es bedeutet mehr Zeit für die Suche nach ihr«, sagte Quinn.

»Klar. Wenn wir die geringste Ahnung hätten, wo wir suchen sollen.« Kovac wandte sich seinem Chef zu. »Ich hab ein paar Leute losgeschickt, die sich in der Nachbarschaft von Dana Nolan umhören sollen. Sie klappern jede Wohnung ab, von der man den Parkplatz und die Straße sehen kann.«

»Und es gibt keine Anhaltspunkte aus den früheren Fällen, die Sie weiterverfolgen könnten?«, fragte Kasselmann.

Kovac schüttelte den Kopf. »Nichts. Ich lasse meine Leute alles doppelt und dreifach überprüfen – jeden Bericht, jede Aussage. Sie rufen noch mal die Familien der Opfer an. Sie befragen noch mal die Leute, die den Fund einer der Leichen gemeldet haben. Bisher nichts.«

»Er ist schlau, er ist vorsichtig, er weiß, was er tut«, sagte Quinn. »Aber er hat gerade seine Vorgehensweise geändert. Dabei unterlaufen auch solchen Tätern Fehler. Er hat seine Opfer immer nach dem Zufallsprinzip ausgesucht, aber bei dieser Frau ist er gezielt vorgegangen. Er wusste, wo sie wohnt. Er kannte ihren Tagesablauf.«

»Er hat sie verfolgt«, ergänzte Kovac. »Er hat sie wegen der Berichterstattung über den Fall von Penny Gray ausgesucht.«

»Das ist sein großer Moment, um der Welt zu zeigen, dass er schlauer ist als alle anderen.«

»Bis jetzt ist er das ja auch«, sagte Kasselmann.

»Wir müssen jeden einzelnen von Dana Nolans Schritten in den letzten Tagen nachverfolgen«, sagte Kovac. »Wenn er sie verfolgt hat, hat ihn vielleicht jemand gesehen.«

»Vielleicht hatte er sogar Kontakt mit ihr«, sagte Quinn. »Er hat es geschafft, sich ihr auf einem verlassenen Parkplatz zu nähern. Entweder ist er ein Meister des Überraschungsangriffs oder sie hat sich nicht bedroht gefühlt. Und unter den gegebenen Umständen hätte sie sich nur dann nicht bedroht gefühlt, wenn er ihr irgendwie vertraut vorkam.«

»Vermutlich ist er kein gruselig aussehender Typ«, sagte Liska.

»Wahrscheinlich nicht«, erwiderte Quinn. »Wahrscheinlich ist er durchschnittlich groß oder etwas kleiner. Wahrscheinlich ist er nett und freundlich und macht keinen gefährlichen Eindruck. Er könnte einen Trick anwenden, beispielsweise so tun, als ob er Hilfe braucht, sich verfahren hat oder so was in der Art.

Dieses Gefühl hatte ich auch schon, als ich mir die früheren Fälle angesehen habe. Vor allem bei Rose Reiser. Sie ist unmittelbar nach dem Verlassen eines Tankstellenshops verschwunden und niemandem ist etwas aufgefallen, das heißt, sie hat sich nicht groß gewehrt. Er hat sich ihr genähert, ohne sie in Unruhe zu versetzen. Dann hat er vermutlich einen Elektroschocker benutzt oder sein Opfer auf andere Weise schnell außer Gefecht gesetzt.«

Kovac betrachtete die Fotos von Penny Gray an der Wand und dachte an das Video, auf dem man sie aus dem Shop an der Tankstelle in der Nähe des Rock & Bowl gehen sah.

»Die Holiday-Tankstelle«, sagte er. »Wenn es derselbe Täter ist, der auch Penny Gray entführt hat, dann ist der Ort vermutlich auch kein Zufall. Vielleicht findet dieses kranke Schwein das witzig. Doc Holiday entführt seine Opfer an den Holiday-Tankstellen in Minneapolis.«

»*Falls* er derjenige ist, der Penny Gray entführt hat«, sagte Liska. »Ich bin immer noch nicht überzeugt davon, dass sie sein neuntes Opfer ist. Und du doch auch nicht, Sam. Es gibt zu viele Ungereimtheiten.«

Kasselmann sah aus, als bräuchte er dringend ein Mittel gegen Sodbrennen. »Das hat uns gerade noch gefehlt: zwei sadistische Frauenmörder. Haben Sie sonst noch jemanden im Visier, Sam?«

»Das Leben dieses Mädchens war kompliziert«, sagte Kovac. »Sie war nicht gerade ein Charmebolzen. Und möglicherweise hatte sie ein Geheimnis, das für jemanden so wichtig war, dass er sie deswegen umgebracht hat.«

»Das dürfen wir nicht aus den Augen verlieren, nur weil Berichte über Serienmörder aufregender sind«, sagte Liska. Sie sah Quinn und Kasselmann an. »Wir halten es für möglich, dass sie vom Verlobten ihrer Mutter sexuell missbraucht wurde. Wenn man sich den zeitlichen Ablauf ansieht und die Veränderungen im Verhalten des Mädchens in den vergangenen acht Monaten, findet man ziemlich deutliche Hinweise. Wir müssen den Mann genau unter die Lupe nehmen. Außerdem ist sie am Abend ihres Verschwindens mit seiner Tochter und deren Freund aneinandergeraten.«

»Das Ganze hat langsam was von einem Hütchenspiel«, sagte Kovac. »Jedes Mal, wenn wir ein Hütchen hochheben, hockt ein anderer Mörder darunter.«

Kasselmann runzelte die Stirn. »Im Augenblick hat Dana Nolan absolute Priorität.«

Liska seufzte und wandte sich ab. »Na toll. Penny Gray hatte in ihrem Leben niemanden, der sich um sie gekümmert und für sie interessiert hat. Und jetzt lassen wir sie auch noch im Stich.«

»Penny Gray ist tot, Sergeant«, sagte Kasselmann.

»Das ist mir schon klar. Aber das heißt nicht, dass es mir gefallen muss. Ich fühle mich dem Opfer gegenüber verpflichtet, und auch der Mutter gegenüber. Wie soll ich Julia Gray erklären, dass der Tod ihrer Tochter heute nicht mehr so wichtig ist wie gestern? Stellen Sie sich mal vor, es ginge um Ihr Kind!«

»Vielleicht lassen Sie das alles ein bisschen zu nahe an sich heran«, sagte Kasselmann und in seiner Stimme schwang eine kaum wahrnehmbare Schärfe mit.

»Ja«, erwiderte Liska. »Wahrscheinlich haben Sie recht. Wenn sich die Abteilung einen Scheiß um diese Leute schert, dann wäre es vielleicht am besten, einen Detective darauf anzusetzen, dem sie genauso egal sind.«

Kovac ging dazwischen, bevor Kasselmann sie suspendieren konnte.

»Der Großteil der Kollegen sollte auf den Fall Nolan angesetzt werden«, sagte er. »Es besteht immer noch die Chance, dass wir sie finden, bevor es zu spät ist. Tinks und Elwood sollten an Penny Gray dranbleiben. Ich koordiniere das Ganze.«

Der Captain warf einen Blick auf seine Uhr. »Ich muss nach oben und das alles dem Chief erklären. Halten Sie mich im Fall Nolan auf dem Laufenden.«

Kasselmann verließ den Raum, aber die Atmosphäre blieb angespannt. Kovac kam es vor, als hätte ein Monster seine Krallen in seine Schultern geschlagen.

»Bei der vermissten Reporterin hat er mehr Zuschauer, deshalb müssen wir alles stehen und liegen lassen und uns um den Fall kümmern«, sagte Liska verbittert.

»Imagepflege ist alles«, erwiderte Kovac. »Und jetzt sag du noch mal, dass du ins Management wechseln willst.«

»Eher fress ich meine Knarre, bevor ich so werde.«

»Freut mich zu hören.«

Quinn hatte das Kompetenzgerangel ignoriert und war vor die Wand getreten, um sich noch einmal die Fotos von Silvester anzusehen. Kovac sah, dass er jede Einzelheit aufnahm, als würde er vor einem Gemälde von Picasso stehen und versuchen, die Linien und Formen zu begreifen.

»Das war nachlässig und unvorsichtig«, stellte Quinn fest. »Falls das gar nicht auf das Konto von Doc Holiday geht und die Medien es ihm anhängen, hat er Dana Nolan vielleicht entführt, um ihnen zu zeigen, dass sie falschliegen.«

»Und dann?«, fragte Kovac und fürchtete die Antwort, denn der Grund dafür, dass die Medien Doc Holiday dafür verantwortlich machten, war, dass er selbst es ihnen gesagt hatte.

John Quinn blickte ihn ernst an. »Dann sei Gott ihrer Seele gnädig.«

»Dieses Video haben wir gestern Abend auf YouTube entdeckt«, sagte Elwood und klappte seinen Laptop auf.

Kovac war gegangen, um die Ermittlungen im Fall Nolan zu organisieren. Elwood war zusammen mit Sonya Porter gekommen, die den Pullover vom Abend zuvor anhatte, wie Liska feststellte.

»Es existieren mehrere davon«, sagte Porter. »Sieht aus, als wären sie alle von ihrem Handy hochgeladen worden. Es könnte also noch mehr geben. Haben Sie ihr Handy?«

»Nein«, sagte Liska. »Wir haben weder ihr Handy noch

ihren Laptop. Aber mein Sohn Kyle meinte, Gray hätte ständig Videos mit ihrem Handy gemacht.«

»Ihre Mutter hat uns gesagt, dass sie alles auf ihrem Laptop hatte und ihn ständig mit sich herumgeschleppt hat«, sagte Elwood. »In ihrem Zimmer haben wir Notizhefte mit Einträgen in ihrer Handschrift gefunden, aber die sind alle ein paar Jahre alt. Wir können vermutlich davon ausgehen, dass der Laptop entweder in ihrem Auto liegt, wo immer das auch herumsteht, oder dass der Mörder ihn aus irgendeinem Grund mitgenommen hat.«

Er klickte auf Play.

Penny Gray hatte sich selbst mit gesenktem Kopf und im Profil aufgenommen. Und zwar von der Seite, auf der ihre Haare lang waren und wie ein Vorhang über ihr Gesicht fielen und es zur Hälfte verdeckten. Während sie sprach, schwenkte sie mit der Kamera langsam von dieser Seite ihres Kopfes zur anderen, auf der die Haare abrasiert und die Ohrmuschel mit Ringen und Stacheln gepierct war.

Das Gedicht trug den Titel »Hilf mir«.

Zuflucht
Asyl
Ein Ort trügerischer Sicherheit
Geheimnisse
Lügen
Eine Seele in nackter Erbärmlichkeit
Trost
Führung
Eine Schulter zum Anlehnen. Lass dir Zeit
Verführung
Zerstörung
Keiner ist zu helfen bereit

Schweigen
Voll Scham
Sie behaupten, du sagst die Unwahrheit
Halt den Mund
Hau ab
Niemand da für mich in meiner Einsamkeit

»Für mich klingt das eindeutig nach Missbrauch«, erklärte Sonya. »Verhaften Sie den Scheißkerl und hängen Sie ihn in aller Öffentlichkeit an den Eiern auf.«

»Das geht leider nicht so einfach«, erwiderte Elwood freundlich. »Sie sagt nicht, was genau passiert ist, geschweige denn dass sie Namen nennt. Und selbst wenn sie es tun würde, bräuchten wir unterstützendes Beweismaterial.«

»Aber ihr müsstet doch wenigstens in der Lage sein, ihn hierherzuschaffen und ein Geständnis aus ihm rauszuholen«, sagte Sonya stur.

»Da spricht die journalistische Integrität in Person«, sagte Elwood. »Würdest du eine Geschichte dazu schreiben und nicht existierende Fakten präsentieren?«

»Nein, aber es gibt kein Gesetz, dass es euch verbietet, ihn bei einem Verhör anzulügen, oder? Sagt, ihr hättet ein Video, auf dem man sieht, wie er sie bedrängt.«

»Ihr Stil gefällt mir«, sagte Liska. »Aber wenn wir das machen und er den Bluff durchschaut, dann können wir einpacken. Wir müssen geschickter vorgehen. Ich will erst mal Julia Gray einen Besuch abstatten und ein paar Zweifel bei ihr säen. Wenn wir Michael Warner direkt damit konfrontieren, dann ruft er bloß seinen Anwalt an und bringt sie dazu, dasselbe zu tun.«

»Meinen Sie, sie weiß, dass er ihre Tochter missbraucht hat?«, fragte Porter. »Wie kann eine Mutter so etwas wissen und nichts dagegen tun? Und nicht nur nichts dagegen tun, sondern das Schwein auch noch heiraten wollen. Das ist einfach widerlich.«

Vor Empörung hielt es sie nicht mehr auf ihrem Stuhl und sie begann mit verschränkten Armen im Zimmer auf und ab zu gehen.

»Ich wette, ihre Tochter hat es ihr nie erzählt – oder wenn sie es ihr erzählt hat, dann hat sie ihr nicht geglaubt«, sagte Liska. »Sehen Sie sich doch mal an, was das Mädchen in dem anderen Gedicht geschrieben hat – dass sie eine Bürde ist, eine Lügnerin, dass keiner ihr glaubt.«

»Was ist bloß mit solchen Frauen los?«, fragte Sonya. »Wir leben schließlich nicht mehr in den Fünfzigern. Frauen müssen zusammenhalten und einander vertrauen und sich gemeinsam gegen sexuelle Unterdrückung wehren. Männer sind zum Kotzen! Anwesende natürlich ausgenommen«, fügte sie hinzu und bedachte Elwood mit einem bezaubernden Lächeln.

»Das kann ich nachvollziehen«, sagte Elwood. »Die meisten Gewalttaten gegen Frauen werden von Männern begangen. Ich hab mal gelesen, wovor sich ein Mann bei einer Frau am meisten fürchtet, ist, von ihr ausgelacht zu werden, und wovor sich eine Frau bei einem Mann am meisten fürchtet, ist, von ihm umgebracht zu werden.«

»Ich denke, Dr. Warner hat mehr zu fürchten, als nur ausgelacht zu werden«, sagte Sonya. »Seine gesamte Existenz gründet darauf, dass ihm die Leute ihre Kinder anvertrauen. Und wenn er die Tochter seiner Verlobten sexuell belästigt hat, dann hätte sie ihn vernichten können.«

»An dem Tag, an dem das Mädchen sich das Handgelenk gebrochen hat, war sie angeblich auf dem Nachhauseweg von einer Sitzung bei ihm«, sagte Liska. »Er hat so getan, als wüsste er nichts weiter über diesen Vorfall, aber Julia Gray vermittelte den Eindruck, dass er an der Entscheidung, zu welchem Arzt sie ging, beteiligt war. Also, was hat Michael Warner am Abend des Dreißigsten gemacht?«, fragte sie.

Elwood blätterte in seinem kleinen Notizbuch ein paar Seiten zurück. »Er und Mrs. Gray waren bei einer Aufführung des Joffrey Ballet im Orpheum und danach zum Essen im Solera. Er hat Julia Gray zwischen zwölf und halb eins vor ihrer Tür abgesetzt und war laut eigener Aussage zu Hause, als seine Tochter gegen eins kam.«

»Und wir wissen, dass Penny Gray die Tankstelle zwischen halb zehn und zehn verlassen hat«, sagte Liska. »Danach ist sie verschwunden, bis sie am Silvesterabend aus dem Kofferraum eines Autos fällt. Das ist eine ziemlich große zeitliche Lücke, die wir füllen müssen. Wir müssen herausfinden, was Michael Warner, Christina Warner und Julia Gray in dieser Zeit gemacht haben.«

»Ich habe schon ein paarmal mit Dr. Warner gesprochen«, sagte Elwood. »Ich könnte sagen, ich müsste ein paar offene Punkte klären, und ihn mir noch mal vornehmen.«

»Vielleicht können wir irgendwie aus ihm rauskitzeln, ob Penny Gray ein Missbrauchsopfer war, ohne dass er uns gleich wieder mit seiner Schweigepflicht kommt. Wir könnten ihn fragen, ob es seiner Meinung nach jemand anderen gab, dem sie sich möglicherweise anvertraut hätte.«

»Man sollte eigentlich annehmen, dass sich das Mädchen irgendjemandem anvertraut hat«, sagte Elwood. »Einer Freundin, einer Vertrauenslehrerin.«

»Ich glaube, sie hatte niemanden«, sagte Liska. »Kyle hat sie ganz gut gekannt. Er sagt, im Gegensatz zu den meisten anderen Mädchen hatte sie keine richtigen Freunde. Je nachdem, mit welchen Leuten sie gerade zusammen war, hat sie behauptet, dass sie in einem anderen Kreis Freunde hat.«

»Sie hat alles in sich verschlossen«, sagte Sonya und blickte auf die Gedichte, die Elwood an die Wand gepinnt hatte.

»Das ist klar. In ihren Gedichten hat sie sich geöffnet. So ist das bei kreativen Menschen. Wir verschließen alle Gefühle tief in unserem Inneren, bis sie sich in Worte verwandeln oder in Bilder, die rauskommen müssen, auf ein Blatt Papier oder eine Leinwand oder …«

»Als Tattoo«, sagte Elwood.

Die beiden wechselten einen Blick.

»Wenn du deine Gefühle einfach so rauslässt, können dich die anderen ganz direkt zurückweisen«, sagte Sonya. »Wenn du die Gefühle in etwas anderes verwandelst, dann kann das, was du daraus machst, zurückgewiesen werden, aber zumindest hast du als Person eine gewisse Distanz dazu.«

»Jeder im Leben dieses Mädchens hielt sie für eine Nervensäge, ein Problem, etwas, mit dem man sich nicht weiter abgeben will«, sagte Liska. »Aber an diesem Abend ist irgendwas geschehen. Sie ist irgendwem einmal zu viel auf die Nerven gegangen.«

»Vielleicht hatte sich Dr. Warner mit diesem Auto zum Geburtstag ihr Schweigen erkauft«, erklärte Elwood. »Vielleicht war sie einfach nur zur falschen Zeit am falschen Ort.«

»Sam geht der Falscher-Ort-zur-falschen-Zeit-Theorie nach. Wir müssen uns die Leute, die sie kannte, noch mal genauer ansehen. Die letzten, die unseres Wissens mit ihr gesprochen haben, waren ihre Mitschüler im Rock & Bowl. Sie hat etwas zu Christina Warner gesagt, was die so wütend gemacht hat, dass sie auf sie losging. Ich will wissen, was das war.«

»Die kleine Warner sagt, Penny Gray wäre auf sie losgegangen«, sagte Elwood.

»Sie lügt. Kyle war auch dort. Er hat den Streit mitbekommen. Ich will wissen, weswegen sie sich gestritten haben.« Sie blickte auf ihre Uhr. »Im PSI findet nachher eine

Versammlung statt, an der Penny Grays Mitschüler und alle anderen, die das Bedürfnis haben, teilnehmen können. Das ist vielleicht unsere einzige Chance, mit dem einen oder anderen zu reden, ohne dass ein Elternteil oder ein Anwalt aufpasst, was sie von sich geben.«

Sie deutete mit dem Finger auf Sonya. »Das haben Sie jetzt nicht gehört.«

»Was denn?«

»Mir geht's nicht darum, irgendwas zu finden, was sich vor Gericht verwenden lässt. Ich suche nach einem losen Faden, um die Geschichte aufzudröseln, die die Kids da zusammengestrickt haben. Irgendwer weiß ganz genau, was los war. Wir müssen einen von ihnen dazu bringen, damit rauszurücken.«

»Was ist mit mir?«, fragte Sonya. »Kann ich mitkommen?«

»Unbedingt«, sagte Liska. »Die Schüler kennen Sie durch Ihren Blog. Sie sollen das Gefühl haben, dass sie mit Ihnen reden können, wenn sie was zu sagen haben, es aber nicht uns sagen wollen. Wäre das für Sie okay?«

»Ich bin dabei, wenn die von der Schule nichts dagegen haben.«

Nikki musste grinsen, als sie daran dachte, wie erfreut Direktor Rodgers darüber sein würde, wenn Sonya Porter mit all ihren Tattoos und Gesichtspiercings mit seinen Schülern sprach.

»Oh, die werden schon nichts dagegen haben«, sagte sie. »Dafür werde ich höchstpersönlich sorgen.«

KAPITEL 38

»Ich glaub's einfach nicht, dass sie uns zwingen, da hinzugehen«, sagte Jessie Cook auf dem Weg zur Aula. Sie ging links von Christina, Brittany rechts von ihr. »Als wäre einer von uns wegen Gray traumatisiert.« Sie verdrehte theatralisch die Augen. »Also echt.«

Brittany schwieg. Sie wäre heute sowieso am liebsten zu Hause geblieben. Aber gerade wegen der Versammlung hatte ihre Mutter sie dazu gezwungen, in die Schule zu gehen. Sie hielt es für wichtig, dass Brittany mit ihren Schulfreunden zusammen war, statt allein zu Hause zu sitzen und zu grübeln, dass sie und ihre Freunde sich anhörten, was die Psychologen zu sagen hatten, und dass sie miteinander darüber redeten, was passiert war und wie sie mit ihren Gefühlen umgehen sollten.

»Bist du traumatisiert, XT?«, fragte Jessie Christina. Sie wechselten einen wissenden Blick, als wäre es die lustigste Sache der Welt, dass sie keine menschlichen Gefühle gegenüber einem Mädchen hegten, das sie jahrelang gekannt hatten, einem Mädchen, das umgebracht und auf der Straße abgeladen worden war wie ein Müllsack.

»Was ist mit dir, Britt?«, fragte Jessie, beugte sich vor und sah sie an Christina vorbei an. »Bist du traumatisiert? Du und Gray, ihr wart doch so eng miteinander.«

Brittany hätte am liebsten geantwortet, Jessie sei eine blöde Kuh und solle die Klappe halten, aber die Worte kamen ihr nicht über die Lippen. Sie schaffte es gerade noch zu sagen: »Ja, Jessie, zufällig finde ich, dass es ziemlich traumatisch ist, wenn jemand von einem Serienmörder umgebracht wird, egal, wer es ist.«

»Britt hat recht«, sagte Christina. »Was Gray passiert ist, ist furchtbar. Du bist echt ein Assi, wenn du das nicht findest.«

Jessie legte die Stirn in Falten. »Na ja, ich meine, klar ist das furchtbar, aber es ist ja nicht so, als wär es einer von uns passiert.«

Brittany verdrehte die Augen und seufzte.

Aaron öffnete die Tür zur Aula und hielt sie ihnen auf, als hätte er neuerdings seine Manieren entdeckt. Sie gingen hinein und wurden von einem Lehrer zum unteren Drittel der Sitzreihen dirigiert. Auf der Bühne hatte sich eine Gruppe Erwachsener versammelt. Direktor Rodgers wirkte fahrig und unsicher, während er mit einer zierlichen, kurzhaarigen blonden Frau redete – Kyles Mutter, die schon ein paarmal im Rahmen des Drogenpräventionsprogramms bei ihnen in der Schule gewesen war. Es war auch der riesige Detective da, der an dem Abend, als endlich jemand gemerkt hatte, dass Gray verschwunden war, bei Brittany gewesen war. Neben ihm stand eine jüngere Frau mit einem glatten dunklen Bob und Tattoos, die aus dem Ausschnitt ihres Pullovers wuchsen – Sonya Porter.

Ein paar Sitze weiter beugte sich Emily vor, sah sie der Reihe nach an und sagte: »Das ist Sonya Porter von ›TeenCities‹.«

In der Reihe hinter ihnen beugte Aaron sich vor, legte Christina die Hand auf die Schulter und flüsterte ihr etwas ins Ohr. Christina lachte.

Brittany rutschte auf ihrem Sitz so weit weg von den anderen wie möglich, am liebsten hätte sie sich heimlich davongeschlichen. Christina beugte sich zu ihr, ganz die fürsorgliche Freundin, und legte ihr eine Hand aufs Knie. »Alles okay, Britt?«

»Ja«, sagte Brittany und wich ihrem Blick aus. »Ich hab bloß Kopfweh, das ist alles.«

»Willst du was dagegen?«, flüsterte Christina, als Direktor Rodgers ans Rednerpult trat und es in der Aula nach und nach still wurde. »Aaron kann dir was besorgen.«

»Nein, danke«, sagte Brittany und dachte, dass es kein Mittel gegen das gab, was sie belastete.

Direktor Rodgers begann auf seine wichtigtuerische, arrogante Art davon zu reden, was für eine Tragödie ihre Schule heimgesucht habe und dass das PSI in dieser schweren Zeit für die Schüler da sei. Er hatte nicht die geringste Ahnung, was in seiner Schule vor sich ging. Er wusste nichts über seine Schüler. Wie sollte diese Hilfe denn aussehen? Er hatte Gray nicht leiden können, er hatte sich dauernd über sie aufgeregt, wegen ihrer Klamotten, wegen ihrer Haare. Einmal hatte Brittany gesehen, wie er sie auf dem Flur aufgehalten und dazu gezwungen hatte, bis auf zwei alle ihre Ohrringe herauszunehmen und sie ihm zu geben.

Als Nächstes betrat Kyles Mutter das Podium. Brittany hatte noch nie mit ihr gesprochen, aber sie hatte sie in der Schule gesehen und sie fand es aufregend, dass sie Detective beim Morddezernat war. Kyle redete nicht gern darüber. Für ihn war seine Mutter einfach seine Mutter, die zufällig Mordermittlerin bei der Polizei war.

»Meine Kollegen und ich sind heute hier, um mit euch über das zu sprechen, was Penny Gray passiert ist«, begann sie. »Bestimmt habt ihr alle die Berichte in den Nachrichten gesehen. Ich weiß, dass momentan eine Menge Gerüchte kursieren. Wir werden offen und ehrlich zu euch sein.

Penny Gray wurde ermordet. Das ist furchtbar. Es macht Angst. Ich weiß, dass manche Menschen nichts von solchen Dingen hören wollen, aber es ist wichtig, dass ihr die Wahrheit kennt. Hier geht es nicht um irgendeine Fremde an irgendeinem weit entfernten Ort. Es ist einem Mädchen passiert, das viele von euch kannten, einem Mädchen, das in dieser Schule durch die Flure gelaufen ist. Vielleicht habt ihr sie gemocht, vielleicht auch nicht. Das spielt keine Rolle. Es ist wichtig, dass ihr wisst, was ihr passiert ist. Das ist die Realität. So real, wie es nur sein kann. Wir wollen, dass ihr die Wahrheit kennt, und es ist wichtig, dass ihr uns die Wahrheit sagt.

Falls uns einer von euch etwas über Penny Gray erzählen kann, dann muss er das tun. Vielleicht hat sie irgendwas zu euch gesagt oder ihr habt irgendetwas über sie gehört, ganz gleich, was – selbst wenn es euch völlig unwichtig vorkommt. Man kann nie wissen, welche Auswirkungen selbst ein kleines, scheinbar unbedeutendes Ereignis haben kann.

Im Augenblick wissen wir noch nicht, ob Penny von einem Fremden entführt wurde oder ob sie jemandem zum Opfer fiel, den sie kannte. Wir wissen, dass sie am Abend des Dreißigsten im Rock & Bowl war. Wir wissen, dass sie gegangen ist und in einem Tankstellenshop in der Nähe etwas gekauft hat. Danach hat sie unseres Wissens nach niemand mehr gesehen – außer ihr Mörder –, bis an Silvester ihre Leiche gefunden wurde.

Wir wissen nicht, warum Penny umgebracht wurde«, fuhr sie fort. »Wir wissen nicht, ob sie ein Zufallsopfer war oder ob es eine Vorgeschichte gab. Wir wissen nicht, ob jemand wütend auf sie war oder sie aus irgendeinem Grund nicht leiden konnte oder ob sie etwas gewusst hat, das für jemanden eine Bedrohung darstellte. Deshalb bitten wir euch um eure Hilfe.

Ich möchte, dass ihr euch heute Morgen hier in der Aula umseht. Ihr alle seid individuelle Persönlichkeiten, die Teil einer Gemeinschaft sind. Seht eure Freunde an. Seht eure Mitschüler an, die ihr nicht kennt oder nicht mögt. Macht euch klar, dass sie euch ansehen und so etwas auch von euch denken. Und ich will, dass ihr euch vorstellt, wie es wäre, an Penny Grays Stelle zu sein. Was wäre, wenn ihr euch in einer schrecklichen Situation befinden würdet? Ihr würdet hoffen, dass euch die Leute, die euch kennen, helfen. Ihr würdet hoffen, dass jeder, der etwas tun könnte, es auch tun würde.«

Brittany sah sich in der Aula um. Die Reihen waren von Schülern und Lehrern besetzt. Ein Bereich war für die Eltern reserviert. Einige Leute hörten zu, andere nicht. Einige hatten ihre Handys in der Hand, simsten, spielten *Angry Birds* oder *Words with Friends.*

Sie warf einen Blick zu den Mädchen in ihrer Reihe – Emily, Jessie, Christina – und fragte sich, was sie tun würden. *Wenn ich vermisst werden würde, würden sie sich Sorgen um mich machen?*

Die Antwort lag schwer wie ein Stein in ihrer Magengrube.

Als Nächstes ergriff Sonya Porter das Wort und sprach über soziale Medien und soziales Gewissen und dass sich junge Menschen – vor allem junge Frauen – füreinander verantwortlich fühlen sollten.

Brittany musterte sie, ihren coolen Stil, die Piercings und die Tattoos, die in krassem Kontrast zu der perfekten Frisur und der Kleidung im Retro-Look standen. Sie hörte zu, wie Sonya Porter mit Leidenschaft und Überzeugung sprach. Gray wäre vielleicht auch so geworden, dachte sie. Vielleicht hätte sich ihr Zorn in Leidenschaft verwandelt und aus ihrem Versuch, sich optisch abzusetzen, wäre persönlicher Stil geworden. Als erwachsene Frau wäre Gray vielleicht so wie Sonya Porter gewesen, aber diese Chance hatte ihr jemand unwiderruflich genommen.

»Zum Schluss möchte ich euch etwas vorlesen«, sagte Sonya Porter. Sie rückte ihre Brille zurecht und begann.

»Kampf
Streit
Krieg
Anders sein als alle anderen
Du musst dich anpassen
Einfügen. Da-zu-ge-hören.
Unterdrücken
Ersticken
Hass aufeinander
Du sagst Ja
Ich sag Nein
Ich will nicht wie du sein
Du willst mich nicht sehen
Stopp
Mach. Es. Anders
Schau hin
Lass die anderen sein
Offene Herzen
Offene Augen
Erkenn, was ist
Hör zu
Sieh mich an
Einzigartig
Besonders
Anders
Sei, wer du bist
Lebe
Akzeptanz.«

Nachdem sie geendet hatte, hob sie den Kopf und ließ ihren Blick durch die stille Aula wandern.

»Dieses Gedicht ist von Penny Gray«, sagte sie. »Das ist das Mädchen, das eure Schule verloren hat. Das ist das Mädchen, das die Welt verloren hat. Ob ihr sie gemocht habt oder nicht, mit ihr einer Meinung wart oder nicht, sie hatte eine einzigartige Stimme und ein einzigartiges Talent und eine einzigartige Sicht auf die Welt. So wie jeder von euch. Ihr solltet zornig sein, dass sie euch jemand weggenommen hat.«

Jessie beugte sich zu Christina, verdrehte die Augen und flüsterte: »Schade, dass uns keiner die Tusse wegnimmt.«

Die beiden Mädchen kicherten leise.

Brittany sah sie böse an. Am liebsten wäre sie aufgestanden und hätte sich irgendwo anders hingesetzt, weit weg. Aber sie wusste, dass alle sie ansehen würden, sie wusste, was Jessie und Christina und alle anderen über sie sagen würden.

Sei, wer du bist.

Wenn sie doch nur den Mut dazu hätte. Wenn sie doch ein bisschen mehr so wie Gray sein könnte – das Mädchen, das niemand gemocht hatte.

Die Psychologen hielten ihren Vortrag. Es wurden Fragen gestellt, Visitenkarten verteilt. Auf der Leinwand wurden Telefonnummern und E-Mail-Adressen eingeblendet.

Brittany zählte die Minuten, bis endlich jemand sagte, sie dürften gehen. Sofort sprang sie von ihrem Sitz auf und lief zum Ausgang, ohne zu schauen, ob Christina und die anderen ihr folgten. Sollten sie doch denken, dass ihr nicht gut war, übel wegen der Kopfschmerzen, dass sie aufs Klo musste. Sie wollte nur noch weg, weg von ihnen.

Sie rannte zu ihrem Spind, zog ihre Jacke an, nahm ihre Tasche. Inzwischen war es Mittag. Sie durften das Schulgelände verlassen. Viele Schüler gingen in einen der Fastfoodläden und Coffeeshops in der Nähe. Brittany war nicht nach Mittagessen zumute. Auch wenn ihre Mutter es nicht gut fand, wollte sie nichts weiter als nach Hause gehen und allein sein und nicht mehr so tun müssen, als wäre alles in Ordnung.

Es war ihr egal, dass es ein weiter Weg und eiskalt war. Eigentlich kam es ihr sogar genau richtig vor, zu frieren, zu spüren, wie ihre Fingerspitzen taub wurden und ihre krampfhaft hochgezogenen Schultern zu schmerzen begannen. Mit gesenktem Kopf setzte sie einen Fuß vor den anderen, ging einfach immer weiter, weg von der Schule, über den Parkplatz in Richtung Straße.

»Britt! Brittany!«

Sie wollte nicht aufblicken, sie wollte nicht reden. Sie wollte nicht erkannt werden. Aber natürlich brachte es nichts, Kyle zu ignorieren. Wenn sie etwas von ihm wusste, dann, dass er nicht so schnell aufgab.

Er holte sie ein und fiel neben ihr in Gleichschritt. Sie sah ihn von der Seite an. Seine Wangen waren von der Kälte gerötet, aber immerhin war er schlau genug gewesen, eine Mütze aufzusetzen, sie war grau und in Rot waren die Buchstaben UFC daraufgestickt. Über seinem grauen Kapuzenpulli trug er eine alte Collegejacke mit dem Logo irgendeiner Schulmannschaft in St. Paul. Verwirrt stellte sie fest, dass sie ihn süß fand.

»Was machst du hier, Kyle?«, fragte sie in gereiztem Ton. »Ich dachte, du bist suspendiert.«

»Bin ich auch«, sagte er. »Aber ich habe die SMS mit der Einladung zu der Versammlung bekommen und wollte dabei sein.«

»Deine Mom untersucht den Mord an Gray. Das ist bestimmt seltsam.«

»Klar. Das ist alles seltsam. Jemand, den wir gekannt haben, ist ermordet worden. Ich krieg das einfach nicht in meinen Kopf. Du?«

»Ich auch nicht.«

»Wo stecken eigentlich all deine guten Freunde?«, fragte er sarkastisch.

»Du nervst«, sagte sie, wütend auf ihn, weil er das fragte, aber noch wütender auf sich selbst, weil ihr auf einmal nach Weinen zumute war. Sie hatte keine guten Freunde. Wie hatte sie nur so dumm sein können, das jemals zu glauben.

»Willst du wissen, was Jessie während der Versammlung getwittert hat?«

»Nein.«

»Du weißt, dass es die Schuld von denen ist, oder?«, fragte er, um sich gleich darauf zu korrigieren. »Nein, unsere Schuld. Du hast sie dazu überredet, dort hinzufahren. Ich hab sie nicht daran gehindert zu gehen.«

Brittany blieb stehen und sah ihn an. »Ja. Das weiß ich, Kyle. Ich kann an nichts anderes mehr denken. Bist du jetzt zufrieden? Ich halt das alles nicht mehr aus. Was soll ich deiner Meinung nach denn jetzt machen?«

Er warf über die Schulter einen Blick zurück zum Schulgebäude. Sie war gegangen. Im wörtlichen Sinn. Sie war von Christina und den anderen weggegangen. Was konnte er mehr von ihr verlangen?

»Keine Ahnung«, sagte er. »Ich weiß es auch nicht. Aber ich hab das Gefühl, wir sollten was tun. Ihre Mom besuchen oder so. Ihr sagen, dass es uns leidtut.«

Aus dem Augenwinkel sah Brittany, dass sich ihnen langsam ein Auto näherte. Aaron Fogelmans mitternachtsblauer Lexus. Als er auf gleicher Höhe mit ihnen war, wurde das Fenster auf der Beifahrerseite heruntergelassen.

»Hey Britt«, sagte Christina. »Sollen wir dich mitnehmen?«

Das war kein freundlich gemeintes Angebot. Christinas Miene und ihr Ton waren ein einziger Vorwurf. Es war nicht schwer zu erraten, was sie dachte – dass Brittany sie stehengelassen hatte, um sich mit Kyle zu treffen.

Brittany zögerte. Sie wollte nicht mitgenommen werden. Sie wollte keine Minute länger mit Christina und den anderen zusammen sein. Und dennoch traute sie sich nicht, Nein zu sagen. Sie hasste sich dafür, und sie hasste Kyle, weil er sie in diese Situation gebracht hatte.

Aaron stellte die Automatik auf Parken, stieg aus und sah sie über das Autodach hinweg an. »Hey, Hatcher, checkst du eigentlich gar nichts? Lass sie in Ruhe. Sie will nichts mit einem Loser wie dir zu tun haben.«

»Fick dich«, sagte Kyle. »Der Loser bist du. Sitzen deine beiden Sklaven mit im Auto?«

»Ich lach mich tot. Du bist echt ein witziger kleiner Scheißer«, sagte Aaron ohne jede Spur von Humor. Er umrundete die Motorhaube und kam in drohender Haltung auf Kyle zu. Seine Lederjacke stand offen und betonte seine breiten Schultern und seinen Brustkorb. »Du hast echt zu viel Fantasie, Schwuchtel, wenn du solche Bilder zeichnest und auf Twitter postest.«

»Hab ich mir doch gedacht, dass es dir gefällt«, sagte Kyle.

In Brittanys Magengrube begann es zu kribbeln. »Kyle«, sagte sie leise.

Aaron sah sie an und kam noch einen Schritt näher. »Brittany, steig ein.«

Kyle reckte das Kinn vor. »Da musst du erst mal an mir vorbei.«

»Ich kann dir gern noch mal so eine verpassen wie neulich«, sagte Aaron mit einem bösartigen Grinsen.

»Um es noch mal zu machen, hättest du es überhaupt schon mal machen müssen«, schoss Kyle zurück.

Brittany schrie auf und sprang zur Seite, als Aaron sich auf Kyle stürzte und mit der rechten Faust ausholte.

Kyle, der einen ganzen Kopf kleiner war, duckte sich und holte seinerseits aus. Den Schwung seines Gegners ausnutzend bohrte er seine Faust in Aarons Solarplexus und mit einem lauten Zischen wich die Luft aus dessen Lunge. Er ging in die Knie und gab ein rasselndes Geräusch von sich, als er versuchte, Luft zu holen.

Christina kreischte. »Aaron!«

Eine der hinteren Türen des Lexus wurde geöffnet und Eric Owen stieg aus.

Kyle ging mit erhobenen Fäusten und leicht gebeugten Knien in Verteidigungsstellung, sein Blick wanderte von Eric zu Aaron, der sich langsam wieder hochrappelte.

»Ich mach dich kalt, Hatcher!«, sagte er mit heiserer, gefährlich klingender Stimme.

In dem Moment hielt ein braunes Auto mit eingeschaltetem Blaulicht auf dem Armaturenbrett hinter Aarons Lexus und der große Detective, Knutson, stieg aus und kam auf sie zu, eine respekteinflößende Gestalt im Ledertrenchcoat, mit einem Porkpie-Hut auf dem Kopf. Am Steuer saß Kyles Mutter, sie machte jedoch keine Anstalten auszusteigen.

»Gibt's hier ein Problem?«, fragte Knutson.

Kyle ließ die Fäuste sinken. »Nein, Sir.«

Aaron schüttelte den Kopf und presste gleichzeitig die Hand auf den Magen.

Der Detective sah Aaron kühl an. »Dann steigst du wohl am besten wieder in dein Auto und fährst weiter, Junge. Hier ist absolutes Halteverbot.«

Beim Einsteigen warf Aaron Kyle einen hasserfüllten Blick zu. Christina bedachte Brittany mit dem gleichen Blick und schloss ihr Fenster.

Als sich der Lexus entfernte, drehte sich Knutson zu Kyle und Brittany. »Ihr beiden seht aus, als könntet ihr eine Mitfahrgelegenheit brauchen.« Er deutete mit dem Daumen zum Auto. »Na los. Steigt ein.«

KAPITEL 39

Dana Nolan war die fröhlichste, freundlichste, großzügigste, optimistischste, talentierteste, ausgeglichenste, beliebteste Person in den Twin Cities. Abgesehen davon war sie auch noch hübsch und gut zu ihren Mitmenschen und zu kleinen Tieren.

Kovac sprach der Reihe nach mit all ihren Kollegen. Keiner verlor auch nur ein böses Wort über sie. Keiner wusste etwas von Eifersüchteleien oder Neidern im Sender zu berichten. Selbst an den düstersten Tagen hatte sie ein sonniges Lächeln und sie beklagte sich nie über irgendetwas, nicht einmal darüber, mitten im Winter um drei Uhr morgens zur Arbeit fahren zu müssen.

Sie war aus einer Kleinstadt in Indiana nach Minneapolis gezogen, arbeitete seit neun Monaten bei dem Sender und träumte davon, eines Tages die Moderation der *Today Show* zu übernehmen. Die Beziehung zu ihrem Freund aus Collegetagen war vor drei Monaten in die Brüche gegangen, als Fernbeziehung hatte sie nicht mehr funktioniert. Dana zufolge hatten sie sich in gegenseitigem Einvernehmen getrennt. Wegen ihrer unregelmäßigen Arbeitszeiten wohnte sie allein – ihre Katze nicht mitgezählt.

Ihre vielen Verehrer betrachtete sie eher als Kumpels, an mehr hatte sie im Moment kein Interesse. So weit ihre Arbeitskollegen wussten, gab es keine verärgerten Exlover, keine in ihrem Stolz gekränkten abgewiesenen Bewunderer.

Wie viele Frauen, die beim Fernsehen arbeiteten, wurde auch sie von dem einen oder anderen schrägen Vogel angerufen, bekam Briefe oder E-Mails mit Liebeserklärungen an den Sender geschickt, aber keiner von ihnen hatte jemals mit Gewalt gedroht. Die Geschäftsleitung des Senders erklärte sich sofort bereit, für die weiteren Ermittlungen eine Liste mit Namen, Adressen und Telefonnummern zusammenzustellen.

Sie hatte in den letzten Tagen nichts davon gesagt, dass jemand sie belästigte oder verfolgte. Die Berichterstattung über das Verschwinden von Penelope Gray hatte sie vollauf beschäftigt – sie hatte sich schwer ins Zeug gelegt, um die Verantwortung dafür übertragen zu bekommen. Sie war eine der Ersten gewesen, die in einer Nachrichtensendung darüber berichteten, und sie betrachtete die damit verbundene erhöhte Aufmerksamkeit als Chance. Laut Roxanne Volkman – der Frau, die die Morgennachrichten übernommen hatte, als Dana Nolan nicht zur Arbeit erschienen war – hatte Dana ein schlechtes Gewissen gehabt, weil diese Tragödie letztlich ihren Durchbruch und den Beginn einer großen Karriere bedeuten könnte.

Es war bittere Ironie, dass ihr großer Durchbruch wahrscheinlich denjenigen angelockt hatte, der ihre Karriere in einer Tragödie enden lassen könnte.

Die ganze Zeit über hatte Kovac das Gefühl, ein Déjà-vu zu erleben. Tragödie, Verlust, Angst, Trauer, Fassungslosigkeit, Wut. Es war ein endloser Kreislauf, der nach jedem Verbrechen wieder von vorn begann. Die Emotionen waren im Grunde dieselben. Nur die Gesichter wechselten.

Er sammelte bei den Arbeitskollegen von Dana Nolan so viele Informationen wie möglich. Er sah sich an ihrem Arbeitsplatz um, entdeckte jedoch nichts von Interesse. Schnappschüsse von Familie und Freunden. Ein kunterbuntes Sammelsurium an Nippes und Andenken. Das Übliche eben.

Als schließlich keine noch so winzige Information mehr in seinen Kopf passte, ging er nach draußen auf das kalte surrealistisch anmutende Gelände eines Nachrichtensenders, der unter der Beobachtung anderer Nachrichtensender stand. Auf der gegenüberliegenden Straßenseite parkten mehrere Übertragungswagen der Konkurrenz, und die Reporter fingen das traurige Schicksal einer der ihren mit ihren Kameras ein.

Kovac fischte eine Zigarette aus seiner Jackentasche und zündete sie an, nahm einen tiefen Zug und sah zu, wie der bitterkalte Wind den Rauch davontrug. *Was für eine Welt,* dachte er. Reporter, die über verschwundene Reporter berichteten, sodass die Zuschauer in der Sicherheit ihrer Wohnzimmer ein bisschen Mitgefühl für sie entwickeln konnten, während sie insgeheim froh darüber waren, dass sie ein zu langweiliges Leben führten, um es jemals in die Nachrichten zu schaffen.

Er brauchte etwas zu essen, deshalb stieg er in sein Auto und fuhr ohne konkretes Ziel los. Irgendwo in der Nähe würde er schon etwas Brauchbares finden – ein Fastfood-Restaurant, einen Coffeeshop, einen Tankstellenshop.

Eine Holiday-Tankstelle.

Er sah das Schild, als er unter dem Freeway entlangfuhr. Man musste am Ende der Ausfahrt, die Dana Nolan auf dem Weg zur Arbeit jeden Tag genommen hatte, nur links statt rechts abbiegen.

An den Zapfsäulen und im Shop wimmelte es von Kundschaft. Kovac ging hinein und sah sich um, hielt Ausschau nach den Überwachungskameras. An der Kasse standen zwei Angestellte – ein großer hagerer Mann, dessen mürrisches Gesicht an eine aus Ebenholz geschnitzte Maske erinnerte, und ein kleinerer blässlicher Knabe mit kahlrasiertem Schädel und Ohrringen, die aussahen, als hätte ihm jemand Walrosszähne durch die Ohrläppchen getrieben.

Kovac zeigte ihnen Dana Nolans Bild.

Der Junge mit den Ohrringen kannte sie nicht. Der andere Mann nickte.

»O ja«, sagte er langsam, ohne dass sich sein Gesichtsausdruck im Geringsten veränderte. »Die hübsche Lady.«

»War sie in letzter Zeit hier?«

»Fast jeden Tag«, sagte der Mann. Er hatte einen starken Akzent, bemühte sich aber um eine deutliche Aussprache. »Sehr früh. Heute nicht.«

»Ist Ihnen aufgefallen, ob in den vergangenen Tagen jemand bei ihr war, ob jemand sie belästigt oder mit ihr gesprochen hat?«

»Sie ist sehr freundlich. Die Leute kennen sie. Alle sprechen mit ihr. Sie hat für jeden ein Lächeln.«

Kovac bedankte sich und trat vom Tresen zurück, damit der Mann weiter seine Kunden bedienen konnte. Er konnte sich nicht vorstellen, dass hier um drei Uhr morgens besonders viel Betrieb herrschte. Andererseits waren um diese Zeit schon genügend Leute in der Stadt wach, um die Fernsehsender dazu zu veranlassen, Lokalnachrichten zu bringen.

Gott bewahre, dass wir auch nur eine Stunde des Tages nicht dokumentieren oder überwachen, dachte er. Ohne diese Paranoia gäbe es allerdings auch keine Überwachungsvideos.

Kovac nahm sich an der Selbstbedienungstheke einen Hot Dog und begrub ihn unter Gurkenscheiben, Zwiebeln und Ketchup, bereit, sich in einem weiteren engen Büro vor einen weiteren Fernseher mit schlechter Bildqualität zu setzen und nach einem weiteren Entführer zu suchen.

»Wir befürchten, dass Penny im vergangenen Jahr Opfer sexuellen Missbrauchs geworden sein könnte, Mrs. Gray«, sagte Nikki vorsichtig.

In solchen Dingen war eine diplomatische Wortwahl wichtig, auch wenn sie das Gefühl hatte, ihren Tagesvorrat an Diplomatie bereits aufgebraucht zu haben. Einen großen Teil davon hatte sie in Direktor Rodgers investiert. Der Rest war für Kyle draufgegangen.

Sie war nicht böse auf ihn. Sie verstand seinen Wunsch, bei der Schulveranstaltung dabei zu sein. Genau genommen war sie stolz auf ihn, weil er hingegangen war. Die meisten anderen Jugendlichen, die da gewesen waren, hätten sich nur zu gern davor gedrückt und stattdessen etwas anderes gemacht. Dass es so wenige von ihnen zu kümmern schien, was mit ihrer Mitschülerin passiert war, solange es keine unmittelbaren Konsequenzen für sie selbst hatte, machte sie traurig.

Außerdem war sie frustriert, dass Kyles Probleme mit diesem Fogelman kein Ende nahmen. Sie wusste nicht, was sie dagegen tun sollte. Sie wusste nicht, ob es überhaupt etwas gab, was sie tun konnte. Und im Augenblick konnte sie darüber auch gar nicht nachdenken, sie musste sich auf ihre Arbeit konzentrieren.

Sie saß im Wohnzimmer der Frau, die ihr einen so heftigen Schlag verpasst hatte, dass sie immer noch Kopfweh davon hatte, und versuchte, ihre Notreserve an Diplomatie zusammenzukratzen. Der Weihnachtsbaum war inzwischen so vertrocknet, dass akute Feuergefahr bestand, zweifellos hatte sich in den vergangenen Tagen niemand mehr darum gekümmert. Die darunter liegende Decke mit den Weihnachtsmotiven war voller Nadeln. Julia Gray umklammerte die Lehnen ihres Sessels, als hätte sie Angst, er könnte sie jeden Moment in die Luft katapultieren.

Sie hatten sie angerufen und ein paar Minuten später vor ihrer Tür gestanden. Ein Überraschungsbesuch erschien sinnvoller, als Julia Gray nach Downtown kommen zu lassen und ihr Zeit zu geben, sich darauf vorzubereiten. So grausam es vielleicht war, sie brauchten eine spontane Reaktion von ihr, sei es Entsetzen oder Empörung, egal was, Hauptsache, eine echte Emotion.

»Nein«, sagte sie entschieden und schüttelte den Kopf. »Das ist ausgeschlossen. Das glaube ich nicht.«

Nikki und Elwood wechselten einen Blick. Sie saßen nebeneinander auf dem Sofa. Elwood hatte seinen Laptop auf den Tisch gestellt. Er klappte ihn auf und schaltete ihn ein.

»Sie hat Ihnen gegenüber keine Andeutungen gemacht, dass irgendetwas nicht stimmt?«, fragte Liska.

»Es gab ständig irgendetwas, das nicht gestimmt hat«, sagte Julia ungeduldig. »Sie war ständig unglücklich. So war sie schon immer, zornig und schwierig im Umgang. Sogar als Baby. Sie hat die ganze Zeit geschrien. Danach kamen die Wutanfälle. Sie ist nie gut mit anderen Kindern ausgekommen. Entweder war sie zu schüchtern oder zu empfindlich. Irgendwas war immer. Ich weiß nicht, woran es lag, aber *das* war es jedenfalls nicht. Sie ist niemals von irgendjemandem missbraucht worden.«

»Als sie bei Dr. Warner in Therapie war, hat er da Ihnen gegenüber nie …«

»Nein.« Sie legte die Hände in den Schoß und drehte mechanisch an ihrem Verlobungsring.

»Sie haben gesagt, dass sie mit der Therapeutin, zu der sie danach ging, praktisch kein Wort gesprochen hat.«

»Das war rausgeworfenes Geld«, sagte Julia. »Glauben Sie nicht, dass sie es einem von den beiden gesagt hätte, wenn sie missbraucht worden wäre? Aber sie hat nichts gesagt.«

Elwood drehte den Laptop auf dem Tisch so, dass sie

auf den Bildschirm blicken konnte. »Wir haben einen Online-Video-Account entdeckt, auf dem Ihre Tochter Videos von sich beim Vortragen ihrer Gedichte gepostet hat. Uns ist vor allem dieses Video hier aufgefallen. Sie hat es im April gepostet.«

Er klickte auf Play.

Liska beobachtete Julia Grays Gesicht, als das Bild ihrer Tochter erschien. Sie saß stocksteif da. In ihren Augen standen Tränen, und sie wandte den Kopf ab, als wäre es zu schmerzhaft für sie, ihre Tochter lebend vor sich zu sehen und dabei zu wissen, dass sie tot war. Vielleicht war es aber auch Scham. Kovac hatte erzählt, dass ihnen Julia Gray beim ersten Mal, als sie bei ihr gewesen waren, um sie nach ihrer Tochter zu fragen, ein altes Fotos gezeigt hatte, weil sie es unerträglich fand, wie sich das Aussehen des Mädchens in letzter Zeit verändert hatte.

Auf dem Bildschirm rezitierte Penny Gray das Gedicht »Hilf mir«, in ihre monotone Stimme hatte sich ein verbitterter Unterton gemischt. Ein enttäuschtes Mädchen, das versuchte, erwachsen zu klingen, so, als wäre ihr alles scheißegal. Sowohl ihr Gesichtsausdruck als auch ihre Worte sprachen von Vertrauensverlust, davon, dass Verletzlichkeit in Desillusionierung umgeschlagen war.

Julia Gray wollte es nicht sehen. Sie wandte sich buchstäblich ab. Nikki beugte sich vor und drehte den Ton lauter.

Zuflucht

Zuflucht
Asyl
Ein Ort trügerischer Sicherheit
Geheimnisse
Lügen

Eine Seele in nackter Erbärmlichkeit
Trost
Führung
Eine Schulter zum Anlehnen. Lass dir Zeit
Verführung
Zerstörung
Keiner ist zu helfen bereit
Schweigen
Voll Scham
Sie behaupten, du sagst die Unwahrheit
Halt den Mund
Hau ab
Niemand da für mich in meiner Einsamkeit

»Sie scheint davon zu sprechen, dass sie von einer Vertrauensperson im Stich gelassen wurde«, sagte Elwood, als das Video zu Ende war.

Julia rutschte unruhig auf ihrem Sessel hin und her. »Sie war wütend auf ihren Vater, weil er uns verlassen hat. Aber zwischen den beiden ist nie irgendetwas vorgefallen, was mit Missbrauch zu tun gehabt hätte.«

»Die neue Frau ihres Exmannes ist ziemlich jung, finden Sie nicht?«

Sie sah ihn empört an, anstelle ihres Exmannes beleidigt. »Brandi ist jung, aber sie ist doch kein Kind, um Himmels willen! Und Tim ist ein unverbesserlicher Weiberheld, aber er ist kein Pädophiler. Er hat unsere Tochter niemals angefasst – nicht einmal dann, wenn er es hätte tun sollen.«

»Wenn Mädchen in Pennys Alter den Vater verlieren«, sagte Nikki und wählte jedes ihrer Worte so vorsichtig, als müsste sie zu Fuß ein Minenfeld durchqueren, »fällt das in die Zeit, in der sie die eigene Sexualität entdecken. Sie stellen fest, dass sie eine gewisse Macht über das andere

Geschlecht haben. Es kann passieren, dass sie die Grenze zwischen Liebe und Sex durcheinanderbringen.«

»Ich fasse es nicht, dass wir hier sitzen und dieses Gespräch führen«, murmelte Julia.

Ihrer Körpersprache nach schrie alles in ihr danach, aufzustehen und zu gehen. Sie wollte keine Polizisten in ihrem Haus haben. Sie wollte nicht mit ihnen über die Probleme ihrer Tochter sprechen. Wahrscheinlich hätte sie am allerliebsten so getan, als hätte sie niemals eine Tochter gehabt.

»Ich weiß, dass es schwer ist, Mrs. Gray …«

Julias Grays Kopf fuhr herum, ihre Augen zu schmalen Schlitzen verengt, kalt.

»Sie wissen es? Was wissen Sie denn? Was wissen Sie, Detective? Sie haben keine Ahnung, wie schwer es ist. Sie haben keine Ahnung, wie schwer es ist, die Mutter meiner Tochter zu sein. Sie haben niemals ein Kind verloren, oder?«

»Nein, Ma'am. Das habe ich nicht«, sagte Nikki leicht patzig, am Ende ihrer Geduld. »Aber ich will Ihnen mal was sagen, Julia«, fuhr sie fort und beugte sich vor, wodurch die Situation augenblicklich eine andere Dynamik gewann. »Wenn jemand einem meiner Söhne etwas antun würde und wenn die Polizei zu mir kommen und mir Fragen über ihr Leben stellen würde, dann würde ich sie verdammt noch mal beantworten. Ich würde sie Tag und Nacht nerven und von ihnen verlangen, dass sie jeden Stein umdrehen, ganz gleich, wie hässlich das ist, was darunter zum Vorschein kommen mag. Ich würde nicht in meinem Wohnzimmer herumsitzen und lamentieren, wie schwer das alles für mich ist.«

Julia Gray starrte sie mit offenem Mund an.

Elwood gab einen warnenden Ton von sich. »Tinks …«

»Nein!«, sagte sie barsch und stand auf. »Ich habe die Nase voll von diesem Scheiß. Ihre Tochter ist tot, Julia. Jemand hat sie getötet. Auf schreckliche, brutale Weise. Wollen Sie die Fotos sehen? Wollen Sie sehen, was wir in der Nacht, in der ihre Leiche aus dem Kofferraum eines fahrenden Autos fiel, sehen mussten?«

»Nein!«

»Nein, das wollen Sie nicht, weil das die Aufmerksamkeit von Ihnen ablenken würde, nicht wahr? Sie Ärmste. Was für eine Last Ihre Tochter doch war. Seien Sie doch froh, dass sie tot ist.«

Julia Gray stand auf. »Das ist ungeheuerlich!«

Nikki sah ihr in die Augen. »Ja, stimmt. Ihre Tochter liegt tot auf einem Tisch im Leichenschauhaus und Sie haben noch nicht mal gefragt, ob Sie sie sehen können. Sie haben sie einfach da liegen lassen ...«

Elwood stand auf und stellte sich zwischen die beiden Frauen. Nikki ging mit in die Hüften gestemmten Händen zur Seite.

»Ich entschuldige mich für meine Kollegin, Mrs. Gray«, sagte er und schlüpfte in die Rolle des guten Cops. »Solche Fälle sind auch für uns eine enorme Belastung, vor allem für diejenigen von uns, die selbst Kinder haben oder an Fällen von Kindesmissbrauch gearbeitet haben.«

»Penny wurde nicht missbraucht«, wiederholte Julia stur.

»Dr. Warner hat uns gesagt, dass sie Männern gegenüber ein manipulatives Verhalten entwickelt hatte, dass das einer der Gründe war, warum er sie nicht länger behandeln wollte«, sagte Elwood. »Wissen Sie von irgendeinem besonderen Zwischenfall, der ihn dazu veranlasst hat?«

»Michael hat nichts Unrechtes getan.«

»Das sagt ja auch niemand. Wir suchen nach einer Erklärung für das veränderte Verhalten Ihrer Tochter in den vergangenen neun Monaten, und wir denken, dass ungefähr um die Zeit herum, in der sie sich das Handgelenk gebrochen hat, etwas vorgefallen sein könnte, was diese Veränderung ausgelöst hat.«

»Sie sagten, der Unfall ist auf dem Heimweg von Dr. Warners Praxis passiert …«, setzte Liska an.

»Was wollen Sie eigentlich?«, schrie Julia und ihre ganze aufgestaute Wut brach sich Bahn. »Mein Tochter ist von einem Psychopathen getötet worden! Einem Psychopathen, der bereits acht andere Mädchen umgebracht hat. Jetzt hat er noch diese Nachrichtensprecherin entführt, und Sie vergeuden Ihre Zeit damit, mich wie eine Verbrecherin zu behandeln und einen wunderbaren Mann zu beschuldigen …«

Sie hatte noch nicht zu Ende gesprochen, als die Haustür geöffnet wurde und Michael Warner hereinkam, der Superheld im Maßanzug, breitschultrig, seriös. Julia Gray ging zu ihm und ließ sich tränenüberströmt an seine Brust sinken.

»Was ist hier los, Julia?«, fragte er. Er sah zu Elwood und Liska. »Was wollen Sie von ihr?«

»Die Wahrheit erfahren«, sagte Liska. »Vielleicht können Sie uns ja weiterhelfen, Dr. Warner.«

»Wir reden nicht mehr mit Ihnen«, sagte Warner und legte die Arme um seine weinende Verlobte. »Wenn Sie noch Fragen haben, können Sie meinen Anwalt anrufen.«

KAPITEL 40

»Sie sind uns mit ihrem Anwalt gekommen«, verkündete Liska, als sie den Besprechungsraum betraten.

Kovac sah sie an. »Wer?«

»Julia Gray und Michael Warner. Wir wollten mit ihnen darüber reden, dass Penny möglicherweise sexuell missbraucht wurde, und sie sind uns mit ihrem Anwalt gekommen.«

»Was sie ausgelassen hat, ist das Geschrei, die Drohungen und die Anschuldigungen«, sagte Elwood und ging zur Kaffeemaschine.

»Sie haben sich aufgeregt?«

»Ich habe mich aufgeregt«, gestand Liska. »Ich weiß nicht, ob ich Mitleid mit Julia Gray haben soll oder ob ich sie an den Haaren packen und mal richtig verprügeln soll.«

»Falls du dich für die zweite Möglichkeit entscheidest, dann bitte mit Schlammcatchen in Bikinis«, sagte Tippen. »Wir könnten es als Zickenschlacht ankündigen.«

Sie zeigte ihm den Mittelfinger.

Kovac ignorierte das Geplänkel. Er hatte schon wieder viel zu lange auf den Bildschirm gestarrt. Er hatte einen zweiten Fernseher und einen zweiten Videorekorder besorgt und die Geräte nebeneinandergequetscht, sodass er sie gleichzeitig bedienen konnte. So langsam begann vor seinen Augen alles zu verschwimmen.

»Tinks, komm mal her und sieh dir das an«, sagte er und hantierte mit den Fernbedienungen, um die Aufnahmen so einzustellen, wie er sie brauchte.

»Ist das ein Porno?«, fragte Tippen hoffnungsvoll. »Es war ein langer Tag.«

»Wir sind nicht bei dir zu Hause, Tip«, gab Liska zurück. Sie zog einen Stuhl neben den von Kovac und setzte sich.

»Das links sind die Aufnahmen von der Tankstelle in der Nacht, in der Penny Gray verschwunden ist. Ein paar Minuten bevor sie in den Shop gekommen ist. Sag mir, ob dir irgendjemand bekannt vorkommt.«

Keiner sagte etwas, während er das Band laufen ließ.

Er hielt es an, als Penny Gray aus dem Bild verschwand, spulte zurück, spielte das Ganze noch einmal ab und hielt es erneut an, als die Person auftauchte, die seine Aufmerksamkeit geweckt hatte. »Dieser Typ da«, sagte er und tippte mit dem Finger auf den Bildschirm. »Kommt euch der irgendwie bekannt vor?«

Liska kniff die Augen zusammen und zuckte mit den Schultern. »Mein Onkel Leo mütterlicherseits?«

»Nein! Sieh genauer hin.«

»Sam, ich bin so müde, ich kann kaum noch geradeaus sehen. Wenn ich noch genauer hinsehe, geht meine Netzhaut in Flammen auf.«

Kovac brummte etwas vor sich hin und drückte die Play-Taste auf der zweiten Fernbedienung.

»Das sind die Aufnahmen von der Holiday-Tankstelle in der Nähe von Dana Nolans Sender. Die sind von gestern. Sie macht auf dem Weg zur Arbeit regelmäßig dort halt. Da ist sie«, sagte er und deutete auf die junge Frau.

Dana Nolan betrat den Shop, winkte dem Mann hinter dem Tresen zu, ging zur Kaffeetheke. Ein großer Kerl in einem Parka sagte etwas zu ihr. Sie legte den Kopf zurück und lachte. Kurz darauf betrat ein zweiter Mann den Shop – klein, stämmig, mit Bart.

»Der da«, sagte Kovac, hielt das Bild an und tippte auf den

Bildschirm. »Ich glaube, das ist der gleiche Mann. Meint ihr nicht auch, dass es der gleiche Mann ist?«

Liska zuckte mit den Schultern und sah von einem Bildschirm zum anderen. Die Aufnahmen waren nicht gerade scharf. »Kann sein. Ich weiß nicht. Sie sind beide klein, haben einen Bart und tragen einen Parka.«

»Sie sind beide klein, haben einen Bart, tragen einen Parka und sind zur selben Zeit wie zwei entführte junge Frauen an einer Holiday-Tankstelle«, sagte Kovac.

»Doc Holiday grast die Holiday-Tankstellen ab?«, sagte Tippen. »Findet er das witzig?«

»Den Shop hat sich Dana Nolan ausgesucht«, sagte Kovac. »Wenn der Entführer sie gestalkt hat, dann ist er ihr einfach nur dorthin gefolgt. Aber ich bin sicher, dass ihm die Ironie nicht entgangen ist.«

»Ich weiß nicht, Sam«, sagte Liska. »Wenn Doc Holiday Penny Gray entführt hat, dann war sie ein Zufallsopfer, wie seine anderen Opfer auch. Er musste einfach nur zufällig zur gleichen Zeit wie sie da sein. Im Leben dieses Mädchens gab es noch andere Menschen, die sie möglicherweise gern tot gesehen hätten. Wie hoch ist die Wahrscheinlichkeit, dass sie einem Serienmörder in die Hände gefallen ist?«

»Wie hoch ist diese Wahrscheinlichkeit überhaupt?«, gab Kovac zurück. »Und nur weil es in deinem Leben Menschen gibt, die dich nicht ausstehen können, heißt das noch lange nicht, dass du nicht Opfer eines Zufallsverbrechens werden kannst.

Aber ich will auf etwas anderes hinaus«, fuhr er fort. »Heute Morgen hab ich mir das erste Band angesehen und ich hatte das Gefühl, dass ich diesen Mann kenne, aber ich bin nicht draufgekommen, woher. Und dann sehe ich ihn auf den Aufnahmen von Dana Nolan.«

Liska schüttelte den Kopf. »Ich bin nicht davon überzeugt, dass es derselbe Mann ist.«

Kovac achtete nicht auf ihren Einwand. »Denk mal zurück. Vor einem Jahr.«

»Du lieber Gott«, stöhnte sie. »Ich kann mich nicht mal an gestern Abend erinnern!«

»Hör auf, Unsinn zu reden«, fuhr er sie an, es ärgerte ihn, dass es außer ihm niemand zu begreifen schien. »Denk an Rose Reiser vor einem Jahr.«

»Rose …?«

Er beobachtete das Gesicht seiner Partnerin, während sie in ihrer Erinnerung kramte. Dann sah er, wie der Groschen fiel.

»Mein Gott«, murmelte sie. Sie nahm ihm die Fernbedienungen aus der Hand und richtete sie wie zwei Laserpistolen auf die Fernseher. Sie spulte die Bänder zurück und spielte sie gleichzeitig ab.

»Das kann nicht der gleiche Mann sein«, sagte sie. »Wir haben ihn x-mal durchleuchtet.«

»Welcher Mann?«, fragte Elwood.

»Der Mann, der letztes Jahr Rose Reisers Leiche gefunden hat«, sagte sie. »Die ›Neujahrstote‹ wurde von einem Mann gefunden, der Antiquitäten und Trödel durch die Gegend fuhr. Er war ausgesprochen kooperativ. Er hat sich nicht mal beschwert, als wir jeden Millimeter seines Lasters mit der Lupe untersucht haben.«

»Frank Fitzgerald«, sagte Kovac. »Aus Iowa.«

»Fährt einen Laster«, sagte Tippen. »Geschäftlich viel auf Reisen.«

»Wir haben ihn doch überprüft«, wiederholte Liska. »Da war nichts. Null. Nada.«

»Aber das ist er«, sagte Kovac und deutete auf die Bildschirme.

»Oder jemand, der ihm ähnlich sieht«, widersprach sie. »Als alleinstehende Frau muss ich leider sagen, dass da draußen viel mehr Typen rumlaufen, die so wie er aussehen und nicht wie ein Hollywoodstar.«

»Es gefällt mir nicht«, sagte Kovac stur. »Das sind für meinen Geschmack ein paar Zufälle zu viel.«

»Glaubst du ernsthaft, dass ein Serienmörder so mir nichts, dir nichts seinen Lastwagen den Leuten von der Spurensicherung überlassen würde?«, fragte Liska.

»Wenn er weiß, dass er ihn gründlich saubergemacht hat?«

»Dann hat der Kerl echt Eier in der Hose.«

»Tja, Tinks«, sagte Tippen. »Vielleicht solltest du deine Ansprüche an den Rest ein bisschen runterschrauben, wenn der Typ so gut ausgestattet ist.«

Liska verdrehte die Augen. »Das hättest du wohl gern.«

»Frank Fitzgerald. Ich habe gestern mit ihm telefoniert«, sagte Elwood und kehrte damit zum Thema zurück. »Sein Name stand auf der Liste zur Überprüfung der alten Fälle. Es tat ihm leid zu hören, dass es ein neues Opfer gibt.«

»Wo war er?«, fragte Liska.

»Eine Nummer in Iowa.«

»Das heißt nicht, dass er in Iowa ist«, sagte Kovac.

»Das heißt nicht, dass er es nicht ist«, erwiderte Liska. Sie sah zu den beiden Fernsehern und ihre Augen weiteten sich. »Was zum Teufel ist das?!«

Sie schnappte sich die Fernbedienung und drückte auf Pause, fror das Bild ein, auf dem zu sehen war, wie Aaron Fogelman in der Nacht von Penny Grays Verschwinden an der Holiday-Tankstelle in der Nähe des Rock & Bowl von der Kasse wegging. Kovac nahm ihre Überraschung wahr und wappnete sich gegen das, was gleich folgen würde. Sie drehte sich um und schlug ihm mit der Faust auf den Arm.

»Willst du mich verarschen?«, fragte sie und funkelte ihn zornig an. »Du hast dir das da den ganzen Tag angesehen und mir nichts davon gesagt?«

»Ich habe es mir heute Morgen nur bis zu dieser Stelle angesehen. Das ist ungefähr zehn Minuten nachdem Penny Gray gegangen ist.«

»Und im Kofferraum eines Soziopathen gelandet ist! Verflucht noch mal, Kojak. Warum hast du mir nichts davon gesagt?«

»Ach weißt du, da war so eine kleine Entführung, die hat mich abgelenkt«, sagte er. »Meinst du, der Junge war um drei Uhr morgens unterwegs, um Dana Nolan von einem Parkplatz zu entführen?«

»Sei nicht albern.«

»Ich habe da diesen anderen Kerl auf den Videos von zwei Opfern, und vor einem Jahr hat er den Fund der Leiche eines dritten Opfers gemeldet«, sagte Kovac.

»Du hast da aufgrund einer vagen Ähnlichkeit so ein Gefühl und willst deswegen eine Dreierwette auf der Rennbahn setzen«, hielt Liska dagegen. »Hast du völlig den Verstand verloren? Keine zwanzig Minuten bevor diese Aufnahme gemacht wurde, hat Aaron Fogelman Penny Gray geschlagen«, fuhr sie fort. »Er hat sie geschlagen. Der Junge ist jähzornig. Er ist ein Lügner. Und hier ist er kurz nach unserem Opfer im selben Laden. Und du machst so ein Theater wegen eines armen Trottels aus Iowa, der sich wahrscheinlich nicht mal in diesem Bundesstaat aufhält? Bist du über Nacht dement geworden?«

»Ich sage ja nicht, dass wir Fogelman im Fall Gray von der Liste streichen sollten«, sagte Kovac. »Ich sage nur, dass mir diese andere Möglichkeit plausibler erscheint.«

»Dann sag das jemand anderem«, sagte Liska und stand auf. »In Penny Grays Leben gibt es Leute, die lügen, sobald sie den Mund aufmachen, und dieser Junge ist einer davon«, sie deutete auf den Bildschirm. »Mensch, die Mutter des Mädchens verschanzt sich hinter ihrem Anwalt. Auf meinem Schreibtisch liegt eine Notiz, dass ich Aaron Fogelmans Vater zurückrufen soll. Ich wette, er ist ebenfalls zu seinem Anwalt gerannt. Ich weiß, wo meine Prioritäten liegen.

Kovac hob ergeben die Hände. »Schon gut«, sagte er. »Bleib dran. Ich hoffe, dass du recht hast, Tinks. Aber falls du dich irrst, dann haben wir es mit einem schlimmeren Monster zu tun, als ich mir vorstellen will.«

KAPITEL 41

Das Gute an der Entführung einer Nachrichtensprecherin war, dass er sich nicht fragen musste, wie die Ermittlungen vorangingen. Es wurde praktisch ständig über den Fall berichtet, erst recht bei dem Sender, für den sie arbeitete.

Fitz ließ den Fernseher eingeschaltet, um alle Eilmeldungen mitzubekommen – von denen es natürlich keine gab. Sie zeigten immer wieder den Parkplatz bei Dana Nolans Apartmenthaus, der mit einem flatternden gelben Absperrband umspannt war und auf dem es von Polizisten und Kriminaltechnikern wimmelte, die um Danas Auto herumwuselten wie Ameisen um einen Essensrest.

Er erkannte Kovac, der mit in den Taschen vergrabenen Händen und eingezogenen Schultern herumlief. Von seiner Kollegin Liska war nichts zu sehen. Schade.

Die Leute von *NewsWatch* blendeten immer wieder Fotos von ihrer vermissten Nachrichtensprecherin ein und baten die Zuschauer um Informationen. Die Verzweiflung war groß. Das gefiel ihm. Der Adrenalinstoß, der dadurch bei ihm ausgelöst wurde, war etwas Neues, Berauschendes. Danach konnte man süchtig werden. Er war bisher eigentlich ganz zufrieden mit seiner Vorgehensweise gewesen. Er hatte es immer geschafft, das richtige Gleichgewicht zwischen Risiko und Befriedigung zu halten. Aber er musste zugeben, dass das hier wirklich aufregend war. Er musste aufpassen, dass es ihm nicht zu Kopf stieg und er einen Fehler machte. Er musste sein Ziel im Auge behalten.

Er hatte ein Statement abzugeben.

Was er nur angemessen fand, war, dass Captain Kasselmann vom Morddezernat höchstpersönlich auf der offiziellen Pressekonferenz erschien und anschließend noch im Studio von *NewsWatch*, um mitzuteilen, die Polizei gehe davon aus, dass sie es bei Doc Holiday mit einem äußerst gefährlichen Täter zu tun habe. Ehre, wem Ehre gebührte.

Das war im Grunde genommen alles, worum es ihm ging, dachte er mit einem Lächeln, als er sich seinem neuesten Opfer zuwandte, das weinend darauf wartete, dass er es tötete. Er war ein Künstler und er wollte Anerkennung für sein Werk.

Er wählte ein scharfes, spitzes Messer aus und beugte sich über die zu Tode geängstigte junge Frau. Sie war nackt und mit ausgestreckten Armen und Beinen auf den Arbeitstisch gefesselt. Er hatte das Klebeband von ihrem Mund entfernt und durch einen roten Knebel ersetzt. Er konnte ihre Angst förmlich riechen. Dieser Geruch war das beste Aphrodisiakum, das er kannte. Ihre Augen weiteten sich vor Entsetzen, als er die Spitze des Messers auf ihren Brustkorb senkte. Rosenrot breitete sich das Blut auf ihrer zarten blassen Haut aus.

»Und du, meine Liebe«, sagte er, während seine Erregung immer weiter wuchs, »wirst mein Meisterstück.«

KAPITEL 42

»Die Adresse auf seinem Führerschein ist die eines Postfachs«, sagte Kovac und schenkte sich noch einen Becher Kaffee ein. Wahrscheinlich war er mittlerweile bei fünf Litern täglich angelangt. Sein Abendessen hatte aus einem Stück Pizza bestanden, das von Mittag übrig geblieben war. Zum Nachtisch würde er ein paar von den Tabletten gegen Sodbrennen einschmeißen, die in seinem Schreibtisch herumlagen. Tinks war nach Hause gefahren, um ihre Kinder zu füttern. Er wünschte, er wäre eins davon.

»Wir haben eine Telefonnummer, richtig?«, fragte Kasselmann und setzte sich an den Tisch, der übersät war mit Papieren und Aktendeckeln, Kaffeebechern und Essensverpackungen. Er warf einen skeptischen Blick auf das einsame, vertrocknete Stück Pizza, das in der fettfleckigen Pappschachtel lag wie ein plattgefahrenes Tier. Er hatte sich den Großteil des Tages um die Presse gekümmert. Der Knoten seiner Krawatte war immer noch korrekt gebunden. Das einzige Zugeständnis an seine Erschöpfung war, dass er seine Jacke ausgezogen hatte.

Im Gegensatz zu ihm sah Kovac aus, als wäre er gerade aus dem Bett gekrochen, nachdem er nach einer dreitägigen Sauftour in voller Montur seinen Rausch ausgeschlafen hatte. Er brauchte eine Rasur. Er brauchte eine Dusche. Er brauchte eine Nacht ungestörten Schlaf und einen langen Urlaub irgendwo an einem Strand, wo man noch nie etwas vom Windchill-Effekt gehört hatte. Heute hatte er sich den ganzen Tag über entweder draußen den Hintern abgefroren oder in diesem Zimmer wie ein Schwein geschwitzt.

»Elwood hat gestern mit ihm gesprochen. Er sagt, der Typ war freundlich und mitfühlend und hätte es bedauert, nicht mehr für uns tun zu können«, sagte Kovac. »Ich habe die Nummer heute Nachmittag angerufen und auf der Mailbox hinterlassen, dass er zurückrufen soll. Bis jetzt hat er sich noch nicht gemeldet.«

»Wir brauchen seine Verbindungsdaten«, sagte Kasselmann. »Finden Sie heraus, wo dieses Handy klingelt.«

»Ich habe nichts in der Hand, was eine richterliche Anordnung rechtfertigen würde.« Kovac zuckte mit den Schultern. »Ich musste mir den Mund fusselig reden, um wenigstens die Adresse zu kriegen. Es liegt nichts gegen ihn vor. Außer einem unscharfen Überwachungsvideo kann ich nichts vorweisen. Tinks bezweifelt, dass er das auf dem Band ist. Beschwören kann ich es nicht, aber ich hab so ein Gefühl.«

»Dann sollten Sie darauf hören«, sagte Kasselmann. »Sie haben im Allgemeinen einen guten Instinkt, Sam.«

»Nur führt uns das im Moment nirgendwohin«, sagte Kovac. »Außer meinem Gefühl haben wir nämlich nichts. Keine Zeugen. Keine Fingerabdrücke. Keine Verdächtigen. Keine Hinweise.«

Er ging zur Wand, wo er eine Kopie des Flyers mit Penny Grays Foto und der Unterschrift eines Morder aufgehängt hatte.

HAPPY HOLIDAY.
☺

Arroganter Scheißkerl.

»Der Typ hockt irgendwo da draußen und lacht sich über uns kaputt«, sagte er.

»Hoffen wir mal, dass das alles ist, was er macht«, sagte Kasselmann und stand auf.

Kovac erwiderte nichts darauf, aber er musste unwillkürlich daran denken, was John Quinn am Morgen gesagt hatte. Doc Holiday hatte Dana Nolan in der Absicht entführt, sie zu töten. Er hatte sie jetzt seit siebzehn Stunden in seiner Gewalt.

Und es gab absolut nichts, was Sam dagegen tun konnte.

»Er hat zuerst zugeschlagen, Mom.«

»Ich weiß«, sagte Nikki und sah ihren Sohn an.

Er saß mit einem Kühlkissen auf der rechten Hand am Küchentisch. Heute Abend erschien er ihr noch erwachsener als sonst in der letzten Zeit. Sie war Zeugin geworden, wie er sich gegen einen Schläger behauptet und eine junge Frau beschützt hatte. Er wurde tatsächlich erwachsen. Sie wusste nicht, ob sie traurig oder stolz oder zu Tode erschrocken war. Vermutlich von allem etwas.

Es war ihr schwergefallen, im Auto sitzen zu bleiben, als sie neben den beiden kämpfenden Jungen gehalten hatte. Sie hatte sich jedoch dazu gezwungen und es Elwood überlassen, die Sache zu regeln, weil sie wusste, dass sie Kyle nur in Verlegenheit gebracht und seinen Widersachern noch mehr Munition geliefert hätte, die sie gegen ihn verwenden könnten.

»Willst du noch was davon?«, fragte sie, bevor sie die Lasagne wieder mit Alufolie abdeckte. Sie hatte auf der Heimfahrt bei ihrem Lieblingsitaliener gehalten und etwas fürs Abendessen mitgenommen. Zwar nichts Selbstgekochtes, aber besser als nichts.

Die Tatsache, dass »besser als nichts« das Beste war, was sie im Augenblick für ihre Söhne tun konnte, gefiel ihr ganz und gar nicht.

»Weiß nicht«, sagte er. »Vielleicht.«

Sie schob die Lasagne zurück in den Ofen und stellte die niedrigste Temperatur ein. »Denk bitte mit dran, dass ich sie nicht vergesse und das Haus abfackle.«

»Okay.«

R.J. kam in die Küche, um sich noch ein Glas Milch zu holen. »Krieg ich einen Brownie?«

»Ja.«

»Darf ich fernsehen?«

»Hast du deine Hausaufgaben gemacht?«

Er nickte und nahm sich einen Brownie von dem Blech, das Marysue ihnen gebracht hatte. *Besser als nichts …*

»Krieg ich einen Hund?«

»Nein. Du meinst wohl, du könntest mich austricksen?«, sagte Nikki.

Er grinste. »Man kann's ja mal probieren.«

Nikki schüttelte den Kopf, froh über die kleine Ablenkung. Doch sobald R.J. die Küche verlassen hatte, kehrten ihre Gedanken zu den aktuellen Problemen zurück.

»Was ist mit dir und diesem Fogelman?«, fragte sie. »Hast du schon länger Schwierigkeiten mit ihm?«

»Er ist der totale Vollpfosten.«

»Von denen wimmelt es auf der Welt«, sagte Nikki. »Einige sind schlimmer als die anderen.«

Aus einigen wurden Kriminelle. Aus einigen wurden Serienmörder. Aaron Fogelman war jähzornig. Er zögerte nicht, Gewalt einzusetzen – selbst gegen ein Mädchen. Wo zog er eine Grenze? Nikki wollte alles über ihn wissen. Empfand er Mitgefühl für andere Menschen? War er grausam zu Tieren? Lag etwas wegen Sachbeschädigung gegen ihn vor?

»Macht er das oft, andere schlagen?«, fragte sie.

Kyle zuckte die Achseln. »Meistens reißt er nur die Klappe auf. Es macht ihm Spaß, andere zu quälen.«

»Du hast gesagt, dass er Gray an dem Abend im Rock & Bowl geschlagen hat. Hast du vorher schon mal gesehen, dass er ein Mädchen geschlagen hat?«

»Nein, aber er beleidigt sie, nennt sie Schlampen und Huren und so.«

Es war eine schreckliche Vorstellung, dass jemand in Kyles Alter einen Mord wie den an Penny Gray beging, aber Nikki wusste, dass es vorkam. Sie betete zu Gott, dass es dieses Mal nicht so gewesen war. Zur Vermeidung weiterer Komplikationen, die sich ergeben könnten, weil sie Kyles Mutter war, hatte sie es Elwood überlassen, Aaron Fogelman unter die Lupe zu nehmen. Er hatte den Vater des Jungen um ein Gespräch gebeten und war an den Rechtsanwalt der Familie verwiesen worden.

»Und was ist das für eine Geschichte zwischen dir und diesem Mädchen, Brittany?«, fragte sie und schenkte sich eine Tasse Kaffee ein.

Er zuckte die Achseln, wurde rot, wich ihrem Blick aus. »Sie ist nur eine Freundin.«

Sie war die Freundin, deren Foto Nikki vor einigen Monaten im Müll gefunden hatte. Die erste Freundin ihres Jungen. »Sie ist sehr hübsch.«

»Ja, kann sein«, sagte er und rutschte auf seinem Stuhl hin und her.

Nikki setzte sich neben ihn. »Sie macht einen netten Eindruck. War sie mit Gray befreundet?«

»Ja. Wir haben letzten Sommer alle miteinander diesen Schreibworkshop gemacht. Gray, Britt und ich. Wir hingen miteinander rum.«

»Und dann?«

»Dann fing Brittany an, mit Christinas Clique abzuhängen, und Christina und Gray können sich nicht leiden.«

»Sie scheint es sich anders überlegt zu haben.«

»Sie ist viel netter als die«, sagte Kyle frustriert. »Ich kapier einfach nicht, warum ein Mädchen so sein will wie Christina.«

»Ich kann mich noch vage daran erinnern, dass ich auch mal in dem Alter war«, sagte Nikki. »Damals fand ich es auch wichtig, von denen akzeptiert zu werden, die das Sagen hatten.«

»Akzeptiert«, murmelte er und verzog den Mund zu einem ironischen Lächeln. »Akzeptiert von Leuten, die niemanden akzeptieren, der anders ist als sie.«

»Die Leute verhalten sich nicht immer vernünftig.«

»Brittany hat Gray an dem Abend dazu überredet, ins Rock & Bowl zu gehen«, sagte er. »Jetzt fühlt sie sich deswegen schuldig. Ich auch. Ich hab ihr gesagt, wir könnten vielleicht Grays Mom besuchen. Du weißt schon, um zu kondolieren oder wie das heißt.«

Nikkis Herz schwoll vor Stolz an. Irgendwie schaffte sie es offenbar doch, einen verantwortungsbewussten jungen Mann großzuziehen.

»Das ist eine sehr gute Idee, Kyle. Ich bin sicher, Grays Mom würde sich darüber freuen«, sagte sie. »Aber vielleicht solltest du noch ein bisschen damit warten. Brittany soll ruhig zu ihr gehen, wenn sie will, aber bei dir ist es etwas anderes, weil ich in diesem Fall ermittle und so weiter. Am besten, du hältst dich im Moment von allen diesen Leuten fern – Grays Mom, Christina, Aaron Fogelman. Tust du das für mich? Halt dich einfach ein bisschen zurück, bis ein paar Dinge geklärt sind.«

Er blickte mit gerunzelter Stirn auf das Kühlkissen auf seiner Hand und dachte darüber nach. »Kann ich Britt weiter SMS schicken?«

»Damit habe ich kein Problem.«

Es gefiel ihm nicht, dass er seine Beschützerrolle aufgeben sollte, aber schließlich nickte er. »Na gut.«

»Danke«, sagte Nikki.

Sie beugte sich vor, legte einen Arm um seine Schultern und gab ihm einen Kuss auf die Wange. »Weißt du eigentlich, wie stolz ich auf dich bin?«

Er zog den Kopf ein, wurde rot und drehte sich weg, auf eine positive Art verlegen, dachte Nikki.

Jemand läutete an der Tür und rettete Kyle vor weiteren Peinlichkeiten. Nikki erlaubte ihm, auf sein Zimmer zu gehen, und öffnete. Es war Kovac.

»Alles in Ordnung?«, fragte sie.

»Nein«, sagte er mit gewohnt grimmiger Miene. »Die Welt rast auf den Abgrund zu und ich kann nichts dagegen tun.«

»Und das ist was Neues?«

»Nein, aber ich dachte, wenn ich herkomme und dir das erzähle, dann gibst du mir vielleicht was zu essen, worauf sich nicht Millionen Salmonellen tummeln.«

»Du hast doch nicht etwa diese Pizza gegessen, oder?«

»Nein!«, sagte er. »Na ja, vielleicht ein Stück.«

»Komm rein«, sagte sie und hielt ihm die Tür auf.

Er trat mit einem Stapel Akten unter dem Arm in die Diele und streifte seine Schuhe ab. »Meinst du, ich hab mir eine Lebensmittelvergiftung geholt?«

»Quatsch. Du hast einen Magen wie ein Pferd.«

»Und ich rieche gerade auch so.«

»Mich kannst du damit nicht schrecken. Ich wohne mit zwei Jungs zusammen.«

Sie gingen in die Küche, er legte seine Akten auf den Tisch neben den Stapel, den sie sich nach Hause mitgenommen hatte, und setzte sich auf den Stuhl, auf dem vorher Kyle gesessen hatte. Nikki nahm die Lasagne aus dem Ofen und legte ein Stück auf einen Teller.

»Die hast nicht du gemacht«, sagte er nach dem ersten Bissen.

»Warum sagst du das mit so viel Überzeugung?«

Mit ein paar Bissen im Magen brachte er ein Lächeln zustande. »Ich bin froh, dass du es geschafft hast, heute Abend mit deinen Jungs zu essen. Wen interessiert es da, wo das Essen herkommt?«

Nikki setzte sich neben ihn und wärmte sich die Hände an ihrem Kaffeebecher. »Irgendwas Neues zu der Nachrichtensprecherin?«

Er schüttelte den Kopf. »Ich habe meinem Serienmörder eine Nachricht hinterlassen. Jetzt warte ich bloß noch darauf, dass er zurückruft und ein Geständnis ablegt.«

»Glaubst du wirklich, dass es Fitzgerald ist?«, fragte sie. »Wenn das stimmt, dann haben wir komplett versagt. Wir hätten ihn schon vor einem Jahr festnehmen können. Wie viele Frauen hat er seitdem umgebracht? Wie konnten wir das übersehen, Sam?«

»Er ist verdammt gut. Er hat regelrecht eine Wissenschaft daraus gemacht. Das wissen wir ja«, sagte er. »Ich versuche so viel wie möglich über Fitzgerald herauszufinden, aber es gibt praktisch keine Anhaltspunkte. Bis jetzt weiß ich nur, dass er keine Vorstrafen hat und sich seine Post an ein Postfach in einer Einkaufspassage in Des Moines schicken lässt. Wahrscheinlich heißt er in Wirklichkeit auch anders.«

»Er war so vorsichtig«, sagte Nikki. »Wir sind jeden der Doc-Holiday-Fälle immer wieder von vorn durchgegangen. Er hat nie einen Fehler gemacht. Da begreife ich es nicht, warum er es bei Penny Gray so gründlich versaut hat. Quinn sagte, solche Typen fangen an, Fehler zu machen, wenn sie ihren Modus Operandi ändern. Penny Gray passt ins Muster, wenn er es war, der sie entführt hat. Dana Nolan passt nicht in sein Muster, trotzdem glaube ich, dass er es ist.«

»Ich warte nur darauf, dass er einen Fehler macht«, sagte Kovac. »Und hoffentlich macht er ihn bald. Gibt's bei dir irgendwas Neues?«

Sie berichtete ihm von dem Vorfall mit Aaron Fogelman.

Kovac sah sie nachdenklich an, als überlegte er, ob er vorsichtshalber ein bisschen auf Abstand gehen sollte, weil sie ihn für das, was er gleich sagen würde, schlagen könnte. »Bist du sicher, dass du Fogelman junior gegenüber objektiv bist, Tinks? Oder spielst du vielleicht gerade die Löwenmutter, die ihr Junges verteidigt?«

»Nein«, sagte sie. »Ich kann das sehr gut auseinanderhalten. Würde ich ihm gern einen Tritt in den Hintern geben, weil er Kyle tyrannisiert? Ja. Betrachte ich ihn mit den Augen der Polizistin und sehe einen narzisstischen Soziopathen mit gewalttätigen und frauenverachtenden Neigungen? Ja. Du hast mit ihm geredet. Was denkst du?«

»Dass er ein narzisstischer Soziopath mit gewalttätigen Neigungen ist. Und er lügt. Und ein Tritt in den Hintern würde ihm nicht schaden.«

Nikki hob die Hände. »Siehst du? Niemand möchte glauben, dass Jugendliche so etwas tun könnten, was Penny Gray angetan wurde, aber wir beide wissen, dass sie es können und dass sie es tun. Und Michael Warner sollten wir auch noch nicht von der Liste streichen. Die Hinweise auf einen sexuellen Missbrauch sind zu deutlich. Ich hoffe, dass wir nach der Veranstaltung in der Schule heute ein paar brauchbare Informationen kriegen. Tippens Nichte hatte einen guten Draht zu den Kids. Ich hoffe, dass sie über irgendeins der sozialen Medien was hört.

Und außerdem geht mir Julia Gray nicht aus dem Kopf«, fuhr sie fort. »Was weiß sie und sagt es uns nicht oder gesteht es sich selbst nicht ein? Will sie es einfach nicht wahrhaben?«

»Sie hat ihre Tochter verloren«, sagte Kovac. »Vielleicht klammert sie sich einfach an das, was sie noch hat.«

»Selbst wenn das, was sie hat, ein Mann ist, der wahrscheinlich Sex mit ihrer Tochter hatte und sie schlimmstenfalls umgebracht hat? Das ist doch völlig irre.«

Er hob die Augenbrauen und deutete stumm auf die kleine Reihe Stiche über ihrem linken Auge an der Stelle, wo Julia Gray sie getroffen hatte.

»Na gut«, räumte sie ein. »Sie vollführt einen mentalen Drahtseilakt, sie betet, dass ihr Verlobter kein Pädophiler ist, und hofft, dass ihre Tochter von einem Serienmörder entführt wurde.«

Kovac schob seinen Teller zur Seite. »Ja. Ich nominiere sie für die Wahl zur Mutter des Jahres.«

»Wenn wir endlich das Handy oder den Computer des Mädchens in die Hände kriegen könnten, dann würden wir sicher ein paar Antworten finden«, sagte Nikki. »Kyle sagt, dass Gray mit ihrem Handy dauernd Videos aufgenommen hat. Einige davon, auf denen sie ihre Gedichte rezitiert, hat sie auf ihrem YouTube-Account gepostet, aber wir können wohl davon ausgehen, dass es noch mehr davon gibt. Es würde mich nicht wundern, wenn sie ein Videotagebuch geführt hätte.«

»Ihre Mutter hat gesagt, dass sie ihren Laptop überall mit sich rumgeschleppt hat«, sagte Kovac. »Er könnte noch in ihrem Auto liegen, wo immer das steht. Aber wahrscheinlicher ist es, dass ihn ihr Mörder mitgenommen hat. Wenn es jemand aus ihrem engeren Umfeld war, dann weiß er, dass möglicherweise Beweise darauf zu finden sind. Er muss ihn loswerden. Wenn Doc Holiday sie umgebracht hat, hebt er ihn wahrscheinlich als Souvenir auf.«

»Wir wissen, dass irgendwer immer noch ihr Handy hat«, sagte Nikki.

»Und er war in der Nähe, als er die SMS an Julia Gray geschickt hat.«

»Michael Warner und Aaron Fogelman wohnen beide im Umkreis von zwei Kilometern zum Haus der Grays. Und wir haben keine Ahnung, wo der Doc steckt. Er könnte ebenfalls ganz in der Nähe wohnen oder Julia Grays Haus beobachten.«

»Eine grässliche Vorstellung«, sagte Kovac.

Liska hob eine Augenbraue. »Können wir uns eine andere erlauben?«

KAPITEL 43

Versteh nicht dass du mich so hintergehst Britt. Tut echt weh!

Brittany las die SMS und seufzte. Inzwischen musste sie mindestens ein Dutzend davon bekommen haben. Sie hatte auf keine geantwortet.

Sie war wütend. Christina tat so, als wäre ihr ein Unrecht zugefügt worden. Für Brittanys Version der Geschichte interessierte sie sich nicht. Sie hatte nicht gefragt, warum Brittany nach der Versammlung in der Schule weggegangen war oder warum sie mit Kyle Hatcher die Straße entlanggelaufen war. Bei Christina ging es immer nur um Christina. Sie war der Mittelpunkt des Universums und alles, was passierte, passierte ihr oder ihretwegen.

Sie war so egoistisch. Selbst wenn es so aussah, als wäre sie großzügig, war sie egoistisch. Wenn Brittany jetzt darüber nachdachte, warum sie Christina anfangs gemocht hatte, sah sie alles in einem völlig anderen Licht. Was ihr als Stärke erschienen war, sah sie jetzt als Arroganz. Was ihr als Großzügigkeit erschienen war, sah sie jetzt als Manipulation. Christina tat nichts, ohne eine Gegenleistung zu erwarten. Sie war wie die Königin in einem Märchen, die vorgab, ihre Untertanen zu lieben, sich aber nur dafür interessierte, was sie ihr geben oder für sie tun konnten. Und wenn sie ihre Erwartungen nicht erfüllten, dann wurden sie dafür bestraft.

Brittany saß allein in ihrem Zimmer und wusste, dass sie in diesem Moment bestraft wurde. Sie war auf Facebook und Twitter gegangen, um zu sehen, was Christina und ihre Gefolgschaft über sie und Kyle verbreiteten. Lügen, Beschuldigungen, Beschimpfungen.

Das war die Kehrseite einer Freundschaft mit Christina.

Ihr Handy gab erneut ein *Pling* von sich.

Ich wills verstehen. Können wir uns treffen u reden?

Brittany antwortete auch darauf nicht. Christina wollte nichts verstehen. Sie wollte sie in einen Hinterhalt locken – genauso wie Gray an diesem Abend im Rock & Bowl.

Gray war vielleicht seltsam gewesen und eine Außenseiterin und schwierig, aber sie war immer ehrlich gewesen. Sie hatte die Dinge beim Namen genannt – wie Brittanys Vater gern sagte –, und deshalb hatte sie so wenig Freunde gehabt.

Genau das war der Punkt, wie Brittany jetzt klar wurde. Jetzt wo Gray tot war, kapierte sie es endlich: Gray wäre ihr eine viel bessere Freundin gewesen, als Christina es jemals hätte sein können.

Mit Kyle war es das Gleiche. Kyle hatte keinen Bock auf die bescheuerten Spielchen von Christinas Clique. Er sagte, was er meinte, und er meinte, was er sagte. Und eine Zeit lang hatte Brittany das nicht hören wollen. Seine Wahrheit hatte sie genervt und wütend gemacht. Dabei wollte er doch nur, dass sie die Dinge so sah, wie sie wirklich waren, und dass sie so gut war, wie sie sein konnte. War so jemand nicht ein besserer Freund als Christina?

Die Arme um sich geschlungen, als würde sie frieren, ging sie in ihrem hübschen gelben Zimmer auf und ab und wünschte sich, das Leben wäre nicht dermaßen kompliziert, sie fragte sich, was sie jetzt tun sollte. Etwas Mutiges, dachte sie. Etwas Positives.

Sie dachte an das Gedicht, das Sonya Porter am Vormittag in der Aula vorgelesen hatte – Grays Gedicht über Akzeptanz. Und sie dachte daran, was Sonya danach gesagt hatte, dass sie alle zornig sein sollten, weil ihnen jemand Gray und ihr Talent und alles, was sie gewesen war und jemals geworden wäre, weggenommen hatte.

Ich bin *zornig*, dachte Brittany.

Sie war zornig auf Christina, sie war zornig auf den Mörder, sie war zornig auf sich selbst. Die Frage war nur: Was fing sie mit ihrem Zorn an? Sich verkriechen und jammern und schmollen und sich wünschen, die Welt wäre anders? Oder aufstehen und die Welt verändern, indem sie so handelte, wie sie sollte?

Sie nahm ihr iPad vom Bett und blätterte durch die Fotos von dem Schreibworkshop im Sommer – sie und Kyle und Gray – und ihr wurde klar, dass Gray selbst jetzt noch Teil ihres Lebens war und es veränderte. Sogar stärker, als sie es getan hatte, als sie noch gelebt hatte. Dafür war sie ihr etwas schuldig.

Kyle und sie hatten ausgemacht, Grays Mutter zu besuchen, um ihr zu sagen, wie leid es ihnen tat. Sie wollten damit nicht bis zur Beerdigung oder bis zu einer Trauerfeier warten, wo sie sich einfach einreihen konnten unter die vielen Leute, die das sagten, nur weil es sich gehörte. Sie wollten es gemeinsam tun, nur sie beide, auch wenn es eine größere Anstrengung war und sie nicht einfach in der Menge untertauchen konnten. Sie hatten entschieden, dass sie es Gray schuldig waren, zu ihrer Mutter zu gehen und ihr zu sagen, dass sie ihre Tochter als Freundin betrachtet hatten und dass es ihnen leidtat, dass sie gestorben war.

Sie wollten es heute Abend tun – bevor sie es sich wieder ausreden konnten. Nach dem Abendessen wollten sie los. Brittany wollte wieder zurück sein, bevor ihre Mutter von ihrem Töpferkurs nach Hause kam. Kyle würde sie abholen und dann würden sie gemeinsam die paar Straßen bis zu Grays Haus zu Fuß gehen.

Ihr Handy verkündete mit einem hellen *Pling* den Eingang einer weiteren SMS. Brittany warf einen Blick darauf, in der Erwartung, Christinas Namen auf dem Display zu sehen, sie war jedoch von Kyle.

Wie geht's dir? Alles ok?

Mit dieser Frage fingen alle seine SMS-Nachrichten an sie an – mit der Frage nach ihr. Sie war ihm gegenüber so oft zickig gewesen, hatte ihm so oft gesagt, er solle sie in Ruhe lassen, aber seine erste Frage galt immer ihr.

Schade dass du nicht hier bist, tippte sie, dann zögerte sie und dachte, dass sie nicht den Mut haben würde, diese SMS abzuschicken. Sie betrachtete Grays Bild auf ihrem iPad und rief sich deren Stärke in Erinnerung. Gray hätte die SMS abgeschickt. Gray hätte gesagt: *Na, mach schon! Hau sie raus!*

Sie drückte auf Senden und in ihrem Bauch begannen Schmetterlinge zu flattern, als die Nachricht im Cyberspace verschwand.

Die Antwort folgte umgehend. *Find ich auch.*

Sie freute und schämte sich gleichzeitig. Sie war so gemein zu ihm gewesen, und er war so nett.

Kann nicht mit zu Grays Mom wg meiner Mom/Ermittlung. Sorry

Sie war enttäuscht. Sie wollte ihn treffen, wollte ohne den ganzen Stress mit der Schule und den Leuten dort mit ihm zusammen sein. Aber es war noch mehr als das, wie sie jetzt merkte, sie wollte sich hinter seiner Stärke verstecken, wenn sie Grays Mom besuchten.

Zuerst versuchte sie sich damit herauszureden, dass sie eben schüchtern war. Sie hatte Grays Mom nur zwei- oder dreimal getroffen und ihre Wahrnehmung von ihr war von dem beeinflusst gewesen, was Gray über sie gesagt hatte – dass ihre Mutter kalt war, egoistisch, eine blöde Kuh. Aber das hatte etwas mit der Beziehung zwischen Gray und ihrer

Mutter zu tun und nichts mit dem Hier und Jetzt oder damit, was Brittany tun musste, um ihre Pflicht gegenüber einer Freundin zu erfüllen.

Die Wahrheit war, dass sie nicht selbst stark sein wollte. Sie wollte, dass Kyle an ihrer Stelle stark war.

Nein.

Kein Problem, tippte sie. *Melde mich, wenn ich zurück bin.*

Du willst allein hin? Find ich nicht gut.

Ist nicht weit.

Trotzdem.

Schon ok.

Sei vorsichtig.

Mach ich. Danke.

Sie schickte die SMS ab und schob ihr Handy in die Bauchtasche ihres rosafarbenen Kapuzenpullis, auf diese Weise hatte sie das Gefühl, dass er bei ihr war. Dann nahm sie Grays Reisetasche und ging nach unten, um ihre Jacke und die neuen Ugg Boots anzuziehen, die sie zu Weihnachten bekommen hatte. Bis zu Grays Haus in der Nähe des Sees waren es zehn Minuten zu Fuß.

Es war merkwürdig, die Sachen von jemandem herumzutragen, den man nie wiedersehen würde, dachte sie, als sie die Straße entlangging. Schminkzeug, Unterwäsche, Pullover, Socken. Eine Zahnbürste, eine Haarbürste, Grays Laptop.

Am seltsamsten war die Vorstellung, dass Gray in ihrem Computer weiterlebte. Sie hatte alles darauf gespeichert. Ihr Tagebuch, ihre Gedichte. Auf iPhoto gab es Hunderte von Fotos von ihr und ihren Freunden, von all den Orten, an denen sie gewesen war, und den Leuten, die sie interessant gefunden hatte. Permanent hatte sie Fotos und Videos mit ihrem Handy gemacht. Sie hatte alles und jeden aufgenommen – Freunde, Fremde, Obdachlose, Hunde. Sie hatte ständig ihre Gedanken und Ideen aufgenommen.

In den Aufzeichnungen und Gedichten würde Gray weiterleben und ihre Geschichte erzählen.

Brittany fragte sich, ob Grays Mom ihr erlauben würde, ein paar der Sachen auf dem Computer herunterzukopieren. Sie könnte eine Art digitales Scrapbook anlegen. Jetzt, nach Grays Tod, würde sie mehr Zeit mit ihr verbringen als mit der lebenden Gray.

Mit jedem Schritt wurde sie nervöser. Es war stockfinster. Kein einziger Stern war am Himmel. Hinter den Panoramafenstern der Häuser sah sie die Bewohner in ihren warmen, gemütlichen Wohnzimmern sitzen. Sie nahmen keine Notiz von ihr. Sie war allein hier draußen in der Kälte.

Sie bewegte sich rasch von Straßenlaterne zu Straßenlaterne und ihr wurde plötzlich bewusst, dass außer ihr niemand auf der Straße unterwegs war. Die Polizei dachte, dass Gray vielleicht das Opfer eines Serienmörders geworden war. Sie stellte sich vor, dass so jemand in verrufenen Vierteln der Stadt durch dunkle Nebenstraßen schlich oder in Gewerbegebieten oder auf verlassenen Landstraßen herumfuhr – so wie man es in Filmen sah –, aber nicht in dieser gepflegten teuren Gegend. Zumindest stellte sie sich das vor, wenn sie sicher in ihrem Zimmer im Haus ihrer Eltern saß. Doch jetzt war sie allein hier auf der Straße, auf dem Weg zum Haus der Mutter eines Mädchen, das ermordet worden war.

Das Handy in ihrer Bauchtasche verkündete den Eingang einer neuen SMS. Brittany fischte es heraus. Noch eine Nachricht von Christina.

Kann dich abholen. Wir sollten reden.

Worüber sollten sie denn reden? Darüber, dass Christina sie für zu dumm hielt, um auf Twitter nachzusehen, wie sie alle über sie lästerten?

Genervt änderte sie das Signal auf Vibrieren und steckte

das Handy zurück in die Bauchtasche. Einen Moment überkam sie Panik bei dem Gedanken, dass Christina vielleicht schon in der Nähe war, weil sie damit rechnete, dass Brittany klein beigeben und sich irgendwo mit ihr treffen oder von ihr abholen lassen würde. Was, wenn Christina bei Mrs. Gray war, zusammen mit ihrem Vater?

Dr. Warner war jetzt mit Grays Mutter verlobt, etwas, das Gray überhaupt nicht gepasst hatte. Sie mochte Michael Warner nicht. Eine Zeit lang war er ihr Therapeut gewesen. Wahrscheinlich hatte sie ihm alles Mögliche erzählt, was sie ihrer Mutter nicht erzählt hätte. Dass er was mit ihrer Mutter anfing, war irgendwie ein Vertrauensbruch zwischen Arzt und Patient. Gray hatte sich mit ihrer Mutter deswegen ziemlich gestritten und die hatte sie schließlich aus dem Haus geworfen. Vielleicht hatte Gray zu ihrer Mutter dieselben heftigen Sachen über Dr. Warner gesagt, die sie an dem Abend im Rock & Bowl zu Christina gesagt hatte.

Brittany hatte Dr. Warner ein paarmal getroffen, und wenn sie ehrlich war, konnte sie ihn auch nicht leiden. Irgendwie hatte er etwas Unheimliches und Falsches an sich. Sie fand es komisch, dass er Christina dauernd anfasste, wenn sie zusammen waren – er legte ihr die Hand auf die Schulter, auf den Rücken, strich ihr übers Haar. Christina schien es nicht zu stören, aber Brittany war es unangenehm. Sie beschloss, umzukehren und wieder nach Hause zu gehen, falls mehrere Autos in der Einfahrt der Grays standen.

Sie bog in die Straße, in der Gray gewohnt hatte, und kniff die Augen zusammen, als ihr ein Wagen mit aufgeblendeten Scheinwerfen entgegenkam. Ihr Herz begann schneller zu schlagen. Der dunkle Wagen schien wie ein Panter auf Beutefang auf sie zuzuschleichen, er kam immer näher. Sie dachte an Christina und Aaron. Aarons dunklen Lexus. Sie dachte an seinen Gesichtsausdruck an diesem

Morgen, als er ihr befohlen hatte einzusteigen. Sie dachte daran, wie er sich auf Kyle gestürzt und losgeprügelt hatte, und daran, dass er Gray an diesem Abend im Rock & Bowl geschlagen hatte …

Sie dachte an Serienmörder … und Mädchen, die sich in Zombies verwandelten …

Sie war ganz allein.

Der Wagen hielt neben ihr und das Fenster auf der Beifahrerseite wurde heruntergelassen.

Brittany schlug das Herz bis zum Hals. Hätte sie doch auf Kyle gehört und wäre zu Hause geblieben!

»Entschuldigen Sie, Miss«, sagte eine Frau mittleren Alters. »Können Sie uns sagen, wie wir zum Freeway kommen?«

Vor Erleichterung gaben Brittanys Knie nach. Es kam ihr nicht einmal in den Sinn, dass diese Fremden ebenfalls gefährlich sein könnten. Die Frau war ungefähr so alt wie ihre Mutter. In Filmen und im Fernsehen waren Serienmörder immer gruselig aussehende Typen mit unheimlichen Augen, keine netten Mütter.

Sie erklärte den Weg und atmete tief durch, als das Auto weiterfuhr. Sie war wieder allein.

Am Tag zuvor hatten sie in allen Nachrichtensendungen Bilder von der Gegend hier gezeigt. Brittany hatte sich einige Berichte angesehen. Die Straßen waren mit Übertragungswagen zugeparkt gewesen. Vor dem Haus der Grays hatten Rudel von Kameraleuten und Fotografen und Reportern herumgelungert. Gray hatte zu diesem Zeitpunkt noch als vermisst gegolten. Jetzt war sie tot und die Übertragungswagen waren wieder weg. Was geschah, nachdem jemand gestorben war, interessierte niemanden außer denen, die unmittelbar etwas mit dieser Person zu tun hatten.

Alles war dunkel und verlassen hier am Ende der Straße,

hinter der ein noch dunklerer und verlassenerer Park lag. Brittany kroch ein unheimliches Kribbeln über den Nacken, als sie die Einfahrt zum Haus der Grays hinaufging. Ein Teil von ihr hoffte, dass Julia Gray nicht zu Hause war, dann hätte sie kehrtmachen und wieder heimgehen können. Sie konnte es einfach verschieben, bis Kyle mitkommen konnte. Doch dann schalt sie sich, nicht so feige zu sein. Hinter den Fenstern im Erdgeschoss brannte Licht.

Das Handy in ihrer Bauchtasche vibrierte. Sie öffnete ihre Jacke, holte es heraus und sah auf das Display. Kyle.

Schon da?

Brittany zog ihre Handschuhe aus und tippte: *Gerade angekommen. Meld mich.* Sie steckte das Handy wieder weg, drückte auf die Klingel und wartete.

KAPITEL 44

Das Mädchen sah ihn zugleich mit Angst und Verachtung an. Das musste Fitz ihr lassen, sie war zäher, als er erwartet hätte.

Viele Opfer waren für eine Überraschung gut. Diejenigen, die sich am Anfang am heftigsten wehrten, gaben am Schluss oft die jämmerlichste Figur ab, bettelten um ihr Leben, heulten Rotz und Wasser, machten sich in Todesangst in die Hose. Wogegen die Schwachen zum Teil enorme Kräfte entwickelten und sich ihm desto heftiger widersetzten, je länger er sie quälte.

Zu Letzteren gehörte Dana Nolan. Irgendwie war er stolz auf sie. Um sein Spiel auf das nächste Level zu bringen, hätte er kein besseres Opfer wählen können.

Noch einmal schlug er mit dem Hammer zu, spürte die Kraft des durch den Knebel gedämpften Schreis. Die sexuelle Erregung, die er auslöste, war berauschender als jede Droge.

Dennoch trat er einen Schritt zurück. Es war wichtig, diszipliniert zu bleiben. Wenn man der Erregung nachgab, konnte man leicht einen Fehler begehen. Die Vorsicht blieb auf der Strecke. Disziplin war der Schlüssel zum Erfolg.

Er verfolgte ein Vorhaben. Er hatte einen Plan. Daran musste er festhalten, alles andere war zu gefährlich.

Insgeheim war er sich sehr wohl bewusst, dass er schon jetzt zu hohe Risiken auf sich nahm. Hohe Risiken versprachen allerdings auch einen hohen Lohn. Erfolg in der Anonymität langweilte ihn inzwischen. Er wollte Anerkennung für seine Leistungen. Auch er war eitel, das wollte er gar nicht leugnen. Er musste nur klug genug sein, die Eitelkeit im Griff zu behalten. Dieser Drahtseilakt machte beinahe so viel Spaß wie der Rest.

Er ging zur Werkbank, wo er sein Bier stehen gelassen hatte. Er nahm einen großen, erfrischenden Schluck und warf einen Blick auf sein Handy, ob er neue Nachrichten erhalten hatte. Er lächelte, als er sie abhörte, dann drückte er die Antworten-Taste und hörte es am anderen Ende klingeln.

Warum nicht? Warum verdammt noch mal nicht?

Er nahm noch einen Schluck und kehrte zurück zum Arbeitstisch, um sein Werk zu bewundern. Sein Werk starrte ihn an.

Am anderen Ende wurde abgenommen. »Kovac.«

»Hey, Detective Sam!«, rief er. »Frank Fitzgerald hier. Sie hatten angerufen. Da passieren ja schreckliche Dinge. Ich habe schon mit einem Kollegen von Ihnen gesprochen. Detective Knutson. Netter Bursche.«

»Ja«, sagte Kovac. »Hier ist einiges los. Wir müssen noch mal mit allen sprechen, die in irgendeiner Beziehung zu den älteren Fällen stehen.«

»Ja, das hat er gesagt. Sie glauben also, dass es ein Serienmörder ist.«

»Sieht ganz danach aus. Sagen Sie mal, Sie sind nicht zufällig hier in der Gegend, Mr. Fitzgerald? Es wäre gut, wenn Sie vorbeikommen könnten, um sich ein paar Fotos von möglichen Verdächtigen anzusehen.«

»Zufällig bin ich tatsächlich gerade in der Gegend«, sagte Fitz. »Nächstes Wochenende ist ein großer Hallenflohmarkt in Minneapolis. Ich bin schon früher von Des Moines hergefahren, um ein paar Termine zu machen. Ich könnte morgen vorbeischauen. Wie sieht's vormittags bei Ihnen aus?«

»Sagen wir zehn?«

»Das passt. Dann bin ich um zehn da.«

»Danke.«

»Gerne. Ich wünsche Ihnen noch einen schönen Abend. Und grüßen Sie auch Sergeant Liska von mir.«

Mit einem breiten Grinsen legte er auf.

Er sah auf Dana Nolan hinunter. Ihre Augen waren halb geschlossen, aber sie war sicher noch bei Bewusstsein.

»Genieß es, Dana, solange du kannst«, sagte er. »Dir wird das Privileg zuteil, das Opfer eines wahren Genies zu sein.«

»Wer war das?«, fragte Tinks.

»Mein Killer hat angerufen«, sagte Kovac. »Er lässt dich schön grüßen.«

»Er kann es nicht sein«, sagte Tinks. »Wenn er es tatsächlich gewesen sein sollte, dann hat er Eier, die einen Elefanten vor Neid erblassen lassen würden.«

»Wenn er seinen Einsatz erhöhen will, dann ist das eine gute Gelegenheit«, sagte Kovac. »Er gibt zu, dass er sich in der Gegend aufhält. Er kommt her und redet mit den dummen Cops, die an dem Fall arbeiten. Sieht sich die Aufnahmen der Überwachungskamera an und sagt: *Ja, klar bin ich das, der da Donuts an der Tankstelle kauft.*«

»Dann ist er entweder ein Genie oder ein Irrer. Hoffen wir mal, dass er anfängt, größenwahnsinnig zu werden.«

»Hochmut kommt vor dem Fall«, sagte Kovac. »Und der endet direkt im Gefängnis. Hoffentlich.«

Er stand von seinem Stuhl auf und ging zur Kaffeemaschine.

»Willst du auch noch einen?«, fragte er, während er seinen Becher füllte.

Nikki sah zu ihm. »Wenn ich noch einen Schluck Kaffee trinke, dann fang ich an zu zittern, als würde ich auf einem

Presslufthammer sitzen«, sagte sie. »Nicht, dass diese Vorstellung für eine Single-Frau keinen Reiz hätte.«

Er schnaubte. »Bitte fang jetzt nicht wieder von deinem Liebesleben an.«

»Keine Sorge, ich hab nämlich keins«, sagte sie. »Selbst meine batteriebetriebenen Hilfsmittel haben mich sitzengelassen. Das Aufregendste, was ich dieser Tage beim Anblick meines Bettes denke, ist, dass ich vielleicht mal mehr als drei Stunden Schlaf kriegen könnte.«

»Da haben wir was gemeinsam.«

KAPITEL 45

Brittany überlegte, ob sie ein zweites Mal klingeln sollte. Die Reisetasche hing schwer wie Blei an ihrer Schulter. Sie könnte sie einfach vor der Tür stehen lassen. Vielleicht wollte Mrs. Gray ja niemanden sehen.

Noch während sie das dachte, drückte ihr Finger auf die Klingel.

Grays Mom öffnete die Tür und blickte sie mit roten, glasigen Augen an. Mit dem blassen, verhärmten Gesicht sah sie wie der Geist der Frau aus, an die Brittany sich erinnerte.

Brittany schluckte den Kloß in ihrem Hals hinunter. »Hallo, Mrs. Gray. Ich bin Brittany Lawler. Eine Freundin von Gray, äh, von Ihrer Tochter. Erinnern Sie sich?«

Grays Mom starrte sie einen Moment lang an, ohne etwas zu sagen. Brittany fragte sich, ob sie etwas genommen hatte, Beruhigungsmittel oder so. Verständlich wäre es ja.

»Brittany«, sagte sie schließlich. Ihr Mund verzog sich zu einem zerbrechlichen, zittrigen Lächeln. »Natürlich erinnere ich mich.«

»Ich bringe Ihnen Grays Tasche«, sagte Brittany und nahm die Reisetasche von der Schulter. »Sie hat sie bei mir liegen gelassen.«

»Ach.«

»Es sind nur ein paar Klamotten und Schminkzeug und so drin«, sagte Brittany nervös. »Und ihr Computer.«

»Ihr Computer? Ja, danke. Danke, dass du mir die Sachen bringst.«

»Ich habe mich gefragt«, sagte Brittany, »ob Sie – also ich, äh … ich wollte gerne über Gray mit Ihnen reden. Wenn es Ihnen nichts ausmacht. Ginge es vielleicht jetzt gleich?«

Julia sah sie überrascht an. »Natürlich«, sagte sie. »Ja, gerne. Komm rein. Bitte.«

Brittany war erst zwei Mal in diesem Haus gewesen. Normalerweise war Gray zu ihr gekommen. Sie hatte Brittany gesagt, dass sie es nicht mochte, wenn jemand zu ihr kam, weil sie sich in dem Haus wie in einem Gefängnis und in ihrem Zimmer wie in einer Zelle fühlte und weil sie sich und ihre Freunde nicht der schlechten Energie dort aussetzen wollte.

»Sie haben es schön hier, Mrs. Gray«, sagte Brittany und sah sich in der Diele um.

»Danke. Komm rein. Es ist so still im Haus geworden. Ich freue mich über ein bisschen Gesellschaft. Es ist nett, dass du gekommen bist.«

Sie gingen ins Wohnzimmer, in dem ein nadelnder Weihnachtsbaum stand. Im Kamin lag kalte Asche. Auf einem Tischchen stand ein altes Foto von Gray. Sie hatte darauf lange, glatte Haare und wirkte traurig und klein.

»Es tut mir sehr leid wegen Penny, Mrs. Gray«, sagte Brittany. »Das ist alles so furchtbar.«

Grays Mutter lud sie mit einer Geste ein, Platz zu nehmen. »Danke, Brittany. Das ist sehr freundlich von dir. Ich weiß, dass Penny nicht viele Freunde hatte.«

»So kann man das nicht sagen«, antwortete Brittany, wie um Gray zu verteidigen.

Julia lächelte traurig. »Außer dir hat mich noch niemand besucht.«

»Das tut mir leid. Ich glaube, die meisten wissen einfach nicht, wie sie darauf reagieren sollen, nach dem, was geschehen ist und so.«

»Du brauchst niemanden zu entschuldigen, Brittany. Penny hat es den Menschen nicht leicht gemacht, sie zu mögen. Ich weiß das wohl am besten.«

»Nein, hat sie wahrscheinlich nicht«, räumte Brittany ein. »Aber manchmal glaube ich, dass die Menschen, an die man am schwersten rankommt, auch diejenigen sind, bei denen es sich am meisten lohnt. Und zu denen hat Gray gehört, glaube ich.«

Tränen traten in Julia Grays Augen, als sie wieder versuchte zu lächeln. Sie wandte den Blick ab und nahm einen Schluck aus einem Glas. Es sah nach etwas Alkoholischem aus – eine hellbraune Flüssigkeit auf Eis in einem Glas mit dickem Boden. Es war fast leer.

»Ich kannte sie wohl nicht besonders gut«, gab sie zu. »Obwohl sie mein Kind war, aber das machte es nicht einfacher. Das machte es sogar schwerer. Verstehst du dich mit deiner Mom gut, Brittany?«

»Ja.«

»Dann habt ihr beide Glück«, sagte sie. »Das kann ich von mir und meiner Tochter nicht behaupten. Wir haben uns überhaupt nicht verstanden. Ich schätze mal, dass sie nicht viel Nettes über mich gesagt hat.«

Darauf erwiderte Brittany nichts. Sie war eine schlechte Lügnerin. Und was sollte sie auch darauf erwidern, das nicht von vornherein hohl und unglaubwürdig klang.

»Wahrscheinlich hat sie dir von dem Streit erzählt, den wir an dem Abend hatten, als sie zu dir kam«, sagte Julia Gray und hob wie zum Beweis ihre rechte Hand, die in einer Art Verband steckte, so als hätte sie sich bei dem Streit mit ihrer Tochter verletzt. Oder als hätten sie sich geprügelt.

Brittany sagte nichts. Gray hatte sich ständig mit ihrer Mutter gestritten, auch wenn sie nie etwas davon erzählt hatte, dass sie sich schlugen. Sie konnte sich nicht einmal vorstellen, in eine körperliche Auseinandersetzung mit ihrer Mutter oder sonst wem zu geraten.

»Hat sie dir davon erzählt?«, fragte Julia.

»Nicht richtig.«

»Als ich mich mit Michael verlobt habe, hat sie sich nicht gerade darüber gefreut«, sagte sie. Sie nahm noch einen Schluck. »Sie hat mir nie etwas gegönnt.«

Brittany rutschte auf dem Sessel hin und her, sie fühlte sich unwohl, sie wollte das alles eigentlich gar nicht hören. Es kam ihr komisch vor, dass eine Mutter solche Dinge über ihre Tochter sagte. Sie konnte sich nicht vorstellen, warum Gray auf ihre Mutter eifersüchtig gewesen sein sollte – besonders, was den gruseligen Michael Warner anging. Gray hatte den Mann einfach widerlich gefunden.

Julias Lippen zitterten, als sie sich erneut zu einem Lächeln zwang. »Du bist ein liebes Mädchen, Brittany. Es wundert mich, dass du mit Penny befreundet warst. Du bist so … normal. Wie seid ihr Freundinnen geworden?«

»Das war bei dem Schreibworkshop letzten Sommer.«

»Schreibst du auch?«

»Nicht so wie Gray. Sie war richtig gut. Aber das wissen Sie ja bestimmt.«

»Penny hat mir nichts von dem gezeigt, was sie geschrieben hat.«

»Ach so …« Brittany kam eine Idee und sie lächelte. »Jetzt haben Sie ja alle ihre Gedichte, und Sie können sich ihre Videos anschauen!«

»Videos?«

Brittany zog die Reisetasche zu sich, öffnete sie und holte Grays MacBook heraus.

»Da ist alles drauf«, sagte sie eifrig, als sie den Laptop aufklappte und einschaltete. »Gray hat alles aufgenommen. Sie hat mit ihrem Handy ständig Videos und Fotos gemacht. Ich hab sie immer aufgezogen deswegen, aber jetzt … Jetzt ist es wahrscheinlich gut, die ganzen Sachen zu haben.«

Der Laptop fuhr mit einem *Ta-da!* hoch und der Bildschirm füllte sich mit rosa Blumen.

»Kennst du dich denn mit ihrem Computer aus?«, fragte Julia.

»Ja. Ich hab denselben, allerdings benutze ich inzwischen fast nur noch mein iPad«, erwiderte Brittany. »Ich kann Ihnen zeigen, wie Sie sich die Sachen anschauen können. Es ist nicht schwer.«

»Ich habe leider keine Ahnung von diesen technischen Dingen.«

»Das ist ganz einfach«, sagte Brittany und gab Grays Passwort ein.

»Du kennst ihr Passwort?«

»Die Passwörter haben wir uns letzten Sommer füreinander ausgedacht.«

Und Gray hatte ihres nicht geändert, stellte Brittany fest, obwohl sie die letzten Monate nicht gerade nett zu Gray gewesen war. Sie bekam ein schlechtes Gewissen.

»Kannten es viele Leute?«, fragte Julia. »Besonders sicher kommt mir das nicht vor.«

»Ich glaub, ich war die Einzige«, erklärte Brittany und verzichtete darauf zu sagen, dass Gray sonst niemanden hatte, der sich dafür interessiert hätte, außer vielleicht einer ihrer älteren Dichterfreunde. Die kannte Brittany alle nicht.

Sie fuhr mit dem Cursor über den Bildschirm und klickte sich durch, bis sie auf der Seite war, zu der sie wollte.

»Das sind die Gedichte, die sie auf YouTube eingestellt hat«, sagte sie und scrollte durch die Liste der Videos. Wahllos klickte sie auf eines und stellte die Lautstärke höher.

Plötzlich sah Gray sie an und ihre geisterhafte Stimme drang aus den kleinen Lautsprechern.

Ich bin nicht, was du siehst
Ich bin ich
Ein Gesicht hinter einer Maske
Du glaubst, du kennst mich
Aber du kennst mich nicht
Tinte und Stahl sind meine Rüstung
Deine Prüfung
Du magst mich nicht?
Gut
Schließ die Tür, dreh den Schlüssel
Ich bin gerettet
Kein Schmerz mehr, kein Leid

Das Gedicht verriet viel über Penny. Zu spät kam Brittany der Gedanke, dass Grays Mutter diese Worte verletzen könnten, nachdem es ihr nie gelungen war, den Schutzwall, den ihre Tochter um sich errichtet hatte, zu durchbrechen – und es vielleicht auch nie richtig versucht hatte. Gray hatte gesagt, dass ihre Mutter alles hasste, womit sie ihre Individualität ausdrücken wollte – ihre Haare, ihre Piercings, ihr Tattoo, wie sie sich anzog.

Julia wischte sich mit zitternden Händen eine Träne von der Wange.

»Tut mir leid, Mrs. Gray. Ich wollte Sie nicht traurig machen«, sagte Brittany. »Ich dachte nur, Sie würden sie gerne sehen und ihre Stimme hören.«

Und sich an jeden Streit erinnern und an all die Gründe, warum sie nicht miteinander ausgekommen waren.

»Mach dir keine Gedanken, Brittany«, sagte Julia Gray. »Es ist doch nicht deine Schuld, dass meine Tochter mich nicht an ihrem Leben teilhaben ließ – gerade in der letzten Zeit. Ich weiß nicht, was sie so wütend gemacht hat, du vielleicht? Ich wünschte, ich würde es verstehen. Hat sie dir von sich erzählt? Von ihren Gefühlen, was sie dachte? Hat sie dir Geheimnisse anvertraut?«

Brittany schüttelte den Kopf. Gray war nie besonders offenherzig gewesen. Dazu war sie viel zu zurückhaltend gewesen. Am ehesten hatte sie sich in ihren Gedichten geöffnet, und selbst da hatte sie ihren Schmerz und ihre Gefühle nur verschlüsselt geäußert. Immer hatte sie in Rätseln gesprochen und Anspielungen auf Erlebnisse und Vorstellungen gemacht, die Brittany fremd waren. Sie hatte immer gedacht, es läge daran, dass Gray einfach anders war, eine Künstlerin.

Aber noch während sie darüber nachdachte, fiel ihr ein, was Gray an diesem Abend im Rock & Bowl zu Christina gesagt hatte. Christina hatte sie, Brittany, schwören lassen, es nicht weiterzusagen. Es sei nicht wahr, hatte Christina gesagt. Nur eine gemeine Lüge von Gray, weil sie sauer war und sie, Christina, mit ihren Worten verletzen wollte, ihrer einzigen Waffe. Brittany fragte sich, ob das stimmte oder ob nicht doch Gray die Wahrheit gesagt hatte.

»Brittany?«, sagte Julia Gray in fragendem Ton.

Sollte sie ihr das erzählen? Vielleicht war es ja gar nicht wahr. Julia Gray würde es bestimmt nicht hören wollen. Welchen Zweck hätte es auch, etwas zu wiederholen, was jemand im Zorn gesagt hatte und womit er jemand anderen möglichst tief hatte verletzen wollen.

Wie ein Film lief die Szene vor ihrem geistigen Auge ab: Gray mit dem Gesicht ganz dicht vor dem von Christina, ihre Miene genauso gehässig wie ihre Worte. Christinas Augen zuerst vor Schreck weit aufgerissen, dann schmal wie die einer Schlange.

Ich hab deinen tollen Vater gefickt.

Christinas Vater. Julia Grays Verlobter.

»Nein«, sagte Brittany und stand auf. Sie konnte Julia

Gray nicht ansehen. »Sie hat mir nichts erzählt. Ich sollte jetzt besser gehen«, sagte sie. »Ich muss nach Hause.«

Julia stand auf und begleitete sie zur Haustür.

»Danke noch mal, dass du gekommen bist, Brittany. Du bist ein liebes, nettes Mädchen«, sagte sie. »Ich bin froh zu wissen, dass Penny eine solche Freundin hatte.«

Sie umarmte Brittany, ganz fest, was Brittany wunderte und ein seltsames Unbehagen bei ihr hervorrief, noch bevor Julia Gray sagte: »Es tut mir leid, aber ich kann dich nicht gehen lassen.«

KAPITEL 46

»Tut mir leid, dass ich für dich keinen Kofferraum habe, aus dem du rausfallen könntest«, sagte Fitz, als er Dana Nolan auf die Ladefläche seines Lieferwagens wuchtete.

Sie hatte schließlich aufgegeben und sich in die Bewusstlosigkeit geflüchtet. Dennoch redete er weiter mit ihr. Sie war jetzt wie eine Puppe, ein Spielzeug. Sie konnte nicht mehr antworten. Sie würde nicht schreien, sich nicht bewegen, nicht reagieren, sich nicht wehren. Kaum mehr ein Mensch, eher ein unbeseeltes Objekt.

»Wobei das natürlich eine Riesenschlamperei war!«, sagte er. »Das hat mich sehr geärgert – dass sie denken, ich könnte so unvorsichtig und schlampig sein. Das ist eine Beleidigung.

Ich mach das ja nicht erst seit gestern«, erklärte er ihr. »Und mit einigem Erfolg, darf ich hinzufügen. Da gibt es nur ein Problem: Niemand weiß etwas davon. Dabei braucht auch ein Genie Anerkennung.«

Er legte eine Decke über sie, für den Fall des Falles. Es sollte sie niemand entdecken, wenn er zufällig rübersah, während sie an einer Ampel hielten. Das gehörte zu den Schlampereien, die geradewegs ins Gefängnis führten.

Der Schlüssel zum Erfolg war, bei seinem Drahtseilakt immer schön einen Schritt nach dem anderen zu machen.

Lange Zeit hatte er nur an seiner Taktik gefeilt. Heute Nacht würde er die nächste Stufe erklimmen und zum Künstler aufsteigen.

Von Euphorie erfüllt, setzte er sich hinters Lenkrad und ließ den Motor an. Heute Nacht würde er eine Premiere vor Publikum feiern, Minneapolis würde seine Bühne sein, Dana Nolan sein Meisterwerk – ein lebendes Kunstwerk.

Sie wollten ihm einen Zombie unterschieben?

Er würde ihnen einen Zombie geben.

KAPITEL 47

Brittany versuchte, sich aus den Armen von Grays Mutter zu befreien, aber die hielt sie fest umklammert und sagte immer und immer wieder: »Es tut mir leid. Ich kann dich nicht gehen lassen. Es tut mir so leid.«

»Hören Sie auf!«, rief Brittany sich windend. »Sie machen mir Angst!«

Sie versuchte noch einmal, sich zu befreien. Julia Gray packte ihre Haare mit beiden Händen, grub die Fingernägel in ihre Kopfhaut, schüttelte sie.

»Sei still! Ich kann dich nicht gehen lassen!«

»O Gott, o Gott.«

Brittany fing an zu weinen, Tränen liefen ihr über die Wangen, aber sie gab keinen Laut mehr von sich. Sie hätte schreien sollen, dachte sie, aber sie konnte nicht glauben, was da gerade passierte. Das konnte nicht sein. Sie musste sich das einbilden oder irgendwie missverstehen.

Starr vor Angst versuchte sie zu begreifen. Julia Gray wollte nicht, dass sie ging, weil sie einsam war, weil sie ihre Tochter vermisste. *Ich bin die Einzige, die gekommen ist, um ihr mein Beileid auszusprechen. Ich bin die einzige Freundin, die ihre Tochter hatte.* Sie wurde nur einfach mit dem Verlust ihres Kindes nicht fertig.

Ich bin bloß hysterisch, dachte Brittany. *Sie will mich nicht wirklich vom Gehen abhalten.*

Sie versuchte, sich zur Tür zu drehen. Julia krallte sich mit der linken Hand in ihren Haaren fest und fing an, sie mit der rechten zu schlagen, obwohl die doch verletzt war.

»Du wirst nicht gehen«, zischte sie. »Vergiss es.«

Ihr Atem roch nach Schnaps.

»Lassen Sie mich los!«, sagte Brittany. Schrie. Brüllte. »Lassen Sie mich los! Mein Gott! Hören Sie auf! Lassen Sie mich los!«

Verzweifelt wollte sie nach hinten ausweichen, verlor beinahe den Halt, rutschte über den glatten Boden. Sie trat nach ihrer Angreiferin. Schlug nach ihr. Sie kam sich vor wie eine kleine Katze, die sich gegen eine Löwin zur Wehr setzen musste.

»Hör auf, dich zu wehren!«, kreischte Julia. »Hör endlich auf, dich zu wehren!«

Brittany drehte sich und machte einen Satz zur Tür. Statt sie zurückzuhalten, gab Julia plötzlich nach, ließ sich mitreißen. Sie kamen ins Straucheln und fielen zu Boden, und Brittany krachte mit voller Wucht mit dem Hinterkopf gegen die schwere Holztür.

Schwarze Spinnweben breiteten sich über ihre Augen, dann wurde es dunkel um sie, während ihr Handy in der Bauchtasche ihres Kapuzenpullis zu vibrieren begann.

Bist du zurück?

Kyle schickte die SMS ab und wartete ungeduldig. Die Vorstellung, dass Brittany allein zum Haus der Grays und zurück ging, gefiel ihm nicht. Es war zwar nicht weit und die Gegend war eigentlich sicher, aber er fand, dass ein Mädchen um diese Zeit einfach nicht allein unterwegs sein sollte, nachdem sie in den Nachrichten dauernd von einem Serienmörder und solchen Sachen berichteten.

Wenn er bei ihr gewesen wäre, hätte er sich besser gefühlt. Selbst wenn er sie nur hin- und zurückbegleitet hätte, ohne zu Mrs. Gray reinzugehen. Daran hätte er auch früher denken können.

Er tigerte in seinem Zimmer auf und ab wie in einem Käfig, beobachtet von Georges St-Pierre auf einem lebensgroßen Poster, das an der Innenseite seiner Tür hing. St-Pierre in Boxershorts, mit nackter Brust, angespannten Muskeln, ernst dreinblickend, die Hände in die Hüften gestemmt. Auf seiner linken Brust waren mehrere japanische Zeichen eintätowiert, Statements über seinen Charakter – sie sagten, dass er eine gute und eine finstere Seite hatte, aber dass Respekt das Wichtigste überhaupt war. Respekt sich selbst gegenüber. Respekt anderen gegenüber.

Sein Held wäre sicher nicht einverstanden mit seinem Verhalten. GSP hätte eine Frau nicht allein durch die Nacht laufen lassen. Auch Ultor, Kyles selbsterschaffener Held, hätte niemals seine Pflicht, andere zu beschützen, vernachlässigt. Was hatte er sich nur dabei gedacht, als er Brittany allein hatte losziehen lassen?

Gray war tot. Ermordet.

Seine Mutter und Sam redeten unten in der Küche über einen Serienmörder.

Kyle dachte zurück an die Szene heute Morgen – der fiese Ausdruck auf Christinas Gesicht, als sie Brittany vom Beifahrersitz von Aaron Fogelmans Auto aus angefunkelt hatte, Fogelmans Zorn, als er mit erhobenen Fäusten auf ihn losgegangen war, um ihn zusammenzuschlagen. Christina war sauer auf Britt. Was, wenn sie und ihr Lakai beschlossen hatten, ihr etwas anzutun? Er sah immer noch das Bild vor sich, wie Christina an dem Abend im Rock & Bowl Gray attackiert hatte.

Seine Finger zitterten, als er eine weitere SMS tippte.

Wo bist du? Antworte!

Aber sie antwortete nicht.

Vielleicht sprach sie noch mit Grays Mom, überlegte er. Kyle hätte nicht viel mehr zu sagen gewusst als *Tut mir leid,* aber er war ja auch ein Mann. Frauen quatschten und quatschten und quatschten.

Er ging zum Fenster und sah hinaus in die Dunkelheit, aber das war nur sein eigenes schwarzes Spiegelbild, das zurückstarrte.

Alles ok? Er schickte die SMS ab, nahm seine Wanderung wieder auf.

Er starrte auf das Handy, bis seine Augen brannten.

Es kam keine Antwort.

Sie wusste nicht, wie lange sie bewusstlos dagelegen hatte. Sekunden? Minuten? Oder länger? Sie hatte das Gefühl dahinzutreiben. Vielleicht war sie ja auch tot. Nein. Eine Hand hatte sich fest um ihr Handgelenk geschlossen. Ihr Arm ragte in die Luft. Sie wurde über den Boden gezogen, durch die Diele.

Als wäre ein Damm gebrochen, schoss das Adrenalin durch ihre Adern. Im nächsten Augenblick fing sie wieder an zu kämpfen, schlug um sich, wand sich. Sie befreite ihren Arm aus Julia Grays Griff und versuchte hochzukommen.

Julia stürzte sich auf sie, packte ihren Kopf, schlug ihn gegen den Boden, immer und immer wieder und kreischte: »Hör auf! Hör auf! Hör auf!«

Jedes Mal wenn Brittanys Schädel auf den Boden knallte, explodierten vor ihren Augen schwarze Flecken. Wenn sie es nicht schaffte, sich zu befreien, würde sie wieder das Bewusstsein verlieren. Sie sammelte ihre ganze Kraft, um sich herumzurollen und die Frau von sich wegzustoßen. Sie rappelte sich hoch und versuchte wegzulaufen.

Sie rannte in die falsche Richtung, rannte zur Küche, weg von der Haustür.

Julia hechtete hinter ihr her wie ein Tier, das seiner Beute nachsetzte, warf sich auf sie, stieß sie zu Boden, und ihr blieb die Luft weg. Brittanys Kinn schlug hart auf dem Boden auf und, begleitet von einem furchtbaren Schmerz, zersplitterte etwas in ihrem Kiefer und in ihrem Mund, sie spürte, wie Zähne brachen. Der scharfe metallische Geschmack von Blut breitete sich in ihrem Mund aus.

Sie konnte sich nicht mehr bewegen. Nicht mehr kämpfen. Sie holte Luft und verschluckte sich an ihrem eigenen Blut, während Julia Gray auf sie eintrat, wieder und wieder zuschlug.

Unter ihr, in der Tasche ihres Kapuzenpullis, vibrierte das Handy, zeigte den Eingang einer weiteren SMS an. Sie konnte nicht antworten. Sie stellte sich vor, wie der Absender in diesem Moment, in dem sie umgebracht wurde, auf ihre Antwort wartete.

KAPITEL 48

Sie saßen schon so lange am Küchentisch und gingen Notizen und Berichte und Vernehmungsprotokolle durch, dass ihnen der Hintern wehtat und die Buchstaben vor ihren Augen zu tanzen anfingen.

Nikki hatte Penny Grays Verbindungsdaten vor sich und sah die Liste nach Anrufen und SMS-Nachrichten durch, die in der Nacht ihres Verschwindens und am folgenden Tag rausgegangen waren.

»Das versteh ich nicht«, sagte sie. »Sie verschwindet in der Nacht vor Silvester. Ab da gehen keine Anrufe oder SMS-Nachrichten mehr raus, bis auf die an die Mutter. Ich weiß ja nicht, wie das bei den anderen Kids ist, aber Kyle hat ihr bis zu dem Moment, als wir ihre Leiche identifiziert haben, eine ganze Reihe SMS geschickt, ohne eine Antwort von ihr zu bekommen. Er hat seit dem Moment, als sie das Rock & Bowl verließ, nichts mehr von ihr gehört.«

»Ich glaube, sie ist in dieser Nacht gestorben«, sagte Kovac. »Oder sie war zumindest handlungsunfähig.«

»Wenn ihr Mörder ihr Handy hatte, warum beantwortet er dann die SMS von ihrer Mutter und sonst keine? Wenn er aus welchem Grund auch immer mit den Leuten spielen wollte, die ihr nahestanden, oder wenn es so aussehen sollte, als wäre sie noch am Leben, warum antwortet er dann nicht auf eine SMS von einem Freund? Es macht ja schließlich keine große Mühe, zu schreiben: *Ok. Jetzt nicht. Lass mich in Ruhe.* Irgendwas in der Art. Warum antwortet er nur der Mutter?«

Kovac nahm seine Lesebrille ab und putzte sie mit einem Zipfel seines zerknitterten Hemds. »Keine Ahnung.«

Nikki blätterte durch die Unterlagen. Die Grays hatten einen Familientarif für ihre Handys. Die Listen, die sie vom Anbieter erhalten hatten, umfassten die Handys von Mutter und Tochter Gray. Nikki schlug die Seite auf, auf der die Verbindungsdaten für Julia Grays Handy verzeichnet waren.

Sie erinnerte sich, dass Sam zufolge Julia Gray ihr Handy am Morgen der Pressekonferenz im Auto gelassen hatte, als sie sich zusammen mit Captain Kasselmann an die Öffentlichkeit wandte. Es war ihr merkwürdig vorgekommen, dass eine Mutter, deren Kind vermisst wurde, ihr Handy vergaß. Später war dann so viel passiert, sie hatten in so viele Richtungen ermittelt, dass sie nicht mehr daran gedacht hatte. Bei einem solchen Fall verlor man schnell den Überblick. Zu viele Details, zu viele Leute, zu viele Möglichkeiten, zu vieles, das ihre Aufmerksamkeit beanspruchte. Da passierte es leicht, dass einem etwas durchrutschte.

Sie seufzte und drehte den Kopf hin und her, ihr Nacken war total verspannt. Dann sah sie die Liste mit Julia Grays Verbindungsdaten durch, die Daten und Uhrzeiten und Nummern von Anrufen und SMS-Nachrichten, und ein ungutes Gefühl machte sich in ihr breit, befördert durch den öligen Kaffee, den sie literweise getrunken hatte.

»Was ist?«, fragte Kovac.

Er spürte, dass ihr etwas durch den Kopf ging. Sie hatte sich nicht gerührt, kein Wort gesagt. Er spürte es einfach. Sie waren schon lange genug Partner.

»Kyle hat Penny nach ihrem Verschwinden ständig SMS-Nachrichten geschickt«, sagte sie. Sie sah ihren Partner an, sah ihr ungutes Gefühl in seinem Gesicht gespiegelt. »Warum hat ihre Mutter das nicht getan?«

Die Frage hing in der Luft und erzeugte eine Spannung, in der etwas so Finsteres lag, dass es ihnen einen kalten Schauer über den Rücken jagte.

»Sie hat sie überhaupt nicht gesucht, Sam«, sagte sie und sah wieder auf die Listen. »Selbst als sie wusste, dass Penny verschwunden ist, hat Julia Gray nicht nach ihrer Tochter gesucht.«

»Das Handy des Mädchens war irgendwann ausgeschaltet worden oder der Akku war leer«, sagte Kovac.

»Aber das ihrer Mutter funktionierte noch.«

Nikki dachte an die Gespräche, die sie mit Julia geführt hatte. Sie sah ihr Gesicht vor sich, hörte ihre Stimme. Sie dachte an die merkwürdige Mischung aus schlechtem Gewissen, Schuldzuweisung und Egozentrik, die sie gesehen und gehört hatte. Sie erinnerte sich an den Moment, als Julia Gray mit aller Kraft mit der Hand auf sie eingeschlagen hatte, die aus irgendeinem Grund verletzt war. Sie dachte daran, wie sie selbst Aaron Fogelman beschrieben hatte: narzisstisch mit gewalttätigen Neigungen. Dasselbe könnte man von Penny Grays Mutter behaupten.

»Irgendetwas muss den Konflikt zwischen den beiden ausgelöst haben«, sagte sie. »Sie waren vorher miteinander ausgekommen, wenn auch mehr schlecht als recht. Aber dann muss sich etwas geändert haben.«

»Die Verlobung«, sagte Kovac.

»Gehen wir mal davon aus, dass Penny tatsächlich missbraucht oder sexuell belästigt worden war«, sagte Nikki. »Ihre Mutter verlobt sich mit dem Mann, der sie belästigt hat. Das ist der schlimmste Verrat an der Tochter.«

»Es kommt zum Streit«, fuhr Sam fort. »Und der artet aus.«

»Wenn es stimmt, was wir glauben, dann hätte Penny Michael Warner ruinieren können.«

»Warner gefällt mir von den beiden als Verdächtiger besser. Ernsthaft, Tinks. Du bist Mutter. Glaubst du, dass eine Mutter so etwas ihrem eigenen Kind antun könnte?«

Nikki schloss die Augen. Sie hatte Kopfschmerzen. »Ich weiß es nicht. Ich will das nicht mal denken, aber natürlich kann man den Kopf verlieren. Ihre Tochter war ihr eine Last, ein Stachel in ihrem Fleisch. Auf sie wartet das Eheglück mit einem angesehenen Arzt, und das kann diese Tochter mit einem Schlag zunichtemachen.«

»Größer könnte die Niederlage nicht sein«, sagte Kovac. »Vielleicht hat sie deshalb nicht versucht, ihre Tochter zu erreichen, weil sie gar nicht wollte, dass sie zurückkommt. Möglicherweise hat sie sie gehasst und wollte sie loswerden – nur warum wollte sie dann nicht von dir hören, dass ihre Tochter tot ist?«

»Sie war sauer«, sagte Nikki. »Vielleicht wollte sie es ja nicht hören, weil die Leiche nie gefunden werden sollte. Wer weiß, wo Penny Grays Leiche in dieser Nacht gelandet wäre, wenn das Straßenbauamt die Straße ausgebessert hätte. Vielleicht war Julia Gray nur ein Schlagloch weit entfernt davon, das perfekte Verbrechen zu begehen?«

»Mom, darf ich raus?«

Nikki sah verwirrt auf, als Kyle in die Küche kam, für einen Moment wusste sie nicht, wo sie war. Er hatte seine Jacke an und setzte gerade seine Pudelmütze auf.

»Nein«, sagte sie. »Natürlich nicht. Es ist spät.«

Er warf ihr den fassungslosen Blick zu, den Teenager perfekt beherrschten. »Mensch, Mom …«

»Wo willst du denn unbedingt noch hin?«

Er lief rot an. Er war versucht, seinen Blick abzuwenden, tat es aber nicht. »Brittany antwortet nicht. Ich hab sie schon eine Million Mal angesimst. Aber sie antwortet einfach nicht. Ich mach mir Sorgen um sie.«

»Und deswegen willst du zu ihr?«, sagte Nikki. »So etwas nennt man Stalking. Nein. Kommt nicht infrage.«

»Du hast doch keine Ahnung!«, sagte er. »Sie hat gesagt, dass sie mir eine SMS schickt, und jetzt antwortet sie nicht einmal!«

»Kyle …«

»Sie hat gesagt, dass sie mir eine SMS schickt, sobald sie zurück ist, und sie sollte schon längst zurück sein. Aber sie hat mir keine SMS geschickt und antwortet immer noch nicht. Ich hab sogar angerufen«, sagte er, als würde das den Grad seiner Verzweiflung beweisen. »Sie ist allein unterwegs und da draußen läuft ein Serienmörder frei rum! Sie hätte nicht allein dorthin gehen sollen. Ich hätte sie begleiten sollen.«

»Wohin denn?«

»Zu Grays Mom.«

KAPITEL 49

»Wir können sie nicht gehen lassen, Michael!«

»Mein Gott, Julia. Was hast du getan?«

»Sie hatte Pennys Computer. Sie waren befreundet. Sie weiß alles!«

Die Stimmen ließen Brittanys Bewusstsein zurück an die Oberfläche treiben wie ein Blatt aus den Tiefen eines schwarzen Sees. Der Schmerz in ihrem Gesicht und Kopf löschte jede andere Empfindung aus. Blut hatte sich in ihrem Mund gesammelt. Sie spürte mit der Zunge die schartigen Kanten abgebrochener Zähne. Sie wollte schreien, aber sie konnte sich nicht bewegen, konnte den Mund nicht öffnen, keinen Laut hervorpressen.

»Mein Gott.« Die Stimme des Mannes klang angespannt und verängstigt. »Was sollen wir jetzt machen? Wie konntest du das nur tun, Julia!«

»Es blieb mir nichts anderes übrig. Begreifst du das denn nicht? Wenn Penny es ihr gesagt hat. Wenn es irgendwo in ihrem Computer steht … Ich musste, Michael. Um uns zu retten.«

»Uns«, sagte der Mann ungläubig. »Mein Gott.«

»Du musst mir helfen«, jammerte sie. Sie klang fast wie ein kleines Kind.

»Das können wir nicht tun, Julia«, sagte er. »Ich habe dir bei Penny geholfen. Das musste ich. Ich weiß, dass du es nicht wolltest. Das war – das war – eine Tragödie. Sie war deine Tochter. Sie hat es provoziert. Du hast die Nerven verloren. Das verstehe ich ja. Auch den Grund. Aber das? Das wäre Mord.«

»Das ist deine Schuld!«, sagte Julia bitter. »Das ist alles deine Schuld! Du hast mit meiner Tochter geschlafen!«

»Ein Mal! Es ist ein einziges Mal passiert!«, sagte er. »Ich habe einen Fehler gemacht. Ich habe ihr gesagt, dass das nie wieder passieren dürfte.«

»Sie hätte dich ruiniert! Sie hätte *uns* ruiniert! Hast du wirklich geglaubt, du könntest dir ihr Schweigen mit einem Auto erkaufen? Unser ganzes Leben lang hätte sie uns damit erpresst!«

Brittany versuchte, sich zu bewegen – nur ihre Finger, ihre Zehen. Sie lag auf dem Boden. Sie öffnete die Augen einen winzigen Spalt. Sie sah Fliesen, ein Stück Teppich, die Spitze eines Schuhs.

Als sie ihren Körper langsam wieder zu spüren begann, merkte sie, dass sie auf etwas lag, etwas, das gegen ihren Bauch drückte. Es vibrierte. Ihr Handy.

Ihr einer Arm war ausgestreckt, der andere lag halb unter ihr. Wenn sie das Handy erreichen könnte …

»Penny war ein Unfall«, sagte Michael Warner. »Du hast im Affekt gehandelt. Das hier wäre Mord, Julia! Ich kann dir doch nicht dabei helfen, ein unschuldiges Mädchen umzubringen!«

»Was sollen wir denn tun, Michael? Sie wird uns alles kaputtmachen! Wir können sie nicht gehen lassen!«

Langes Schweigen. Er bewegte sich, trat von ihr weg. Brittany hörte, wie er auf und ab ging.

Sie versuchte, ihren Bauch ein kleines Stück vom Boden zu heben, ihre Hand in die Tasche ihres Kapuzenpullis zu schieben.

»Wenn wir sie zu meinem Haus am See bringen«, sagte Dr. Warner leise. »Wir können sie in Pennys Auto legen …

und das Auto im See versenken. Mein Gott, wie kann ich so etwas auch nur sagen! Das ist völlig verrückt!«

»Wir haben keine andere Wahl!«, jammerte Julia.

»Nein«, sagte er leise, »vermutlich nicht. Gott steh uns bei.«

KAPITEL 50

»Wir wollten zusammen hingehen«, sagte Kyle. »Um Mrs. Gray zu sagen, wie leid es uns tut und wie schlimm wir finden, was Gray passiert ist. Dann hast du mich gebeten, es nicht zu tun«, sagte er und sah seine Mutter an. »Aber ich hätte trotzdem mit ihr gehen sollen. Sie hatte Sachen, die Gray bei ihr gelassen hat. Sie wollte sie zurückbringen. Klamotten und anderes Zeug.«

»Was für Zeug?«, fragte Sam Kovac.

Kyle zuckte mit den Achseln. »Weiß nicht. Schminksachen. Ihren Laptop, so was halt.«

Kovac fluchte leise und rieb sich übers Gesicht. »Brittany hatte die ganze Zeit über Grays Computer?«

»Glaub schon.«

Kovac sah zu Liska. »Brittany hat uns an dem ersten Abend, als wir mit ihr gesprochen haben, gesagt, dass Gray ein paar Tage bei ihr war und dann weg ist. Wir sind davon ausgegangen, dass sie ihre Sachen mitgenommen hat. Ihre Mutter hat gesagt, dass sie ihren Computer immer bei sich gehabt hat. Warum sollte sie also ihre Sachen nicht mitgenommen haben, als sie von Brittany weg ist? Wir sind einfach davon ausgegangen, dass sie ihren Laptop dabeihatte, dass er im Auto lag oder dass ihr Mörder ihn mitgenommen hat. Wer denkt denn, dass …«

»Das ist doch jetzt egal«, sagte Nikki.

Sie tippte eine Nummer in ihr Handy. Ihre Hände zitterten. Kyle wurde angesichts ihres Ernstes immer nervöser.

Sie hielt das Handy ans Ohr und sah zu Sam, um seinem Blick auszuweichen.

»Sie geht nicht ran«, sagte sie.

Kovac stand auf.

»Was ist denn los?«, fragte Kyle. »Wer geht nicht ran? Britt?«

»Sam und ich fahren zu Julia Gray und bringen Brittany nach Hause.«

»Ich komme mit«, sagte Kyle.

»Nein. Du bleibst hier bei R. J.«

»Der kann doch zu Marysue. Ich will mit …«

»Ich habe Nein gesagt«, sagte seine Mutter in einem Ton, der jede Widerrede ausschloss.

Kyle folgte ihnen zur Haustür. Sam schlüpfte in seine Jacke.

»Aber, Mom …«

»Du bleibst bei deinem Bruder«, sagte sie und nahm ihren Parka aus dem Flurschrank. »Ich melde mich.«

KAPITEL 51

Sie hätte längst tot sein müssen. Nach allem, was er ihr angetan hatte, hätte sie schon vor Stunden sterben müssen. Er hatte Dinge mit ihr gemacht, die sie sich niemals hätte vorstellen können, von denen sie nicht hätte wissen wollen, dass ein Mensch sie einem anderen antun könnte. Sie hatte versucht, dem überwältigenden Drang zu widerstehen, sich innerlich brechen zu lassen, und erfahren, dass Widerstand mit noch mehr Schmerzen belohnt wurde. Der Schmerz hatte ihre schlimmsten Alpträume übertroffen. Er verweigerte sich jeder Beschreibung und hatte sie in eine Sphäre blendend weißen Lichts und schriller Töne geführt. Sie hatte aufgehört zu kämpfen und gemerkt, wenn sie so tat, als würde sie ihr Leben aufgeben, konnte sie es behalten.

Da wo Leben ist, ist auch Hoffnung.

Sie wusste nicht mehr, wo sie das gehört hatte. Irgendwann, vor langer Zeit. In ihrer Kindheit.

Da wo Leben ist, ist auch Hoffnung.

Diese Worte waren ihr immer wieder durch den Kopf gegangen. Auch jetzt gingen sie ihr durch den Kopf, als sie auf dem Boden des Lieferwagens lag.

Da wo Leben ist, ist auch Hoffnung.

Sie war lebendiger, als er ahnte. Mit der Aufgabe ihres Widerstands hatte sie sich etwas von ihrer Kraft bewahrt. Sie hatte ihn dazu gebracht aufzuhören, kurz bevor sie völlig handlungsunfähig wurde. So konnte sie sich noch bewegen. Konnte noch denken.

Der kalte Boden, auf dem sie lag, betäubte den Schmerz. Die Decke, die er über sie geworfen hatte, schützte sie, machte sie unsichtbar. Ihre Handgelenke waren nur lose mit einem roten Band gefesselt, die Ellbogen gebeugt, die Hände unter ihrem Kinn zusammengelegt wie zum Gebet.

Gebet. Sie hatte gebetet und gebetet und gebetet.

Niemand war gekommen und hatte sie gerettet. Und doch lebte sie, obwohl sie tot hätte sein sollen.

Er saß auf dem Fahrersitz und sang aus vollem Hals, stolz, in Hochstimmung.

Sie war sein Meisterwerk.

Sie lebte.

Sie bewegte ihre Hände und spürte, wie sich das Band lockerte.

Da wo Leben ist, ist auch Hoffnung. Da wo Leben ist, ist auch Hoffnung …

Der Lieferwagen fuhr über ein Schlagloch, warf sie von einer Seite zur anderen, rüttelte an ihrer Welt. In der offenen Tasche neben ihr klapperten die Werkzeuge, die er mitgenommen hatte, und fielen heraus.

Da wo Leben ist, ist auch Hoffnung …

Fitz war euphorisch. Er fühlte sich wie auf Drogen. Er ärgerte sich nicht einmal über die mit Schlaglöchern übersäte Straße, die einen Achsbruch befürchten ließ, bevor sie ihr Ziel erreichten. Egal. Nichts konnte seine gute Laune trüben. Er drehte das Radio auf und grölte mit.

Er hatte die perfekte Stelle ausgesucht, die perfekte Bühne für seine Show. Er war einfach ein Genie. Jeder Nachrichtensender im Land würde Berichterstatter nach Minneapolis schicken. Die NBC würde eine Sondersendung über ihn bringen.

Für die Inszenierung des Tableaus, das sein Meisterwerk

werden sollte, hatte er den Skulpturengarten im Loring Park ausgewählt. Er würde es inmitten der riesengroßen, ziemlich seltsamen Kunstwerke präsentieren, verziert mit einer schönen Schleife.

Er lächelte versonnen und blickte in den Rückspiegel, um zu sehen, was sie machte.

Sein Lächeln erstarb.

Er sah in die Augen eines Zombies.

KAPITEL 52

Michael Warner hob Brittany vom Boden auf, als wäre sie ein aufgerollter Teppich oder schon tot. Besser, er glaubte das, denn wenn er sie für tot hielt, würde er sie nicht erst töten müssen.

Der Schmerz explodierte in ihrem Kopf. Jeder Muskel ihres Körpers verkrampfte sich. Sie presste die Hand gegen den Bauch, um das Handy festzuhalten. Wenn es nicht kaputt war, wenn sie darauf aufpasste, dann konnte sie aus dem Kofferraum des Autos die Polizei anrufen.

Noch nie in ihrem Leben hatte sie so viel Angst gehabt. Sie hatte keine Ahnung gehabt, was Angst mit einem anstellte. Sie zitterte am ganzen Leib. Sie hatte sich in die Hose gemacht. Sie musste ständig würgen. In ihrem Kopf drehte sich alles.

Michael Warner fluchte. Julia sagte schon wieder, er solle sich beeilen. Es könnte jemand wissen, dass das Mädchen zu ihr wollte, sagte sie. Jemand könnte kommen und sie suchen. Sie müssten sich beeilen. Sie müssten sie schnell loswerden. Sie würden sagen, dass sie ausgegangen waren, dass sie nie bei ihnen gewesen war. Dass sie auf der Straße entführt worden sein musste.

Warner machte eine halbe Drehung und Brittanys Füße krachten gegen den Türrahmen, als er sie in die Garage trug. Julia Gray stand neben dem Auto. *Beeil dich doch, mach schon!* Er warf Brittany wie einen Sack Müll in den Kofferraum, breitete eine Decke über sie und schlug den Kofferraumdeckel zu.

Sie würden sie umbringen. Diese Leute, die völlig normal wirkten. Eltern von Kindern, mit denen sie in die Schule ging. Michael Warner war Arzt. Brittany war zu Julia Gray gegangen, um ihr ihr Beileid auszusprechen. Das war alles so verrückt, eigentlich konnte das gar nicht wirklich passieren. Es musste ein Traum sein, ein Alptraum. Und doch war es allzu real.

Ihr Herz raste. Ihre Augen schwammen in Tränen, sie konnte kaum das aufleuchtende Display ihres Handys erkennen. Ihre Hände zitterten so sehr, dass sie das Handy fast nicht halten konnte. Die Finger an ihrer Linken waren gebrochen und unbrauchbar, nur ihr Daumen funktionierte. Immer wieder versuchte sie, die richtigen Zahlen zu treffen. Neun, eins, eins. Das war alles, aber selbst das schaffte sie nicht.

Das Auto schaukelte kurz, als jemand einstieg, dann wurde der Motor angelassen.

Sie würden sie an irgendeinen See bringen, sie in Grays Auto verfrachten und das Auto im See versenken.

Brittany schaffte es, das Telefonsymbol zu drücken. Die Kontakte erschienen. Die Buchstaben waren verschwommen. Sie versuchte, einen Namen zu treffen. Wer immer sich meldete, konnte die Polizei anrufen. Wenn sie sprechen konnte. Wenn man sie verstehen konnte. Sie tippte auf den Touchscreen, noch einmal und noch einmal, aber es geschah nichts.

Eine neue Welle der Übelkeit stieg in ihr auf und sie musste den Kopf drehen und sich übergeben. Der Schmerz in ihrem gebrochenen Kiefer fühlte sich an, als würde jemand mit einem Hammer darauf einschlagen. Sie schluchzte und würgte und schluckte Blut und Kotze. Ihre Rippen taten furchtbar weh von den Tritten und sie bekam kaum Luft. Der Übelkeit folgte Panik, gegen die sie genauso machtlos war. Ihre Hände zitterten so sehr, dass sie Angst hatte, sie würde das Handy fallen lassen und nicht mehr finden. Mit aller Kraft hielt sie es fest.

Sie war zu jung, um zu sterben.

Noch einmal berührte sie den Touchscreen und eine andere Liste erschien. Sie konnte sie nicht genau erkennen.

Ihre Finger fuhren über das Glas.

Bitte, Gott, bitte, bitte, lieber Gott!

Sie hörte, wie das Garagentor aufging. Das Auto machte einen Satz rückwärts.

Am anderen Ende ihrer Verzweiflung hörte sie ein Telefon klingeln.

Bitte geh ran, bitte geh ran, irgendjemand, bitte.

Eine vertraute Stimme erklang.

»Britt! Wo bist du?«

Kyle.

Sie brachte nur zwei Worte heraus.

»Hilf mir.«

KAPITEL 53

Kyles Textnachricht sprang Nikki von ihrem Handy förmlich entgegen: *MOM BEEIL DICH!!!*

Kovac saß am Steuer. Mit durchgedrücktem Gaspedal schlitterte er um Kurven und fuhr über rote Ampeln. Sie saßen in seinem Privatauto. Sie hatten kein Blaulicht. Sie hatten keine Sirene. Sie hatten kein Funkgerät.

Nikki stützte sich mit der Hand am Armaturenbrett ab, während sie durch die Straßen rasten, und forderte mit ihrem Handy Verstärkung an. Dieses eine Mal beklagte sie sich nicht über Kovac' Fahrstil. Sie trieb ihn sogar noch an.

In Luftlinie war es nicht weit zu Julia Grays Haus. Dorthin zu fahren, war etwas anderes. Einbahnstraßen, Ampeln, Fußgänger, Idioten, die ihre Autos in zweiter Reihe parkten. Zu Fuß wären sie schneller gewesen. Ein Kind war in Gefahr!

»Wenn sie dem Mädchen was getan hat, erschieß ich sie!«, sagte sie.

»Und ich sorge dafür, dass die Leiche verschwindet«, brummte Kovac, während er das Lenkrad nach links riss und in Julia Grays Straße einbog.

Er fuhr viel zu schnell. Das Auto geriet auf der holprigen vereisten Fahrbahn ins Schleudern und der hintere Kotflügel krachte gegen den Radkasten eines BMW-SUV, der am Straßenrand parkte. Es fühlte sich an, als hätten sie einen Panzer gerammt.

»Scheiße!«, brüllte Kovac, als sie abrupt stehen blieben.

Vom anderen Ende der Straße kamen Scheinwerfer auf sie zu.

Er drückte aufs Gas, bewirkte damit aber nur, dass die Räder durchdrehten und sich die beiden Autos noch stärker ineinander verkeilten.

Nikki sprang aus dem Auto, zog ihre Waffe und baute sich in der Straßenmitte auf.

Kovac stellte sich mit gezogener Waffe neben sie.

Beide brüllten, so laut sie konnten.

»Polizei! Polizei! Bleiben Sie stehen!«

Das Auto kam näher.

Noch nie in seinem Leben war Kyle so schnell gelaufen.

Er nahm die Straße, wenn es ging, umrundete Schneewehen, rannte durch Gärten, wenn er musste, sprang über Zäune, wenn ihm nichts anderes übrig blieb.

Die eisige Luft brannte ihm in Hals und Lunge. Er fror und schwitzte gleichzeitig. Seine Beine fühlten sich inzwischen bleischwer an, aber er rannte weiter. Er rannte weiter und dachte dabei immerzu an Brittany.

Er würde es sich nie verzeihen, wenn ihr etwas passierte. Er hätte sie nicht allein zum Haus der Grays gehen lassen dürfen. Er hatte keine Ahnung, was dort mit ihr geschehen war. Sie hatte am Telefon nur *Hilf mir* sagen können und selbst das war kaum zu verstehen gewesen. Wenn nicht ihr Name auf dem Display erschienen wäre, hätte er nicht gewusst, wer da anrief.

Was war mit ihr passiert? Was passierte mit ihr in diesem Moment? Er wusste nicht einmal, wo sie in diesem Moment war. Er wusste nur, wo sie gewesen war. Wenn jemand sie entführt hatte, konnte sie überall sein. Vor seinem inneren Auge sah er, wie dieser Serienmörder namens Doc Holiday sie sich von der Straße wegschnappte.

Es wäre total verrückt, wenn sie von demselben Irren entführt werden würde, der schon Gray umgebracht hatte und hinter dem seine Mutter her war. Und Brittany wäre in seiner Hand, weil Kyle sie nicht zu Grays Mutter begleitet hatte.

Es war nicht weit zum Haus der Grays. Zwei Kilometer vielleicht. Das waren die längsten zwei Kilometer, die er je gelaufen war. Wenn er zu spät kam, würde er sich das nie verzeihen.

In letzter Sekunde riss der Fahrer das Lenkrad herum, versuchte, zwischen ihnen und den ineinandergeschobenen Autos am Straßenrand vorbeizukommen. Der Lexus schlitterte über die vereisten Spurrinnen, die die vielen Übertragungswagen am Tag zuvor in den Schnee gegraben hatten.

Metall schrappte über Metall, als Julia Grays Auto in das Heck des BMW rutschte.

Autoalarmanlagen gingen kreischend los. Eine Hupe plärrte. Nikki näherte sich dem Auto der Grays mit vorgehaltener Waffe.

Die Beifahrertür ging auf und Julia Gray kletterte heraus, sie sah benommen aus.

Nikki brüllte sie an: »Hände hoch! Nehmen Sie Ihre verdammten Hände hoch!«

Die Frau sah sie mit weit aufgerissenen, leeren Augen an. »Was ist denn los?«

»Ich sag Ihnen, was los ist«, bellte Nikki. Sie packte Julia an der Schulter, drehte sie herum und presste sie gegen den Lexus. »Sie sind festgenommen. Wo ist das Mädchen? Wo ist Brittany? Sagen Sie schon!«

»Ich weiß nicht! Ich weiß nicht, wovon Sie reden!«, jammerte Julia Gray.

Michael Warner schluchzte, als Kovac ihn vom Fahrersitz

zog. »Sie ist im Kofferraum! Mein Gott! Es tut mir so leid! Es tut mir so leid!«

»Nicht so leid, wie es Ihnen leidtäte, wenn ich dürfte, wie ich wollte«, sagte Kovac. Er zerrte den Arzt am Mantelkragen von dem Auto weg. »Los, auf den Boden!«

Mit heulenden Sirenen näherten sich Streifenwagen.

Ein Mann kam aus einem der Häuser gelaufen und rief: »Ich bin Arzt! Ist jemand verletzt?«

Nikki hatte Julia Gray an den blonden Haaren gepackt. Sie beugte sich vor und flüsterte ihr ins Ohr: »Wenn das Mädchen tot ist, werde ich höchstpersönlich dafür sorgen, dass Sie zur Hölle fahren.«

Es sah aus wie eine Szene aus einem der *Stirb-langsam*-Filme, dachte Kyle, als er um die Ecke gerannt kam – ein Chaos aus Blaulichtern, Streifenpolizisten, Sirenen und Stimmen, kreuz und quer auf der Straße stehende Autos. Ineinander verkeilte Autos, ein Notarztwagen.

»Britt!«, rief er mit schreckgeweiteten Augen. »Brittany!«

Ein Streifenpolizist versuchte ihn davon abzuhalten, mitten hinein in das Chaos zu laufen. Kyle tat so, als würde er nach rechts ausweichen, duckte sich und rannte links an ihm vorbei.

»Kyle!«, rief seine Mutter, erwischte ihn am Arm und hielt ihn fest.

Eine Krankenbahre mit einer Gestalt darauf wurde zu dem Notarztwagen geschoben. Kyle erkannte das Gesicht nicht. Es war blutig und angeschwollen. Ein Mädchen dachte er, als er die Haare sah – blonde Haare.

»Brittany!«

Seine Mutter legte die Arme um ihn und zwang ihn, stehen zu bleiben, als er zu dem Notarztwagen stürzen wollte.

»Sie wird es schaffen«, sagte sie, streckte die Hand aus,

drehte sein Gesicht zu ihr und wiederholte den Satz. »Sie wird es schaffen, Kyle. Sie lebt. Sie lebt.«

Kyle starrte sie an, wusste nicht, was er tun sollte. Er zitterte und schwitzte und seine Augen schwammen in Tränen.

»Es wird alles wieder gut«, sagte sie noch einmal und drückte ihn an sich.

Kyle klammerte sich so fest an seine Mutter, wie er konnte. Sie standen mitten auf der Straße und weinten.

KAPITEL 54

Nikki ging neben ihrem Sohn durch den Wartebereich der Notaufnahme im Hennepin County Medical Center. Verglichen mit dem Andrang in der Silvesternacht war es ruhig. Vereinzelte Betrunkene und Junkies, Leute, die meinten, eine gewöhnliche Erkältung sei ein Notfall.

»Ich kann das alles nicht glauben«, sagte Kyle, als sie nach draußen traten, wo die Schneeflocken wie die Kristalle in einer Schneekugel durch die Luft tanzten. »Das ist ein Alptraum.«

»Ich wünschte, das wäre es«, sagte sie und streichelte über seinen Rücken – ebenso sehr zu seiner Beruhigung wie zu ihrer.

Kovac war ins Büro gefahren, um mit dem Bericht über Julia Gray und Michael Warner anzufangen, sodass sie Kyle zur Notaufnahme begleiten konnte, wo er sich mit eigenen Augen davon überzeugen wollte, dass es Brittany den Umständen entsprechend gut ging.

Der mehrfache Kieferbruch würde operiert werden müssen, und sie hatte eine Gehirnerschütterung und mehrere gebrochene Finger und Rippen, aber körperlich würde sie sich schneller erholen als von den seelischen Wunden. Ihre Traumata zu überwinden würde ein langer Kampf werden.

Brittanys Mutter saß neben ihr im Untersuchungszimmer und strich ihr über die Haare, während das Mädchen die Fragen so gut es ging mit Gesten ihrer unverletzten Hand beantwortete, da sie kaum imstande war zu sprechen. Nikki, deren Mutterherz beim Anblick des Mädchens schmerzte, stellte nur die dringendsten Fragen. Ja, Julia Gray hatte sie angegriffen. Ja, Michael Warner war daran beteiligt. Ja, sie hatten darüber gesprochen, dass Julia Gray ihre Tochter umgebracht hatte.

Nachdem sie fertig war, fragte Nikki Mrs. Lawler, ob Kyle ihre Tochter einen Moment sehen dürfte. Kyle stand neben Brittanys Bett und versprach ihr mit ernster Miene, immer für sie da zu sein, bis sie ganz wiederhergestellt war.

Nikki wäre beinahe geplatzt vor Stolz und Liebe.

Jetzt standen sie vor dem Ausgang der Notaufnahme. Nikki atmete tief die kalte Luft ein und wünschte, sie könnte sie beide von dem, was an diesem Abend passiert war, reinigen.

»Grays Mom hat sie umgebracht«, sagte Kyle. »Wie konnte sie so etwas machen? Wie konnte sie ihr eigenes Kind umbringen? Weswegen?«

Nikki wusste nicht, was sie sagen sollte. Im Prozess gegen Julia Gray würden psychiatrische Gutachter sicher eine lange Erklärung abgeben. Ausführungen zu Julia Grays Persönlichkeitsstörung und dem Stress, der mit der Erziehung eines schwierigen Kindes verbunden war, über schädliche Familiendynamiken und die Verwandlung von normalen Bedürfnissen und Wünschen in etwas völlig Abartiges. Es würden Sachverständige auftreten und Penny Gray die Schuld geben, sie als Verführerin darstellen, die die Stelle ihrer Mutter einnehmen wollte, indem sie mit deren Mann schlief. Sie würden um Verständnis und Gnade für eine Frau bitten, die »einfach die Nerven verloren« habe.

All das würde letztlich nur auf komplizierte Art sagen, dass Menschen selbstsüchtig und bösartig sein konnten und dass das Leben, selbst wenn man sich eigentlich nur wünschte, akzeptiert zu werden, einem aus keinem für irgendjemand nachvollziehbaren Grund übel mitspielen konnte.

Sie hatte keine Antwort für ihren Sohn, außer: »Ich weiß es nicht.«

Kyle sah sie lange an. Still, versunken. Schon oft hatte sie sich gefragt, was in ihm vorging, aber noch nie hatte sie sich fragen müssen, ob er ein gutes Herz hatte.

»Ich hab dich lieb, Mom«, sagte er.

»Ich dich auch«, sagte Nikki. Sie sah zu ihm hoch und berührte seine Wange mit der Hand. »Ich liebe alles an dir. Daran darfst du nie zweifeln. Selbst wenn du mich wütend machst, hab ich dich so lieb, dass ich es kaum aushalte.«

Ein Streifenwagen wartete am Ende der Ladezone, um sie nach Hause zu bringen.

»Wenn das hier vorbei ist, nehme ich ein heißes Bad und schlafe einen ganzen Tag durch«, sagte sie, als sie zu dem Streifenwagen gingen. »Und danach werden wir endlich mal wieder richtig Zeit miteinander verbringen. Was hältst du davon?«

»Hört sich gut an«, sagte er. »Du fehlst uns nämlich. Wenn du so viel arbeitest. Du fehlst uns, R. J. und mir.«

»Ich weiß«, sagte sie. »Ihr fehlt mir auch. Wir kriegen das hin. Versprochen.«

Aber noch konnte sie das Versprechen nicht einlösen.

Neben dem Streifenwagen stand mit ernster Miene Kovac.

Er legte eine Hand auf Kyles Schulter. »Der Kollege wird dich nach Hause bringen, Kyle. Ich brauch deine Mutter.«

Nikki wartete, bis der Streifenwagen losgefahren war. Und dann war es keine Frage, sondern eine Feststellung.

»Dana Nolan.«

Der Ort des Geschehens war bereits hell ausgeleuchtet, als sie eintrafen. Auf den ersten Blick sah es wie eine Unfallstelle aus. Auf einem sonst dunklen Stück einer Zufahrt, die zum Skulpturengarten im Loring Park führte, war ein unauffälliger Lieferwagen frontal gegen einen Laternenpfosten gedonnert. Polizeiautos blockierten die Straße. Kovac hielt an, sie stiegen aus und gingen den Rest des Wegs zu Fuß.

Ein junger Streifenpolizist kam ihnen eilig entgegen und brachte sie auf den neuesten Stand.

»Er hat ihr gesagt, sie ist sein Meisterwerk!«, sagte er aufgeregt. »Das ist doch krank. So was haben Sie noch nicht gesehen.«

»Lebt sie?«, fragte Kovac.

»So gerade. Sie verliert immer wieder das Bewusstsein. Die schaffen sie gerade in den Notarztwagen. Sie sagt immer wieder ›Ich bin sein Meisterwerk‹. Offensichtlich hatte er vor, ein lebendiges Opfer zurückzulassen, aber sie war lebendiger, als ihm bewusst war.«

Kovac musste schlucken, als er Dana Nolan sah. Das hübsche Mädchen aus den Morgennachrichten war nicht wiederzuerkennen, ihr Gesicht war zerschlagen und zerschnitten. Ihr Folterer hatte ein breites Lächeln um ihren Mund gemalt. Sie sah aus wie ein Clown aus einem schrecklichen Alptraum. Ihre Augen waren glasig und ausdruckslos, wie die einer Puppe, und sie brabbelte ohne Unterlass vor sich hin.

»Ich bin sein Meisterwerk. Ich bin sein Meisterwerk.«

Kovac fluchte leise. Liska stieß die Luft aus. Noch nie hatte er sie so schockiert und erschüttert gesehen wie in diesem Moment, als der Notarzt kurz die Decke zurückschlug, die über der jungen Frau lag.

Sie war nackt bis auf ein breites rotes Band, das um eines ihrer Handgelenke geschlungen war, die langen Enden flatterten in dem kalten Wind. In ihre Brust war mit einem Messer die Zahl 9 geritzt.

»Quinn hatte recht«, sagte Kovac, während sie zusahen, wie die Männer die Frau in den Notarztwagen schoben. »Er hat Penny Gray nicht umgebracht, und er wollte auch nicht, dass man ihm den Mord zuschrieb. Das hier ist sein neuntes Opfer, hier vor uns.«

»Das ist total krank. Ich hab's doch gesagt«, sagte der junge Officer und führte sie zu dem Lieferwagen.

Sie blieben in dem Lichtkegel stehen, den die abgeknickte Laterne warf, und sahen von der Beifahrerseite aus in die Fahrerkabine.

»Der Führerschein ist auf den Namen Gerald Fitzgerald ausgestellt«, sagte der Officer. »Der Lieferwagen läuft auf einen Gerald Fitzpatrick.«

Beim Anblick des Fahrers gab Kovac einen Laut zwischen Lachen und Schnauben von sich und sagte: »Du hast bestimmt noch viel vorgehabt, Frank.«

Der Mann, der sich ihnen als Frank Fitzgerald vorgestellt und vor einem Jahr den Fund der Leiche von Rose Reiser gemeldet hatte, saß zusammengesunken hinter dem Lenkrad seines Autos, das Gesicht zu ihnen gewandt, die Augen offen, in seiner Schläfe steckte ein Schraubenzieher.

»Zu guter Letzt hat er doch einen Fehler gemacht«, sagte Kovac. »Happy Holiday, Arschloch.«

KAPITEL 55

»Es ist nur ein Mal passiert«, sagte Michael Warner. Er hatte die Ellbogen auf die Oberschenkel gestützt und den Kopf in den Händen vergraben, zu beschämt, um aufzublicken, um zu sehen, wie Kovac ihn anstarrte, um zu sehen, wie sich sein eigener Anwalt verlegen und angewidert abwandte. Die letzten zehn Stunden hatte er in einer Zelle verbracht und sah aus, als hätte er eine Woche nicht geschlafen.

»Sie kam heulend in meine Praxis, völlig aufgelöst. Sie hatte sich fürchterlich mit ihrem Vater gestritten. Es war immer dasselbe mit Penny. Antagonistisch, eine messerscharfe Zunge. Ständig provozierte sie die Leute und kam dann mit deren Reaktion nicht klar. Sie trampelte auf den Menschen herum, die sie liebten, und verstand nicht, wenn die sich dann zurückzogen.«

»Sie kam also in Ihre Praxis …«, sagte Kovac. Er saß da, einen Arm auf den Tisch gelegt, und wirkte gelangweilt, wie er annahm. Als hätte er diese Geschichte schon hundertmal gehört. Und das hatte er auch. Die Geschichte von dem jungen Mädchen und dem erwachsenen Mann, der einfach nicht anders konnte. Kovac hätte kotzen können. Aber das durfte er nicht zeigen.

»Michael, ich rate Ihnen noch einmal, jede weitere Aussage zu verweigern«, sagte der Anwalt jetzt schon zum dritten Mal.

»Seien Sie still, Harold«, antwortete Warner.

Er zitterte, obwohl in dem Raum eine Hitze wie in der Sauna herrschte und sein Hemd schweißdurchnässt war.

»Ich war wütend und hatte gleichzeitig Mitleid«, erklärte er, »sie dermaßen verzweifelt zu sehen. Ich habe eine Tochter in ihrem Alter. Ich kann es kaum ertragen, wenn sie traurig ist.«

Hast du die auch gevögelt?, lag es Kovac auf der Zunge zu fragen, aber er ließ es bleiben.

»Ich wollte sie nur trösten«, sagte Warner. »Mehr wollte ich gar nicht.«

Und jetzt kam gleich der Teil der Geschichte, wo sich das Mädchen ihm aufdrängte, und dann küssten sie sich und eins führte zum anderen, es überkam ihn einfach … bei einem Kind.

Warner begann zu weinen, riss sich zusammen, wischte sich die Tränen aus dem Gesicht.

»Ich habe ihr gesagt, dass das nie wieder passieren dürfte«, sagte er.

Denn natürlich war es ihre Schuld. Immer schön dem Opfer die Schuld geben. Er konnte seine Pfoten nicht bei sich behalten, aber es war ihre Schuld. Eine verwirrte Sechzehnjährige, deren Vater sie zurückwies und deren Mutter sie ablehnte. Gerade sie sollte diejenige sein, die die Kontrolle behielt.

»Aber …«, soufflierte Kovac.

»Das soll sich jetzt nicht so anhören, als wäre ich völlig unschuldig«, sagte Warner und sah zu ihm auf. »Ich weiß, dass es falsch war.«

Aber …

»Penny war sehr manipulativ. Sie wusste, wie man mit anderen spielt.«

Und jetzt der Teil der Geschichte mit der Verführung. Kovac seufzte.

»Was ist an dem Tag passiert, als sie sich das Handgelenk gebrochen hat?«, fragte er.

»Sie hatte einen Wutanfall. Sie kam in die Praxis, weil sie wollte, dass wir, na ja … Ich sagte Nein.«

Ein ehrenwerter Mann, der wusste, was sich gehörte.

»Sie ist ausgerastet. Sie fing an, mich zu schlagen. Ich packte ihren Arm, um sie davon abzuhalten. Sie versuchte, sich loszureißen … Ich hatte die Nase gestrichen voll.«

»Wusste Julia davon?«, fragte Kovac.

Warner schüttelte den Kopf.

»Ich wollte nicht, dass sie es erfährt. Sie bedeutet mir viel. Wirklich. Es gab keinen Grund, dass sie von der Sache erfuhr. Es war einfach ein furchtbarer Fehler. Ich habe dann Penny nicht weiterbehandelt …«

»Dafür haben Sie ein Verhältnis mit ihrer Mutter angefangen.«

Warner sagte nichts.

Und Penny kaufte er ein Auto, damit sie den Mund hielt. Wahrscheinlich hatte er weiterhin heimlich mit ihr geschlafen, weil sie ihn wahrscheinlich erpresst hatte. Deshalb hatte sie niemandem etwas davon erzählt. Kovac hätte die einzelnen Stränge weiterspinnen können, bis daraus einmal mehr eine widerliche Geschichte menschlicher Perversionen entstanden wäre.

»Was ist an dem Abend passiert, an dem das Mädchen starb?«

Der Anwalt mischte sich wieder ein. »Michael, bitte …«

Warner drehte sich von ihm weg und sah über den Tisch zu Kovac. »Es war eine Affekthandlung, verstehen Sie? Sie hat einfach die Nerven verloren.«

»Julia?«

»Sie können sich ja nicht vorstellen, wie schwierig es mit Penny in den letzten Jahren für sie gewesen war. Eigentlich schon immer. Die ständigen Provokationen. Julia war am Ende ihrer Kräfte.«

Er stand auf und machte ein paar Schritte, hob die Hände an den Kopf, stemmte sie in die Hüften, verschränkte die Arme vor der Brust.

»Warum ist es so heiß hier drinnen?«, fragte er und rieb sich über den Nacken. »Mir ist schlecht.«

»Ich glaube nicht, dass das an der Temperatur liegt«, sagte Kovac. »Sie müssen sich wieder setzen, Dr. Warner.«

»Penny war wütend, weil wir uns verlobt hatten«, sagte er und setzte sich wieder. »An dem Abend war sie zu Hause, als wir zurückkamen. Sie hatte getrunken. Sie war aggressiv.«

Er hielt inne und sah auf die Wand, als würde dort seine Erinnerung abgespielt werden wie ein Film auf einer Leinwand.

»Die beiden waren in der Küche. Ich stand in der Diele ...«

»Sie sagte: ›Wie kannst du ihn heiraten, wenn ich ihn zuerst gefickt habe?‹«

Julia Gray starrte mit leeren, glasigen Augen auf den Tisch.

Liska saß ihr gegenüber. Sie sah zu dem Einwegspiegel, hinter dem ein Vertreter der Staatsanwaltschaft stand, wie sie wusste.

»Das muss ein großer Schock gewesen sein«, sagte sie.

»Sie hatte das schon mal gesagt. An dem Abend, an dem sie abgehauen ist. Wir hatten gestritten«, sagte sie und rieb sich gedankenverloren das verletzte Handgelenk. »Ich habe gesagt, dass sie lügt. Dann hab ich sie weggeschickt. Haben Sie Kinder, Detective?«

»Zwei Söhne.«

»Mit Jungs ist es so viel leichter.« Einen Moment lang saß sie nur da und kaute auf ihrem Daumennagel. »Bei Mädchen artet immer alles in Konflikte aus, in Konkurrenzkämpfe. Sie wollen kontrollieren und manipulieren. Das ist anstrengend. Sie war *unerbittlich.*«

Sie war ein Kind.

»Michael stand hinter ihr, als sie es an diesem Abend wieder sagte«, fuhr Julia Gray fort. »Ich konnte sein Gesicht sehen.«

»Da wurde Ihnen klar, dass es die Wahrheit war. Was passierte dann?«

Ihre Augen schossen durch den Raum, als folgten sie einem aufgeregt herumflatternden Vogel. Ihr Anwalt saß still da und sagte nichts. Die Verteidigungsstrategie würde auf irgendeine Form von Unzurechnungsfähigkeit zielen, dachte Liska. Eingeschränkte Schuldfähigkeit: zu glauben, es wäre irgendwie richtig, mit einem Messer auf das eigene Kind einzustechen, weil dein Freund es missbraucht hatte.

»Ich weiß es nicht«, sagte Julia, aber ihre Augen füllten sich mit Tränen. »Ich weiß es nicht. Ich erinnere mich nicht. Es war wie ein Alptraum. Ich kann es immer noch nicht fassen, dass das alles passiert sein soll.«

Liska nahm Penny Grays Handy und rief das Video auf. Sie hatten das Handy in Julia Grays Küche gefunden. Kyle und Brittany hatten beide erzählt, dass Gray dauernd alles mit ihrem Handy filmte – ihre Auftritte, Gedichte, ihre wenigen Freunde … den eigenen Tod.

»Vielleicht hilft das Ihrem Gedächtnis auf die Sprünge«, sagte sie und tippte auf Play. Sie legte das Handy auf den Tisch und schob es der Frau hin.

Julia erschien auf dem Bildschirm, aufgebracht, das Gesicht wutverzerrt, und schrie: »Halt den Mund! Halt den Mund! Das ist gelogen!«

Die Stimme ihrer Tochter hinter der Kamera: »Ich habe

zuerst mit ihm gefickt! Na, wie gefällt dir das, Mommy? Dein toller Verlobter. Er ist nichts weiter als ein widerlicher Kinderficker!«

»Ich hasse dich!«, schrie Julia, ihr Gesicht war fast violett, ihre Augen quollen hervor. »Ich hasse dich, ich hasse dich, ich hasse dich!«

Was als Nächstes passierte, war deutlich zu sehen. Sie brauchten die Erinnerungen von Julia Gray nicht und auch nicht den Augenzeugenbericht von Michael Warner. Es war alles im Handy ihrer Tochter gespeichert: Julia griff nach einem Küchenmesser auf der Arbeitsplatte und stürzte sich damit schreiend auf das Mädchen.

Das Bild kippte, als das Handy auf den Boden fiel. Den Rest des Videos sah man nur noch die Küchendecke, aber der Ton lief weiter. Die Schreie, das Bitten, die schrecklichen Geräusche eines schrecklichen Verbrechens. Michael Warner, der aus dem Hintergrund rief: »Julia! Nein!«

Auf der anderen Seite des Tisches wurden Julia Grays Augen immer größer. Sie fing am ganzen Leib an zu beben, so als bekäme sie unaufhörlich Stromschläge verabreicht.

»O Gott! O Gott! O GOTT! PENNY!«

Schrei um Schrei entwand sich ihrer Kehle. Ihre Augen verdrehten sich und sie fiel zuckend zu Boden.

»Sie hat ein Messer genommen und auf sie eingestochen«, sagte Warner. »Es war völlig surreal. Ich konnte nicht glauben, was ich da sah. Vor meinen Augen verschwamm alles. Ich war wie gelähmt.«

»Tatsächlich?«, fragte Kovac. »Das Mädchen hatte siebzehn Stichwunden. Es dauert eine Weile, bis jemand siebzehn Mal zugestochen hat.«

Er hob die Faust und hieb damit auf den Tisch, dann noch einmal und ein drittes und viertes Mal. Immer wieder. Michael Warner zuckte bei jedem Schlag zusammen. Siebzehn Mal.

Penny Gray hätte ihn ruiniert. Sicher hatte er ständig daran denken müssen. Eine einzige Bemerkung eines verbitterten, wütenden, verletzten Kindes, und sein Leben wäre vernichtet gewesen.

»Warum haben Sie nicht die Polizei gerufen?«

Warner rieb sich nervös über die Stirn und rutschte auf dem Stuhl hin und her.

Jetzt kam der schlimme Teil der Geschichte. Wie sollte er schönreden, was sie dann getan hatten? Eine Affekthandlung geschah aus einem unkontrollierten Moment heraus. Aber zwischen dem Mord an Penny Gray und dem Fund ihrer Leiche, als sie aus dem Kofferraum von Julia Grays Auto gefallen war, waren fast vierundzwanzig Stunden vergangen.

»Es war zu spät«, murmelte Warner. »Das Mädchen war tot. Julia war völlig aufgelöst. Ich musste ihr helfen. Ich fühlte mich verantwortlich. Was hätte es gebracht, wenn wir die Polizei gerufen hätten? Es war im Affekt passiert. Sie hat einfach die Nerven verloren. Julia hat es nicht verdient, ins Gefängnis zu gehen. Sie ist keine Mörderin.«

Kovac sagte nichts. Sein Schweigen sprach ein schlimmeres Urteil, als Worte es vermocht hätten. Penny Gray war durch die Hand ihrer Mutter zu Tode gekommen. Julia Gray war eine Mörderin. Sie war eine Mörderin, die dann beinahe auch noch Brittany Lawler umgebracht hätte.

»Ich musste ihr helfen«, sagte Warner.

»Wie hatten Sie sich das vorgestellt?«, fragte Kovac. »Dass Sie einfach nur die Leiche loswerden müssten und keiner würde das Verschwinden des Mädchens bemerken? Dass die Leute denken würden, sie wäre davongelaufen? Dass sich keiner dafür interessieren würde?«

Und so war es ja auch.

Das Traurigste war, dass er vermutlich recht hatte. Es war bekannt, dass Penny Gray von zu Hause weglief, aufsässig war. Einem solchen Mädchen konnte alles widerfahren.

»Sie mussten Julia also helfen«, sagte Kovac. »Sie mussten das Gesicht des Mädchens entstellen, damit sie, falls ihre Leiche gefunden wurde, nur eine weitere unbekannte Tote war. Eine Ausreißerin. Und dann zogen Sie sie aus, damit es wie ein Sexualverbrechen aussah. Ein Mädchen, das womöglich mit Prostitution seinen Drogenkonsum finanzierte und an den Falschen geraten war.«

Warner ließ den Kopf hängen.

»Und Letzteres stimmt ja auch«, sagte Kovac. »Ach ja, Dr. Warner, sie war übrigens nicht tot.«

Er wartete, bis Warner zu ihm aufsah, sein Gesichtsausdruck eine Mischung aus Misstrauen, Verwirrung und Panik.

»Vielleicht halb tot«, sagte Kovac. »Das ist zu hoffen. Aber als Sie ihr Säure ins Gesicht schütteten, war sie noch nicht ganz tot. Bei der Obduktion wurde festgestellt, dass sie die Säure sowohl eingeatmet als auch geschluckt hat. Das sollen Sie wissen. Damit Sie darüber nachdenken können. An jedem beschissenen Tag ihres beschissenen restlichen Lebens.«

Warner wurde blass. Der Schweiß lief ihm übers Gesicht, und er rang nach Luft.

»Sie haben zugesehen, wie Ihre Freundin ihr Kind umbrachte. Sie haben Penny in die Garage getragen und ihr Säure ins Gesicht geschüttet, während sie noch lebte«, sagte Kovac.

»Darin liegt schon ein gewisser Widerspruch, was?«, sagte er und stand von seinem Stuhl auf. »Besagt der ärztliche Eid nicht, dass man niemandem Schaden zufügen darf? Aber wahrscheinlich haben Sie diesen Abschnitt nicht so genau gelesen.«

Kovac verließ den Raum und hörte noch, wie Michael Warner sich übergab, als er die Tür schloss.

Tinks stand im Flur, gegen die Wand gelehnt, die Arme vor der Brust verschränkt. Sie sah so angewidert aus, wie er sich fühlte.

»Ich muss an die frische Luft«, sagte er.

»Ich auch.«

Sie gingen zu der Treppe auf der Südseite des Gebäudes. Eine schwache Wintersonne stand am Himmel, zu weit von der Erde entfernt, um gegen die Januarkälte in Minnesota anzukommen. Liska schob die Hände in die Taschen ihres lila Wollblazers und zog die Schultern bis zu den Ohren hoch. Kovac klappte den Kragen seines Jacketts hoch, eher ein symbolischer Schutz gegen den Wind. Er nestelte eine Zigarette aus der Packung und zündete sie an.

»Hilft das gegen den widerlichen Geschmack im Mund?«, fragte Liska.

Er schüttelte den Kopf. »Nein.«

Einen Moment lang standen sie schweigend da.

»Was glaubst du, warum hat sie das Video nicht gelöscht?«, fragte sie.

Kovac zuckte mit den Schultern. »Sie hat vielleicht nichts davon mitgekriegt. Das Mädchen hat nichts davon gesagt, dass die Kamera lief. Sie stand einfach da, das Handy in der Hand … Julia sagte, sie hätte keine Ahnung von Technik. Als sie das Handy danach aufhob, war das Display vielleicht schwarz …«

Sie verstummten wieder, während sie beide die Geschichte zum millionsten Mal im Kopf durchgingen.

»Sie werden beide lange, lange weggesperrt werden«, sagte Tinks schließlich.

»Wie lange ist lange genug?«

»Es ist nie genug.«

Kovac zog noch einmal an der Zigarette und stieß den Rauch aus. »Ich hoffe, in der Hölle ist ein besonderer Platz für sie reserviert.«

»Wenigstens können wir uns zugutehalten, dass wir sie dort hingeschickt haben.«

»Ja, wenigstens das.«

»Aber reicht es?«, fragte sie. »Ich weiß nicht, Sam. Julia Gray hat dem Kind, das sie auf die Welt gebracht hat, das Leben genommen, damit sie selbst das bekam, was sie wollte. Wenn ich meine Jungs sehe, dann will ich vor allem Zeit mit ihnen verbringen. Wir wissen besser als die meisten, dass eine falsche Entscheidung reicht und es ist alles vorbei, man muss nur einmal auf der Straße falsch abbiegen.«

Kovac sah sie lange an. »Wirst du mich verlassen, Tinks?«

»Ich weiß nicht. Ich weiß nicht, was ich tun soll. Ich weiß nur, dass ich diese Jahre mit ihnen nicht zurückbekomme. Man kann die Zeit nicht zurückspulen«, sagte sie.

»Ich liebe meine Arbeit«, bekannte sie. »Ich mag die Menschen, mit denen ich arbeite. Aber meine Söhne liebe ich mehr.«

»Du musst deinem Herzen folgen«, sagte Kovac und verzog den Mund zu einem schiefen Grinsen. »Es wird mir vielleicht nicht gefallen, aber das wär ja nichts Neues.«

»Du würdest dich erbärmlich fühlen, wenn ich nicht mehr da wäre.«

»Ich fühle mich schon erbämlich, wenn du da bist«, gab er zurück.

Ihre Augen verengten sich zu schmalen Schlitzen und sie boxte ihn auf den Arm.

»Aua!«

Er drückte seine Zigarette aus und warf sie weg.

»Bevor du mich verlässt, sollten wir ein Glas auf Penny Gray trinken.«

Liska nickte und stieß einen Seufzer aus. »Alles, was sie wollte, war, akzeptiert zu werden.«

»Das wünschen wir uns wahrscheinlich alle in unserem tiefsten Inneren«, sagte Kovac.

»Ich akzeptiere dich, Kojak«, sagte sie und zwang sich zu einem Lächeln. »Trotz all deiner Fehler.«

»Sehr nett von dir, Tinker Bell«, sagte er. »Und ich akzeptiere dich. Wer sonst würde uns auch haben wollen?«

Sie drehten sich um und gingen wieder hinein, beide durchgefroren.

»Hey, Partner«, sagte sie. »Wenn wir uns diesen Drink hinter die Binde gegossen haben, begleitest du mich dann?«

»Klar. Wohin denn?«

»Ich will mir ein Tattoo stechen lassen.«

Kovac lachte und legte einen Arm um ihre Schulter. »So mag ich dich.«

Danksagung

Alle vier Jahre unterstütze ich die Wohltätigkeitsauktion der »United States Equestrian Team Foundation« mit einem speziellen Beitrag: der Chance, als Figur in einem meiner Bücher aufzutreten. Der Erlös aus der Auktion fließt in die Finanzierung unseres olympischen Reiterteams.

2012 erhielt Ullrich Kasselmann von der Performances Sales International den Zuschlag auf dieses Los. Die deutsche P.S.I. mit Sitz in Hagen ist eine der weltweit größten und wichtigsten Auktionen für hochklassige Dressur- und Springpferde. Ullrich Kasselmann selbst ist eine feste Größe im Pferdesport und ein hervorragender Reiter, Trainer und Förderer. Ich danke ihm und dem gesamten P.S.I.-Team für die unbeschreibliche Großzügigkeit, mit der sie die USET Foundation unterstützen. Herzlichen Glückwunsch an Dr. Ulf Möller, ebenfalls von der P.S.I., von Betsy Juliona!

Ullrich Kasselmann tritt in diesem Roman als Leiter der Kriminalabteilung auf. Dr. Ulf Möller habe ich zum stellvertretenden Leiter der Rechtsmedizin von Hennepin County gemacht. Und die P.S.I. wurde zum Performance Scholastic Institute. Tut mir leid, dass nicht ein einziges Pferd in der Geschichte unterzubringen war.

Das war aber noch nicht alles! Mein Dank gebührt außerdem Kevin Boyle, der dasselbe Privileg für seine Verlobte Marysue Zaytoun ersteigerte, der Erlös ging an die American Heart Association. Ich hoffe, Marysue gefällt ihr Auftritt als Nikki Liskas wunderbare Nachbarin!

Nachbemerkung

In *Das Mädchen ohne Gesicht* erlebt der fünfzehnjährige Kyle Hatcher Mobbing und nimmt den Kampf dagegen auf, indem er für die Akzeptanz anderer ungeachtet ihrer Rasse, Religion, Interessen oder sexuellen Orientierung eintritt. Kyles Held und Vorbild ist dem realen Leben entnommen, es ist Georges St-Pierre, UFC-Weltergewichts-Meister und einer der berühmtesten Mixed-Martial-Arts-Kämpfer weltweit.

GSP, wie ihn seine Anhänger auf der ganzen Welt nennen, ist das, was man sich unter einem wahren Meister vorstellt, einem echten Vorbild: engagiert, leidenschaftlich, hart arbeitend, großherzig, ein Gentleman und vor allem respektvoll gegenüber sich selbst und anderen.

In seiner Kindheit in Saint-Isidore im kanadischen Quebec war St-Pierre selbst Opfer von Mobbing. Mit seiner Stiftung, der Georges St-Pierre Foundation, hat er es sich zum Ziel gesetzt, die Aufmerksamkeit auf das in unserer Gesellschaft immer mehr um sich greifende Phänomen des Mobbings zu lenken und Lösungen dafür zu finden.

Mehr Informationen zu der Stiftung finden sich auf GSPs Website, www.gspofficial.com.